U0755179

国学经典文库 图文珍藏版

诗经

赵征⊙主编

线装書局

沔水

【题解】

这是一首充满忧患意识的诗。诗人生逢乱世,流言四起,社会危机重重。对此,诗人感到十分担忧;同时,诗中也充满了劝谏的味道,他规劝友人,提高警惕,不要相信流言。诗将现实与象征相结合,河水奔流,鹰隼疾飞等象征紧张的局势,给人一种急迫感。

青铜方尊(春秋)

【原文】

沔彼流水①,朝宗于海②。鴥彼飞隼③,载飞载止。

嗟我兄弟,邦人诸友。莫肯念乱④,谁无父母?

沔彼流水,其流汤汤⑤。鴥彼飞隼,载飞载扬。

念彼不迹⑥,载起载行。心之忧矣,不可弭忘⑦。

鴥彼飞隼,率彼中陵⑧。民之讹言⑨,宁莫之惩⑩?

我友敬矣⑪,谗言其兴。

【注释】

①沔:水流满的样子。②朝宗:诸侯朝见天子。这里指百川入海。③鴥:鸟疾飞的样子。④念:忧心,挂念。乱:动荡混乱。⑤汤汤:水势盛大的样子。⑥不迹:不轨的事。⑦弭:止息,停止。⑧陵:大土山。⑨讹言:说假话。⑩惩:禁止。⑪敬:同"儆",警惕。

【译文】

盈盈河水朝东流,归向大海不回头。隼鸟展翅飞腾急,
或飞或止终不休。可叹同姓诸兄弟,还有异姓众宾朋。
没谁肯于止祸乱,都有父母能无忧?盈盈江水朝东流,
浩浩汤汤奔海洋。隼鸟奋翅向蓝天,越飞越高任翱翔。
想起越轨不法人,此起彼伏真乱忙。我的心中好忧伤,

紧紧缠身不消亡。隼鸟疾飞蓝天上,沿着山陵任飞扬。

百姓当中有谣言,为何不能止诽谤? 我的朋友要警惕,

谗言将会流四方。

【鉴赏】

这是一首忧乱的诗。平王东迁后,周室衰微,诸侯不再拥护天子,镐京一带,危机四伏,作者忧虑,故作此诗。

全诗三章,第一、二章各八句,用"流水"起兴,第三章六句,没有"流水"句,朱熹《诗集传》说"疑当作三章,章八句,卒章脱前两句耳"。这首诗用盛满的流水和疾飞的隼鹰起兴,随着诗人思路的开展,诗人分别用流水和飞隼的不同形态来引出自己心中深深的忧虑。第一章,诗人通过盛满而朝宗于海的流水和时起时落的飞隼,写出在和平、宁静的环境中隐伏着深重的危机,可是自己周围的人,不论是亲属朋友还是同居一邦的国人,谁也没有认真地对待这些隐患。灾难逐渐逼近,眼下这种安宁太平的日子能维持多久呢? 一家之中,父母兄弟、儿女子孙共聚一堂同享天伦之乐的日子只怕也不多了。"谁无父母"一句把国家的安定和家庭的幸福连在一起,言近意远,切入肌肤、发人深省。第二章用汹涌浩荡的水流、冲击长空的猛禽渲染了一种动荡不安的情绪,与此相应的是诗人耳闻目睹那些不循正道的人正飞扬跋扈、横行无忌,天子的权威被公然蔑视。对此,一直为国担忧的诗人更感到压在心头的忧伤与日俱增,既没法排解,更不能忘怀。第三章从顺着山岭飞去的隼鹰联想到不翼而飞、四处流传的谣言,它扰乱人心,造成社会动荡不安,可是没有人来制止这些谣言。诗人因此痛心疾首,他再一次呼吁他的朋友们警觉起来,谨慎地供奉自己的职责,不要让陷害人的谗言有可乘之机。从全诗的口气来看,本诗的作者是一个当权的贵族,他深以周王室的兴隆为己任,又痛感自己孤掌难鸣,"我友敬矣,谗言其兴"是他对自己同僚的大声疾呼,诗人止不住的忧国忧民之情,溢于言表。

鹤鸣

【题解】

这是一篇运用比喻手法抒发引用贤才主张的诗。全诗用鹤、鱼、檀树、他山之石等事物比喻贤人,希望这些贤才能得到任用。但对此诗也有不同看法,有人认为这是描写小园风光的,可作为最早的中国田园诗看待。有人认为是教诲周宣王任

用在野贤人的。朱熹则认为"此诗之作,不可知其所由,然必陈善纳诲之词也",都可备一说。

【原文】

鹤鸣于九皋①,声闻于野。鱼潜在渊,或在于渚②,乐彼之园,爰有树檀③,其下维萚④。它山之石⑤,可以为错⑥。

鹤鸣于九皋,声闻于天。鱼在于渚。或潜在渊。乐彼之园,爰有树檀,其下维榖⑦。它山之石,可以攻玉。

【注释】

①皋:沼泽。九皋:曲折深远的沼泽。②渚:水中的小块陆地。③爰:语气助词,没有实义。檀:紫檀树。④萚:落下的树叶。⑤它:别的,其他。⑥错:磨玉的石块。⑦榖:楮树。

【译文】

白鹤鸣叫在深泽,鸣声四野都传遍。鱼儿潜游在深渊,时而游到浅水边。那个可爱的园林,种着高大的紫檀,树下落叶铺满地。其他山上的石块,可以用来磨玉石。

白鹤鸣叫在深泽,鸣声响亮上云天。鱼儿游到浅水边,时而潜游在深渊。那个可爱的园林,种着高大的紫檀,树下长的是楮树。其他山上的石块,可以用来磨玉石。

【鉴赏】

这是一首委婉含蓄、寓意深刻的讽喻诗。全诗共两章,通用比兴,二章同义。诗中以鹤来比贤能的人。鹤乃祥瑞之物,居住在曲折深幽的沼泽之地,且以鹤鸣寻伴。此处,正指贤能的人身居隐处,但声名远扬。意在暗示君王,应当依声名来寻找治国贤才。而水中鱼儿又分两种:一是潜藏于深处的良鱼,一是游于小洲浅水中的小鱼。分别喻指深藏不露的贤者和泛泛之辈的小人。贤者不轻易显露身份,是君王真正渴求的人才;而泛泛小人何其庸俗,通常爱在君王身边显摆、搬弄是非,值得提防。诗人又用高大的檀树来比喻贤能的人,应该位居高处;而用长于檀树之下的楮树,来比喻没有贤才的平庸之辈,应处卑位;再以别处山上的石头,可用做琢磨玉石的良具,来献言君王要善于利用贤才来治国。

这首诗的独特之处在于,全诗通用比兴,隐而不显;在对野鹤、鱼儿、檀树、楮树、他山之石的描绘中,暗含哲理,却不着痕迹,艺术手法可谓甚是高妙。因此,在诗坛上广被赞赏。《朱子语类》中说:"《鹤鸣》做得巧,含蓄意思全不发露。"王夫之

《夕堂永日绪论》中说:"《小雅·鹤鸣》之诗全用比体,不道破一句,三百篇中创调也。要以俯仰物理而咏叹之,用见理随物显,惟人所感,皆可类通。而非有所指斥一人一事,不敢明言而姑为之隐语也。"诗歌既给人艺术享受,又能达到讽喻进谏的目的,可谓一举两得。无怪乎,被誉为中国招隐诗之祖、"奏议宜雅"之发端。

祈父

【题解】

本诗短小精悍,语气强烈,节奏感很强,让人读起来感觉是直接的责问之词。一位士兵长年累月服役,四处征战,久未归家,出于对家乡和亲人的思念,因而作此诗来向军队的官员进行抱怨,责备他不近情理,使自己无法回家。细读全诗主人公在其对长官的斥责中也流露出了深深的无奈和悲哀,让人不禁表示同情,同时对当时社会的征役情况有了清晰的认识。

【原文】

祈父! 予王之爪牙。胡转予于恤①? 靡所止居。

祈父! 予王之爪士。胡转予于恤? 靡所厎止。

祈父! 亶不聪②。胡转予于恤? 有母之尸饔③。

【注释】

①恤:忧。②亶:诚。③尸:主持。饔:煮饭。

【译文】

卫边主管是司马,我是君王的亲信。为何陷我于忧患?

使我无处来为家。卫边主管是司马,我是君王的心腹。

为何陷我于忧患? 使我无处来歇息。卫边主管是司马,

你好昏庸耳不聪。为何陷我于忧患? 母自做饭理不通。

【鉴赏】

这首诗,《毛诗序》称"刺宣王也",《毛传》云"刺其用祁父不得其人也",《郑笺》又说"'予',我。'转',移也。此勇力之士,责司马之辞也,我乃王之爪牙,爪牙之士当为王闲守之卫,女(汝)何移我于忧,使我无所止居乎? 谓见使从军,与羌戎战于千亩而败之时也"。《毛诗》是汉朝毛公(一说毛亨,一说毛苌)传的《诗经》,有序。《毛传》即毛公的解释。《毛诗》认为这首诗是周宣王末年,大司马把王宫的卫士调出去与羌戎作战,战败,卫士怨愤而作。"予王之爪牙",卫士说:"我是王的爪

牙"，即王的卫士，不该调出去作战。又第二章"予王之爪士"，"爪士"即爪牙之士，也指卫士，译作"你是卫士的领班"，即卫士的头领，即大司马，不合。又"予"不能译作"你"。朱熹《诗集传》："军士怨于久役，故呼祈父而告之曰：予乃王之爪牙，汝何转我于忧恤之地，使我无所止居乎？"朱熹提出一种解释，认为军士怨于久役。方玉润《诗经原始》："案成周兵制，籍乡遂（地方区域名）之众以作六军……郑康成所谓征行之士，例不取王之爪牙之士也……是禁旅原不出征、偶一用之，尚且致怨，况久戍乎？且自古兵政，亦无有以禁卫戍边方者，故当以《笺》《疏》为长。"认为《毛诗》说胜于《诗集传》。那么诗中的"予"皆当译作"我"，"予王之爪牙"当译作"我是国王的爪牙的卫士"。"有母，之尸饔"，当译作"有母，主管熟食的菜和汤"。以上是根据《毛传》来改动所据译文。

这首诗，写王的卫士的怨恨，用反复唱叹的调子。第一、二章，只把"爪牙"换作"爪士"，"止居"换作"底止"，别的都一样。第三章，第一、第三句跟第一、二章相同，只三、四句有变化。以此表达怨愤的感情。从这里可以看出：作为一个战士，敢于唱出反对司令官的歌，这样的歌没有被禁止，还给采诗官采录，收入《诗经》，这说明当时士兵和司令之间的关系，士兵还敢于吐露他的不满的怨情，司令还能容许他们唱。这种关系，到春秋时还保存着。如《左传·宣公二年》，宋国的统帅华元与郑国作战，被俘，逃回。宋人筑城、华元作主管。筑城的工人唱歌笑华元"弃甲而复""弃甲复来"，华元只是让他们去唱，不加禁止，所以当时工人唱的歌还保留在《左传》里。

这首诗，一方面说明我是王的卫士，不该把我调出去作战，批评大司马处置不当。再指出他"亶不聪"，批评大司马糊涂。再说明作为王的卫士，他还有回家供奉父母的职分，现在却让母亲一人劳动，这也是大司马处置失当。这也说明当时卫士的职守，还有回家供奉父母的一分劳作，反映当时卫士的生活。

白驹

【题解】

这首诗，今人一般都认为是一首留客惜别，或别友思贤的诗。而清人方玉润则认为："此王者欲留贤士不得，因放归山林而赐以诗。"（《诗经原始》）这一说法比较切合诗意，因诗中要封这位贤人为公为侯，这是只有君王才能做到的事。诗的前三章写主人竭力殷勤挽留客人，后一章写客人走后，主人还是希望客人能常寄佳音，毋绝友情。这首诗对后代也产生了一定影响,文人们在诗文中常引用"白驹"来代指贤人。

【原文】

皎皎白驹①,食我场苗。絷之维之②,
以永今朝③。所谓伊人,于焉逍遥④?
皎皎白驹,食我场藿⑤。絷之维之,
以永今夕。所谓伊人,于焉嘉客?
皎皎白驹,贲然来思⑥。尔公尔侯?
逸豫无期⑦?慎尔优游⑧,勉尔遁思⑨。
皎皎白驹,在彼空谷⑩。生刍一束⑪,
其人如玉。毋金玉尔音⑫,而有遐心⑬。

【注释】

①皎皎:洁白,光明。这里指马皮毛发光。②絷:绊。维:拴。③永:度过。④焉:犹言此;在这儿。⑤藿:豆叶。⑥贲然:华美的样子。来:来到这里。思:句末语气词。⑦逸豫:安乐。⑧慎:小心,珍惜。⑨勉:通免,打消。遁:逃离。思:想法。⑩空谷:深谷。⑪刍:喂牲口的草。⑫音:信。⑬遐:远。

【译文】

洁白光亮小马驹,于我园里吃菜苗。绊起马足系马缰,
延长相聚时光好。殷勤想念我好友,这儿任你来逍遥。
洁白光亮小马驹,于我菜园把藿尝。绊起马足系马缰,
延长相会好时光。殷勤想念你这人,就在这里尽欢畅。
洁白光亮小马驹,友人驱马跑得快。你是公来你是侯,
安闲愉快无限期。悠闲逸乐要谨慎,消除遁世的心思。
洁白光亮小马驹,于那山谷幽深处。青青牧草捆一束,
我的友人像美玉。莫把音信当金玉,且莫存心远离去。

【鉴赏】

这首诗,旧说约有三种,余冠英先生又提出一种解释,共约有四种。一、《毛诗序》:"《白驹》,大夫刺宣王也。"《毛传》:"刺其不能留贤也。"按《毛诗序》认为这首诗是周宣王的大夫所作,用来讽刺宣王不能用贤人。二、朱熹《诗集传》:"为此诗者,以贤者之去而不可留也。"认为作者只是要留贤者,却留不住。三、方玉润《诗经原始》:"此王者欲留贤士不得,因放归山林而赐以诗也。"四、余冠英先生说:"就

是留客惜别的诗。"从诗看，关键在"尔公尔侯，逸豫无期"。一说，《毛传》："尔公尔侯邪？何为逸乐无期以反（返）也。"即责备客人，您是公您是侯吧？为什么要回到山里去求安乐。主人招待客人，连客人是公还是侯都弄不清，不近情理。客人倘是公爵，当坐有四匹马拉着的马车来，不会骑一匹小白马来，不近情理。倘是侯爵，应当回到侯国去，怎么到山谷里去做隐士呢？不近情理。照《毛诗》讲，就有三点不合情理，讲不通。二说，朱熹《诗集传》："言此乘白驹者，若其肯来，则以尔为公，以尔为侯，而逸乐无期矣。犹言'（田）横来，大者王，小者侯也'。"刘邦派使者去对田横说，田横来，大者封王，小者封侯。照朱熹说，骑小白马来的贤人，周宣王派臣子去接待他，对他说，您肯来，则以您为公，或以您为侯。这样《毛传》里不合情理的三点都解决了。三说，方玉润《诗经原始》："其时中兴初定，安知宣王不有贫贱至交不肯出仕王朝，如严光之于汉光武……此诗之作，正光武所谓'咄咄子陵，不能相助为理耶？'"这样讲，同朱熹"以尔为公，以尔为侯"一样，但不如朱熹讲得确切。方玉润认为"尔公尔侯"是周宣王对贤人讲的，像汉光武帝对严光讲的那样。这样讲，要周宣王在宫里亲自接待贤臣，宫里不会有菜园子，怎么可以"食我场苗"呢？所以方玉润的解释也不如朱熹的合情合理。把"尔公尔侯"译作"高贵的客人"即是"你是公或侯"，用《毛诗》说不合情理，不如朱熹说合情合理。

这首诗，一、二两章是反复唱叹，只换了几个字，一章的"苗""朝""逍遥"换成二章的"藿""夕""嘉客"，别的词语都一样。反复唱叹，表达留客人的深情。三、四两章，除首句相同外，别的句子都不同，表达的情思曲折而丰富。《诗经原始》说："观其初则欲絷白驹以永朝夕，继则更欲縻以好爵，而不暇计贤者之心不在是也；终则知其不可留，而惟冀其毋相绝，时惠我以好音耳。诗之缠绵亦云至矣。"指出这首诗的情思是极为缠绵悱恻的，风格是柔婉的。再就一、二章看，借白驹的食我苗，食我藿，把它拴起，实际是要借此来留住客人"以永今朝""以永今夕"，正表达主人留客的深情。

这首诗运用修辞也可注意，一、二两章用的是复叠格，此外每一章的头一句都是复叠。"皎皎"是摹状格，光说"白驹"嫌不够，还用"皎皎"来写出它的光彩。"爱屋及乌"，由于爱客人连带客人骑的白驹也显得有光彩了。"逍遥"也是摹状格，摹状客人自得的样子。"贲然"摹状客人的光彩貌。"其人如玉"，"如玉"是明喻，赞美客人的品德。"毋金玉尔音"，把"尔音"比作"金玉"是隐喻，这首诗运用了许多修辞手法加强了诗的形象性，表达了对贤人的赞美。

黄鸟

【题解】

诗以让黄鸟别再吃诗人的黍谷起兴,象征着诗人所遭受的不公的待遇。诗人客居他乡,结果遭受剥削和不公正的待遇,抑郁不得志,因此产生了回乡归家的念头。诗中,那故土就是诗人眼中的"乐土",本诗采取了排比的写法,三节一气呵成,与另一首诗《硕鼠》相互辉映。

【原文】

黄鸟黄鸟,无集于谷,无啄我粟。此邦之人,
不我肯谷①。言旋言归,复我邦族②。黄鸟黄鸟,
无集于桑,无啄我梁。此邦之人,莫可与明③。
言旋言归,复我诸兄。黄鸟黄鸟,无集于栩,
无啄我黍。此邦之人,不可与处。言旋言归,
复我诸父。

【注释】

①谷:善待。不我肯谷:不肯谷我,宾语前置。②复:返。③明:通"盟",缔结盟约。

【译文】

黄雀黄雀听我言,莫要栖息楮树上,莫要啄食我的粮。
这个国家统治者,不肯把我来供养。回家去呀回家去,
快点返回至故乡。黄雀黄雀听我说,莫要栖止桑树上,
莫要啄食我高粱。这个国家统治者,莫订信约受他诳。
回家去呀回家去,回到诸兄的身旁。黄雀黄雀听我说,
莫要栖息在柞树,不要啄食我的黍。这个国家统治者,
不能和他来相处。回家去呀回家去,投靠伯父和叔父。

【鉴赏】

这首诗旧有三说:一、《毛诗序》:"刺宣王也。"《毛传》:"刺其以阴礼教亲而不至,联兄弟之不固。"认为周宣王教民婚姻之道不够,联结兄弟不牢固。二、朱熹《诗集传》:"民适异国,不得其所,故作此诗。"三、方玉润《诗经原始》:"刺民风偷薄也。""此不过泛言邦人之不可与处……总以见人心浇漓,日趋愈下,有滔滔难返之

势。"余冠英先生认为"离乡背井的人在异乡遭受剥削和欺凌,更增加了对邦族的怀念",同朱熹说。从诗看"此邦之人,不我肯谷,言旋言归,复我邦族"跟朱说、余说相合。《毛诗》解作"阴礼教亲而不至,联兄弟之不固",诗中无此意。《诗经原始》解作"刺民风偷薄"也不合。

这首诗也是反复唱叹的,三章多数的句子只有一两个字不同,一章的"谷""粟""邦族",二章换成"桑""梁""诸兄",三章换成"栩""黍""诸父"。有的句子完全相同,如"黄鸟! 黄鸟""此邦之人""言旋言归"三句。三章中只有"不我肯谷""不可与明""不可与处"不同,并且这后两句又只有一个字不同。这样用相同或稍异的句子来反复唱叹,适于表达一种感情。

这首诗的"黄鸟"是修辞的比拟格,用黄鸟来比剥削者,再用"集于谷""集于桑""集于栩""啄我粟""啄我梁""啄我黍"来表达对"我"的欺凌和剥削。在这几句里都用个"无"字来表示反对。这里称"我粟""我梁""我黍"点明是我的,对"谷""桑""栩"上没有加"我"字,译文点明"我的楮树""我的桑树",这是体会诗人的用意,是应该点明是"我的"。因为这诗用的四字句,倘作"无集于我谷"就成了五字句了,所以省去一个"我"字。由于下句的"无啄我粟"点明"我"字,上句蒙后省,"谷"指"我谷"比较清楚。译文点明"我的楮树"是能够体会诗人蒙后省略的用意的。这两句用了"无"字,是劝告"此邦之人"不要这样干,但"此邦之人,不我肯谷",不肯对我好,不听劝告,我又无可告诉,所以想回去了。

这首诗的首句"黄鸟! 黄鸟!"三章相同,是修辞的复叠格。这句"黄鸟! 黄鸟"是呼叫黄鸟,提出劝告,所以又是呼告格。这个呼告格又用了感叹口气,所以又是感叹格。在诗中出现了六次黄鸟,具有三个修辞格的作用,正表明作者感情的强烈。"无集于谷! 无啄我粟!"这两句用了感叹号,是修辞的感叹格。谷是楮树,在屋外;粟是小米,在屋内。从集屋外的楮树,到啄屋内的小米,是进了一步,这是修辞的层递格。二章的"无集于桑! 无啄我梁!"三章的"无集于栩! 无啄我黍!"也都是感叹格,又是层递格。从一章的"此邦之人,不肯我谷"对我不和美,到第二章的"此邦之人不可与明"对我不讲道理,到三章的"此邦之人,不可与处"也是一层进一层,是修辞的层递格。从一章的"言旋言归,复我邦族"回到本邦本族;到二章的"言旋言归,复我诸兄"和诸兄在一起,更亲了,三章"言旋言归,复我诸父",和诸父在一起,诸父是长辈,更可以帮助我,更亲了。这是一层高一层,也是修辞的层递格。三句"言旋言归"又是复叠格。就三章看,除了复叠句外,句调又是相同或相似的,这就构成了修辞的排比格。在一首诗里运用了这样多的修辞格,收到了抒情的作用,风格是比较刚健的。

我行其野

【题解】

这首诗是一位嫁入他乡却被丈夫遗弃的妇女在回乡途中的内心独白。丈夫喜新厌旧,无情地抛弃自己,女子独自回乡,心中充满愤怒,悔恨。诗以臭椿、羊蹄菜、蓄草等令人厌恶的丑陋植物起兴,意象很明显,起兴也很贴切,象征着此时女子的愤怒心情,因此看到的都是恶草而非美丽的花草。

【原文】我行其野,蔽芾其樗①。昏姻之故②,言就尔居③。尔不我畜④,复我邦家。

我行其野,言采其蓫⑤。昏姻之故,言就尔宿。尔不我畜,言归斯复⑥。

我行其野,言采其蓄⑦。不思旧姻,求尔新特⑧。成不以富⑨,亦祇以异⑩。

【注释】

①蔽芾:树叶初生的样子。樗:臭椿树。②昏:同“婚”。③言:乃。就:从、归。④畜:养。一说为喜爱的意思。⑤蓫:又名羊蹄菜,仲春时生,可采以煮食,但多食则致人下痢,所以被古人认为是一种“恶菜”。⑥归:指妇女被休后回到娘家。⑦蓄:多年生野菜,其根可蒸食。⑧新特:新妇。特,匹、配偶。⑨成:通“诚”,确实。⑩祇:只、仅仅。异:变心。

【译文】

凄然独行郊外路,路旁臭椿叶稀疏。是因为结婚的原因,才和你同住在一起。你呀变心不爱我,返回安居我旧庐。

自己一个人走在凄凉的郊外路上,步履迟迟采臭蓫。因为和你结婚了,所以才到你那里住的。你呀变心不爱我,我就归乡不再来。

自己一人走在凄凉的郊外路上,步履迟迟采恶蓄。你呀全忘原配情,贪求新欢太可恶。实在并非她富有,只是因为喜新厌旧。

【鉴赏】

历来的说解都把《我行其野》说成是一首弃妇诗。其实相反,这应当是一首“弃夫”诗。郑振铎先生曾认为此诗是写“入赘”的事,又说“赘婿之不为人重,古今如一”(《中国俗文学史》),说颇中肯。一个男子被妇家所逐,他愤而出走,唱出了这首发泄愤懑的诗。

为什么这样讲？理由有三：首先，诗三章有"不思旧姻，求尔新特"二句。这里"不思"的主语究竟是夫还是妇？也就是说，究竟是夫弃妇，还是妇弃夫？据《尔雅·释亲》和《说文》对"姻"和"婚"的解释，这两个字有明确的分工。"姻"指婿家，而"婚"指妇家。可见"不思"者为妇，而非夫；被弃者为夫而非妇。其次，下一句"求尔新特"的"特"字，朱熹训为"匹"，后有学者指出当读如《邶风·柏舟》"实维我特"之"特"，亦即配偶的意思。但"匹"和"特"也是有区别的。"特"的本义是公牛，引申为雄性动物，再引申为男性配偶。《诗经》中出现的"特"字，凡指称人的，都是讲的男性，可作旁证。而"匹"字则泛指配偶，不论性别。诗中用"求尔新特"不讲"求尔新匹"，正说明诗中人物要另觅的新人是男性而非女性。可见被弃者是夫而非妇。第三，我们详品诗旨，这诗也不像出自女子之口，尤其是其中"昏姻之故，言就尔居""昏姻之故，言就尔宿"，表现出一种不得已的委屈情绪。从女嫁男娶来说，女子结婚后住到夫家，这是天经地义的事，没有发牢骚的理由，唯事情倒过来了，才有人感到一肚子的不高兴。这也说明这首诗的作者是男子。值得一提的是王安石早已看破了此中秘密，他说："此民不安其居而适异邦，从其婚姻，而不见收恤之诗也。"（《诗义钩沉》卷十一）可惜他的解说已佚，我们无从看到进一步的阐述。

这种夫从妇居，而又被妇家驱逐的现象，是野蛮时代特有的婚姻形态——对偶婚在《诗经》中的反映。恩格斯指出，对偶婚和母权制有着血缘上的关系，这种婚姻极不稳定。在这种婚姻中，"通常是女方在家中支配一切"，那些不幸的丈夫或情人"要随时听候命令，收拾行李，准备滚蛋"（《家庭、私有制和国家的起源》）。这就是为什么《我行其野》中的男主人公要"屈尊"从妇而居，并被毫不客气地赶出门外的原因。但是母权制必然要受到历史的挑战。在《诗经》时代，对偶婚虽有遗存，但男权绝不会甘于屈从的地位。所以诗人大声发出"昏姻之故"这样的牢骚、并在全诗的结尾对妇家人的颐指气使表示愤怒的反抗："成不以富"——诚不能以服从为务！"亦祇以异"——那就只得离异而去了！这首诗很可能作于出走成行之际，他的一腔委曲、怨恨、不平，统统倾吐而出，算是出了一口闷气。

《小雅》中的诗，大多为贵族士大夫所作，但也有少数民歌。我们看《我行其野》比兴的使用，重章复句的结构，都显出民歌的特点。此外这首诗感情深沉，怨而不怒，而且很讲究措词的准确和变化，又可看到文人加工的痕迹。

斯干

【题解】

这首诗是对帝王新建的宫殿落成的歌颂,同时也是对君王地位、权利的歌颂和祝福。诗中同时提到了生儿育女,家族兴盛的情况,由男孩和女孩得到的待遇不同反映出当时已经有男尊女卑的思想,此后一直延续了几千年。在这种思想的影响下,女子地位低下,受尽迫害。

【原文】

秩秩斯干,幽幽南山①。如竹苞矣,如松茂矣。

兄及弟矣,式相好矣②,无相犹矣③。似续妣祖④,

筑室百堵,西南其户。爰居爰处⑤,爰笑爰语。

约之阁阁⑥,椓之橐橐⑦。风雨攸除⑧,鸟鼠攸去,

君子攸芋⑨。如跂斯翼⑩,如矢斯棘⑪,如鸟斯革⑫,

如翚斯飞⑬,君子攸跻⑭。殖殖其庭⑮,有觉其楹⑯。

哙哙其正⑰,哕哕其冥⑱。君子攸宁。下莞上簟⑲,

乃安斯寝。乃寝乃兴,乃占我梦。吉梦维何?

维熊维罴,维虺维蛇。大人占之⑳:维熊维罴,

男子之祥;维虺维蛇,女子之祥。乃生男子,

载寝之床,载衣之裳,载弄之璋㉑。其泣喤喤,

朱芾斯皇,室家君王。乃生女子,载寝之地,

载衣之裼㉒,载弄之瓦㉓。无非无仪,唯酒食是议,

无父母诒罹㉔。

【注释】

①幽幽:深远的样子。②式:助词,表示劝诱。③无:不要。犹:计谋,算计。④似续:继承。妣祖:祖先。⑤爰:在这里。⑥约:束。阁阁:牢固。⑦椓:击。橐橐:敲击的声音。⑧攸:语气助词,无实义。⑨芋:通"宇"指居住。⑩跂:踮起脚。斯:结构助词,相当于"的"。翼:严肃齐整的样子。⑪矢:箭。棘:屋角。⑫革:翅膀。⑬翚:野鸡。飞:飞翔。⑭跻:登。⑮殖殖:平正。⑯觉:高大直立。楹:柱子。⑰哙哙:宽敞,透亮。正:白天。⑱哕哕:幽暗宁静。冥:黑夜。⑲莞:草席。簟:竹席。⑳占:占卜。㉑弄:把玩。璋:玉制的礼器。㉒裼:婴儿的包被。㉓瓦:古代纺线的

纺锤。这里指将来纺线主持家务。㉔诒:留下,遗留。罹:祸患。

【译文】

山涧之水慢流淌,隐隐幽深终南山。看那竹子一丛丛,
松树茂盛在山间。周王兄弟来相处,和睦友好都相安,
彼此从不互欺骗。继承先祖大事业,筑起宫室几百间,
西面南面修宫门。周家子孙把家搬,说说笑笑皆喜欢。
捆绑筑板格格响,橐橐夯泥实墙土。从此不怕风与雨,
鸟害鼠患全消除,周王一家有新居。宫高如人翘脚站,
墙角如箭棱分明,屋宇如鸟张翅膀,好像野鸡展翅翔,
周王家庭登新堂。庭院平坦又宽阔,楹柱直立而高扬。
白天堂内真明亮,黑夜幽暗多深广,周王安居心舒畅。
竹席铺在蒲席上,安然舒适将身耽。睡下起来都欢畅,
占卜梦兆定吉祥。吉祥之梦乃何物?是熊是罴多勇壮,
是虺是蛇模样柔。太卜详把梦兆讲:梦乡之中有熊罴,
预示生男有吉祥;梦乡之中有虺蛇,预示生女有吉祥。
若是夫人生男孩,叫他睡在高床上。给他穿上那下裳,
让他玩弄那玉璋。他的哭声真洪亮,系上红芾多辉煌,
长大定是周家王。若是夫人生女娃,叫她睡在那地上。
包她要用那褓裸,摆弄纺锤莫遗忘。不违公婆无邪僻,
只是做饭家务忙,别给父母添忧伤。

【鉴赏】

这是大型建筑群落成的祝颂歌辞,气氛近似今日庆祝典礼或开业剪彩。卜筑者谁,说者有宣王、武王、成王之异。姚际恒估摸说:"南山自是终南山,在镐京,则谓武王、宣王者近是。若谓在洛,则南山无着落……然谓武王者,武王诗不应厕于宣王诸诗中……故不若依《序》谓宣王也。"(《诗经通论》)意度之,宣王遭厉王之厄,然诗无衰而复兴之象。又《斯干》前后诸篇并非宣王时诗,似以武王为当。今人多说是"周王",虽嫌模糊,却稳妥审慎。

诗分九章,四章章七句,五章章五句。首章总述宫室所处之地势,并祝处此兄弟亲睦。"秩秩斯干"言临水,"幽幽南山"言面山,青山秀水,是为可居处。次二句说,这儿有丛集密生的修竹,有苍翠葺茂的青松,是为宜人处。开首四句"道尽作室佳处,风度绝胜"(孙镰《孙月峰先生批评诗经》)。这赞美的颂辞是赋笔实写,也是

潜意识的祝愿：居于斯的族人将兴旺发展如涧水流之不竭；繁荣强大而如万物丰积的南山；长盛不衰就像那冬夏常青的松竹。这总起之笔，从形胜整体着眼，具有宏观的完美感。"兄弟"三句，祝家族和乐，永相敦睦。"无相犹矣"，即"尔无我虞，我无尔诈"之意，是"式相好矣"的变换说法。此章写地理人情而不及屋，实则是居此胜地，必得人和，而托出卜筑"考（成）室"之意，为全诗总冒。五"矣"字，胪列赞颂语气于句尾，两叠音形容词于句首，烘染出一片颂祝庆贺的氛围。

下两章写筑室始终，二章先统言室之所成。"似（嗣）续妣祖"，是说承绪先祖，创建新业，筑成此室，当是古人祝颂大典的惯语。"筑室百堵"，以墙多写面积之大，见屋宇之多，也就是"覆压三百余里"一类的说法。"百"非实指。"西南其户"，前人所指不一，或许指"四面其户"，不言"东北"者，文之省也。唐人"千门万户次弟开"与此相类。此句上接"百堵"，下接"居处"。"居""处"；"笑""语"，分属两句，反复见意。四"爰"字频频重复，古朴稚拙，饶有意趣，肆意渲染居室佳美，与《大雅·公刘》"于时处处，于时庐旅。于时言言，于时语语"为同一笔致。

三章方言筑室之始，与上章前后倒置，先叙终成，后言初始，当系"考室"祝辞常情。此章结构映前带后，内容写始含终。筑屋工序极多，繁事约取，择其要者言之。古建筑，筑墙为初事，也最为重要。以板夹土筑墙（此法关中民间今日犹存），先用绳束板紧密停当，此谓"约之阁阁"。用石锤捣土，其声"橐橐"。此二句以少总多，是极简之笔。和上章"筑室百堵"联系，容易使人想起《大雅·绵》古公亶父率领族人在周原建室筑墙的热烈宏大的劳动场面："俾立室家。其绳则直，缩板以载。作庙翼翼。捄（盛土）之陾陾，度（填土）之薨薨。筑之登登，削屡冯冯。百堵皆兴，鼛鼓弗胜。"这里只写了"缩板以载"，"筑之登登"，然其间盛土、倒土、夯土、削土的声音似乎都容纳在拟声词"橐橐"之中，而且筑墙前的"爰始爰谋，爰契我龟。曰止曰时，筑室于兹"（《绵》），以及"相其阴阳，观其流泉"（《公刘》）都可在"阁阁"中想见，这是至细处。所谓"以少总多，情貌无遗"，此二句近之。"风雨"二句虚笔荡漾，衬写墙之结实坚密，风雨不能侵，鸟鼠不能穿，末句"君子攸芋（宇）"，以居此美室挽结。三"攸"字嵌于句中，两叠音词居章之首，笔法与首章同。

四章，着意描绘屋宇的壮丽美盛，是此篇最为出色文字，三百首之名章。观察事物，人们总是先感受其大，次察其微。"如跂斯翼"当为瞬间直观，把握巨大空间感受的最初印象，那端正、挺耸的具象，严整、肃穆的气象，如巨人企足恭立，似乎观者须踮脚引领方能领略其貌。上古极重礼仪，这自是极美之喻。高大、充实的壮美使人震慑、惊讶，钦仰之后，视觉和意识就自须细细领受这完整美的每一局部，而寻求强作用的魅力之源的所在。以下三句顺着观赏者的这一心态渐次进行描绘：那高屋四隅的棱角，像箭杆一样笔直；那飞檐峻峭如鸟舒展双翘；那五彩十色的檐宇犹如锦鸡腾空欲起。鸟之两喻，一写其势，一写其色。四喻铺排而至，历历如贯珠，可和《硕人》的排喻相媲美。有趣的是，一把活生生的人，全以静物为喻；一把无生命的静物，全以动态物象作比（竦立本属人的一个动作；箭总和射连在一起），各臻其美。建筑是冻结的艺术。不动为实，动为虚。我国古建筑屋宇檐角总是追求轩举飞动美，在静止中求动，凝结中求空。以动态喻体刻画建筑，犹如以"美目盼兮，巧笑倩兮"写人的风韵流动，而体现了建筑的"势"和"神"。这四"如"句描绘的只是一座宫室，其"百堵"之建筑群体，逶迤成片，则可想见。气势恢宏肃穆，笔致细腻，开后世京殿赋的先河。从雄壮轩矗具象看，是为堂屋，言望其外之观感，所以用"君子攸跻"收束。言方升堂，则省去堂内笔墨，下章则径写"入室"。孙矿云："上章述筑构之坚好，此章说形势之壮丽，下章写气象之深邃，宫室之美尽矣。简而浓，华而不聘，有境有态。"

五章，写庭院平阔，室内轩敞豁亮。庭院本是建筑物的组成部分，愈是宽绰"殖殖"，愈显得地面建筑高大，故"殖殖其庭"并非闲笔。上应轩矗之堂，下开深邃之室。入其庭，"有觉其楹"直逼眼帘。楹之觉然高大，室之轩昂气势则约略可见。观者的"移步"是在"换景"中体现。"哙哙"二句，是本章精神焕发处，无论是屋内正面，还是深邃角落；无论是宽敞的正室，还是幽邃的侧室，都是焵然显明，光线充足。这是相反见义，也是处处见义。言室美明可居，故"君子攸宁"，乐处其中。方玉润说三、四、五章"皆筑室事，先垣，次堂，次室，层次井然。须玩他炼字有法，垣则曰'攸芋'，（方氏释'芋'为尊大）堂则曰'攸跻'，室则曰'攸宁'，一一分贴细腻处"。上章只写堂之外观，此章于室着重内貌，正是互文章法。

以上两章实笔叙写，以下两章由实入虚。"下莞上簟"只言寝物，以概室内设置其余。莞簟分明，应"哙哙"意。"乃安斯寝"之"安"承上章末句"宁"，引出"寝"字，自然成章。"乃占我梦"以下，及第七章章五句，借梦作兆，是空中传响之笔。《诗经通论》说："堂室之制已备言之，下乃颂祷之词，犹后世作上梁文也。居室之庆莫过于子孙繁衍，故言其生男子、女子；且必愿其男女之善，方可承先启后，为父母光。然男女之善于何可见，乃借物类之熊、罴、虺、蛇比之。然何以见其可比于熊、罴、虺、蛇，则又借梦言之。梦何以知，则又借大人占之而知之。于是下始以'乃生男子''乃生女子'二章结之。如此层层结构，深见作者用意之精妙。正大之言出奇幻，斯为至文。"姚氏之论颇有会心，故不嫌繁引："又室成而与后妃寝处，方能诞育。今但轻轻言'莞、簟安寝',即接入梦,其与后妃寝处略而不道,而已在隐约之间。起雅去俗,妙笔妙笔! 又居此室者,一家和乐好合,无过兄弟、妻子。首章已言兄弟,此处当言妻子。于兄弟则明言之,于妻子则隐言之,此尤作者之自得,而不望后世之人知之也。"此可谓善于读诗者。无容置喙,只是梦动物生子,或许与原始图腾意识变态遗传有关,至今关中梦蛇生子的遗说犹存。旧说熊罴猛兽,以像男子;虺蛇穴处属阴,以像女子。这两章祝颂新居安乐,可得吉梦。"乃占我梦"至篇末,全是缘波作浪的幻衍祝颂之词。

七章的男女之祥,借梦言之,开下两章。八章说居新室可生男子,能当诸侯,能当天子。九章祝所生女子定为贤妻良母。两章延展相对,都是设想拟议之词,也是祝颂者幻中生幻、摇笔即来之语。写男孩"其泣喤喤",是为大吉。先民认为初生儿哭声洪亮日后必有出息。《生民》即有"后稷呱矣。实覃(长)实訏(大),厥声载路。"此处的"弄璋""弄瓦",或许是"抓周"(《红楼梦》第一回有宝玉抓周的描述)习俗的始先。《诗经》时代视玉至贵,以喻德行。因而能"弄璋"而又声喤喤然,所以说"室家君王"。"朱芾斯皇",红色辉煌的佩芾,是当时尊贵君王的形象说法。女孩子"弄瓦"预示着将来会勤劳持家,"精五饭,幂酒浆,养舅姑(公婆),缝衣裳"(朱熹《诗集传》)。以下三句均为"弄瓦"预言。"无非无仪"。以闺门为修,无有偏邪。操劳内务,主办中馈,是女子的天职,只要不给父母带来忧虑,就犹如男子而有建树那样值得称道。全诗在一片室家美好,子孙繁衍祝颂的吉庆声中戛然而止。《诗经原始》说这两章"生男育女,两大段对写作收,与篇首聚族承先,遥遥相应。"

无羊

【题解】

这是一首歌颂牛羊繁盛的诗。全诗如一曲悠扬的牧歌,将牛羊放牧及归家的场面描绘得细致入微。同时由牧及人,仅寥寥八字,就把牧人披着蓑衣,戴着斗笠,背着干粮的形象生动显现出来。最后一章写牧人之梦,表现了古老的民俗信仰和对美好生活的追求。不是亲身放牧或亲见此情景的人绝写不出这样逼真、生动、传神的诗篇。

【原文】

谁谓尔无羊? 三百维群,谁谓尔无牛? 九十其犉①。尔羊来思,其角濈濈②。尔牛来思,其耳湿湿③。

或降于阿④,或饮于池,或寝或讹⑤。尔牧来思,何蓑何笠⑥,或负其糇⑦。三十维物⑧,尔牲则具。

尔牧来思,以薪以蒸⑨,以雌以雄。尔羊来思,矜矜兢兢⑩,不骞不崩⑪,麾之以肱⑫,毕来既升⑬。

牧人乃梦,众维鱼矣⑭,旐维旟矣⑮,大人占之,众维鱼矣,实维丰年。旐维旟矣,室家溱溱⑯。

束腰爵

【注释】

①犉:嘴唇是黑色的黄牛。②濈濈:聚集在一起的样子。③湿湿:耳朵摇动的样子。④阿:山坳。⑤讹:动。⑥何:同“荷”。⑦糇:干粮。⑧物:颜色。⑨薪:粗柴。蒸:细柴。⑩矜矜兢兢:强壮的样子。⑪骞:身体亏损。崩:集体生病。⑫麾:同“挥”。肱:手臂。⑬升:登上,这里指入圈。⑭众:指蝗虫。⑮旐:龟蛇旗。旟:鸟隼旗。⑯溱溱:众多的样子。

【译文】

谁说你家没有羊?一群就有三百头。谁说你家没有牛?黑嘴黄牛九十头。你的羊群走过来,羊角攒动齐聚集。你的牛群走过来,牛头晃动耳朵摇。

有些牛羊下山岗,有些饮水在池旁,有些睡觉有些走。你的牧人归来了,身披蓑衣头戴笠,随身携带着干粮。各色牛羊数十种,祭祖牲畜全备齐。

你的牧人归来了,又是砍柴又割草,还要猎兽和捉鸟。你的羊群走过来,只只肥硕又强壮,没有生病没减少。牧人举手挥一挥,羊儿全都进了圈。

牧人做了一个梦,梦见蝗虫变成鱼,又见龟旗变鸟旗。太卜为他占卦说:梦见蝗虫变成鱼,那是丰年的兆头。梦见龟旗变鸟旗,家族兴旺人丁多。

【鉴赏】

以起兴手法开头,于《诗经》为常见。即以“雅”诗来看,“正月繁霜,我心忧伤”(《正月》),“緜緜瓜瓞,民之初生”(《緜》)。以赋笔出之者,如“终朝采绿,不盈一匊”(《采绿》),“厥初生民,时维姜嫄”(《生民》)。都是自然入题。可是此首张口即道“谁谓尔无羊”“谁谓尔无牛”起势突兀,顶空作响,劈面喝问。方玉润据毛、郑而申之:“宣王当板荡之余,牧养之政久废,何有乎牛羊?至是乃修而复之,亦中兴所恒有事。”依此认为“‘谁谓’二字飘忽而来,是前此凋耗,今始蕃育口气”(《诗经原始》)。方氏盖以为"谁"者何人,"谓"者何因,似无头绪,故曰"飘忽"云云。细味全诗,前三章,除二章末二句外,纯然是首牧人自己歌,与"王"无涉。起首四句借"谁"拟设,故意连连发问,然后一一作答,当是民歌乐用的自问自答手法,意在言"牧事有成,而牛羊众多"(朱熹《诗集传》),故用反诘夸张语夸耀牧者"有成",所以"凋育""飘忽"之说似是而非。"三百维群""九十其犉"答得巧妙,两"无"字和"三百""九十"的极数,成反差性极大的对比。问得冷漠、否定,答得热烈、肯定。反掉相衬,以见豁露,且语含言外之意:"羊以三百为群,其群不可数也;牛之犉者九十,非犉者尚多也。"(《诗集传》)上四句虚写其多,为题前盘旋语。下四句接入正题,先推出一个由近而远的镜头:一大片一大片前拥后挤的羊群、擦头磨尾的牛群悠然而来。唯其近,牛耳反刍时的"湿湿"微动,和丛集密聚的羊角可见;唯其远,只见耳、角,不见牛羊,如看远处的人群只是"人头攒攒"一样,显出牧者所指挥的这个队伍的绵长,以申"三百""九十"之意。

二章是本诗主体。首章就牛羊的整体着眼,此则化整为散,分组描绘。这是理想的牧场,一片平坦洼地,中间有一个小小的湖泊。旁有小山。牛羊三五成群,有的撒欢儿从山坡奔下,有的俯首饮水于湖,有的四蹄舒展在草地上睡息,有的像被什么惊动,支耳向四面观望。这里只写了"降""饮""寝""讹"四个动态,但却使人想得更多:其间相抵触者有之,母子依偎者有之,追逐嬉闹者有之,伸颈长鸣者有之;或则有的闷头吃草,有的抬头咀嚼而目视远方……如果说与此同为牧歌的《鲁颂·駉》是幅色彩厚重的油画,那这就是一幅单色勾勒、楚楚动人的白描,"诗中有画"的滥觞,韩愈《画记》、苏轼《韩幹马十四匹》,显然受益于此。"尔牧"三句,刻画牧人头戴斗笠,身披蓑衣,背着干粮袋子。写牧者,只见装束,不见须眉,是丹青"远人无目"笔法。就布局看,洼地牧场为构图中心,牛羊围绕,"或饮""或寝或讹",与山阿牛羊,聚散呼应,疏密有致。写牛羊动静,体物入微,各具生态。画面缭绕一层静谧、安宁、自得自在的气氛。牧人点缀其间,全局更活,增添了生活的气息和情趣,这和山水画中山间小道上的樵夫一样具有人和自然的协调感。王士禛说这幅放牧图,"字字写生,恐史道硕、戴嵩画手擅场,未能如此尽妍极态"(《渔洋诗话》)。这不过是牧人生活的一个镜头,平日的顶风冒雨,远野跋涉,风餐露宿,从那笠蓑、干粮袋子,是可以看清楚的。

"三十维物,尔牲则具",是说牛羊品类繁盛,各样毛色(物)就数十种之多,祭祀要用的各色牲畜应有尽有。说此诗是牧歌不会有多大问题,那么作者如果不是牧者自己,就是于此非常熟悉的人,这从本诗生动质朴的描写中可以感受到的。而这两句，显然不是出自"何蓑何笠"者之口，牧人面对牛羊，欣赏它们吃草，高兴它们健壮，若何有"为牲"之想。作者如是熟知其道者，看那上下三章说得如此亲切有味，而此处忽然冒出这样两句扫兴话来，使人难以置信。疑此当是采诗者或删诗者将这首牧歌原来或许很生动的两句删去，而增涂上了一层现在这样的祝颂气氛，以借花献佛，成为一首"考牧"的颂辞。姚际恒说："'尔牲则具'一句是正意，余皆闲笔。"方玉润说此句"尤要"，"为全诗主脑"。看来，当反其意而视之，而且它与前后语意不属，很有楔进的嫌疑，值得鞫讯一番。

三章写牧者的勤劳和牧技的熟练。牧人除本职外，还得兼营副业，一有空暇就得拣柴禾(薪、蒸)，猎野物，否则就得整天啃干粮。其生计之窘迫，恐怕和"无衣无褐"的农夫相差无几。钱钟书先生说："西洋文学里牧歌的传统老是形容草多么又绿又软，羊多么既肥且驯，天真快乐的牧童牧女怎样在尘世的干净土里谈情说爱。有人读得腻了，就说这种诗里漏掉了一件东西——狼。我们看中国传统的田园诗，也常常觉得遗漏了一件东西——狗，地保公差这一类统治者阶级的走狗以及他们所代表的剥削和压迫农民的制度。"(《宋诗选注》)这首牧歌是快乐的，原本不愿提那些酸辛事。但它毕竟来自生活，那"以薪以蒸，以雌以雄"句子似乎笼罩了一层可感而不可见的阴影——狼，或者狗。"矜矜兢兢"，姚际恒释得极好，"羊之步履欲争先而实缓"。羊群行，似乎老怕牧人的鞭子或者旁边突然冒出的狼，希望走在最为安全的头羊后边而唯恐落后，个个如此，自然拥挤，欲速实缓而不能前，愈缓而愈争先。我们不能不赞叹先民们如此简练而细致的"描摹物理"本领。"不骞不崩"承上写羊群的驯顺，谨慎相随，一个也不散失。写羊不缺不少，也显示劳作者的技艺娴熟而悠然自得，这自然引出牧人"麾之以肱，毕来既升"的妙笔。一挥手臂，牛羊都顺从地爬上山坡，这是具体写牧人动态唯一之笔，然这一"麾"，给人印象极深。众羊群行，且须出力爬坡，却一挥臂而使之，欲来而来，欲升而升。不但"毕来"，而且"既(尽)升"，真是整齐如一，随心所欲了。这里只说"麾肱"，而不言"麾鞭"，更体现了羊顺乎人，人体惜羊，"人物并处，两相习自不觉两相忘"(方玉润语)的物我谐和情景。《毛传》释"升"为"升入牢也"。后人多从。圈牢是否筑在高处而须"升"，无法知道。只有马瑞辰说："'升'，对上章'或降于阿，或饮于池'言，盖谓升于高处，非入牢之谓也。"(《毛诗传笺通释》)马氏意谓来时"降"于山坡，此时当归，就应是升于山坡。或可解为又升上另一山梁，到另一牧场去放牧，那里有更多的草和更清的水，或许还有柴可捡，有鸟可捕。

四章，借梦祝颂牛羊丰盛、人口增多。"众维鱼矣，旐维旟矣"是梦中之象，梦见鱼大为吉祥。闻一多说:"鱼是繁殖力最强的一种生物,所以在古代,把一个人比作鱼,在某一意义上,差不多就等于恭维他是最好的人。而在青年男女间,若称其对方为鱼,那就等于说'你是我最理想的配偶!'"(《神话与诗·说鱼》)比喻和象征是多边性的,鱼的繁衍也可以成为牛羊丰茂、庄稼丰稔的征兆。"鱼"的谐音"余",有余,又是丰收的概念。时至今日,胖孩子抱一大鲤鱼,仍是民间最喜爱的年画之一,它有格外的喜庆意味。所梦鱼多,占卜结果必然是"实维丰年"了。又梦"旐维旟矣",于省吾说,"旐"通"兆","众维鱼矣"之"众",与"旐(兆)"均为量词,为众多之泛称,"此诗本谓牧人所梦的是鱼之众与旐之多,众鱼为丰年之征,兆旐为室家繁盛之验"(《泽螺居诗经新证》)。对于"牧人"有二释,一说即指"何蓑何笠"的牧者。那么,虽然梦鱼人人都可以的,但梦旐恐怕就不是整日与牛羊为体的牧者所享有的福分。因而有人说是指司牧,但这与上文看不出有何联系。于是姚际恒站出来说:"畜牧蕃盛固富国之一端,而年丰民庶,家给人足,尤为治年攸赖,故颂祷必之。然何以遽及,则借梦言之,鱼丽(疑"众"字之误)为万物盛多之象,故为丰年,旐、旟所以聚众,故为民庶。假微贱之梦,通乎国计民生,此岂常人思虑所及!"(《诗经通论》)姚氏据《毛诗序》"宣王考牧"立论,认定"当有颂祷之词以终之",倒不见得一定如此。不过,他确有审美眼光,看出末尾颂祷与上文"遽及"不连,因而发"假梦"之说。与其说是"假",不如说是缀,后人追加之笔。因为诗写到"毕来既升",那是很理想的结尾,可以篇外生思,使人味之不尽。把一首生动的牧歌要改装成对"王"的祝颂辞,可能与"三十维物"二句同出一手。所以末章与前风格迥异,牧歌味道消失了,颂祝的气息增浓了。因而由"微贱"的"风"诗,上升到"尊贵"的"雅"诗,弄得后人,对其主题颇伤脑筋。好在补笔也很高明,借虚幻之笔藏补缀之章,还不算勉强。方玉润说:"四章幻情奇想,深得化俗为雅,变板成活之法。"说上三章为"俗",末章为雅,这又为上面的疑想添一理由。

　　这首诗在布局上,颇为别致。或"人物杂写,或牛羊并题,或牛羊浑言,或单咏羊而不咏牛,而牛自隐喻言外。总以牧人经纬其间……其体物入微处,有画手所不能到。晋、唐田家诸诗,何能梦见此境?"(方玉润《诗经原始》)掩卷细味,眼前总出现:爬到山脊的羊群和天上的白云混成一片,还在绿色山坡上的羊群,像朵朵白云悠悠上升。山上的野风吹得青草齐齐偃伏,把"何蓑何笠"者悠扬的歌声飘到上空,飘到刚才放牧的洼地,那美妙的歌辞就是《无羊》。

节南山

【题解】

　　这是周朝大臣家父斥责执政者尹氏的诗。诗中控诉了尹氏的暴虐,指斥上天不公,让坏人执政祸害百姓。希望周王追究尹氏罪恶,要任用贤人,使万邦安居乐业。诗人在尹氏权力中天、人们都慑于其淫威不敢作声时,挺身而出,写诗直斥尹氏邪恶,表现了忧国忧时、直言敢谏的精神。这说明在任何时代都有仁人志士为国分忧,黑暗势力是不会长久的。

【原文】

　　节彼南山①,维石岩岩②。赫赫师尹③,民具尔瞻④。忧心如惔⑤,不敢戏谈。国既卒斩⑥,何用不监⑦!

　　节彼南山,有实其猗⑧。赫赫师尹,不平谓何⑨!天方荐瘥⑩,丧乱弘多⑪。民言无嘉,憯莫惩嗟⑫!

　　尹氏大师,维周之氐。秉国之均,四方是维⑬。天子是毗,俾民不迷。不吊昊天,不宜空我师⑭!

　　弗躬弗亲,庶民弗信。弗问弗仕,勿罔君子?式夷式已⑮,无小人殆?琐琐姻亚⑯,则无膴仕⑯?

　　昊天不傭,降此鞠讻⑰!昊天不惠⑱,降此大戾!君子如届,俾民心阕。君子如夷,恶怒是违。

　　不吊昊天,乱靡有定。式月斯生⑲,俾民不宁。忧心如酲,谁秉国成?不自为政,卒劳百姓。

　　驾彼四牡,四牡项领⑳。我瞻四方,蹙蹙靡所骋!方茂尔恶,相尔矛矣!既夷既怿,如相酬矣。

　　昊天不平,我王不宁。不惩其心,覆怨其正。家父作诵,以究王讻。式讹尔心,以畜万邦。

【注释】

　　①节:山势高峻的样子。②岩岩:崖石重积。③赫赫:显赫尊贵的样子。师尹:太师尹氏。太师是周王朝的首辅。尹姓是周王朝的世卿,祖先尹佚在武王时有功,宣王时尹吉甫佐宣王著勋。④具:通“俱”。瞻:仰望。“具瞻”一词,后来成了典故,形容朝廷重臣。⑤惔:“炎”的假借字,意为燃烧。⑥卒斩:断绝,结束。⑦监:

通"鉴",察觉。⑧实:满,广大。猗:通"阿",从王引之说,山陵迤逶弯曲处。⑨谓何:怎么,为什么。⑩荐瘥:降下瘟疫。荐,进奉、加予;瘥,疾病、瘟疫。⑪弘:同"宏",广大,甚。⑫憯:曾经,还是。惩:儆戒。⑬四方:指诸侯万国,周王朝是宗主,统率四方诸侯。维:掌握,控制。⑭空我师:使大众穷困的太师。空,使之穷困。⑮式:发语词。夷:平,删损。此句为后一义;下"如夷""既夷"之"夷"为前一义。已:止,废弃。⑯膴仕:肥缺。⑰鞠讻:大灾,元凶。鞠,穷,极。讻,同"凶"。⑱惠:仁善。⑲月:"拥"之借字,是折断、损伤的意思。⑳项领:肥脖子。项,"难"(鸿)的假借字,意为大。领,颈。马久不拉车,则颈子肥大,犹人久不坐鞍,脾肉复生。

【译文】

那南山又高又大,山上全是垒垒岩石。身份显赫的尹太师,很多双眼睛看着你。满腔忧忿如燃,进言不敢轻率。国家已危矣,为什么还不察见!

那高峻的南山,斜坡委实宽广。身份显赫的尹太师,为什么办事失利!老天将降灾难于人间,满目离乱丧亡。庶民绝无好评,必须要警惕思量!

你姓尹的太师,该是周朝柱石。国家政权被掌握,天下还要靠你掌舵。君主靠你辅佐,给万民将路指。老天爷不爱民,否则不该有使大众穷困的太师!

从不亲身理政,万民怎会信任?对贤人不加纳用,贤人岂不淹滞?因而伤害罢免,难道不是坏人当道吗?无能的裙带亲,不知占去多少好位置?

上天有所不公平,降下这害人虫!老天爷心不善,降下这大灾难!君子掌权执政,民愤自然平靖。正人办事公平,就不会产生民怨。

老天爷不爱民,祸乱老不平定。灾难折磨苍生,让百姓不安宁。心忧像喝醉了一样,朝政谁来掌管?君王不来自理,最后百姓还是遭殃。

驾着那四匹马,马儿肥了脖颈。我向四周看看,天地太窄难驰骋!当你放纵做坏事的时候,看你像杀人矛!忽而心平意悦,却又碰杯相酬。

老天爷不公正,君王不得安宁。这种人不愿认错,反而怨恨谏诤。家父吟此诗篇,追究王朝祸根。希望天子有所悔悟,抚育天下百姓。

【鉴赏】

此篇一名《节》,卢辨注《大戴礼·卫将军文子篇》引"式夷式已"二句云:"此《小雅·节》之四章",是周大夫家父所做的一篇有名的政治讽喻诗。

有名的作品往往也是争议大的作品,《节南山》即其一例。诗云:"家父作诵,以究王讻。"那么家父是谁呢?王又指的哪个?有的认为是桓王时代的家父,而《毛诗正义》(毛亨)根据"古人以'父'为字,或累世同之"的情况,说"此家父或父子同字'父',未必是一人也",否定了家父是桓王时人的说法。胡承珙(《毛诗后笺》)、魏源(《诗古微》)等人则进一步肯定家父就是幽王时候的人,诗里所说的王就是周幽王。至于这首诗的题旨,说法也各有不同。《毛诗序》谓为"家父刺王也",《毛诗后笺》说是"专责尹氏,而刺王之旨自在言外",《诗毛氏传疏》(陈奂)又认为它"讽王亦讽尹",还有一种意见认为主要是刺尹氏,"唯末二章及王"(姚际恒《诗经通论》)。也就是说,各家都肯定它对太师尹氏的揭露,分歧点仅在于应该怎样理解诗人对幽王的态度,是讽? 是怨? 还是爱呢? 其实研究诗歌应该从作品本身的实际出发,用不着也没有必要恪守"为尊者讳"之类的老教条,更何况此诗屡屡点着幽王的过失说话呢。幽王尽管是王,可他干了那么多的错事、蠢事和坏事,为啥刺不得? 明明刺了,偏要曲为掩饰,显然不合乎作品本身的实际情况。现在,学者们一般都承认这是一首控诉执政者的诗,诗人对穷凶极恶的太师尹氏表示了无比的愤怒。全诗酣畅饱满,神完气足,自有一股庄肃而又热烈的情绪流溢其间。

诗以南山起兴,历数师尹的罪恶而幽王不察之。威势显赫的太师,位列三公(太师、太傅、太保),主持朝政,他把国家搞得乌七八糟,但是幽王一点儿也没看见。接下去说的是太师尹氏已经弄得天怒人怨了,"憯莫惩嗟",竟然没有人来制止他所推行的恶政。太师原本是国家的根本,国运系于一身,其重要达到这样的高度,幽王当然"不宜空我师",不该重用坏人,让他把民众整得如此穷困。幽王身为国君,既不躬亲朝政,又不制止尹氏的倒行逆施,师尹自然就要拉帮结伙,大刮裙带风了。诗人从局势的危殆、黎民的怨恨、国力的耗损以及小人的乘时这四个方面层层写来,把尹氏之恶,国人之忧,幽王之昏,悉包举无遗,做到了理正辞达,确是大手笔的路数。

上面提到的那一切,问题自然是严重的,不过从人治的观点看起来(我们当然不能要求两千七百多年前的人讲法治),只要国君能够做到远小人而任君子,问题其实不难解决。基于这样的认识,所以诗人在五、六两章里头,分别从正反两方面对比陈词,反复申说,希望周天子要从"组织路线"开刀。可谓对比强烈,态度鲜明。

诗做到这里,照说可以收笔了,因为既摆清楚了情况,又提出了解决办法。然而不然,诗人偏偏一口气连用四章的篇幅来浓化情感,强调题旨。首言天地虽广,楚马也堪奔驰,就是容不下一己之身。局缩不得舒展谓之蹙蹙,"蹙蹙靡所骋"表面上是说没有驰骋的地方,实际上是讲国中无容身之所。次言师尹的个人品质很恶劣,他是那种"爱则加诸膝,恶则投诸渊"的小人,反复无常,不堪信赖。复言恶人不除,人家肯定会秋后算账或曰反攻倒算。总之,生存空间甚小,不安全感很大,所谓"庆父不死,鲁难未已",盖此之谓也。当然,就诗的情绪脉络讲,它又正是前面两大部分的自然延伸。

卒章明志,自己报出名字,讲明目的:清君侧以巩固周王朝的统治。结穴处简劲明确。

很清楚,这首诗反映了奴隶主统治集团内部尖锐而激烈的斗争,即奴隶主当权派同失意派之间你死我活的斗争。看来家父其人相当富于斗争经验。他的目标非常明确,那就是非把师尹搞下台不可,所以打击方向始终朝着那一个人,火力很集中。但在斗争的策略上,却绝不马虎,他处处代天立言,为民请命,替国分忧,总是把国君同师尹既联系又区别开来,述志陈情绝不挟带个人纠葛。这样,斗争目标的明确,斗争策略的成熟,以及表情达意的节制,三者相互作用,于是就赋予全诗一种堂正之气,给人精力弥满的印象。加之造语畅达,尤为生色不少。排比句的整饬,以及排比句的大量使用和反复出现,此诗较之《诗经》中的其他篇什,要算相当突出的。它们总是在诗情激越之处出现,使整首诗越发显得气势酣畅。既精力弥满,又酣畅明达,《节南山》就是这样重重地叩击着你的心扉,使你无法拒绝它。

正月

【题解】

本诗也是一首政治抒情诗,诗中运用了很多比喻和象征,极大地增强了诗的生动性和说服力。讽刺了周幽王昏庸无道,最终导致国家灭亡的结局,言语激烈,十分愤慨。诗中注重对细节和场景的描绘,将人物性格特征的揭示与社会环境及时代的背景相结合,视野开阔,论述发人深省,让我们不禁对那个时代的动乱以及民不聊生发出感慨,同时对主人公的境遇和心情深有认知。

【原文】

正月繁霜,我心忧伤。民之讹言,
亦孔之将①。念我独兮,忧心京京②。
哀我小心,癙忧以痒③。父母生我,
胡俾我瘉④?不自我先,不自我后。好言自口,
莠言自口。忧心愈愈⑤,是以有侮。忧心惸惸,
念我无禄。民之无辜,并其臣仆⑥。哀我人斯,
于何从禄?瞻乌爰止⑦,于谁之屋?瞻彼中林,

侯薪侯蒸⑧。民今方殆,视天梦梦⑨。既克有定,
靡人弗胜。有皇上帝,伊谁云憎⑩?谓山盖卑⑪,
为冈为陵。民之讹言,宁莫之惩!召彼故老,
讯之占梦。具曰予圣,谁知乌之雌雄!谓天盖高,
不敢不局⑫。谓地盖厚,不敢不蹐⑬。维号斯言⑭,
有伦有脊⑮。哀今之人,胡为虺蜴⑯?瞻彼阪田⑰,
有菀其特⑱。天之扤我⑲,如不我克。彼求我则,
如不我得。执我仇仇⑳,亦不我力。心之忧矣,
如或结之。今兹之正,胡然厉矣?燎之方扬,
宁或灭之?赫赫宗周,褒姒灭之!终其永怀,
又窘阴雨。其车既载,乃弃尔辅。载输尔载㉑,
将伯助予㉒!无弃尔辅,员于尔辐㉓。屡顾尔仆,
不输尔载。终逾绝险,曾是不意。鱼在于沼,
亦匪克乐。潜虽伏矣,亦孔之炤㉔。忧心惨惨㉕,
念国之为虐㉖!彼有旨酒,又有嘉殽。洽比其邻㉗,
昏姻孔云。念我独兮,忧心殷殷。佌佌彼有屋,
蔌蔌方有谷;民今之无禄,天夭是椓㉘。哿矣富人㉙,
哀此茕独!

【注释】

①将:盛大,猖獗。②京京:忧不止。③瘨:抑郁,烦闷。痒:生病。④胡:为什么。俾:使。瘉:痛苦,烦恼。⑤愈愈:忧惧的样子。⑥并:全,皆。臣仆:奴仆。⑦瞻:看。乌:乌鸦。爰止:落在什么地方。⑧侯:维,只。薪:柴禾。⑨梦梦:形容昏聩。⑩伊谁云憎:憎谁,恨哪个人。伊、云:助词。⑪盖:何。卑:矮小,低微。⑫局:低头弯腰。⑬蹐:放轻脚步走路。⑭维:只有,只能。号:大声说出。斯言:这些话。⑮伦:条理。脊:内涵。⑯虺蜴:毒蛇和蜥蜴。⑰阪田:山坡上的田。⑱菀:茂盛的样子。⑲扤:动、摇。⑳执:得到。仇仇:傲慢不逊。㉑输:掉落。㉒将:请求。伯:大哥。助:帮助。㉓员:巩固。㉔炤:明。㉕惨惨:忧郁的样子。㉖为:遭受。虐:灾祸。㉗洽:和谐。邻:亲近的人。㉘夭:摧残。椓:以斧劈柴。比喻沉重打击。㉙哿:表称许之词。

【译文】

炎热四月降浓霜,天道反常我心忧。百姓当中有谣言,

诗经

图文珍藏版

沸沸扬扬极夸张。想起自己很孤独，无数忧愁堆心上。
谨慎小心我悲哀，烦闷忧虑受祸殃。父母生我在人间，
为何让我遭祸患？生前灾难不曾有，死后灾难未出现。
好话打从人口出，坏话也由人口传。心中忧伤日日深，
反遭侮辱心不宁。心忧孤独甚不安，想起自己无福禄。
百姓人人无罪过，一旦亡国变奴仆。可怜我们众辅臣，
将从何处得幸福？看那乌鸦飞何处？觅食降落谁家屋。
看那茫茫树林里，唯有柴草在其间。百姓正在遭灾难，
上天不明多昏庸。上天终能止恶乱，没人能把它战胜。
光明伟大上帝神，不知你把谁来憎？那山何尝矮而低，
是冈是陵高高站。百姓当中生谣言，竟不制止任其传。
故旧老臣都召见，询问占梦证灵验。占梦之人都自夸，
乌鸦雌雄谁分辨？苍天空阔何等高，敢不弯腰来低头？
茫茫大地何等厚，敢不轻轻小步走？他们呼喊这些话，
合情合理有原因。可怜如今执政官，为何与蛇结成友？
看那山坡崎岖田，庄稼长得好茂盛。上天肆意摧残我，
唯恐不能把我胜。君王求我心好急，唯恐稍晚用不成。
君王把我得到手，却又怠慢不重用。我心忧伤难诉说，
好像绳子打了结。当今政坛大官们，为何如此心凶恶？
野火熊熊好旺盛，有人竟能来扑灭。兴隆显赫周王朝，
褒姒竟能把它灭。忧伤既已时间长，阴雨困扰增凄凉。
大车已经装货满，却把夹板丢一旁。车载货物掉路上，
才请大哥来相帮。不要丢弃车夹板，还要加固那车辐。
常常看视赶车夫，货物不致丢大路。终能逾越绝险处，
你却不想不测度。鱼儿游在浅池中，始终不能尽欢腾。
鱼虽潜伏深水中，仍然显著看得见。心中忧伤很悲痛，
想起国家施暴政。达官贵人饮甜酒，美味佳肴享口福。
与邻亲近很融洽，亲戚周旋相推许。想起只有我孤单，
心中多少愁与苦。卑微小人有屋住，鄙陋小人有五谷。
现在百姓无幸福，上天降灾人民苦。富人欢乐来安处，
可怜我啊太孤独。

《正月》是孤独者的哀歌,是忧患者的心语。这首长达九十四行的抒情诗,以其深沉的感情,丰赡的比喻,流美的语言,在大约三千年前就把抒情主人公的主观感情强调得如此鲜明,表现得如此饱满,很值得我们注意。

诗从繁霜取象,一开始就于主体同客体的关系着墨,用"我心忧伤"统摄全篇,或广泛取喻,或反复咏叹,情绪波澜全从心底涌出,把社会主导思潮批判者的抒情形象,有力地推到读者面前。

"正月"指周历六月,已属初夏反而多霜,是气候反常,引出"心忧"一语。这是开门见山的写法。凡下,全诗紧紧扣住"忧"字,以"我"为主线层层展开。由"我"的身世、经历、遭遇带出忧患之情,逐渐而及世之谣诼,而及国民大众,而及昊昊苍天,而及世事,而及朝政,直至卑劣的新贵。我们分明地感到,浸润全诗的并不是事理的铺陈,而是强烈的主观色彩,是"我"的思想、人格和情感的反复咏唱,主体性极其鲜明。在这里,"我"既是时代、社会和人生之不幸的承受者,更是它们的诘责者。诗中所表达出的个人的悲愤、恐惧和孤独的复杂情感,其急切之状,其哀痛之深,具有强烈的时代特征,是个人之情对于人生之情和时代之情的聚光。

诗人首先拉大自己跟整个世界的距离,把现实同自己的不合拍所形成的强烈反差投入情感之中,在"民之讹言"中感念自身的孤独无援,在天之梦梦中悲叹自身的渺小,在君臣的"为虐"中宣泄自己的愤懑。举头问青天,天是个谜,"有皇上帝,伊谁云憎?"四处讯问故老巫觋,他们只晓得欺世盗名,"谁知乌之雌雄?"凡此种种,如"鱼在于沼""潜虽伏矣""亦匪克乐",愁怀如此深长,怎能排解?强烈的主体感情色彩形成一种浓郁的氛围,它于是又反过来使得"我"的情感具有沉重性。"父母生我,胡俾我瘉?不自我先,不自我后。"尽管它们明白无误地讲出了生不逢时的苦恼,但是,回荡在字句之外的那对现存秩序的否定之情,又何等凝重!

一般说来,人之所以为人,作为生命实体与精神实体的统一物,就在于他不但能够感知世界,更在于他能够认识世界,总是要不断地从自身出发去把握外部世界。人的这种不间断的探求活动就是有意识的生命活动,是人类进化的精神杠杆。马克思明确指出,"有意识的生命活动直接把人跟动物的生命活动区别开来";而且,"只是由于这个缘故,他的活动才是自由的活动"(《政治经济学——哲学手稿》)。因此,对有意识的生命活动的自觉,即人的主体意识的强化,这正是人的本质的觉醒。我们说《正月》很值得注意,道理就在这里。

那么《正月》对主体意识的强化,究竟表现在什么地方呢?把前面已经提到的东西归纳起来,主要表现在"我"与"时"(一至三章)、"我"与"天"(四至五章)、"我"与"君""人"(六至七章)、"我"与"政"(八至十一章)以及"我"与新贵诸方面。这五个方面(或层次)彼此区别又相互联系着,主体同客体共处于尖锐的对峙关系中,并在这对峙中显示着自己的充分存在。而渗透全诗的那种危机感、孤独感和失落感,则强调了主体对于客体的理性观照与情感判定。正是因为这样,主体不但没有为客体所湮没,相反,恰恰是获得了更为饱满的活力。于是,诗中不断出现的句子"念我独兮""哀我人斯""心之忧矣""忧心惨惨""哀此惸独",正如一部交响乐中的主旋律一样,它们不仅仅是表现手法上的重言申意,同时,更是作为对"我"的本质觉醒的一种特别肯定。甚至连乌鸦止屋、阴雨行车的比喻,也不再限于技巧的范围了,而是浸透着主体意识所产生的意象上的飞跃。

传统的说法,大多认为《正月》是周室大夫刺幽王的篇什,这样讲也未尝不可,可惜却把诗本身的丰富内蕴讲得狭窄了。它远远不止于刺刺幽王而已,它让我们具体地感受到了一场社会大变动所激起的精神裂变。

十月之交

【题解】

本诗以发生日食、地震等自然现象为切入点,进而描写社会所遭受的苦难,揭示了社会黑暗,人民流离失所的社会现实,讽刺了周幽王的昏庸无道。诗中所提到的那次日食(推算为公元前776年9月6日清晨),是世界上年月可以准确被推断的最早且最可靠的一次日食记录。同时,诗中也表达了诗人的进步思想,他认为人间的灾难并非是上天降下的,而是君王的昏庸和朝廷的腐败造成的。

【原文】

十月之交①,朔月辛卯②。日有食之,亦孔之丑③。彼月而微④,此日而微。今此下民,亦孔之哀!

日月告凶⑤,不用其行⑥。四国无政,不用其良。彼月而食,则维其常。此日而食,于何不臧⑦!

烨烨震电⑧,不宁不令⑨。百川沸腾,山冢崒崩⑩。高岸为谷,深谷为陵。哀今之人,胡憯莫惩⑪!

皇父卿士⑫,番维司徒⑬,家伯维宰⑭,仲允膳夫⑮,棸子内史⑯,蹶维趣马⑰,楀维师氏⑱,艳妻煽方处⑲。

抑此皇父⑳,岂曰不时?胡为我作,不即我谋?彻我墙屋,田卒污莱。曰"予不戕,礼则然矣。"

皇父孔圣,作都于向。择三有事,亶侯多藏。不慭遗一老,俾守我王。择有车马,以居徂向。

黾勉从事,不敢告劳。无罪无辜,谗口嚣嚣。下民之孽,匪降自天。噂沓背憎,职竞由人。

悠悠我里,亦孔之痗。四方有羡,我独居忧。民莫不逸,我独不敢休。天命不彻,我不敢效我友自逸。

【注释】

①交:指日月交会。②朔月:即月朔,每月的初一。辛卯:是周幽王六年十月初一。③丑:恶。④微:幽昧不明。⑤告凶:示人以凶兆。⑥行:轨迹,轨道。⑦臧:善。⑧烨烨:指电光闪烁。⑨令:善。⑩冢:指山顶。崒崩:突然崩塌。⑪憯:曾、何。惩:警告,警戒。⑫皇父:人名。陈奂《诗毛氏传疏》据《国语·郑语》史伯曰:"夫虢石父谗谄巧从之人也,而立以为卿士……"谈及幽王时事,与此诗相同,疑皇父即虢石父。卿士:总管王朝政事的官。⑬番:人名。司徒:掌管人口、土地的官。⑭家伯:人的名字。宰:掌管王家内外事务的官。⑮仲允:人名。膳夫:掌管国王和后妃饮食的官。⑯棸子:人名。内史:掌管爵、禄废置等政务的官。⑰蹶:人的名字。趣马:主管养马的官。⑱楀:人的名字。师氏:人名,掌管教育贵族子弟的官。⑲艳妻:指周幽王的美丽宠妃褒姒。煽:意指如火般炽盛的红人。方处:并在王朝最高位置。⑳抑:同"噫"。

【译文】

十月反常日月交,本月初一是辛卯。出现灾异有日食,这也真不是一件好事。那月亮啊没有光,这太阳啊也没有光。如今不幸众黎民,无比哀痛怨难伸!

太阳月亮显凶兆,不遵循法度不循规蹈矩。普天之下无善政,良臣不用而用奸佞。那虽有不好的月食,它比日食算平常。这日食,更不好,奈何坏事突然降!

烈电闪闪雷隆隆,受灾天下不安宁。百河千川洪波滔天,崇山峻岭尽碎崩。高高崖岸陷为谷,深深山谷升作陵。可叹今日众奸佞,何不惩罚这暴政!

皇父为首是卿士,司徒是由番氏任,总管是家伯宰父,仲允膳夫掌馐膳,架子内史管人事,蹶氏司马管马匹,祸氏官职为师氏,列居高位,美妻势正炽。

哎呀,这皇父,为何役民不以时?为什么调遣我去服役,不事先跟我商议?就毁我的墙和屋,田间积水长苹变荒芜。却说:"不是我为害,礼法应该是这样。"

人家皇父是大圣，建都向邑土木兴。自选亲信有三卿，他们真是很有钱。老臣一个也不要，使他保卫我王朝。车马被豪富选去，迁往向邑定新居。

尽心竭力去从公，叫苦不敢只能献赤诚。无罪，无事，众口交谗将我诬。黎民百姓受灾殃，灾殃不一定是从天降。当面和气背面恨，祸患都因有坏人。

悠悠绵绵我心伤，积忧成为大病恙。四方之人乐康宁，深陷愁海中只有我自己。人家无不享安逸，我自己不敢稍休息。天命不循法度行，我不敢自图逸乐效众卿。

【鉴赏】

《小雅·十月之交》是周王朝一位大夫所做的政治抒情诗。全诗反映了奴隶主统治集团内部由于财产和权力的再分配而出现的社会阵痛与精神痛苦。两千七百多年前写成的这首诗，结撰清爽，笔力健举，具有滂沛的感情。通体流贯着一种孤独感，即使今天读起来也不能不心动。

诗起笔于周幽王六年十月一日发生的日食，一开始就把一个探究于天人之际的抒情主人公凸现在我们面前。基于周人的天命观，在自然界的反常同政治上的无道之间，他看到了必然联系，不管是日食或者地震，他认为都是为政者逆天背德，激怒了上帝（"天"）所致，是天降灾异以"示凶"，而直接承受大痛苦的则是现今的"下民"。起笔视域开阔，有情感。既叹曰"亦孔之哀"，复申以"哀今之人"，正见出感情的强烈。

接下去的四章，承"四国无政，不用其良"而来。就"不用其良"讲，诗人公开点了七位大员的姓或字，那就是"男士"皇父、番、家伯、仲允、聚子、蹶、楀，另外还有一位"女士"即当今天子的"艳妻"，并且指出他们同时受到宠幸，目前威势正炽。事态既已弄到公开地点名道姓，从诗人方面观之，自然是忍无可忍了。就"无政"讲，其荦荦大端，约略为三。一是不使民以时，"彻我墙屋，田卒汙莱"，破坏了生产和生活。二是

四羊首瓿（商）

作都向邑，擢拔亲信做三卿，把天子身边的老臣排除得一个不剩，还徙国中富户以实新京。周人特别看重宗庙，迁都自然非同小可，你居然让老祖宗的祭享都受到影响，诗人怎么会接受得了？三是整个社会的道德风气越来越糟，谗口销金，好人受

气。并且,诗人明确指出,所有这些全是人为的灾难,而不是上天的肆虐。所谓"下民之孽,匪降自天","职竞由人",不唯扣合篇首又翻出新意,结构上显得紧密,同时还把"胡僭莫惩"一语进一步坐实,增强了感情的力度。古罗马人说"愤怒出诗人"。《十月之交》的这位诗人,指斥政敌亮名亮姓,列举罪状斩钉截铁,揭示病根直言不讳,真是个须眉奋张的金刚呢。

卒章转到诗人自己,他清楚地意识到,他只能选择忧愁和孤独。两个"独"字,加上一句"我不敢效我友自逸",把选择的痛苦与坚毅作了准确的揭示。

这首诗是由两组意象支撑着:一组是日食、地震等自然界的异常变化,其中大地震尤其写得惊心动魄;另一组是政治上的动乱,内中以迁都向邑写得最悲愤。二者互相补充,互相生发,把诗的境界推向更深的层次。自然界的异常变化一旦被诗人纳入笔底,就由于社会的大动荡而人格化了,简直成了社会变乱和诗人忧愤的一种外化手段,因而把诗的抒情效应和形象性特征发挥得淋漓尽致。至于诗人笔下的社会震荡,则由于有了关于自然现象的生动描摹做映衬,尽管通体出之以赋,而赋在这里实际上已经发生转化,变成了一种特殊方式的抒情,那呼告直白的句子不但不再显得叫嚣和浅露,而且刚好表现出诗人肝肠的激烈。诗人,作为统摄两组意象的抒情主人公,面对自然灾异的可怕,面对幽王因宠幸褒姒和七个奸佞所导致的政治灾难,他既惶惑又愤懑,但最终还是勇敢地接受了命运的挑战。

于是,在我们面前浮现出这样一位诗人:他一方面呼天抢地,敬畏天命,另一方面又不得不发出"天命不彻"的怨怼;他一方面坚决反对暴政,主张仁政,维护礼,另一方面眼见着皇父等人的政治措施如"百川沸腾,山冢崒崩。高岸为谷,深谷为陵",急剧地改变着原有的一切,却只能被动接受,是那样的无力,甚至连同一圈子的朋友也离开了他;他一方面主张厚民,对"下民"怀有相当的同情,另一方面是那些"下民"并不领情,"民莫不逸",仿佛把他遗忘了。

他是痛苦的,更是孤独的。

他,浓缩着历史的巨变。

雨无正

【题解】

这是一首讽刺周幽王昏庸、害国害民的诗。整首诗从天灾写起,追本溯源地写到朝廷的腐败、官员的奸佞,导致民生凋敝、流离失所,小官吏眼见国家飘摇,却心有余而力不足。诗中充满了诗人的忧患和深刻的悲哀。周幽王的苛政就像久下成灾的大雨一样,给人民造成无尽的苦难和忧伤,因此,本诗的题目即鲜明地点明了本诗的主题。

【原文】

浩浩昊天,不骏其德①。降丧饥馑,斩伐四国。

旻天疾威②,弗虑弗图。舍彼有罪,既伏其辜;

若此无罪,沦胥以铺③。周宗既灭,靡所止戾④。

正大夫离居,莫知我勚⑤。三事大夫,莫肯夙夜;

邦君诸侯,莫肯朝夕。庶曰式臧⑥,覆出为恶。

如何昊天,辟言不信⑦。如彼行迈,则靡所臻⑧。

凡百君子,各敬尔身。胡不相畏,不畏于天?

戎成不退,饥成不遂。曾我暬御⑨,

憯憯日瘁⑩。凡百君子,莫肯用讯。

听言则答,谮言则退⑪。哀哉不能言!

匪舌是出⑫,维躬是瘁。哿矣能言!

巧言如流,俾躬处休!维曰于仕⑬,

孔棘且殆⑭。云不可使,得罪于天子;

亦云可使,怨及朋友。谓尔迁于王都,

曰予未有室家。鼠思泣血⑮,无言不疾⑯。

昔尔出居,谁从作尔室?

【注释】

①骏:长,久。②旻天:老天。疾威:暴戾,残忍。③沦胥:轮流,相继。铺:陷入苦难。④戾:平定,安详。⑤莫:没有人。勚:操劳,忙碌。⑥庶:庶几;也许可以。⑦辟:法度。⑧臻:至。⑨曾:居然。暬御:近臣。⑩憯憯:忧愁。瘁:憔悴,病弱。⑪谮言:谏言。退:叱责。⑫出:病。⑬维:语气词。于:去,往。⑭殆:危。⑮鼠:忧愁。泣血:哭得眼睛通红。⑯疾:痛恨。

【译文】

皇天浩大广无边,不肯常常施恩典。死亡饥荒降人间,

摧残天下民遭难。皇天暴虐很凶残,是是非非都不管。

周王放过有罪人,他们暴行全隐瞒。就像这些无罪人,

相继受害遭祸患。若是镐京受破灭,没有地方可逃亡。

高官逃命全离京，无人知我为国忙。三司大夫不尽职，
不肯日夜替君王。四方诸侯也不少，不肯朝夕辅周邦。
希望周王任贤良，他却作恶更猖狂。皇天皇天怎么办？
法度之言你不听。就如那个远行人，没有目的任驰骋。
那些高官大夫们，明哲保身装正经。为何彼此不敬畏？
也不畏天修德行。犬戎作乱未撤退，饥荒蔓延也未止。
只有我这侍卫臣，忧伤憔悴为美政。那些高官大夫们，
谁愿向王说真情？顺从之言王采纳，逆耳忠言王不听。
可叹有话不能讲，不是舌头有病伤，憔悴身体迫遭殃。
能说会道心欢乐，乖巧美言滔滔讲，厚禄高官喜洋洋。
虽说在朝我做官，甚感紧张且危险。若说真话不顺从，
得罪天子把罪担。若说假话顺周王，定遭朋友来埋怨。
我劝你们迁回都，都说京中无房居。忧伤落泪带血丝，
真话句句遭嫉妒。以前你们迁出京，谁随你们把房筑？

【鉴赏】

此诗首先令人注意的，是它的题目跟正文对不上号。为什么用上这么个题目
呢？《毛诗序》强为解说，以为"雨，自上下者也。众多如雨，而非所以为政也"。这
个解说当然很牵强，朱熹引欧阳公的意见加以反驳，不过也没有讲出个所以然来。
也有人说《韩诗》有《雨无极》篇，篇首较之《毛诗》多了"雨无其极，伤我稼穑"两
句，因而认定本篇应题作《雨无极》才对。言之虽然凿凿，奈何《韩诗》早佚，"死"无
对证，所以姚际恒、方玉润等主张"不必强论"。今人袁梅则疑"雨"是"周"之讹误，
本篇以意取名，犹《巷伯》之类（参见《诗经译注》），可惜根据并不充分。《雨无正》
就叫《雨无正》吧，且不必过多纠缠这个问题。另一个棘手的问题，就是本诗的题
旨究竟是什么，也一直聚讼纷纭。有一种意见断它为平王东迁以前之所作，目的在
于刺幽王，如《毛诗序》、方玉润、陈启源、马瑞辰等就是这个主张。另一种意见却
不同，认为此诗是东迁洛阳后痛定思痛的作品，大要在于总结历史教训，以为后来
的执政者鉴戒，如朱熹、吴闿生等即持此种观点。也有人认为它是刺厉王的，我们
认为，断为西都陷落前夕的篇章，比较切合作品的实际情况。

细玩诗意，《雨无正》很可能是周天子的执御之臣劝说凡百君子重回王都的诗
简，用的是私人名义和非正式文告，而目的是要稳定局势。

一场特大自然灾害发生了，周王朝面临着严重的政治危机，国祚日浅，这已经

成为谁也无法否认的事实。表现之一是"斩伐四国",宗祖国同分封国之间的矛盾闹到了动不动就打仗的地步,可见形势非常紧张。其二,众叛而亲离,连正大夫也已离居,更不消说凡百君子之离散京都了。其三,周天子现在仍然被一帮尸位便佞之徒所包围,火都烧到眉毛尖了,他还不知道迁善图强。因此,这位忧祖忧国的亲近之臣便站出来打通渠道(或说是回答凡百君子向他发出的某种试探,也可以讲通),以诗代简,在正视现状的前提下劝告昔日的袍泽们以道义自重,重新回到京都来。

全诗由四部分组成。第一部分含诗的一、二两章,总写当前形势的危殆。诗人向大家提出了一个十分尖锐的问题:"周宗既灭,靡所止戾。"周宗,按照《左传·昭公十六年》的称引,《毛氏传笺通释》认为是"宗周"的误写。"周宗"系指周的同姓者,而"宗周"则指宗国。"既灭"就是"即灭","既"可训为"即",即表即或之意(参见王引之《经传释词》)。两句意谓周国即或灭亡,大家也必将无处安定。虽然天不长施德惠,遍降丧乱、战祸、灾荒,可是周天子仍外事征伐而内乱法度,弄得亲近离散却仍不愿改弦更张,这就更加令人忧虑焦灼了。第三章为第二部分,呼吁离开了京都的凡百君子在此动乱关头,各宜敬身畏天。言外之意是不可踩虚了脚招致万世羞。一个"敬"字,两个"畏"字,既庄重又沉重,分量端得不轻。第三部分共包含四、五、六三章,专就自身的处境与态度用墨,可谓情理兼擅。先说兵祸与灾荒迄未断绝,要走的走了,从此不问王事,个别留下来的却又不堪谋国,唯有自己还在岗位上辛苦着,成天忧虑着。继而说周天子执迷不悟,便佞巧言之辈受到擢拔,重用,这就使自己越发忧虑重重。进而说,在这样的情况下诗人更是左右为难:继续做官,不是得罪天子就是致怨于朋友,仕途也太可怕了。这一切全由篇首生发出来,其态度之坦诚,情辞之真切,忧患之深沉,足以动人。末章为第四部分,诗人"鼠思泣血"地吁请外出者"迁于王都"。至于回到王都来做什么呢? 他一不用廉价的乐观去开支票,二不用豪言壮语来煽动情绪,什么也不说,戛然而止,把思考推给了凡百君子,也推给了三千年来的读者。

周代的奴隶主统治者们,长期以来受到以"畏天命"为基本特征的天命观的制约,又基于以血缘关系为根柢的世卿世禄制度,早就养成了怀土重迁的心理和情感。诗人明知局势已不可逆转,他仍然向凡百君子反复陈词,奉劝他们回到京都,他确实是抓到了一个心理上、情感上的突破口,这是完全可以理解的。他是宗周的正统派人物,纵然"覆悚"在即,还是要为协调奴隶主统治集团的内部关系而竭尽愚忧。"明知其不可而为之",这种独任其难的勇毅精神,赋予全诗以庄肃之气,典重之中时见悲怆。也唯其如此,《雨无正》所贡献给我们的东西,其认识价值之高也就不言而喻了。

小旻

【题解】

这是一首讽刺周幽王不能采纳善谋的诗。《毛诗序》说:"《小旻》,大夫刺幽王也。"朱熹《诗集传》说:"大夫以王惑于邪谋,不能断以从善,而作此诗。"以此可见作者大约是一位具有政治远见而无实权的官吏。他看到了幽王的昏庸,幽王实行的邪僻政策已把国家引到了灭亡边缘,因而作诗以示警。诗人对现实既痛心又恐惧,发自内心地唱出了"战战兢兢,如临深渊,如履薄冰"的千古名句。此诗主题鲜明,全诗都在批判"谋犹回遹",即谋略邪僻。除了大段地说理议论,末章用了几个形象而贴切的比喻,从暴虎、冯河仅危害一身,比喻政策邪僻将祸及国家。以临深渊、履薄冰比喻自己对国家将亡的战战兢兢的恐惧。感情真挚,语言生动形象,是一首感人的好诗。

【原文】

旻天疾威①,敷于下土②。谋犹回遹③,何日斯沮④?谋臧不从⑤,不臧覆用⑥。我视谋犹,亦孔之邛⑦。

潝潝訿訿⑧,亦孔之哀。谋之其臧,则具是违⑨。谋之不臧,则具是依。我视谋犹,伊于胡底⑩。

我龟既厌⑪,不我告犹。谋夫孔多⑫,是用不集⑬。发言盈庭,谁敢执其咎⑭?如匪行迈谋⑮,是用不得于道。

哀哉为犹⑯,匪先民是程⑰,匪大犹是经⑱。维迩言是听⑲,维迩言是争。如彼筑室于道谋⑳,是用不溃于成。

国虽靡止,或圣或否。民虽靡膴,或哲或谋,或肃或艾。如彼泉流,无沦胥以败。

不敢暴虎,不敢冯河。人知其一,莫知其他。战战兢兢,如临深渊,如履薄冰。

【注释】

①旻天:上天、老天。这是对天的敬称。疾威:暴虐。②敷:布,散布。下土:指全国。③谋犹:谋略、政策。犹,通"猷"。回遹:邪僻。④沮:停止。⑤臧:善、好。⑥覆:反而。⑦孔:甚、非常、很。邛:病、坏。⑧潝潝:讨好,附和的样子。訿訿:攻

击、毁谤、诋毁。⑨具:通"俱"。⑩于:往。厎:至、到达。⑪龟:龟甲,古人占卜时用。⑫谋夫:出谋划策的人。⑬集:成功。⑭执:持、承担。咎:责任。⑮匪:非、不。行迈:走路。⑯犹:策略。⑰先民:先人,古人。程:效法。⑱大犹:大道。经:行。⑲迩言:缺乏远见的言论。⑳于道谋:与过路的人商议。

【译文】

　　老天暴虐耍威风,灾祸遍及全天下。政策谋略尽谬误,什么时候停止什么时候结束? 政策好的你不用,你盲从于不好的主意。我看如今这政策,弊病百出行不通!

　　又附和来又诽谤,使人很是悲伤。谋略之中那好的,却被非难弃一旁。不好的谋略,却全照办弗思量。我看现在这政策,不知将变啥模样!

　　占卜灵龟已厌烦,不肯示我吉和凶。有很多参谋顾问,谈来议去终无功。夸夸其谈人满屋,谁肯肩负这重重的责任? 如同问道室中人,难以告知啥路通。

　　可叹你呀太糊涂,不学圣贤不法古,大道正经路不走。只听庸夫浅陋话,还就此语争赢输。如同盖房问路人,永远无法成新屋。

　　虽然国家不够大,人有圣哲和平凡。即使百姓不很多,有的聪明并善谋,有的认真又能干。朝政像那流动的泉水,切勿相率使败亡。

　　空手不敢与虎搏,不敢无船渡河流。人人知道这种危险,其他隐忧脑后丢。每天都战战兢兢,如临深渊心中愁,如履薄冰多危险。

【鉴赏】

　　此诗《毛诗序》说是"大夫刺幽王",宋代朱熹《诗集传》谓"大夫以王惑于邪谋,不能断以从善,而作此诗",所论极是。从作品看,作者对于当时朝政非常了解,当是亲身参与了其事,是统治阶级中的一员。关于诗题何以加一"小"字,《郑笺》以为本篇所刺之事较之与它同列的《十月之交》《雨无正》为小,故曰《小旻》;《诗集传》引苏氏说认为是为了有别于《大雅》的《召旻》;清姚际恒则认为"'旻天'涉泛,故去'天'字,加'小'字"(见《诗经通论》)。说法不同,可以存疑。

　　周幽王是我国历史上一个著名的昏君。由于他的倒行逆施,终于导致犬戎等入侵,他本人被杀于骊山,西周灭亡。此诗就是讽刺他的政治腐败。

　　本篇通篇讲到"谋"或"谋犹"的共九处。所谓"谋"或"谋犹",即今所谓政策,这是全篇议论的中心问题。开头两章揭露政策的错误。人们极端悲痛时,常常会呼天悲号。此诗开头"旻天疾威,敷于下土"两句:虽然其中包含着上天主宰一切的宿命论因素,但主要的却是在抒发对当时政治腐败的悲愤和对幽王的无比愤懑,给全诗笼罩上一层悲凉的气氛,读之令人心情为之一震。三、四两句是通篇的主旨。"谋犹回遹"是说执行的政策全是荒唐的,错误的;说"何日斯沮",表明这种情况并非刚刚发生,而是已经持续了相当长的时期,已经给国家带来了巨大的灾难,而且当时还看不到半点即将结束的迹象,还要继续发展,不知还要带来多大的祸害,见出它的无比严重性,也见出作者是何等忧心。以上是总说,下面直接转到幽王身上。"谋臧不从,不臧覆用",并不是当时没人提出好的办法、政策,但幽王偏偏不予采用,反而去任用奸邪之人,奉行邪僻之谋。对于国君来说,任用贤能,听取正确意见,是最重要的,像幽王这样的倒行逆施,简直是不可救药。最后总结两句,政策糟糕透顶,国家的前途真是不堪设想。第二章转从群臣说。"潝潝訿訿"是对朝中小人丑恶嘴脸的形象写照:他们对邪僻之谋,便一起同声附和,对正确的主张,则群起诋毁。姚际恒说这四句写出"小人群然和之如此"(《诗经通论》),所论极确。群小人多势众,受到重用,正人势孤力单,遭到排挤,腐败的朝政,就没有改变之日,因而使作者发出"伊于胡底"的慨叹。

三、四两章探究政策错误的原因。这两章的开头,写得也很沉痛。古代用火灼龟甲,据裂纹形状预卜吉凶。裂纹的暗示,就是神的意旨。"我龟既厌,不告我犹",是说周王朝已经遭到神的厌弃,也是近于绝望的激愤之言。作者把朝政的失误,归结为两个方面的原因。这两章同一、二两章一样,也是分别从臣、王两方面说。第三章从群臣方面说,指出出谋划策的人太多,每议一事,众说纷纭,难有结果,"发言盈庭",谁也不负责任;"虽有一二正直臣,而忠不胜奸,朴不胜巧,亦难力与为争"(方玉润《诗经原始》),小人因此得售其奸。明代钟惺云:"'执其咎'三字难言,非胆识兼到不能。"(《评点诗经》)孙鑛云:"此章特露精神,说得最中人情,最醒快。"(《孙月峰先生批评诗经》)若非个中人,确实说不到这样深刻。第四章从幽王方面说,指责他不效法古人,不奉行远大的谋略,而唯便僻习近之言是听,唯便僻习近之言是争。"唯迩言是争"的"争"是争着施行之义,与普通的争论之义不同。作者用了两个生动的比喻来形容这两种情况:就好像行路之人不向当地了解情况的人打听而向路上的行人询问道路,肯定找不到正确的路线;像在大路旁边修建房屋向行路之人征求意见,这个这样说,那个那样说,房屋肯定修不起来。寓意深刻,很有说服力。后来的"道谋"一词,就是由此而来。

作者作为统治阶级中的一员,王朝的前途直接关系到他的命运。面对着这种政治腐败的局势,他悲愤填膺。五、六两章即写他的忧惧和悲愤。诗中说,即使小国寡民,也有才智之士,言外意思是,何况周室地广人众,才智之士更多。他希望他们像清澈的泉水,长流长清,为复兴王朝有所作为,不要被腐败政治的浊流淹没腐败。他眼看着朝廷的昏暗,感到极大不安。末章暴虎、冯河、临渊、履冰,反复设喻,用没有武器徒手打虎,没有舟楫徒步渡河,比喻治国没有正确政策的危害,告诫人们不要只知暴虎、冯河这类易知的危险,看不到政治腐败这个更加可怕的祸胎。诗中用临渊、履冰的生动比喻,形容他忧心忡忡,惶惶不可终日,表明他已预感到西周王朝的覆亡即将来临。这些比喻生动形象,寓意精警,后来都成为成语,常被引用。

　　这是一篇论政之作。通篇全用赋体,中心突出,一气呵成,神完意足。论政本来容易呆板无味;本篇在议论中夹用一些抒情诗句,同时又用了不少生动的比喻,因此在一定程度上克服了枯燥板滞的毛病,增强了作品的表现力和感染力。尤其因为作者深知内情,故所发生议论均切中时弊,有不少还富有深刻的政治哲理意义,很能给后人有益的启发。

小宛

【题解】

　　本诗是一位周朝的士大夫所作,用以劝诫周王要勤政爱民、严于教子的诗。全诗由古及今,由表及里,层层展开推进,言辞恳切、用心良苦。诗中所用的如斑鸠、豆角、螟蛉等象征非常贴切,这些意象既有丰富的内涵,又为本诗增添了鲜活、生动的气息,使读者读来感觉十分活泼,很有生机。

【原文】

　　宛彼鸣鸠①,翰飞戾天②。我心忧伤,念昔先人。
　　明发不寐③,有怀二人④。人之齐圣⑤,饮酒温克⑥。
　　彼昏不知,壹醉日富⑦。各敬尔仪,天命不又⑧。
　　中原有菽,庶民采之。螟蛉有子⑨,蜾蠃负之⑩。
　　教诲尔子,式谷似之⑪。题彼脊令⑫,载飞载鸣。
　　我日斯迈,而月斯征。夙兴夜寐,
　　无忝尔所生⑬。交交桑扈⑭,率场啄粟。
　　哀我填寡⑮,宜岸宜狱⑯,握粟出卜⑰,
　　自何能谷? 温温恭人⑱,如集于木。
　　惴惴小心,如临于谷。战战兢兢,如履薄冰。

【注释】

①宛:小的样子。②翰:高。戾:至,达到。③明发:指湖。④二人:指父母亲。⑤齐圣:聪明正直。⑥温克:蕴藉,从容。⑦壹:语气助词,没有实义。富:满。⑧不又:不再来。⑨螟岭:螟蛾的幼虫。⑩蜾蠃:细腰蜂。负:背。⑪式:用。似:继嗣。⑫题:看。⑬忝:愧,辱没。生:指父母。⑭交交:飞来飞去的样子。桑扈:鸟名。⑮填:苦。⑯岸:牢房。⑰出:问。⑱温温:和软的样子。

【译文】

短尾鸠鸟在鸣叫,展翅高飞向蓝天。我的心中甚忧伤,
怀念先前老祖先。醒来无法再入眠,思念父母在心间。
人若聪明懂事理,醉能温柔而克制。那人昏庸无智慧,
饮酒必醉日严重。你的威仪要保持,天命恩赐就一次。
田里大豆在生长,百姓采叶做羹汤。螟蛉小虫生幼子,
蜾蠃背负将它伤。儿子一定要教育,好传家业日兴旺。
你看那些脊令鸟,边飞边鸣于天空。我呀天天在远行,
你呀月月要出征。早起晚睡要努力,莫辱父母的美名。
青雀鸟儿在飞翔,沿着谷场把米啄。可叹我们穷病人,
将打官司把牢坐。抓把粮食去卜卦,怎得吉利把命活?
要做温和谦恭人,好像鸟儿落树上。惴惴不安心慌张,
好像走近深谷旁。战战兢兢身打颤,好像走在薄冰上。

【鉴赏】

此诗《毛诗序》说是"大夫刺幽王也",朱熹《诗集传》说是"大夫遭时之乱,而兄弟相戒以免祸之诗"。从原诗看,朱熹所说不误,但第二章当是暗刺幽王纵酒败德,政治黑暗,必将导致覆亡。

首章用鸣鸠起兴。作者看见斑鸠在高高的天上来回飞翔,悠然自得,自由自在,想到自己却充满忧患,心里无限忧伤,是对比的写法。为何忧伤?诗中没有明说。作者是王室的一员,从下文看,此时王朝正充满危机,若王室倾覆,他自己当然也难逃厄运;而且,从第五章看,作者还常常遭到迫害。正是自身的不幸遭际,使他想到自己的祖先,夜里不能成眠。"二人"即上文的"先人",指周室祖先中两个特别杰出的人。《毛传》认为指周文王、周武王,言作者追念周朝开国的君主;或说指作者的父母,下文"毋忝尔所生"可证(高亨《诗经今注》),似觉与次章的"天命"不甚协调。第二章紧承"我心忧伤",写感事伤时,暗写幽王饮酒败德,王室堪忧。写

的是醉酒,着眼的却是政治,观下文"天命"可知。虽然没有点明所指,但可以肯定主要是针对幽王,因为只有他才与下文的"天命"和诗中所写的政治情势相合。商纣之亡,即与他作酒池肉林有关。周成王的叔父康叔封于殷的故乡,因为殷民嗜酒,周公特别以成王之命戒之,作了《酒诰》,历数纵酒之危害,并特别提到文王在西土时就常教谕部下勿多饮酒,要康叔牢记。此诗的用意亦在于此,上章的"念昔先人",亦当包含文王的教谕在内。诗中将正直聪明的人同昏妄无知的人饮酒加以对比,对后者聚众狂饮,滥醉失德,丑态百出,狂妄无礼,进行愤怒的鞭挞。作者警告说,如果一味纵酒失德,败坏威仪,就必然遭到上天的厌弃。《酒诰》云:"庶群自酒,腥闻在上,故天降丧于殷,罔爱于殷,惟逸。"说纣王和群臣沉湎于酒,腥秽闻于上天,故天无爱于殷,使之灭亡,就是因为纣王只贪图逸乐。此诗命意与此相同。以亡国警告,揭露是尖锐的,作者的心情也是沉痛的。

王朝的前途如何,作为它的一员,作者不能不想自身今后的命运。由此引到他同兄弟的自勉上面。第三章写教子。前四句举了两事,庶民采摘田野里的大豆,蜾蠃负养螟蛉之子,是兴,也是比,姚际恒称为"双起兴",构思极新奇,后一事尤其见出作者观察的细致。蜾蠃常产卵于螟蛾幼虫体上,螫入毒汁,令其麻痹,然后把它背入树洞中,蜾蠃幼虫孵出后,即以这被麻痹的螟蛉为食粮,古人因误以为蜾蠃养螟之子为己子。诗中讲的就是这个意思。后来以螟蛉为养子的代称,即源于此。螟蛉蜾蠃均为叠韵,四句的句式又两两对称,富有唱叹之致,深化了诗的思想感情。"教诲尔子"指作者兄弟两人而言。教子以承祖德,以继家业,是把希望寄托在后代身上,也有以幽王为戒之意。第四章以脊令起兴,写兄弟二人起早睡晚,辛苦奔波。脊令在《诗经》中用来比喻兄弟,此诗而外,《小雅·常棣》也有"脊令在原,兄弟急难"的诗句。"所生"指父母。朱熹释"我日"四句说:"言当各务努力,不可暇逸取祸,恐不及相救恤也;夙兴夜寐,各求无忝于父母而已。"(《诗集传》)三国魏徐干在《中论》中特别引录这四句,说"迁善不懈之谓也",这些说法都是不错的。教子和律己,写出了身处乱世的人忧虑恐惧的心理状态。

第五章应与第二章合看,既是伤时,也是自伤。因为政治腐败,致使国人处于水深火热之中。桑扈鸟本来食肉,现在也相率到场圃上来啄食小米,喻民生困苦。贫病交加的人,无端被投进监狱。遭逢乱世,人人自危,都纷纷求人占卜,以求生路。姚际恒说:"持粟问卜,古人常事。近代以来,然后用银钱也……《管子》曰,握粟而筮者屡中;《史(记)·日者传》曰,卜而有不当,不见夺糈粮,皆可证。《集传》谓言握粟以见其贫窭之甚,此以后世事说古,非也。"所论极确。此章所写既指众人，也包括作者，画出了当时哀鸿遍野，人心惶惶的景象。末章写畏祸心情，也兼作者和众人而言。诗中连用三个比喻，声调急促，文意一层紧通一层，把人们的恐惧心情，写得惊心骇目。"集于木"言好像扒在树上，"如临于谷"言好像站在崖边，下临万丈深谷，都是讲害怕坠落。"如履薄冰"言害怕陷没在冰水中。《郑笺》云，这是写"衰乱之世，贤人君子虽无罪犹恐惧"。读本章，人们朝不保夕的惊恐神态，仿佛就在眼前。

此诗在内容和艺术表现方面，有两点值得注意。一是兼用赋、比、兴三体，将议论和抒情结合起来，而以抒情为主，有的章低回不已，有的章悲愤激烈，读来非常感人。二是无论内容和表现形式，都富有变化。从内容讲，从追念先人，到暗刺幽王，到兄弟相戒，到忧惧时势，有许多转折。从形式讲，不仅比兴方面双起兴，而且全章都用比喻这样的特别手法。就韵律言，除了通常的一章一韵之外，还有全章都以一字为韵的特别押韵法，更有第五、第六两章一三、二四、五六为韵的神妙变化（第五章一、三句古音扈与寡叶韵，属鱼部）。另外，叠韵、叠字的运用，也很突出。除了上面讲到的"蜾蛉""螟蠃"外，尤其末章，六句中连用四对叠字，第五句全用叠字组成。所有这些，都大大增加了作品的表现力和感染力。

小弁

【题解】

周幽王的太子宜臼被废黜、放逐，太子在放逐后怀念父母，哀伤悲苦，因此作了这首诗，表达了此时此刻他的痛苦心境，读来凄楚不已，引人无限同情与哀伤。本诗以反衬起兴，描写快乐的乌鸦是为了反衬自己的哀伤和痛苦，全诗由此定下悲伤的基调。后边所描写的大道、桑梓、垂柳、湖水等景物所代表的都是作者的悲伤情怀。所谓睹物伤怀，人们看风景的心情受到自己当时心情的影响说的就是这样。

【原文】

弁彼鸒斯①，归飞提提②。民莫不穀，我独于罹③。何辜于天④，我罪伊何？心之忧矣，云如之何？

踧踧周道⑤，鞫为茂草⑥。我心忧伤，惄焉如捣⑦。假寐永叹，维忧用老⑧。心之忧矣，疢如疾首⑨。

维桑与梓，必恭敬止。靡瞻匪父⑩，靡依匪母⑪。不属于毛⑫，不罹于里⑬。天之生我，我辰安在⑭？

菀彼柳斯[15]，鸣蜩嘒嘒[16]。有漼者渊[17]，萑苇淠淠[18]。譬彼舟流，不知所届[19]。心之忧矣，不遑假寐[20]。

鹿斯之奔，维足伎伎。雉之朝雊，尚求其雌。譬彼坏木，疾用无枝。心之忧矣，宁莫之知。

相彼投兔，尚或先之。行有死人，尚或墐之。君子秉心，维其忍之。心之忧矣，涕既陨之。

君子信谗，如或酬之。君子不惠，不舒究之。伐木掎矣，析薪扡矣。舍彼有罪，予之佗矣！

莫高匪山，莫浚匪泉。君子无易由言，耳属于垣。无逝我梁，无发我笱。我躬不阅，遑恤我后！

【注释】

①弁：鼓翅飞翔的样子。鸒：鸟名，即寒鸦。斯：语助词，无实义。②提提：一起飞过的样子。③罹：忧愁。④辜：得罪。⑤踧踧：平坦。周道：大道。⑥鞫：阻塞。⑦惄：忧愁烦躁。⑧用老：就这样衰老。⑨疢：热病，这里指内心烦躁。如：同“而”。疾首：头晕，头痛。⑩瞻：尊敬、仰慕。⑪依：舍不得。⑫属：附着。毛：皮裘之毛。⑬罹：“丽”的假借字，附着。里：指皮裘的里子。⑭辰：时运。⑮菀：“郁”的假借字，茂密，茂盛。⑯嘒嘒：蝉鸣声。⑰漼：水很深的样子。⑱萑苇：芦苇。淠淠：草木茂盛的样子。⑲届：至。⑳遑：空余，闲暇。

【译文】

那些寒鸦多快活，安闲翻飞向巢窠。人们生活都美好，独独是我遇灾祸。我对苍天有何罪？我的罪名是什么？忧伤充满我心中，对此我又能如何？

平平坦坦那大道，到处长满青青草。深深忧伤在我心，忧伤如同棒杵捣。和衣而卧哀声叹，忧伤使我容颜老。忧伤充满我心中，头疼心烦真焦躁。

看到桑树梓树林，恭敬顿生敬爱心。无时不尊我父亲，无时不恋我母亲。不连皮裘外面毛，不附皮裘内里衬。老天如今生下我，哪里有我好时运？

株株柳树真茂密，上面蝉鸣声声急。深不见底一潭水，周围芦苇真密集。我像漂流的小舟，不知漂流到哪里。忧伤充满我心中，没空打盹思不息。

看那野鹿快奔跑，扬起四蹄真轻巧。听那野鸡早晨叫，雄鸟尚且求雌鸟。我就像那有病树，病得长不出枝条。忧伤充满在心中，难道就没人知道？

看那野兔入罗网，尚且有人把它放。路上遇到了死人，尚且有人把他葬。父亲大人的居心，为何残忍这模样？忧伤充满我心中，使我眼泪落千行。

父亲大人信谗言,就像任人把酒劝。父亲大人不慈爱,思考事情不周全。伐树得用绳牵引,砍柴刀顺纹理间。放过真正有罪人,罪加我身任意编。

不高就不是山峦,不深就不是水泉。君子不能轻发言,有人耳朵贴墙边。不要把我鱼梁拆,不要把我鱼笼扳。我身已经无处容,后事哪有空挂念!

【鉴赏】

这是被父亲放逐的人抒写忧伤怨愤的诗。《毛诗序》认为是周幽王宠爱褒姒,立褒姒子伯服而逐太子宜臼(即周平王),宜臼的老师为此作诗,以刺幽王(朱熹《诗集传》则以为宜臼自作);《鲁诗》《韩诗》认为宣王时大臣尹吉甫惑于后妻而逐前妻之子伯奇,伯奇因作此诗,但都缺乏具体根据。

此诗开头六章,有五章都以"心之忧矣"作结,集中写作者的忧伤之情。这五章有一个共同的特点。每章都采用兴的手法,进行对比描写,从而大大加重表现了主题。

同《诗经》中那些通篇都用一种事物起兴的作品(例如《豳风·东山》每章都用"零雨其濛"起兴)不同,本篇每章用来起兴和对比的内容都不一样。鷪鸟快乐地飞归巢里,更反衬出作者的无家可归;那充满生机、欣欣向荣的"茂草",同作者的痛心疾首、"维忧用老"正好成为强烈的对照;绿柳在风中飞舞,蝉儿愉快地歌唱,芦苇在那深深的水潭中茂盛地生长,作者却像一只破旧的孤舟,随水漂流,不知漂向何方;鹿儿成群地飞奔,雉鸟成对成双,作者却像一株病树,没有人理解他的忧伤;甚至就连那投进罗网的小兔,弃置在路旁的死者,也有人同情怜悯,作者的父亲却不念父子之情,忍心把他逐出家门,怎能不使他泪流满面,痛裂肝肠!总之,在作者的心中、眼中,世上的一切人都是幸福的,唯独自己是这样的不幸,"民莫不穀,我独于罹";世间的万物都是美满的,唯独自己只有无尽的忧伤。作者怀着满腔怨愤,向天发问:"何辜于天,我罪伊何?"表达了他心中的不平。"天之生我,我辰安在",想到自己的悲惨命运,几至痛不欲生。

应当注意的是,诗中所举绝不是想象中的事物,而是作者在放逐中亲历亲见,它们描写的正是作者放逐后的不幸生活:他孤苦无依,日复一日在大路上蹒跚而行,在水潭边踟蹰彷徨,在鹿群奔驰的茫茫旷野上漂泊;没有目的,没有希望,也不知道要漂泊到什么时候、什么地方。由于心情非常痛苦,所以见到的一切,好像都在从反面刺痛着他的心。正因为如此,诗中的对比描写才显得既生动,又贴切,不是有意想象造作出来的,而是作者的生活和思想感情的真实反映。这些描写的具体内容虽然各不相同,但都是在反衬作者被放逐后的不幸遭遇。正是通过这些反

国学经典文库

诗经

《诗经》释讲·

图文珍藏版

复描写,就把忧伤这种抽象的感情,生动具体地表现了出来。同时,描写中,作者还反复采用生动的比喻,如用"惄焉如捣""疚如疾首"喻心灵的痛楚,用"譬彼舟流"喻漂泊无依,这都大大增强了作品的感染力。

在作者的忧伤感情中,包含着对父亲的怨恨,然而这种怨恨的本身,同时又包含着对父母的眷恋。第三章写的就是这种感情。开头四句是说,桑、梓生长在宅旁,看见它们就想起父母,因而作者对它们也很恭敬。这几句含蕴非常丰富。人们对家园的一切,都是印象深刻、终身不忘的。这里不仅意味着作者被放逐后醒里梦里时时都在怀念着故园,还表现了他在流浪中见到野外桑、梓便唤起他对故园的回忆;同时,还是在写他被放逐后曾经多少次回到故乡,暗暗地向故园张望,看着那熟悉的桑、梓,想起原来在家时的种种情景,禁不住心如刀割。这里包含着对父母、对故园多么深厚的感情!后来用"桑梓"代指故乡,即源于此。皮裘保护着人的身体,给人带来温暖,诗中以喻儿子对父母的依恋,用自己不能挨着皮裘的皮毛和里子,喻远离父母,由此想到今后的不幸命运,不禁悲痛万分。清方玉润称此章"沉痛迫切,如泣如诉,亦怨亦慕,与舜之号泣于旻天何异?千载下读之,犹不能不动人"(《诗经原始》),此言极精当。第七章揣测被放逐的原因,认为是因为"君子(父亲)信谗",希望有朝一日父亲会识破谗言,自己能够重新回到父母的身边。"舍彼有罪,予之佗也",作者真正痛恨的,是进谗言的坏人。

末尾一章也是写对父母、对家园的依恋。"莫高匪山,莫浚匪泉",言父母在作者心中的地位比山还高,父母对他的恩情比泉水还深。作者希望父母言语谨慎,以免被进谗的人利用,更希望父母终能觉悟,自己能重回家中,同父母团聚。他还惦念着在家时捕鱼的鱼梁和鱼笱,希望别人不要去动它,他今后还要回来捕鱼。继而想到连自己此刻的命运还不能掌握,何必去想今后的事情呢?然而,不想是不可能的,"我躬不阅,遑恤我后",不过是无可奈何的自我开解的怨愤之辞,他同父母、同家园,是永远分不开的。鱼梁、鱼笱同桑梓一样,永远牵动着他的心,可见他对父母、对家园有着多么深厚的感情。此章字字句句,都是血泪写成,明人孙鑛说它"语语割肠裂肝"(《孙月峰先生批评诗经》),读之令人欷歔悲叹。

本篇是《诗经》中篇幅较长的抒情诗,它用对比和比喻的手法,把作者复杂的内心活动,写得极细微深刻。清姚际恒称"此诗尤哀怨痛切之甚,异于他诗"(《诗经通论》),方玉润说它"或兴或比,或反或正,或忧伤于前,或惧祸于后,无非望父母鉴察其诚,而怨昊天之降罪无辜。此谓情文兼到之作。……至其布局精巧,整中有散,正中寓奇,如握奇率;然离变幻,令人莫测"。分析均极精辟。本篇堪称《诗经》中上乘抒情之作。

巧言

【题解】

这是讽刺统治者听信谗言而导致国家混乱的诗。《毛诗序》说:"《巧言》,刺幽王也。大夫伤于谗,故作是诗。"对《序》所言,方玉润认为"不足信"。从诗的内容看,作者肯定是受到谗言伤害抑郁不得志的官吏,但讽刺的对象是否是周幽王就很难断定了。"巧言"一般指阿谀奉承、虚伪不实的言论,从古至今,人们都讨厌巧言之徒,因"巧言"大可危害国家,小可伤害个人,使黑白颠倒,是非难辨。因此要善于识别谗人和谗言。在今天,读这首诗也是有借鉴意义的。

【原文】

悠悠昊天,曰父母且。无罪无辜,乱如此幠。

昊天已威,予慎无罪。昊天大幠,予慎无辜。

乱之初生,僭始既涵。乱之又生,君子信谗。

君子如怒,乱庶遄沮。君子如祉,乱庶遄已。

君子屡盟,乱是用长。君子信盗,乱是用暴。

盗言孔甘,乱是用餤。匪其止共,维王之邛。

奕奕寝庙①,君子作之。秩秩大猷,圣人莫之②。

他人有心,予忖度之。跃跃毚兔,遇犬获之。

荏染柔木,君子树之。往来行言,心焉数之。

蛇蛇硕言,出自口矣;巧言如簧,颜之厚矣!

彼何人斯?居河之麋。无拳无勇,职为乱阶。

既微且尰,尔勇伊何?为犹将多,尔居徒几何?

【注释】

①奕奕:高大盛美的样子。寝庙:王室宗庙。庙:为前面接神之处。寝:为后面藏祖先衣冠之处。②猷:大道,治国之礼法。莫:谋划。

【译文】

辽阔高远的苍天,说是天下父母亲。人民没罪又无辜,却降如此的大祸。

老天实在太残忍,我是真的没犯罪。老天实在太傲慢,我是真的很无辜。

当初祸乱发生时,谗言开始得流行。祸乱再次兴起时,君子又把谗言信。

君子闻谗若发怒,祸乱很快便会停。君子如能用贤能,祸乱迅速能平定。
君子多次发誓言,祸乱于是越增长。君子轻信进谗者,祸乱就会更暴涨。
谗人之言太甜蜜,祸乱增进不胜防。小人不能尽职责,只会为王添祸乱。
宗庙宫殿高又大,原是先王亲自造。宏伟建国的大计,是由君子来谋划。
别人心中有诡计,我能一眼看得穿。蹦蹦跳跳的狡兔,遇到猎狗逃不掉。
柔弱娇小的树木,是由君子来栽种。流言传来又传去,心中分辨自有数。
轻率浅薄的大话,都是出自谗人口。花言巧语如吹簧,脸皮真是太厚了。
那是些什么人哪?住在大河的岸边。没有力量没胆识,专作祸乱的阶梯。
小腿生疮脚又肿,你的勇气哪里来?搞出阴谋大又多,你的同党有几何?

【鉴赏】

这是一篇遭受谗言陷害的臣子的哀号之作,在诗歌中他痛斥了那些献谗的小人,讽刺了听信谗言,造成大祸的君王。诗人内心无比哀痛,通过沉痛的哭诉,揭示了当时社会统治集团内部君臣祸国的黑暗内幕,读来令人痛心不已!

在诗歌第一章中,诗人对着苍天哀嚎,哭诉自己所遭受的天大冤屈。诗人没有犯下什么滔天的罪行,却遭受到如此不公的待遇,内心备感委屈,心中的冤屈无处诉说,只能默默地向苍天来诉说。诗人怪老天太残忍,有眼无珠,竟然不管百姓的死活,降下了大祸;怪苍天不公,竟然让自己蒙受不白之冤。第二章中,诗人谴责了君王利令智昏,听信谗言,酿成大祸。君王无视谗言流行带来的祸乱,竟屡次听信谗言,致使祸乱变得越来越大;也不懂得任用贤能的臣子来平定祸乱。这也反映了当时统治者的昏庸无能。第三章痛责君王不仅与进谗小人屡定盟誓,贻误国事;还认为谗言甜蜜动听,使国家遭受更加严重的祸乱。诗人痛斥了那些不能为国尽职却添祸乱的群小。第四章中,诗人赞美了建立功业、制定大计的周朝开国君王。这也是从侧面来告诫当时的统治者,应该秉承先

扁平玉饰(西周)

王治国的优良品德。并申明,那些用尽心思进献谗言的小人的险恶用心是人尽皆知的。诗人又用狡兔终难逃脱猎犬捕获,来喻指那些进谗小人最终难逃被惩治的命运。第五章中,诗人用君王应知道所栽种柔木的用途,来比喻对待各种流言,君

王应该有辨明识别的能力。因为柔木多为不可用,而流言也不可全信。对那些巧言如簧、厚颜无耻的进谗者,诗人更是深恶痛绝。诗歌末章连续发问,驳斥那些无德无能,无勇无识,专门制造祸端、搞阴谋诡计的小人,那些人才是真正贻害国家的罪人!

这首诗歌的语言很朴实,但在平实的叙述中却饱含了诗人的悲愤、痛心之情,所以读来令人动容。在诗人为自己鸣冤的哭诉中,在诗人痛斥进谗小人的怒喝中,在诗人对君王昏庸的谴责中,我们都能感受到诗人一颗爱国、护国的拳拳之心,也深深为诗人在当时的昏暗世道所遭受的不白之冤鸣屈!

何人斯

【题解】

《诗序》有云:"何人斯,苏公刺暴公也。暴公为卿士而谮苏公,故苏公作是诗以绝之。"苏公、暴公两人都是当朝公卿,且封地相交,因此矛盾冲突不断,长此以往,最终导致两人的决裂。本诗描写的就是两人决裂后的这样一场面:暴公上朝时会经过苏公的家门,之前经常会顺便到访,可决裂之后,暴公过其家门而不入,因此引起了苏公的猜疑。

【原文】

彼何人斯?其心孔艰①。胡逝我梁,不入我门?

伊谁云从?维暴之云②。二人从行,谁为此祸?

胡逝我梁,不入唁我③?始者不如今,云不我可。

彼何人斯?胡逝我陈④?我闻其声,不见其身。

不愧于人?不畏于天?彼何人斯?其为飘风。

胡不自北?胡不自南?胡逝我梁?祇搅我心⑤。

尔之安行,亦不遑舍。尔之亟行⑥,遑脂尔车⑦?

壹者之来,云何其盱。尔还而入,我心易也⑧。

还而不入,否难知也。壹者之来,俾我祇也⑨。

伯氏吹埙,仲氏吹篪。及尔如贯⑩,谅不我知。

出此三物⑪,以诅尔斯⑫。为鬼为蜮,则不可得。

有靦面目⑬,视人罔极⑭。作此好歌,以极反侧⑮。

【注释】

①艰：狠心。②维：只能。暴：暴君。③唁：安慰。④逝：去，离开。陈：堂前的路。⑤祇：仅，只。搅：打搅，扰乱。⑥亟行：急行。⑦遑：有空。脂尔车：给你的车加油。⑧易：喜悦。⑨祇：病。⑩贯：用绳串物。⑪三物：指狗、猪、鸡。⑫诅：盟誓。⑬觏：清楚的样子。⑭视人：对待他人。罔极：迷惘，反复。⑮极：揭示，追究。反侧：反复无常的面目。

【译文】

那人究竟是何人？其心很难来测度。为何前往我鱼梁，
不把我的家门进？到底你把谁寻找？希望你把身影露。
当年你我一起行，是谁造成这灾祸？为何前往我鱼梁，
不来家门慰劳我？开始对我很狂热，现在说我不称意。
那人究竟是何人？为何到我门前停？我只听到他说话，
却未看到他身影。难道对人不惭愧？难道对天不畏敬？
那人究竟是何人？他像暴风逞凶狂。为何不在北方刮？
何不盛怒于南方？为何前往我鱼梁？搅我心中乱一场。
平日你在徐徐行，尚无闲时来停留。现在你在急向前，
能有闲时涂车油？为何不来见一面？使我心中无限忧。
待你返程入我家，我的心中定喜悦。若是返回不见我，
今后再难相亲热。为何不来会一面，让我得病无欢乐。
当年大哥把埙吹，当年二哥吹篪忙。和你已经是一体，
竟不与我亲热狂。真想祭上猪狗鸡，请神罚你不吉祥。
是鬼是蜮无形象，自然无法看容光。你有清晰人模样，
却显无常坏思想。我作这首好诗篇，追究你那坏心肠。

【鉴赏】

《毛诗序》："《何人斯》，苏公刺暴公也。暴公为卿士而谮苏公焉，故苏公作是诗以绝之。"后来不少学者又繁征远引，多方证成其说，乃至苏、暴二公其人其地，以及彼此构隙始末，都一一言之凿凿，使人不能不信其当时"或有所传"了。其实，《毛诗序》所据，亦仅诗中"伊谁云从，维暴之云"而已。所以有人认为"暴"不一定就是指的暴公，诗里没有"苏"字，也没有说何王之朝，上引二句，"或不斥指其名，以'暴'呼之耳"（姚际恒《诗经通论》）。这种意见也不无道理。我们认为以上两种说法都讲得通，因为无关宏旨，不必过于深考，《何人斯》毕竟是诗而非史。

从全诗看,假如说"暴"是暴公,诗人即苏公,那么,暴公也并非诗里所直接刻画的人。诗里直接刻画的人乃是暴公的依附者,但因其人之所以能够为恶应该归咎于暴公,故曰"刺暴公也"。总之,诗人和其讽刺的对象,原是甚为亲密的朋友,后来那位朋友由于和他发生利害冲突(或慕暴公权势),依附了暴公,对他掉头不顾,甚至进行倾陷,行为凶狠,诗人因而遭遇不幸。唯其曾经是"及尔如贯"的朋友,所以诗人对他知之甚悉,而又怨恨特深,其诗也格外感人。

诗里"彼何人斯"的"彼","尔之安行"的"尔","我闻其声,不见其身"的"其",都是指的同一个人,即诗人直接刻画的那位"朋友"。前四章里只说"彼何人斯",后面五、六章里则称"尔",由"何人,亦若不知其姓名也"(《诗集传》),而径直呼"尔",像戟指面斥一样,可以清楚地看出诗人感情的变化,其内心的痛苦与愤怒终于不可遏抑,喷薄而出,火花溅射。那位"朋友"的形象也终于完全裸露了出来。方玉润说:"小人斯天罔人,毫无畏忌,亦不知耻。是以交友则始合终离,行事则有影无形,居心则忽南忽北,行踪诡秘,令人莫测。所谓'为鬼为蜮',心极奸险,不徒以潜憝为工者也。"(《诗经原始》)诗里所刻画的"小人",其思想行为在中国奴隶社会、封建社会中,乃至其后久久的历史长河中,都具有典型意义。

诗里"二人从行",以及取譬的"伯氏吹埙,仲氏吹篪",自然便是诗人说的那位"朋友"和自己先前相交厚的事了。正由于二人间的复杂关系,诗人的感情才反映出多次的回荡、起落,每一思索,每一回忆,每一希望与失望,甚至一个幻觉,都会引起自己更深的痛苦,也都会激起自己对那位"朋友"更大的愤恨。这回流跌宕的而又逐渐上升的痛苦与愤恨,构成了全诗感情的主旋律。它符合其生活的真实,而且具有相当的艺术魅力,使读者不自觉地完全同情了诗人。

诗分八章,第一章不指实其人,但揭出"其心孔艰",已带有暗示性。那个人城府很深,心地奸险,四个字是概括了其思想品质的。它为全篇所讽刺的各种现象提了个纲,也做了合乎逻辑的解释。那人过门不入,和第二章的"不入唁我"联系起来,可以看出诗人遭遇不幸,看出那人的张扬及其对于旧日朋友的态度。这不能不引起诗人的反思,他对我前后判若两人,这隔阂,这不幸,究竟是"谁为此祸"? 这诘问是始终没有得到回答的。诗人的意思固然是罪不在己,然而,想申辩却无从申辩!

第三、四两章进一步刻画那人。他,性情无常,行如飘风,变幻莫测;陷害了人,却使人不晓得为什么被陷害,被怎样陷害的,更找不到对手,的确是一个十分厉害的防不胜防的对手! 另一方面,诗人又未尝不想:他或许仍有一丝友情的眷顾? 所

国学经典文库

诗经

·《诗经》释讲·

图文珍藏版

以，"胡逝我梁""胡逝我陈"，与其说是空间距离上的由远而近，不如说是诗人心里活动中的由真而幻，他没有来，也根本不会来。

第五、六章，诗人更非常细腻、非常充分地表现了此时此际的内心状态。那位"朋友"的过门不入，有如一石激水，"尔之安行""尔之亟行""尔还而入""还而不入"，重沓反复的种种设想，就像千层雪浪，跌落卷起。旧说诗人委曲以相望，未能指出诗人除了愤恨之外，其所以"仍望其来者再"（方玉润《诗经原始》），实质上还存在着一种潜在的忧惧，那个看不清的影子，时时在窥伺着自己，自己随时有再次受到伤害甚至被吞噬的危险。这是一种在互相倾轧的漩涡里挣扎的复杂而又矛盾的心理，倒并非出于什么顾念"君子交友大道"。

第七章仍是上述诗人心理活动的继续。伯氏仲氏是兄与弟，埙与篪是相和鸣的吹奏乐器，诗人用这两两融谐的关系来比喻他们的夙昔交往，那不是"及尔如贯"吗？然如是，忍不住质问："真的是你不对我深知？"这中间仍然闪着一线希冀之光，诗人实在想摆脱自己处于劣势的这场纠葛，哪怕是带点屈辱的和解。然而，没有这个机会，一切是无可挽回的了。于是内心深处的愤恨再度炽烈地燃烧起来，压倒了怀旧和悚惧的心情，压倒了一切，也顾不了谦谦君子的风仪，终于摆出三牲祭品，"来凭神诅咒你该死的"！

最后一章詈其"朋友""为鬼为蜮"，枉披人皮，并表明作这篇诗的用意。"好歌"二字，也可以理解为反语，就像今人有时愤怒至极，明明用的是最难堪的语言斥责对方，口头却反说我只有这句"好话"！

《何人斯》所刻画的那个人，始终"不见其身"，而身受其祸的诗人却被搅得惶惑、悚惧、怨恨、愤怒，百感交集。在诗篇里，朵朵大大小小、或暗或明的感情的火花，都表现出诗人的艺术才华。尤其值得注意的是，诗人注彼写此、目送手挥之际，成功地刻画出了一个始终不曾"亮相"的形象，而其人的特点则是"其心孔艰"。

巷伯

【题解】

这是寺人（阉人）孟子遭人谗毁而写的一首发泄心中怨愤的诗。诗中把谗人巧言善辩，搬弄是非的形象刻画得惟妙惟肖；对害人者进行了无情的诅咒；对小人得志、好人受诬的不合理社会现象表示了强烈不满。读此诗，不禁使我们想到屈原、岳飞等因谗遭害的仁人志士，千载之下，仍让人扼腕。可见进谗者对社会危害之大。因此,我们一定要善辨是非,特别是执政者,不要轻信谗言,这样才能造成宽松的社会氛围。

【原文】

萋兮斐兮①,成是贝锦。彼谮人者,亦已大甚②。

哆兮侈兮③,成是南箕④。彼谮人者,谁适与谋⑤?

缉缉翩翩⑥,谋欲谮人。慎尔言也,谓尔不信。

捷捷幡幡⑦,谋欲谮言。岂不尔受,既其女迁⑧。

骄人好好⑨,劳人草草⑩。苍天苍天!视彼骄人,矜此劳人!

彼谮人者,谁适与谋?取彼谮人,投畀豺虎⑪。豺虎不食,投畀有北⑫。有北不受,投畀有昊⑬。

杨园之道,猗于亩丘⑭。寺人孟子⑮,作为此诗。凡百君子⑯,敬而听之。

【注释】

①萋:"续"的假借字,文采相错的样子。②大:同"太"。③哆:张口的样子。侈:同"哆"。④南箕:南天上的箕星。古人认为箕星的出现预兆着口舌是非的增多,所以用它比喻进谗的人。⑤适:同"独",专门的意思。⑥缉缉:附耳密语的样子。翩翩:巧佞的样子。⑦捷捷:信口雌黄的样子。幡幡:一再进谗的样子。⑧女:同"汝"。⑨骄人:指诬蔑人者。⑩劳人:指被诽谤者。⑪畀:给。⑫有北:北方寒冷荒芜的地方。⑬有昊:指老天爷。⑭猗于:加在……之上。亩丘:有垄界像田亩山丘。⑮寺人:古代宫廷里的侍御小臣,有似后世的太监。⑯凡:所有的。百:很多,众多。

【译文】

彩丝亮啊花线明啊,织成贝纹锦。那个造谣的害人精,真是太狠心了!

张开嘴啊,咧开唇啊,成了簸箕星。那个造谣的害人精,他的智多星是谁?

喊喊喳喳鬼话灵,一心要挖陷阱陷害人。说话劝你加小心,有一天不会再有人相信。

花言巧语舌头长,千方百计来骗诳。并不是人不上当,只怕你自己要遭殃。

骄横人得意忘了形,忧愁长在穷苦人心。苍天你把眼儿睁!那些骄横人你快看看,这些劳苦人真可怜!

那个造谣的坏东西,给他出主意的是谁?捉住那个造谣的,扔给虎狼去充饥!虎狼不肯咽,撵他到遥远的地方!北方不肯要,让老天去发落吧!

一条大路通杨园,路在亩丘丘上边。我是寺人叫孟子,这支歌儿是我编。诸位

国学经典文库

诗经

·《诗经》释讲·

图文珍藏版

先生赏个脸,听我认真唱一遍。

【鉴赏】

诗以《巷伯》名篇。巷,指宫内小道。伯,官长的尊称。巷伯,指本诗作者孟子。他大约是一个颇受王室信任的忠诚义士,因为遭受谗言而被处以宫刑,成了阉官,留在宫中担任侍从,故又称寺人。

"众口烁金,积毁销骨""苍蝇间黑白,谗巧令亲疏"(曹植《赠白马王彪》),古往今来,有多少英雄豪杰、志士仁人以此蒙不白之冤,遭无妄之灾,成杀身之祸。人们把人际关系中这一灾难,总结成谚语谣辞警告世人;诗人就这一社会现象写下了不少传世的杰作。司马迁曾说:"屈平疾王听之不聪也,谗陷之蔽明也,邪曲之害公也,方正之不容也,故忧愁幽思而作《离骚》。"(《史记·屈原贾生列传》)而司马迁的终身恨事,使他"肠一日而九回,居则忽忽若有所亡,出则不知其所往"(《报任安书》)的,也正是因为他"信而见疑,忠而被谤"。屈原、司马迁和《巷伯》的作者,真可谓身世仿佛,异代同悲。所以班固《司马迁传赞》谈到司马迁《报任安书》时说:"迹其所以自伤,《小雅·巷伯》之伦。"确是抓住了他们惊人的相似之处。由此,可以看出《巷伯》一诗具有多么典型的社会意义,多么深刻的思想内容。

诗共七章。前四章为诽谤者画像。在古典诗歌中,正面描绘并揭露诽谤者的丑恶,这首诗是极为突出的。诽谤者的显著特点是善于编造谎言,罗织罪名,故首章即以织锦成兴,形象地指出诽谤者都是一些中伤他人的能工巧匠。次章描述谎言制造者拨弄是非,挑拨离间,密谋策划,工于辞令,其龇牙咧嘴,摇唇鼓舌的丑态,就像天上的灾星——簸箕星一样。诗人以人们厌恶的簸箕星为喻,生动传神地描绘了诽谤者可恨可憎的丑恶嘴脸。三章揭露诽谤者散布谎言,飞短流长,扬扬自得,必欲置人死地而后快的丑态恶行。此时,诗人以一片忠厚之心发出由衷的规劝:不要不负责任地乱说,到真相大白的时候,人们就会说你不老实,说你是骗子。四章揭露诽谤者讨好卖乖,反复无常,不择手段,以售其奸的险恶用心。诗人又以满腔愤懑对之提出严重的警告:一切谎言虽然能骗人于一时,但假象一旦戳穿,真正受到惩罚的正是那些编造谎言的人。这四章,每章四句,都是针对诽谤者说的。边叙述,边议论,亦揭露,亦忠告,以委婉曲折、反复咏叹的怨言恨语,使诽谤者狡狯、谄媚、丑恶的形象和卑鄙、奸诈、险恶的灵魂暴露无遗。

但是,造谣诽谤的后果毕竟是可怕的。它的受害者都是些忠实、真诚、仁爱、义勇的大好人。即使诽谤者阴谋败露,真相大白,从而受到人们的唾弃和应得的惩罚,但因他们的谎言而遭受杀伐的翠柏苍松、幽兰芳草,却再也不能挺立世间、装点山河了。造谣中伤、诬蔑陷害在政治斗争中最为激烈，最为残酷，而且常常与君臣上下、主奴尊卑等复杂的人际关系相联结，与贤愚庸隽、是非得失、荣辱兴衰等实质利害相纠缠，所以历来在政治舞台上反复演出了一幕幕"信而见疑，忠而被谤"的悲剧，和"忠者不忠，贤者不贤"的闹剧。"骄人好好，劳人草草"一章，正是对这一社会现象的揭露和思索。从全诗情调和结构看，如果前四章还只是"恩怨相尔汝"的忧愁暗恨，从第五章开始则是"划然变轩昂"（韩愈《听颍师弹琴》）的呼唱诅咒。随着诗人感情的急遽变化，满腔的义愤如飙风，似暴雨，纷至沓来，汹涌澎湃，形成了全诗的高潮。因此，以后三章在句法上也就一反前四章整齐匀称，反复咏唱的格调，而变为随着情绪昂扬激烈的自由抒发，句式发生了五句、八句、六句等参差不齐的变化，以尽兴称情，肆言泄愤；诽谤者罪不容诛，造谣者十恶不赦。

俄罗斯伟大作家莱蒙托夫在著名长诗《逃亡者》中，为表达对叛徒的憎恨，这样写道："野兽不啃他的骨头，雨水也不洗他的创伤。"这与我国这首古老诗篇中的"取彼谮人，投畀豺虎；豺虎不食，投畀有北；有北不受，投畀有昊"何其相似！它们都是写天怒人怨、物我同憎的绝妙好辞，都是对那些罪大恶极、不可救药者的无情鞭挞，恶恶之甚，让人拊掌击节，慷慨高歌。据说，孔子当年读诗，曾特别注意到这首诗的教育意义。他说古诗中的《缁衣》"好贤"，《巷伯》"恶恶"，懂得"好贤"和"恶恶"就能治理好国家。他把"好贤"和"恶恶"看成处理人际关系的两大原则。"恶恶"和"好贤"是一个问题的两个方面。"恶恶"作为"好贤"的补充是必不可少的。俗话说：懂得爱，还要懂得恨。本诗作者"恶恶"之甚，实在也是由于他的"好贤之甚"。作者推己及人，不仅在泄一己之愤，而是在泄举世之愤。所以作者在最后表明身份——自己原是一个卑微的服侍人的下人；同时申明写诗的目的——希望人们吸取教训，提高警惕！

谷风

【题解】

本诗是一位遭丈夫遗弃的妇女的哀怨自诉。本诗以从山谷吹来的大风起兴，风雨大作，在如此恶劣的环境下，女子又惨遭抛弃，狂暴的山风与激烈的愤恨交织在一起，显示女子境遇的悲惨，因此她的心情是可想而知的。诗中的这种压抑、灰暗、沉闷的气氛与妇女的心情相互映衬，更增添了她内心的失落与悲伤。

【原文】

习习谷风①,维风及雨。将恐将惧②,维予与女③。

将安将乐,女转弃予。习习谷风,维风及颓④。

将恐将惧,寘予于怀⑤。将安将乐,弃予如遗。

习习谷风,维山崔嵬⑥。无草不死,无木不萎。

忘我大德,思我小怨⑦。

【注释】

①习习:风吹和顺的样子。谷风:东风。②将。连词,且。③与:亲近,救助。女:汝,你。④颓:旋风。⑤寘:同"置",放置。⑥崔嵬:山势高峻的样子。⑦小怨:小毛病。

【译文】

山谷大风响不止,风雨交加天气坏。以前忧患甚艰苦,

唯独有我把你爱。如今生活很安乐,你却把我远抛开。

山谷大风响不住,风雨激荡震寰宇。以往忧患不安定,

抱我在怀你欢愉。现在生活很安乐,弃我如同扔废物。

山谷大风响不停,吹遍高高那山冈。一切青草皆死亡,

所有树木都枯黄。我的大德你全忘,我的小错你总想。

【鉴赏】

诗歌每章都以凄风苦雨起兴,引起女主人公对薄情的丈夫的声声诉说。被抛弃的人面对风雨总是最敏感的,因为一个女人突然被丈夫抛弃,可能会感到一下子失去了依靠和精神的寄托,就像在风雨中飘摇的落叶,已经离开了枝头,但飘往何处、飘到何时,却都不清楚。诗篇每章开头的起兴也为全诗营造了一种如泣如诉、如怨如慕的悲凉气氛。在这种悲凉的气氛中女主人公展开了对离自己而去的丈夫的诉说:想当初你穷困的时候,孤苦无依,只有我不嫌弃你,与你一起承受,可是等到我们走出窘境,境遇好转的时候,你却将我一脚踹开。当年对你怎么好你都忘记了,我现在一点小的缺点都被你放大十倍,看得不可容忍。女主人公虽然对丈夫抛弃自己的行为感到很委屈,但是她却并没有去怨恨他,而只是一遍遍地诉说他不应该抛弃自己,可见她对他还是有感情的,确实做到了"哀而不怨"。

蓼莪

【题解】

这是一首儿子悼念父母的诗。诗人深情地回忆了父母的养育之恩,表达不能报父母深恩于万一的痛苦心情。诗的突出特点是感情浓烈真挚,具有极强的艺术感染力。尤其是诗的第四章,用"生""鞠""拊""畜""长""育""顾""复""腹"九个动词,讲述了父母对儿子的抚育过程,字字含情,声声如泣。后面九个"我"字的连用,使诗的节奏由慢到快,声调由缓到促,更加动人心弦。清人姚际恒评论说:"勾人眼泪全在此无数'我'字。"(《诗经通论》)方玉润也说:"诗首尾各二章,前用比,后用兴;前说父母劬劳,后说人子不幸,遥遥相对。中间二章,一写无亲之苦,一写育子之艰,备极沉痛,几于一字一泪,可抵一部《孝经》读。"(《诗经原始》)孝敬父母,赡养父母,是中华民族的传统美德,时至今日,仍然是必须提倡的社会公德。愿我们都能继承和发扬这一优良传统,使亲情更加浓郁,生活更加美好。

【原文】

蓼蓼者莪①,匪莪伊蒿②。哀哀父母③,生我劬劳④。

蓼蓼者莪,匪莪伊蔚⑤。哀哀父母,生我劳瘁⑥。

瓶之罄矣⑦,维罍之耻⑧。鲜民之生⑨,不如死之久矣!无父何怙⑩?无母何恃?出则衔恤⑪,入则靡至。

父兮生我,母兮鞠我⑫。拊我畜我⑬,长我育我,顾我复我⑭,出入腹我⑮。欲报之德。昊天罔极⑯!

南山烈烈,飘风发发。⑰民莫不穀⑱,我独何害⑲。

南山律律⑳,飘风弗弗。民莫不穀,我独不卒!

【注释】

①蓼:《毛传》:"蓼,长大貌。"莪:莪蒿,野草名。戴震《毛郑诗考证》:"按莪,俗呼抱娘蒿,可知诗之取义矣。"②伊:是。③哀哀:《郑笺》:"哀哀者恨不得终养父母,报其生长己之苦。"④劬:劳苦。⑤蔚:《说文·艸部》:"蔚,牡蒿也。"⑥瘁:《郑笺》:"瘁,病也。"⑦罄:尽。⑧罍:酒器。《集传》:"罄,尽。……瓶罄矣乃罍之耻,犹父母不得其所,乃子之责。"⑨鲜:《毛传》:"鲜,寡也。"胡承珙《后笺》:"鲜民犹言孤子,即下无父无母之谓。"⑩怙:依靠。⑪恤:忧。⑫鞠:养育。⑬拊:抚摸。⑭复:往来。⑮腹:《郑笺》:"顾,旋视。复,反覆。腹,怀抱也。"何楷《诗经世本古

义》："自少至长，卷卷置之于怀，出入以之，不暂释也。鞠、拊、畜三事，次于生之后，皆以养言。育、顾、复三事，次于长之后，皆以教育言。出入腹我，则总括教养而言。"⑯昊天罔极：王引之《经义述闻》卷六："言我方欲报是德，而昊天罔极，降此鞠凶，使我不得终养也。"⑰烈烈、发发：《集传》："烈烈，高大貌。发发，疾貌。"⑱穀：《郑笺》："穀，养也。"⑲害：忧虑。⑳律律：犹"烈烈"，高大威壮貌。

【译文】

莪蒿生得长又高，不是莪蒿是青蒿。哀痛我的父和母，生儿养女太辛劳。莪蒿生长高又肥，不是莪蒿却是蔚。可怜我的父和母，生儿养女身憔悴。

小小瓶儿空荡荡，酒坛由此愧难当。孤苦伶仃活世上，不如早日去死亡。没有父亲依靠谁？没有母亲依傍谁？出门心里含悲伤，进门不见爹和娘。

父啊辛勤生下我，母啊养我劳苦多。抚摸我来爱护我，成长我来教育我，照顾我来挂念我，出出进进抱着我。如今要报二老恩，老天无端降灾祸！

南山险峻难登上，暴风迅猛透骨凉。别人都能养父母，我独为何遭灾殃？

南山高险难登上，暴风迅猛尘土扬。别人都能养父母，我独无法去送葬。

【鉴赏】

这是一首深切悼念父母的诗歌。诗人是一位常年在外服役的征人，由于战事的频发、统治者的苛政，诗人无法在父母身边尽孝，赡养父母，为父母送终。面对当时的局势，诗人身不由己，却又无可奈何。他既对统治者的苛政表示怨愤，又对自己不能报答父母的养育恩情心存愧疚。诗人的悼念之情，真挚、沉痛、哀婉动人，读来催人泪下。

诗歌前两章皆用比兴。莪蒿貌似高大，实则软弱，只是普通的青蒿草；诗人以此来比自己痛失双亲后的孤独无依，身单力竭。父母生养自己多么辛劳，身心憔悴，可是自己还未报答他们的恩情，双亲就已凄然离世了，这怎么不叫自己痛苦、揪心！心中千百次的忏悔，都已无用。第三章中，诗人用酒瓶空荡是酒坛的耻辱，暗指人民之苦是统治者的耻辱。诗人含蓄地表达了自己心中的怨愤和不满。接着诗人含泪痛诉自己失去双亲后，孤苦伶仃、无依无靠的凄惨身世；感念生活失去光明，宁愿自己早已命归黄泉；进家门时已不能得见父母的面容、聆听父母的教诲，却还要眼噙泪花、心含悲痛，继续为战事奔忙，这是多么沉痛的心情啊！第四章中，诗人怀想起父母生养自己的点点滴滴。父母亲辛苦地生下自己，无微不至地哺育自己、照顾自己、教育自己、庇护自己，爱在心头、捧在手心。这些细致入微的细节，都是伟大父爱母爱的体现。而今诗人要报答父母亲的养育之恩时，老天爷却无情地降下了大祸,让他们早早离开人世。如五雷轰顶,诗人遭受的打击实在太大。诗歌末章以南山的险峻难登、暴风迅猛扬起漫天尘土,来比兴统治者暴虐的苛政致使双亲暴死。别人都能在身边悉心照料父母慰其终老,唯独自己没有机会报答父母的恩情。这种骨肉分离的伤痛,深深地刻在了诗人的心上,抑郁难平!

大东

【题解】

这首诗描写的是周王朝的贵族对东方诸侯国的野蛮剥削和压榨,致使诸侯国的臣民穷苦窘迫不堪,反映了西周朝廷与东方诸侯国之间的巨大矛盾,也揭示了统治阶级、上层贵族的贪婪本性。本诗写法独特,想象丰富,给人极大的空间感,利用对古代天文星象的描绘来讽刺、反对周王室及贵族的压榨,很形象,也很生动。

【原文】

有饛簋飧^①,有捄棘匕^②。周道如砥^③,其直如矢。

君子所履^④,小人所视。睠言顾之^⑤,潸焉出涕^⑥。

小东大东^⑦,杼柚其空^⑧。

纠纠葛屦,可以履霜?

佻佻公子,行彼周行。

既往既来,使我心疚。

有冽氿泉,无浸获薪。

契契寤叹,哀我惮人^⑨。

薪是获薪^⑩,尚可载也。

哀我惮人,亦可息也。

东人之子,职劳不来。

西人之子,粲粲衣服。

舟人之子,熊罴是裘。

私人之子,百僚是试^⑪。

或以其酒,不以其浆。鞙鞙佩璲^⑫,不以其长。

维天有汉^⑬,监亦有光^⑭。跂彼织女,终日七襄。

虽则七襄,不成报章^⑮。睆彼牵牛,不以服箱^⑯。

东有启明,西有长庚。有捄天毕,载施之行。

维南有箕,不可以簸扬。维北有斗^⑰,不可以挹酒浆^⑱。

维南有箕,载翕其舌^⑲。维北有斗,西柄之揭^⑳。

【注释】

①饛:装满食物的样子。簋:食器。飧:熟食。②捄:长而弯曲的样子。匕:勺子。③砥:磨刀石,形容平坦。④所履:走过的地方。⑤睠:同"眷"。⑥潸:流泪的样子。⑦小东大东:大小诸侯。⑧杼柚:织布机。⑨哀:可怜。惮人:劳苦人。⑩薪:作动词,劈柴。获薪:砍来的柴火。⑪百僚:各种仆役。试:充当。⑫鞙鞙:长的样子。佩璲:佩戴的瑞玉。⑬汉:银河。⑭监:视。光:闪闪发光。⑮报:反复。章:图案花纹。⑯服:负,背。⑰斗:北斗星。⑱挹:舀。⑲翕:引。⑳揭:高举。

【译文】

饭盒儿装得满满,饭匙儿长柄弯弯。大路好像磨平,直得好像箭杆。贵人们来来往往,小百姓瞪着两眼。回转头看了再看,忍不住双泪涟涟。

远近的东方之邦,织机上搜刮精光。葛布鞋丝带缠绑,穿起来不怕寒霜。漂亮的公子哥儿,大路上来来往往。来了去去了又来,真叫我看着心伤。

旁流的泉水清冷,别浸着割下的柴薪。为什么苦苦长叹,可怜我疲劳的人。谁要用这些薪柴,还得拿车儿装载。可怜我疲劳的人,休息难道不该。

东方的子弟,穷苦没人慰问。西方的子弟,衣服鲜亮照人。船户的子弟,身穿熊皮轻暖。家奴的子弟,都来当吏当官。

有人不少喝酒,有人喝浆不得。有人佩着宝玉,有人杂佩也没。天上有条银河,照人有光无影。织女分开两脚,一天七次行进。

虽说七次行进,织布不能成纹。牵牛星儿闪亮,拉车可是不成。启明星在东方,长庚星在西方。天毕星柄儿弯长,倒把它张在路上。

南边有座箕星,不能拿来簸糠。北边有座斗星,不能拿来舀酒浆。南边的箕星,舌头不能伸长。北边的斗星,柄儿举向西方。

【鉴赏】

《大东》是一篇针砭时弊的佳作。面对劳民伤财、营私舞弊、卖官鬻爵、尸位素餐、贪得无厌等社会问题,作者久已郁结于心,终于喷薄而出,吟成了一首长歌。歌中描绘了一幅王政不平、民贫国困、匹夫抗争的惊心动魄的社会画卷。

全诗七章。一开始我们即看到:令诗人"睠言顾之,潸焉出涕"的是社会已经失去了公平、正直的原则,上层统治者已经成了奴役人、剥削人、压迫人的集团,成了为一小撮人谋取私利的集团。俗话说:"锅里有,碗里有;大路不平旁人铲。"诗人就是从锅瓢碗盏的关系，从如砥如矢的大路，联想生发开去，慷慨激昂地抒发了他参政抗争的情怀。王夫之《诗广传》云："'有饛簋飧，有捄棘匕'，知势之谓也。下之既有余，而以奉上，情之所安，义之所正，顺矣。"反之，"则不饛之簋而急试之匕，求之而不得，得之而之盈，势愈迫，情愈躁，将一举以空其簋，而簋空矣，簋空而国固未盈。"王夫之正是从这里领悟到簋空则匕空，民贫则国困的道理。一个国家如果到了这个地步，而统治者还不思其反，其结果必然是"竭泽焚林以动天下之疾憾，死亡于野而瓦解于廷"。统治者拼命剥削，老百姓拼命反抗，民怨沸腾，朝廷瓦解。

次章的"小东大东，杼柚其空"，使我们想起了杜甫的《兵车行》，"君不闻汉家山东二百州，千村万落生荆杞，纵有健妇把锄犁，禾生陇亩无东西"。这里"东人"的悲哀，东方诸侯邦国的悲哀，实际上代表了周家东部广大人民群众的悲哀。"杼柚其空"，碗里、簋里、织布机上都空了，剩下来的只是一片凄凉，"千村万落生荆杞"。这里最巧妙、最入情的是作者并没有直接去刻画劳动人民，而是勾画了一个"佻佻公子"的形象，连平素轻佻、安逸，不事劳作的公子王孙，如今也同样困于行役，疲于奔命，那么一般的老百姓的悲惨命运自然也就不言而喻了。表面上好像在说公子王孙也在受苦，实际上是为了突出人民群众的深重苦难。

第三章，诗人以获薪为喻，说明已经晒干了的柴禾，不能让它渍水腐烂；已经疲惫不堪的老百姓，不能再让其贫病不堪。人民有了积薪方可以御冬防寒，人民有了生养休息的机会，才能继续从事生产，使民富国强。打柴煮饭，本是日常的生活琐事，看似平平，实则饱含着诗人丰富的生活体验和深思自得的事理人情。他把"积薪"作为表现感情的媒介，由"积薪"表达出来的既是感情的需要也是事理的必然，情与理由此达到高度的交融统一。这里的理已融于情而不是外在于情的抽象的理，它给人的不是概念而是形象。

唐武后朝萧至忠《谏卖官鬻爵宰相子弟居要职疏》曾节引此诗云："臣窃见宰相及近侍子弟多居美爵，此并势要亲戚，罕有才艺，递相嘱托，虚践官荣。诗云：'东人之子，职劳不来；西人之子，粲粲衣服。……私人之子，百僚是试。或以其酒，不以其浆；鞙鞙佩璲，不以其长。'此言王政不平，众官废职，私家之子，列试于荣班，非任之人，徒长其饰佩。"

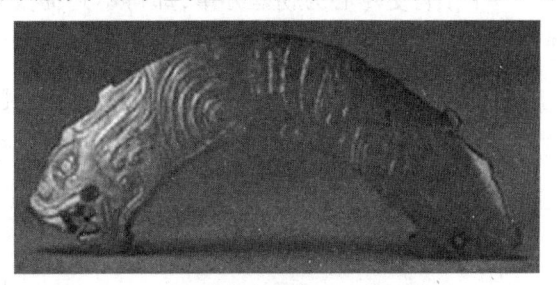

双龙首人面纹玉璜（商）

四、五两章就是针对这样不公平的社会现象所做的大胆的揭露。它那愤怒的吼声，在漫长的封建社会中曾使不少上层统治集团中的有识之士为之不安，引以为戒。历史告诉我们：当一个政治集团被人身依附、裙带关系以及亲族、山头、地域、帮派等关系网弄到"百僚是试"的时候，必然是生活上腐化堕落，政治上贪婪肆虐，从而激起人民对它的怨恨和抗争！

诗人面对着如此严酷的政治现实，无法自解。所以，自第五章后，他的目光逐渐由人间转向天上。仰望茫茫夜空，那些闪烁不定的群星，好像都在变换着脸谱，有如地上的物事人情。此时，他突然发现了一个巧妙的方式可以宣泄满腔悲愤。这方式就是怨天。于是，他嘲笑织女，迁怒牵牛，责启明、长庚、天毕虚有其名，斥南箕、北斗其形可憎，仿佛天上群星没有一个有用，没有一个可亲，没有一个可信。在古代，天是可畏的，官员们则把自己比着天上的星宿，也是为了让老百姓畏惧。而诗人却无畏于天，讽刺挖苦，嬉笑怒骂，写成了一段绝妙的文字。"维南有箕，载翕其舌；维北有斗，西柄之揭。"这难道不是哪些贪得无厌，永远填不满酒囊饭袋的家伙的绝妙写照吗？"南箕北有斗，牵牛不负轭。"名实相乘，相欺以假，成了后世诗人托物言志的一个传统形象。在感情结构上，这四句也回应了首章的"有饛簋飧，有捄棘匕"。伸着长柄勺，张着大嘴巴的家伙们，只知吃喝，只会搜刮，把老百姓们刮得衣不蔽体，食不果腹，日子怎么过？出路在哪里？诗人的情绪经过一个又一个的回旋起伏，逐渐推向高潮，又逐渐由愤怒转入沉思。而读者则从诗人悲愤情绪的发泄中感受到了人民的深重苦难，看到了统治集团的可恨可憎，同时也预感到他们的必然灭亡。

四月

【题解】

一个小官吏尽心为朝廷办事，却得不到提拔和重用，相反，还遇到不公正的待遇，横遭构祸，因此，作此诗来表达心中的愤懑与不满。诗中的环境描写很符合诗人此时的心境，利于抒发感情，感染读者。诗中几个问句强化了主人公的境遇，揭示了牢骚、抱怨的根源。诗的最后把希望寄托于对现实的逃避，实是一种无奈之举。

【原文】

四月维夏，六月徂署①。先祖匪人，胡宁忍予？

秋日凄凄,百卉具腓②。

乱离瘼矣③,爰其适归?

冬日烈烈,飘风发发。

民莫不谷,我独何害?

山有嘉卉,侯栗侯梅。

废为残贼④,莫知其尤⑤!

相彼泉水,载清载浊。

我日构祸⑥,曷云能谷?滔滔江汉,南国之纪⑦。

尽瘁以仕,宁莫我有⑧?匪鹑匪鸢,翰飞戾天。

匪鳣匪鲔,潜逃于渊。山有蕨薇,隰有杞桋。

君子作歌,维以告哀!

【注释】

①徂:到。署:炎热。②腓:草木枯萎。③乱离:祸乱,忧愁。瘼:病,疾苦。④废:习以为常。残:残害。贼:破坏。⑤尤:罪过。⑥构祸:遭遇祸害。⑦纪:守则,纲纪。⑧有:通"友",相亲。

【译文】

四月公出乃初夏,六月盛夏酷暑天。祖宗不是别人家,
忍心使我受苦难?秋天风雨甚凄凉,各种草木皆枯黄。
遭到离乱心忧伤,身归何处是乐乡?寒气凛凛刺人骨,
暴风呼啸震天响。他人都有好生活,为何我独遭祸殃?
山上处处草木好,有那栗树又有梅。官吏肆意做残贼,
竟然不知犯何罪。瞧那泉水潺潺流,有时清澈有时浊。
天天我都遭祸患,何时能有好生活?长江汉水滚滚流,
制约东南众江河。尽心苦为君王事,不肯友善来待我。
看那大雕和鸢鸟,展翅高飞到蓝天。瞧那鲤鱼和鲔鱼,
潜身逃进那深渊。山上长出蕨和薇,湿地生长杞桋树。
君子之人写此诗,只是要把哀忧诉。

【鉴赏】

此诗题旨颇多争议。方玉润《诗经原始》云:"此诗明明逐臣南迁之词,而诸家所解,或主遭乱,或主行役,或主构祸,或主思祭,皆未尝即全诗而一诵之也。"今考察全诗,方说可信。

全诗八章,章四句。末二句说"君子作歌,维以告哀",即逐臣告遭祸南迁之哀也。"告哀"二字点明诗意,实乃全篇眼目。故八章诗以"告哀"贯之。

前三章言"我"初夏被逐,历经秋冬,触景伤情,孤苦无告。其特点是写"我"被逐之后的历经三时,均以时令开头,触景伤时亦自伤。"四月"点出被逐江南的时间,开始踏上流亡的茫茫长路。接下去历述途中感遇。"六月"冒暑而行,苦不堪言,只能抱怨先祖的不能默佑,可见怒愤之深而又无可奈何。"秋日凄凄",草木凋零,身遭祸乱,何处是归途。可见形势之黑暗,前途之渺茫。"冬日烈烈",寒风怒号,"我独何害"。可见路途之遥远,跋涉之艰辛,心境之凄凉。三章诗,按时间顺序,依次写来,所选时令景物不多而各具典型,所写心境应时应景而生,贴切而充满无限辛酸。以景托情,寓情于景,既渲染了气氛,又表达了流亡者的愁思。正所谓情中景,景中情,"一切景语皆情语也"。

中四章承上而来,将"我"的形象由表面向深层推进,极言其忧伤哀痛之由。其特点是各章均用比兴开头,然后引出所咏之辞,写了四个方面的内容。一是以山间美好的卉、栗、梅无故遭到摧残,而"残贼"还不自知其罪,喻自己为残贼所挤,无过受害。二是以泉水的有清有浊,比兴权贵们却浊而不清;同时又以泉水的清能变浊,浊能复清,比兴"我"苦难的处境,却没有好转的希望。可见"我日构祸"而不愿同流合污,前途可悲。三是写"我"来到江汉合流之地,即求兴怀:江汉能为"南国之纪",而王朝反不能为天下之纪纲;江汉之所以能成为主河,是因为有南国小流的汇聚,而"我"为国事而鞠躬尽瘁,却"宁莫我有"。可见"我"的忠而见逐,源于当权者的昏庸。四是以鸟能高飞于天,鱼能深潜于水,反兴自己的无计逃祸,何处容身。至此,作品继前三章忧乱之后,又从被害、构祸、尽瘁、思隐等四方面尽情地抒写了"我"被逐谪迁的复杂而痛苦的心情,完成了"告哀"的主题。因此,这一部分是全诗的主体,而又妙在均以比兴手法出之,这就使形象更为生动感人,而意义更为含蓄深刻。

末章以草木各得其所寄兴,言人反不得其所,只好作诗,聊以志哀而已。这是篇末点明作歌目的即"卒章显志"的写法。这种写法既在篇章结构上起结束全诗的作用,又在主题思想上起画龙点睛、点明题旨的作用,可谓一石双鸟。通过"告哀",加深了读者对诗中抒情主人公思想感情的理解,看出诗人心绪激切之动机,属"发愤之所为作也";也增强了这首抒愤诗浓郁的悲凉气氛和感染力,使人读后不禁为之敛容。

综观全诗,诗中的"我"是一个被逐南放,一年之间自夏历秋至冬;途中由西而南,路程又远,感遇良多;曾为国事操劳而后遭迫害,无力抗拒,又无可逃避,辗转南国,走投无路,仅以长歌当哭的形象。通过这个形象在被逐后心路历程的袒露,我们似可看出"我"是一个在周王朝中受到大奴隶主贵族统治集团迫害的正直的官吏,从而认识到由"残贼"所代表的统治者的昏庸与罪恶,以及当时社会的黑暗。正因为作品中的"我"是一个未指明确切身份的"君子",其形象的容量更大,内涵更深,给人留下想象的余地,从一个侧面获得了解当时奴隶主统治时期阶级斗争、社会矛盾的普遍性信息。一个"尽瘁以仕"的官吏遭遇尚且如此,小民百姓的处境就可想而知。这大概就是此诗的价值所在吧!

北山

【题解】

这是周朝一位士人怨恨大夫分配工作劳逸不均的诗。

古代社会统治阶级把人分为十等,即王、公、大夫、士、皂、舆、隶、僚、仆、台。《左传》昭公七年:"天有十日,人有十等,王臣公,公臣大夫,大夫臣士,士臣皂……"大夫正是士的顶头上司,可以役使士。"士"的阶层虽然属于统治阶层,比普通民众处境好得多,但在那等级森严的社会,仍要受王、公、大夫的役使和压迫,受到不公的待遇。在这首诗中他们唱出了自己的痛苦和不平,尤其是末三章那十二个排比句诉说的六项劳逸不均相对照的情况,给人以强烈的震撼。从对比中也可看出统治者的上层是多么地骄奢淫逸,他们只知享乐和逍遥,不是饮酒作乐,就是高谈阔论,丝毫不关心民众及下层官吏的痛苦。这首诗也是对他们的批判和揭露。

【原文】

陟彼北山,言采其杞。偕偕士子①,朝夕从事②。王事靡盬③,忧我父母④。

溥天之下⑤,莫非王土。率土之滨⑥,莫非王臣。大夫不均⑦,我从事独贤⑧。

四牡彭彭⑨,王事傍傍⑩。嘉我未老,鲜我方将⑪。旅力方刚⑫,经营四方。

或燕燕居息⑬。或尽瘁事国⑭。或息偃在床⑮。或不已于行⑯。

或不知叫号⑰。或惨惨劬劳⑱。或栖迟⑲偃仰⑳。或王事鞅掌。

或湛乐饮酒。或惨惨畏咎。或出入风议,或靡事不为。

【注释】

①偕偕:强壮貌。士子:作者自称。②从事:言办理王事。③盬:止息。王事靡盬:见《小雅·四牡》篇注释。④忧我父母:使父母担忧。⑤溥:犹"普"。《左传》

《孟子》《荀子》《韩非子》等书引作"普"。⑥率：自。滨：水边。古人相信中国四周都有海，"率土之滨"是举外以包内，犹言"四海之内"。⑦大夫：执政大臣。不均：不公平。⑧贤：独贤：犹言"独多""独劳"。⑨彭彭：不得休息之貌。⑩傍傍：纷至沓来，无穷尽之貌。⑪鲜：犹"嘉"，善。将：壮。⑫旅力：即膂力。⑬燕燕：安息貌。居息：言在私居休息。⑭瘁：劳。"尽瘁"等于说不留余力。⑮偃：卧。⑯不已于行：言奔走不停。⑰叫号：呼叫号哭。不知叫号：言不识人间有痛苦事。⑱惨：一作"懆"，见《陈风·月出》篇注。"懆懆"，不安。⑲栖迟：叠韵连绵词，栖息盘桓之意。见《陈风·衡门》篇。⑳偃仰：犹"息偃"。

【译文】

登上北山头，为把枸杞采。强壮的士子，早晚都当差。王家的事儿无穷无尽，带累我的父母难解忧怀。

普天之下，哪一处不是王土。四海之内，谁不是王的臣仆。执政大夫不公不平，偏教我独个儿劳碌。

四匹马奔忙路上，王家事纷纷难当。夸奖我说我还不老，重视我因为我正强壮。就因我精力未衰，驱使我奔走四方。

有些人在家里安安逸逸，有些人为国事精疲力竭。有些人吃饱饭高枕无忧，有些人在道路往来奔走。

有些人不晓得人间烦恼，有些人身和心不断操劳。有些人随心意优游闲散，有些人为王事心忙意乱。

有些人贪杯盏终日昏昏，有些人怕得罪人小心谨慎。有些人耍嘴皮只会扯淡，有些人为公家什么都干。

【鉴赏】

这是一位下层士子的忧愁、悲愤之作。诗中写了两类人，一类是像诗人那样，整日为国事辛勤操劳，没有闲暇休息和照顾家中父母的士子；一类是整日游手好闲，安逸享乐的士大夫。通过对比，诗人抒发了心中的愁闷和抑郁不平。诗歌的头两句是兴句，用登上北山坡去采摘枸杞菜的情景引起下文。诗人正当身强力壮，被召唤离家为了国事整日奔波不止，无暇照顾家中的老父老母。因此，心中十分内疚和忧愁。于是，想起了自己不幸的待遇：普天之下的土地无处不是周王室的，四海之内的人民都是周的臣子，大家都是平等的。可是，唯独我这么操劳、辛苦，最苦最累的活儿让我来干，这不是太不公平了吗？以为几句赞扬的话儿就可以把我的心收买，说我还不老，说我还强壮，还不是为了让我多于些活儿？这些大老爷们，真是太贪心,对我太不公了!诗人接着用了六个对比,来深刻揭露当时统治阶级内部士子与士大夫之间的悬殊待遇。那些士大夫们,整天无所事事,终日花天酒地,不知人间疾苦,在家里尽享安逸、信口开河、夸夸其谈,过着糜烂的生活;而那些士子们,却没日没夜地在外操劳,为了国事奔波四方、尽职尽责、忧心忡忡,不能顾及赡养家中父母,过着非人的提心吊胆的生活!这些对比多么触目惊心,让我们读之深省,是什么原因造成了如此鲜明的对比呢?我们知道,处于普通士子的下层臣子,是没有实权的,他们只能被那些手握实权的有地位的士大夫们所差遣,做着最苦最累的差事,没有一天安宁的日子过。这也反映了当时社会对人不公、劳逸不均的现实,对当今社会具有警策作用。而全诗就在这六个悲愤、鲜明的对比中戛然而止,似乎表明诗人已经是愤慨难鸣了,但心同此感的读者们,已经体会到了诗人的心情。正如姚际恒在《诗经通论》中所评说的那样:"或字作十二叠,甚奇;末更无收结,尤奇。"

无将大车

【题解】

本诗是一位苦于正服役的人的无奈感叹。无论怎么想,现实还是要不停地工作干活,徭役还没有结束,自己也只能扛下去。想与不想都是一样,因此索性就不想了,表现出诗人深深的无奈,这种无奈,也是对繁重劳役的最有力的控诉。全诗语体采用自我劝解的方式,包含着主人公深深的孤独感和挫败感,面对现实无法可想、无力改变,只能保留一点自我安慰。

【原文】

无将大车①,衹自尘兮②。无思百忧,衹自痕兮③。

无将大车,维尘冥冥④。无思百忧,不出于颎⑤。

无将大车,维尘雍兮。无思百忧,衹自重兮⑥。

【注释】

①将:用手推车。大车:牛拉的载重车。②衹:只。自尘。招惹灰尘。③痕:生病。④冥冥:昏暗的样子。⑤颎:火光,亮光。⑥重:拖累。

【译文】

不要去推那牛车,若推只会沾灰尘。不要多思忧心事,

若想只会添病身。不要去推那牛车,尘埃飞扬天昏蒙。

不要多思忧心事，越想前途越不明。不要去推那牛车，

灰尘扬起遮天空。不要多思忧心事，只会添病惹悲伤。

【鉴赏】

对比、兴这两种表现方式的定义和界说，论者的见解比较明确，趋于一致，然而一涉及具体作品中比、兴运用的寓意及其作品主题思想的联系，却往往会出现不同的理解和诠释。本篇即为一著例。此诗首章前两句"无将大车，祇自尘兮"（下二章前两句与此意思相同），前人就有不同的解释。郑玄《笺》云："鄙事（指将大车）者，贱者之所为也；君子为之，不堪其劳。以喻大夫而进举小人，适自作忧累，故悔之。"此申发《毛诗序》"大夫悔将小人"一义。王先谦《诗三家义集疏》云："小人扶进大车而尘及己，君子扶进小人而病及己也，故以为喻。"认为此诗是用比。朱熹《诗集传》则说是"兴"，云："此亦引役劳苦而忧思者之作。言将大车而尘污之，思百忧则病及之也。"因讥《毛诗序》"不识兴体，而误以为比也"（《诗序辩说》）。朱熹之说在近现代较有影响，有学者认为此诗系"劳者歌其事"之作，盖本其说。依朱熹的理解，此诗的"将大车"和"思百忧"当是叙写平列的两事，姚际恒《诗经通论》驳之曰："若是则为赋，何云兴乎？"然观其章法文意，前两句言"将大车则尘污之"与后两句言"思百忧则病及之"，文虽平列，义实有主从之分。诗人所歌并非"将大车"其事，只不过借此以明思忧自病这层意思，章旨在后两句，前两句乃是作为这一抽象旨意的一种具体形象的说明而已。

按比、兴这两种不同的艺术表现方式有密切的关系，前人所谓"兴而比""比而兴"的情况，在《诗经》的创作实际中确实存在，但这并不意味着比、兴可视为一体，混同无别。一般说来，兴是触物以起情。这种由外物触发诗人感情的思维活动，大都是具有直觉感性性质的形象思维，不必含有"理性的思索安排"。比，是比方于物，借物为比，诗人已有某种思想情感借另一种有相类似特征的事物拟状表述出来。而这种"借物"的思维活动本身就含有"理性的思索"。《汉广》有章前四句"南有乔木，不可休思。汉有游女，不可求思"，上下者有"不可"两字，与本篇"无将大车，祇自尘兮。无思百忧，祇自痕兮"章法略同。但《汉广》篇诗人对"汉有游女"的恋慕深情，当是由"南有乔木"这一具体的形象引发的，是触物起情。休于"乔木"和追求"游女"本身无必然联系，它们在诗中通过诗人的感情为纽带产生了一种意蕴丰美、具有某种暗示性的特殊联系。从其表现手法的主要特征而论，还是应当属于"兴"。《无将大车》这四句意思的表达，则有不同，诗人似是先有"思百忧则自痕"这一想法，然后再借"将大车而自尘"这一事物形象地表述出来。诗人未必亲

见"将大车而起尘"这一具体事物,然后感其事而生思,即便诗人亲见其事,但在诗中所描绘的并非事件的本身情形,而是"无将大车,祇自尘兮"这种带劝诫意味的告谕,明显是经过所谓"理性的思索安排"的。它与《汉广》的表达形式在性质上有显而易见的区别。因此,郑玄、王先谦说《无将大车》篇是用比喻,应当是确切的,尽管他们对这一喻义的诠释迂曲难通,使人感到十分牵强附会。

明白了此诗所用的比喻手法,全篇意思就很清楚了。诗中"将大车"一喻,含义并不复杂。大车,是古时一种"平地任载"的牛车,倘若不用牛来拉而用人力去推,不管任何人,或"小人",或"君子"去推,都将是徒劳无功的,岂但徒劳,而且会弄得自身满是尘垢。其喻义显然在奉劝人们不要去干那些力所不能及的蠢事。在诗人看来,"思百忧"就同"将大车"一样,都是徒劳无益反自寻病累的愚蠢行为,既然如此,那与其作茧自缚地纠缠于"百忧"之中,倒不如从中超脱出来,无思大虑,落得个自在逍遥。诗中所说的"百忧",指的是感时伤世之忧,是遭际坎坷落魄之忧,还是百年身世之忧等等,语焉不详;诗人作为此篇是自宽自解,还是奉劝他人之言,亦觉模棱两可。但这种语意的含混和模棱两可,并不会影响读者对诗意的理解,反能调动读者的想象。然诗中反复提到"百忧",似乎又在暗示其忧之深重。观诗人之言,颇似达观,"乐天知命";复又觉得有点无可奈何,"听天由命",全诗一意演为三章,且首尾两章隔句用一"兮"字,长吁短叹,又像有难言之隐。方玉润寻其言外之旨云:"(诗人)故作此旷达,聊以自遣之词,亦极无聊时也"(《诗经原始》),是耶? 非耶?

小明

【题解】

一位官员出差在外,因王差没完没了,自己久久不能回家,他思念家人,思念朋友,思念同事,因此作了这首诗,表达了他对家人的想念以及对朋友和同事的真挚祝福,同时也表达了他对繁重官差的不满。诗中对于官吏的心态描写得很独特也很真实,把他此刻的复杂、矛盾的心情刻画得很到位,集思念、愤懑、恐惧、祝福等于一身。

【原文】

明明上天,照临下土。我征徂西,至于艽野①。二月初吉②,载离寒暑。心之忧矣,其毒大苦。念彼共人③,涕零如雨。岂不怀归? 畏此罪罟④。

昔我往矣，日月方除⑤。曷云其还？岁聿云莫⑥。念我独兮，我事孔庶⑦。心之忧矣，惮我不暇⑧。念彼共人，睠睠怀顾⑨。岂不怀归？畏此谴怒。

昔我往矣，日月方奥⑩。曷云其还？政事愈蹙⑪。岁聿云莫，采萧获菽⑫。心之忧矣，自诒伊戚⑬。念彼共人，兴言出宿⑭。岂不怀归？畏此反覆⑮。

嗟尔君子，无恒安处⑯。靖共尔位⑰，正直是与。神之听之，式穀以女⑱。

嗟尔君子，无恒安息。靖共尔位，好是正直⑲。神之听之，介尔景福⑳！

【注释】

①芃野：远郊荒野。②二月：夏历十二月。初吉：《毛传》："初吉，朔日也。"《传疏》："朔日者，谓月朔之日，不必定在始一日，自一至十皆是也。"③共人：《郑笺》"共人，僚友之处者也。"④罟：网。⑤日月：时光。除：《郑笺》："四月为除。"⑥曷云其还？岁聿云莫：曷：怎么，何时。聿：古汉语助词，用在句首或句中。《集传》："今未知何时可还，而岁已暮矣。"⑦孔庶：《郑笺》："孔，甚。庶，众也。"⑧惮：《毛传》："惮，劳也。"⑨睠睠：怀念貌。《集传》："睠睠，勤厚之意。"⑩奥：暖。⑪蹙：急。《传疏》："蹙，促也。"⑫萧、菽：《传疏》："萧，蒿也。菽，九谷中最后获者。"⑬戚：《毛传》："戚，忧也。"⑭兴：《郑笺》："兴，起也。夜卧起宿于外，忧不能宿于内也。"⑮反覆：《郑笺》："反覆，谓不以正罪见罪。"⑯恒：《集传》："恒，常也。……无以安处为常。"⑰靖：审慎。共：通"供"。⑱穀：《集传》："穀，禄也。以，犹与也。"⑲好：《郑笺》："好，犹与也。"⑳介：给予。闻一多《诗经新义》："匄、乞皆取、予二义，介字亦然。"

【译文】

光辉明亮天上日，普照天下达四极。当日出征往西去，直达边疆荒凉地。腊月初旬已出发，如今寒来暑又离。心里忧愁说不完，好比毒药苦难吃。思念忠诚老同事，泪如雨下沾衣裳。难道不想回家去？就怕法网担不起。

当日出发往边疆，四月良辰正相当。啥时能够回家乡？年关将近尚无望。想我孤单一个人，公事纷繁日夜忙。心中烦闷多凄凉，终年劳苦没时光。思念忠诚老同事，殷勤眷恋不能忘。难道不想回家去？怕人怪罪乱开腔。

当日出发往边疆，风和日丽暖洋洋。啥时能够回家乡？政事越来越紧张。一年很快过完了，采蒿收豆又该忙。心里忧愁没处说，自寻烦恼自担当。念及忠诚老同事，起床漫步独惆怅。难道不想回家去？怕人诬陷遭祸殃。

哎呀诸位老同事，不要居家常安逸。本职工作须做好，结交朋友要正直。神明听了这一切，定把福禄赐给你。

哎呀诸位老同事,不要居家常逍遥。本职工作须做好,正直君子勤结交。神明听到这消息,赐你大福年寿高。

【鉴赏】

本篇是一位久役远方官吏的牢骚怨愤之作。诗人被差遣至西部远荒之地,经年未见召还。岁暮时际,归期无望,乡关之思刻骨煎心,使之不堪其苦;沉重繁杂的公务缠身,无片刻休暇,使之不堪其务。身既困于官事,心为形役,又痛感于仕途多风险,吉凶难卜,忧谗畏讥,心寒胆战。诗人在诗中自述久役思归的苦楚,同时也极真实生动地写出其内心忧愤不平的情怀和复杂的心理。由此可以看出当时政治黑暗与官场情势的险恶。前人多认为它是一篇"乱世"之作,是有道理的。

此诗的四、五两章,历来多有争议,说者纷错,歧义迭出。如何理解这两章章旨,是关系到评析全篇诗义的重要问题。

《小明》头两句是"明明上天,照临下土"。它与《大雅·大明》篇头两句"明明在下,赫赫在上",从字面上看,都是说上天昭明,广照下土,似乎没有什么不同。然而一联系到下文,其义显然有别。《大明》篇是颂扬周文王、武王之诗,头两句言上天昭明带有象征意味,《郑笺》云:"文王、武王施明德于天下,其征应炤晢见于天。"而《小明》篇起笔便有微词,为何这"照临下土"的"明明上天"独独未及"我"所在的"尤野"?莫非天道亦有所不公?郑玄认为此言带有"刺"意,良有见地。开篇这两句出语虚含,似美实刺,领起下文一片忧忿之辞。这种皮里阳秋,反言若正的笔法,是本篇值得留心玩味的特点。看明诗人所用的这种笔法,本篇末两章的意思就比较容易理解了。

四、五章是意思相同的两重章。这里"嗟尔君子"句的"君子",一般认为与前三章"念彼共人"句的"共人",俱指诗人的"同僚"。诗人要这班"君子""靖共尔位",则其人当是居朝为官者而非"处者",毋庸置疑。谢枋得说此"共人""君子"是"与诗人志同道合者",严灿解末两章旨在"以己之所自处告其同志"(《诗缉》)。近人遂沿其说谓本篇有"思友""戒友"之意,这些说法皆似是而实非。今观前三章,言"涕零如雨"、言"眷眷怀顾"、言"兴言出宿",反复申诉自己的忧虑悲苦;接下又言"岂不怀归,畏此罪罟""畏此谴怒""畏此反覆",既说思归心切,复又视归途为畏途,置叹不已,凡此种种忧戚恐惧,俱由"念彼共人"引发,可曾有这种"思友"之情理?且三章自表心迹,戚戚怨嗟,一副不堪之穷愁形于言表,更有"自诒伊戚"之悔恨,显见诗人本无恪尽职守之诚,其于职事不敢怠慢,实乃畏"罪罟""谴怒"而已。若视末两章为"正言"规劝其"同志"要"靖共尔位",岂不陡然间变换出一副道貌岸然的假面目,口出违心之言,自欺欺人？因此,把这两章看作诗人"劝友""诚友"之类的正经话,与前三章文理扞格难通,亦殊乖文情。如果调换个角度,把它看作反话讥辞,前后诗意即可融通,诗人用心亦昭然若揭。范家相云:"此(指《小明》)与《北山》大旨略同,《北山》直而《小明》婉。"(《诗瀋》)姚际恒云:"此诗自宜以行役为主,劳逸不均,与《北山》同意。"(《诗经通论》)确为揭诗人之心的高见。《北山》是一首揭露统治阶级内部劳逸不均的诗作,该诗中"经营四方""尽瘁事国""惨惨畏咎"者即作者本人,他与《小明》中"我征徂西""惮我不暇""畏此罪罟"的"我"境遇相同;《北山》诗所抨击"燕燕居息""出入风议"的朝中官僚,与《小明》中的"共人""君子"都是指同一类当权的小人。范家相谓《小明》"以在朝燕息之小人称之曰'共人'",甚确。只不过《北山》直言不讳,词情激愤;《小明》"其词甚隐"(王先谦语),婉而多讽。在诗人看来,正是这帮在朝燕息的小人当道,坏乱朝纲,致使人心惶惶。明白了这层"深隐""微至"之笔意,再看末尾两章,好像句句是正言,劝告朝中"君子"要"无恒安处。靖共尔位,正直是与",其实笔笔含讽带刺,旨在斥责群小当权,"燕燕居息",荒误国政,不与正直。结尾曰"神之听之,式穀以女"云云,更以神明有鉴,奖善惩恶以示警告。通章反话正说,词面上堂堂正正,骨子里满是嫉愤怨恨,话说得极庄重正经处,"愈显得世道之乖,人情之妄"(借用林纾评韩愈《进学解》语)。所谓曲达其意,婉而成章。这副笔调与首章头两句并无二致,"其旨微而婉矣"(《诗瀋》)。朱熹云:"此章又戒其僚友"(《诗集传》),吴闿生云:"末章所谓'无恒安处',亦自慰勉之词"(《诗义会通》),殆不明诗人用心,反被其狡狯之笔所蒙骗了。

本篇抒写思乡之情感人,表现手法极有特色。大凡久役征夫,远游客子羁旅之愁和思归之悲,莫过于有感离家时间之漫长和去乡路途之遥远。

本篇突出远役异乡之人最敏感的时令变易,以富于变化的笔触抒发心中的情感。一章"二月初吉,载离寒暑"两句,是写辞家远役,历时长达一年之久。接下两句"心之忧矣,其毒大苦"之思乡悲情,由此而生。次章以"日月方除"接"岁聿云莫",亦是"载离寒暑"之意,其间穿插"曷云其还"一句,似问似叹以表岁暮之际,最是离人盼归时。诗意自然比前章深入一层。三章写法又有变化,此章"日月方奥"接"岁聿云莫",与二章略同,表示经年未返。而在"曷云其还"句下带上一笔"政事愈蹙",便把前章的"我事孔庶""惮我不暇"这层意思概括进去,既写出岁暮盼归之急切,又写出归期无望的苦衷,情意益见深化。此章,这章的"日月方奥"句是追溯昔时征途上所见的情景。时值东风解冻,阳气初上,草木欲萌。下文的"采萧获萩",则是写眼下深秋的景象。萧萩已收,黍稷登场,木叶摇落。这两句遥相接应,"以验星移物变",使人产生触物惊心,感时生哀之悲绪,物候的变化暗示时令的更替,春去秋来,亦与首章"载离寒暑"相关合,却比仅从时间长久一面来写乡关思更富有感染力。陈奂评本诗章法云:"三章上六句皆错综以变其体,其实一线穿成。"(《诗毛氏传疏》)所谓"一线"即以"载离寒暑"句所标识的时间为结构线索,诗人以此安排错综变化的章法,展开多层次的描写,将痛苦的思乡之情抒发得极为深刻感人。其次,此诗还巧妙地通过时令来表现空间距离的遥远。首章的"我征徂西,至于艽野"两句,是概言诗人所至之处的荒僻辽远。诗中直接写空间距离之长远仅此两句。此下"二月初吉"句,是说辞家西行的出发时间(此言"二月",是周历二月,即夏历十二月)。次章言"日月方除",三章言"日月方奥"与首章的"二月初吉"相与应承。这两句是追忆征途中印象最深刻的两事:一是旧岁刚辞,新年来到;二是节气的变化,春回大地,由寒转暖。这三句语义前后连贯,"皆本行时次第言之"(黄焯《毛诗郑笺平议》)。诗人自"二月初吉"始行,及至"日月方除""日月方奥"犹未抵达役所,足见旅行之费时,借此暗表去乡之遥远,虽未言愁,而愁已隐见于言外。又首章有"我征徂西"句,二、三章起句以"昔我往矣"为叠唱应和,即寓"行行重行行,道路阻且长"之意于叹唱之中,声情凄婉,运思尤见精妙。然此诗之感人,并非仅仅由于诗人文笔之工巧、技法之高明,更在于诗人融自己的真情实感于篇中,倘无亲身经历远役之艰辛和体验过官海生涯的苦楚,很难写出如此真挚动人的诗篇来。

鼓钟

【题解】

这是一首借古讽今的诗。周朝当权统治者荒淫无度,整日鼓乐之声不绝于耳。诗人听到乐声,心生悲凉,想起昔日周朝的繁盛,周王的高尚品德,心里深深感叹。钟声的悠扬和河水的浩荡,提示的是一种亘古的期盼和缅怀,全诗以此起兴,可见作者立意的深远,同时也突现了其对现实的忧虑和感伤。

【原文】

鼓钟将将,淮水汤汤①,忧心且伤。淑人君子,怀允不忘。②
鼓钟喈喈③,淮水湝湝④,忧心且悲。淑人君子,其德不回⑤。
鼓钟伐鼛⑥,淮有三洲,忧心且妯⑦。淑人君子,其德不犹⑧。

鼓钟钦钦⑨,鼓瑟鼓琴,笙磬同音⑩。以《雅》以《南》⑪,以龠不僭⑫。

【注释】

①将将、汤汤:《集传》:"将将,声也。汤汤,沸腾之貌。"②淑、怀、允:《集传》:"淑,善。怀,思。允,信也。……思古之君子不能忘也。"③喈喈:钟声。④湝湝:水疾流貌。《说文·水部》:"湝湝,水流湝湝也。"《集传》:"苏氏曰:始言汤汤,水盛也。中言湝湝,水流也。终言三洲,水落而洲见也。"⑤回:邪僻。⑥鼛:《毛传》:"鼛,大鼓也。"⑦妯:激动。《郑笺》:"妯之言悼也。"⑧犹:缺点,过失。《郑笺》:"犹当作愈,愈,病也。"⑨钦钦:《集传》:"钦钦,亦声也。"⑩笙磬:姚际恒《诗经通论》:"笙在堂上,磬在堂下,言堂上堂下之乐皆和也。"⑪雅、南:《毛传》:"为雅为南也。"《集传》:"雅,二雅也。南,二南也。"⑫龠:排箫。僭:乱。《正义》:"以为龠舞。谓吹龠而舞也。"

【译文】

编钟敲起响叮当,淮水奔腾向东方。心里忧愁又悲伤。古代贤人和君子,实在念念不能忘。

编钟敲起声缭绕,淮水奔腾浪滔滔。心里忧愁又烦恼。古代贤人和君子,品行端正道德高。

敲钟击鼓声悠悠,淮水中间有三洲。心里悲伤又忧愁。古代贤人和君子,道德无瑕品行优。

编钟敲起声钦钦,又弹瑟来又弹琴。笙磬和谐真好听。既有雅乐和南乐,排箫伴奏依次行。

【鉴赏】

这是一首描写诗人聆听音乐、怀念往昔贤人、君子的诗歌。诗人站在美丽的淮水之滨,面对着奔腾不息的滔滔淮水,聆听着钟鼓琴瑟演奏发出的美妙乐声,心中非但没有产生愉悦之感,反生忧愁悲伤之情,追忆起先代的贤人、君子。河流是最容易激起历史感的物象,见到滚滚东逝的淮河水,诗人不禁怀想起了西周的强盛。而西周之所以强盛,是因为有很多先贤,他们端正无邪的优良品德是西周强盛的关键。而眼下已经是盛世不再,周王室的力量江河日下,贤人们也纷纷退隐山林。这样诗人又怎能不心生惆怅,以至抑郁难平呢?读者不禁会问,诗人为何在美妙的音乐声中会心生悲伤,抑郁难平呢?这在诗歌的末章中可以找到答案。诗歌末章描写的是:钟鼓琴瑟同奏、洞箫伴奏,共同演绎雅乐南乐,乐声和谐共鸣的高妙境界。雅乐和南乐是周朝在辉煌时期的代表之作,而如今,诗人身处周朝国事衰微之时,听到如此盛世华音,自然会产生心理落差,惆怅不止,抚今思昔,感念先人端正无邪之品德。这是一种对盛世不再的惆怅和落寞,对自己生不逢时、无缘与先哲圣贤交游的悲叹。

楚茨

【题解】

秋收之后,由于粮食大丰收,此时统治阶级多进行祭祀活动和仪式,以求上天降福。本诗所描写的就是周王祭祀祖先的场面。诗中关于祭祀的场面和步骤,有详细的描写,这对于我们了解、研究古代的祭祀有重要的历史价值。此后,这种祭祀的仪式,由王室流传到民间,由此成为一种民俗,延续了几千年。

【原文】

楚楚者茨[①],言抽其棘[②],自昔何为? 我蓺黍稷。

我黍与与[③],我稷翼翼[④]。我仓既盈,我庾维亿[⑤]。

以为酒食,以飨以祀,以妥以侑[⑥],以介景福[⑦]。

济济跄跄[⑧],絜尔牛羊[⑨],

以往烝尝。或剥或亨,

或肆或将[⑩]。祝祭于祊,

祀事孔明[⑪]。先祖是皇,

神保是飨。孝孙有庆,

报以介福,万寿无疆!

执爨踖踖[⑫],为俎孔硕。

或燔或炙。君妇莫莫[⑬],

为豆孔庶。为宾为客,

献酬交错。礼仪卒度,

笑语卒获。神保是格[⑭],

报以介福,万寿攸酢!

我孔熯矣[⑮],式礼莫愆。

工祝致告,徂赉孝孙[⑯]。苾芬孝祀[⑰],神嗜饮食。

卜尔百福[⑱],如几如式[⑲]。既齐既稷[⑳],既匡既敕。

永锡尔极,时万时亿! 礼仪既备,钟鼓既戒。

孝孙徂位。工祝致告。神具醉止，皇尸载起㉑。

钟鼓送尸，神保聿归㉒。诸宰君妇，废彻不迟㉓。

诸父兄弟，备言燕私㉔。乐具入奏，以绥后禄。

尔肴既将，莫怨具庆。既醉既饱，小大稽首。

神嗜饮食，使君寿考。孔惠孔时，维其尽之。

子子孙孙，勿替引之！

【注释】

①楚楚：植物丛生的样子。②抽：除。③与与：茂盛的样子。④翼翼：繁盛的样子。⑤庾：雨天堆积谷物处。⑥妥：安。侑：劝饮食。⑦景：大。⑧济济：形容众多。⑨絜：洁净。⑩肆：陈设。将：捧持。⑪明：指祭礼齐备。⑫爨：烧火煮饭。踖踖：敏捷而又恭敬。⑬其莫：安静。⑭格：至。⑮熯：敬惧。⑯徂：往。赉：赏赐。⑰苾芬：形容祭品的香味。孝祀：祭献。⑱卜：予。⑲几：期。⑳稷：急。㉑皇：荣耀。尸：代表祖先受祭的人。㉒聿：助词，无义。㉓废彻：撤去。不迟：小拖延。㉔备：结束。燕私：私燕，私家宴会。燕：通宴。

【译文】

丛丛蒺藜多繁盛，除去棘刺开田地。从古开地有何意？
就为种黍和植稷。我的黍苗真茂盛，我的稷秧多整齐。
我的粮仓全装满，囤中粮米已上亿。用粮酿成的美酒，
用来敬祖把神祭。请神安坐忙劝酒，请神快把大福赐。
恭敬端庄至祖庙，牵来你的牛和羊。冬祭秋祭不一般。
宰割烹煎很繁忙，或陈设来或献上。司仪站于庙门旁，
祭祀礼仪甚周详。先祖来到这祭场，神尸把那酒肉尝。
主祭周王有吉祥，万寿无疆归周王。厨师敏捷又恭敬，
大肉放置俎板上。有烧有烤味道香。主妇勤劳操作忙，
豆盛食物很多样。贵宾嘉客助祭来，交互敬酒都谦让。
各样礼仪合法度，说说笑笑都得当。神尸此时已到场，
要让祭主享大福。周王长寿得报答。我们严肃敬先祖，
一切礼仪不走样。工祝代神告周王："先祖必把子孙赏，
祭品芬芳献神享，美味酒食神爱尝。赐你福禄上百样，
合乎法度与期望。既恭敬来又严肃，既整饬来又端庄。
永远赐与宏大福，福祥亿万永传扬。"各种礼仪俱完美，

钟鼓乐器皆齐备。主祭周王到祭位，工祝代神把话讲。
神灵畅饮都已醉，伟大神尸要退回。敲钟打鼓送尸归，
神尸礼毕开始退。诸位厨师与主妇，撤除祭品不迟疑。
各位父辈和兄弟，私相聚首开宴会。各样乐器同演奏，
安享祭后那福禄。你的菜肴全都好，没有怨恨都庆祝。
全喝醉来都吃饱，小孩大人皆叩首。神灵爱吃那祭品，
定会让你得长寿。祭祀顺利且善好，真是尽善又尽美。
周王有子子有孙，不废祖祭永保留。

【鉴赏】

本篇是一首周王祭祀祖先神灵的乐歌。诗中的主祭"孝孙"，是周王对先祖的自称。

周代统治者对祖先极其崇拜，经常要举行隆重的祭祖典礼，这在当时是一项重大的国事活动。崇拜和祭祀祖先的目的，无外乎向神灵祈求保佑，借先祖之亡灵来加强人间君主的权威，维护宗族团结，巩固奴隶社会的宗法制度。周时祭祖礼仪规制繁而严，祭祀名目众多。除特定的祭祀和临事祭祀外，一年四季均有定时祭祀。《礼记·王制》云："天子、诸侯宗庙之祭，春曰礿、夏曰禘、秋曰尝、冬曰烝。"本篇所写的大概是"烝尝"之祭。诗中详尽地记述了周王宗庙之祭的活动情形，对于研究周代宗教思想和典章制度，具有极珍贵的文献史料价值。它又是一首早期的长篇叙事诗，在叙事艺术方面有值得重视的特点。

全诗凡六章，章十二句，所记周王祭祖典礼，周详备至，可谓"煌煌大篇，备极典制"（姚际恒《诗经通论》）。要在诗中写出如此繁多复杂的祭祀内容，首先得在篇章结构方面有统筹安排。此诗的谋篇布局颇具匠心。"古人于祭，虑其不极诚敬则神不飨"（同上），所谓心诚则神灵。本篇各章都是紧紧围绕表现主祭孝孙对先祖"诚敬"这个主旨，以祭祀先后时间为线索，有重点地展开描述。前三章是祭前诸事，着重写祭品，突出一个"盛"字。首章写年丰物备，以见祭祀酒食之丰美；二、三章写临祭前大办祭

鹤莲方壶（春秋）

宴,以见牲醴俎豆之盛洁。这三章描写祭品的美洁丰盛,旨在表明主祭对先祖的崇敬和孝诚。四、五章则扣住礼仪来写宗庙祭事,极言祭祀礼仪的隆重与整饬,这也是主祭对先祖敬诚的表现。末章写私宴的丰盛和宾客对主祭的满意,同样表现主祭的诚意。又,除五章外,"各有颂祷之辞,见于章末,明主祭节节尽其诚,幽又不格也"(范家相《诗潘》),显然是寓有"心诚神灵"这层意思。由于篇旨鲜明突出,诗中记述的事项虽繁多复杂,却显得繁而不乱,组织很紧凑,层次井然。其次,全诗各章节层次之间内容的转换和文意的承接也自然巧妙,不露痕迹。如首章有"以为酒食,以享以祀"两句,前句将上文的稼穑之事引归祭祀"酒食",后句点出"享祀"二字,切入正题;次章即以"以往烝尝"句为应,文势便转入二、三章写祭前置备祭宴。又如四章写正祭,头两句为"我孔熯矣,式礼莫愆";五章写绎祭,头两句为"礼仪既备,钟鼓既戒",各在本章中起承上启下的作用,又前后呼应,以表宗庙之祭程序之始终。且四章的"'苾芬'两句,结上黍稷、牛羊、俎豆;'既齐'二句,结上济济跄跄,踖踖莫莫,卒度卒获"(吴闿生《诗义会通》)。这些方面都很见诗人运思用笔之精心。由于诗人对记述诸事有通盘的构思安排,加上关联承转之语的巧用,偌大一篇内容复杂的文字,融通一体,条理历历分明,结构严谨而完整。

祭祀典礼,本是一套礼数繁缛枯燥的程式,如刻板地照其程序来写,很难写生动,写出诗意。而本篇写祭祀活动虽详备,却避免了繁冗板滞和程式化的弊病,在表现手法上有独到之处。诗人没有简单地记录祭祀的过程,而是在叙事中插入大量的描写,笔调也较为灵活。如首章不写祭事,却从远古叙来,以"楚楚者茨"两笔概言先人垦辟维艰,语含追古思远之情。再由昔谈到今,写黍稷的长势和秋收时仓盈廪满,生动的描绘中略带夸张之辞,丰收之喜悦和对先祖敬缅之情意俱见言表,写得富有诗意。再如二、三章前一节也写得相当出色。诗人不直接写牺牲、菜肴之丰盛,而是通过祭前酒宴的准备活动来表现这一意思。诗人不惜笔墨,大肆描绘人众繁忙、宰牛杀羊、为俎为豆的场面。这里的"或剥或亨,或肆或将","或燔或炙"等句,写厨子们紧张的宰割烹饪,简练生活。叠字如"济济跄跄""踖踖""莫莫",都较为形象。以上描写显示出一种紧张繁忙而又有节奏、热烈盛大而又庄重敬肃的景象和气氛,这些描写确如前人所评点的"古茂生动""有境有态"。即以写祭祀中最重要的正祭部分的第三章而言,诗人也不拘于记录仪式的本身,而用大段篇幅写"工祝致告",从工祝传达神祇之意中写出祭祖礼仪的齐备整饬和祭品的丰美,"因言以见事"。这种手法能用简驭繁,省却不少冗赘的叙述。它也是本篇在剪裁方面的一个特点。再从句法来看,有不少处也显得很活脱。首章连用五个"我"字、四个"以"字起句，整齐而流畅，读来朗朗上口。二、三章前一节同是写祭前置办宴席，却别为两章，错综为文，寓散于整，饶有兴味。

本篇叙事艺术对后世叙事文学有一定的影响，前人认为《礼仪》的《特牲》《少牢》两篇"皆从此脱胎"。其实，此诗叙事艺术影响所及，并不限于记述典礼、仪式那类文章。

《楚茨》这首祭祀诗作，确有一种朴茂闳整，典雅庄重的风格，与《颂》诗的格调很相近。今在《小雅》内，朱熹认为"恐《正雅》之篇有错脱在此者耳"（《诗序辨说》），近人或认为它就是《小雅》中的"颂"（孙作云《论二雅》），后说似不无道理。

信南山

【题解】

这是一首描写祭祀的诗，诗的意象广阔，风格活泼，气势宏大，是祭祀诗中的名篇。诗中描写了周天子祭祀祖宗的场面，祈求天降祥瑞，谷物丰收。全诗围绕万物四季的生长展开，贯之以人们日常的起居生活，具有出浓浓的乡土气息。祭祀的神圣和崇高在诗句中得到很好的体现，表达了人们对美好生活的向往。

【原文】

信彼南山①，维禹甸之②。畇畇原隰③，曾孙田之④。我疆我理，南东其亩。⑤
上天同云⑥。雨雪雰雰⑦，益之以霢霂⑧。既优既渥，既沾既足⑨。生我百谷。
疆场翼翼⑩，黍稷彧彧⑪。曾孙之穑，以为酒食。畀我尸宾⑫，寿考万年。
中田有庐⑬，疆场有瓜。是剥是菹⑭，献之皇祖。曾孙寿考，受天之祜⑮。
祭以清酒，从以骍牡⑯，享于祖考。执其鸾刀⑰，以启其毛，取其血膋⑱。
是烝是享⑲，苾苾芬芬⑳。祀事孔明，先祖是皇㉑。报以介福。万寿无疆！

【注释】

①信：长远之意。曾运乾《毛传说》："信读如伸，长远貌。"②甸：治田。③畇畇：平坦整齐貌。《通释》："畇畇，田已均治之貌。"④曾孙：《集传》："曾孙，主祭者之称。曾，重也。自曾祖以至无穷，皆得称之也。"⑤疆、理、亩：《集传》："疆者，为之大界也。理者，定其沟涂也。亩，垄也。"⑥同：重。《集传》："同云，云一色也，将雪之候如此。"⑦雰雰：纷纷。《毛传》："雰雰，雪貌。丰年之冬必有积雪。"⑧霢霂：小雨。⑨渥、沾：《集传》："优、渥、沾、足，皆饶洽之意也。"⑩场：畔。田界。⑪彧彧：茂盛貌。《集传》："场，畔也。翼翼，整饬貌。彧彧，茂盛貌。"⑫畀：给予。尸

宾：代表先祖受祭的活人。《郑笺》："畀，予。……至祭祀齐戒则以赐尸与宾。"⑬庐："芦"之假借，即萝卜。郭沫若《从周代农事诗论到周代社会》："中田有庐与疆场有瓜为对文，可知庐必然是芦字。"《说文》："庐，芦菔也。"⑭菹：盐渍。《毛传》："剥瓜为菹也。"《集传》："菹，酢菜也。"⑮祜：《郑笺》："皇，君。祜，福也。"⑯骍：毛皮红色的马或牛。《集传》："骍，赤色，周所尚也。"⑰鸾刀：《毛传》："鸾刀，刀有鸾者。"⑱膋：脂膏。《郑笺》："膋，脂膏也。血以告杀，膋以升臭。合之黍稷，实之于萧，合馨香也。"⑲烝：《集传》："烝，进也。或曰冬祭名。"⑳苾苾芬芬：《郑笺》："既有牲物而进献之，苾苾芬芬然香，祀礼于是则明也。"㉑皇：赞美，嘉许。

【译文】

终南山脉延绵长，大禹治水曾开荒。高原洼地都平坦，曾孙耕作种稻粱。画定田界整好地，垄亩向南或向东。

天上乌云密密布，瑞雪纷纷飘四处。更加蒙蒙细雨下，雨量充沛好耕锄。大地滋润水分足，生长百谷极丰富。

田地边界修整好，黄米高粱生长旺。曾孙把它来收获，酿酒做饭甜又香。献给神尸和来宾，祈求福寿万年长。

田中种植有萝卜，田边地头长瓜蔬。剥的剥来腌的腌，献给伟大老先祖。曾孙寿命长不老，皇天保佑赐福禄。

祭祀神灵用清酒，再献黄牛肥有膘，清酒牛肉敬祖考。手中拿起銮铃刀，拨开牺牲项下毛，取出牛血牛脂膏。

举行冬祭献佳肴，香气四溢真芬芳。祭事办得很漂亮，先祖到来多赞赏。降下大福作报偿，赐你大寿永无疆。

【鉴赏】

本篇也是一首周代统治者祭祀祖先的乐歌，诗中的"曾孙"是周王的自称。它记的可能是荐新之祭，即"尝祭"（也有学者认为是冬之"烝祭"）。此诗与《楚茨》篇虽同属祭祀诗一类，但又有明显的差异，王质《诗总闻》云："《楚茨》烝尝之祭也，其仪差洋；《信南山》荐新之祭也，其仪差略。"从内容上来看，《楚茨》篇详叙祭祀仪礼典制和祭祀活动的情形，而《信南山》对这些却写得其极简略，诗人的兴趣似乎不在以写祭祀诸事来表明祭主对先祖的崇拜和诚敬，他更注重"因祭祀而推原粢盛之所自出"（方玉润《诗经原始》）。这就见出本篇作者的创作意图与《楚茨》篇有所不同。因此，它在构思、表现手法和风格上都有不同于《楚茨》的特点。

全诗有六章。首章写田原。头两句"信彼南山，维禹甸之"，从大禹疏理河川，整治山原写起。这两句并没有追古思远，克返先圣功烈的含义，也没有如后儒所说的禹创"丘甸之法""三代相因"之类的意义，它只是表明曾孙拥有终南山下这片广阔肥沃的原野，古时曾经大禹亲手整治。所以，接下有"畇畇原隰，曾孙田之"两句，即明此意。章末的"我理我疆，南东其亩"，写宽广平整的田原上，界垄沟洫依其地势错综布列，所谓"物土之宜而布其利"（《左传·成公二年》）。此章言田原之美，是对万物赖以生长的大地的歌颂。次章由地利写到天时，冬之盛雪、春之雨霖，覆原盖野，润泽大地，极宜于农作物生长。此章言冬春雪雨充沛，是对"生我百谷"的天时的歌颂。三、四、五章分别写黍稷、瓜果、牲畜。黍稷"以为酒食"，瓜果腌制为菹，骍牡杀为牺牲，都是用作祭祖的供品。祭品之丰盛美洁，以见五谷丰登，六畜兴旺，皆出之于大地，得之于天时。这三章言物备年丰，旨在歌颂养育万物的大地与美好的年成。末章以"是烝是享"一句，总随前三章所写的黍稷、瓜果、牲畜，转入到祭祀事上来，用省洁几笔，结束全篇。

此诗用了相当多的篇幅来写祭祀供品。诗人多描写祭品之丰洁，与其说旨在表明曾孙对先祖神灵的敬诚，毋宁说是在对奉献出如此富饶物产的大自然表示深情的赞美。这就与《楚茨》篇有显而易见的不同。

这首诗在章法结构方面也极为精巧，体现出诗人的创作意图和经营匠心。全诗紧紧围绕赞美大自然这一主题组织描写。这里着重谈谈二至四章。二章重点写天时之美，"雨雪雰雰，益之以霢霂"两句，描绘雪雨丰盛饶洽，又见出冬春两季的更替，这里所举冬、春，实兼概夏秋，以表四时充美，风调雨顺。接下"既优既渥"两句，以天时映带地利，末句"生我百谷"承此而来，言春天草木苏生，百谷萌发，遥领三章的"黍稷或或"和四章的"中田有庐，疆埸有瓜"，由春之百谷萌发到夏之庄稼旺盛和秋之收成丰硕，实有对天时颂美这一暗脉贯穿。又三、四章都扣住疆埸、田地来写，明示自与首章对田原的颂美一意相承，巧妙地表示出庄稼生长收成之好，乃受益于地利，得惠于天时这层意思。五章首句的"祭以清酒"与三章的"以为酒食"相呼应，以"清酒"概美"食"，双绾前两章之言黍稷、庐瓜。以下转出"从以骍牡"一句，由写农作物过渡到祭前杀牲，表现牲畜的膘肥毛纯。这几章把天时地利与庄稼春生秋熟一并写出，相互映衬，笔意浑融绵密，结构完美，章法错综多变，实在高明。

与《楚茨》的铺叙详赡周密相比，本篇笔调显得舒展灵活，有浓郁的抒情意味。诗中描写自然风物很有特色，诗人善于运用不同的笔墨来表现不同自然景物的特点。如写田原，从大处落墨，突出田界沟洫纵横交错，笔直延伸向远方，给人以一种

国学经典文库

诗经

·《诗经》释讲·

图文珍藏版

辽阔苍茫之感,又写连峰叠嶂,逶迤绵延的终南山脉为之屏障,更显示出雄浑气象。首章写田原高山,只用粗线索几笔简洁勾勒,却有涵千里于尺幅之中的艺术效果。再如写冬雪,云"上天同云,雨雪雰雰",上句写天,阴云万里,沉沉欲坠,天云浑然一色;下句写地,霰雪乱舞,纷纷扬扬,山原银装素裹,画面极为开阔壮观。写春雨,则另换成一副轻柔笔触,云"益之以霡霂",那"当春乃发生"的春雨轻盈细密,大地一片迷蒙的景象,如在目前。冬雪、春雨这两幅风调截然不同的景致,经诗人妙手组接在一起,刚劲之中含温润娟秀,给人以特殊的美感。这几句景笔墨跌宕多姿,疏宕之中融入细腻柔婉,十分动人。此章四、五两句"既优既渥,既霑既足",连用四个动词。"优""渥"描绘雪雨覆盖大地,既充沛又均调,不浸不淫,恰到好处;"霑""足"(浞)则写雪雨渗入土壤,滋润大地,霑溉万物。用词之贴切生动,运笔之细致入微,确如姚际恒所说"后世不能到"。全诗写景状物,纯用白描手法,字里行间充溢着诗人深挚的感情。

有位外国著名学者谈到中国文学特色时,曾说过,"那些在别国文学中不成其为文学素材的东西",在中国文学中却以其出色的描写而成为文学名作。中国文学的各种"诗歌性"的"总体方面",早在《诗经》的创作中就明显地表现出来。如《信南山》一篇,不仅用诗的形式来描写"别国文学中不成其为文学素材"的宗庙祭祀,而且描写得如此生动精美,如此丰富多彩,情致动人,足以表明中国文学自其源头《诗经》,就有着无限的创造性活力。

甫田

【题解】

本诗描写的也是周天子祭祀上天,祈祷丰收的场面。禾苗茁壮成长,风调雨顺,看来一定是个丰收之年,因此,农民和天子都很高兴。本诗所抒发的感情也是欢快的,因此,诗中的祭祀更像是在感谢上天的保佑。从诗中我可以很轻易地想见一幅政秦民和、国事昌隆、百姓安居乐业、生活美满欢畅的动人情景。

【原文】

倬彼甫田①,岁取十千。我取其陈,
食我农人。自古有年。今适南亩,
或耘或耔②。黍稷薿薿③,攸介攸止,
烝我髦士④。以我齐明,与我牺羊⑤。

以社以方，我田既臧。农夫之庆，

琴瑟击鼓。以御田祖，以祈甘雨。

以介我稷黍，以穀我士女。曾孙来止，

以其妇子，馌彼南亩⑥，田畯至喜。

攘其左右⑦，尝其旨否。禾易长亩⑧，

终善且有，曾孙不怒，农夫克敏。

曾孙之稼，如茨如梁。曾孙之庾，

如坻如京⑨。乃求千斯仓，乃求万斯箱。

黍稷稻粱，农夫之庆。报以介福，万寿无疆。

【注释】

①倬：大。②耘：锄草。耔：培土。③薿薿：茂盛的样子。④髦：漂亮潇洒。⑤牺：牛。⑥馌：给在田耕作的人送饭。⑦攘：礼让。⑧易：禾盛的样子。⑨坻：水中高地。

【译文】

宽广大田远无垠，一年收获千千万。我把陈粮取些来，

送给农夫度艰难。自古以来多丰年，今天我去向阳田。

锄草培土忙操劳，谷子高粱长得欢。周王停下来休息，

召来俊才做田官。米饭装得礼器满，还要摆设牛与羊。

祭罢土神祭四方。我的土地很肥沃，这是农民的福气。

弹琴奏瑟打鼓响，迎接神农把祭享，祈求好雨及时下。

保佑黍稷能丰产，养育百姓心欢畅。周王亲自来督田，

正遇农夫妻和子，送饭要去那田间，田官到来心喜欢。

提袖露臂出双手，田官尝饭是否香。遍地禾苗长势好，

枝叶茂密果实繁。周王何必来发怒，农夫干活都勤勉。

王的庄稼遍地长，好像屋顶和桥梁。周王粮囤在露天，

好像山坡和高丘。于是装粮寻千仓，祈求万车运粮忙。

有黍有稷有稻粱，农夫有功给奖赏。神灵回报降大福，

周王长寿永无疆！

【鉴赏】

这是周王祭祀土神、祈求丰收的乐歌，是一首极具史料价值的农事诗。全诗共四章。第一章描写巡视夏耕的场景。先是赞美了周王的田地之多，一望无际，收割

的粮食不可胜数。因为自古以来都有好年成，所以才有吃不完的陈粮可以拿来分发给种田的农人吃。接着写周王巡视农人耕种的情景。在那广阔无垠的田地里，有在除草的，有在给苗根培土的，还有在来回走动指导农人耕种的田官，好一派紧张、有序、热闹非凡的劳动图景！可见，这是一次大规模的农耕活动，也体现了在当时的农耕社会，统治者对农事的重视程度。第二章写庄稼丰收后，祭祀土神、四方神、迎接田祖的祈年活动。这在农耕文化很浓的周朝，是一件生产、生活中必不可少的大事。周王派人送来了满盘的精选谷物，又供奉上了色纯肥美的大公羊（古人以羊大为美，用以表示对神灵的敬重），来隆重祭祀土神和四方神。而种地的农人也因为自己地里庄稼收成很好，于是弹起了琴瑟、敲起了鼓，兴高采烈地一起来恭迎田祖的驾临。祭祀者们共同祈求神灵保佑普降甘霖，帮助田地里的庄稼苗壮成长，取得大丰收，自己的人民也能够丰衣足食。第三章写曾孙即周王去视察农耕、农人在田官的监督下劳动的情景。农人全家人都参与了劳动，还给田官送来了饭菜。曾孙看到禾苗长满田地，农人们耕种的动作很敏捷，心中十分高兴。第四章是祝祷丰收的贺词。诗人想象庄稼收成非常好，收割好的粮食堆积起像屋盖、桥的堤坝那样厚；每个装满的粮仓，都像座座高山，需要很多的粮仓和运粮食的马车来装载。耕种的农人也都领到了周王赐给的各种稻谷，心中甭提多高兴了！这都是由于土神、四方之神、神祖们赐予了周人大的福分，才有了那么丰收的年成啊！使周王朝能够世代永存，生活在肥沃宽广无垠的土地上！

　　总之，这首诗歌记录了当时农业生产的实地情景，以及祭神祈福以保丰年的活动。诗歌为我们描绘了一幅耕种繁忙、庄稼生长旺盛、人民丰衣足食的盛世景象。但是，透过字面，我们也可以看到，在当时的农奴制度下，农奴的耕种都是有田官来监督的，并不自由；而粮食的收成大部分是归统治者所有，被他们掠夺了，农人只能得到部分的赏赐。可见，在丰收景象的背后，却掩饰了农人血和泪的控诉！

大田

【题解】

　　这是一首描写周天子祭祀田祖祈祷丰收的诗。当时，每年春耕开始的时候，周天子都要亲自到田边，祭祀田祖和天地四方之神，以求神灵降福，保佑丰年。当时，这作为一种固定的仪式来宣告春耕的正式开始，本诗所描写的就是这一仪式的全过程。诗句语气热烈、欢畅，表述生动、质朴，充满人们对来年丰收的渴望和期待，无论是农夫、妇女、小孩,还是天子、官吏脸上都呈现出欢喜的神情,读来恬静清爽,具有蓬勃的生命力。

【原文】

大田多稼①。既种既戒②,既备乃事③。以我覃耜④,俶载南亩⑤。播厥百谷,既庭且硕⑥。曾孙是若⑦。

既方既皁⑧,既坚既好,不稂不莠⑨。去其螟螣⑩,及其蟊贼⑪,无害我田稚⑫。田祖有神⑬,秉畀炎火⑭。

有渰萋萋⑮,兴雨祈祈⑯。雨我公田⑰,遂及我私⑱。彼有不获稚⑲,此有不敛穧⑳;彼有遗秉㉑,此有滞穗㉒。伊寡妇之利㉓。

曾孙来止,以其妇子。馌彼南亩,田畯至喜。来方禋祀㉔,以其骍黑㉕,与其黍稷。以享以祀,以介景福㉖。

【注释】

①大田:面积广大的田。②种:选种子。戒:修农具。③既备:言上述的事已准备停当。乃事:言从事下文所述的工作。这句句法和《大雅·公刘》篇的"既顺乃宣"相同。④覃:剡字的假借字,锐利。耜:似犁的农具。⑤俶:始。载:从事。亩:古音"米"。这句是说开始工作于南亩。⑥庭:读为"挺",生出。这句是说百谷生出而硕大。⑦曾:犹"重"。孙之子为"曾孙",以下每代都可以称曾孙。这里指周王。若:顺。这句是说一切顺了王的意愿。⑧方:房。皁:谷实才结成的状态。既房是说已生长粟皮,既皁是说已生长谷壳。下句"坚""好"也是指谷粒而言。⑨稂:禾粟之生穗而不充实的,又叫"童粱"。莠:草名,叶穗像禾。⑩螟:吃苗心的小青虫,长约半寸。螣:《说文》作"蟘",虫名,长一寸许,食苗叶,吐丝。⑪蟊:吃苗根的虫。贼:也是虫名,专食苗节,善钻禾秆。⑫稚:幼禾。⑬田祖:稷神。神:犹"灵"。⑭畀:付。以上二句是希望于稷神之词,言田祖是有灵的,将这些害虫投到火里去吧!⑮渰:云起貌。萋萋:"凄凄"的假借,《韩诗外传》作"凄凄"。注见《郑风·风雨》篇。⑯祈祈:徐徐。⑰公田:属于公家的田。⑱私:属于私人的田。⑲不获稚:因未成熟而不割的禾。⑳穧:收割。不敛穧:已割而未及收的禾。㉑遗秉:遗漏了的成把的禾。㉒滞穗:抛撒在田里的穗子。㉓伊:犹"是"。以上五句是说这里那里都有遗下的穗粒,准许穷苦的寡妇拾取。㉔方:祭四方之神。禋:精洁致祭。㉕骍:赤色牲。㉖介:读为"丐",求。景:大。福:古读如"逼"。

【译文】

大田里多种多收。种子选了农具修,各事齐备来动手。用我锋利的犁头,开始整南田的土壤。播种庄稼多样,生长得棵棵苗壮,顺了周王的希望。

谷粒长了谷壳,长得结实完好,没有稂草莠草。除去青虫丝虫,蝗虫和它的同伙,别祸害我的幼禾。田祖有灵,把它们投进大火。

阴云洋洋飘来,好雨缓缓下了。好雨落在公田,私田同时沾到。那里有未成熟的禾,这里有收不及的谷;那里有遗落的禾把,这里有谷穗抛撒。舍给孤苦寡妇家。

王来看收成,带着妻和子。送饭送到田里,田官来了也欢喜。王来祭祀四方,牺牲有赤有黑,还有稷子黄米。奉请诸神受祭,得福不可估计。

【鉴赏】

此诗主旨,与《甫田》大同小异。《甫田》侧重写奴隶主的督耕、祈年、大获,故从王者一面尽力描摹,"详于察与省,而略于耕;此篇(指《大田》)详于敛与耕,而略于省与察"(方玉润《诗经原始》),《大田》则侧重描写了农奴们及时春播、消除虫害、雨泽及时、收获丰厚,最后仍以曾孙巡田、祭神结束。形象地反映了西周时期农业及生产关系的真实面貌,具有重要的文学和史料价值。

第一章,写春播的准备和劳作。首句"大田多稼",从字面上看似平常,但实际上有提纲挈领的作用。它交代了劳动任务的繁重,暗示准备工作的众多,生发出下面一系列的追叙:正是由于田土广大,自然所种必多,而在播种之前,要选择优良的种子,这是保证丰收的首要任务。其次,是修理好农具,所谓"工欲善其事,必先利其器"。"既种既戒,既备乃事",就说明了他们的精心准备。然后,他们扛着锋快的犁铧,带着优选的种子,结伴到南亩"播厥百谷",开始了一年中最紧要的春播劳动。功夫不负有心人,播下的种子转眼间长成了连片挺拔苗壮的庄稼,曾孙看在眼里,不由得心花怒放。这里,不言农夫而言曾孙的心情,一是说明奴隶主对农奴们的劳动十分满意,欢娱之情不容掩饰;二是为曾孙在后面丰收祭神的出场埋下伏线,使文势在意脉上前后连属。此章在写法上犹如连续转换的电影镜头,一句话呈现出一幅动态的画面,表现一个或两个动作,干净利索,具有跳跃腾挪之势,但又环环紧扣,一气呵成,与紧张繁忙的春耕播种相映成趣。

第二章写夏季的田间管理——耘草除虫。此章运用倒叙的笔法,先以"既方既皁,既坚既好,不稂不莠"三句,描绘出庄稼长势茂盛,果实丰满坚挺的可喜景象。但是这丰收在望的成果里面,浸透着多少农奴们辛勤的汗水,包含着多少农奴们与自然灾害的艰苦斗争啊!故"不稂不莠"以下,文意上溯,予以补叙。一写了除草,二写了驱虫,其中驱虫作为重点描写。这样的详略安排是有深意的。这就是二者相比,除草的工作要容易得多,故对禾苗的危害较小。而夏季的各种虫害,在生产力和科学技术极为低下的当时,自然就难办得多。稍一疏忽,虫灾过后,赤地千里,一年的心血化为乌有,所以虫灾的危害就特别大。但是我们的祖先是勇敢聪明的,面对虫灾肆虐,他们不是听天由命,而是严正地警告他们:"无害我田稚!"进而驱赶坑埋,"秉畀炎火",使猖狂的害虫遭到灭顶之灾。这在后来成为古代人们灭虫的传统方法。如唐代"开元四年,山东蝗虫大起,(姚)崇奏曰:'《毛诗》云:秉彼蟊贼,以付炎火。又汉光武诏曰:勉顺时政,劝督农桑,去彼蝗蜮,以及蟊贼。此并除蝗之义也。虫既解畏人,易为驱逐。又苗稼皆有地主,救护必不辞劳。蝗既解飞,夜必赴火。夜中设火,火边掘坑,且焚且瘗,除之可尽……'乃遣御史分道杀蝗"(见《旧唐书·姚崇传》),终于扑灭虫害,保住了庄稼。由此可见,《大田》灭虫经验的记载对后代的重大影响。

第三章,写秋季的雨泽及时和大丰收。章首四句,紧接第二章耘草除虫的描写,勾画出一幅"好雨知时节"的细雨图。"有渰萋萋,兴雨祁祁"两句,连用"萋萋""祁祁"两对叠字,形象地描绘出天空暗转,阴云密布,细雨纷纷的天象变化和濛濛雨景。不过,在农奴们眼里,这雨好像有知,先雨公田,连带着才下到私田里。这种新颖的构思和想象,传达出农奴们"先公后私,忠恳可爱"(方玉润《诗经原始》)的神态。如果说耘草、除虫是尽人事,那么兴云下雨就是写天时,这有利的天时似乎善解人意,和人们辛勤的劳动共同促成了庄稼的空前丰收。至此,诗笔再回到前面长势茂盛、果实丰满的庄稼上面,从"彼有不获稚"到篇末,顺势极写收获之多。不过,诗人在写此事时,却别开生面,避免正面叙述,而以寡妇拾取田间众多的遗穗这样的些许小事,采取平淡、闲适的笔调,从侧面尽情地渲染、烘托出收获之多。关于这一点,前人曾有一些精辟的分析。姚际恒说:"'彼有不获稚'至末,极形其粟之多也,即上篇千仓万箱之意,而别以妙笔出之。"(《诗经通论》)方玉润的分析更为详尽:"凡文正面难以著笔,须从旁渲染,或闲处衬托,则愈闲愈妙,愈淡愈奇。前篇省耕,只尝馌食二语写出圣王爱民之情,千古如见其诚。此篇省敛,本欲形容稼穑之多,若从正面描摹,不过千仓万箱等语,有何意味?且与上篇犯复,尤难出色。诗只从遗穗说起,而正穗之多自见。其穗之遗也,有低小之穗,为刈获之所不及者;有刈而遗忘,为束缚之所不备者;亦有束缚虽备,而为辇载之所不尽者;且更有辇载虽尽,而折乱在垅,为刈获所不削,而束缚之难拾者,凡此皆寡妇之利也。事极琐碎,情极闲淡,诗偏尽情曲绘,刻摹无遗,娓娓不倦。无非为多稼穑一语设色生光,所谓愈淡愈奇,愈闲愈妙,善于烘托法耳。"(《诗经原始》)方氏此说,可谓深谙个中三昧。

第四章,以曾孙巡田祭神求福作结。开端"曾孙来止",既与第一章末"曾孙是若"相呼应,正面描写曾孙的出场。同时,也不难体味到农奴们奔走相告"曾孙来了"的欣喜之情。然后,再以"以其妇子,馌彼南亩"的具体行动,把欣喜之情写得更为真切生动。如果说作者写曾孙、农奴们的喜悦还略有含蓄,那么"田畯至喜"就是喜气洋溢了。总之,诗人抓住曾孙、农奴、田畯这些不同阶层的人物,他们此时、此地的共同心理和表情特征——"喜"的层层皴染、描绘,展现出一幅普天同庆的欢快画卷。再通过后面黄牛黑猪、小米高粱等祭品的铺陈,君臣祭祀祈福场面的展现,把丰收的欢乐推向了高潮。

总之,此诗以春、夏、秋的时间发展为经,以人们不同季节的生产活动为纬,展示出一幅远古时代民情风俗,社会生活的生动画卷,至今仍有重要的认识和审美价值。在结构上既层次井然、条分缕析,又曲折往复、富于变化。另外,别开生面的渲染烘托,也为诗歌增添了最大的艺术效果。这些,也无不具有借鉴意义。

瞻彼洛矣

【题解】

这首诗描写的是周王集各国诸侯于洛水,诸侯对周天子的赞美与称颂。滔滔的江水暗含这个国家可以追溯历史的悠远和发展的绵长,表达了各国诸侯对周王室的敬重和期许。全诗所描写的场面气派、辉煌,反映了国家的繁荣富强,给人以无比的信心和希望,从而体现了诸侯对周王朝的真挚祝愿:希望天降福禄,天子永远长寿,国家世代兴盛。

【原文】

瞻彼洛矣,维水泱泱①。君子至止,福禄如茨②。

韎韐有奭③,以作六师。瞻彼洛矣,维水泱泱。

君子至止,鞞琫有珌④。君子万年,保其家室。

瞻彼洛矣,维水泱泱。君子至止,福禄既同。

君子万年,保其家邦。

【注释】

①泱泱:水深广的样子。②茨:草屋的房顶。③奭:赤色。④珌:刀鞘的下饰。

【译文】

遥望那边洛水河,河水深广浩荡荡。周王亲临到河旁,福如屋盖很宽广。身系蔽膝闪红光,发动六军保家乡。
遥望那边洛水河,河水深广浩荡荡。周王亲临至河旁,
刀鞘玉饰闪亮光。周王高寿万年长,永保周家国运昌。
瞻望那边洛水河,河水深广浩荡荡。周王亲自到河旁,
福禄会聚他身上。周王高寿万年长,永保江山安家邦。

【鉴赏】

朱熹《诗集传》云:"此天子会诸侯于东都以讲武事、而诸侯美天子之诗。"这个理解是大致不错的。至于它产生的具体"本事",已不可详考。清人方玉润主张"阙疑以俟知者"(《诗经原始》),是比较科学的态度。对于文学艺术,"以史证诗",甚至强为比附,总是费力不讨好的事,反而会把文学欣赏弄得枯燥乏味、如同嚼蜡。

这首诗长期遭到古今选家和评论家的冷落,大约就因为它的主旨是赞美周天子大会诸侯,"以作六师"。因为,"讲武"既不是修文论艺的雅事、颂词之类,又不如刘勰所云"辞必清铄,敷写似赋,而不入华侈之区"(《文心雕龙·颂赞》),一无艳丽辞藻,二无柔美情思,今人则更谓有"拍马"(鲁迅语)之嫌! 所以,它无论从内容到形式都似乎与文学欣赏绝缘。其实,生活于数千载之后的读者,大可超脱一点,从美学的角度予以玩赏,那么这首"小雅"也值得一读。

《礼记·乐记》:"情动于中,故形于声。""诗三百"的"乐"之"声"固然已经失传,但"乐之声气本乎诗,诗之声气得矣,于乐有不闻可也"(许学夷《诗源辨体》)。就是说要把握这首诗的情感内容,我们"只将本文熟读玩味"(朱熹语),便可收到"思过半矣"之效。诵读《瞻彼洛矣》,全诗由"脂""束"两个韵部所形成的"声气"、调子显然是和乐肃穆、从容适度的。"治世之音安以乐。"《毛传》以为此诗"刺幽王也",是太不审音了。反复吟咏诗文的语调我们怎么也体味不出一点"怨刺"之情来。刘熙载《艺概·诗概》云:"《雅》《颂》相通",认为不少《颂》诗近《雅》,《雅》诗近《颂》。《瞻彼洛矣》便是一首近于《颂》的小诗。也许它在当时,常常是周天子大会诸侯、检阅六军的"典礼用乐",在长期流传的加工完善中,逐渐获得了某种普遍意义。

全诗三章,每章六句,均用"兴"的手法"先言他物以引起所咏之词"(朱熹《诗集传》)。然而都与全诗有机统一,给天子"讲武事"活动描绘了一个深广壮美而气象浑然的背景:"瞻彼洛矣,维水泱泱",使人油然而生浩大仰慕之情。然后诗人进入正题,对天子作了种种至高无上的礼赞:"福禄如茨""君子万年""福禄既同",说

不尽他无限的荣光和富有。是不是太空洞了呢？不，作者对天子的戎装服饰作了入微的刻画，"韎韐有奭"，"鞞琫有珌"。新染的皮革蔽膝鲜红灼目，佩剑的刀鞘玉饰琳琅有声，多么色泽辉煌，多么英武高贵！是不是徒有其表，以势宣威呢？不，六军为之奋起，实力多么雄厚，声望多么崇高；君子万年，永保家邦，意义多么伟大，多么深远！整首诗，就在这种重章叠句的反复赞颂中把主题逐步推向高潮，使诗人的情志得到了充分的展现，具有相当的艺术技巧。

天子"以作六师"是全诗的触发点，但不是全诗的目的和一切。诗人的情思和想象超越"武事"的"诗料"而飞向新的宏远境界，脱尽了肃杀之气和凌厉之声。军人的神圣职责不是攻伐，而是自卫。"赳赳武夫，公侯干城"，这才是我们民族传统的骄傲。在这首诗中，军队、国家、天子三位一体，而由此与整个民族的幸福和命运紧密地联系在一起，表达了华夏各族人民和平友好的共同理想和信念，从而使全诗具备了一种从容有序、肃敬和乐的艺术意境，显示了泱泱大国的恢宏气度和振振威仪。总之，透过《瞻彼洛矣》，我们仿佛看到了周代统一大国的仪容、风范，甚至中华古国优秀文化意识长流不息的传统风格特色。

当然，如果我们苛求古人，天子和他的军队、国家都不是什么值得颂扬的东西。但是，历史地看待问题，就会理解，这毕竟是当时各民族共同的必然选择。

裳裳者华

【题解】

这首诗是周天子赞美诸侯的诗，是对《瞻彼洛矣》的答谢。全诗以"裳裳者华"起兴，怒放的花朵伴随着鲜亮、愉悦的心情，是周天子此时心境的一种反映。诸侯对天子的称颂和天子对诸侯的感激之情溢于言表，宾主之间融合在国家昌盛、事业兴隆的共同憧憬和目标里。整首诗读来具有很强的凝聚力和感染力，充分体现了君臣之间互敬互重的礼节和和谐气氛。

【原文】

裳裳①者华，其叶湑②兮。我觏之子，我心写兮。我心写兮③，是以有誉处兮。
裳裳者华，芸④其黄矣。我觏之子，维其有章⑤矣。维其有章矣，是以有庆矣。
裳裳者华，或黄或白。我觏之子，乘其四骆。乘其四骆，六辔沃若。
左之左之⑥，君子宜之。右之右之，君子有之。维其有之，是以似之。

【注释】

①裳裳：犹堂堂。一说车上的帷裳；一说常棣。②湑：盛貌。③写：通"泻"。④芸：黄盛也。⑤章：文章。⑥左之、右之：君子者。

【译文】

花儿朵朵在盛开，叶儿繁茂长势旺。我遇见了那个人，我的心啊真舒畅。我的心啊真舒畅，于是有了安乐的地方。

花儿朵朵在盛开，鲜亮艳丽黄又黄。我遇见了那个人，他的服饰有文章。他的服饰有文章，于是有了喜庆的排场。

花儿朵朵在盛开，有黄有白多娇艳。我遇见了那个人，四匹黑鬣白马驾在前。四匹黑鬣白马驾在前，六根缰绳光滑又柔软。

要向左啊就向左，君子应付很适宜。要向右啊就向右，君子发挥有余地。因他发挥有余地，所以后嗣能承继。

【鉴赏】

关于这首诗的解释众说纷纭。或以为是前篇的互相赠答，即周天子赞美诸侯之词；或以为是某人受到一个贵族的扶持，唱了这首歌来颂扬他；或以为是情诗，写一女子爱慕某个青年人，等等。其实，种种说法都没有确凿的依据，无非是"以意逆志"。古人云："诗无达诂。"对这几种解释，你不妨自己去选择判断，所谓"作者何必然，读者何必不然"。

但是，这些不同的解释，讲的都是人与人之间的某种关系，有其同构或类似的情感基础，就是一个人对另一个人的好感、赞美。而且，全诗的重点似乎并不在于抒发诗人自身情感的具体内容，而在于塑造了一个德才兼备的贵族青年（"之子"）的艺术形象，通过这个艺术形象才体现了"我"或信任寄托，或感激祝福，或爱慕倾心的感情。因此，与其拘泥地说这首诗是赞美诸侯，或感激恩人，或表达爱情，不如在某种层次上找到这些人情关系的相通之处，把这首诗看作是对美的人或美的事的企慕、赞美。

全诗四章，每章六句。第一章"我觏之子，我心写兮"，这是全诗抒情拟物的逻辑起点，一切美誉都发自内心，情不自禁，并非应酬或吹捧。第二章写"之子"很有文化修养，见于升降进退之容，"彼都人士""出言有章"，无愧于颂扬祝福。第三章写"之子"擅长驾御，即不但能文，亦且能武。"六辔沃若"，娴熟的技巧和爱慕之情通过一个细节特写得到了生动的表现，后者使人想起北朝乐府《折杨柳枝歌》"愿做郎马鞭，出入摙郎臂"，甚至陶渊明《闲情赋》中那一连串令人荡魄的倾诉"愿在丝而为履,附素足以周旋"等等。

一、二、三章都用"兴"的手法领起,但"兴"中有比。从"裳裳者华"的茂盛枝叶,到鲜艳、繁茂的花朵,对"之子"的形象显然具有某种比拟性和烘托作用。第四章则转而用赋直接描写,"左之左之","右之右之",诗人用极朴素的语言铺叙,反而更增添了感人的效果。"之子"御术的高超真是得心应手、游刃有余,达到了出神入化的自由境界,无往而不胜。"维其有之,是以似之",这是为历代人们广为引用的名言,左右皆宜,表里相称,有其内则必形之于外。这个富于哲理意味的结尾,使"之子"的驾驭之术获得了某种象征意义,诗的境界由此升华到一个新的高度,耐人寻味。

就内容看,诗的第四章可以同第三章合而为一。现在分作两章写,是为了照顾全诗的和谐整齐,但改而运用"赋"的手法,把两章紧凑地衔接了起来,使我们能一口气诵读下去。倘使再用"兴"的手法来写这一相同的内容,不仅重复累赘,诗的气韵和情感逻辑也被打断了。这是作者技巧的高明之处。

狭流平底爵(春秋)

可以看出这首诗的层次是很清晰的。"之子"的形象,随着全诗乐章的展开而逐渐鲜明、丰满、完美;诗人的感情则"通过场面和情节自然地流露出来"(恩格斯语),使赞美的主体和赞美的对象得到了有机和谐的艺术统一。

陆时雍《诗镜总论》云"《小雅》婉娈"。"婉娈"者美好而亲爱也。《裳裳者华》庶几当之矣。

桑扈

【题解】

这首诗描写的是周天子宴请诸侯的场面,充满了对诸侯属臣的赞美之词。本诗简洁明快,意思明白,前两节以桑扈羽毛的美丽映衬诸侯的贤德,后两节笔锋由赞誉转向劝诫、勉励,饱含天子对诸侯殷切的关怀和美好的期待,愿他们保万世安定,言辞贴切,很符合宾主身份。全诗有天子的气度和优雅。

【原文】

交交桑扈①,有莺其羽②。

君子乐胥③,受天之祜。

交交桑扈,有莺其领④。

君子乐胥,万邦之屏。

之屏之翰⑤,百辟为宪⑥。

不戢不难⑦?受福不那⑧?

兕觥其觩⑨,旨酒思柔⑩。

彼交匪敖⑪,万福来求。

【注释】

①交交:鸟的叫声。桑扈:布谷鸟。②莺:鸟羽有文采。③胥:语气词。④领:颈。⑤翰:栋梁。⑥辟:君主。⑦不:通"丕",很,十分。戢:谦和。难:恭敬。⑧那:多。⑨兕觥:兕角做的酒杯。觩:兽角弯曲的样子,这里指酒杯。⑩思:助词,无义。⑪交:通"骄",骄横。敖:通"傲",骄傲。

【译文】

交交鸣叫布谷鸟,羽色鲜艳多文采。各位诸侯心欢畅,
上天赐福甚关怀。交交鸣叫布谷鸟,颈毛文采闪闪亮。
各位诸侯多欢快,皆是周王好屏障。是屏障啊是干才,
诸侯百官做榜样。他很谦和很严肃,因而福多任他享。
兕牛角杯弯又弯,美好之酒醇且甜。他不侮慢不骄傲,
万种幸福全聚全。

【鉴赏】

这是一首写周天子大宴宾客,赞美其贤明的诸侯,并为之颂德祝福的诗。作者采用了周天子直白的口吻来抒写,显得真切自然,使人体会到周天子对其"君子",即贤明的诸侯之信赖与期望。另外,此诗虽然从周天子主观直白的角度来写,没有对宴会本身作客观描述,我们却可以感受到一种庄重、欢庆的盛宴气氛,是以情写景。

全诗分四章,有祝福、有感谢、有赞美、有期望,脉络清晰,含义比较丰富。在表现方法上赋比兴兼用,而每章换韵又自见层次。

第一章写周天子对"君子"的一般性祝福,是宴会"祝酒词"的开头。"交交桑

扈,有莺其羽"两句是起兴。"交交"是形容"桑扈",即青雀鸟小小的样子(一说是形容鸟鸣声,亦通)。这里采用叠字修辞格来描摹青雀的体貌,恰如《诗经》中以"'灼灼'状桃花之鲜,'依依'尽杨柳之貌"(《文心雕龙·物色》)等等一样,虽仅二字,却有"以少总多,情貌无遗"(同上)之妙。"有莺其羽"则描写了青雀有一身色彩漂亮的羽毛,使其外观更具象化,亦更惹人喜爱。这个"桑扈"的起兴与下文在意思上并没有直接的联系。但桑扈俊俏美丽,作者是把它视为吉祥之物的,这就为盛宴增添了喜庆吉祥的氛围,对诗的情调起到渲染作用。此外,它为比较单调的祝福之词映衬上一层绚丽的色彩,又使诗显得生动委婉,避免了诗的呆板、木质之弊。在起兴之后,诗转入正文,即祝福之词:

"君子乐胥,受天之祜。"这两句是"赋",即"敷陈其事而直言之也"(朱熹《诗集传》)。他祝愿参加宴会的"君子"心情快乐,受到上天的赐福。这固然是最高统治者与诸侯联络感情之词,但他希望统治集团能保持其地位与既得利益,亦是由衷之言。这个祝福无疑会博得诸侯的感激,使君臣达到感情上的和谐。

第二章开头"交交桑扈,有莺其领"仍是起兴,与第一章开头相近,只是把"羽"字换为"领"字,同时换韵。而"交交桑扈,有莺其羽"与"交交桑扈,有莺其领"这两组起兴又属于章节复叠的手法,它增强了诗的节奏感与音乐性。此乃受到《国风》民歌表现手法的影响。正文"君子乐胥,万邦之屏",这是周天子对"君子"的赞扬与感激之言,亦道出了他之所以要祝福"君子"的原因,即"君子"为他保住各自的王国,使周朝天下平安无事。而把"君子"称为"万邦之屏"又是"比"的手法,"比者,以彼物比此物也"(朱熹语),这里是一个借喻。"此物"是"君子",但省去;"彼物"是"屏",二者相比是赞扬"君子"为捍卫疆土的重要力量。

第三章头两句"之屏之翰,百辟为宪",又改变了前两章以起兴开端的写法,采用的是"顶真"修辞格,即后一句的"之屏"与上一句的"之屏",首尾相承,过渡得相当自然。"之翰"亦是比喻。"翰"借为"干",是筑墙时支撑在两边的木柱,用以比喻"君子"是国家的栋梁、骨干。"之屏之翰"两个比喻连用,是一种博喻手法,借以极力突出"君子"在治国中的重要性,为此才被周天子树为"百辟"的典范,表彰其为巩固周王朝统治的表率。"君子"之所以能成为"万邦""之屏之翰",乃在于他们"不戢不难",即克己守礼。这也是周天子所倡导的为臣的节操,并以"受福不那"来鼓励群臣或者说"引诱"群臣。如果"百辟"都能成为万邦"之屏之翰",那么周王朝将江山永固了。这是周天子的最高政治理想。

第四章"兕觥其觩,旨酒思柔",是借周天子之口写宴会上的牛角酒杯与甘醇美酒。"兕觥",是形如犀牛角的酒器;"旨酒"即美酒;"柔",指酒味可口不烈。这两句实际亦是起兴,但与正文意思相连,并渲染出宴会幸福、甜美的情调。其引出的正文"彼交匪敖,万福来求",是周天子在赞美"君子"的同时,又不忘对群臣提出期望与要求,他希望"百辟"都能克制侥幸心理与骄傲情绪,兢兢业业治理国家、保卫国家,那么就会"万福来求"。周天子的"祝酒词"到此戛然而止,他宴请诸侯的目的也达到了。

统治集团中的君与臣是唇齿相依、休戚相关的。天子笼络住了诸侯,亦即保住了天下。这首诗表达的是统治阶级的意志与感情是十分鲜明的,我们从中可以考察到当时统治者企望江山永固的心理,君与臣相互依附的关系,有其认识价值。《毛诗序》认为"《桑扈》,刺幽王也。君臣上下,动无礼文焉",其实并不确切。此诗在艺术表现方面成功地运用了赋比兴与章节复叠等手法,还是可以借鉴的。

鸳鸯

【题解】

这是一首赞美、称颂周王的诗,诗前两节以鸳鸯这一代表吉祥的鸟起兴,表达了对周王长命百岁,永享福禄的祝愿;诗的后两节以马房里的马起兴,表达对周王永葆健康、平安的要求。全诗充满人民对天子真诚的爱戴和关注,赞美之心和祝福之意由表及里,表达情意深厚,意境悠远。

【原文】

鸳鸯于飞①,毕之罗之②。君子万年,福禄宜之③。

鸳鸯在梁④,戢其左翼⑤。君子万年,宜其遐福⑥。

乘马在厩⑦,摧之秣之⑧。君子万年,福禄艾之⑨。

乘马在厩,秣之摧之。君子万年,福禄绥之⑩。

【注释】

①鸳鸯:鸭科水鸟名。古人以此鸟雌雄双居,永不分离,故称之为"匹鸟"。②毕:长柄的小网。罗:无柄的捕鸟网。③宜:《说文解字》:"宜,所安也。"引申为享。④梁:筑在河湖池中拦鱼的水坝。⑤戢:插。⑥遐:远。⑦乘:四匹马拉的车子。乘马引申为拉车的马。厩:马棚。⑧摧:通"莝",铡草喂马。郑笺:"今莝字也。"《说文解字》:"莝,斩刍也。"秣:用粮食喂马。⑨艾:养。⑩绥:安。

【译文】

鸳鸯双双轻飞翔，遭遇大小罗与网。好人万年寿而康，福禄一同来安享。

鸳鸯相偎在鱼梁，喙儿插进左翅膀。好人万年寿而康，一生幸福绵绵长。

拉车辕马在马房，每天喂草喂杂粮。好人万年寿而康，福禄把他来滋养。

拉车辕马在马槽，每天喂粮喂饲草。好人万年寿而康，福禄齐享永相保。

【鉴赏】

朱熹《诗集传》认为此诗与《桑扈》相对，是诸侯答谢周天子的。其实细味诗意，它应该是描写贵族新婚之作。鸳鸯是成双作对的鸟，秣马是古代亲迎之礼，诗的起兴都与新婚有关。（参见程俊英《诗经译注》）《白华》诗有感伉俪不终，亦用"鸳鸯在梁，戢其左翼"作比兴语。亦可互参。

全诗共四章。两章为一个层次。此诗主要采用了兴与赋两种表现方法，但兴中间亦有比。作者以祝福的口吻来抒写，表达了对新婚夫妻幸福长寿的祝愿，亦间接表现了婚礼上的喜庆气氛。

第一章"鸳鸯于飞，毕之罗之"两句以比兴开端。"鸳鸯"一雄一雌，双宿双飞，感情深笃，常被视为恩爱夫妻的象征；"毕之罗之"，则可以使之有个永久、安定的归宿。"毕"，是有长柄的捕鸟小网；"罗"，是无柄的捕鸟大网；这里"毕"与"罗"都是名词作动词用，指以网捕捉。这两句是"兴"，以引起下文；但未尝没有暗示使新婚夫妻安家立业之意，所以又是一种"比"。用"鸳鸯"喻夫妻十分贴切，在后世诗文中屡见不鲜，已成为含有固定喻义的喻体了。"君子万年，福禄宜之"，是比兴所引出的正文祝福之词，属于"赋"。"君子"是对新婚贵族新郎的美称，诗人祝愿他能健康长寿，可以安享婚姻的幸福与生活的富裕。这对于新婚夫妇自然是最吉利的奉献之词了。

第二章"鸳鸯在梁，戢其左翼"两句仍以"鸳鸯"的比兴开端。"梁"是拦鱼的水坝。"戢"，《经典释文》引《韩诗》曰："戢，捷也，捷其嘴于左也。"指鸳鸯休息时把嘴插在左边的翅膀里。这个细节十分生动地描写出一对鸳鸯恬静、幸福地进入梦乡的情态，"细腻如画"（方玉润《诗经原始》），亦是借以比喻新婚男女结为伴侣后亲密无间、共同生活的幸福情景。这两句又自然地引出祝福之词"君子万年，宜其遐福"。诗人进一步祝愿新婚的君子健康长寿，幸福的家庭生活无比深长。

前两章是第一层次。其祝福之词意思相同，而且所采用的比兴亦大体一致。"君子万年"一句两次出现，这属于反复吟唱、章节重叠的表现方法，读来音韵和谐、朗朗上口。比兴之物选择得甚为贴切，这就完美地突出了祝福"君子"夫妻幸福和美的旨意。

第三章"乘马在厩,摧之秣之"两句亦是以起兴开端,虽然其本身没有明显的"比"的喻义,但它与新婚迎亲却密切相关。"乘马"是贵族迎亲的工具。此时,它们停在马棚里,说明新娘子已经娶回家;"摧之秣之",是对"乘马"的犒劳。这两句可以启人联想到乘马迎亲时的热闹场面,因此间接地渲染了婚礼的喜庆气氛。"君子万年,福禄艾之"两句仍是祝福之词,其意与第一、二章的祝词并无二致。第四章仍以"乘马在厩,秣之摧之"起兴,只是把"摧之抹之"前后词序颠倒了一下即有变化之致。后两句祝词"君子万年,福禄绥之"同前几章亦同出一辙,是反复咏唱,强调其美好祝愿。第三、四章为全诗第二层次,祝福之词只是稍有变化,但起兴之句却迥然不同,这样可以增添诗的新鲜感。

综观全诗,祝福之词意思一致,如同全诗的一条红线,串起两组比兴的珍珠,使单调的诗意显得璀璨多彩,而不觉其冗长枯燥,反而逐渐加深了诗意。

頍弁

【题解】

本诗描写的是周天子宴请兄弟和亲戚的场面,风格活泼,节奏感强。反问的重复一步步打消宾主之间的客套和拘束,一层层加深相聚的情谊和友爱,酒菜的丰盛是人情厚实的映照。从诗句中,我们可以感受宾主间和谐、舒适的气氛。诗中所抒发的感情是真诚、亲切的,同时也反映了统治阶级宴请的奢华。

【原文】

有頍①者弁②,实维伊何,尔酒既旨,尔肴既嘉。岂伊异人,兄弟匪他,茑与女萝③,施④于松柏。未见君子,忧心奕奕,既见君子,庶几说怿。

有頍者弁,实维何期⑤,尔酒既旨,尔肴既时。岂伊异人,兄弟具来,茑与女萝,施于松上。未见君子,忧心恔恔⑥,既见君子,庶几有臧。

有頍者弁,实维在首,尔酒既旨,尔肴既阜⑦。岂伊异人,兄弟甥舅,如彼雨雪,先集维霰⑧。死丧无日,无几⑨相见,乐酒今夕,君子维宴。

【注释】

①頍:弁貌。一说前倾。②弁:皮帽。③茑与女萝:两种寄生植物。比喻兄弟亲戚相互依附。④施:蔓延,延续。⑤期:通"斯"。语气助词。⑥恔恔:忧盛满也。⑦阜:丰富。⑧霰:雪米。⑨无几:没有多少。

【译文】

鹿皮礼帽真漂亮,为何将它戴头顶? 你的酒浆都甘醇,你的肴馔是珍品。来的哪里有外人,都是兄弟非别人。茑草女萝蔓儿长,依附松柏悄攀援。未曾见到君子面,忧心忡忡神不安。如今见到君子面,荣幸相聚真喜欢。

鹿皮礼帽真漂亮,何事将它戴头顶? 你的酒浆都甘醇,你的肴馔是佳品。来的哪里有外人? 兄弟都来亲更亲。茑草女萝蔓儿长,依附松枝悄缠绕。未曾见到君子来,忧思绵绵生烦恼。如今见到君子面,满怀喜悦心境好。

鹿皮礼帽真漂亮,端端正正戴头顶。你的酒浆都甘醇,你的肴馔真丰盛。来的哪里有外人? 兄弟甥舅是姻亲。如同雪花飘眼前,冰珠阵阵坠满天。死亡日子难预料,时间无多难相见。今夜开怀应畅饮,君子行乐唯欢宴。

【鉴赏】

这是一首写周天子宴请同姓兄弟与异姓亲戚等贵族的诗。作者当是被宴请的贵族之一,因此诗从赴宴者的角度来描写宴会的丰盛,并反映了贵族与周天子的依附关系,抒发了统治阶级人生无常、及时行乐的思想感情。另外,亦有人认为此诗是写某贵族宴请其兄弟亲戚的,自无不可。总之,它描写的是贵族享乐的生活与没落的心理。

全诗共三章。第一、二章侧重于反复咏唱宴会酒菜的丰美及贵族对天子的爱戴和依赖之情。第三章则主要表达人生无常,应及时行乐的思想。

第一章以"有頍者弁,实维伊何"的设问句式开端,既生动形象地描写出贵族所戴的皮帽子之形状,又逗引起读者对皮帽子的好奇心,并含蓄地暗示了贵族们如此衣冠楚楚是为了参加周天子的盛宴。诗开头两句可谓收一石三鸟之功。后两句"尔酒既旨,尔殽既嘉",则转向描写与赞美酒宴之丰美,这正是对头两句贵族们为什么戴着尖尖有角的皮帽子之设问的解答。这两句以"尔",即"您"的第二人称来写,又饱含着贵族对天子盛宴的赞美之意。以上四句是第一层次,采用赋的手法交代贵族赴天子酒宴一事。接下四句"岂伊异人? 兄弟非他。茑与女萝,施于松柏"为第二层次,借助比喻表现贵族与周天子的依附关系。戴着皮帽子来的不是外人,这层意思以"岂伊异人"的反问句式道出,是在强调赴会的贵族与天子具有非同寻常的同姓血缘关系。对这关系诗中又用"茑与女萝,施于松柏"的比喻来形容:"茑与女萝"喻贵族,他们蔓条细软,必须有所依附才能生存;"松柏"喻周天子,他是贵族挺拔的靠山。这种关系自然使贵族对天子充满了爱戴与信赖之情。第三层次"未见君子,忧心奕奕;既见君子,庶几说怿"即是这种感情的抒发。"未见"与

"既见"两相对照，以"未见君子"之忧衬托"既见君子"之喜。这就具体形象地表现了贵族对天子之情，几达到"不可一日无此君"的程度。

第二章的层次与意思同第一章基本相同，许多诗句是第一章的重复，有些诗句虽然遣词用字稍有变化，如"实维伊何"改为"实维何期"，"尔殽既嘉"改为"尔殽既时"，"兄弟非他"改为"兄弟具来"，"忧心奕奕"改为"忧心怲怲"等，但意思并无二致。只有最后一句"庶几说怿"改为"庶几有臧"，意思有所递进，即在求得精神上喜悦的同时，还希望有物质上的好处，即能受到赏赐。这就从另一个侧面道出贵族对周天子的期望与信赖。

第一、二章反复吟咏贵族对天子的感情，亦可见周天子是他们既得利益的保障，天子与贵族本是同根生的。

第三章内容上则有很大变化。此章借酒宴"反映了西周末年统治集团对国家前途悲观失望和及时行乐的心情"（程俊英《诗经译注》）。这种复杂的心态正是国家政治局面走向衰亡的反映，它对于我们认识西周末期的政治状况颇有参考价值。诗此章开头"有頍者弁，实维在首"不再采用前两章的设问句式而改为陈述句，这就更明显地见出诗内容的转化。但第一句与前两章第一句仍相同，这又保持了节奏感的协调，而此章第一层次与前两章第一层次亦无甚区别，使其内容具有连贯性。此章第二层次"岂伊异人？兄弟甥舅。如彼雨雪，先集维霰"，已不再是前两章内容的反复。它不仅增添了"甥舅"这异姓亲属，扩大了赴会贵族的范围，更重要的是借此表达了贵族们普遍存在的消极、没落的人生观。诗人对此采用比喻，形象地把人生比为天上落雪，先下雪珠后降雪，但终归要融尽而化为虚无。人之"生年不满百"（《古诗十九首》），因为"人生非金石，岂能长寿考？"（同上）天下毕竟没有不散的筵席，"兄弟甥舅"的贵族地位再高，都难逃"奄忽随物化"（同上）的结局。这本是人生的自然法则，但对于奢侈享受的贵族来讲，由于见气数将尽，就特别忧生惧死，为了填补心灵的空虚，就只有及时行乐了。故第三层次先云"死丧无日，无几相见"，意谓生命如朝露，料不到什么时候结束，没有多少光阴可供他们再欢聚行乐了；然后云"乐酒今夕，君子维宴"，意谓只有抓住今夜眼前的时光，狂欢痛饮了，大有"昼短苦夜长，何不秉烛游？为乐当及时，何能待来兹"（同上）之意。而"君子"即周天子（当指周幽王）亦与其"兄弟甥舅"等贵族灵犀相通，他就只有召开盛宴与其亲戚贵族们作死亡前的狂欢而已。末句点出周天子宴请贵族的原因，这表明西周末世的君与臣都是在惶惶不安中寻欢作乐的。此诗乃是对没落的统治集团矛盾心态的一种写照。

这首诗以赋为主,兼有比兴。虽不乏章节之叠复,但不像《鸳鸯》那样纯然单一地作同义反复;而是叠复之后又有拓展,使内容显得曲折变化,意蕴亦比较丰厚。

车辖

【题解】

本诗描写的是一位男子迎娶新娘,在迎亲途中看到新娘美丽的容貌后的内心活动。男子兴奋异常,因而即兴作了这首诗。这位美丽而品德优秀的女子从头到尾没有参与男子的内心活动,但男子的内心活动却无一不围绕她展开,故从男子充满赞誉、欣喜和自豪的陈述当中,我们不难想象女子的端庄、娴雅,并为之深深叹服。本诗格调高雅纯洁,不仅反映了新娘的美丽娇好,更说明了男子内心的纯真。

【原文】

间关车之辖兮①,思娈季女逝兮②。

匪饥匪渴,德音来括③。虽无好友?

式燕且喜④。依彼平林⑤,有集维鷮⑥。

辰彼硕女⑦,令德来教⑧。式燕且誉,

好尔无射⑨。虽无旨酒?式饮庶几⑩。

虽无嘉肴?式食庶几。虽无德与女?

式歌且舞。陟彼高冈,析其柞薪⑪。

析其柞薪,其叶湑兮⑫。鲜我觏尔⑬,

我心写兮⑭。高山仰止,景行行止⑮。

四牡骓骓⑯,六辔如琴⑰。觏尔新昏,以慰我心。

【注释】

①间关:车轮的摩擦声。辖:车轮轴头上的键。②思娈:思慕美貌。季女:少女。③德音:好消息。括:会面,见面。④式:语气助词,没有实义。燕:同"宴"。⑤依:茂密。平林:平地上的树林。⑥鷮:野鸡。⑦辰:时刻。这里指出嫁的时刻。硕女:长大了的女子。⑧令德:好德行。⑨射:厌,厌恶。⑩庶几:勉强可以。⑪析:砍。柞:树名,栎树。⑫湑:茂盛。⑬鲜:善。觏:见到。⑭写:同"泻",除尽。⑮景行:大路,大道。⑯骓骓:排列行走。⑰辔:马缰绳。

【译文】

车行轴头响间关，美貌少女做新娘。不再如饥似渴想，
美德妻子坐身旁。岂无好友来相伴，高兴宴饮喜成双。
平原树林郁苍苍，长尾野鸡止树上。艳丽高大好姑娘，
美德足以教新郎。宴饮尽欢心乐畅，永远爱你不相忘。
岂能没有甜美酒，希望你来多品尝。岂无美味与佳肴，
盼你吃饱食欲旺。岂无美德把你配，且歌且舞心欢畅。
登上那边高山冈，砍下柞树当薪柴。砍下柞树作薪柴，
树叶茂盛青山外。今天我们来结婚，心意舒畅尽开怀。
仰望眼前那高山，举步走在大路上。四匹公马行不停，
六条缰绳如琴弦。我和新娘把婚成，早已满足我心愿。

【鉴赏】

《毛诗序》以为本诗是"大夫刺幽王"之作，显然是牵强附会。从诗的内容看，它是一首歌咏新婚的乐章。《左传·昭公二十五年》载叔孙昭子为季平子如宋迎女，赋《车舝》，便是很好的佐证。

全诗五章，都是抒写作者在迎娶途中的无比喜悦和对佳偶的热切思慕。诗以"间关车之舝兮，思娈季女逝兮"发端，开宗明义点出了迎娶的主题。出现在读者面前的主人公（即诗人），满面春风，喜气洋洋，正在那里整理车辆，安装车辖。车辖是车轴两头的铁键，"无事则脱，行乃设之"，现在设辖，表明要出门了。他出门干什么？又为何这样高兴？"思娈季女逝兮"点明了事因：他在想念那美丽的姑娘，就要去迎娶她啊！在这里，诗人运用六言长句和语气词"兮"，造成舒缓的节奏，把他那按捺不住的激动欢欣传神地表现了出来，洋溢在字里行间，正如明人孙鑛所说"首两语曼声、绵丽，有姿态"（《孙月峰先生批评诗经》）。诗人的欢欣究竟从何产生的呢？仅仅来自一般的男女爱慕吗？"匪饥匪渴，德音来括"做了回答。"饥渴"在《诗经》中多作性欲的隐语，诗人在此声明，他娶这位姑娘，并非只是生理上的需要，而首先是出于对她所怀美德（"德音"）的爱慕。这便具有了超越一般性爱的审美意义。这样的窈窕淑女，怎能不令诗人倾心！怎能不激起他爱的涟漪！好像姑娘已来到了眼前，他情不自禁地喃喃自语："虽无好友，式燕且喜"——"尽管我无以表达对你的亲爱，但愿和你欢笑宴饮，使你愉快"。这恳挚的"心里话"，包含着多么深厚的情意啊！诗人还在设辖装车，心却早已沉浸在"之子于归"的欢乐中了。

　　进入第二章,迎亲的车子已经登程,穿行在一片茂密的平林中,诗人可能看到了一只长尾锦鸡,触景生情,顺口唱道"依彼平林,有集维鷮"。又由栖息在林中的"鷮",联想到闺中待娶的"硕女"。"鷮"那流光溢彩的毛羽,不正好像那妙龄"硕女"如花似玉的容貌吗?姑娘的容貌是美丽的,更令人景慕的,还有她那高出容貌的"令德",会给诗人带来教益。诗人的思绪再一次扬起,接续着原来的想象,构思与新娘欢宴的情景:他与佳人"式燕且誉",一边宴饮,一边赞美她。他要告诉她:"好尔无射"——"我爱你终生不渝"!诗人的爱情,是多么深挚!他此刻的思慕,又是何等热切!这时诗人的心里,已完全被其佳偶占据,言之不足故重言之,重言不足故三言之,用了整个第三章来继续描写他与佳人对饮欢宴的想象。他对她说:虽然咱们没有"旨酒""嘉殽",但希望你"式饮""式食",畅饮饱尝;虽然我"无德与女",和你不配,但愿咱们"式歌且舞",尽情欢娱。这亲切的话语,正如春风细雨,有多温馨、醉人!这排比而下的诗句,涌泻着诗人澎湃的激情,倾注着诗人热切的憧憬。同时,这流畅的笔势,奔泻的情思,又与马车驰骋在平地上的情景,也配合得十分和谐。

　　迎亲的车子继续前行,诗人眼前出现了一座长满柞树的高冈。举目望去,那葱茏的枝叶又引发了诗人蓬勃的诗兴,一连串的诗句便脱口而出,"陟彼高冈,析其柞薪。析其柞薪,其叶湑兮"。在《诗经》中,"析薪"大多隐喻婚娶。如《齐风·南山》"析薪如之何,匪斧不克。取妻如之何,匪媒不得",就以析薪兴喻娶妻。这里的登山析薪也是如此。诗人在眼前景物的触发下,顺手拈来这一人所熟知的隐语来象征自己前往迎亲。又沿着这一隐喻,象征蝉联而下,由砍伐树木写到"其叶湑兮",推出了进一层的比喻:那柔嫩鲜美的树叶,不正象征着容光照人的新妇吗?诗人熔咏物与比兴于一炉,巧妙地表现了自己的欢悦和对佳人的喜爱。如果说前几章的情调欢快明朗的话,那么这里随着蜿蜒盘旋的山路,诗人的情致也显得委婉曲幽了。它犹如东去的河流,由平原旷野进入了逶迤掩映的群山之间。诗人的万千思绪,都离不开他迎娶的对象,因此,在上述的即兴隐喻之后,"鲜我觏尔,我心写兮"二句便水到渠成、自然而然地转入对佳偶的直接赞美和抒情。诗人称颂她是天下少见的姑娘,为自己找到这样的"好逑"而心花怒放,意气飞扬。

　　第五章是全诗的终结。这时车子正行驶在宽广的大路上。"高山仰止,景行行止"。诗人仰望着高山,远望着大路,心情该是多么的高兴啊!"一切景语皆情语"(王国维《人间词语》),此时诗人的感情也溢满高山,铺满大路。在他的眼中,这山、这路,全都和自己前往迎娶的对象联系到了一起(或许她就住在山麓路旁)。那美丽贤淑的姑娘,不正如同这高山大路一样令人仰望和向往吗?正因为这两句气象高远、意蕴丰厚的诗句带有一定程度的象征意义,便成为后人表达某种仰慕之情的千古名句。司马迁在《史记·孔子世家》中就引用这两句诗,表达了对孔子的无限敬仰。诗人的目光由远而近,跳宕飞驰的诗思又落在了自己所驾的车马上。"四牡骈骈,六辔如琴",这两句不仅"正与车辖为首尾之词"(胡承珙《毛诗后笺》),前后照应,而且给我们描绘出了一幅形神飞动、意趣盎然的"驱车迎亲图":四匹肥硕的公马,拉着披红挂彩的车子欢跑,御手技艺娴熟,纵控自如,手中的六条缰绳调和得如同琴弦一般。这样的动态画面,充满了如酣如醉的情致,洋溢着欢快和谐的美感,实在耐人寻味。最后,作者再次深情地呼告:"靓尔新昏,以慰我心"。在笔酣墨饱、情畅意足中结束了全篇。

《车辖》是一首美妙的新婚乐章,更是一曲美好爱情的颂歌。它在艺术上的显著特点,是诗人选取迎亲途中这一典型环境,通过丰富的想象,来展示自己内心的喜悦和思慕。诗人从安装车辖起,就展开了"式燕且喜"的想象。启程之后,这种想象更得到了随意翱翔的空间。一路上,随着景物的变换,诗人的想象不断更迭,联翩而出。林中的锦鸡,山冈的柞树,同及眼前的高山大路,无不激发着诗人的情思,无不与他对佳偶的思慕交织在一起。诗人在想象中,交替运用比兴、象征、独白、烘托、描绘,更加深了全诗的意蕴和情趣。而这一切,又被诗人巧妙地安排在迎亲途中这一特定的情境之中。因此,不妨这样说,《车辖》是诗人在迎亲途中洒下的一路诗情,一路欢歌。

青蝇

【题解】

本诗讽刺了制造谣言,贬斥挑拨离间的人,是一首劝谏诗,意在规劝周王不要相信谗言,以免祸害国民。诗以青蝇乱飞起兴,象征着进谗言的小人居心不良的特性,显得很形象,讽刺效果强烈。本诗短小精悍,语气强烈,富有节奏感。全诗在青蝇的嗡嗡声中,这从一开始就具有一种紧张不安的情绪,表明了诗人的警觉和厌恶,这和叙述中诗人思想的深刻、清晰形成相互的映照,表达中充满小人必不能得逞的自信。

【原文】

营营青蝇①,止于樊②。岂弟君子③,无信谗言。

营营青蝇,止于棘。谗人罔极④,交乱四国。

营营青蝇,止于榛。谗人罔极,构我二人⑤。

【注释】

①营营:苍蝇飞来飞去的叫声。②樊:篱笆。③岂弟:性格快活平易。④罔极:没有定准。⑤构:离间。

【译文】

青头苍蝇嗡嗡飞,飞到篱笆上面停。开朗平和的君子,不要相信那谗言。

青头苍蝇嗡嗡飞,飞到酸枣树上边。谗人说话没定准,祸乱四国不安宁。

青头苍蝇嗡嗡飞,飞到樟树的上面。谗人说话没定准,离间咱们两个人。

【鉴赏】

这是一首斥责谗毁者并对信谗的统治者致忠告的诗。《毛诗序》说是刺幽王,后之论者更落实到"废后放子"的史实,很难确信。因为谗毁作为一种社会现象无时无之,诗的本文既未牵涉具体的人事,读者也就无须指实为何朝何代、何人何事而作,而应视为一种艺术概括,典型形象。积毁可销骨,而谗言作为毁谤的特殊方式,因其目的险恶、手段隐秘而后果严重,尤为可怕。无怪斥谗之作在《诗经》中为数不少。"苍蝇贝锦喧谤声"(李白《答王十二寒夜独酌有怀》)。诗人孟子与本诗作者,大概都是有切肤之痛的谗言受害者,所以这两首诗也就成了同类中的名篇。比较起来,孟子的怨毒更深,故《巷伯》一诗咬牙切齿之声闻于纸上,必欲将谮人"投畀豺虎"而后快。因而诗的矛头是直接指向进谗的谮人的,其集中声讨有类檄文。《青蝇》一诗的作者,似乎较及时发现了谗人的构陷,所以他一面警惕着,一面向信谗的"君子"发出忠告。故诗中对谗佞的蔑视、厌恶多于痛恨。

诗人对谗佞的蔑视、厌恶见于三章兴语,他用了一个很有创造性的比喻意象——"青蝇",作为工谗者的化身。青蝇是一种绿头大蝇,其粪便可以污白使黑,虽璧玉亦不能免;因其飞声之众("营营")可以乱听;又驱之难去,用来比喻以中伤、蛊惑、媚附为能事的谗佞者极为贴切。言其"止于樊""止于棘""止于榛",可见无往不入,防不胜防,只好避而远之。虽然没有直接的褒贬字面,诗人满腔憎恶已见于言外。

谗佞者捣鬼有术,往往难与计较,诗人似乎也不屑与之计较,他遂把全部希望寄托在谗言作用的对象——"君子"身上。三章后半均为殷勤的致意。首言"岂弟君子,无信谗言",言"无信",正以其可能听信或竟然听信也。"苍蝇不叮没缝的蛋",诗人在"君子"称呼上还要加上"岂弟"二字,是不无微词的。"岂弟"是平易近人的样子,但倘若"近小人",结果必然"远贤臣"了;诗人希望他幡然醒悟,倒个个儿。次言"谗人罔极,交乱四国",这似乎危言耸听,有些夸饰。其实谗佞者一旦取信于上层统治者,成为亲随,其破坏的能量确乎不可低估。三言"谗人罔极,构我二人",是由远及近,说到眼前已有的恶果。"构我二人"一句,暗示了许多未尝明言的人事内容,由此可会:诗人与"君子"始必相得,但目前已被离间;诗人已中谗言之祸,而被"君子"疏远。可见"无信谗言"的忠告,绝不是泛泛而谈的劝诫,而是感事有为而发的棒喝。

总之,《巷伯》一诗以赋为主,意激而言质,风格豪辣;本篇则以比兴见长,词约而义丰,风格委婉。"青蝇"从此成为谗毁者的代称,长期活在历代诗人笔下,略见此诗的深远影响。

宾之初筵

【题解】

本诗描写了统治阶级贵族饮酒作乐的萎靡场面,刻画了贵族官员荒淫、丑恶的嘴脸,讽刺了他们的腐朽。诗中很生动细致地描写了客人们从彬彬有礼的入席到醉酒后丑态毕露的过程,使读者对那些人的神态、嘴脸有了更加深刻的印象,因而诗篇的讽刺效果十分到位。诗中语气充满调侃意味,一板一眼徐徐道来,让人在那些醉汉的丑态面前忍俊不禁地笑了起来,幽默感随之而出,读来淋漓、畅快。

玉凤(春秋)

【原文】

宾之初筵,左右秩秩①。笾豆有楚②,肴核维旅③。酒既和旨,饮酒孔偕④。钟鼓既设,举酬逸逸⑤。大侯既抗⑥,弓矢斯张,射夫既同,献尔发功。发彼有的,以祈尔爵。

籥舞笙鼓,乐既和奏。烝衎烈祖⑦,以洽百礼⑧。百礼既至,有壬有林⑨。锡尔纯嘏⑩,子孙其湛⑪。其湛曰乐,各奏尔能⑫,宾载手仇⑬,室人入又⑭。酌彼康爵⑮,以奏尔时⑯。

宾之初筵,温温其恭。其未醉止,威仪反反⑰。曰既醉止,威仪幡幡⑱。舍其坐迁⑲,屡舞僊僊⑳。其未醉止,威仪抑抑,曰既醉止,威仪怭怭。是曰既醉,不知其秩。

宾既醉止,载号载呶。乱我笾豆,屡舞僛僛。是曰既醉,不知其邮,侧弁其俄,屡舞傞傞。既醉而出,并受其福,醉而不出,是谓伐德。饮酒孔嘉,维其令仪。

凡此饮酒,或醉或否。既立之监,或佐之史。彼醉不臧,不醉反耻,式勿从谓,无俾大怠。匪言勿言,匪由勿语。由醉之言,俾出童羖。三爵不识,矧敢多又。

【注释】

①秩秩:肃敬。②楚:列貌。③肴核维旅:肴,豆食;核,果类食品;旅,陈,摆设。④孔偕:很好。⑤逸逸:往来次序也。⑥大侯:箭靶。抗:举。⑦烝:进。一说乃。衎:乐。烈:美。⑧洽:合,齐。⑨壬:大。林:盛。⑩纯:大。嘏:福。⑪湛:喜乐。⑫奏:献。能:技能。⑬手:取,择比。仇:匹,耦。⑭室人入又:主人入于次,又射以耦宾也。⑮康:虚。一说大。⑯时:谓心所尊者。一说指射中者。⑰反反:慎重也。⑱幡幡:失威仪也。⑲舍其坐迁:舍其当坐当迁之礼。⑳僊僊:舞貌,轻举貌。

【译文】

宾客来到初入席,主客列坐分东西。食器放置很整齐,鱼肉瓜果摆那里。既然好酒甘又醇,满座宾客快喝起。钟鼓已经架设好,举杯敬酒不停息。大靶已经张挂好,整顿弓箭尽射礼。射手已经集合好,请献你们妙射技。发箭射中那靶心,你饮罚酒我暗喜。

持蘥欢舞笙鼓奏,音乐和谐声调柔。进献乐舞娱祖宗,礼数周到情意厚。各种礼节都已尽,隆重丰富说不够。神灵爱你赐洪福,子孙安享乐悠悠。和乐欢快喜气扬,各显本领莫保守。宾客选人互较量,主人又入陪在后。斟酒装满那空杯,献给中的那射手。

宾客来齐初开宴,温良恭谨堪赞叹。他们还没喝醉时,威严庄重自非凡。他们都已喝醉时,威严庄重全不见。离开座位乱跑动,左摇右晃舞蹁跹。他们还没喝醉时,庄重威严皆可观。他们都已喝醉时,庄重威严尽荡然。因为大醉现丑态,不知规矩全紊乱。

宾客已经醉满堂,又叫喊来又吵嚷。把我食器全弄乱,左摇右晃舞踉跄。因为大醉现丑态,不知过错真荒唐。皮帽歪斜在头顶,左摇右晃舞癫狂。如果醉了便离席,主客托福两无伤。如果醉了不退出,这叫败德留坏样。喝酒原为大好事,只是仪态要端庄。

所有这种喝酒人,一些醉倒一些醒。已设酒监来督察,又设酒史来戒警。那些醉的虽不好，不醉反而愧在心。莫再跟着去劝酒，莫使轻慢太任性。不该发问别开言，不合法道别出声。依着醉后说胡话，没角公羊哪里寻。不懂饮礼限三杯，怎敢劝他再满斟？

【鉴赏】

酗酒之患，大则贻误国事，小则损害健康，古今明识之士，深以为忧。《宾之初筵》以饮酒为题材，描述宴会上种种胡言乱语、癫狂无礼之态，讽刺统治集团纵酒狂放的荒唐行为，暴露了剥削阶级的精神腐败的现状，有深刻的认识价值。

全诗五章，按照事物发展的进程，先写入席之初彬彬有礼，相互敬酒，不失规矩；次写酒酣耳热，渐次放肆，手舞足蹈，不遵礼度；最后写酩酊大醉，糊里糊涂，疯疯癫癫，胡作非为，胡言乱语，不成体统。作者在叙述中时加评论，以表明自己的批判态度，给人以深刻的印象。

第一章写宴会开始时的盛况。参加宴会的人"秩秩"，谦恭有序，彬彬有礼。我国传统礼仪，连宴会菜肴的放置也有一定的程式，因此，诗人在"笾豆""殽核"之后，缀以"有楚""维旅"字样。"有楚"和"维旅"皆排列有序、合乎程式之意。这些叙述为下文酒醉之后的"载号载呶""乱我笾豆"伏线。以下极写宴会的气氛融洽、和谐、热烈：有美酒醇肴，大家痛饮；有钟鼓声声，助人酒兴；有弯弓射的，以决雌雄，为的是让对方饮酒……凡此等等，给宴会设置了一个大场景。只有在这样的场景气氛下，才使盛大宴会欲止不可、欲罢不能地狂热进行，演出下边醉态的闹剧来。"射夫既同，献尔发功。发彼有的，以祈尔爵"四句，把酒场上两相对垒、力求让对方饮酒的"狠劲"表达得淋漓尽致。

第二章承接第一章，继续深化强化饮酒的气氛。

在人的情绪活动中，音乐和舞蹈是起兴和助兴的重要手段之一。因此，第二章便从这里开始。上一章中，音乐仅"钟鼓既设"一句，这里便发展成"龠舞笙鼓，乐既和奏"。"龠"是一种竹制管乐器，六孔，长三尺，持之以舞。不仅笙鼓齐鸣，而且龠舞翩翩，乐与舞又和谐相配，令人心旷神怡，忘乎所以，一增酒兴；进献列祖列宗，求其快乐，以尽人臣子孙之道，不饮酒不合礼数，二增酒兴；"百礼既至"，礼仪周到完备，"有壬有林"，规格盛大隆重，气氛热烈，三增酒兴；祖宗赐福子孙，子孙快乐幸福，四增酒兴。因此，"其湛曰乐，各奏尔能"。这"各奏尔能"，程译为"各献其能射靶场"，似乎应是各人放开海量来痛饮，"能"是痛饮之"能"。顺理成章的下文是"宾载手仇"，客人选择喝酒的对手；"室人入又"，主人又来陪酒。"酌彼康爵，以奏尔时"，举起大杯来痛饮，这才是一醉方休乃至醉而不休的好时机哩！诗人用扶人上台阶的办法,把参加宴会的人送到不醉不止的境地里。在艺术上却是娓娓说来,使人尽人彀中,平易中见高妙。

第三章开始蹱入醉的境界。起首两句"宾之初筵,温温其恭",从文字和情绪两个方面呼应前文,造成结构的紧密感;另一方面,这起首两句又将第二章末尾的"酌彼康爵,以奏尔时"推开一步,造成结构上的摇曳之态,堪称妙手天成。随后,诗人用两个醉和未醉的强烈对比造成鲜明的反差,说明醉态的可憎。第一个反差是"其未醉止,威仪反反;曰既醉止,威仪幡幡。舍其坐迁,屡舞僊僊"。这里的"未醉"和"既醉","反反"和"幡幡"是绝对对立的。它们从"事件"和"情态"两个方面给人深刻的印象。至于"舍其坐迁,屡舞僊僊"两句描绘醉酒者离开席位胡走乱动,手舞足蹈,狂态百出,不仅给"幡幡"作了生动形象的注释,而且强化了第一个反差的艺术力量。第二个反差是"其未醉止,威仪抑抑;曰既醉止,威仪怭怭"。用"未醉"和"既醉","抑抑"和"怭怭"相比较,从格式上说,似乎是第一个反差的重复,但是,这里重复却起着强调的作用,是音乐性文学共同特性的反映。本章的最后两句"是曰既醉,不知其秩",明显地表达了诗人的态度,以肯定来否定,讽刺之情跃然纸上。绝妙的是"不知其秩"。人生在世,不知有礼仪,不知有道德,不知有纪律,岂不退化为非类了?掩卷深思,酗酒者的丑态,岂不令人叫绝!

第四章是第三章的深化与强化,把醉酒者漫画化。"载号载呶。乱我笾豆,屡舞僛僛"显然比上文的"威仪幡幡"和"威仪怭怭"更进了一层。质言之,"幡幡"和"怭怭"是仪表方面的;而"载号载呶。乱我笾豆,屡舞僛僛"则是行动方面的。由仪态不雅,发展成大号大叫、掀翻杯盘、歪歪斜斜、跌跌撞撞,简直是不成体统。"不知其邮",是丧失理智,不知是非对错;"侧弁之俄",是丧失自尊,不知美丑;"屡舞傞傞",是神经失控,癫放疯狂,凡此等等,皆酗酒之过。人们对酗酒滥醉者的厌恶之情,油然而生,"既醉而出,并受其福;醉而不出,是谓伐德"。本来,宾主相聚,饮酒叙情,是人生快事,如今事与愿违,弄到不散伙不滚开就令人难以容忍的地步,实在是有背"宾之初筵"的初衷。因此,诗人以赤子心肠扳回一笔,"饮酒孔嘉,维其令仪"。相聚欢饮,本是好事,只希望饮酒的人有良好的道德素质。以旁观者的宽容和善良,来反衬酗酒者的放纵少德,是软中见硬的笔法。至此,诗人将醉酒癫狂的颓放行为搁置在高潮之中,为进一步的评论做好了准备。

第五章是前四章的深入,通过叙事来议论,表明自己的观点。"凡此饮酒,或醉或否",重在"醉"。下文以"醉"为中心,进行议论。诗人认为,既然有"监"进行监督,既然有"史"进行记载,而醉酒又是"不臧"之事,那些饮酒的人还追求一醉方休,以不醉为耻,令人纳闷。在纳闷中包含着讽刺。随后诗人又退一步,告诫世人不要劝酒,不要让好酒的人犯过失。只要大家在宴会上"匪言勿言,匪由勿语",不该说的不说,没有道理的也不说,更不必和醉汉计较,他们胡言乱语是"由醉之言"。"三爵不识,矧敢多又",一片菩萨心肠。令我们感兴趣的是,诗人用菩萨心肠来反衬酒徒的恶鬼性格,别出心裁,使人喷喷。

鱼藻

【题解】

本诗以居住在藻丛中那安逸、自由的大鱼起兴,描写了周天子的逍遥放纵的生活,借古讽今,所要表达的真意是在提醒当朝统治者,应该居安思危,不要盲目地荒淫下去。本诗将周王的生活和大鱼的生活作比,切入点十分巧妙独特。其中对大鱼的描绘轻快活泼、生动可爱,和周王的生活相比,表明了诗人对其生活的忧虑和对国家前途命运的系念,感情深刻、质朴。

【原文】

鱼在在藻。有颁其首。王在在镐。岂乐饮酒①。

鱼在在藻。有莘其尾②。王在在镐。饮酒乐岂。

鱼在在藻。依于其蒲。王在在镐。有那其居③。

【注释】

①岂乐:欢乐。②莘:长长的。③那:安闲的样子。

【译文】

鱼在何处在藻中,大大脑袋漫游荡。王在何处在镐京,

欢乐喝酒心乐畅。鱼在何处在藻中,长长尾巴在摆动。

王在何处在镐京,饮酒享乐在深宫。鱼在何处在藻中,

依靠蒲草歇其间。王在何处在镐京,盛大群宫住处安。

【鉴赏】

《鱼藻》主题,长期争议。陈子展以为是"刺周王高居镐宫饮酒作乐之诗"(《诗经直解》),较为中肯。

《鱼藻》采用"兴"的手法,"以鱼之在藻兴王之在镐"(方玉润《诗经原始》)。第一章借鱼的自然生存习性比喻周幽王的生活情态:鱼依于水藻之中,食藻为生,被水藻养得头儿肥硕,仪态优游;幽王居于镐宫之中,饮酒作乐,养得脑满肠肥,体

国学经典文库

诗经

·《诗经》释讲·

图文珍藏版

态雍容。从语气上看,似以鱼的闲适与肥美夸赞周幽王的快乐与富有,但这是明显的正话反说,夸赞的不是幽王的英明而恰恰是昏聩,因为王之沉溺于酒色往往是国家破灭的先兆。两相对比,讽意自现。第二章与第一章诗意相同,只对个别词汇做了改变和更换,进行反复咏唱。不过,这并不是简单的重复,而是对诗意的进一步渲染和深化。词序的稍一变化便暗示出一个结论:周幽王终日除了饮酒享乐就是享乐饮酒。这与鱼儿的饱食终日完全一致。第三章表面看依然以鱼喻幽王,但比喻的内涵有所变化,在平静中掀起一点波澜,引起人们的联想:鱼儿食藻为生,尚且以蒲为家;而幽王以民为生却独居高阁,与民隔绝。尽管作者此时没有直接表露自己的意见,但谴责的意图却变得强烈而明显,诗也随即戛然而止,在悬念中引人回味。

这首诗结构简约明晰,时有起伏。以自问自答的方式叙述,语意委婉,用词含蓄。在风格上很像国风,所以方玉润认为此诗是出自"细民声口"。

采菽

【题解】

本诗描写的是诸侯来京朝拜周天子,周天子赏赐诸侯的场面。前两节描绘诸侯不辞辛劳来京的情景;中间两节描绘诸侯朝拜周天子时的表现;最后两节则是表达了周天子对诸侯的感激和答谢。全诗开篇以采菽起兴即透露着自然、美好、和谐的意蕴。整首诗场景繁复,但读来却很顺畅、宜人,体现了周天子于诸侯之间的关系融洽、和平,同时暗示国家的安定昌盛,与慰劳诸侯的主题相得益彰。

【原文】

采菽采菽,筐之筥之①。君子来朝,何锡予之?
虽无予之? 路车乘马。又何予之? 玄衮及黼。
觱沸槛泉②,言采其芹。君子来朝,言观其旂。
其旂淠淠,鸾声嘒嘒。载骖载驷,君子所届③。
赤芾在股④,邪幅在下⑤。彼交匪纾⑥,
天子所予。乐只君子,天子命之。
乐只君子,福禄申之⑦。维柞之枝,
其叶蓬蓬。乐只君子,殿天子之邦⑧。
乐只君子,万福攸同。平平左右,

亦是率从。泛泛杨舟,绋纚维之⑨。

乐只君子,天子葵之。乐只君子,福禄膍之⑩。

优哉游哉,亦是戾矣。

【注释】

①筐之筥之:用筐和筥盛。筐:方形竹制器具。筥:圆形竹制器具。②沸:形容泉水冒出,像沸水一样。③届:至。④芾:蔽膝。⑤邪幅:绑腿。⑥交:通"娇"骄横。纾:怠慢。⑦申:重复。⑧殿:镇定。⑨绋:大索。⑩膍:厚赐。

【译文】

呆豆叶啊采豆叶,方筐圆筐将它装。诸侯前去朝天子,
要拿什么把他赏? 岂无珍奇赐给他? 四马辂车来嘉奖。
再拿何物奖励他? 黑色龙袍画斧裳。泉眼喷涌清清水,
采摘芹菜工作忙。诸侯前来朝天子,瞧那旂子啥模样。
众旂随风飘荡荡,鸾铃声声和谐响。三马四马驾车来,
诸侯已到京门旁。赤红蔽膝盖大腿,绑腿缠绕膝下边。
不急躁来不怠慢,天子高兴将他赏。和乐君子心舒畅,
天子策命把他奖。和乐君子心欢畅,福禄一再加身上。
瞧那柞树枝条多,叶子繁茂而丰满。和乐君子心舒畅,
镇抚天下国得安。和乐君子心欢畅,各种幸福皆齐全。
聪慧善治众亲信,随你为国把力献。杨木船儿水中漂,
要使大绳把它拴。和乐君子心舒畅,天子衡量功德全。
和乐君子心欢畅,重赏福禄没有完。悠闲从容很自得,
这样生活心也安。

【鉴赏】

前人以为,《采菽》是讽刺周幽王侮慢诸侯的,细味全诗,当是朝廷礼仪性的颂歌。全诗五章,前两章是主歌,后三章是副歌。从结构的安排看,歌唱的特征十分明显。

第一章和第二章写诸侯朝见周王、周王赏赐诸侯的盛况。"采菽采菽,筐之筥之"和"觱沸槛泉,言采其芹"是诗人写诗的"起兴"。就《采菽》一诗的主题和题材本身而言,采收大豆,放置在方筐、圆筐里;在涌腾的清泉之旁采摘芹菜,与下文并无内在的逻辑联系,不过是唱歌人顺手拈来,借以启齿而已。第一章在兴起之后,以六句写周王赏赐诸侯。"君子来朝,何锡予之?""锡",赏赐之意。以一问开始,

引起人们的重视。"虽无予之,路车乘马。"两句一抑一扬,造成行文的曲折变化。"又何予之"再一问,"玄衮及黼"又一答。这六句三组,构筑的方式各不相同,足见作者的用心良苦。从内容上说,诸侯来朝见周王,周王赏赐车、马及豪华的礼服,奢侈之至,隆重之至。第二章在兴起之后,以六句写诸侯朝见周王的盛况。"君子来朝,言观其旂。"言盛况,首见其旂,盖旗帜高扬,色彩鲜明,最引人注目。"其旂淠淠,鸾声嘒嘒。"言盛况,见其态,闻其声。旗帜飘飘,盛况空前;铃声叮当,气氛热烈。"载骖载驷,君子所届。"车水马龙,诸侯云集。这六句从视觉到听觉,从静态到动态,全方位、多层次地把诸侯朝见周王的场景展现在读者眼前,隆重之至,壮观之至。

从第三章至第五章,是颂歌性质。反复歌唱,反复称颂,既是礼仪进行的时间需要,也是礼仪的热烈气氛的需要。

第三章的"赤芾在股,邪幅在下。彼交匪纾,天子所予"四句,写诸侯受天子华贵礼服的赏赐之后,穿着在身,风度翩翩,气宇轩昂的得意之态。"芾"是缝在腹下膝上的一种装饰品,"邪幅"是小腿上用的装饰品,这两种东西在身,别具风采。腹下有饰,显得华丽;小腿绑扎,显得精神。前人考证,"彼"通"匪","交"是"佼"的假借。"彼交匪纾",就是不急不慢,风度雍容。这正是古代朝廷礼仪的典型姿态。"乐只君子,天子命之。乐只君子,福禄申之"四句是庆颂之词。诸侯们只要受到皇帝的关心与宠爱,那就一定多福多禄,富贵荣华了。从行文结构说,第三章前四句叙事,后四句称颂,略去了前两章与后两章开头的起兴,是力求结构上的呆滞,造成摇曳多姿的变化。在整齐中求变化,在变化中求整齐,是本诗的结构特色。

第四章和第五章的开头"维柞之枝,其叶蓬蓬"和"汎汎杨舟,绋缅维之",都是"起兴"。其意义和第一、二章相同。第四章的"乐只君子,殿天子之邦。乐只君子,万福攸同。平平左右,亦是率从"六句是颂词。"殿"是镇守的意思。诸侯们为皇帝镇四方,天下安定,皇帝有赏,诸侯快乐,皇帝和诸侯,万福同享。皇帝贤明,赏罚有序;诸侯尽职,听从指挥,天下太平,一片欢乐景象。这称颂确乎尽善尽美。第五章的"乐只君子,天子葵之。乐只君子,福禄膍之。优哉游哉,亦是戾矣"六句也是颂词。"葵"是"揆"的假借字,估量的意思。说诸侯们心满意足,是因为皇帝对他们的评价公正而正确;诸侯们称心如意,是因为皇帝的赏赐十分丰厚。精神的满足加物质的满足,自然而然地产生了"优哉游哉,亦是戾矣"的情绪。

值得注意的,还是结构的变化。在第三章中"乐只君子"以下四句,放在本章的最后,而同样构句方式的"乐只君子"四句,在第四、五章中,则放在中间。在整齐结构中求变化,体现了一种"综合平衡"(黑格尔语)的追求。

角弓

【题解】

这是一首劝谏诗,规劝统治阶级贵族不要疏远亲戚、兄弟,以免手足相怨恨,对百姓、对国家不利。诗中恰当独到地提出了社会上层人士是普通百姓的榜样这一观点,说明要使国家昌盛,百姓安定,君王、贵族等必须谦虚祥和有美好的德行,这样才能为百姓做出榜样,让国家长治久安。

【原文】

骍骍角弓,翩其反矣①。兄弟昏姻,无胥远矣②。

尔之远矣,民胥然矣。尔之教矣,

民胥效矣。此令兄弟,绰绰有裕③。

不令兄弟,交相为瘉④。民之无良,

相怨一方。受爵不让,至于已斯亡。

老马反为驹,不顾其后。如食宜饇⑤,

如酌孔取。毋教猱升木,如涂涂附。

君子有徽猷,小人与属⑥。雨雪瀌瀌⑦,

见晛曰消⑧。莫肯下遗⑨,式居娄骄⑩。雨雪浮浮,

见晛曰流。如蛮如髦,我是用忧。

【注释】

①翩:通"偏"。反:反转。②胥:相互。远:疏远。③绰绰有裕:宽裕舒缓的样子。④为瘉:残害。⑤饇:饱。⑥小人与属:小人来依附。⑦瀌瀌:雨雪盛的样子。⑧晛:日气。⑨莫肯下遗:指小人不肯卑下顺从。⑩式:助词,无义。居:通"倨"娄:通"屡"多次。骄:骄横。

【译文】

角弓调整很和谐,弦松竹弓反向弯。对待兄弟和亲戚,

不要关系太疏远。你若远离亲兄弟,百姓也都会如此。

你爱兄弟作模范,百姓皆学不走样。这些兄弟相友善,

关系和谐很宽松。兄弟相互不友好,定会彼此来相攻。

人们如果不善良,心攻一点相怨望。贪求爵位不谦让,

碰见私利把理忘。老马反当小马用,后果怎样你不想。
若请吃饭多吃饱,如请饮酒多品尝。无须教那猴上树,
用泥涂物必能牢。君子若是有好道,百姓定然跟着跑。
雪花纷纷漫天飘,太阳出来都融消。不肯对下态度恭,
小人屡屡逞骄傲。雪花纷纷漫天飘,太阳一出皆融消。
小人如同蛮和髦,因此忧虑我心焦。

【鉴赏】

周幽王时期,奸佞当道,朝政日非。《角弓》就是"王室父兄刺王好近谗佞小人,不亲九族,而骨肉相怨之诗"(陈子展《诗经直解》)。

第一章开门见山,以形象的比喻挑明了全诗的旨意:完美的角弓,是弓木与弓弦相合而成,稍有不谐,便会分崩离析;兄弟亲友之间,应该相亲相爱,不要彼此疏远。两相联系,说理简洁明了,比喻贴切生动。

第二章紧承上文,从国王的角度,假设正、反两方面的结果来深化上述道理。说明国家风气的好坏,主要取决于君王,只要君王广布德泽,与人为善,人民便会竞相效仿,蔚然成风,否则便会道德沦丧、民风日下。这种方法的运用使说理更加丰厚、深刻,而且在程度上做了广义的推展,使"兄弟友善"越出了家庭的范畴,具有了影响整个国家风气的作用,大大强化了说服力。

第三章则进一步从民众的角度深化所述道理。善良、有修养的兄弟之间的和谐相处,可以彼此受益无穷;而丑恶小人则往往相互攻讦,使兄弟变为仇敌,结果深受其害。

以上三章只是委婉而略带忧伤地讲述一般性的道理,为下文的展开做了铺垫。结合当时的现实背景,不难看出是周王的父兄在遭到冷落后向周王进行规劝和说理,委婉中包含着讥刺,忧伤中带着愤怒。

第四、五章笔锋一转,结合现实,对不良兄弟进行了坚决的谴责。诗人以旁观者的身份,指责人们失掉了兄弟间的美好情谊,彼此怨怼。一面不断地抱怨对方不知相让,一面自己内心贪婪至极,见利忘义。显而易见,这是瞄准对方的指桑骂槐。尤其"相怨一方"一句,抓住了不善良兄弟普遍的龌龊心理,一语点破,所以钟惺说这一句"说尽千古人情"。第五章诗人恢复诗中的对称身份,继续申述,用形象、离奇的比喻说明自己一生不辞劳苦为君王效力,不仅得不到丰厚的薪俸和周到的照顾,而且连起码的生活待遇也没有保障。抱怨之情,谴责之意,溢于言表。陈子展先生说这一章"一喻小人不知优老,又两喻小人须知养老。确似'父兄'口吻"。这

两章与前三章形成鲜明对照,即使所述道理更加鲜明,又使现实的境遇得到更深刻的暴露。

第六章是诗人自我情怀、品德的表露,表明自己和臣民的美好禀性就像猴子爬树、泥浆附着一样是天生的本性,只要君王施仁布德,大家就会相亲相爱,连缀不离。这一章与前三章在意思上并无差别,但在对现实的境况表述之后,使诗章前后得到照应,结构上显得循环往复,气韵上流连不断,艺术上感染力大大增强。

第七、八两章转入收束全诗。在对君王提出恳切希望的同时,又表现了一种失落感,情绪呈现出忧苦色彩。这种结局的造成,表面看是小人作奸引起,其实是君王不施仁政,混淆视听所造成的。作者表面上忧的是小人,骨子里忧的是君王。为了表达难以排遣的忧愁,作者采用了反复的方法,重叠咏唱,把积郁的情怀表述得淋漓尽致。

总体上看,《角弓》反映了一种典型的封建宗法意识。而且,又表露了浓厚的"君本"观念,将君王置于决定历史的地位上。因此,内容上有较大的局限性。

在方法上,本诗结构复杂,富有变化。叙事、说理、抒情交叉出现,显示了作者高超的组织能力。修辞上多用奇巧的比喻和反复,表达了较为丰富的情感,哀怨、愤怒、忧愁,逐层变化,过渡婉转。不足的是有些地方表达得稍嫌晦暗。这大约和诗人的特殊身份有关联。

菀柳

【题解】

一位士大夫,为朝廷尽心尽力地工作,没有得到君王的夸奖与重用,反而被国君贬斥、流放,诗人愤懑不已,因而作了这首诗。"菀柳"是诗人自己心态和处境的映照,全诗读来哀怨忧伤,讽刺了反复无常、让人捉摸不透想法的君王,同时为自己的不幸遭遇深深地鸣不平。本诗感情抒发强烈而真挚,引起人们深深的同情。

【原文】

有菀者柳①,不尚息焉②。上帝甚蹈③,无自暱焉④。俾予靖之⑤,后予极焉⑥。

有菀者柳,不尚愒焉⑦。上帝甚蹈,无自瘵焉⑧。俾予靖之,后予迈焉⑨。

有鸟高飞,亦傅于天⑩。彼人之心,于何其臻⑪。曷予靖之⑫,居以凶矜⑬?

【注释】

①菀:枝叶十分茂盛的样子。②尚:庶几。③蹈:动,指变动无常。④暱:亲近。

⑤俾:使。靖:谋划。⑥极:诛,责罚。⑦愒:歇息,休息。⑧瘵:病,生病。⑨迈:行,指放逐。⑩傅:到达。⑪臻:至,到。⑫曷:为什么。⑬以:于。凶矜:凶险。

【译文】

枝叶茂盛的柳树,谁不想在树下歇。君王喜怒太无常,不要与他太亲近。若使我去谋国事,结果必定遭诛杀。

枝叶茂盛的柳树,谁不想在树下歇。君王喜怒太无常,不要与他太接近。若使我去谋国事,结果必定遭放逐。

鸟儿展翅高高飞,一直向上飞到天。那人内心摸不透,何处才是那止境。为何让我谋国事,把我置于凶险地。

【鉴赏】

这是一首揭露周厉王(或幽王)暴虐无道、赏罚不公的诗。作者大概是厉王属下一位有功获罪之臣。因此,他怀着满腔愤怨,发而为诗,言词相当激烈。

此诗有三个显著的特色。

一是比兴手法运用得非常自如。一、二两章用柳树的郁郁葱葱能供行人休息来反兴厉王的昏庸,由于赏罚不公而使人不得安宁,昏王简直还不如一棵柳树!比喻中往往只取喻体和本体某一点相同之处来比,而舍弃其余。此诗取喻体柳树能供人休息这一点,而又取本体厉王不能使人安宁这一点,喻体取正意,本体取反义,一正一反,不仅比喻自如,而且对照鲜明,人不如物,悖理至极,申斥自然有力。三章以鸟飞戾天来起兴,鸟飞得再高,也有极限,而昏君周厉王之心究竟坏到何等程度,竟难以预测!此意虽没有明讲,但读者是不难从鸟飞戾天的起兴中领略其意的。这种起兴手法的运用,显然是无法用其他手法来替代的。

二是对比有力。一、二两章将昏王和上帝对比。至高无上的天帝尚且发扬蹈厉,积极有为,一个人间的君王怎能自作孽、自暴弃呢?在"天命论"占绝对统治地位的周代,抬出天帝来对比人间昏王,使其再也无法找到谢罪口实。这种对比手法的运用,显得异常高明。

三是感情激愤,申斥有力。全诗三章的最后两句都是直接指着厉王的鼻子揭露其赏罚不公的,三章都是上句指出自己从事王事的辛劳,下句揭露厉王对他处罚的严重。有功之臣,不仅不赏,反要处罚,公道何在!天理何在!如此揭露,针针见血,使昏王无法遁其形!

都人士

【题解】

　　一位西周遗民,游历旧都,怀念起昔日的繁华与荣盛之景,感叹不已。因而诗人在感叹和凭吊的时候,写下了这首诗,具有浓烈的历史沧桑感。本诗写法独特,切入点很巧妙,诗人并没有采取将往日繁华景象与现实的破败之景进行对比这种写法,而是通过回忆昔日都城中男女穿着的美好来表达现在的心情,因此本诗的格调也很高雅。同时,诗中对于当时人们的穿着的细致描写也为我们研究西周的服饰文化提供了重要的历史资料,深具研究价值。

【原文】

彼都人士,狐裘黄黄。其容不改,

出言有章。行归于周,万民所望。

彼都人士,台笠缁撮①。彼君子女,

绸直如发②。我不见兮,我心不说。

彼都人士,充耳琇实。彼君子女,谓之尹吉。

我不见兮,我心苑结③。彼都人士,垂带而厉④。

彼君子女,卷发如虿④。我不见兮,言从之迈。

匪伊垂之,带则有馀。匪伊卷之,发则有旟。

我不见兮,云何盱矣⑥!

【注释】

　　①缁:黑色的衣料。撮:束发的帽子。台:草名。可以作笠。②绸:浓密。③苑结:忧闷积于心。④厉:腰带下垂的部分。⑤虿:毒虫。⑥盱:通"吁"忧叹。

【译文】

那些京都男士们,狐皮黄衣亮光光。仪容常态不改变,

言有文采皆堂皇。即将返回镐京城,这是万民所仰望。

那些镐京男士们,草帽布巾头上戴。那些贵族姑娘们,

秀发浓密黑而长。现在我已见不到,心中有忧不舒畅。

那些镐京男士们,美石之琇挂耳旁。那些贵族姑娘们,

称呼尹吉人敬仰。现在我已看不到,内心郁结很忧伤。

那些镐京男士们,长长佩带垂腰间。那些贵族姑娘们,

发似蝎尾向上卷。现在我已看不到,见到定随他们还。

不是故意向下垂,佩带本来长又长。不是故意向上卷,

头发自然就有弯。现在我已看不到,怎不忧叹愁绪添。

【鉴赏】

这是一首描写男女不得见面、双方都沉浸于相思之苦中的情歌。由于男女双方的形象都在诗中出现,诗人对他们的美都做了具体描写,再加上对"都"字字义理解上的分歧,历来对其主旨的理解分歧极大,或以为"周人刺衣服无常"(《毛诗序》),或以为"乱离之后,人不复见昔日都邑之盛、人物仪容之美,而作此诗以叹惜之"(朱熹《诗集传》),或以为系"忆念故人之辞"。细味此诗,当作男女相思之辞来理解最为妥帖。

首章单赞男子之美,暗念女子对他的思念。先从衣着、仪容、语言之美写起,然后说到他在周国的京城简直是万众瞩目的美男子,姑娘倾心于他正是情理之中的事。

二至五章都是男女并提,先用第三人称将男女之美分写,然后用第一人称合写男女双方的心事,构思极其巧妙。

首先我们必须注意诗中对于男子和女子之美的描写各有所侧重:写男子主要从佩戴物来烘托其美,无论是系黑带的斗笠,还是镶美石的充耳,或是长长下垂的佩带,都不是直接写男子之美,因为在第一章已对男子的衣着、仪容、语言之美作了直接描写,现在再以佩戴物来烘托,男子之美就写得更加全面了。写女子主要从她的头发和品德之美直接来显示,因为头发可以代表她的面貌、仪态和风度,品德可以代表她的思想,这样也很全面了。至于二章写她秀发浓密直如丝("绸直如发"),四章写她卷发上翘如蝎尾("卷发如虿"),是否矛盾呢?我们以为并不矛盾。诗意是说她的秀发有的如丝绸那么平直,有的如蝎尾那样卷曲,曲直相配,真是美极了。

其次我们必须注意诗中合写双方相思之苦时上句都是"我不见兮",即男不得见女,女不得见男,四章句子重复,加浓了双方思念之苦。更加巧妙的是在第二句的变化上,从"我心不说""我心苑结""言从之迈"到"云何盱矣",采用递升修辞格,显示痛苦的程度愈来愈浓,到最后,简直有点无法控制了。如此运笔,使我们不得不佩服古代诗人杰出的才华!

采绿

本诗描写的是一位妻子在思念外出丈夫时的内心独白,表达了她思念丈夫,急于盼丈夫归家的心情。诗的后两节不是实写,而是妻子想象丈夫回来的情景,届时她会多么的开心,以此更能表达出她的焦急心情和对丈夫的想念。诗中妻子对丈夫归来情景的设想,写得十分温馨动人,由此不难想见他们夫妻生活的幸福甜蜜。

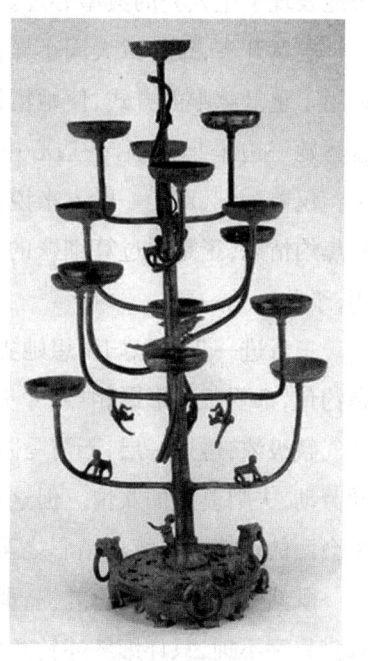

铜十五连盏灯(春秋)

【原文】

终朝采绿,不盈一匊。^① 予发曲局^②,薄言归沐。

终朝采蓝,不盈一襜。五日为期,六日不詹^③。

之子于狩,言韔^④其弓,之子于钓,言纶之绳。

其钓维何? 维鲂及鱮^⑤,维鲂及鱮,薄言观^⑥者。

【注释】

①绿:植物名。又名王刍。花色深绿,古时用它的汁作黛色着画。匊:两手合捧。②局:卷。③蓝:染草。襜:系在衣服前面的围裙。詹:至。④韔:弓袋。作动词用。⑤鱮:一种大头鲢。⑥观:通"贯"。引申为多。一说看。

【译文】

整个早上采王刍,王刍不满两只手。我的头发卷又曲,我要回家洗洗头。

整个早上去采蓝,兜起前裳盛不满。他说五天就见面,过了六天不回还。

往后那人去打猎,我要跟他收弓箭。往后那人去钓鱼,我要跟他理丝线。

钓鱼钓着什么鱼? 白肚子鲢鱼缩颈子鳊,白肚子鲢鱼缩颈子鳊,他钓我看总不厌。

【鉴赏】

这是一首抒写怨妇思念其夫的情歌。此诗民歌风味很浓,是一首典型的"风

国学经典文库

诗经

·《诗经》释讲·

图文珍藏版

首章写女子思夫心切，精神恍惚。先写她采摘械树子，采了整整一个早晨，还不满一捧。忽又想到自己头发乱蓬蓬的，丈夫马上就要回来了，还没有来得及梳理，于是又急急忙忙地赶回家去沐浴梳妆。此章写怨女如醉如痴的情态如画，活脱脱地表现了主人公的典型心理。

次章开头，跟首章大同小异，写她采了一早晨的蓝草，还不满一围裙。但由于采用了重复咏唱的方式，使她精神恍惚、心不在焉的神态又得了进一步的表达。接着写她一边采集蓝草，一边心中盘算：约定五日回来，怎么已经六天了，还不见回来？仅差一日，对于一般人来说，本是无所谓的事。然而思妇心急火燎、度日如年的焦灼情态，正是通过算细账的办法，传神地表达出来的。文学作品中，数字的妙用，于此可见一斑。

三章进一步写思妇设想她丈夫回来后，愿跟他共同劳动的情景：不论是打猎还是钓鱼，都要跟他形影相伴，寸步不离，情愿帮他收弓箭、理钓丝。这一章的设想生活气氛极浓，透过一层，不再写盼夫不至的苦情，而是跃过一大步，写丈夫回家后共同劳动、夫唱妻随的欢情。但这欢情毕竟是虚拟的，冷静地一想，更反映出今日无由会面的怨情。其笔法精彩之至，亦委婉曲折之至！

既然三章打猎、钓鱼并提，那么，照理四章也应双承并写。可是，如今四章撇开打猎只字不提，只详细叙述钓鱼的巨大收获，既隐喻美满的夫妻鱼水之乐，又以将来共同劳动、取得丰硕成果的欢悦，反映今日思夫之怨苦。在章法结构上，单承钓事一项，显示其独异的特色。

黍苗

【题解】

周宣王封他的舅舅申伯于申地，又命令召伯（即召穆公）为申伯营建谢邑作为申的国都。本诗描写的就是召伯建谢邑，工程即将完工的时候，工人们作了这首诗。诗中有对工程过往的追忆，表明建设工作的辛苦，很好地映衬了大功告成的喜悦和欣慰。全诗表达了对召伯的由衷赞美，在表现他的丰功伟绩的同时，也反映了工人们得以见证历史的成就感和责任感。

【原文】

芃芃黍苗，阴雨膏之。悠悠南行，召伯劳之。

我任我辇①,我车我牛②。我行既集③,盖云归哉。

我徒我御④,我师我旅。我行既集,盖云归处。

肃肃谢功⑤,召伯营之。烈烈征师,召伯成之。

原隰既平,泉流既清。召伯有成,王心则宁。

【注释】

①任:负荷。②车:手扶车行。③集:成功。④徒:步行。御:驾驶。⑤谢功:营建谢邑的工程。

【译文】

黍苗黍苗生长真茂盛,阴雨滋润长得壮。兵士南行路遥远,

召伯慰劳暖心间。或用肩背或拉车,或驾车来或牵牛。

远行任务都完成,何不归家开步走。或徒步来或驾车,

我们当兵跋涉远。远行任务皆完成,何不归家去安歇。

赶忙修起那谢城,召伯亲自来经营。威武远征众兵将,

都由召伯来统领。高原低地都平整,泉水河流全疏通。

召伯大功已告成,宣王心中得安宁。

【鉴赏】

美刺之说,是前人对《诗经》思想内容的概括,固然有简单化倾向,但也符合部分诗作的实际。如本篇赞颂召伯经营谢邑的功绩,便属于"美"。《毛诗序》认为是幽王时借古讽今之作,则又兼有"刺",但"刺幽王"说没有什么根据。周宣王时的召伯(名虎)是一个功德昭著,有口皆碑的历史人物。《诗经》中好几首作品都提到他的事迹(如大雅之《崧高》《江汉》),《召南·甘棠》及本篇都是为他树碑立传的作品。

周宣王封其母舅于申,命召伯为之经营,建筑谢城(申都)和宗庙。《大雅·崧高》也写到这件事,但那是朝臣尹吉甫颂美申伯的作品,"申伯之功,召伯是营",诗中召伯只是配角。而此诗则是随从召伯建设申国的士役,在完成任务于归途之中的歌唱,召伯是歌中的英雄。

诗用民歌体的兴语发唱,"芃芃黍苗,阴雨膏之",雨露滋润禾苗长,这显然是有所取义的兴象。据说《甘棠》的作意,便是因召伯在社前断狱听讼,公正无私,所以为人感戴,故尊及社木。看来这位老先生确实是封建时代较早的"青天"式人物。对召伯的崇敬,反映了在农业文明的社会我们先民的深层心理早已积淀了某种服从因素,并不能简单谓为非劳动人民意识。指明这一点对理解本诗及类似诗

作是很有必要的。诗的首章兴语(前两句)与情语(后两句),采用了错综对仗形式,形式的同构暗示了内涵的联系。"黍苗"与"南行"者对应,"阴雨膏之"与"召伯劳之"对应,感恩戴德之意溢于言表。

从这由衷的赞美可以体味,召伯确乎是位"仁者爱人"的上司,说激进一点,至少也是深通统治驭下之术的贵人,故他的下属士役皆乐为之用。二、三章写营建谢邑大功告成之后,士役在归途愉快的心情。诗曰"我任我辇,我车我牛""我徒我御,我师我旅"……一路熙熙攘攘,好不热闹。一连串十个"我"字,组成一个大我,足见召伯统率下的万众一心。而士役的归心,更是不赞美的赞美。虽只写"盖云归哉""盖云归处"即归途情状,却能使人由此推想他们先前劳作的同心协力,共赞成功,如见"捄之陾陾,度之薨薨,筑之登登,削屡冯冯。百堵皆兴,薨鼓弗胜"(《大雅·緜》)那样令人振奋的劳作场面。可以说是"众志成城"!

是谁创造了人类世界?奴隶,还是英雄?这是个久有争议的问题。可我们的歌者是毫不怀疑地归功于召伯,"肃肃谢功,召伯营之。烈烈征师,召伯成之"。这也许是英雄史观在隶役头脑中的反映。从另一角度看,召伯确乎是营谢工程的组织者,有经营管理之功。士役们将首功无条件地归于他,也不无道理。

诗的末章再次用了兴语,"原隰既平,泉流既清",大有一种移山造河,征服自然的意味。这对营建城邑之功是很自然的起兴,显得那么雍容,那么踌躇志满。而诗的最后说召伯办事,周王放心,在封建时代算得是最高的颂辞了。

全诗首尾铢铴悉称,一由召伯及于下属,一由召伯及于天子,皆妙于兴象。中幅从虚处落笔,实得风流。如情不由衷,仅靠技巧,是难以如此出神入化的。

隰桑

【题解】

这是一位女子的爱情自白。被爱的"君子",可能是她的丈夫,也可能是情人。我们在此采用了程俊英先生的说法:"这是一位妇女思念丈夫的诗。"(《诗经译注》)因诗中表现的感情热烈而坦荡,很像是夫妻久别重逢。

【原文】

隰桑有阿①,其叶有难②。既见君子,其乐如何!

隰桑有阿,其叶有沃③。既见君子,云何不乐?

隰桑有阿,其叶有幽④。既见君子,德音孔胶⑤。

心乎爱矣,遐不谓矣⑥? 中心藏之,何日忘之?

【注释】

①阿:柔美的样子。②难:通"傩",茂盛的样子。③沃:光泽的样子。④幽:微青黑色。⑤胶:盛。孔胶,甚盛。⑥遐不:何不。

【译文】

洼地桑树美呀美,叶子很多,非常的繁茂。我看见了那人儿,我的心里多喜欢!

洼地桑树美呀美,叶儿绿,绿汪汪。我看见了那人儿,心花怎能不开放?

洼地桑树美呀美,叶儿青,青黝黝。我看见了那人儿,多情的话儿说个没完没了。

心里好爱他呀,何不向他说出呀?心里深深藏起他,哪天能够忘记他?

【鉴赏】

《诗经》中写女子表达爱情,大多委曲婉转,含而不露。然而,此诗写一位女子对情人的思念,却言词坦直,感情热烈,几乎是一泻无余地将感情的洪流展示在读者面前,使读者心中也翻卷起感情的波澜,从而充分领略到这种纯真、炽烈而又深沉的爱情,唤起心灵的共振。

此诗大致可以分为两个部分。前三章为第一部分,以欢快的笔调,写出女子想象见到情人时的欢乐情状。第四章为第二部分,变换方式,进一步表现了女子对情人的深情。两个部分之间,接逗无痕,浑然一体,表现出布局上的巧妙匠心。

前三章以比兴手法写女子想象见到情郎时的喜悦与激动。诗人巧妙地安排约会的环境。"隰桑有阿,其叶有难""隰桑有阿,其叶有沃""隰桑有阿,其叶有幽"。这些自然景物既兴起下文,使恋人见面的环境富于典型特征,同时又有比喻作用。她的心上人年轻而美,不正像这些朴实的桑树、滴翠的叶儿吗?其中作者又巧妙设色,以色彩变幻来组成抒情情节,从"难"到"沃"再到"幽",即叶儿从茂盛到叶片肥厚闪光再到绿得变成青黑色,令人心向往之。这象征青春和爱情的绿色越来越浓,正与这对恋人与日俱进的感情相辉映,好像大自然也动情了,沉浸在一片欢乐气氛中。思想感情与景物融为一片,使读者感觉到清新的气息,闻到扑鼻的芳香。诗情画意,令人陶醉。这三章的后半"既见君子,其乐如何""既见君子,云何不乐""既见君子,德音孔胶",正面写女子的感情世界。她想象见到心上人,从兴奋得无法形容到心花怒放,再到为情人的德行美盛而自豪,心理层次,极其分明。一个怀春女子的形象如在目前,她天真、痴迷、大胆、热烈、坦白、率真,感情如火一样烫人。诗句自然浑朴,声调铿锵,恰到好处地表达了欢乐的气氛。

按照以上的感情线索,第四章似乎应当继续写"既见君子"之后的绸缪之情,使两方感情得到契合,有一个圆满的归宿。然而,作者却出人意想之外,笔锋忽然一转,宕扬开去,写女主人公"欲说还休"的思想变化:暂时把火一样的感情藏在心中吧,等将来再倾诉,使思念之情如美酒窖藏一般,久而益醇,使自己对情人的爱恋,日日夜夜萦绕胸中,永不忘怀!朱熹在《诗集传》中说:"爱之根于中者深,故发之迟而存之久也。"这正如堤内之水,蓄之愈久,则积之愈深,一旦奔涌而出,是无法遏止的。从这个意义上说,这种由炽烈转为深沉、执着的爱情,是人类宝贵情感的升华,是对美好愿望的珍惜,它闪射出经久不灭的光辉,具有感人肺腑的力量。难怪几千年来,人们要一遍又一遍地引用"中心藏之,何日忘之",以"赋诗言志",来表达对亲爱者的念念不忘,或对某种事情、事业的热爱和留恋,使这两句诗成为千古传诵的名句,也使这首诗成为浩如烟海的诗作中的一颗璀璨的明珠。

白华

【题解】

这是一首弃妇的哀怨之词。诗的语气委婉,格调高雅,于无声处表达了妇人的怨恨和自己悲戚的处境和哀伤的心情,使读者为其不幸的遭遇报以深深的同情。本诗另有一说是被周幽王废黜的申后所做的控诉之词,从诗的高雅格调以及诗中对于宫内宫外钟声的描写来看,可信。

【原文】

白华菅兮①,白茅束兮②。之子之远,俾我独兮。

英英白云,露彼菅茅。天步艰难,之子不犹。

滮池北流③,浸彼稻田。啸歌伤怀,念彼硕人。

樵彼桑薪,卬烘于煁④。维彼硕人,实劳我心。

鼓钟于宫,声闻于外。念子懆懆⑤,视我迈迈⑥。

有鹙在梁⑦,有鹤在林。维彼硕人,实劳我心。

鸳鸯在梁,戢其左翼⑧。之子无良,二三其德。

有扁斯石,履之卑兮。之子之远,俾我疧兮⑨。

【注释】

①菅:茅的一种,又名芦芒。②束:捆。③滮:古水名,在今西安市北。④卬:我,女子自称。煁:可以移动的行灶。⑤懆懆:忧愁的样子。⑥迈迈:疏远不顾之

态。⑦鹜：水鸟，又名秃鹜。⑧戢：收敛。⑨痕：忧愁而病。

【译文】

菅草细细开白花，白茅紧紧捆着它。恨他变心抛弃我，使我一个人守着空房度年华。

天上白云降甘露，地下菅茅受润濡。都怨我命运太不好了，恨他连白云都不如。

寄池水啊向北流，灌得稻田绿油油。边哭边唱心伤痛，他这个冤家却还在我心头。

桑枝本是好柴薪，我烧行灶来暖身。想起那个壮健人，我的心里实在是煎熬。

宫廷里面敲大钟，钟声总要传出宫。想你想得心不安，你却对我怒冲冲。

秃鹜堰边把鱼吞，白鹤挨饿在树林。想起那个壮健人，我的心里实在是煎熬。

堰上鸳鸯雌伴雄，嘴巴插在左翼中。可恨这人没良心，三心二意爱新宠。

扁平垫石地上摆，石头虽贱但还能被他常常踩。恨他变心抛弃我，忧思成病将我害成这样。

【鉴赏】

古人尚无科学的文艺观，故汉儒说诗每强经就史，附会本事，其失在于主观绝对。然而，"千秋毛郑功臣在"（王士祯《论诗绝句》），前人说解中，毕竟有大量合理的因素，不容一概抛弃。有时，绝对否定和绝对肯定，都是缺乏根据的。如《白华》一诗，《毛诗序》说是"周人刺幽后也。幽王取申女以为后，又得褒姒而黜申后"，故周人作此诗。诗用第一人称，故也有人认为是申后自作。关于这首诗的主题与本事，今古文、汉宋学无争论（详陈子展《诗经直解》）。考之于诗的本文，也没有不合之处。所以今人固无妨作广义的弃妇诗看；但要驳斥旧说，就缺乏根据了。由于此诗八章中仅每章后两句言情，又多重复，所以涉及的具体事情不多。但仍可以看出以下几点：第一，女主人公倾心于男方。第二，男方对她似有旧恩，但眼前已经变心。第三，变心的原因是有"第三者"插足。这里值得多说几句，诗中四次提到的"之子"（还有一次直呼"子"），与三次提到的"硕人"，今人译注已视为同一个人即男方。但《郑笺》不然，它认为"之子"指幽王即男方，"硕人"指褒姒即"第三者"。这种说法实际是切合诗意（即男子喜新而弃旧），大有意趣的。今人合二而一，虽亦可通解，但诗意则较寡薄。所以我们愿引申旧说，非为抱残守阙也。第四，女主人公已陷入痛苦而不能自拔的境地，既对"硕人"耿耿于怀，又痛恨"之子无良"。

就凭以上几点，我们已可将此诗看作申后的《长门赋》来读。邹肇敏已经说过:"观于宫、于外、在梁、在林之咏,亦如后世之赋《长门》耳。"(转引自方玉润《诗经原始》)这首诗在写法上有一显著特点,就是全篇各章都是先兴比而后赋,而且八章兴语都不相重,与赋语的重复形成对比,在《诗经》中实为仅见。

古之诗人常用束薪来比喻两情的绸缪(参《唐风·绸缪》),而"白茅纯束"(《召南·野有死麕》)还是一种聘礼的包装。所以此诗首章兴语"白华菅兮,白茅束兮",可以使人联想到诗中人与"之子"当初的结合,又反兴起"之子之远,俾我独兮",而大有往事不堪回首的悲哀。二章的兴语系由上章的菅、茅进一步发挥,说这些草儿还能受到白云的惠爱,反兴起女主人公的失爱、失宠。"天步艰难"似乎说得太严重了,但对于旧式女性,丈夫的变心就和变天一样严重。"日居月诸,胡迭而微"(《邶风·柏舟》),不是就有些天昏地暗么。三章以"滮池北流,浸彼稻田",兴起男方恩爱之转移。"念彼硕人"什么呢?大概是"月明歌吹在昭阳"吧!而自己呢,已是"玉颜不及寒鸦色",只好长歌当哭了。四章以桑薪烘煁为无釜之炊,兴起新人故人的易位、女主人公被弃,措语最奇倔。以致有人疑此二兴句"皆似里巷人之言,不类王后语气"(崔述《丰镐考信录》),而陈子展先生驳道:"此不知古今帝王家之经济生活丰嗇苦乐大有悬殊也"(《诗经直解》),补充之:则又不知诗歌创作固有别趣,故白居易《长恨歌》写宫室有孤灯挑尽、夕殿萤飞之语。五章以"鼓钟于宫,声闻于外"兴而兼赋,大有昭阳歌吹之意。下即云"念子懆懆,视我迈迈",即"得宠忧移失宠愁"。女主人公犹恋旧恩,而男方已有新宠,故不谐如此。六章以鹙、鹤对举起兴,同属水鸟,性恶者反而在梁得鱼,性驯者反而在林受饥,兴起下句"硕人"与"我"的势不两立。七章用当时习语"鸳鸯在梁,戢其左翼"(又见《小雅·鸳鸯》),再用鸟类起兴,双栖多情的鸳鸯鸟,反兴起"之子无良,二三其德"。这两节使人想起《长门赋》中的两段话,"翡翠胁翼而来萃兮,鸾凤翔而北南。心凭噫而不舒兮,邪气壮而攻中""白鹤嗷以哀号兮,孤雌峙于枯杨。日黄昏而望绝兮,怅独托于空堂",表现出一种深切的"妾人自悲"之感。最后一章以乘石(古人垫脚登车的石头)自喻,自伤卑微,以忧积成病作结。

如以两句为一单位,则全诗各章均由一句起兴,一句言情组成,大类陕北民歌《信天游》的调式,使我们推测诗人当有意采用了当时民歌的格调。这种格调使得诗歌的抒情叙事变得很空灵,很有意味,唱起来"洋洋乎愈歌愈妙"。它的精义不在情语,反在兴比之中,故发人深省,耐人玩味。而这首诗的兴比,除少数采用了当时套句(如"鸳鸯在梁"二句),多属新创,在《诗经》中没有类似兴句。《诗经》多章用兴,每有重复,唯此诗八章无一重复兴语。凡此,都可见此诗作者的才情。诗中虽然有"我""之子""硕人"三个角色,但重在写情绪之纠葛,不着眼于事实的纠葛。所以它与《长门赋》和后代宫词有所不同,尤能一网打尽天下因丈夫喜新厌旧、第三者介入而导致的弃妇悲剧,从而使读者可以把它作为一首广义弃妇词来读。

绵蛮

【题解】

诗人行役劳乏困顿,正在无奈的时候,有人来帮助他,诗人酒足饭饱之后,心中充满感激之情,因此作了这首诗,赞美那位乐于助人的救助者,诚挚地表达了自己的深深感激。黄鸟的意象即是对自己旅途疲倦的映射,全诗以此起兴把诗人当时的困顿情境表露无余,从而表明得到救助的重要和及时。

【原文】

绵蛮黄鸟①,止于丘阿②。道之云远,我劳如何③!

饮之食之,教之诲之。命彼后车④,谓之载之。

绵蛮黄鸟,止于丘隅。岂敢惮行⑤,畏不能趋⑥。

饮之食之,教之诲之。命彼后车,谓之载之。

绵蛮黄鸟,止于丘侧。岂敢惮行,畏不能极⑦。

饮之食之,教之诲之。命彼后车,谓之载之。

【注释】

①绵蛮:小鸟的模样。②丘阿:山坳。③如何:像什么样。④后车:副车,跟在后面的从车。⑤惮:畏惧,惧怕。⑤趋:快走。⑦极:到达终点。

【译文】

"小小黄雀飞青天,停落弯弯那山腰。行役道路太遥远,知我怎样受辛劳?""水喝足来饭吃饱,我把你来多教导。转告后车那个人,使你乘车免辛劳。""小小黄雀飞青天,停落山角得休闲。哪敢害怕行路远,不能疾行把路赶。""水喝足来饭吃饱,谆谆教导你自勉。转告后车那个人,叫你乘车免艰难。""小小黄雀飞青天,停落休息在山边。哪敢惧怕走路远,担心不能到终点。""水喝足来饭吃饱,谆谆教诲你自勉。转告后车那个人,让你乘车免劳艰。"

【鉴赏】

这是一首写行役的诗。诗中表现了对征夫艰辛生活的同情,并对他们表示了热情的鼓励和劝勉。全诗富有生活的哲理意义,充满了积极向上、昂扬奋进的可贵精神。

诗作每章的开头,都采用赋的手法,点出行役之人所处的自然环境;同时用反衬的手法,写出他们的艰苦和忧虑。那正是夕阳西下、余光反照、山水苍凉的时候,一群群黄鸟已经倦飞而还,栖息在山丘的树林中,正叽叽喳喳地交谈着一天外出的艰辛,彼此得到安居时的慰藉。然而,此时此刻,那饥饿难忍、疲惫不堪的征夫,却还步履蹒跚地行进在崎岖的山道上,他们望着暮色苍茫的远处,不知哪里才是归宿,何时才能到达终点,心里不免产生了忧伤。诗作以极其简练的笔墨,描绘出情景交融的生动场面,真如一幅色彩浓烈、气氛悲壮的油画展现在读者面前。这里,"丘阿""丘隅""丘侧",既是黄鸟投林之所,也是征夫行经之地。他们每到一处,黄鸟都已经归家,而自己却还行行不已,两相比较,怎能不发出"我劳云何"的忧叹!陈子展在《诗经直解》中说:"全诗三章只是一个意思,反复咏叹。先自言其劳困之事,鸟犹得其所止,我行之艰,至于畏不能极,可以人而不如鸟乎?"诗人十分巧妙地在每章第二句之末改动一个字,通过这些变换着的地点,把鸟和人不露痕迹地连在一起,形成鲜明的对照,鸟因人而愈显安然,人因鸟而更形劳顿,十分自然,也非常强烈地表达了征人的艰难和内心的痛苦,收到了极好的艺术效果。

此诗每章的后四句,是本首乐章的副歌。程俊英在《诗经译注》中认为后四句是一位大臣回答征夫时的对唱,处理很巧,不无道理,不妨备此一说。但是细考《诗经》,凡对唱之处,往往以"曰"字作提示;同时,如果是对唱,也应当针对征夫的自述有所变动,不应当每章后四句都一字不改地完全相同。这里,我们应当记起一个基本事实,那就是《诗经》中的诗作本是歌词,都是用来被之管弦、供人歌唱的。而歌唱时,不少歌曲都有重复的伴唱,即副歌,前后连贯,本是一体,此诗当属这种情况。

每章后四句虽是副歌,却是本诗的核心所在。如果说每章前四句的情绪有些低沉,那么副歌却迥然不同,它峰回路转,别开生面,以一种高屋建瓴的气势,从低沉的气氛中振拔出来,最终确立了全诗坚强、奋进的基调。诗人出于对征夫艰难困苦的深切同情,也出于对行役之事的责任感,在诗作中热忱希望对他们有所帮助,进行了感动人心的鼓励和劝勉。诗人知道,征夫之所以感伤,一方面是意志不够坚强,同时也因为条件十分艰苦,体力不支。因此,诗中先是动之以情,即"饮之食之"，给他们吃饱喝足，得到感情上的慰抚和体力上的逐渐恢复。然后是晓之以理，即"教之诲之"。教诲什么呢？当然是劝他们不要泄气，不要忧伤，而要坚韧顽强，一步一步地走完那遥远的征程。最后是助之所需，即"命彼后车，谓之载之"。在天色已晚，前路正遥的时候，不妨暂时用车子带他们一程，以便早点到达歇息之地。副歌在这里所起的作用是劝勉、说理，然而却不是空洞的说教，而是把教育寓于热情关怀的实际行动中，写得婉转曲折，使诗人的古道热肠，情见于辞，深深地感动着征夫的心灵，也激励着后之来者。沈德潜在《说诗晬语》中说："议论须带情韵以行，勿近伧父面目耳。"此诗正是深具情韵之致，使情和理水乳交融，读来一点也不乏味，而是充满着盎然诗意。可以想见，征夫在这样的关怀教诲之下，他们在日落前流露的伤感情怀，定然会像风卷残云一般一扫而光，当第二天迎着朝日再度前进的时候，他们定会精神抖擞，坚定地去完成行役的使命。这里面充满着坚强向上、敢于克服困难的生活哲理。这一点，在今天看来仍然有着积极意义。

这娓娓引人的副歌，使人想到集体合唱时那种磅礴有力、声震云天的雄伟气势。它如同贝多芬的一些交响乐一样，以如泣如诉开始，以昂扬奋发结束。那最后迸发出来的排山倒海之力，正是人类自身精神的体现，充满着感奋人心的伟大力量！

瓠叶

【题解】

这首诗描写的是主人家宴请宾客的场面，表现了主人家与宾客之间关系的和谐与美好，赞美了主人家的深情厚谊。诗中描写了主人的谦虚，虽然食物不算丰盛，但却表现了主人的真诚。全诗风格活泼，气氛融洽，场面热烈，宾主尽欢，不难推测出主人公豪爽的性格。

【原文】

幡幡①瓠叶，采之亨②之。君子有酒，酌言尝之③。

有兔斯④首，炮⑤之燔⑥之。君子有酒，酌言献之。

有兔斯首，燔之炙⑦之。君子有酒，酌言酢⑧之。

有兔斯首，燔之炮之。君子有酒，酌言酬之。

【注释】

①幡幡：反复翻动貌。指葫芦叶经风吹动翻卷的样子。②亨：烹。③酌言尝

之：主人先斟一杯尝尝，以便待客。④斯：白。一说语气助词。⑤炮：裹烧。涂泥裹烧，用以去毛。⑥燔：烧。⑦炙：放肉在火上烤。⑧酢：报也。回敬酒。

【译文】

随风飘动瓠瓜叶，把它采来细烹饪。君子家中有淡酒，斟满一杯请客品。

白头野兔正鲜嫩，烤它煨它味道美。君子家中有淡酒，斟满敬客喝一杯。

白头野兔正鲜嫩，烤它熏它成佳肴。君子家中有淡酒，斟满回敬礼节到。

白头野兔正鲜嫩，煨它烤它成美味。君子家中有淡酒，斟满劝饮又一杯。

【鉴赏】

作为一首朋友燕饮之诗，它与《小雅·鹿鸣》《大雅·行苇》所表现的燕饮场面、宴会气氛有所不同。作为天子诸侯宴享宾客的《鹿鸣》和贵族卿大夫宴享宾客的《行苇》，除了写席上饮酒和桌上佳肴的陈设外，总要描绘助兴的丝竹钟鼓之美丽动听（《鹿鸣》），或席间极热烈、够刺激的射箭竞技比赛（《行苇》），其宴会的热闹气氛、欢悦情景，甚至主要靠它们来渲染烘托。而《瓠叶》一诗所表现的燕饮场面，没有喧嚣，没有沉醉狂热，场面有礼有节，气氛和谐谦让。

陈子展《诗经直解》说此诗的主人应该是一个穷困之士或没落为庶人的自由民。他矜持于君子燕饮"献、酢、酬"之礼，主来宾往，井然有序；但他的菜肴是简淡的，旋采旋烹的葫芦嫩叶，共同烧烤分食的野兔子，似乎有点倾其所有、捉襟见肘的不安。但这菜肴的简淡，全为主人劝酒的热忱所弥补；而其倾其所有、内外忙碌的举动，更显出主人待客之真诚、可敬。所以，此诗的燕饮绝无铺张奢华、挥霍无度之感，却似朋友把盏小酌，自得其乐。

全诗四章，首章说蔬菜与酒，二、三、四章并说兔肉与酒。酒贯穿全诗，是燕饮之主线，朋友之礼让谦和、陶然相乐，从"一献之礼"充分展示出来。素荤分说，增强了燕饮简朴娴雅的气氛，突出了主人的好客之忧、待客之诚。

第一章首二句，写瓠叶翻飞飘舞、摇曳不定的姿态，给人一片活脱脱生机之感，突出一个"鲜"字。当即采下，马上烹煮，使蔬菜的鲜嫩给宾主造成跃跃欲试的印象。故第四句以一"尝"字把酒与菜一并挽住，揭开了简朴而友好的燕饮序幕。尽管葫芦叶味道不美（《国风》有《匏有苦叶》之篇），但主宾之间却不以为憾，津津有味地品尝着它。

自第二章开始，即描述主客饮酒的礼尚往来以及兴趣盎然的烧烤野兔肉，而"献""酢""酬"三次劝酒活动，清晰地记载着燕饮的进程。野兔子待客本来已算不得丰厚，诗中却再三说"有兔斯首"，尽管我们不会产生主客只吃了一只兔头的误解,但作者为何不直说全兔而特举兔首为言呢?兔头是骨多肉少的部分,令人自然联想到主人的贫瘠困窘,菜是匆匆忙忙从野外采来煮熟的,肉是捕获来的野兔,他平素常靠"野味"为生,这燕饮也充满一种简朴的野味。用泥包裹或直接投入火中烧烤,烧熟后带着烟尘,用黑乎乎的双手慢撕细嚼,与井然有序的劝酒礼节相比,似乎有点滑稽,但宾主进行得随便而认真,有礼而欢快。这三章中"一献之礼"的进行和烧烤野兔肉的反复迭现,使君子礼让的风度和朋友甘之如饴的友谊紧密地结合在一起,把燕饮表现得别致、淡雅。

陈子展说:"诗之音节重沓,具有歌谣形式,似出自庶人歌手。"(《诗经直解》)了解了此诗燕饮主人的生活境况,其受民歌濡染并以民歌形式来表达朋友燕饮之情景气氛,当不足为怪。在音节重沓的歌谣形式之中,诗人巧妙地以饮酒进程作为叙述时序,条理清晰;同时又安排准备和食用菜肴活动与之齐头并进,使君子爱礼之风和朋友随便简淡的"野味"完美地结合起来,使燕饮活动表现出其特有的风味和气氛。

渐渐之石

【题解】

本诗是一个出征战士的内心独白。战士出征在外,征途艰险,车马劳顿,有家难回,而且未来生死莫测,但是军令难违,仍旧要继续征战,奔赴东方。反映了他此时的悲壮心情和深深的无奈。从战士娓娓的叙述中,我们确切地体会到士兵生活的辛苦,并能与主人公的心绪产生共鸣。

【原文】

渐渐之石,维其高矣。山川悠远,维其劳矣①。

武人东征,不遑朝矣。渐渐之石,维其卒矣②。

山川悠远,曷其没矣?武人东征,不遑出矣。

有豕白蹢③,烝涉波矣④。月离于毕⑤,俾滂沱矣⑥。

武人东征,不遑他矣⑦。

【注释】

①劳:通"辽"。②卒:高峻而危险。③豕:猪。白蹢:白蹄。④烝:人。涉波:涉水。⑤月:月亮。离:通"丽"附着。毕:星宿名。⑥俾:使。滂沱:大雨。⑦不遑他矣:无暇顾及其他。

【译文】

高高耸立那山石，那样宽阔高又高。山川绵延好遥远，
跋涉其间甚辛劳。将帅士卒去东征，晨起无暇忙征讨。
高高耸立那山石，那样高危冲云天。山川绵延真辽远，
何时才能奔波完。将帅士卒去东征，无暇顾及躲危险。
有只大猪有白蹄，涉足渡水走向前。月亮出现毕星边，
大雨滂沱下不完。将帅士卒去东征，其他事情无暇办。

【鉴赏】

此诗是周王朝东征将士怨叹征战不息、劳苦无诉之作，与《何草不黄》命意相似。《毛诗序》指实东征的对象为荆舒、怨刺的对象为幽王，不必确指。周王朝几百年间，穷兵黩武之主非一，东征之举不可一二数，何必定为幽王征荆舒。

如果说《何草不黄》的作者在控诉周王朝把征戍将士当作战争工具（"哀我征夫，独为匪民？"）上立意，那《渐渐之石》则直接从远道出征、征途险阻的漫长切入，以沿途所见所闻为诉说线索，并由此生出深沉的怨怒和世道感慨，揭示出厌倦征战、期待和平安宁生活的主题。

首章开头几句，开门见山，展现出一幅行军图景。劈面而立的石峰，陡峭峥嵘、高不可攀。石峰的高峻厚重，把爬行其间的人流比照得何其渺小、何其微不足道。后世的山水画卷常用此布局方式。巍峨连绵的群山溪壑，占据了画面的主要空间，只在山峰的溪流之中，点缀一二轻舟人影，显示骚人高士寻幽览胜、高栖林壑的闲情逸致，令观赏者油然生神游八荒、情亲自然的向往之思。但此诗所勾勒的画面，不能勾起人的轻松闲情，而只会产生压抑感。诗的第三句"山川悠远"，直接逗出将士们对征战辛苦的浩叹：战争之路没完没了。诗的五、六句，即从时间的连续不断叹息东征将士的苦难无边。

第二章采用与前章相同的句式音节，只更换了关键的"卒（崒）""没""出"等字。如果首章尚有概括性地怨叹征途劳苦、历时久长，而为全诗定下一定哀怨基调的意义，那么，此章就更把着眼点实在地放在

缶（春秋）

征途的空间范围内,由眼前山峰的险恶、脚下路途的崎岖无端,联想到此行险境的无法逾越,有力地表现了将士的不平、愤怨、哀叹和绝望。

昼往夜来,阴晴更移。疲乏的东征将士遇到了滂沱大雨,溪流暴涨,村舍零落,成群的家畜随波逐流,一片凄凉。第三章开首所描绘的这幅景象,虽然不定是某时某境的具体所见,必是以真实经历为基础的。道路泥泞的困难,举目凄凉荒芜,自然令远征将士生同情恻隐之心、发思家念亲之情,加剧其对战争的怨恨。种种情绪,纷至沓来,故诗以"武人东征,不遑他矣"作结,大有剪不断、理还乱之慨。钟惺评曰:"三不遑,皆有意,不遑他,更可怜。"

此诗从亲历东征的士卒口中道出,所经所见,历历成画。各章先叙后议,情出自然,使诗具有诗情画意,又能透过一次东征事件,绅绎出穷兵黩武的危害性,使将士们对东征的怨叹,具有憎恶战乱、期望安居乐业的普遍意义。

苕之华

【题解】

这是饥民自伤生而不幸的诗。全诗情调凄怆悲愤,造语奇特精辟。如"牂羊坟首,三星在罶"二句,写出因野无青草,而羊饿得头大体小;因水无鱼鳖,而水沉静可映星光。真是"举一羊而陆物之萧索可知,举一鱼而水物之凋耗可想"(王照圆《诗说》)。

【原文】

苕之华[①],芸其黄矣[②]。心之忧矣,维其伤矣。

苕之华,其叶清清。知我如此,不如无生。

牂羊坟首[③],三星在罶[④]。人可以食,鲜可以饱[⑤]。

【注释】

①苕:凌霄花,藤本蔓生植物。②芸其黄:草木枯黄的样子。③牂羊:母羊。坟:大。④三星:指星光。罶:捕鱼的小网。⑤鲜:少。

【译文】

凌霄花开在藤上,花瓣已经枯黄了。我的心中多忧愁,满心哀伤难诉说。

凌霄花开在藤上,叶色清清花已落。早知我心这样苦,不如当初不降生。

母羊瘦弱头显大,星光照耀着鱼网。虽然也算有饭吃,很少有人能吃饱。

【鉴赏】

《苕之华》，写的是大饥荒。根据《毛诗序》，它产生于西周末年那一忧患的年代。

"苕之华，芸其黄矣。"凌霄花儿，盛开得多么的鲜黄哟。"黄"之一字，透射出诗人对凌霄花盎然生意的一份敏锐感觉。"心之忧矣，维其伤矣。"紧接着的是诗人对自己内心的一份关照。忧至于伤，可见其忧之深重积久。上下四句，表现出诗人对自然、对内心同样敏锐的察照，自然的生机与内心的忧伤，形成强烈的反差。

"苕之华，其叶青青。"青青之色，是生命的象征，是生命旺盛的象征。可是这生命的旺盛，如今是只属于自然了。"知我如此，不如无生。"人最宝贵的是生命，到了悲呼不如无生的境地，人生之悲惨、心灵之痛苦，显然已达到人类生命所能承受的极限。所谓"知我如此"，究竟状况如何？且读下章。

"牂羊坟首，三星在罶。"此二句意象极突兀，极奇特。母羊瘦小得只突出个大脑袋。那母羊默默地，全然是一副病态。这一特写画面，隐然意味着大地已无青草。三颗大星映在捕鱼罶中的水面。那水面静静地，绝对是纹丝不动。这一特写画面，分明默示了水中鱼虾已尽。两幅画面别具匠心，具有一种恐怖之感、惨淡之"美"，是饥饿的象征，是大饥荒的象征。"饥馑之余，百物凋耗如此"（朱熹《诗集传》），这才是当时自然界的真相。上二句言自然万物，下二句言人类社会。"人可以食，鲜可以饱。"人人都可以吃，可是极少有人能吃得饱。当时人们吃的是什么东西，可想而知。更何况，连那些东西也吃不饱！此二句，是大饥荒年代人类所发出的极其沉痛的呼号。透过惨淡的画面和沉痛的呼号，我们要看到那忧患的时代。

《苕之华》属诗学传统所说的变雅之诗。体会"心之忧矣，维其伤矣"，"知我如此，不如无生"等诗句，诗人所忧伤的似不仅是饥荒。《毛诗序》说："《苕之华》，大夫闵（悯）时也。幽王之时，西戎东夷入侵中国，师旅并起，因之以饥馑。君子闵（悯）周室之将亡，伤己逢之，故作是诗也。"其说很值得重视。《朱子语类》指出："周家初兴时，'周原膴膴，堇荼如饴'，苦底物事亦甜。及其衰也，'牂羊坟首，三星在罶。人可以食，鲜可以饱'，直恁地萧索。"这从诗歌比较的角度揭示，了周代兴衰的历史，尤为深切。《苕之华》与变风变雅中许多作品一道，体现了诗人深刻的忧患意识。以悯时伤乱为根本特征的变风变雅，对后世诗史实具有极其深远的影响。

何草不黄

【题解】

此诗是《小雅》中的最后一首，是征夫苦于行役的怨诗。西周末年，"周室将亡，征役不息，行者苦之，故作此诗"（朱熹《诗集传》）。这首充满抗议和控诉的诗，用反问的语调，诉说了征夫所过的非人生活。他们被统治者视为草芥，视为禽兽，常年在外奔波，不能和家人团聚。这样的痛苦已难以抑制，只能唱出来以宣泄这愤懑之情。

【原文】

何草不黄？何日不行①？何人不将②？经营四方。

何草不玄③？何人不矜④？哀我征夫，独为匪民⑤。

匪兕匪虎，率彼旷野⑥。哀我征夫，朝夕不暇。

有芃者狐⑦，率彼幽草。有栈之车⑧，行彼周道。

【注释】

①行：奔，走。指行役，出征。②将：行。③玄：赤黑色。草枯烂则成此色。④矜：通"瘝"，病。一说，矜，通"鳏"。⑤匪：通"非"。一说，匪，彼。⑥率：循，沿着。⑦有芃：芃芃，兽毛蓬松的样子。⑧有栈：栈栈，通"嶘嶘"，高大的样子。

【译文】

哪有草儿不枯黄，哪有一天不奔忙。哪个人能不出征，在各个地方努力经营着生活。

哪有草儿不腐烂，哪个不是单身汉。可怜我们出征人，偏偏不被当人看待。

不是野牛不是虎，为什么总让我们出入旷野。可怜我们出征人，整天劳累如此辛苦。

狐狸尾巴毛蓬松，钻进路边深草丛。高高役车征夫坐，漫长大路没有尽头。

【鉴赏】

这是一首常年在外劳苦行役的征夫的哀怨之作。周王朝渐趋衰亡，四方征战不断，王命难违，作为国家栋梁的男儿们，无奈被迫抛家弃子，出征四野，过着劳苦非人的生活。此诗，正是处于战火苦难中征夫的血泪申诉。

诗歌前两章皆以秋草起兴。并连用反诘，在连续的发难中，迸发出越来越强烈的哀怨感情。秋天百草枯黄、衰败、腐烂，这是很普遍的大自然现象。但诗人以秋草起兴又别有用意,暗含着征夫出征时凄凉的环境,而秋草的衰萎也象征着征人的形容憔悴。军令不可违抗,征战在外的男儿,只能听从将帅的号令,四处辛苦地奔忙着。哪里还有可能享受到在家时妻子的温存,还有谁像这些征夫们,过着光棍般的、非人的生活呢?

诗歌的后两章,描写了征夫所处的险恶环境。第三章写征夫们既非力大的野牛,也非凶猛的老虎,却要早出晚归,出没于宽广、险要的荒野里,片刻不得休息。简直不如野兽,因为野兽在荒野里行走,还能悠游自在,而征夫们却得胆战心惊,时刻提防着周围的威胁,生命随时濒临险境。这是多么可怕的环境啊,难怪不时发出哀叹之声!第四章写征夫们木制的简陋役车,匆匆行驶在大路上;看到远处一只尾巴蓬松的狐狸,躲藏在草丛深处。征夫想到自己衣不蔽体,竟然不如一只身有厚毛、能自我避寒保暖的狐狸,真是可怜悲哀至极。征人们在战争艰险中的声声哭诉,震撼人心!

大雅

大雅31篇是西周的作品,大部分作于西周初期,小部分作于西周末期。大雅最初主要用于典礼、讽谏和娱乐,是周代礼乐文化的重要组成部分。大雅广泛流行于诸侯各国,运用于祭祀、朝聘、宴饮等各种场合,在当时的政治、外交活动中,发挥了重要作用。

文王

【题解】

这是一首政治诗,为周公旦所作。全诗通篇用"赋"的手法,歌颂周文王受命于天建立周邦的功绩,叙述商周兴亡隆替的道理,告诫和勉励周成王及后世君王,要吸取殷商的教训,效法周文王顺应天命,实行德政。对周朝臣子及殷商归周诸臣,反复叮咛告诫,也要顺应天命效忠周朝,情意十分恳切。但对诗中的"天命观"思想,应批判对待。此诗的艺术手法很特别,下章首句和前章末句,文字或内容都相互承接,有的句子还完全相同,这样,使诗的内容相承不绝,又增加了诗的节奏感和音乐美。

【原文】

文王在上,於昭于天①。周虽旧邦,其命维新。有周不显②,帝命不时③。文王陟降,在帝左右。

亹亹文王④,令闻不已⑤。陈锡哉周⑥,侯文王孙子。文王孙子,本支百世⑦。凡周之士,不显亦世⑧。

世之不显,厥犹翼翼⑨。思皇多士⑩,生此王国。王国克生⑪,维周之桢⑫。济济多士,文王以宁。

穆穆文王⑬,於缉熙敬止⑭。假哉天命⑮,有商孙子。商之孙子,其丽不亿⑯?上帝既命,侯于周服⑰。

侯服于周,天命靡常⑱。殷士肤敏⑲,祼将于京。厥作祼将⑳,常服黼冔。王之荩臣,无念尔祖。

无念尔祖,聿修厥德。永言配命,自求多福。殷之未丧师,克配上帝。宜鉴于殷,骏命不易。

命之不易,无遏尔躬。宣昭义问,有虞殷自天。上天之载,无声无臭。仪刑文王,万邦作孚。

【注释】

①昭:明,光亮。②不:通"丕",大。下句"不时",同此。显:明亮,光明。③时:是。④亹亹:努力,勤勉的样子。⑤令闻:美好的声誉。⑥陈:布施。锡:赐。⑦本:本宗,嫡传子孙。支:旁支,庶族子孙。⑧亦世:奕世,累世。⑨犹:计谋。⑩皇:美好。多士:众多人才。⑪克:能。⑫桢:树干,引申为"骨干"。⑬穆穆:既严肃又和蔼。⑭缉熙:光明。敬:肃穆庄重。⑮假:大。⑯丽:数目。不亿:一亿不止,极言很多。⑰服:臣服。⑱靡常:没有常规。⑲肤敏:壮美敏捷。⑳祼:祭祀名,也叫"灌祭"。将:行。

【译文】

文王的神灵在上方呵,在天上显现。岐周虽然是旧邦,它的国运却是新气象。岐周的前途多么光明,它很恰当的受到天命。文王的神灵时升时降,全在老天的左右两旁。

勤勤恳恳的文王,美好的名誉流芳百世。施恩泽开创周朝,王位只传给文王的子孙。文王的子孙,本宗旁支都传百世。所有的周朝诸侯贵族,也显贵到累代累世。

后世后代均显赫,他们的谋划小心翼翼。希望有众多的优秀人才,在这个王国里出生。王国将人才培养,他们都是周朝的栋梁。有了非常多的人才,文王任用他们来安定国邦。

严肃和蔼的文王,正大光明,行为端庄。伟大的天命呀,这商代的子孙臣是服了。商代的子孙,他们的人丁何止万数亿数?上帝把命令已经下了,他们又都臣服于周。

他们又都臣服于周,天命没有永恒之道。殷朝诸臣都很漂亮聪敏,执行灌酒的事助祭于周京。他们执行灌酒的事情,还是穿戴殷朝的衣帽。殷王遗下的群臣,再也不要叨念祖先。

再也不要叨念祖先,你们都要将品德修养。永远修德以配合天命,自然求得福禄多样。当初殷朝没有丧失民众,能够配合天帝的意向。应该对殷的兴亡作为借鉴,知道不容易保持大命。

保持大命可不容易,在你们身上不要毁掉天命。宣明文王的美善声名,又要考虑殷的灭亡由天而定。上天办事情的时候,没有声音,也没有气味。好好效法文王,万国诸侯就会相信、服从。

【鉴赏】

这是周人自述开国的"史诗"之一。

反映周代建国历程的诗篇都收在《大雅》之中。"文王之什"比较集中地反映了文王等人艰苦创业、建立周朝的历史进程。文王为周王朝的兴盛立下了不朽功勋,《文王》篇被作为《大雅》之始,正是对其卓越功绩的肯定。这篇创业史诗着重叙述歌颂的就是文王"受命作周"这一伟大历史事件。

周文王名昌,为季历之子,武王之父,在周国执政五十年。当时,周在名义上还是商朝的属国,但实力已相当强大。文王一面讨伐敌国,扩大势力,一面争取盟国,组成统一战线,逐步形成了与商朝对峙的部落中心,周、商已处于共主地位。而且,差不多是天下三分,周有其二。周将取而代商已成历史必然。文王积极创造伐商条件,以完成一统大业。临死前嘱太子发(武王)继续其未竟之业,武王日后继承父志,终于灭商。相传此诗正是周公在灭商之后,赞美文王,告诫后人而作。

全诗围绕着"天命"这个主题反复诉说。

从首章赞美文王在天之灵,可知此诗当作于文王身后。文王生前受命天帝,死后魂归天帝,俨然就是天神。好像是天神下凡,助兴周朝,一朝功成,重返天界似的。文王在周人心目中,就是一位创业之神。第一章是"总冒",开篇见义,赞美文王,接下来写文王恩德泽被后世。唯其神,唯其灵,所以能福及子孙,福及多士。如果说第二章是记叙文王之灵在天护佑,所以后人兴旺发达,那么,第三章的整段描写,倒没有"前人栽树,后人乘凉"的意味了。周代的臣子们颇能珍惜文王留下的这一份家业,他们兢兢业业,恭谨黾勉,扩大了祖上的产业。大好的局面吸引了更多的人才,从而形成优势。而"思皇多士,生此王国",难道不也是"天意"吗?正是众多的精英忠良,辅助文王,才最终完成了创国大业。没有这些人才,文王就失去了臂膀,国家就失去了栋梁,就不可能有如此安定繁荣的局面。君臣上下,通力合作,表现的是"天时、地利、人和"的大好形势。

文王以其非凡的才能,赢得了民心。民心才是"天命"。所以,周兴殷衰的现实,使殷人不得不俯首称臣。尽管在殷看来,这或许是一种无可奈何的"颠倒"。殷朝有漫长的历史,有广阔的国土和众多的民众,但"胜者为王"的历史法则是无情的。殷人也可以用"天命"来解释自己的失败。既然"天意"如此,战败称臣于周也就是大大方方的事了吧!这种解释对于胜败双方都容易接受。因此,尽管殷人一时还无法适应称臣的难堪,还不愿意脱下前朝衣冠,却不得不恭恭敬敬地去周朝的京都觐见朝参,规规矩矩行弟子之礼,作顺民。周人允许他们着殷服行周礼,倒表现出了胜利者的宽宏大度和自信心。第四、五两章着眼于殷人,实际上是以他们作陪衬,反映周王朝一统天下的伟大胜利。从表现手法上看,是非常含蓄的,在沉着冷静的描述中,透出了压抑不住的胜利者的喜悦。

周人的快乐是建立在殷人的悲哀之上的,不过,这并不残忍,但周人中有的人开始忘乎所以了,所以伟大的周公及时地告诫他们。历代研究者们大都认为这是在告诫成王。这种说法是有道理的。文王死时,天下还在动乱之中。武王克商才最后胜利,才可能有第四、五章中的"侯于周服""祼将于京"的场面。而"无念尔祖"之"祖",是文王,文王的孙辈,正是成王。成王此时尚小,周公精心培育、辅佐他,对成王讲祖先的创业史,正是极好的传统教育。呼"荩臣"而告之,不过是委婉的表达方式,周公资格再老,也是臣子,不宜大口大气,面斥其非。

周公怎么说呢?很客观也很严峻。将天人之际、兴衰之理,叮咛反复,语重心长,真个是"可思可畏"!第五章中,已从殷人称臣于周的现实中,点出了全诗的主旨:"天命靡常"。第六、七两章集中阐述这个道理。殷朝也曾有过辉煌的时期,当他们行为处事符合天理,尚未丧失民心之时,自然也得到天帝的庇佑。王权转移,是天帝根据人间君王的功过来决定的。此时周朝取代殷朝,不过是历史发展中的一个环节罢了,没有谁能保证天帝不再改变主意,把君权交给殷朝或其他王国,只要他们遵从天意,就有可能崛起。"天意从来高难问",他没有声音,没有形迹,在冥冥之中赏功罚过,主宰万物。要想周朝千秋万代永不衰微,唯一可行的,就是从殷朝的灭亡中吸取教训,效法祖宗文王,励精图治,取信于民,取信于万邦,取信于上天!

"天命"是全诗的核心。诗中多有描写,诸如"有周不显,帝命不时。文王陟降,在帝左右""商之孙子,其丽不亿。上帝既命,侯于周服""侯于周服,天命靡常""殷之未丧师,克配上帝,宜鉴于殷,骏命不易""命之不易,无遏尔躬"等等,充分表达了"君权神授"的观念,证明文王是"受命称王"。统治者自认是天神的化身或天神的子孙,无非是为了加强统治。不过,"顺天应人"常常是连类而及的。"天"是抽象的,神秘的;人是具体的,真实的。这句话的真理在于"应人"。只要我们剥去"天命"的神话外衣,用历史唯物主义的观点来考察周王朝的兴盛,就不难发现,文王是"应运而生","因人而成"。"天命"实为"民心"的代词,民心构成历史的必然。这才符合历史的本来面目。"受命"说虽属创业神话,但周人并非以此来吓唬殷人,或自欺欺人。

全诗的气氛是庄严肃穆的。先昭文王之德于天下,又诚乎后世之君臣。作为一首对文王的赞美诗,它是庄严深沉的,充满了神圣的历史感;作为对后世的劝诫,它又是严肃冷峻的,不乏深刻的教谕和启迪。一方面是赞美诗,一方面是劝谕诗,二者巧妙地融于一体。

此诗因其深厚的内容和庄重的情调,被认为具有"国歌"的风格(陈子展《雅颂选译》)。也许,庄严的国歌不需要花哨的比喻、双关。此诗全用赋法,直言到底。全诗主干突出,不枝不蔓,围绕文王之德,叙述了三代历史,显得结构紧凑,笔法简练。

艺术形式上,蝉联格的运用最为突出。蝉联,又名顶真,即"用前一句的结尾来做后一句的起头,使邻接的句子头尾蝉联而有上递下接趣味的一种措辞法"(陈望道《修辞学发凡》)。本诗第三、四、五章的四、五两句即用此法,章与章之间亦用此法连接,读来具有环环相扣、余音缭绕之妙。在《大雅·既醉》篇中,还可以看到这种技巧更为熟练地运用。这种技巧在后世诗歌中,得到了继承和发扬。

大明

【题解】

这是周部族的史诗之一,从周武王的祖父母、父母写起,一直叙述到周武王与殷纣王在牧野的最后决战,生动形象地展现了这一波澜壮阔的历史画面。

像这样的史诗,还有《生民》《公刘》《绵》《皇矣》等篇,这些篇章叙述了从周的始祖后稷创业到武王灭商的全部历史。读这些诗,我们不仅能得到高雅的艺术享受,还可获得不少历史知识。诗中虽然有不少天命论的思想,但也有对天命产生怀疑、强调以德兴国的正确主张。此诗规模宏大,结构严谨,跌宕起伏,气势恢宏,有较强的艺术表现力。尤其是对牧野之战的描写,绘声绘色,似乎再现了当时的战争场面。诗的语言也很精彩,如"洋洋""煌煌""彭彭"几个形容词,不仅写出了战势的浩大和紧张,读起来也铿锵有力,朗朗上口。一些诗句,如"小心翼翼""天作之合"等也成了后人常用的成语。

【原文】

明明在下。赫赫在上。

天难忱斯①,不易维王。

天位殷适②,使不挟四方③。

挚仲氏任,自彼殷商,

来嫁于周,曰嫔于京。

乃及王季,维德之行。

大任有身,生此文王。

维此文王,小心翼翼。

昭事上帝,聿怀多福④。

厥德不回⑤,以受方国⑥。

天监在下,有命既集。

文王初载⑦,天作之合⑧。在洽之阳⑨,在渭之涘。

文王嘉止,大邦有子。大邦有子,伣天之妹⑩。

文定厥祥⑪,亲迎于渭。造舟为梁,不显其光。

有命自天,命此文王,于周于京。缵女维莘⑫,

长子维行,笃生武王。保右命尔,燮伐大商⑬。

殷商之旅,其会如林⑭。矢于牧野,维予侯兴。

上帝临女,无贰尔心。牧野洋洋⑮,檀车煌煌⑯,

驷騵彭彭。维师尚父,时维鹰扬。凉彼武王⑰,

肆伐大商。会朝清明。

【注释】

①忱:信赖。②适:通"嫡"。③挟:拥有。④怀:招来,招致。⑤厥:他的。不回:不正常。⑥受:承受。⑦初载:初年。⑧作:选定。合:配偶。⑨阳:水的北面。

⑩倪:好比,好像。天之妹:天上的女子。⑪文:送聘礼。祥:吉祥。⑫缵:继承,接替。⑬燮:顺应。⑭会:集会,集合。⑮洋洋:广大的样子。⑯檀车:战车。煌煌:光彩夺目。⑰凉:辅佐。

【译文】

君王勤勉在人间,功绩显赫达上天。天命确实相信难,
王位不易长保全。天帝立了殷纣王,却又使他丢政权。
挚国任家二女儿,从那殷国至周邦。太任嫁到周国来,
就在周京做新娘。太任王季好夫妻,有德之事尽情做。
太任终于有身孕,生下这个周文王。只有这个周文王,
小心谨慎治家邦。光明磊落事上帝,获得幸福多多享。
言行不违天帝心,因此得做大国王。上天监视在人间,
天命已降给文王。文王即位之初年,上帝为他配新娘。
在那洽河水北岸,在那渭河水近旁。文王要行大婚礼,
莘国姑娘嫁周邦。莘国有个好女儿,好像天帝少女郎。
文王选定吉祥日,渭河之滨迎新娘。船儿相连搭浮桥,
迎亲仪式甚辉煌。天命从天降人间,命令这个周文王,
就在周京建家邦。莘国靓丽好姑娘,她是长女嫁周王,
日后生下周武王。上帝保佑周武王,命他领兵伐殷商。
殷商发兵来抵挡,军旗排列密林样。武王牧野来誓师:
我要出兵讨伐商。上帝在天望殷军,你们莫藏鬼心肠!
牧野地面好宽广,檀木军车多辉煌,四马拉车真雄壮。
太师吕望指挥忙,周军好似鹰飞扬。辅助武王统三军,
于是讨伐殷纣王。甲子清晨灭殷商。

【鉴赏】

本诗叙述王季与大任、文王与大姒配偶天成,以及武王伐纣,代商而有天下的史实。它与《生民》《緜》《公刘》和《皇矣》同为周民族的史诗。这五篇史诗从周民族祖先的诞生写起,中经业绩的开创和发展,直到推翻商朝统治,建立周朝,天下清明,比较全面、概括地反映了自公元前21世纪至公元前11世纪周人的社会历史生活。

史诗产生在一个民族由野蛮向文明迈进的历史时期,是人类童年和艺术尚不发达阶段的产物。由于这五篇史诗在时间上跨度很长(希腊史诗《伊利亚特》和

《奥德赛》所写故事的时间跨度都只有十几年），经历了原始社会和奴隶制社会两个阶段，所以在观念和内容上彼此差别很大。如果将它们按时间顺序加以排列，便可发现神话内容和原始宗教观念越来越淡泊，而宗教（人为宗教）内容和奴隶主阶级的思想则越来越明显。《生民》和《公刘》虽然也渗透着奴隶主阶级的思想意识，但却十分鲜明地保留着作为原始文学的神话的重要特征。所写的后稷和公刘不同于后来剥削阶级所供奉的尊神，而是对于民族发展做出重要贡献的伟大英雄。他们的事迹实际上是反映了全体氏族成员的才能、智慧和英雄品质，此外，诗中洋溢着征服自然的信心、对于劳动的热爱以及乐观主义精神，这些都是人类童年艺术的重要特征。在另外三篇史诗即《緜》《皇矣》和《大明》中，虽然也还程度不等地保留着这种特征，但更多的却是宣扬天命德化和奴隶主阶级统治的神威，因而具有明显的说教特色。

本诗共八章，可分三部分：第一部分即第一章，写皇天无亲，唯德是辅，灭商是上帝意志，此为全诗思想总纲；第二部分包括二至六章，写王季、文王行德事、拒邪僻，天赐美满婚姻；第三部分包括七至八章，写牧野之战，推翻商朝。全诗突出体现了周人的哲学、宗教思想。周人灭商以后，为了巩固其统治，吸取了商人的教训，总结出一套宗教、政治、道德互济互补的统治思想：一方面宣扬上帝、天命，肯定周人代商是上天的意志，迫使殷人贵族和广大奴隶臣服；另一方面又强调进德修业，防止行为浩荡，注意"保民"，缓和阶级矛盾。这种君权神授、代天行治、敬德保民的思想观念成为贯穿全诗的一条重要的思想线索。不过，由于当时周人奴隶主阶级尚处于上升的历史发展阶段，推翻商纣的残暴统治符合人民的要求和愿望，因而此诗虽然打着奴隶主阶级的思想烙印，但仍不能掩盖其历史进步性。

诗歌开头"天位殷适，使不挟四方"，是周人借上帝之口宣判殷商统治行将就木，主宰天下的重任已经历史地落在周人头上。挚国本是殷商属国，但它的姑娘却不适其宗主，而"来嫁于周，曰嫔于京"。文王出生更是"厥德不回，以受方国"，天下归附。看来，殷商统治已经摇摇欲坠、众叛亲离，周人取而代之已是大势所趋、人心所向。所以才有后边武王"燮伐大商"，商朝顷刻土崩瓦解，一朝天下清明的历史结局。诗歌叙述周民族由弱小到强大的发展过程虽然比较隐含和简括，但字里行间却流露着不可抑制的民族激情，那就是朝气蓬勃的活力，锐不可当的进取精神，以及对于民族业绩、民族命运的自豪和信心。当然，这一切都是在上帝的神秘阴影下进行的。如果拨开天人感应、君权神授的宗教迷雾，还是不难看出其真率、自然的气质。应当指出的是，就利用宗教伪装而言，它也不像后代郊庙文学那样的矫饰和造作,而带有直言不讳的朴拙特点。

本诗所写的历史时期(自王季至武王伐纣、建立周朝)是周民族历史上十分重要的历史时期,包括很多重要的历史事件,仅《史记·周本纪》所记就有:王季时诸侯归顺,文王礼贤下士,与伯夷、叔齐的关系,幽禁羑里推演周易,遇赦后伐犬戎、密须,攻耆国、邘和崇侯虎以及武王伐纣。但是,此诗对于这诸多内容一律略而不记,而只写了两件事:一是王季、文王敬天行德和美满婚姻,一是武王伐纣、天下清明。从篇幅看,前者的比重尤大。这是因为此诗不是一般地写婚姻,而是通过婚姻宣扬天意,突出他们"维德之行",此其一。其二,周人认为夫妻之道为"王化之基",他们代商而有天下,与王季、文王符合天意的婚姻有直接关系。"盖周家奕世积功累仁,人悉知之。所奇者,历代夫妇皆有盛德以相辅助,并生圣嗣,所以为异。使非'天作之合',何能圣配相承不爽若是? 故诗人命意,即从此着笔,历叙其昏媾天成,有非人力所能为者。"(方玉润《诗经原始》)方氏的话道出了此诗剪裁、立意的特点与周人哲学政治思想之间的关系。

此诗后二章关于战争的描写极有特色。它形象而逼真地再现了牧野之战的巨大场面和威武雄壮的军容。浑雄壮观,神采飞动,给人以强烈的艺术感受。

它从交战双方分头布墨。先写敌人:"殷商之旅,其会如林。"一个简单的比喻,便写出殷人兵多将广、气势汹汹的特点。用墨不多,但十分传神。这样写敌人不仅是为自己的胜利作有力的铺垫,更重要的是为周人临战前的誓师提供一个紧张森严的环境。试想,面对铺天盖地而来的敌人发出讨伐暴君的誓词,岂不更能有力地表现出誓死杀敌、夺取胜利的决心,更加具有鼓舞人心的力量?

青铜敦(春秋)

周人发起冲锋,两军交战是一个十分壮观的战斗场面,头绪繁多而难于驾驭,诗人运用以少胜多的原则,只选取那些富于特征并能诱发人的想象的事物加以点染,以便读者自己去补充和丰富诗人留下的空白。同时诗人对于两军采用了不同的写法:如果说对商军陈容采用静态描写的话,那么,对周军则采用了动态描写。商军数量虽多,但人心涣散,缺乏战斗力,而诗人又要以它为周军的胜利作铺垫,故宜从静态写其外观。周军人数虽少,但士气旺盛,一往无前,故宜从动态写其进军。"牧野洋洋"写战场之广和声势之大,"檀车煌煌"状军车之坚和军容之威,"驷騵彭彭"形战马之壮和冲锋之猛。寥寥数语足以使人想象出千军万马奋勇争先、刀光剑影闪烁而过的战斗情景。尤其突出的是,在激烈厮杀的浩大场面中特别写了周军将领太师姜尚。他雄姿英发,勇猛无畏,如同雄鹰一样指挥大军向敌人进击。这一笔如同广阔背景上的一个局部特写镜头,给人以十分强烈的印象。

所以,从总体来看,对于这场战争的描写可谓有声有色,有虚有实;有整体的鸟瞰,有局部的特写,具体形象地再现了它的各个不同的侧面。

绵

【题解】

这是颂扬周民的祖先古公亶父由豳迁岐,建立家园,以及周文王驱逐混夷,任用贤臣,使周族日益强大的一首颂歌。全诗如同一幅幅按时间顺序绘制的连环画,生动而细腻地描绘出周原的广袤肥沃、人民的勤劳勇敢。特别是对劳动场面的描写,极其精彩生动,为我们了解古代人民的生活情况提供了很好的资料。

【原文】

绵绵瓜瓞①,民之初生②。自土沮漆③,古公亶父。陶复陶穴④,未有家室。

古公亶父,来朝走马。率西水浒⑤,至于岐下。爰及姜女,聿来胥宇⑥。

周原膴膴⑦,堇荼如饴。爰始爰谋,爰契我龟⑧。曰止曰时,筑室于兹。

乃慰乃止,乃左乃右。乃疆乃理,乃宣乃亩⑨。自西徂东,周爰执事。

乃召司空⑩,乃召司徒⑪。俾立室家,其绳则直。缩版以载⑫,作庙翼翼⑬。

捄之陾陾⑭,度之薨薨⑮。筑之登登,削屡冯冯⑯。百堵皆兴,鼛鼓弗胜⑰。

乃立皋门⑱,皋门有伉⑲。乃立应门⑳,应门将将。乃立冢土,戎丑攸行。

肆不殄厥愠,亦不陨厥问。柞棫拔矣,行道兑矣。混夷駾矣,维其喙矣。

虞芮质厥成,文王蹶厥生。予曰有疏附,予曰有先后。予曰有奔奏,予曰有御侮。

【注释】

①绵绵:连续不绝的样子。瓞:小瓜。②民:指周朝的民众。③土:指杜水。沮、漆都是水名。④陶:挖掘。复:地室。⑤水浒:水边。⑥胥:视察,察看。宇:居住。⑦周原:地名。膴膴:土地肥美的样子。⑧契:用火烧龟壳以占卜。⑨宣:开沟

挖渠。亩:耕田种地。⑩司空:古代掌管土地的官。⑪司徒:古代掌管役工的官。⑫缩版:用绳子捆束筑墙的木板。⑬翼翼:房子高大严正的样子。⑭捄:把泥土装在器物中。陾陾:人多的样子。⑮度:把泥土填进夹板中。薨薨:人多嘈杂的声音。⑯削屡:指修整墙头。冯冯:墙头坚硬的声音。⑰鼛:长一丈二尺的大鼓。⑱皋门:国君的城门。⑲伉:高的样子。⑳应门:王宫里的正门。

【译文】

延绵不绝大小瓜,就像周初的民众。从杜到沮和漆水,古公亶父始创业。掘地挖穴筑居处,那时儿房也无屋。

古公亶父创业初,骑马率领周民逃。沿着西方水边走,一直来到歧山下。带着妃子姜氏女,察看选择定居处。

周土山肥地又美,堇荼苦菜甜如糖。于是谋划又商量,又灼龟壳占卦象。卦说周原可定居,从此筑主安下家。

安下心来住下来,划分左右和东西。又分田界治土地,开沟挖渠种田地。从西一直到东边,周民忙碌建家园。

召来司空管土地,召来司徒管役工。命令周民筑家室,拉绳筑墙直又直。捆好夹板把墙筑,建成宗庙好威严。

众人忙着装泥土,一起填入夹板中。筑墙捣土登登响,削平墙头声呼呼。百堵高墙筑起来,大鼓不敌筑墙声。

于是修建外城门,城门高高入云天。于是修建宫正门,正门高大又严整。于是修建上地庙,周民遇事把神祭。

虽未断绝对敌恨,不废对邻国聘问。拔除柞树和棫树,道路畅通无拦阻。混夷惊恐逃跑走,早已疲惫又困顿。

虞芮们相争平息,文王感动其内心。我有聚众好贤臣,我有引导好贤臣。我有奔走好贤臣,我有御敌好贤臣。

【鉴赏】

本诗是周人的史诗之一,叙述了周祖先古公亶父率领周人从豳迁往歧山周原,开国奠基的事迹,以及文王继承古公亶父的事业,维护周人的美好声望,赶走了混夷,并建立起了完整的国家制度,周人从此强盛起来的过程。这是一段周人由弱转盛的历史记载,歌颂了古公亶父这位继往开来的英雄。

本诗的内容十分丰富,诗歌开篇起兴,用大瓜小瓜的连绵不断来比兴周人的渐渐兴旺。周人先民起初是生活在杜水沮漆一带,由于受戎狄的不断骚扰,被迫离开幽地迁往他处。诗中描写了周族离豳至岐之前的一段艰难生活,周人在古公亶父的率领下挖窑洞、打地窖。第二章写古公亶父与妻子姜氏驱马到岐山一带考察地形。第三章写亶父与众臣一起谋划,占卜定居。第四章写周人在岐山扎营定居,划田界、挖水渠,开始农业生产。第五、六章写周人营建之事。古公亶父命令营建管事司空和调配人力的管事司徒,组织人员测量、打桩,开始营建宫室、宗庙。其中对营建的场面描写十分生动,连用了四个象声词来形容营建的动作:盛土声陾陾,填土声薨薨,捣土声登登,削墙声冯冯,节奏感、韵律感极强。第七章中,诗人赞美建好的宫门雄伟端正,而建好的社坛也迎来如潮的人民的祭拜。这是周人的优良传统。第八章写周文王继承祖先的事业,壮大自己,赢得好声誉,并且赶走了混夷,周人过上了安稳的日子。第九章写周文王的美德感动了虞芮两国,使他们停止了争端。周文王得到了贤臣、良士的帮扶,德行广泽四方,国家日益强大。

棫朴

【题解】

本诗描写的是周文王礼贤下士,任用贤才,以致四海归附,开创了周代的历史。诗中以形象的事例说明周朝由于对人才的重视,获得了众多贤人辅佐的盛况。表达了诗人对周文王重视人才,品行美好的赞美。正是由于周代的这一举措和文德之治,才有了后来长达八百年的周朝历史。诗句洋洋洒洒,气志昂扬,充满了身处大国的荣耀和激荡。

【原文】

芃芃棫朴①,薪之槱之。济济辟王,左右趣之②。

济济辟王,左右奉璋。奉璋峨峨,髦士攸宜③。

淠彼泾舟④,烝徒楫之⑤。周王于迈,六师及之。

倬彼云汉⑥,为章于天⑦。周王寿考,遐不作人⑧!

追琢其章⑨,金玉其相⑩。勉勉我王,纲纪四方。

【注释】

①芃芃:堆积。②趣:趋附。③髦士:英俊之士。④淠:舟船行进的样子。⑤烝:很多。⑥倬:广大。⑦章:花纹。⑧遐不作人:"不"字无义。遐作人即远作人。⑨追:"雕"的假借字。⑩相:本质、品质。

【译文】

棫朴茂盛丛生多,砍它做柴堆起它。仪容庄重的文王,左右以善趋助他。
仪容庄重的文王,助祭群臣捧圭璋。捧璋群臣仪容盛,个个俊美贤士强。
船儿顺水流泾河,众人用桨划着它。周王出师讨伐去,六军踊跃追随他。
浩渺云河万里连,灿烂明亮满天布。文王享有九十高寿,培育人才往善迁。
雕琢成章是表象,如金如玉是质量。勤勉不倦我文王,张纲立纪教四方。

【鉴赏】

和前几首诗一样,本篇也是赞美文王的。《毛诗序》说是写"文王能官人也",
"官人"就是举贤授能之意。诗中形象地描绘了一位道德高尚的国君,赢得人们的
信任,因而天下贤士归附于他。姚际恒认为仅说"官人"不够,应是"文王能作士
也"(《诗经通论》),"作士"就是培养人才,这也是符合诗意的。

全诗只有五章,二十句。通过活泼的语言和生动的场面描写来活现人物,是本
诗的特点。

首章以《诗经》常用的比兴起头,先写棫朴的繁茂,得以积下薪柴如山,引出君
王德高望重,因而天下贤士归附。"济济"有的释为"庄严恭谨",有的释为"威仪",
皆不准确。《诗集传》注为"盖德盛而人心归附趋向之也",则"济济"当释为道德盛
美。这是从原义众多引申而来的,这样也正和棫朴之繁盛相对应。《史记·周本
纪》记载文王"礼下贤者,日中不暇食以待士,士以此多归之"。此当可作"左右趣
之"句的注脚。

二章描写周王朝中人才济济。通过祭祀场面的描写,用"奉璋峨峨,髦士攸
宜"两句赞美贤臣的众多。三章则是兴兵的场面。以泾水中争流的百舸,由于众水
手齐心协力而迅飞似箭,引出周王一下令出征,六军之士便准备为完成使命而赴汤
蹈火,可见周王之得军心。古代"国之大事,在祀与戎",二、三章正是通过这两件
大事的两种场面描写,反映出周王朝文武官员人才兴盛。

四、五两章,是比较具体描写周王的"作士",即培育人才。

四章中先以天河起兴,无数颗明星组成横贯夜空的星河,辉耀六合。接着写周
王的长寿,他在执政的长时间里,培育了无数英才。这里是以群星来比喻英才之
多。方玉润说"以天文喻人文"(《诗经原始》),也说明周王的"作人"是和他在长
时间里不懈的努力分不开的,并非一朝一夕之功。史载,文王享年97岁。

五章的"追琢其章,金玉其相",许多人都释为赞美文王的美德如金似玉。其
实,这里写的是他培育人才的生动而形象的过程:他像细心的匠人,精心雕金琢玉,

使之焕发出夺目的光彩,显露出高贵的品德。后两句说明也正由于他勤勉不懈地培育了无数人才,才能依赖他们有条不紊地治理国家。

本篇多处采用"比兴"的创作手法,如蓬勃生长的棫朴、争流泾水的飞舟、辉映长空的星河、光彩耀人的金玉等,这些丰富多彩的、生动而具体的形象,引发人的想象力,产生强烈的艺术效果。诗中的具体形象,虽大多写的是贤士,但他们如灿烂的群星,更衬托出周王这轮照耀中天的明月之伟大,这是"烘云托月"的手法。诗篇的语言具体、形象、生动,即使是写王,也用"辟王""我王""周王"。正如顾广誉所说"以尊言,曰辟王;以实言,曰周王;以亲言,曰我王"(《学诗详说》)。这种变化的词汇,使词汇带上较强的感情色彩,不致使人觉得枯燥无味。

旱麓

【题解】

本诗与前一首诗题旨相通。但与上首不同的是,除了表现周文王礼贤下士、重视培养人才之外,还表现了他及时祭祀上天与神灵,对上天与神灵的赐予深怀感激。诗中语气谦和、恭敬,流露着毫无掩饰的喜悦和骄傲,体现了文王宽广、坦荡的胸襟,因此不仅得到了人民的拥护,也得到了上天的保佑。同时,本诗也透露了"天人感应"这一思想。

【原文】

瞻彼旱麓①,榛楛济济②。岂弟君子③,干禄岂弟④。

瑟彼玉瓒⑤,黄流在中。岂弟君子,福禄攸降。

鸢飞戾天,鱼跃于渊。

岂弟君子,遐不作人?

清酒既载,骍牡既备。

以享以祀,以介景福⑥。

瑟彼柞棫,民所燎矣⑦。

岂弟君子,神所劳矣。

莫莫葛藟,施于条枚⑧。

岂弟君子,求福不回⑨。

【注释】

①麓:山脚。②济济:众多。③岂弟:安乐的样子。④干禄:追求福禄。⑤玉

瓒:古时以圭为柄的一种酒器,在圭的前头有一勺,可以灌酒祭神。⑥介:求。景:大。⑦燎:燃烧。⑧条:树枝。枚:树干。⑨不回:光明磊落。

【译文】

遥望旱山山脚下,榛树楛树遍地生。和乐平易周文王,
求得福禄心欢畅。条条花纹那玉勺,鋈金勺里酒流来。
和乐平易周文王,天降福禄多关怀。鸢鸟高飞至蓝天,
鱼儿欢游在深渊。和乐平易周文王,培养人才想得远。
清酒已经摆设毕,红色公牛也备全。真诚献祭众祖先,
求取大福到身边。柞树棫树长得茂,人们砍来烧祭天。
和乐平易周文王,神灵赏赐多周全。葛藟长得好茂密,
爬上树去缠绕干。和乐平易周文王,求福从不违祖先。

【鉴赏】

我国上古三代,极重祭祀,既祭祀自然神,更重视祭祀祖先。他们以为国王是受上帝之命,降于人间,治理万民,因此称为天子,死后仍升天为神。如《大雅·文王》诗中写:"文王在上,於昭于天。……文王陟降,在帝左右。"如子孙祭祀得当,则可获福。本篇即是描写周人的祖先崇拜思想。方玉润说,本诗写的是"祭必受福也"(《诗经原始》)。本篇大体可分为两部分:前四章写君子(周王)隆重的祀神场面,而祭祀的目的是为了求福——"福禄攸降""以介景福"。后两章是写祭祀的必然结果——神降福于他!

首章以旱山下的榛楛繁盛起兴,接着引出"岂弟君子,干禄岂弟"。"干禄"意为求禄,但前人,如段玉裁、马瑞辰、俞樾等,都认为这首诗和后面的《假乐》篇中的"干禄"应为"千禄"。如马氏云:"干禄与百福对言,干禄疑千禄形近之讹。此诗禄岂弟,及《假乐》干禄百福,干皆当作千百之千,传伪已久,遂以干禄释之耳。"(《毛诗传笺通释》)《假乐》篇有"干禄百福,子孙千亿"句,显然为"千禄"较合理。而本章首以榛楛之"济济"起兴,后言君子得禄之多,前后连接,也是应为"千禄"无疑。二章紧接着描写祭祀的场面:这位"岂弟君子",用金玉制成的鲜洁的祭器,盛满香气扑鼻的佳酿,恭敬地献给神祇,神受到感动,高兴之余,自然就降下福禄了。

可是第三章突然在"鸢飞戾天,鱼跃于渊"之后,冒出了"岂弟君子,遐不作人"。初看觉得很不协调:第二章、第四章都写祭祀,怎么中间讲起"作人"——培育人才的事呢? 其实这里自有它的道理。因为古代在隆重的祭祀活动中,有主祭,有助祭。助祭人员的阵容,便可以看出这个国家的人才之多寡。所以《棫朴》一诗

在描写祭祀场面时,赞美助祭者"奉璋峨峨,髦士攸宜"。方玉润说:"上篇(即《棫朴》)言作人,于祭祀见其一端;此篇言祭祀,而作人亦见其极盛。"(《诗经原始》)正说出其中的关系。本篇开头两句,写鸟翱翔于蓝天和鱼跳跃于深渊,各得其所,实际上是喻文王之善于用人,能很好地发挥各种人才的特长。

第四章继续描写祭祀的场面之隆重,并把祭祀的目的写明:敬祀神祇,以求大福。

五、六两章,描写君子求福的必然结果:由于他的恭敬与虔诚,由于他不违正道,神灵自然要施福给他。两章均采用起兴手法。五章先以柞械的兴盛,使人民得到众多薪柴,连写到君子恭恭敬敬地祭祀,神灵自然要加以佑福。"神所劳矣","劳"就是抚慰,极应。六章则先写葛藤自然地沿着大树干而爬上树梢,接着连写君子也如同葛藤的自然攀援一般,君子以敬祀神灵的正道求福,自然也能得到福佑。

本篇六章,始终围绕祭祀这一中心内容展开叙述与描写,安排得十分紧凑,篇中多处起兴,具有较好的艺术效果。其中有的诗句如"鸢飞戾天,鱼跃于渊",实为后人常用的"海阔凭鱼跃,天高任鸟飞"这一名句之本。

思齐

【题解】

本诗赞美了周文王善于纳贤的美好品德,是他使人们都有美好的品德,使人才都能得到重用,最终实现国家的长治久安。同时,诗中也表明了文王所以能有这样的品行,和他的圣明的母亲和贤惠的妻子有着很大的关系,正是在她们的影响和帮扶下文王成长为一代明君。诗中大部分篇幅写的是文王,仅在开篇的一小段中写到他的母亲及妻子,体现了中国文化对女子贤德的要求和美化。所谓"母凭子贵""妻以夫荣",历史已经深深记住这两位深情而博大的女性,而我们读来也不由为之动容。

【原文】

思齐大任①,文王之母。思媚周姜②,京室之妇③。
大姒嗣徽音④,则百斯男⑤。惠于宗公⑥,神罔时怨⑦,
神罔时恫⑧。刑于寡妻⑨,至于兄弟,以御于家邦⑩。
雝雝在宫⑪,肃肃在庙⑫。不显亦临⑬,无射亦保⑭。

肆戎疾不殄⑮,烈假不瑕⑯。不闻亦式,不谏亦入⑰。

肆成人有德,小子有造。古之人无斁⑱,誉髦斯士⑲。

【注释】

①思:语气助词,没有实义。齐:端庄。大任:太任,指周文王的母亲。②媚:敬爱。周姜:太姜,周文王的祖母。③京室:周王室。④大姒:太姒,指周文王的妻子。嗣:继承。徽音:美好的名声。⑤则百斯男:意思是说子孙众多。⑥惠:孝顺。宗公:宗庙的先人。⑦时:是。⑧恫:伤痛。⑨刑:法则,这里指做典范。寡妻:周代指正妻。⑩御:治理。⑪雝雝:和谐的样子。宫:家。⑫肃肃:庄严恭敬的样子。⑬不显:丕显,指国家大事。临:视察。⑭射:不明显,隐蔽。保:提防,警惕。⑮肆:因此,所以。戎疾:大灾难。不:语气助词,没有实义。殄:断绝。⑯烈假:指大病。瑕:过,去。⑰入:容纳,采纳。⑱斁:厌倦。⑲誉:同"豫",乐于。髦:选拔。

【译文】

太任端庄好漂亮,文王之母美名扬。德高貌美乃太姜,
姜家姑娘嫁大王。太姒继承好声誉,生下上百好儿郎。
文王尊从众先祖,先祖神灵无怨望,先祖神灵无痛伤。
言行是妻好楷模,推广扩展到兄弟,进而扩大治家邦。
在那宫室好和睦,在那庙宇很严肃。光明显耀亲临政,
一心保民不满足。因此瘟疫病患绝,一切灾害都远离。
听到善言便采纳。若有谏言记心里。成年之人有美德,
少年也都有成就。文王爱才不厌倦,培育此辈成俊杰。

【鉴赏】

这首诗赞美了文王善于修身、齐家、治国,而这同他祖母和母亲的教育、妻子的帮助是分不开的。此诗语言简练、层次分明,通篇用赋的手法叙写。诗歌第一章赞美了周王室三位母亲的美德。文王的母亲太任,端庄让人敬重;文王的祖母太姜,是让人敬爱的王室之母;文王的妻子太姒,温柔美丽,秉承了先母的好名声,生出的男儿个个是好样儿。这三位伟大的女性,对周王室家族的兴盛功不可没。第二章写文王善于修身、齐家、治国。文王对祖先恭敬、尊重,所以神灵满意无怨恨,保佑周王室福禄永存。文王以身作则,使妻子为德所感化;然后以妻子为表率,文王兄弟也为德所感化;进而将之推广到整个国家,使百姓也为德所化。第三、四章写文王如何治国安民。诗中描写了两个典型的环境——王室和宗庙来塑造文王的形象。他在王室里是一个表率,处处以身作则,躬行德行,与人和乐相处,有很高的威

望。在宗庙里,他恭敬、肃静,对神灵十分敬重。这是文王在自身修养方面的践行。正是有了这样的高尚品德,在治理朝政上,文王表现得很英明;在安抚百姓方面,他也从不厌倦懈怠;在对待臣子的谏言时,他能广纳良言,不拒逆耳之忠言。有了这样的好德行,自然一切的灾难和瘟疫都会远离周国。诗歌最后一章写文王勤于培养人才,兴教化之功。一个国家的未来需要靠那些有才能有品德的人来振兴,所以有远见的文王将培育人才作为兴邦之计。他继承先祖的遗训,诲人不倦,培养出大批德才兼备的俊秀之士。

此诗全篇皆为赞美周王室之功,而对周之百姓之功避而不谈,难免有片面之嫌。因为,历史乃是人民所创造的,而不是少数统治者独有之功。可见,诗人乃是为统治阶层立命的。但是,在当时的历史条件下,本诗的作者已经有较高的理性思维了,其叙述高度概括,语言也很简练,这也是值得肯定的。

皇矣

【题解】

本诗描述了太王、王季的创业艰难以及文王伐密、伐崇的故事,歌颂了他们的伟大功绩和创世之业。全诗从夏殷两个朝代的覆亡写起,把周朝历史娓娓道来,开篇以皇矣起兴,表达了敬慕、称颂与自豪的内心情感。诗中对文王的美好品德的描写较之前的几首史诗更为细致、深入,叙述中涉及的内容相当的丰富、广泛,视角开阔、提纲挈领,感觉游刃有余。

【原文】

皇矣上帝①,临下有赫②。监观四方,求民之莫③。维此二国④,其政不获⑤。维彼四国⑥,爰究爰度⑦。上帝耆之⑧,憎其式廓⑨。乃眷西顾⑩,此维与宅。

作之屏之,其菑其翳⑪。修之平之,其灌其栵。启之辟之,其柽其椐⑫。攘之剔之⑬,其檿其柘⑭。帝迁明德,串夷载路⑮。天立厥配,受命既固。

帝省其山,柞棫斯拔⑯。松柏斯兑,帝作邦作对。自大伯王季,维此王季。因心则友,则友其兄。则笃其庆,载锡之光⑰。受禄无丧,奄有四方⑱。

维此王季,帝度其心。貊其德音⑲,其德克明。克明克类,克长克君。王此大邦,克顺克比。比于文王,其德靡悔。既受帝祉,施于孙子。

帝谓文王,无然畔援⑳。无然歆羡,诞先登于岸。密人不恭,敢距大邦。侵阮徂共,王赫斯怒。爰整其旅,以按徂旅。以笃于周祜,以对于天下。

依其在京,侵自阮疆。陟我高冈,无矢我陵。我陵我阿,无饮我泉。我泉我池,度其鲜原。居岐之阳,在渭之将。万邦之方,下民之王。

帝谓文王,予怀明德。不大声以色,不长夏以革。不识不知,顺帝之则。帝谓文王,询尔仇方。同尔弟兄,以尔钩援。与尔临冲,以伐崇墉。

临冲闲闲,崇墉言言。执讯连连,攸馘安安。是类是祃,是致是附。四方以无侮,临冲茀茀。崇墉仡仡,是伐是肆。是绝是忽,四方以无拂。

【注释】

①皇:大。②赫:明显。③莫:通"瘼",疾苦。一说,莫,安定。④二国:上国,指夏、商。⑤不获:整治不当。⑥四国:四方之国。⑦究:思考。度:审。⑧耆:通"指",意向。⑨式廓:扩大。⑩眷:念。西顾:向西观看。⑪菑:直立未倒之枯木。翳:倒地的朽木。⑫柽:红柳。椐:灵寿木,枝多肿节,可作杖。⑬攘:除。剔:除。⑭檿:山桑。柘:黄桑。⑮串夷:即昆夷,亦称犬戎。载:则。路:通"露",失败。⑯柞:灌木的一种。棫:柞的一种。⑰锡:赐。⑱奄:完全。⑲貊:同"寞",安静。⑳无:同"毋",不要。畔援:放纵暴虐。

【译文】

上帝光焰万丈长,俯视人间真明亮。洞察全国各个地方的事情,民间疾苦要了解。想起夏商两朝末,违背民心国家要面临灭亡。思量四方诸侯国,天下重任谁能当。上帝意在岐周国,有心扩大他的国土。于是回头望西方,同住岐山佑周王。

将杂树坎掉辟农场,枯枝朽木全扫光。精心修剪枝和叶,灌木丛丛新枝长。修出道路开辟土地,除尽椐路通畅。剔去坏树留好树,留下山桑和黄桑。上天是爱护明智的君主的,犬戎败逃走仓皇。上天立他当天子,政权巩固国兴旺。

上帝视察岐山阳,柞棫小树都拔光。直立柏松郁苍苍,上帝建立周王国。太伯王季始开创,这位王季好品德。对兄友爱热心肠,王季热心爱兄长。他使周邦福无疆,上天赐给王位显荣光。永享福禄保安康,统一天下疆域广。

这位王季真善良,天生思想合政纲。他的美名传遍远处,他能明辨是和非。坏人和善良要区别,堪称师范好君王。在这个大国当天子,上下和顺人心向。到了文王接王位,人民爱戴德高尚。既受上天封赏福禄,子孙万代绵绵长。

上帝启示周文王,不要暴虐休狂妄,不要羡慕他人当自强,先据高位路康庄。密人态度不恭顺,竟敢抗拒周大邦。侵阮袭共太猖狂,文王勃然大震怒。整顿军队去抵抗,制止敌人向莒进攻。周族福气才巩固,民心安稳定四方。

周京军队真强壮,从阮班师凯歌扬。登上岐山远盼望,占我山冈没人敢。高山大陵莽苍苍,饮我泉水没人敢。清泉绿池水汪汪,规划山头和平原。定居岐山面向阳,紧靠渭水河边旁。你为万国做榜样,天下人民心中的榜样。

上帝告诉周文王,美好品德我赞赏,从来不会疾言和厉色,遵从祖训依旧章。好像不知又不觉,顺应民意江山稳坐。上帝又对文王说,团结邻国多商量。联合同姓众国王,用你戈刀和大钩。临车冲车赴战场,讨伐崇国削殷商。

临车冲车声势壮,崇国城墙高又长。捉来一大批的俘虏,将耳割下装满筐。祭祀天神祈胜利,安抚残敌招他降。各国不敢看不起周邦,临车冲车威力强。崇国城墙高又广,冲锋陷阵士气旺。崇军消灭有威望,各国不敢再违抗。

【鉴赏】

本诗是周人五篇开国史诗中篇幅最长的一篇,有两条明显的线索贯穿全篇:一是事件发展顺序的历史线索,一是宗教观念渗透于诗中所形成的思想线索。两条线索密切交织,使篇幅虽长而不散,头绪虽多而不乱。

就历史线索看,本诗主要写了以下史实:古公亶父迁岐营建,打败犬戎;王季修德进业,广有四方,国势迅速壮大;文王讨伐不恭的密、崇,周终于成为天下无敌的万邦之首。可以看出,本诗与《大明》一样,也是以周民族自太王至文王这段历史史实为反映对象,不过在取材上各有侧重而已。如果说《大明》重在写王季、文王的婚姻和家庭,那么本篇则是重在反映亶父至文王征服敌国,"王此大邦"的政绩。

就思想线索看,皇天无亲,唯德是辅的思想如同一条纽带内在地将全诗紧紧地联系起来。周人认为自己注意德行修养、敬事上帝,一定会得到上帝的嘉惠而代天行治。作为全诗思想总纲的第一章充满了神秘的宗教观念:"皇矣上帝,临下有赫。监观四方,求民之莫。维此二国,其政不获……乃眷西顾,此维与宅。"他们认为代商而有天下是上帝的意志,人间没有任何力量可以改变这一现实。这种思想观念在以下各章中时有流露:叙公刘事则是"天立厥配,受命既固";叙王季事则是"维此王季,帝度其心";叙文王事则更进一步,先后三次出现"帝谓文王",似乎文王具有无限的神灵,可以直接与上帝通话,代表上帝的意志。这种对于圣王的神化从主观上壮大了周人的力量,使他们对于自己的事业充满了自豪和信心。

历史的叙述反映了作为人类童年艺术的史诗的重要特征,而神学说教则体现着奴隶主阶级的阶级意志。人类童年艺术的传统和奴隶主阶级的思想意识给这首史诗打上了特定的时代烙印。

本诗在叙述史实方面富于变化,它不是一般地叙述太王、王季、文王的历史经历,而是选择他们每一个人最突出的史实加以表彰。如太王则写其开辟周原,王季则写其与兄弟之间的手足之情,文王则写其征伐敌国。这样既突出了各自的特点,符合历史的真实;从诗歌角度看,又各有面貌,一章一个天地,整个诗歌呈现出规模宏阔,绰约多姿,变化中而有统一。

由于在内容上各章之间差异较大,形成了章与章之间过渡上的跳跃之感。虽然如此,但并不显得突然,而是气脉贯通,衔接自然。如前四章写亶父、王季事,而后四章写文王事,因而形成第四、五章之间的大间隔。为了克服这一点,第四章在叙述王季事后写道:"比于文王,其德靡悔。既受帝祉,施于孙子",很自然地引出文王。下章之意于此章出之,如同探马、斥候,给人带来千军万马将到的消息。

此诗语言富于表现力,不但能够准确地传达其意,而且能够巧妙地传达其神。第六章写文王警告敌人不得侵扰,特点十分鲜明:不但在"高冈""陵""阿""泉""池"等字之前统统加上物主代词"我"而且特别将"我陵""我泉"加以重复,使人感到义正词严,寸土不让,活现出一个严正坚毅,凛然难犯的诗歌形象。末章写伐崇之战,形容战车、城墙,连用重言,有声有色,形象鲜明。写亶父开发歧下更为别致:它不去具体描绘劳动的过程和场面,而只是将有关的八个动词如"作""屏""修""平""启""辟""攘""剔"并列排出,并在中间嵌入不同的树木之名,便使周人艰苦卓绝、英勇奋斗的精神跃然纸上。这样写既省去很多繁细的描述,又给人留下想象的空间,因而更加耐人寻味。另外,写同一个劳动过程竟连用了八个表示不同动作的动词,充分展示出两千多年前语言的丰富性。

灵台

【题解】

本诗描写的是灵台落成时,人们对文王的赞美。诗的第一节写灵台落成很迅速,说明文王深受百姓的爱戴,人民干活很卖力;第二节写灵园中安乐祥和的生活,展现出生机勃勃的景象,说明了文王仁人治世的美好及崇高。全诗气氛热烈,感情纯粹,给人以积极、明朗的感受。通过本诗中的描写,我们可以看到一个古代圣明仁君的形象。

【原文】

经始灵台①,经之营之②。
庶民攻之③,不日成之。
经始勿亟④,庶民子来。

王在灵囿⑤,麀鹿攸伏⑥。

麀鹿濯濯⑦,白鸟翯翯⑧。

王在灵沼,於牣鱼跃⑨。

虡业维枞⑩,贲鼓维镛⑪。

於论鼓钟⑫,於乐辟廱⑬。

於论鼓钟,於乐辟廱。

鼍鼓逢逢⑭,矇瞍奏公⑮。

【注释】

①经始:计划开始。灵台:周文王所造,由于造得快,有如神助,所以叫灵台。②经:测量。营:建造。③攻:用力工作。④亟:急。⑤灵囿:灵台下面养鸟兽的花园。⑥麀鹿:母鹿。攸:语气助词,没有实义。⑦濯濯:鸟兽毛色润泽的样子。⑧翯翯:鸟的羽毛白净的样子。⑨於:语气助词,没有实义。牣:满。⑩虡:挂钟的直柱子。业:挂钟横梁上的大版。枞:崇牙,横梁上像牙一样的挂钟的地方。⑪贲:大鼓。镛:大钟。⑫论:同"伦",依次(演奏)。⑬辟廱:水环山的风景区。⑭鼍鼓:鼍,鳄鱼皮蒙的鼓。逢逢:和顺的鼓声。⑮矇:有眼珠的瞎子。瞍:无眼珠的瞎子。公:同"工""功",这里指奏乐。

【译文】

文王开始造灵台,量度完毕干起来。平民百姓来修建,
不日修成干得快。文王告民不着急,平民如子把王爱。
文王来至灵囿中,母鹿伏地多悠闲。母鹿肥美有光泽,
白鸟洁白光闪闪。文王站在灵沼岸,满池鱼儿跳跃欢。
钟磬鼓架都配备,挂起大鼓和大钟。钟鼓乐声多美妙,
文王欢乐在离宫。钟鼓乐声真美妙,文王欢乐在离宫。
鼍鼓逢逢响四方,乐师奏乐颂成功。

【鉴赏】

这是一首叙写周文王营建灵台和游赏作乐的诗,其要旨是赞颂文王有善德,倡礼乐,得人心。像《灵台》这样的诗,过去往往被责以"歌功颂德""粉饰太平"而率加否定。但如果立足作品本身,做严格意义的历史分析,应看到这首诗描述了周文王时期事业兴旺、民心归附、和乐升平的景象,表现了周人对顺应历史潮流、奠定立国之基的领袖人物的崇敬和赞美,在一定程度上表达了人民群众反对殷商暴虐的腐朽统治,渴望"贤君"施行"文治"从而过上安定平和生活的美好愿望,其社会意

义、认识价值和艺术价值是不应忽视的。

这首诗章节的划分，历来有五章(每章四句)和四章(前六后四)两种意见。从诗歌内容上看，后一种划分法更恰当一些。

第一章"经始灵台"六句，描述文王兴建灵台，百姓踊跃参加的情景。古代帝王建台，主要用以观天文气象，察妖祥凶吉，也作游观之用。从某种意义上说，这是关系邦国兴衰的大事，文王虑得于此，"经之营之"，可见是一位有作为的新兴之主。文王此举，得到百姓的广泛支持，"不日成之"，就是他深得民心的证明。正如方玉润所说："落成之速，使非民情踊跃，胡以至是？"(《诗经原始》)"经始勿亟，庶民子来"在前面叙述的基础上又重重地加上一笔。写文王爱惜民力，显其确有善德；百姓事王如父，更突出了他们对文王的敬服。至此，一个有作为、得民心的仁德之君的形象便树立起来了。

第二章"王在灵囿"六句，描述文王游赏灵囿、灵沼的情景。文王所到之处，鸟兽虫鱼驯服安详，欢腾跳跃，各适其性，人物相得，呈现一派繁育旺盛、自然安和的景象。而这一切，都是因为文王的德行所致。既然文王的"灵德"可以及于鸟兽，那么，举国上下所受的"福泽"不就可想而知了吗？诗章中无一颂赞之辞，而颂赞之意已充溢字里行间。

三、四两章承上而来，描述文王在辟雍作乐的情景。我国古代，人们把礼乐看成是"文治"的重要内容。王朝音乐和谐，意味着教化施行，上下相得，国政安和。《礼记·乐记》中就有"治世之音安以乐，其政和"的说法。诗章极力描绘钟鼓、歌吟之盛，渲染离宫中一派和乐升平气象，其深意就在于褒美文王有善德，倡文治，表达了对"盛世贤君"的赞颂之情。

蟠螭纹玉璧(春秋)

毋庸讳言，这首诗在为文王歌功颂德中有不少溢美夸饰成分。诗作者是谁已无从稽考，但《大雅》多为朝廷乐歌，其作者多系王朝士大夫，此诗作者当属其俦。而当时"天命"和"君权神授"观念已笼罩着人们的思想，"上帝既命"的"穆穆文王"已被奉若神明，因而诗中大赞其"灵德"。阅读此诗时应该注意到这些情况。

这首诗的艺术表现手法也有其特点：首先，虽然诗章纯系歌功颂德，但并没有作空洞的说教和称颂,而是通过对具体事实的生动描写,形象地表达颂扬之情;各章所述内容互不连属,但紧紧围绕"善德"这一中心对文王给予热烈赞颂,可谓深得构思之妙,这在《大雅》和《颂》诗中是别具一格的。其次,诗歌通篇采用"赋"的手法,但各章又不乏变化:一章直陈其事,二章借物写人,三、四两章则着重描绘、渲染、创造气氛。这种写法,避免了赋体诗易流于平板枯燥的毛病,使诗歌显得生动活泼,跌宕多姿。第三,此诗语言朴素自然,句式整齐而不呆板,叹词"於"字的楔入使句法产生变化,叠字和叠句的运用增加了诗歌的形象感和音乐性。这些,都是颇可称道的。

下武

【题解】

这首诗描写的是诸侯朝拜周武王时对武王的赞美。周武王是文王的儿子,他承上启下,继往开来,消灭商纣,建立万世功励。同时,本诗也表达了对周朝代代出明君,保佑周朝永远强盛的美好愿望。诗中对"孝"道十分重视,详细叙述了武王的"孝",并以"孝"贯穿全诗,借此凸显前辈的美好德行,以使其发扬光大。

【原文】

下武维周①,世有哲王②。三后在天③,王配于京④。王配于京,世德作求⑤。永言配命⑥,成王之孚⑦。

成王之孚,下土之式⑧。永言孝思,孝思维则⑨。媚兹一人⑩,应侯顺德。永言孝思,昭哉嗣服⑪!

昭兹来许,绳其祖武⑫。于万斯年⑬!受天之祜⑭。受天之祜,四方来贺⑮。于万斯年!不遐有佐⑯。

【注释】

①下武:下,后嗣。武,印记,足迹。下武,谓继承先人事业。维:同"惟",唯有。②哲:明智。③三后:指周人的三王——太王、王季和文王。④王:指武王。配:配天。谓顺从天命。京:镐京,周都。⑤求:通"逑",匹敌。⑥永言:永远。"言"为助词。⑦孚:信。⑧式:典范,榜样。⑨则:法则。⑩媚:爱。一人:指成王。⑪昭:章太炎《新方言》去:昭,即今"诏"字。诏,谆谆教诲。嗣服:嗣君,指康王。下章"来许"与此同义。⑫绳:继也。⑬于:叹美词。⑭祜:万福。⑮四方:谓华夏诸侯。⑯不遐:远方。"不"为语助词。遐,《毛传》谓"远夷",即华夏之外的边远之

国。佐:辅佐。

【译文】

能继祖业唯周邦,贤哲王世世都有。三代先君神在天,武王受天命掌握国家大权。武王受命把国掌,能为祖德添荣光。永远继承老天的意思,成王诚信世瞻仰。

成王诚信世瞻仰,四海从风树榜样。永远尊重尽到忠孝,孝思即是法先王。周天子受四海爱戴,能顺祖德大弘扬。永远恭敬尽孝思,诏告后嗣千万不要忘记!

诏告后嗣切勿忘,先祖步武紧跟上。啊,国运万年长!受到上天所赐的福永无量。受天之福永无量,四方来贺王室昌。啊!国运长万年!远国朝周作藩障。

【鉴赏】

全诗六章,章四句,形式工整。依其内容,这六章可归并为两大部分。前四章为一个部分,首先以"下武维周,世有哲王"提领全篇,颂扬周人能承祖业,代有明君,为后文做好铺垫;接着点出三王升天之后,武王顺应天命登上王位,建都镐京;然后叙武王能继先祖懿德,成就美好品行,上合天理,下得人心,对武王给予热情洋溢的赞颂。第四章末二句"永言孝思,昭哉嗣服"则承上启下,把诗意向前推进了一层。后二章为一个部分,以"昭兹来许"紧承上文,赞美武王功德昭示后世,王朝后继有人,得到上天的福祐;最后以"四方来贺",不乏辅佐,国运绵远,万世不衰结了全篇。对这两部分内容及其关系,袁梅先生以"继往推本于三后,开来立极于子孙"(《诗经译注》)加以概括,可谓精辟。

这首诗的主旨是赞扬周武王能继承光大先祖的文德功业,为臣民和后继君主树立了效法的榜样,推进了王业的发展。通篇都是歌功颂德之词,内容显得空乏单调。但作品中强调君王要注意自我修养,以诚信立威,以孝道治国(按,王引之《经义述闻》:"孝者美德之通称"),励精图治,锐意进取,作天下楷模,这些可说是反映了周朝初期统治阶级的精神风貌,在一定程度上体现了当时的时代要求。

此篇用的是"赋"的手法。"赋"法以铺写为其特征,而对人物、事物作具体的描摹刻画则是不可少的。《下武》一诗却偏偏不是这样。全诗从首至尾,既无人物形象的摹写,也无具体事物的勾画,几乎全是议论的颂美之辞。然而反复吟诵之下,总觉得此诗虽不形象生动,少一些情韵,但也不平板枯燥、味同嚼蜡。诗以周代世有贤王起笔,以武王能继祖德承上,以其德行昭示后世转折,以后继有人、周祚绵长收合,前因后果,首尾照应,逐层推进,落落有致,全篇结构既周密完整又有起伏变化,从而规避了平铺衍展的毛病。

这首诗成功地运用了蝉联辞格。六章之中,前后四章章末章首两句相承,"历万如贯珠,易睹而可悦"(任昉《文章缘起》),可算是此种修辞手法的"正格";中间两章却以第三句相承,形成章与章之间的扣合关联,可谓此种手法的"变格"。正变相配,章章相衔,密切了章与章之间的联系,增强了诗歌的感情气势,形成全诗形式灵巧而美观,音节流畅而和谐,结构紧凑,一气贯注,抒情性强的特点。加之作者态度谨诚,言辞恳切,就使这首并不可人的诗变得颇堪讽诵了。

文王有声

【题解】

本诗是一首记述周朝的史诗之一,描述了文王迁都于丰,武王迁都于镐的故事。通过这两次迁都,直接表现了周朝的强大与兴盛。诗中反复提及四方的称颂和万民的归心,极大地显示了周王朝的强盛与和平,表达了对两位英明伟大的君主文王和武王的赞美,诗中感情抒发强烈,透露着无比的坚定、自信。

【原文】

文王有声,遹骏有声①。遹求厥宁,遹观厥成。

文王烝哉②!文王受命,有此武功。既伐于崇,

作邑于丰。文王烝哉!筑城伊淢③,作丰伊匹④。

匪棘其欲⑤,遹追来孝⑥。王后烝哉!王公伊濯⑦,

维丰之垣。四方攸同,王后维翰⑧。王后烝哉!

丰水东注,维禹之绩。四方攸同,皇王维辟⑨。

皇王烝哉!镐京辟廱⑩,自西自东,自南自北,

无思不服。皇王烝哉!考卜维王,宅是镐京。

维龟正之,武王成之。武王烝哉!丰水有芑,

武王岂不仕⑪?诒厥孙谋⑫,以燕翼子⑬。

武王烝哉!

【注释】

①遹:助词。骏:大。②烝:君主。③淢:护城河。④匹:匹配。⑤棘:通"急"。⑥追:追悼,缅怀。孝:孝心。⑦公:通"功",功德,功业。濯:伟大。⑧翰:骨干。⑨辟:国君。⑩辟廱:设立离宫。⑪仕:通"事",做事。⑫诒:通"贻",遗留。⑬翼:保护。

【译文】

文王本有好声名,巨大声望流四方。力求政权得安宁,
想见事业成大功。英明伟大周文王! 文王接受天帝命,
建立这样大武功。终于讨伐那崇国,建成新都是丰城。
文王伟大真英雄! 修城又挖护城河,丰城规模正适当。
不是急着满私欲,追尽孝道敬先王。文王美好皆赞扬!
文王事业真辉煌,修筑丰都那城墙。四方诸侯来朝会,
文王真是国栋梁。天下称美周文王! 丰水奔流朝东方,
大禹功绩美名扬。四方诸侯来朝会,光明君王是榜样。
武王伟大又辉煌! 镐京修起那离宫,来自西方与东方,
来自南方和北方,无不归服我周王。武王伟大又辉煌!
周王前来细问卜,定居镐京可吉祥? 龟甲卜定迁都事,
武王对此功无量。伟大辉煌周武王! 丰水岸边芑谷生,
武王岂能察不详? 远大谋略留后人,似燕护子心慈祥。
伟大辉煌周武王!

【鉴赏】

这是周人歌颂文、武筑丰、筑镐的功绩的诗篇。诗的结构为每章五句,前四句
为叙述,后一句为赞叹,且都使用"烝哉"二字,八章一律,既不同于《大雅》一般不
重复的特点,又不同于《风》里的重章复沓,在篇章上独具特色。题目用首句标出,
武王是继承文王的,所以先叙文王,后叙武王。

"文王有声",开门见山,因为周室的王业是从文王开始奠定和发展的,文王
时,周才大有声名,所以用此句直接赞叹。"遹骏有声",重复"有声"二字,又以"遹
骏"对之修饰。那么以丈王之德是不是追求声望呢? 不是。"遹求厥宁,遹观厥
成",只是为了天下安宁。自然水到渠成,顺天应人,取得成功。"文王烝哉"一句
褒赞。"烝",《说文》解为"火气上行",用来赞美文王功业日隆,声望日高,像火一
样炽盛上升,这一"烝"字用得非常形象生动,八章都未改变。这一章用"遹观厥
成"总写文王的功业。

第二章专谈建设丰都的功劳。文王的谥号顾名思义以文德为主,但这一章偏
说他伐崇的武功。丰都即建在崇地,所以要谈伐崇。这一切都是顺天应人的,因此
用首句"文王受命"领起本章,说明这一切都是正义的。

第三章"筑城伊淢,作丰伊匹"承前"作邑于丰"。"匹",方玉润解为"称也",

是从匹配的意思引申的。但"丰"和谁"匹"呢，有些注家探下文云与"镐"相配，但丰作于前，镐作于后，前者预与后者相配，情理难通。解为称与"淢"相称，指城池相配，似较合理。"筑城伊淢，作丰伊匹"，城池规模喜人，但文王做此不是为了享受，"匪棘其欲"，而是为了追念太王、王季等创业之志，唯以继承发扬光大"遹追来孝"而已。

有了城池，还必须有人才，"固国不以山川之险"，得人者昌。"王公伊濯"，这批王公都是好样的(濯，著明之义)，实在是丰都最坚固的围墙(译文解释为实指垣墙，则与上文无联系，我以比喻义释之)。四方诸侯会同于此，而我们文王就是最好的保障(翰，藩翰，此处依上文例为比喻义)。这四句从两方面说文王与诸侯相得益彰的关系，诸侯是丰都的捍卫者、文王又是四方诸侯的保护人，相辅相成，鱼水相得。

第五章从文王作丰过渡到武王建镐。丰镐之间，以丰水为枢纽，所以从丰水说起，"丰水东注，维禹之绩"。武王和文王一样，深得诸侯信赖，是诸侯真正的共主，所以也用"四方攸同"一句，而以韵脚关系，改"维翰"为"维辟"，文王用"王后"，这儿用"皇王"，以表区别。

第六章首句点明"镐京辟廱"，武王以武力推翻殷纣，这里却偏强调"辟廱"之文德(辟廱指乐名或指天子之学，此处均非武功)，而四方无不心服。将四方分说成西东南北，意在强调"无思不服"。

第七章又追述建镐的经过，对上章来说是倒叙。"考卜维王，宅是镐京。维龟正之"，说明对筑镐迁都一事何等郑重，"武王成之"，一个成字写出武王的功业。

第八章写武王为子孙的谋虑。"丰水有芑"，从杞柳想到人才之盛，想到国事之繁，而其中最主要的，是使文王开创的基业代代相传，"诒厥孙谋，以燕翼子"，使人有传之不尽的感觉。这一章和前七章略有不同之处有二：一是"丰水有芑"叙述兼有比兴之义，近于《国风》；一是"武王岂不仕"忽然插入一五个字的反诘句，和前七章的直陈语气不同，这一句是反激后文，文气才不平缓。

八章前半叙文王，后半叙武王。叙文王全用顺叙直述，叙武王却有倒叙、有反诘，整齐中看出变化。前人对此诗亦多争议，方玉润之说较圆通，录以备考。《诗经原始》卷十三：

此诗专以迁都定鼎为言。文王之迁丰也，"匪棘其欲"，盖"求厥宁"以"追来孝"耳。然已兆宅镐之先声。武王之迁镐也，岂徒继伐，盖建辟廱以贻孙谋耳，又无非成作丰之素志。故文、武对举，并言文之心即武之心，武之事实文之事。自有日进于大之势,更有事不容已之机。文、武亦顺乎天心之自然而已,夫岂有私意于其间哉!《序》云"继伐",固非诗人意旨;即《集传》所谓"此诗言文王迁丰、武王迁镐之事",又何待言?盖诗人命意必有所在。《大雅》之咏文、武多矣,未有以丰、镐并题者,兹特题之,则必以建置宏谋为缵承大计。说者当从此究心以求两圣心心相印处,乃得此诗要旨。不然,泛言继述,与诗无涉;即呆说丰、镐,于事又何益耶?诗共八章,前四章乃说文王迁丰,后四章说武王迁镐。迁镐则"贻厥孙谋",迁丰则"遹追来孝",而皆以单句赞词煞脚,此两平驶板格也。然八句煞脚中,前两章言"文王",后两章言"武王";中间四章,二言"王后",二言"皇王",则又变矣。不独此也。言"文王"者,偏曰伐崇"武功",言武王者,偏曰"镐京辟廱",武中寓文,文中有武。不独两圣兼资之妙,抑亦文章幻化之奇,则更变中之变矣!

生民

【题解】

这是周人记述其始祖后稷从出生到创业的长篇史诗,诗中充满神话色彩。它还记录了后稷对农业生产的贡献,描绘了耕种、收获、祭祀等壮美场面,语言优美生动,可谓古代诗歌中的一枝瑰丽的奇葩。

【原文】

厥初生民①,时维姜嫄②。生民如何,克禋克祀③,以弗无子④。履帝武,敏歆,攸介攸止⑤,载震载夙,载生载育,时维后稷。

诞弥厥月,先生如达。不坼不副⑥,无菑无害,以赫厥灵。上帝不宁,不康禋祀,居然生子。诞置之隘巷⑦,牛羊腓字之⑧。诞置之平林,会伐平林。诞置之寒冰,鸟覆翼之。鸟乃去矣,后稷呱矣。实覃实訏⑨,厥声载路。

诞实匍匐,克岐克嶷,以就口食。蓺之荏菽⑩,荏菽旆旆⑪。禾役穟穟,麻麦幪幪,瓜瓞唪唪⑫。

诞后稷之穑⑬,有相之道。茀厥丰草,种之黄茂。实方实苞⑭,实种实褎⑮。实发实秀⑯,实坚实好,实颖实栗⑰。即有邰家室⑱。

诞降嘉种,维秬⑲,维糜维芑⑳。恒之秬秠,是获是亩。恒之糜芑,是任是负,以归肇祀。

诞我祀如何?或舂或揄,或簸或蹂。释之叟叟,烝之浮浮。载谋载惟,取萧祭脂。取羝以軷,载燔载烈,以兴嗣岁。

卬盛于豆,于豆于登,其香始升。上帝居歆,胡臭亶时,后稷肇祀,庶无罪悔,以迄于今。

【注释】

①厥初:其初。生民:生出我们周人的。民,人,这里指周人。②时:是,此。姜源:传说中有邰氏之女,周始祖后稷之母。一说为帝喾之妃。③克:可以,能够。这里有"善于"之意。禋:古代祭天神的一种礼仪,为野祭,以火烧牲,使烟气上冲于天。④弗无子:除去无子之不祥(不育之灾),以求有子。弗,通"祓",除去灾邪。⑤攸:于是。一说为语助词。介:通"界",指分隔居住。止:休止,休息。⑥不坼不副:此言产门与胞衣都没有被破裂。坼,破裂,裂开。副,破裂。⑦置:弃置。隘巷:窄小的巷。⑧腓:通"庇",庇护。字:慈爱。字,古"慈"字。⑨实:同"寔",是。一说为语助词。覃:长。訏:大。⑩荏:同"艺",种植。荏菽:大豆。⑪旆旆:茂密的样子。一说为枝叶扬起的样子。⑫瓞:小瓜。唪唪:果实丰硕的样子。⑬穑:这里以"穑"概称稼穑,泛言农艺劳动。⑭方:指谷种刚刚吐芽。苞:指慢慢的含苞。⑮种:短,指禾苗初出短小而稀疏。褎:长,指禾苗渐高而繁盛。⑯发:指禾苗茎挺拔舒长。秀:结穗。⑰颖:禾穗沉甸甸下垂的样子。栗:犹言"栗栗",指很多的禾穗。⑱即:就,来到。有邰:氏族名,其地在今陕西省武功县西南。有,词头。⑲秬:黑黍。秠:黍的一种,一壳两米。⑳穈:赤苗嘉谷。芑:白苗嘉谷。

【译文】

初生周人的祖先,就是那个姜嫄。周族人如何生下,进行禋祭祈祷上天,消除没有孩子的灾难。履帝足迹身有感,独自居处示虔诚,妊娠之后敬肃然,贵子生下要勤养育,周人的祖先即为后稷。

怀孕足月日期满,生下头胎圆肉蛋。产门不破,衣胞不裂,没有灾害,平安大驾,大显神异,全靠上天。上帝安然,安享禋祀,儿男平安的生下。把他丢在小巷里,牛羊庇护显神异。丢他在树林里,恰逢伐木又安然。寒冰上将他丢掉,鸟翼覆盖暖洋洋。大鸟到时飞离他,这时后稷才哇哇。哭声既长且又大,充满道路人惊讶。

后稷刚刚会爬行,知识智慧渐发生,自求食物显奇能。稍长就会种大豆,茂盛的长势勃勃然。禾穗饱满沉甸甸,麻麦茂密长得好,大小瓜堆成山。

后稷真会种庄稼,助苗生长有办法。拔除去繁密杂草,种嘉谷就能长好。刚刚出芽已含苞,禾苗由短渐拔高。禾茎挺拔穗结实,籽粒饱满成色好,禾穗沉沉产量高。邰地定居造房屋。

上天降赐好谷种,黑的是秬,一壳两米的是秠,赤茎为穈,白茎为芑。遍地都是秬和秠,收割完毕堆田里。满地全是穈和芑,又是挑来又是背,归来家中忙大祭。

祭祀我们怎么样?有的舂米有的舀粮,有的搓米的有的扬糠。淘米之声嗖嗖响,蒸饭热气往上扬。祭祀大事一起讨论,取艾烧脂气味芬芳。公羊拿来剥去皮,又烧又烤奉神享,祈求下一年更加兴旺。

我把祭品用木豆装,木豆瓦登都要用上,香气开始升上堂。上帝降临来歆享,香气喷鼻味好吃。后稷祭礼来开创,祈求没有灾祸,传到如今声名扬。

【鉴赏】

这是一首周人记述始祖后稷出生的灵异和功德巨大的祭祀诗。在我国,完整的神话传说诗歌及英雄史诗比较少见,这是其中出色的一首。全诗八章,在《诗经》中篇幅也是较长的。它不同于《国风》中多用重章复沓来叙事抒情的内容,而是各章连贯地叙述后稷的出生和功德,前半充满神话灵异的色彩,后半则充满浓郁的生活气息。这在《诗经》中也是比较少见的。

古人由于认识的局限,总认为有大功德于民的人,总是天生的不同凡响。要叙述后稷的灵异,以姜嫄受孕的灵异说起。第一章第一句点题,《诗经》的题目大半截取首句的词语,不像后出的诗题,但这一首"生民"既是第一句中的词语,又能概括全诗的内容。所谓生民,指后稷如何降生,所以从母亲受孕谈起。这个受孕非同一般。她没有嫁人,只是因为参加祭祀,脚踏到了一个大人的足拇指迹,忽然身体有了感应,要别人帮助,动荡不安的体态才停止(攸介攸止)。然后是"载震载夙,载生载育",结语"时维后稷",总出歌咏的主人公。也是对"生民如何"几句的结穴。"生民如何"一句设问,作用非常明显,叫醒下文,同时也使人明白"时维姜嫄"不是最后的答案,答案是"时维后稷"和"厥初生民"遥相呼应。

第二章写出生的灵异。到了足月,降生非常顺利,一点没有一般初生子那种困难。这里是现实的,但联系首章,所以还是认为天帝"以赫厥灵"。这五句是一部分。下面三句,庆幸中又有怀疑,怎么没有嫁人居然生下孩子,是不是上帝对我的惩罚呢。"上帝不宁,不康禋祀"是姜嫄的疑虑之词,这就导致了下章姜嫄想方设法抛弃孩子的各种做法。后稷又名"弃",即由此而来。

第三章神话色彩也极为浓厚。它先用"诞"字(语助词)开头讲出三种奇异现象:抛到狭巷里,牛羊来保护它;抛到树林里,正好人们去砍树发现了;最后抛弃在寒冰上,非冻死不可了,却飞来了鸟类用翅膀盖住他,使他不会冻死。这多奇特。这六句是三组平列的语句。后面四句写后稷的哭声特大,这是婴儿体质强壮的表现。"实覃实訏,厥声载路"两句有声有色地写出后稷与生俱来的强大生命力。

第四章写后稷婴幼期的灵异。他还在匍匐爬行时,就能分别食物。稍大之后,试着种庄稼,表现了突出的农艺才能。"荏菽旆旆。禾役穟穟。麻麦幪幪。瓜瓞唪唪。"几个并列的语句,一律用叠词,铿锵有力,而且几乎把当时的农作物包括净尽。如果不是联系第二章和本章"诞实匍匐"几句,后面这几句完全是现实的描写。但在前述特定条件下,这几句却染上了神异的色彩。

第五章写后稷始封于邰的事。后稷是因为善于种植而受封。这章中第五句到第九句一律用"实……实……"的排比句,但排比是按植物成熟过程写的,有浓厚的生活气息。最后用"即有邰家室"一句写明后稷因功受封为周之始祖,为下章开始祭祀伏笔。

第六章写后稷对农业的伟大贡献,特别是天降了"嘉种"。这一章里也多用排比句增强气势,但它运用的方式和前几首又有区别。两个"维…维"表面是两句,实际是四种并列。接着用"恒之……是"的两组并列,每组两句,把"秬秠"与"穈芑"并列,而"是获是亩""是任是负"又是互文,就是说"秬秠"与"穈芑"都"是获是亩""是任是负"。这些动作又是按先后次序排列的。最后"以归肇祀"一句说明后稷开始祭天。这句和首句"诞降嘉种"相呼应,因为嘉种是天帝降下的,所以收获以后必须祭天以示报答。这一句在结构上用"祀"字引起下章。

第七章用"诞我祀如何"一问唤起下文,全写祭祀。句子也是整齐和变化相结合。"或"字两句四个动作,从上章"以归肇祀"来的。收获之后,将粮食"舂、揄、簸、蹂"接着对"释、烝"两个动作又加以描绘,用"叟叟""浮浮"来象声象形。几个动作的描写,整齐中又有变化。下面"载谋载惟"和"载燔载烈"也是整齐对偶的句式,但一个下面承以"取萧祭脂,取羝以軷"两句,一个后面只以一句"以兴嗣岁"作结(表明今年祭祀为了来年),整齐中又有变化。

第八章仍然写祭祀,但和上一章不同,上一章只讲人们的行动,这一章着眼于上帝的享用。先写各种祭器,"卬盛于豆,于豆于登"。由于祭者的诚心,祭物的香气上通于天,引起"上帝居歆"。这里和上章合看完成祭祀的全过程。下面全诗的结尾,用"后稷肇祀"和第六章末句呼应。"庶无罪悔,以迄于今"既是对过去的欣慰,又带着对未来的预祝。周人"郊祀后稷以配天",被祭的对象表面上以天为主,但大量的篇幅却是写后稷,天帝是虚的,后稷是实的。再者,后稷也是上帝降生而又虔诚祭上帝的周代始祖。所以,这一首实际是周人祭始祖后稷的诗。

这首诗,以时间顺序写出后稷的灵异和受祀,一章接一章,有时用一句呼应。

许多语句用"诞"字起头,也很奇特。但结构上却富于变化,整齐的语句和散句构成一个变化;整齐语句中一组与一组又有变化,使人不觉得平板乏味。在内容上神话和现实交织,构成绚丽的色彩,叫人目不暇接。前人对这首诗的内容争议很多,今人也未必看法一致。清人方玉润《诗经原始》卷十三的说法颇有见地,抄录在下以供参考:

此诗事异文奇,未免骇人听闻,故说者纷然各异。然所以异者,其亦有故:一由于不通文理,一由于不解人事。曷言之?诗曰:"生民如何,克禋克祀,以弗无子。履帝武敏歆,攸介攸止,载震载夙,载生载育。"《集传》云:"精意以享谓之禋;祀,郊禖也;弗之言祓也,祓无子,求有子也。"意盖谓"姜嫄出祀郊禖,见大人迹而履其拇,遂歆歆然如有人道之感,于是即其所大所止之处,而震动有娠"。其说本《史记》及《郑笺》,诸儒多非之。然证以二、三章"居然生子",以屡弃置而屡逢庇护,虽牛羊禽鸟亦腓字而覆翼之,则"履迹"之说似非虚诞。唯从帝出祀郊禖,虽履迹而心动,安知其娠不为帝子而为异种,必多方以弃置之乎?若《毛传》云:"姜嫄出祀郊禖,履帝喾之迹,而行将事齐敏",则尤不通。之祀盖从祀郊禖者,求有子也。求子而得子,又反弃之,有是理乎?凡此皆"克禋克祀,以弗无子"之文有未通耳。诗言禋祀,不过精意以祭,未言"郊禖"也。凡言"郊禖"者,皆后儒所增。何以知其为求子乎?"以弗无子"。郑氏谓"祓除其无子之疾",已迂而凿。姚氏又谓"弗使其无子",亦与下意弃置不相贯。唯郑潜谷与季明德两家以为姜嫄未嫁而生子得之。盖"以弗"云者,以其弗嫁,未字于人也。"无子"者,以其未字于人,故尚无子也。下乃云"履帝武敏歆",是倏然有感而心动;故下又云"居然生子"而弃置之。文气本自相贯,其奈诸儒不细心领会,何哉?然则禋祀谓何?愚意姜嫄其人,性必好道而敬神,故于天帝之类恒虔祀之。其所履者亦即天帝之迹,非别有所谓大人也。盖平日精神所聚,故不觉灵气感通,岂必待郊禖求子而后有所遇哉!此等事不必上世始有之,即后世之见于稗官小说及释典中者不一足,固无足异。今黄梅意生寺为释子慧能所生地,居然尚存,亦其类也。即《春秋传》斗穀於菟之被弃,为虎所乳;《前汉书》高帝之母梦与龙交而娠,何一非骇人听闻者哉?唯高帝现有太公,故明知其为龙种而亦不忍弃之;子文母未嫁而孕,故虽知其为父后而亦不能弃之,有名与无名之分也。是知后稷之生,必因无名而见弃。若从帝郊禖而娠,岂尚无名乎哉?愚谓诸儒不察文义且并不解人情者,此也。又况诗中溯源,但题其母,不及其父,则是无父而生也明矣。姜嫄为高辛氏世妃,或曰元妃,都无定解,然皆后日事。若此时,则尚未有夫也,故足怪。诗首章言受孕之奇。次言诞生之易。三言被弃而庇护者多。四言稍长即知稼穑。五言其有功农民,因以受封。六言其能降嘉种,以归肇祀。七言其祭祀之诚,并祈来年。八言周人世守其业不敢有懈,而因以得膺天命而有天下。是皆后稷所赐,故将尊之以配天,未为过也。然非姜嫄不及此,故曰"厥初生民",自姜嫄始。

行苇

【题解】

本诗是一首宴请诗,歌颂了睦亲敬老、仁及草木的高尚情操。诗中记述周初时入席的先后顺序由射箭成绩的高低来定,而不是按地位来定或是论资排辈,发扬了一种平等的精神。在艺术上,这首诗用叮嘱牛羊不要践踏路边芦苇来象征兄弟之间不要互相伤害,十分形象、感人。

【原文】

敦彼行苇①,牛羊勿践履。方苞方体②,维叶泥泥③。戚戚兄弟,莫远具尔④。或肆之筵⑤,或授之几⑥。

肆筵设席,授几有缉御⑦。或献或酢⑧,洗爵奠斝⑨。醓醢以荐⑩,或燔或炙⑪。嘉殽脾臄⑫,或歌或咢⑬。

敦弓既坚⑭,四鍭既钧⑮,舍矢既均⑯,序宾以贤。敦弓既句⑰,既挟四鍭,四鍭如树⑱,序宾以不侮⑲。

曾孙维主⑳,酒醴维醹,酌以大斗,以祈黄耇。黄耇台背,以引以翼,寿考维祺,以介景福。

【注释】

①敦:丛生的样子。行:道路。②方:开始。③泥泥:叶子很繁茂的样子。④远:疏远。具:通"俱",皆。尔:通"迩",近。⑤肆:铺上。⑥几:筵席上摆酒菜用的矮小木桌。古人也用以凭靠身体。⑦缉:连续。御:侍候。⑧献:主人向客人敬酒。酢:客用酒回敬。⑨爵、斝:古代铜制酒器。奠:安放,放置。周人礼节,敬酒时先洗杯,然后斟酒。客饮毕,将杯放于几上。⑩醓醢:有汁的肉酱。荐:进献。⑪燔:烧肉。⑫殽:同"肴"。脾:牛胃。臄:牛舌。⑬咢:只击鼓,不唱歌。⑭敦弓:即雕弓,弓上有彩饰。⑮鍭:箭名。钧:通"均"。这句谓较射时四人一组,皆调试均当。⑯舍:放射。均:朱熹:"均,皆中也。"⑰句:通"彀",张满弓。⑱树:竖立。这句谓四箭中的,皆竖立靶。⑲不侮:不轻视。指对发射成绩不好的人也不怠慢。⑳曾孙:

指主持宴会的人。

【译文】

丛丛芦苇长道旁，牛羊来来往往不要踩伤。苞儿初吐茎成形，叶儿柔嫩泛青光。好兄弟互相帮助互相鼓励，莫要疏远共一堂。有的忙着铺筵席，有的忙碌着送上几。

铺筵设席送上几，有很多侍者继相来到。主人敬酒客回觞，洗杯斟酒表敬意。一起上肉汁和肉酱，烧的烤的美无比。肚儿舌儿佳肴香，人们都喜欢的歌鼓声。

雕弓挽起真强劲，四支利箭调均匀，闪然发矢都中靶，以贤能排列宾位。雕弓拉开如满月，四支箭儿持得紧，靶子上面箭箭飞竖，待宾以礼无重轻。

曾孙自有主人风，酒儿清冽味儿浓，斟满大杯醇酒，祝福老人意谦恭。老人黄发年纪大了，左右扶持使从容，长寿的人运气就多，天赐洪福百岁翁。

【鉴赏】

这是写周代贵族燕饮酬酢的诗。诗中主人的热情款客，宾客的射乐畅饮，老年的备受尊重等等，表现出人情之厚，风俗之醇。

"敦彼行苇，牛羊勿践履。方苞方体，维叶泥泥。"四句借物起兴，在《大雅》中很少见。生机盎然的幼嫩的芦苇，从出芽到长茎长叶，以至一丛丛地生于道旁。中间忽然插上"牛羊勿践履"一句叮嘱，可见诗人仁民爱物的忠厚之心。这是周家祖先的传统，对物如此，对人更不必说，所以后面引出一大堆亲亲敬老的燕饮镜头。为什么用勿践芦苇来起兴？周室祖先公刘，相传"行不履生草，运车以避葭苇"（《吴越春秋》）；"牛羊践葭苇，恻然为痛之"（《列女传》），"公刘厚德，恩及草木，牛羊六畜且犹感德"（《潜夫论》）；"昔文王葬枯骨，公刘敦行苇，世称其仁"（《后汉书·寇荣传》）。公刘对草木如此仁厚，那么公刘的子孙们应该如何呢？

"戚戚兄弟，莫远具尔。""戚戚"表示亲密，大家都是亲密兄弟，不要见外，"莫远具尔"。何以表示亲密？"或肆之筵，或授之几"？都请人席就座，接受款待。这是第一章总提燕饮兄弟。

第二章承第一章来"肆筵设席，授几有缉御"，燕饮一开始就是亲切友好的气氛，恭恭敬敬地从事。"或献或酢，洗爵奠斝"两句写饮酒之尽兴。"醓醢以荐，或燔或炙，嘉殽脾臄"，写菜肴的美盛。"或歌或咢"，古代燕饮必有音乐，这一句专写歌咢，看出大家情绪高涨。从音乐引到下文的燕射，也很自然。这一章写主客间的酬酢，是燕会的主体。

第三章专讲射礼，是燕饮的插曲。这一章写法和前一章不同。"敦弓既坚"四句写准备和射,"敦弓既句"四句写射的过程和结果。这两层次序有同有异,中间许多语句相同,有点《风》中重章复沓的味道。"序宾以贤""序宾以不侮"看到虽然角逐,但彬彬有礼,表现出雍容尔雅的君子风度。孔子说过:"君子无所争,必也射乎!揖让而升,下而饮,其争也君子。"(《论语·八佾》)读这章诗,很容易联想起孔子的这番话。

第四章写尊敬耆老。因为人要终其天年,都得经过老的阶段,对老人的态度,反映社会风俗的厚薄。"酒醴维醹,酌以大斗,以祈黄耇。"醹酒大斗,为老人祝福,风俗之厚可见(古人的酒是今天的米酒之类,不是烈性酒,所以以大斗敬老)。"黄耇台背"一句画出老者的神态,"以引以翼"见尊老扶老的情形。"寿考维祺,以介景福"两句既是对尊老的祝颂,又是对全体主宾的共同祝福,收缩第四章,同时又收缩全诗,戛然而止,引人遐想。这一章和第三章都是写燕会中的事情,射是年富力强的人所从事,老者筋力已衰,不参加燕射,所以给他们"酌以大斗"使一座尽欢,老人也不寂寞。四章和三章是平列关系,而先说射后说敬老,就因为"寿考维祺,以介景福"可以结束全诗,而"序宾以不侮"只能结束射事的缘故。几章的安排,颇具匠心。

既醉

【题解】

这是一首答谢诗,是客人赞美主人的诗。全诗以"既醉"起兴,说明主人的盛情及客人的兴奋,为下文的展开打下了很好的基调。客人借着酒兴从感激主人的菜肴款待谈起,逐渐引申出对国家、社稷的称颂和赞美,进而祝福周王、祝愿美好的生活,表现了一个礼教大国的风度和客人真诚的情怀。值得一提的是,诗中首次出现了"女士"这个词,在整首诗倡导礼仪制度的风格下,同时也成就了后世的礼仪规范。

【原文】

既醉以酒,既饱以德①。君子万年,介尔景福②。既醉以酒,尔殽既将③。君子万年,介尔昭明。

昭明有融④,高朗令终⑤。令终有俶⑥,公尸嘉告⑦。其告维何?笾豆静嘉⑧。朋友攸摄⑨,摄以威仪。

威仪孔时⑩,君子有孝子⑪。孝子不匮⑫,永锡尔类⑬。其类维何?室家之壸⑭。

君子万年,永锡祚胤⑮。

其胤维何? 天被尔禄⑯。君子万年,景命有仆。其仆维何? 釐尔女士⑰。釐尔女士,从以孙子⑱。

【注释】

①德:恩德,恩惠。②介:佑助。尔:你,这里指周天子。景:大。③将:通"臧",美好。④融:十分明亮。⑤高朗:高明。令终:善终。⑥俶:始。⑦公尸:祭祀时装扮先祖接受祭祀的人。嘉告:以善言祝告。⑧笾豆:古代祭祀时盛放祭品的器皿,这里指祭品。静嘉:清洁美好。⑨朋友:助祭的人。摄:佐助。⑩孔:非常,很。时:是,合宜。⑪有:又。⑫不匮:不绝,不断。⑬锡:赐,给予。类:善,福气。一说,类,法则。⑭壸:宫中小巷,引申为"远"之意。一说,同心同德。⑮祚:福禄。胤:子孙。⑯天:天命。被:本义是覆盖,引申为给予。⑰釐:赐予。⑱从:随从,跟随

曾侯乙铜尊盘(战国)

【译文】

美酒喝得醉醺醺,您的好恩情我品尝了。但愿主人寿万年,神赐大福享不尽。美酒喝得醉酩酊,您的佳肴不计其数。但愿主人寿万年,神赐前程多光明。

远大又光明的前程,善终会有好名声。善终必有好开头,仔细听神主好话。神主好话说什么? 碗碗祭品洁而精。朋友宾客来助祭,祭礼隆重心虔诚。

祭祀礼节无差错,主人是个孝子。孝子孝心永不竭,神灵赐您好章程。有什么章程赐你? 治理家庭常安宁。但愿主人寿万年,子孙幸福永继承。

子孙后嗣怎么样? 老天让你当国王。但愿主人寿万年,妻妾和儿郎由天赐。妻妾儿郎怎么样? 天赐才女做新娘。天赐才女做新娘,随生子孙传代长。

【鉴赏】

这是西周时期的一首祖庙祭歌。那时大大小小的奴隶主祭祀祖先,都用臣属或死者的后辈代死者受祭,象征死者的神灵。这人叫"尸",恰似后代之偶像。尸在受祀时不可以讲话。仪式进行一定阶段,祖先神灵当表态,就由祝官代表尸致

辞,向主祭者说一些赐福的话。此诗当为某贵族祭祖时祝官唱的歌。

这个主祭者的社会地位很高,诗中有"公尸"一词,该祖先当为公侯。主祭者拥有大量奴隶和土地,可是仍贪得无厌,无休无止。祝官即迎合其心理,说什么上天一定会保佑他获得更多财产。此诗从一个侧面反映了我国奴隶社会的情况,特别是奴隶主贵族的心态,说出了他们的理想与追求,因而有认识价值与史料价值。

全诗八章,每章四句。前三章是参加祭祀宴会的客人对主人的颂扬。他们帮助主人祭祀,酒饱食足,齿颊生香,于是好话连篇,谀词迭至。一是祝愿主人长命百岁,永远享乐。二是为之祈求大福大贵,光大祖业。三是吹捧主人的道德情操,会取得更高的声誉和威望。这些客人当然也是奴隶主贵族,说的话自然同声相应,同气相求了:第三章末"令终有俶,公尸嘉告"为承上启下之关键,转写祝官代公尸亦即代其祖先致答词。

以下五章皆为答词,活灵活现地吐出奴隶主阶级的心声。首先,祖宗的神灵对食品、祭器的美洁和祭祀礼节、助祭客人的文质彬彬表示满意。接着肯定主祭人是个大大的孝子。再说列祖列宗将保佑这个孝子及家族繁衍昌盛,个中核心乃是保佑其极大地增加物质财富,也就是大量增添奴隶和土地。这是奴隶主阶级注意力的集中点,是他们穷奢极侈享乐生活的基础,所以层层追问,越说越具体。"其告维何?"答曰:"永锡尔类。""类"的本义为"族类",此句说祖宗神灵请上天永远赐给该贵族奴隶之族类。那么,"其类维何?"答曰:"室家之壸。"即农业奴隶、手工业奴隶、牧业奴隶、家内奴隶、种族奴隶以及虏奴、债奴、刑奴等等,都是整个家族,全部赐你,男女老幼,一个不漏。当然还有土地,因为金文"锡臣若干家",常与"田若干"连言,不须详说。召伯虎簋有"仆庸土田",《鲁颂·閟宫》亦言"土田附(仆)庸"等等,皆可证。通观《诗经》,义可互足。社会生产力的三要素为劳动者、劳动工具、劳动对象,奴隶既是劳动者,又是会说话的工具,二者得兼,正可谓所赐赅足。贵族不仅本人想获得更多奴隶与土地,而且谋及子孙,还要"永锡祚胤",让后代继承财产,绵绵瓜瓞,永不断绝。那么,"其胤维何?"答得更具体:"天被尔禄。"赐给后代更多的福禄。当时周王是奴隶主头子,将土地连同土地上的奴隶赐给诸侯和臣下,他们再依样将土地和奴隶赐给下级的卿、大夫、士。每个奴隶主都有相应等级的财产。各级领地世代相传,自由支配,但不准买卖,周天子有权随时收回转赐他人。据此,这个贵族的祖先神灵愿保佑子孙后代从上天那里得到更多的赏赐,直爽言之就是"景命有仆",永远保有并扩大奴隶与土地。那么,"其仆维何?"答曰:"釐尔女士,从以孙子。"赐给的奴隶以青壮年男女为主,并且加上他们繁殖的子孙。这就是所谓家生世奴了。

诗的后五章以追问方式，层层深入，写出祝官致辞的具体内容。从中看出奴隶主对奴隶疯狂的占有欲，对物质享受的无穷追求，而这一切是受之于天的、合理的，为压迫剥削奴隶制造根据，有极大的虚伪性和欺骗性。隐藏于致辞后面的则是奴隶的斑斑血泪与累累白骨。

此诗为我国西周时期是奴隶社会的力证。过去的说诗者对本诗主旨的解释很多。如郑玄《毛诗笺》、朱熹《诗集传》等所说，"大平也。醉酒饱德，人有士君子之行焉"，"此父兄所以答《行苇》之诗。言享其饮食恩惠之厚，而愿其受福如此也"。他们不可能懂得我国奴隶社会之存在，因而不可能对本诗的认识价值与史料价值做出正确的评价。这是阅读与欣赏《诗经》中此类作品，参考历代传、注、笺、疏，应当注意的。

此诗篇章结构匀称，形式完美。从第三章开始，每章首句，皆承上章末句，并加以变化，蝉联而下，层层剥剔。于省吾先生将这一技巧叫作"连锁递承法"。从语言角度看，本诗使用了顶真修辞手法。因而比起《诗经》中大量形式上各自为章、勾连欠紧的诗篇来，自具特色。

凫鹥

【题解】

这是一首周天子祭祀祖先后的第二天，宴请神主的诗。从诗中可以看出，当时的君臣关系还是比较亲密的。诗中用野鸭和鸥鸟始终在河中同游共乐为象征，表现主宾之间不但同席饮宴，而且礼让和谐，地位平等，在简洁的形式中包含着深切的内容。与之前宾主宴饮的诗不同，这首诗涉及的不仅是美酒佳肴和欢聚场面，更主要描绘了神主的眷顾和荣光，表达了对美好生活的深刻的向往和感激之情。

【原文】

凫鹥在泾，公尸在燕来宁。尔酒既清，尔殽既馨。

公尸燕饮，福禄来成①。凫鹥在沙，公尸来燕来宜。

尔酒既多，尔殽既嘉。

公尸燕饮，福禄来为。

凫鹥在渚，公尸来燕来处。

尔酒既湑，尔殽伊脯②。

公尸燕饮,福禄来下③。

凫鹥在渼,公尸来燕来宗。

既燕于宗④,福禄攸降。

公尸燕饮,福禄来崇。

凫鹥在亹,公尸来止熏熏⑤。

旨酒欣欣,燔炙芬芬。

公尸燕饮,无有后艰⑥。

【注释】

①成:促成。②脯:干肉。③下:降。④于宗:在宗室;在宗庙。⑤熏熏:快乐安详的样子。⑥后艰:今后的艰难。

【译文】

野鸭水鸥泾水游,神主宴享好安详。主人美酒多清爽,
你的菜肴味好香。神主前来赴宴会,大福大禄双双降。
野鸭水鸥于沙滩,神主宴享舒且安。主人美酒多多献,
你的菜肴全新鲜。神主高兴来赴宴,福禄双降数量添。
野鸭水鸥在沙滩,神主宴饮意真欢。主人美酒真清爽,
你的佳肴有肉干。神主降临来赴宴,福禄双降你身边。
野鸭水鸥在河岸,神主宴饮心中欢。宗庙之中来饮宴,
福禄双降在此间。神主前来享酒宴,福禄积聚在面前。
野鸭水鸥在水边,神主休息心意舒。主人美酒很芳香,
烧肉烤肉味香甜。神主前来享饮宴,主人从此没后患。

【鉴赏】

奴隶主贵族在祭祖的第二天,为了酬谢代祖先神灵受祀的臣下或死者晚辈的辛劳,设酒筵款待他。此诗是履行这一礼仪时的乐歌。

《仪礼·士虞礼》:"祝迎尸。"郑玄注:"尸,主也。孝子之祭,不见亲之形象,心无所系,立尸而主意焉。"尸既然是祖先的代表和象征,就必须装得十分严肃庄重,在祭祖活动的全程中正襟危坐,态度雍容,不能讲话,不做动作。这种"活见鬼"的角色是很难扮的。尸这种角色既是原始宗教巫术作用发展到奴隶社会的表现形式之一,又成了后代偶像(包括画像)崇拜的前身。由于祭祖时尸极辛苦,所以主人在翌日用专门礼节来酬酢他。

全诗五章,用复沓形式,反复咏唱。既记述宾尸的过程,描写酒菜佳美、主人热

情,"尸"者继续说上天赐福禄等,又缠绵尽致地抒发谢尸的感情。各章除第五句"公尸燕饮"完全相同外,其余句子大多相似,只换了少数字眼。这些字眼的改换是很讲究的。

各章皆用起兴,以凫鹥在水中自由自在地遨游,比兴公尸受享时的愉快心情。各章首句末字为"泾""沙""渚""潨""亹",皆交代野鸭、白鸥遨游之所在。马瑞辰《毛诗传笺通释》说:"按《诗》沙、渚、潨、亹,皆泛指水旁之地,不应泾独为水名……在泾,正泛指水中有直波处。"这是正确的,但未深一步谈五个词的差异和诗人之匠心。其实野鸭、白鸥是从水的中流游到沙滩、小州、两水汇合处、深峡中,越游越困难,也越勇毅。相应地"公尸来燕",吃喝得也越来越高兴,从"宁"到"宜""处""宗"直至"熏",从安宁到舒适、安坐、开心直至醉醺醺。赞扬喝的酒是"清""多""湑""欣",即不仅清醇,而且量多、纯净、味正。吃的肴馔是"既馨""既嘉""伊脯""燔炙芬芬",不仅味香,而且质高,既有肉干,又有香气浓郁的烧肉、烤肉。这些美酒佳肴,"公尸燕饮",酒饱食足后,开口讲吉利话。他预祝这位贵族主人享大福、发大财。这"福禄",从"成"到"为""下""崇",直至"无有后艰",即从福禄很重到有所增益、上天更多赐予、聚积如山,直至进"保险公司"——没有一点点后患。这最后一点,是排除主人的上级止爵收田的可能? 还是害怕奴隶暴动败其家财? 抑或是消弭自然灾异,如火灾一类? 总之,高高在上的奴隶主贵族,在极欲享受之中,也还是有"后艰"的。阶级斗争、统治集团内部的斗争(含贵族子弟自身的腐败沉沦)、人与自然的斗争困扰着整个奴隶主阶级。此诗末公尸"无有后艰"的祝词,隐藏着这一秘密。这对我们认识奴隶社会贵族的心态,极有补益。

这样看来,过去许多学者论断《诗经》中的重章,只是为了反复咏吟,加强效果,不中肯綮。事实是不少诗篇的重章,并非仅出于以同一曲调反复演唱歌词、简单地重复一个意思的需要。作词者扣紧中心,匠心独运地在换字眼中,宕开内容,加深主题,道出了事情的发展变化,情节的摇曳多姿,感情的奔涌腾挪。应该说,这是本诗的艺术特色。

《凫鹥》似为《既醉》之姐妹篇。它同样展示了上古宗教的风貌与流俗,宗庙祭祀的繁缛礼节,让我们认识到奴隶主贵族的穷奢极侈、心理追求与忧愁。

假乐

【题解】

这是一首群臣在宴会上赞美周天子的诗。祝福他多福多禄,子孙万代,和乐永享,表达了群臣对周天子及周王室衷心的爱戴和期盼。诗中以周天子为例,详细归总了作为一代明君应具备的操守、品德,以及作为一个泱泱大国的纲纪、章法,强调了治国安邦的榜样和典范作用,传递了对国家及人民深刻、厚重的思想和情感。

【原文】

假乐君子①,显显令德。宜民宜人,受禄于天。

保右命之②,自天申之③。干禄百福④,子孙千亿。

穆穆皇皇,宜君宜王。不衍不忘⑤,率由旧章⑥。

威仪抑抑,德音秩秩。无怨无恶,率由群匹⑦。

受福无疆,四方之纲。之纲之纪,燕及朋友。

百辟卿士⑧,媚于天子⑨。不解于位,民之攸墍⑩。

【注释】

①假乐:欢喜愉悦。②右:佑助。③申:不断的。④干:求。⑤不衍:没有过失。⑥率:依照,遵循。由:跟随。旧章:原有的制度。⑦群匹:群臣。⑧辟:诸侯。卿士:大臣。⑨媚:喜爱。⑩墍:休息。

【译文】

心中喜乐周君王,美誉显赫真辉煌。安民任贤皆适宜,

从天受福来安享。上天下命保周君,多次赐福兴周邦。

祈求福禄千百样,子孙千亿传久长。恭恭敬敬心明亮,

适合做君宜做王。不犯过失不遗忘,遵循旧法治国忙。

仪表举止气度美,聪明多智有名望。举国上下无怨恨,

遵依群臣好主张。接受福禄大无疆,你是八方好榜样。

你是天下好楷模,使那群臣安乐享。诸侯百官众群臣,

都爱天子敬酒忙。你对国政不懈怠,人们挚爱你周王。

【鉴赏】

这是一首为周成王颂德祝福的诗。《毛诗序》云:"嘉成王也。"金启华先生《诗经全译》亦云:"归说以为美成王,当亦可信。"

　　周武王伐纣胜利后不久病逝，儿子姬诵十三岁继位，即周成王。他在叔叔周公旦的辅佐下，为稳定周王朝的政权做了许多大事。这些大事先后有：组织周王室同姓和有亲戚关系的贵族东迁，让周族势力逐步渗入到最重要、最富庶的黄河流域；制定嫡长子继承制，使中央王朝与各诸侯国稳定统治秩序；制定严格的等级制度和严酷的刑律，加强了新国家的统治；平定了纣王之子武庚的复辟叛乱，并揭穿三个叔叔管叔鲜、蔡叔度、霍叔处与武庚勾结的罪行；在这次东征中，年轻的成王将王朝势力扎根中原并推向东方和南方，使周族与商族的农业技术、文化得到广泛传播；实行分封制，将家族成员和功臣封往全国各地，建立了七十多个大大小小的"诸侯国"，完成对全国的控制系统；兴建东都洛邑，并在新城成周召开诸侯大会，宣扬国威。成王善于分析思考，不轻信小人之言，调整了与周公姬旦这位杰出政治家的关系，在这位叔叔去世后，将其安葬于周族历代先王的坟地毕原，给予极高的荣誉。成王为政作风严谨，他亲眼见到创业的艰难，深知守业的不易，所以兢兢业业，谨慎小心，在周公病逝后亲率大军南征，讨伐淮南的虎方和江汉一带的荆楚，在那一带建立了许多姬姓小诸侯国。据古籍记载，周成王赏罚分明，重言诺，守信义，"桐叶封弟"即为范例。此外，周成王还办好把政权移交给康王姬钊的大事。父子两代统治的几十年中，天下比较安定，国家也比较富强，史称"成康之治"。当然这种繁荣的景象是由广大奴隶和平民创造出来的。

　　这首诗就是礼赞成王的。全诗四章，章六句。首章颂扬成王有爱护百姓、善任贤臣的美德。二章颂扬成王道循周族先辈杰出人物太王、王季、文王、武王制定的规章制度，处事严谨端庄。三章颂扬成王不犯过失，不昏不妄，有王者之风。四章颂扬成王仪表堂堂，豁达大度，讲话得体，能听取群臣意见。五章颂扬成王治理天下有纲有纪，尊重群臣，所以他们忠于职守，人民休养生息，安居乐业，有所归宿。当时迷信得厉害，所以各章皆又强调祈求上天多赐福禄、子孙给成王，以显示天帝的力量，证明周统治的受命于天、合情合理。

　　全诗称赞周成王能安民、守祖训、作风正、胸襟宽、通下情等品德情操，为我们评价这一历史人物提供了材料。当然，这些道德品质的本身，我们也是可以继承的。这是本诗内容的积极方面。故姜炳琼《诗经广义》云："成王之守成致太平，其实功实事皆于此篇发之。"陈子展评曰："此谓诗言及成王敬天、法祖、用贤、安民之事耶？"（《诗经直解》）皆中鹄的。应该辨识的是，本诗作者对成王的颂扬是站在当时统治者立场上的。

　　通篇用赋，不借比喻和起兴，直书其事，是本诗艺术特点。

公刘

【题解】

这是记录周人祖先公刘带领周民从邰迁豳的一首长篇史诗。诗中生动地记录了迁移的全过程:迁徙前的准备,迁徙后选址测量,训练军队,发展农业,举行祭祀,扩建京城等等。歌颂了公刘的勤劳和智慧,塑造了一位受民拥护的民族英雄形象。

【原文】

笃公刘①,匪居匪康②。乃场乃疆,乃积乃仓③。乃裹糇粮④,于橐于囊⑤。思辑用光⑥,弓矢斯张。干戈戚扬,爰方启行。

笃公刘,于胥斯原⑦。既庶既繁,既顺乃宣,而无永叹。陟则在巘⑧,复降在原。何以舟之⑨?维玉及瑶⑩,鞞琫容刀⑪。

笃公刘,逝彼百泉⑫,瞻彼溥原⑬,乃陟南冈。乃觏于京⑭,京师之野。于时处处,于时庐旅⑮,于时言言,于时语语。

笃公刘,于京斯依⑯。跄跄济济⑰,俾筵俾几⑱。既登乃依,乃造其曹。执豕于牢,酌之用匏⑲。食之饮之,君之宗之⑳。

笃公刘,既溥既长。既景乃冈,相其阴阳,观其流泉。其军三单,度其隰原,彻田为粮。度其夕阳,豳居允荒。

笃公刘,于豳斯馆。涉渭为乱,取厉取锻。止基乃理,爰众爰有。夹其皇涧,溯其过涧。止旅乃密,芮鞫之即。

【注释】

①笃:忠实厚道。公刘:后稷的后裔。公,称号;刘,名。②匪:通"非"。康:安稳,安乐。③积:即"庾",露天堆积米谷的地方。仓:仓库。此处与"积"均作动词用。④糇:同"糇",干粮。⑤橐:无底的口袋。盛物时用绳扎住两端。囊:有底的口袋。⑥思:发语词。辑:融洽。用:以,因而。光:发扬光大。⑦于:乃。胥:相,考察,视察。斯:此。⑧陟:登。巘:小小的土山。⑨舟:通"周"。环绕,佩带之意。⑩瑶:似玉之美石。⑪鞞:刀鞘。琫:刀鞘口部的玉饰。容刀:装饰刀。容,此处作动词用。⑫逝:往。百泉:众泉,极言很多。⑬溥原:广大的平原。溥,广大。⑭觏:看见。京:豳之地名。一说为高丘。⑮庐旅:庐、旅二字俱作寄居解。⑯依:定居,安居。一说为祭名。⑰跄跄:亦作"枪枪",走起路来有节拍的样子。济济:庄严恭敬的样子。⑱筵:竹席,铺在地上以陈饮食。几:坐时凭倚的用具。⑲匏:装酒的器

皿。葫芦晒干后，剖为二，用以盛酒，叫作匏爵或匏樽。⑳君之宗之：君、宗二字均作动词用。君，指当君主；宗，指当宗主。之，指众宾。

【译文】

忠厚诚实的公刘，不敢安居把福享。将田地划分疆界加以治理，收割粮食装进仓。揉面蒸饼备干粮，装进小袋和大囊。团结在一起争荣光，张弓带箭齐武装。盾戈斧钺拿手上，开始向前方动身。

忠实厚道的公刘，豳地原野视察忙。百姓众多紧相随，民心归顺多舒畅，唉声叹气一扫无。忽而登上小山坡，忽而下到平原上。身上佩带什么物品？美玉宝石琳琅满目，佩刀玉鞘闪闪亮。

忠实厚道的公刘，来到泉水岸边上，眺望平原宽又广，登上南边高山冈。发现京师是个很好的地方，京师田野形势好。于是定居建新邦，于是规划造住房，谈笑风生喜洋洋，七嘴八舌闹哄哄。

忠实厚道的公刘，定居京师新气象。犒宴群臣威仪盛，入席就座招待忙。宾主都安排坐定，先祭猪神求吉祥。圈里捉猪做佳肴，葫芦瓢儿斟酒浆。酒足饭饱后大家都很欢喜，共推公刘做君长。

忠实厚道的公刘，开垦豳地广又长。看了平原又上山，勘察山南山北很忙，查明水源和流向。组织军队分三班，测量土地扎营房，田亩开垦为种粮。又到山西去丈量，豳地实在大又广。

忠实厚道的公刘，营建宫室在豳原。横渡渭水开石料，捶石磨石全都采。基地既定治田地，民康物阜笑语欢。在皇涧两岸边住，面向过涧住处宽。移民定居人口密，住满河岸两边。

【鉴赏】

这是周人叙述历史的诗篇之一，歌咏了周部族领袖公刘率领族人从邰迁豳的事迹。诗歌语言简练、层次清晰，按时间顺序，将一幅波澜壮阔的民族发展史展现出来。公刘是周人发展史上承上启下、具有划时代意义的英雄人物。因此，值得周后人好好地歌颂。

本诗共六章，都采用赋的写法。诗歌第一章写迁豳起程之前的准备。周人在公刘的带领下，划界耕种，收割粮食，备足了干粮，还带了弓箭斧头钺等各种工具，场面壮阔、浩浩荡荡地起程了。第二章写初到豳地，相土安民的情景。公刘威武神勇，佩带美玉和宝刀，不知辛劳地去察看地形，终于选定了百姓安居的地方。一系列的动作描写，表现了公刘的精明能干、富有远见。第三章写公刘发现了京的好地方,于是决定在京地建设都邑。百姓在京邑安居后,过着欢乐的生活。第四章写定都于京,宴饮群臣。主要都城建好后,大摆宴席,众臣们吃肉喝酒,纷纷敬献公刘的场景。第五章写公刘率领军民辟土垦田。定都京邑后,公刘开始了兴邦强国的举措。一方面,观察地形,率民众辟土垦田加强生产;一方面组建三军轮流值班,看护田地,以备外敌,使周土地不断地扩展。第六章继续写在公刘的引领下,周人横渡渭水采石建地基;宫室和民舍都建好了,人民有了安身的好住处,生活过得越来越美满,周民族也越来越兴盛了。而这一切都要感谢公刘这个英勇能干的好领袖!

泂酌

【题解】

这是一首赞美君王的诗,赞美了一位平和宽厚的君主。诗中以泉水为日常必需、给人种种方便为象征,体现了这位君王言近旨远,处处为人着想,以致民心所向,万民敬仰。另外,那流动着的清泉,也是情怀高洁的象征,表现了人民对这位父母官真诚的爱戴和敬重,读来如泉水般清冽可人。

【原文】

泂酌彼行潦①,挹彼注兹②,可以饎饎③。岂弟君子,

民之父母。泂酌彼行潦,挹彼注兹,可以濯罍④。

岂弟君子,民之攸归。泂酌彼行潦,挹彼注兹,

可以濯溉⑤。岂弟君子,民之攸塈。

【注释】

①泂:远。行潦:路旁积水。②挹:舀。注:倒。③饎:蒸饭。饎:酒食。④罍:古代器名。盛酒和水。⑤濯:洗涤。

【译文】

远处沟中舀积水,水缸将它来装满,可以使它来蒸饭。

和乐平易周天子,是民父母民欢喜。远处沟中舀积水,

水缸将它来装满,可使它来洗酒坛。和乐平易周天子,

百姓归附心意安。远处沟中舀积水,水缸将它来装满,

可用它来洗酒尊。和乐平易周天子,人们爱你心意纯。

【鉴赏】

关于这首诗的主题思想,《毛诗序》说:“《泂酌》,召康公戒成王也。言皇天亲

有德、飨有道也。"此说大体可信。

这首诗采用三章重复格,每章开头都用"泂酌彼行潦,挹彼注兹"来比兴。道路上积聚的雨水,那是又浑浊又贱薄的,但如今祭祀者远道取来,又注在器具中加以澄清,这就显示了祭祀者的诚心诚意,为皇天的歆享准备了必要的条件。古代祭神祀天不一定要很贵重的东西,比如用韭菜和白茅均可,但必须诚心。此诗中的"行潦"取来当然不是直接用来祭神祀天的,而是用来蒸饭、洗罍、洗尊,但蒸饭、洗罍、洗尊的最后目的仍然是为了祭神祀天。

"行潦"可否用来祭神祀天,主要取决于酌者是否诚心;君子能否够统治天下,主要取决于他是否和乐平易,能否像父母热爱子女一样热爱人民。前者是比兴,是陪衬;后者是赋体,是正意。陪衬和正意之间,过渡自然,衔接紧密。

方玉润《诗经原始》说:"此等诗总是欲在上之人当以父母斯民为心,盖必在上者有慈祥岂弟之念,而后在下者有亲附来归之诚。曰'攸归'者,为民所归往也;曰'攸墍'者,为民所安息也。使君子不以'父母'自居,外视其赤子;则小民又岂如赤子相依,乐从夫'父母'?故词若褒美而意实劝戒。"这是一语中的之论,似颂实诫确是这首诗的主要特色。

《雅》诗常常表现出其所特有的风貌:或剀切直陈,或激烈讥评,而此诗寓诫于颂,平和温婉,其实更接近于《风》诗。这样写,可能出之于召公的苦心。因为板起脸孔来教训,其效果往往大逊于和颜悦色地诱导,所以用褒辞来劝诫能收到事半功倍的效果。

卷阿

【题解】

本诗是一首赞美周成王出游的抒情诗,作者是召康公。这首诗在赞美之中寄寓了劝勉之意,希望成王不忘祖德,礼贤下士,仁爱天下。全诗生机勃勃,流露出一种蓬勃向上的时代精神,带有清新明快的浪漫色调,诗句气势轩昂,所见者大,有一种开阔、优美的气象。在语言运用上,本诗句法灵活,旋律明快,凤凰意象的反复出现也颇具想象力。

【原文】

有卷者阿①,飘风自南②。岂弟君子,来游来歌,以矢其音。

伴奂尔游矣③,优游尔休矣。岂弟君子,俾尔弥尔性,似先公酋矣。

尔土宇昄章④,亦孔之厚矣。岂弟君子,俾尔弥尔性,百神尔主矣。

尔受命长矣,茀禄尔康矣。岂弟君子,俾尔弥尔性,纯嘏尔常矣。

有冯有翼⑤,有孝有德,以引以翼。岂弟君子,四方为则。

颙颙卬卬⑥,如圭如璋,令闻令望⑦。岂弟君子,四方为纲。

凤凰于飞,翙翙其羽⑧,亦集爰止。蔼蔼王多吉士⑨,维君子使,媚于天子。

凤凰于飞,翙翙其羽,亦傅于天。蔼蔼王多古人,维君子命,媚于庶人。

凤凰鸣矣,于彼高冈,梧桐生矣,于彼朝阳。菶菶萋萋⑩,雍雍喈喈⑪。

君子之车,既庶且多。君子之马,既闲且驰。矢诗不多,维以遂歌⑫。

【注释】

①卷阿:即蜿蜒曲折之冈陵。②飘风:漂浮的旋风。③伴奂:豪情。④土宇:封疆。⑤冯:辅。⑥颙颙:和气谦敬的样子。卬卬:同"昂昂",气宇轩昂的样子。⑦令闻:善誉。令望:名望,名誉。⑧翙翙:鸟飞展翅的声音。⑨蔼蔼:很多的样子。⑩菶菶:与"萋萋"意同,指枝叶茂密繁多。⑪喈喈:鸟的鸣声。⑫遂:对,答。

【译文】

曲折丘陵风光好,旋风南来风怒号。和蔼可亲的君子,到此遨游歌载道,大家献诗兴致高。

江山如画任你游,悠闲自得且暂休。和蔼可亲的君子,一生辛劳没有所求,继承祖业功千秋。

你的版图和封疆,广阔无边遍及大江南北。和蔼可亲的君子,终生辛劳有作为,主祭百神最相配。

你受天命长又久,福禄安康样样有。和气近人的君子,一辈子辛劳会长寿,天赐洪福永享受。

辅佐你的是良臣贤士,品德崇高有权威,匡扶相济功绩伟。和蔼可亲的君子,垂范天下万民随。

贤臣肃敬志高昂,品德纯洁如圭璋,美好名誉传八方。和蔼可亲的君子,天下诸侯好榜样。

高高天子凤凰飞,百鸟展翅紧相随,凤停树上百鸟陪。周王身边有很多贤士,任您驱使献智慧,爱戴天子不敢违。

青天高高凤凰飞,众多的鸟都紧紧跟随,直上晴空迎朝晖。周王身边贤士萃,无条件听从指挥,爱护人民行无亏。

凤凰在叫预示着吉祥,停在那边高山冈,高冈上面生梧桐,面向东方迎朝阳。

茂密的枝叶郁郁葱葱,凤凰和鸣声悠扬。

迎送贤臣马车备,车子又多又很华丽。用良马迎送贤臣,奔驰熟练快如飞。贤臣献了很多好的诗篇,为答周王唱歌会。

【鉴赏】

召公随从周成王游于卷阿之上,写了这首诗赞美周成王,同时规劝他要求贤用贤。诗分十章,首章总赞游卷阿之乐;二章至六章,从各个方面来赞扬周成王美好的品德;七章、八章,赞颂成王手下人才集中,济济一堂;九章、十章继续描写游宴时气氛欢乐,车马众多,群贤陈诗,赓续答和,暗示了周王朝统治的巩固。

首章开头两句是对周王和群臣游乐之地作环境描写,而不是如旧注所说的是比兴手法:既不是所谓"恶人被德化而消,犹飘风之入曲阿也"(《毛传》),也不是所谓"喻王当屈体以待贤者,贤者则猥来就之,如飘风之入曲阿然"(《郑笺》)。那样讲显然是穿凿附会的。实际上是以冈陵的曲折蜿蜒和南风的迅猛狂暴来反衬周王和群臣游治的欢乐气氛和陈诗献歌的融洽和谐的。所以首章开头两句是赋而菲比兴。二章从周王从容悠闲、优游自得地宴乐说起,勉励他如果能够巩固与发扬平易和乐的善性,就一定能继承先王功业,达到"无为而治"的逸乐境界。三章从国土的广大、物产的丰富来强调周王如果能够巩固与发扬平易和乐的善性,便一定能得到神明的关注。四章强调周王之所以能够承受天命、享受福禄康宁,其唯一重要条件便是巩固与发扬平易和乐的善性。五章突出本诗主旨,说明周王之所以能被天下奉为准则,全靠守孝道、有美德的贤士们来辅佐。召公以此教诫成王必须重视人才的使用。六章描绘群贤辅佐周王之后所出现的兴旺景象,"体貌则颙颙然敬顺,志气则印印然高朗,如玉之圭璋也。人闻之则有善声誉,人望之则有善威仪,德行相副"(《郑笺》)。以上六章,全用赋体,借游宴场面的描写来陈词,称颂中有劝诫意,寓诫于颂,相当得体。

七、八两章以"凤凰于飞,翙翙其羽"来比兴,描绘群贤毕集、济济一堂的热闹情景,称颂他们既能忠君,又能爱民;靠了他们的得力辅佐,一定能使周王朝臻于至治。九章顺承七、八章诗意,继续运用凤凰鸣于高冈、栖于梧桐的兴象,歌颂周朝人才密集、太平繁华、君乐民喜的兴旺景象。以上三章,用凤凰作为比兴的手段,使得全诗尊贤重贤的主旨得到了进一步的强调。比兴形象和正意显得非常和谐一致。再加上这三章集中使用了"翙翙""蔼蔼""奎奎""萋萋""雝雝""喈喈"等叠词,不仅使音节和美,而且这些词语,或拟声,或模态,都达到了十分传神的程度。

末章再写游宴的欢乐热闹场面,一方面呼应首章,另一方面进一步以车马之盛、宾从之众来衬托周王手下贤才之多,点明全诗主旨。

总之,全诗章法严谨,意象谐和,词语形象精炼,寓诫于颂,是《雅》诗中之佼佼者。

民劳

【题解】

这是一首臣子劝勉君王的诗。诗中恳切的期望多于严厉的谴责,是耐心的劝勉而不是尖锐的抨击。诗人对君王如此语重心长地劝诫和期勉,其为国为民的精神是可贵的。"小康"一词就来源于本诗,"中国"一词也是在这首诗中第一次出现。

【原文】

民亦劳止,汔可小康^①。

惠此中国^②,以绥四方。

无纵诡随^③,以谨无良^④。

式遏寇虐^⑤,憯不畏明^⑥。

柔远能迩^⑦,以定我王。

民亦劳止,汔可小休。

惠此中国,以为民逑^⑧。

无纵诡随,以谨惽怓^⑨。

式遏寇虐,无俾民忧。

无弃尔劳,以为王休。

民亦劳止,汔可小息。

惠此京师,以绥四国。无纵诡随,以谨罔极^⑩。

式遏寇虐,无俾作慝^⑪。敬慎威仪,以近有德。

民亦劳止,汔可小愒^⑫。惠此中国,俾民忧泄。

无纵诡随,以谨丑厉^⑬。式遏寇虐,无俾正败。

戎虽小子^⑭,而式弘大^⑮。民亦劳止,汔可小安。

惠此中国,国无有残^⑯。无纵诡随,以谨缱绻^⑰。

式遏寇虐,无俾正反。王欲玉女^⑱,是用大谏^⑲。

【注释】

①汔:求。②中国:指京师。③纵:听信。诡随:诡计多端的人。④谨:小心,警

国学经典文库

诗经

·《诗经》释讲·

图文珍藏版

惕。⑤式:应当。遏:制止。寇:劫掠。⑥憯:乃,曾。不畏明:不畏其坚强高明。⑦柔:安。能:而。迩:近。⑧逑:聚居。⑨惽怓:争执。⑩罔:无,没有。极:法纪。⑪薨:恶。⑫愒:休息。⑬丑厉:为非作歹。⑭戎:你。⑮而:但,表转折。式:地位,作用。⑯残:破坏。⑰缱绻:反复不定。⑱玉女:爱你。⑲大谏:力谏。

【译文】

百姓劳苦心哀伤,只求稍微得安康。爱怜西周京师民,

就可安定那八方。莫信狡诈欺骗言,谨防恶人把权掌。

禁止抢掠和暴虐,他们竟然抗法网。怀柔远人爱近人,

以此安定我周王。百姓劳苦心凄凉,稍做休息乃希望。

爱怜西周京师民,你是万民好榜样。勿听狡诈欺骗言,

谨防混乱坏朝纲。禁止抢掠和暴虐,勿使百姓心忧伤。

不要放弃你功劳,成就我王好名望。百姓劳苦心忧伤,

曾侯乙铜尊(战国)

稍事休息是希望。爱怜西周京师民,各国平安是吉祥。

勿听狡诈欺骗言,警惕坏人乱官场。禁止抢掠和暴虐,

莫使邪恶逞张狂。严肃谨慎举止好,亲近贤才理应当。

百姓劳苦心悲凉,略做休息是理想。爱怜西周京师民,

万民消除心内伤。勿听狡诈欺骗话,谨防丑类将官当。

禁止抢掠与暴虐,莫使朝政遭沦丧。你虽年轻把权掌,

作用重大应思量。百姓劳苦心凄凉,稍得安逸是理想。

爱怜西周京师民,整个社会安无恙。莫信狡诈欺骗话,

谨防内讧结私党。禁止抢掠和暴虐,莫使朝政错方向。

我王贪财又好色,因此深谏你周王。

【鉴赏】

周厉王是历史上有名的暴君。他统治的时期,横征暴敛,徭役繁重,政治黑暗,

奸佞横行，凶暴肆虐，人民处于水深火热之中。召穆公名虎，康公之后，此时辅佐厉王，特作歌讽谏，希望厉王能防奸除暴，治国安民。

诗共五章，章十句，采用重复格，反复申说，每章在关键处略换一、二字。"特各变其义以见浅深之不同，而中间四句尤反复提唱，则其主意专注防奸也可知。盖奸不去，则君德不成，民亦何能安乎？故全诗当以中四句为主。"（方玉润《诗经原始》卷十四）

五章前四句都是强调安民是保国的前提，警戒统治者必须让民众能够休养生息才能使其统治得以巩固。五章均以"民亦劳止"开头，再三强调民众的劳苦，可见这在厉王统治的时期是一个多么严重而突出的问题！紧接着，"汔可小康""汔可小休""汔可小息""汔可小愒""汔可小安"，召穆公为民众提出最低的要求。"小康""小休""小息""小愒""小安"为近义词，在修辞上采用递降格，从文外进一步暗示厉王的酷虐。随后，进一步指出，使民众安康便能达到保国安边、解民忧的目的。"以绥四方""以为民逑""以绥四国""俾民忧泄""国无有残"即分别从三个方面立言，使诗歌在复沓之中富有变化。

五章中间四句都是强调防奸制暴的重要性，是这首诗的主体部分。前两句"无纵诡随，以谨……"写防奸。所谓"诡随"，指的是阴柔小人。严粲说："诡随者，心知其非而诈顺从之，此奸人也。人见诡随者无所伤拂，则目为良善；不知其容悦取宠，皆为自利之计，而非忠于所事，实非善良之士也。苟喜其甘言而信用之，足以召祸乱，致寇虐。但权位尊重者，往往乐软熟而惮正直，故诡随之人得肆其志，是居上位者纵之为患也。"（转引自《诗经原始》卷十四）而阴柔小人的表现，则是多种多样的，或"无良"（表现出不良行为），或"惽恢"（诱使国王昏聩，造成朝政昏乱），或"罔极"（言而无信，反复不一），或"丑厉"（表现出不齿于人的丑言恶行），或"缱绻"（以甜言蜜语、缱绻柔情蛊惑国王，致使朝政纷乱）。而尤其以第五种"缱绻"一类，更容易迷惑君心，难被识破，所以特地放在最后，郑重告诫，务必要国王深恶痛绝，无使其为患。后两句"式遏寇虐，无俾……"（仅首章是"式遏寇虐，憯不畏明"）写制暴。所谓"寇虐"指刚恶暴徒，他们依仗权势，鱼肉民众，作威作福，凶残暴虐，无恶不作。这种人一旦得势，后果极其严重，就能造成"畏明"（畏惧他们高明显赫的权势），"民忧"（使民众烦劳忧伤），"作慝"（制造出种种灾祸），"正败"（使朝政腐败糜烂），"正反"（使政事颠覆，天下遭难）。而"诡随"与"寇虐"又是互为表里、狼狈为奸的。正如朱善所说："非诡随无以媚上，而为寇虐之本；非寇虐无以威下，而遂诡随之志。"（转引自《诗经原始》卷十四）诗中如此反复申说，务必要厉王防奸

国学经典文库

诗经

·《诗经》释讲·

图文珍藏版

制暴,其针对性是很强的。据史书记载,由于厉王凶残暴虐,任用奸人,使人监谤,压制舆论,结果国人造反,将其逐出国境。由此可见,召穆公的用心是极为深细的。

五章的最后两句都是训诫正君之辞。首章希望厉王能抚远亲近,永保王位。二章勉励他切勿前功尽弃,以保福禄。三章希望他不仅远恶,还应亲近有德之人,威仪才能保持。四章指出作为一国之主,个人虽很微小但所系事业极其宏大,言行不可不慎。末章明白宣告,为了爱护你周王,才写了此诗来大力劝谏的。

虽然厉王终于没有听从劝告,致使召穆公的一片苦心都化为泡影;但召穆公这种敢于正言极谏的精神和这首谆谆告诫、恳挚动人的诗篇却流传了下来,作为优秀的文化遗产,汇入中华民族伟大历史文明的洪流!

板

【题解】

这是一首大臣假托规劝同僚、实则讽刺周厉王的诗。全诗富有崇高感、充满强烈的忧患意识,直抒胸臆,风格浪漫。诗人的悲哀、痛楚、愤怒与抗争一齐写入诗中,诗句节奏紧促,满腔落寞变成纸上千言,一字一句顿挫有力,坦荡而来,读来感同身受,心有戚戚。其表现出的无所畏惧的耿耿忠心,为后世称颂。

【原文】

上帝板板①,下民卒瘅②!出话不然,为犹不远③。靡圣管管④,不实于亶⑤。犹之未远,是用大谏。

天之方难,无然宪宪⑥。天之方蹶,无然泄泄⑦。辞之辑矣⑧,民之洽矣。辞之怿矣⑨,民之莫矣⑩。

我虽异事,及尔同寮⑪。我即尔谋,听我嚣嚣⑫。我言维服⑬,勿以为笑。先民有言:"询于刍荛。"

天之方虐,无然谑谑⑭。老夫灌灌⑮,小子蹻蹻⑯。匪我言耄⑰,尔用忧谑。多将熇熇,不可救药。

天之方懠,无为夸毗⑱。威仪卒迷,善人载尸。民之方殿屎⑲,则莫我敢葵⑳。丧乱蔑资,曾莫惠我师。

天之牖民,如埙如篪,如璋如圭,如取如携。携无日益,牖民孔易。民之多辟,无自立辟。

价人维藩,大师维垣,大邦维屏,大宗维翰。怀德维宁,宗子维城。无俾城坏,无独斯畏。

敬天之怒,无敢戏豫。敬天之渝,无敢驰驱。昊天曰明,及尔出王。昊天曰旦,及尔游衍。

【注释】

①板:同"反",即违反常道。②卒:同"瘁",病。卒瘅:痛苦。③犹:同"猷",策谋。④管管:无所依的样子。⑤亶:诚信。⑥宪宪:高兴愉快的样子。⑦泄泄:读若"呭呭",喋喋多言。⑧辞:指政令之辞。辑:和谐。⑨怿:借为晹,败坏。⑩莫:通"瘼",病。⑪寮:同"僚"。⑫嚣嚣:《韩诗》作"垫垫",用本字,"不听话而妄语也"。⑬服:事实。⑭谑谑:戏侮。⑮灌灌:犹款款,情意恳切。⑯蹻蹻:骄傲的样子。⑰匪:非。耄:八十曰耄。此处谓老糊涂。⑱夸毗:为讨好而过于顺从,即趋炎附势。⑲殿屎:《说文》引作"唸吚",用正字,即呻吟。⑳葵:同"揆"。

【译文】

上帝生气有不正常的要发生,下界人民都遭殃!话儿说得不合理,政策订来没眼光。不靠圣人太自用,只说不做没有用。执政丝毫没远见,所以作诗劝我王。

老天正在降灾难,不要这般喜洋洋。老天正在降骚乱,不要乱说长短。政令协调缓和了,民心和谐国力强。政令混乱败坏了,百姓遭殃难安宁。

你我虽有不同职务,毕竟在官场共事。我去你那共同商议国事,忠言逆耳白开腔。我发表意见为了国家,千万不要当作玩笑。古人有话讲得好:"有事请教砍柴郎。"

上天正要降罪于人间,千万不要放纵乐极。老夫恳切尽忠诚,小子骄傲不像样。我不是在说糊涂话,是你说话太轻浮。坏事做多难收场,不可救药国将亡。

上天正在生很大的气,你别这副奴才相。君臣礼节都乱套,好人闭口不开腔。痛苦的百姓在呻吟,对我不敢妄猜想?社会无序国库空当,抚恤群众谈不上。

老天诱导众百姓,如吹埙篪和音响,如像玄圭配玉璋,如提如携来相帮。培育扶植不设防,因势利导很顺当。现在人间坏人很多,枉自立法没用场。

好人好比是藩篱,众人就像是围墙,大的国家就像是屏障,同族好比是栋梁。关心人民国安泰,宗子就像是城墙。城墙别让受破坏,不要狂妄自大自找灭亡。

要正视上天的怨气,不敢嬉戏太放荡。老天灾变要敬畏,不敢任性太狂放。上天有最明亮的眼睛,一起和你同往来。老天眼睛最明朗,一起和你共游玩。

【鉴赏】

西周后期的厉王(名胡)、幽王(名宫湦)统治时期,是君虐臣佞、怨声载道的时期。在厉王统治时期,重用急功近利的荣夷公,任命卫巫在国内监督告发谤议朝政的人,使朝野上下人心积怨、道路以目。朝中卿士重臣如召穆公、凡伯和、芮良夫等人,都先后当面做歌讽谏厉王的暴政,惊呼"民不堪命"有如壅积的山洪,将覆灭周王朝的统治政权。《诗经·大雅》中的《民劳》《荡》《桑柔》和本篇,就是朝中卿士大夫为讽谏厉王的著名诗篇。这些诗不仅以怨怼恺切的言辞针对厉王的倒行逆施提出警告,而且在一定程度上反映了当时黎民百姓的生活困苦,构成《大雅》中一组具有揭露抨击现实意义的历史名篇。尽管诗的作者都是以维护周王朝的统治利益为出发点的,但其揭露弊政、关注民生的历史意义,仍不可泯。

如果说《民劳》一诗,正如召公谏弭谤一样,主要以一种苦口婆心地劝诫、训导言辞来表露对时局的忧虑。那么,《板》诗的字里行间,就充溢着凡伯对于厉王的荒淫暴虐的深沉怨愤,出语忿激,无所回避。诗虽然反复以同僚的谄媚屈节、为虎作伥作为泄愤的对象,但言下之意,正是有如此的昏君,才有如此的庸臣,此正是作者认为时弊不可救药的关键所在。厉王不能选贤任能,反而亲近小人,收天下之利为己有,怎么能君临天下,为民造福呢? 正如芮良夫谏厉王所说:"匹夫专利,犹谓之盗,王而行之,其归鲜矣!"(《史记·周本纪》)

诗共八章。作者反复以厉王弊政与国泰民安的清正做比较陈说,而着意处都落在对弊政的讽刺、抨击上,作者的怨愤之情即流露其间。

第一章开首以"上帝"与"下民"对举,最高统治者的施政无常,不由正道,必然导致黎民百姓的举措无从,人心惶惧。这是一层多么严酷的因果关系! 厉王一个人的一喜一怒,可能会导致千百万民众的生存、生活危机。政令变更不定,以个人喜怒为指归,黎民百姓怎么不因这种荒唐的折腾而疲于奔命、忧苦劳瘁呢! 下面四句即就此意进一步生发补足:说的好话,从不见实行,擅发政令,频繁变更,反倒责备朝野无贤,装出一副忧国忧民的姿态,但他的好诺言,从未付诸实践。任何无道的统治者,总要千方百计为其无道辩解,把自己打扮成"民之父母",这可说是古今中外伪善统治者的惯伎。这四句抓住其言行不符、佯装忧贤的荒唐处,为"上帝板板"做了确切的注脚,并从侧面补足了"下民卒瘅"的可怕恶果。本章的末二句,即表明作者对此不能等闲视之任之:"犹之未远,是用大谏!"揭示作歌的缘由。这大谏虽然是冲厉王而来,但实则是对民心、民情的深深畏惧,因为如果局势继续恶化,周王朝的统治,就将覆灭于黎民大众的怨谤怒潮之中!

作者以"天人感应"的信念融入诗的第二章。西周流行这样一种观念:周王室的统治权是上天授予的,是神的安排;作为人间的统治者,周天子是代表上天和神意在行使权力,这样权力是神圣不可侵犯的。这就统治者方面说,无疑是给自己的统治地位赋予神秘和绝对至上的意义,进而达到"愚民"的政治效果。但当天子的权威发展到人力无法控制调节的时候,统治集团的成员就会借助天意、神意的种种表现来对最高统治者起到威慑、钳制的作用。所以"天人感应"的观念,在不同的场合其作用也是不同的。凡伯以"天之方难"作为上天对于厉王施行无道靡常的警告,规讽他不要以天下重任为儿戏,不要在大难临头时欢笑作乐、妄言诳人。如果不省悟上天的警告,多为过必遭天罚。"辞之辑矣"与"辞之怿矣"分说治世和乱世两种情况,前者可实现万民同心协力的安定社会,后者必然导致称黎庶遭难的动荡时代。而上天的意志,总是奖善惩恶的,何去何从,人主可不慎欤?

既然一国治乱,在于是否获取民心民力,那么,下情上达,是统治者了解舆情、制定政策的重要前提。诗的第三章分述二意:我有忠言善谋,天子及百官应当听取、采纳;山民樵夫的所思所言,是驭民者应该关心、请教的。只有这样,才能上下沟通,顺应民意,但当时的现实是怎样的呢?"我"为国家图谋的忠言,遭到同僚们的冷落、弃置;他们根本不愿理解忠言的合情合理,一片苦心,反而当作戏语玩笑来对待!这就是厉王周围的政客们对于忠言善谋的态度。有这样的政令决策者,国家能治吗?厉王居然豢养着这样一批"素餐"之徒,其昏聩何以加之!这些人制定的政策,自然是违背常道,陷民于"卒瘅"之境的。本章结语,从正面阐明作者的为政态度:"询于刍荛"。这是凡伯作歌大谏所望实现的政治理想。

然而,当时的政治局势距此何其遥远。诗的四、五两章继第三章继续剖析和指斥当时的弊政——小人得志,胡作非为;贤者失位,尸禄而已。第四章"老夫"与"小子"是鲜明的对照,"我"为上天的肆虐而忧惧,为国家的将亡而忧伤,为黎民的苦难而忧虑,一片诚意,切言进谏;而"小子"们却无视上天垂告,国家兴亡,民生苦乐,盲目乐观,骄纵自得,以忠臣为昏老,以忠言为笑料。是非颠倒如此,还有拯救的药方吗?"多将熇熇,不可救药。"既是对昏庸君臣的一声惊呼,也充满着对当时病入膏肓的时局无可奈何的浩叹。它有如丧考妣的痛切,也有起死乏术的哀婉。

第五章以"天之方懠"与前两章"天之方难""天之方虐"相呼应,一声紧似一声地规谏厉王君臣不要违背天意,自行无道。而尤其指责那些谄媚之人,不敢秉忠直谏,反而卑躬屈节,昵嬖阿私,尽失君臣的威仪分度。贤良之士受排挤,遭压抑,不过尸禄备员而已。"民之方殿屎"四句,遥应首章"下民卒瘅"之意,从正面写出当时社会底层的民生多艰。他们呻吟叹息、资财耗尽,高高在上而不肯"询于刍荛"的统治者们,怎么知道他们经受苦难的实情?几曾想到过爱护他们?

在二、三、四、五章述说厉王所行无道、违背天意民心之后，第六章先从正面阐明黎民百姓渴望安定，容易和谐，犹如圭璋相契、埙篪相和。末二句，再斥当今"小子"，拂民意，行邪僻，欲将自身与王朝引向灭亡而后已。

第七章与前章章法相似。先缕述国家与民众，王室与诸侯、群宗的依存关系。臣民是国家的基础、藩篱；侯国、宗室是王朝的辅卫、干城。没有这些，国将不国，统治政权也就失去依凭了。末二句警告厉王不应颠倒这种关系，毁坏城垣，一意逞威。

诗的末章，总摄天意人事交相应的信念，指明对待天意的敬畏态度，期望由此能改变弊政，换来国家的昌盛、政治的清明。当上天震怒之时，应该停止戏豫，谨言慎事；当上天愉悦之时，应该力戒骄躁恣意，把国家治理得更好。只有这样，才能有安定清明的政治局面。道路行人，四方往来而无阻，这才是治世的景象。

作为一首规谏诗，其指斥现实意在改变时弊，达到一种新的社会理想。所以，此诗的几章中，总是从正反的比较之中来表明诗人的是非好恶的。而因以"刺厉王"为主，故诗的多数篇幅是剖析厉王君臣的违常无道，给天下黎民造成深重的灾难。二、三、四、五章以破为主，只在结末才拣出正意，表明态度；六、七章以立为主，而结以指斥时政之误。这样正反兼顾，破立具备，使诗的表述逻辑严密，是非鲜明，很有说服力。在各章中，诗成功地运用了截然相反的两种事物强烈的对比效果。如"上帝板板，下民卒瘅""辞之辑矣，民之洽矣。辞之怿矣，民之莫矣""老夫灌灌，小子蹻蹻""敬天之怒，无敢戏豫。敬天之渝，无敢驰驱"等等，对比之下，意义显豁，力量愈强。

其次，为了使指陈更加雄辩、更有气势，诗里大量运用了排比手法。比如"天之方虐"与"天之方侪"，构成章与章之间的排比关系，而各章中的排比句就用得更普遍、更成功了，如第二章"天之方难，无然宪宪。天之方蹶，无然泄泄"，第八章"昊天曰明，及尔出王。昊天曰旦，及尔游衍"，是两句与两句形成排比。第六章"如埙如篪，如璋如圭，如取如携"，第七章"价人维藩，大师维垣，大邦维屏，大宗维翰"等，一气道出，势不可当。或者表现义愤填膺的激昂，或者流露谆谆告诫的忠诚，不仅具有达意的周密性，而且增强了"刺"的语气与效果。

荡

【题解】

这是一首担忧厉王无道，社稷将亡的诗。诗人假托周文王之口谴责昏君、诅咒暴政,表面上是在骂纣王,实际上是在抨击周厉王。这种托古讽今的手法,开了后世咏史诗的先河。全诗以"荡荡上帝"开篇,是对厉王昏庸、民不聊生的现实的一种反映,把诗作的背景加以简洁明了地表现出来。诗中周文王的叹息一方面是对昏君的无奈,另一方面更是对自己的提醒,两者对比鲜明而深刻。

【原文】

荡荡上帝,下民之辟①。疾威上帝②,

其命多辟。天生烝民,其命匪谌③。

靡不有初,鲜克有终。文王曰咨④!

咨女殷商。曾是强御,曾是掊克⑤。

曾是在位,曾是在服。天降慆德,

女兴是力⑥。文王曰咨! 咨女殷商。

而秉义类⑦,强御多怼⑧。流言以对,

寇攘式内⑨。侯作侯祝,靡届靡究。

文王曰咨! 咨女殷商。女炰烋于中国⑩,

敛怨以为德。不明尔德,时无背无侧。

尔德不明,以无陪无卿。文王曰咨! 咨女殷商。

天不湎尔以酒⑪,不义从式。既愆尔止⑫,靡明靡晦。

式号式呼。俾昼作夜。文王曰咨! 咨女殷商。

如蜩如螗,如沸如羹。小大近丧,人尚乎由行⑬。

内奰于中国⑭,覃及鬼方⑮。文王曰咨! 咨女殷商。

匪上帝不时⑯,殷不用旧。虽无老成人,尚有典刑。

曾是莫听,大命以倾⑰。文王曰咨! 咨女殷商。

人亦有言:颠沛之揭⑱,枝叶未有害,本实先拨⑲。

殷鉴不远⑳,在夏后之世。

【注释】

①辟:国君。②疾威:狂暴。③谌:信。④咨:叹词。⑤掊克:聚敛贪狠。⑥兴:助长。⑦而:尔,你。秉:执掌。义类:德政。⑧怼:怨恨。⑨攘:窃取。式:任用。⑩炰烋:怒吼,咆哮。⑪湎:沉迷于酒。⑫愆:使有差错。止:言行举止。⑬尚:还,仍。由:顺着,沿着。行:执行,做。⑭奰:激怒。⑮覃:及,延。鬼方:远方。⑯不时:不好。⑰大命:天数。⑱颠沛:倒。揭:连根而起。⑲本:根。拔:断,绝。⑳鉴:镜子。

【译文】

上帝放纵无节度，他是下民之君王。暴虐凶狂那上帝，
政令偏转无定向。上天生下众百姓，政令无信将民诳。
建国之初无不好，很少能有好收场。文王开口一声叹：
"可叹殷朝商纣王，竟然如此逞强暴，竟然如此敛财粮。
竟然这样据高位，垄断政事太猖狂。天降傲慢无德人，
喜欢权力日夜想。"文王开口一声叹："可叹殷朝商纣王，
你做邪曲事儿多，强暴之行招怨望。听信谣言来定罪，
强盗之人站朝堂。诅咒贤才害他人，无休无止生祸殃。"
文王开口一声叹："可叹殷朝商纣王，都城之中狂咆哮，
聚怨自得乐洋洋。你的德行不可信，没有贤人在身旁。
你的德行不可信，贤人俊士离朝堂。"文王开口一声叹：
"可叹殷朝商纣王，上天不许你嗜酒，你做坏事真猖狂。
你的举止有过失，昼夜不停酒乐享。大喊大叫闹嚷嚷，
竟把白天当晚上。"文王开口一声叹："可叹殷朝商纣王，
百姓悲叹似蝉鸣，心忧不安如沸汤。大小官员都背叛，
正路你还拒绝上。你已激怒国内民，作恶延及至鬼方。"
文王开口一声叹："可叹殷朝商纣王，不是上帝不善良，
由于你废旧规章。虽无德高望重臣，尚有常法可依傍。
竟然这样不听劝，国运倾覆将沦亡。"文王开口一声叹：
"可叹殷朝商纣王，人们常常这样讲：'大树倒地树根扬，
树叶尚未遭损伤，树根先坏难生长。'殷商镜子未离远，
且看夏桀怎灭亡。"

【鉴赏】

此诗乃托古讽今之作，诗中假托文王指责商纣而讽刺周王昏暴误国、政治败
乱。诗歌首章指责商纣王贪婪暴虐、政令乖张、反复无常。诗人感叹天命不可靠，
万事总是有好的开端而无好的结局。从第二章起，诗中连用七个排比句式，假托文
王指斥纣王来讽刺周王的暴行。第二章假托文王慨叹纣王暴虐残忍、品性败坏，行
不义之暴政，使百姓遭受苦难，实际上是暗讽周王也有此行。第三章假托文王指责
纣王任用奸臣迫害忠良之臣，致使国中钩心斗角、争斗混乱，忠良遭害，这也暗指周
王有此行。第四章假托文王指责纣王品行败坏，昏昧不自知，终使贤良离弃，身边

失去了辅佐。实际上也是对周王有同样败行的讽刺。第五章假托文王怒斥纣王酗酒作乐，败坏礼教，荒淫无度，委婉警告周王不可效尤。第六章假托文王指责纣王的暴政激起了民怨沸腾，而却不思反省，依然我行我素，不采取任何的补救措施。这实际上是对周王暴政激怒民愤的讽刺。第七章假托文王指责纣王违背祖先典章，国将覆亡。此处是对周王违背法度擅自逆行，将要亡国的警示。第八章假托文王劝诫纣王不听先人遗训离覆亡之日已不远，实际是警示周王要借鉴商纣覆亡的教训。

　　总而言之，这首诗歌开启了中国借古讽今的先河，用委婉含蓄的描写来针砭时弊，这种讽喻效果比起正面直接进谏要好得多，因而为后世所乐用。诗中的叙述饱含感情，用排比句式直赋其事，很有感染力。

抑

【题解】

　　本诗是一首卫武公入朝为相时规劝周厉王并自警的诗。全诗情词恳切，体现出来一位正直老臣对少年君主的关怀。从这首诗中还可以看出一个心智尚未成熟的年轻君主的形象。少年虽然难免年少轻狂，糊涂妄为但似乎并未到达无可救药的地步，体味老臣的苦心，在其细致和包容的字里行间，我们可以感觉少年的谦恭和羞愧。这是诗的第二形象，本诗的艺术成就之一就在于此。

【原文】

抑抑威仪，维德之隅。

人亦有言：靡哲不愚。

庶人之愚，亦职维疾①。

哲人之愚，亦维斯戾②。

无竞维人，四方其训之。

有觉德行，四国顺之。

訏谟定命③，远犹辰告④。

敬慎威仪，维民之则。

其在于今，兴迷乱于政。

颠覆厥德，荒湛于酒。女虽湛乐从⑤，弗念厥绍⑥。

罔敷求先王⑦，克共明刑。肆皇天弗尚⑧，如彼泉流，无沦胥以亡。夙兴夜寐,洒扫廷内⑨,维民之章。

修尔车马,弓矢戎兵。用戒戎作⑩,用逷蛮方。

质尔人民⑪,谨尔侯度,用戒不虞。慎尔出话,

敬尔威仪,无不柔嘉。白圭之玷,尚可磨也;

斯言之玷,不可为也。无易由言,无曰苟矣。

莫扪朕舌⑫,言不可逝矣。无言不雠⑬,无德不报。

惠于朋友,庶民小子。子孙绳绳⑭,万民靡不承。

视尔友君子,辑柔尔颜,不遐有愆。相在尔室,

尚不愧于屋漏。无曰不显,莫予云觏。神之格思,

不可度思,矧可射思⑮。辟尔为德⑯,俾臧俾嘉。

淑慎尔止,不愆于仪。不僭不贼⑰,鲜不为则。

投我以桃,报之以李。彼童而角⑱,实虹小子⑲。

荏染柔木,言缗之丝。温温恭人,维德之基。

其维哲人,告之话言,顺德之行。其维愚人,

覆谓我僭⑳,民各有心。於乎小子! 未知臧否。

匪手携之,言示之事。匪面命之,言提其耳。

借曰未知㉑,亦既抱子。民之靡盈,谁夙知而莫成?

昊天孔昭,我生靡乐。视尔梦梦,我心惨惨㉒。

诲尔谆谆㉓,听我藐藐㉔。匪用为教,覆用为虐㉕。

借曰未知,亦聿既耄㉖。于乎小子! 告尔旧止。

听用我谋,庶无大悔。天方艰难,曰丧厥国。

取譬不远,昊天不忒。回遹其德,俾民大棘㉗。

【注释】

①职:本身。疾:生病。②戾:罪。③訏:大。谟:谋略。定:确定。命:命令,政令。④辰:按时。⑤虽:惟。⑥绍:继承者。⑦罔:无。敷:铺,广。求:探求。⑧肆:于是。尚:佑助。⑨廷内:室内。⑩戒:戒备。戎作:戎事。⑪质:诚。⑫扪:执持。⑬雠:应验。⑭绳绳:戒慎的样子。⑮矧:况。⑯辟:法。指以身作则。⑰僭:逾越。贼:害人。⑱童:童羊。⑲虹:同"讧",溃乱。⑳僭:不信。㉑借:假如。㉒惨惨:悲伤。㉓谆谆:教诲不倦的样子。㉔藐藐:疏远的样子。㉕覆:反。㉖耄:老。㉗棘:危急。

【译文】

仪容举止真美好,道德品质也相称。人们常讲这句话:
"智者人人都愚蠢。"如果平民显得笨,只因自己有病身。
智者若是变得愚,那是装愚避祸根。不用强暴去压人,
天下之民皆归顺。君子德行高又直,诸侯个个皆从顺。
治国大计要确定,长远政策时宣示。举止严肃又谨慎,
人们以你为标准。现在局势很不好,各种政事皆混乱。
君王德行已败坏,沉溺于酒日寻欢。你只日夜来玩乐,
国家后果不思念。不求先王治国策,如何执行好法典。
皇天不肯加保佑,好似泉水终日流,君臣相率而沦亡。
你应早起和晚睡,洒水打扫院和室,要为人民做楷模。
修治你的车和马,弓矢兵器都很强。防备战争突然起,
消灭蛮方卫边疆。安定你的老百姓,国防建设需加强,
突发之事要提防。开口说话要谨慎,行动举止要端庄,
事无不美全像样。白玉之上有污点,尚可磨掉闪光亮。
出口之言出差错,驷马难追事不祥。不要轻易把话讲,
莫说:"言语可随便,无人按舌去阻挡。"一言既出难追上,
话已出口有回响,施恩肯定得报偿。朝中群臣要爱护,
庶民子弟得沾光。子子孙孙无穷尽,万民顺从敬君王。
看你关照朝中臣,容颜和悦善心肠,没有过错喜洋洋。
瞧你独自在室中,无愧上方神察访。别说室内无光亮,
没人把我举动望。神人到来难知详,不知何时从天降。
哪可厌倦不自强。你的品德应可信,使它美好又高尚。
行为举止要美好,礼节无错需端庄。不进谗言不害人,
很少不被人效仿。人家赠我一筐桃,我必赠李作报偿。
那羊无角说有角,此人想乱你周王。柔韧木料好制琴,
加上丝弦弹奏响。温和善良又谨慎,美德之本众向往。
他若是个有心人,对他要把名言讲。依顺道德实践忙。
他若是个愚蠢人,却说我把错话讲,人心不同难勉强。
可叹君王真年少,不知好坏和重轻。不但扶你往前行,
也曾指点理朝政。不但当面教导你,也曾提耳细叮咛。

假若你说还年少，你已有子是成人。人虽很难达完美，谁能晨知而暮成？皇天在上眼明亮，晓我一生无欢畅。瞧你昏聩那模样，我心时时在忧伤。我本谆谆教诲你，你反轻蔑把我望。施教为你你不知，反开玩笑不体谅。你说你尚年龄小，却似老迈年已长。可叹君王太年少，昕我来把旧礼说。你若能听我主张，政事大概会兴旺。现在上天把灾降，我怕国事要沦亡。浅显比喻我来打，上天做事不出框。如果邪僻性难改，定使人们遭大殃。

【鉴赏】

此诗又名《懿》。是卫武公箴戒周平王（宜臼）之作。自《毛诗序》以来，对此诗的作意颇多争议。或以为刺厉王亦以自警；或以为兼刺厉幽二王；或以为全在自儆并无刺王之意；或以为文儆自躬，意存王室。分歧的根源在于对《国语·楚语上》一条材料的理解。楚左史倚相欲廷见申公史老而不得，申公以老耄为辞，倚相就其"老耄"而借古喻今，称述"卫武公年数九十有五矣，犹箴儆于国……于是乎作《懿》戒以自儆也"云云。论者以诗中有"借曰未知，亦聿既耄"之句，正与倚相所谓"年数九十有五"之语相符，遂完全相信"作《懿》戒以自儆"的结论。然而从诗的内容和口吻看，明显地意在箴戒时王，要说自儆，最多也不过是一种谲谏的方式，如召穆公作《荡》诗以文王咨商的方式来讽刺厉王一样。前人只从时代的差距来否定诗刺厉幽之说，却未注意卫武公晚年当平王东迁之际，外有戎寇之侵，内有诸侯兼并（《史记·周本纪》："平王立，东迁于雒邑，辟戎寇。平王之时，周室衰微，诸侯强并弱，齐、楚、秦、晋始大，政由方伯。"）。这种局面不足使卿士大夫忧惧吗？厉、幽败国，东周衰微，抚今追昔，不足使卿士大夫箴戒平王、大声疾呼吗？所谓"冀复镐京之旧，而慨平王不能也"（魏源《古诗微》），正是有慨于国变时运，故耳提面命，谆谆告诫：求贤树德，定命慎仪，为民作则，召徕四国。

全诗十二章。前三章概陈"靡哲不愚"的普遍哲理，并从正反两面略作申说；四至九章和最末三章各从正反两面深入指陈，告诫讥刺，反复致意。诗即构成层次分明的三个部分。

首章是全诗的纲领。先从"抑抑威仪，维德之隅"的哲人形象写起，进一层引出"靡哲不愚"的时谚，作为贯串全诗立论措辞的理论纲领。言下之意：哲人虽是聪明才智的称谓，但并不意味着没有愚昧的一面，哲人的高明之处，在于他们严于律己、不断修正、完善自己的性格、形象，把聪明才智用于减少错误的产生、改变愚暗的秉性。其次，人生的自我完善具有普遍实践意义，每个人都有成为哲人和愚夫的两种可能，去从的选择是自由的，贤愚也是可以转化的。再次，如果哲人放纵其愚昧悖常的言行，往往会造成更加广泛和严重的后果。所以诗由此更进而论庶人与哲人之"愚"，暗示哲人向善进德的必要性。

次章便从对外对内如何去"愚"作正面劝导。要使四方顺心、天下同德，首先莫过于为政者树德与求贤二事。"有觉德行"，方可以取信四国；"无竞维人"，乃足以成就事功。其对内，"訏谟定命，远犹辰告"与"敬慎威仪，维民之则"互为表里：敬慎威仪德行，乃可以做民表率；制定正确而远大的政策并经常保持上情下达，乃可以求得

踞坐人漆绘铜灯（战国）

民众的理解和支持。而无论对内对外，当政者的修养德行是首要的。有德才能求贤用贤；有德才能知民生甘苦，制定出有利于民众国家的国策；有德于内，四方必向心归诚。这一章从不同角度论证哲人必须修养德行。

第三章掉转笔锋，直斥今王之用"愚"。所谓"兴迷乱于政""颠覆厥德""荒湛于酒""虽湛乐从，弗念厥绍"等，都是无道之举。邦无道则愚。在所列的罪名中，仍以"颠覆厥德"为根本。王者无德，故迷乱之政兴，道德之风坏。骄纵酒乐，不思国运之将绝；自以为是，不求前代之明刑。孙鑛以为此章"谓刺厉王，未尽误。大凡诗刺者亦不是句句著在所刺身上"。平王平庸，内不能抑霸，外不能御辱，士大夫危言箴戒正表明其维护周王朝的良苦用心。

第四章前三句关合上章，亦所谓"皇天无亲，唯德是辅"之意。三句当逆序索解，谓君臣治国，莫弃德悖常，败绝国运，如滔滔逝水一去不返；不然，皇天是不会保佑助力的。以下便以夙夜勤政、勉进其德为训，归为修整车马弓矢、居安思危、做好"用遏蛮方"的准备工作。此章呼应第二章前四语，然陈说各有所重：前以怀柔四方为主，故树德求贤为要义；此以威服蛮方为主，故修整武备为急务。

第五、六两章，照应第二章"訏谟定命"等四句，申言王对臣民当"质"当"惠"。质可以为民作则，建立信誉；惠可以赋利于民，获取民心。故谨侯度、慎出话、敬威仪，是安善其国的必要措施，此亦《左传》"君无戏言"之意。王者出言不慎，是其思

谋不周的表现,"出话不然,为犹不远"(《大雅·板》)。政令朝出夕改,民无所措手脚,这是人心不定、祸乱滋生的根源。故诗人以白圭之玷尚可磨为喻,强调王者出言疏失,必然产生不可挽回的灾难。六章"无易由言"之下四句,紧承前章,从王者以言语传达政令角度,力诫出言深思熟虑。"无言不雠"以下,则从臣民对王政的反应角度立言,申足慎言敬仪之意。孟子讲"积善之家必有余庆",诗人亦劝王者相信善言美德必有好的酬报。因为在诗人看来,王者为政以德,臣民安善,故先代所传的统治地位方可确保,这才是维护王者利益的根本途径。陈奂《诗毛氏传疏》:"此结上文'慎尔出话'之意"。

　　上既陈明在君臣关系上王者所应有的言行。第七、八、九各章更进一步阐述修养德行的具体办法。第七章先以"视尔友君子"三句映带上章"惠于朋友"之意作为过渡,"相在尔室"之下便诫以慎独,不要以为幽室不显,无人监临就松懈自纵。道德的修养不仅是循序渐进、长期积累的过程,而且自觉的道德意识乃是修养程度的衡量标尺。然王者的道德修养,臣下只能劝诫训导,不能作权威要求,故诗人借神灵以警诫王者勿玩忽失敬、胡作非为。用神权在一定程度上制约君权,是中国君主制历史的特产。

　　第八章提出投桃报李作为检验王者是否有德的尺度。前四句说王者自身进修业之事;"不僭不贼"等四句说在人际关系中可以对这种德行进行验证,投桃报李,即孔子"以德报德"的君子风范。见德不报,是其道德修养太差,不足以分别贤与不肖的缘故。甚至以无德为德,如无角公羊以犄角自夸一样,这只不过暴露其本身的昏聩不明。这样,即使仪止有加,也是表里不一,不能为民作则的。

　　第九章开头以琴瑟为喻,美好的音色效果必赖于上好的木材和丝弦,有德之人必然从其谦恭的秉性和温厚的容止反映出来。检验是否有德的办法之一,是看他能否识别善言和从善而行。哲人既能听之且能行之;愚人反会以善言为谎言,遑论实践?! 故诗有"民各有心"之浩叹。本章"其维愚人"云云,已为下面三章铺垫;而"民各有心"一语议论,不仅把二、三部分巧妙联络起来,而且把首章哲人愚人并提之意推进一层,直探人性之本源。正因为人之本性有愚顽一面,所以道德修养既是必需的,又是艰难的。

　　第十章至十二章,直呼"小子"耳提面命,怨时刺王,语甚激切,处处流露出饱经世变的老臣对年少君王的严厉训斥,而其为国运深怀忧惧的苦心,亦与前面的正面箴戒有异曲同工的表现。第十章有"借曰未知,亦既抱子"的讽刺,诗人由此推广开去,感叹人之所以有其智而难成其器,就在于惯于自满自纵,不知严以律己。

第十一章承上反复劝导无济于事之意，表明自己对此的深深忧愁。王者不仅昏乱不明、"听我藐藐"，而且反把善言作为笑柄！"借曰未知，亦聿既耄"二语，最生歧义。陈子展谓"二句语带双关，盖以年老而不接受教言自儆……自儆亦所以刺王也"（《诗经直解》），似与全诗内容较为吻合。然此也可以视为诗人对前代无道君王的谴责，还可以是作者对周朝统治历史回溯反省的一种比喻说法，意谓前代贤明之君既有陈章旧典可依，今日的统治为何无所遵循，无知愚暗至此呢？

因此，末章开头即以"告尔旧止"为言。在诗人看来，遵循先王旧章是不会后悔的，这是挽救艰难时局、摆脱灭亡命运的唯一应急措施。因为王者的品质邪僻不良，将给民众带来巨大灾难，国运也将随之而绝。要望王者修德进业来拯救国家，看来已不现实。诗以这种可怕的前景作为收束，印证了"哲人之愚，亦维斯戾"的严酷事实。

吴闿生称此诗为"千古箴铭之祖"（《诗义会通》）。就全诗的篇幅看，自然箴戒之意所占比重甚大，但仅以箴戒论此诗，尚不足言此诗之妙。诗以大量笔墨作箴戒，但却把怨刺之意置于篇尾，这样安排，使诗的情感色彩越来越强烈。第十章以前，诗人尚在耐心地反复申说、多方劝诫，希望王者能够向德为善、惠及下民，维护王室的统治。自第十章起，诗人对这种努力渐失信心，希望渐归破灭，故发为激烈的怨叹斥责，同时表露出深深的忧惧感。诗的末尾所预测的，是一幅极为可怕的悲观前景。这里所流露的，不只是诗人对时王的失望，而且是厉、幽以来国运危难的历史阴影的投射。诗的意义，不只在于想教育出一个有德的王者，而且客观上反映了日渐衰微的周王朝政治的昏暗、诗人对于现实的不满与忧虑。

诗以"靡哲不愚"推演出一套普遍的人生哲理：既然哲人尚有愚暗一面，那么，每一个人通过后天的修养去完善德行就是普遍的人生课题，这就把后天以人为的努力去改造人类自己的行为提到了具有决定意义的高度。诗人不仅没有把王者作为特例排除在自我改造行列之外，而且尤其强调了王者进德修业的必要性，这就把统治者的神秘色彩无情地抹去了。这一方面由于西周后期以来王者昏愦不明降低了其统治威信，同时也反映了随着历史发展，人的价值逐渐得到认识和提高，神灵的光环越来越失去其神秘的色彩这一社会进步趋势。

桑柔

【题解】

本诗是《诗经》中的大诗之一，全诗义正词严，典型地描述了一个政权行将崩溃时的种种迹象,诗人的忧惠让人至为感动。在艺术上,这首诗深厚的抒情力量,直接渗透于一系列或热爱或憎恶的形象之中,激动人心却不过分外露。细读此诗激动之余不免有深深的悲哀,国家不幸,政权不稳,诗人的寄予对象依旧只能是借此激发昏庸君主的痛定思痛,振奋图强,但显然希望渺茫,是故愤激越大失望越大。

【原文】

菀彼桑柔,其下侯旬,
捋采其刘,瘼此下民①。
不殄心忧②,仓兄填兮。
倬彼昊天③,宁不我矜?
四牡骙骙,旟旐有翩。
乱生不夷,靡国不泯。
民靡有黎,具祸以烬④。於乎有哀!国步斯频!
国步蔑资⑤,天不我将⑥。靡所止疑⑦,云徂何往?
君子实维⑧,秉心无竞。谁生厉阶,至今为梗⑨?
忧心殷殷,念我土宇。我生不辰,逢天僤怒。
自西徂东,靡所定处。多我觏痻,孔棘我圉⑩。
为谋为毖,乱况斯削⑪。告尔忧恤,诲尔序爵。
谁能执热,逝不以濯?其何能淑,载胥及溺!
如彼遡风,亦孔之僾⑫。民有肃心⑬,荓云不逮。
好是稼穑,力民代食。稼穑维宝,代食维好。
天降丧乱,灭我立王。降此蟊贼,稼穑卒痒。
哀恫中国,具赘卒荒。靡有旅力,以念穹苍。
维此惠君,民人所瞻。秉心宣犹,考慎其相。
维彼不顺,自独俾臧。自有肺肠,俾民卒狂。
瞻彼中林,牲牲其鹿⑭。朋友已谮⑮,不胥以穀⑯。
人亦有言:进退维谷。维此圣人,瞻言百里。
维彼愚人,覆狂以喜。匪言不能,胡斯畏忌?
维此良人,弗求弗迪⑰。维彼忍心,是顾是复。
民之贪乱,宁为荼毒。大风有隧,有空大谷。
维此良人,作为式穀。维彼不顺,征以中垢。
大风有隧,贪人败类。听言则对⑱,诵言如醉。

匪用其良,覆俾我悖㉑。嗟尔朋友,予岂不知而作@?

如彼飞虫㉑,时亦弋获。既之阴女㉒,反予来赫。

民之罔极,职凉善背。为民不利,如云不克。

民之回遹,职竞用力。民之未戾,职盗为寇。

凉曰不可㉓,覆背善詈㉔。虽曰匪予,既作尔歌!

【注释】

①瘼:病。②珍:断绝。③倬:宽大的样子。④具:通"俱"。烬:灰烬。⑤蔑资:无资财。⑥将:助。⑦疑:定。⑧实维:实,是。维:作;干。⑨梗:指害人。⑩圉:边疆。⑪况:情况。⑫儌:喘气;窒息。⑬肃:进;进取。⑭牲牲:同"莘莘"。⑮潜:通"僭",不亲不信。⑯穀:善;友好。⑰求:贪求。⑱对:答。⑲悖:谬误;悖逆。⑳而:你。㉑飞虫:飞鸟。㉒阴:同"荫",庇护。㉓凉:语气助词。㉔善:大。詈:骂。

【译文】

茂盛桑树嫩叶盛,树下浓荫可乘凉。桑叶频采叶稀疏,
百姓遭害苦难当。心中忧伤总不消,长久失意难顺畅。
上天眼睛很明亮,何不哀怜我遭殃。四匹雄马奔行忙,
旌旗旒随风扬。祸乱发生不消除,全国各地乱攘攘。
百姓之中老人少,都因战乱而死亡。一声长叹心哀凉,
国运危急意凄惶。国运危难无资财,皇天不愿把我帮。
我无处所可栖止,又无可去好地方。我曾如此来思量,
确无争夺坏心肠。是谁制造这罪恶,至今为害民遭殃。
心中隐痛多悲伤,思念故土我家乡。生不逢时到世上,
正遇上天怒气旺。打从西方到东方,未有安定好地方。
我遭祸害实在多,又逢敌寇扰边疆。尽心筹划慎行事,
祸乱减轻有希望。忧国之事告诉你,教你赐爵好主张。
有谁救治热火烫,勿用冷水洗得凉。不然何能变得好,
大家溺水将命丧。好像逆风往前闯,喘气困难心紧张。
百姓皆想把官当,君王使他当不上。厉王喜欢聚敛者,
使他代君榨取忙。聚敛之人你当宝,代君搜刮得赞赏。
丧乱大祸由天降,在位之王被灭亡。天降蟊贼田地满,
庄稼全都被吃光。哀痛国都好可怜,虫吃庄稼田皆荒。
我没力量变现状,只能深谏向上苍。只有顺理好君王,

人民才把他敬仰。好君存心明哲显,择取辅臣慎考量。
唯有逆理坏君王,只让自己得吉祥。昏君自行坏主张,
使民人人皆迷狂。瞻望那边树林里,野鹿成群多亲热。
朋友再不相信任,不能以善来辅佐。人都有话这样说:
"进退维善来求索。"唯有这些明智人,才能见到忧患多。
只有这些愚蠢人,反而狂惑而欢乐。不是有话我不说,
到底为啥想得多? 唯有这些善良人,不找不用受冷落。
只有那些残忍人,你反关照包庇多。百姓为何把乱作?
乃因暴政太苛刻。大风疾速刮过来,山谷漫长而空廓。
唯有这些善良人,皆用善意把事做。只有那些愚蠢人,
做事想得好龌龊。大风疾速吹万物,贪人竟把善人毁。
顺从之言你答对,听到谏言像喝醉。不肯采纳我良言,
反而使我遭颠沛。唉! 我的好朋友,我难道不知你所为?
如同那些飞翔鸟,有时也被人射落。我已前去庇护你,
你将怒气来发作。百姓有时无准则,只由官吏违人情。
治民使其无利得,你还以为没取胜。百姓行为好邪僻,
因你常把暴力逞。百姓有时行为差,由于盗臣来抢夺。
教你不能这样做,你却背地大骂我。纵然你反对我,
我也来写诗揭发你。

【鉴赏】

《桑柔》是一篇刺周王、责执政的诗。《左传·文公元年》,秦穆公引此篇第十
三章以为周芮良夫所作。汉初经师多采此说。《毛诗序》:"《桑柔》,芮伯刺厉王
也。"郑玄笺:"芮伯,畿内诸侯,王卿士也,字良夫。"王符《潜夫论·遏利》说:"昔周
厉王好专利,芮良夫谏而不入,退赋《桑柔》之诗以讽。"王符治《鲁诗》,是鲁说亦与
毛同。

关于芮良夫谏厉王之事,史有明文记载。《史记·周本纪》说:"厉王即位三十
年,好利,近荣夷公。大夫芮良夫谏厉王……厉王不听,卒以荣公为卿士,用事。王
行暴虐侈傲……三十四年,王益严。国人莫敢言,道路以目……于是国莫敢出言,
三年,乃相与畔,袭厉王。厉王出奔于彘。"芮良夫谏厉王,当时是著名的政治事件,
《逸周书·芮良夫》篇有专文记其辞(详后)。据《史记》,良夫之谏在厉王三十年。
那么,"退赋《桑柔》之诗以讽",也该在其后不久。但有的学者据诗意及"天降丧

乱，灭我立王"之句，以为本诗应作于厉王奔彘之后。如方玉润《诗经原始》、吴闿生《诗义会通》均持此说。那么，这首诗就该作于厉王三十七年以后了。

《逸周书》载芮良夫的谏辞，与《桑柔》大意相近。但谏辞既产于祸前，故尚许从容委婉说理，而诗歌作于乱后，不许徐夷逶迤，故带有更强烈的感情色彩。所以两者既有联系又有区别，后者可视为前者的续篇。因此读一读谏辞，对深入理解《桑柔》是会有帮助的。谏辞与诗歌一样，内容可归纳为两个部分：一部分是针对周王，一部分是针对执政诸臣。其谏周王说：

天子惟民父母，致厥道，无远不服；无道，左右臣妾乃违。民归于德，德则民戴，否则民仇。兹言允效，于前不远。商纣不道，夏桀之虐肆无有家。……除民害，不惟民害。害民乃非后，惟其仇。后作类（善），后弗类，民不知后，惟其怨。民至亿兆，后一而已，寡不敌众，后其危哉！……以予小臣良夫观天下有士之君，厥德不远，罔有代德。时（是）为王之患，其惟国人！

其诫执政同僚说：

惟尔执政小子同先王之臣，昏行□顾，道（导）王不若（顺），专利作威，佐乱进祸，民将弗堪。治乱信乎，其行惟王，暨而执政小子攸闻。古人求多闻以监（鉴）戒，不闻是惟弗知。……今尔执政小子，惟以贪谀为事，不勤德以备难。下民胥怨，财力单（殚）竭，手足靡措，弗堪上，不其乱而！……呜呼！惟尔执政朋友小子，其惟洗尔心、改尔行，克忧往愆（过），以保尔居。尔乃聩祸玩灾，遂弗悛。余未知王之所定，矧（况）乃□□。……尔执政小子不图善，偷生苟安，爵以贿成；贤智箝口，小人鼓舌；逃害要（邀）利，并得厥求。唯曰哀哉！我闻曰，以言取人，人饰其言；以行取人，人竭其行。饰言无庸（用），竭行有成。惟尔小子，饰言事王，麔蕃（繁）有徒。王貌受之，终弗获用。面相诬蒙，及尔颠覆！尔自谓有余，予谓尔弗足。敬思以德，备乃祸难。难至而悔，悔将安及？无曰予为惟尔之祸也。

芮良夫这些话确实有远见卓识，无奈厉王病入膏肓，其行不改，不久果被人民起义赶走，流亡于彘。良夫的话也就不幸而言中了。

《桑柔》共十六章，虽篇幅较长，但脉络仍很清楚。

前四章为一个层次，总叙祸乱初起。第一章，用桑叶被捋光为喻，说明祸乱对人民危害甚重。"瘼此下民"一句是本章点染重心，作者"仓兄填兮"之忧，亦是由此生发出来。第二章，指出祸乱之剧，国运已到了尽头。"民靡有黎，具祸以烬"两句，紧承"瘼此下民"一句而来。这两章，一直没有离开一个"民"字，说明诗人深谙"民惟邦本"的道理，所以始终把"民"作为首要问题来写。第三章，祸乱既危乎国，亦危乎己,因而把"谁生厉阶"作为一个大题目提出。"君子实维,秉心无竞",在朝君子(包括作者在内)既然居心恬淡,毫无争权夺利之心,这就从反面指出祸乱之由在于执政中那些小人。第四章,写乱上加乱。内乱方兴,外患又至。

从第五至第十四章为第二个层次。诗人以十章的篇幅反复检讨祸乱之由,并对足以造成祸乱的恶行进行了无情地揭露、批评与谴责。第五章("为谋为毖"),反题正作,首从救乱之说说起。"告尔忧恤,诲尔序爵"两句,是救乱总纲,是从总结祸乱产生的根本原因提出来的。不顾恤百姓和任用匪人,是产生祸乱的总根子,所以救乱亦须从此下手。下面几章滔滔汩汩,都是围绕这个枢轴来写。第六("如彼溯风")、七("天降丧乱")两章,写救乱要首先重视民众耕耘之事。前章,从正面写农耕的重要。"民以食为天。"食是民生所本,百姓最为关心。所谓"民有肃心(百姓有上进之心)",主要是指想把田耕好。所以执政者不要扰民,要知"稼穑维宝"的道理,鼓励农耕,以取食于民,这才是正道。后章,从反面写荒废农耕的危害。说明厉王正是由于"稼穑卒痒"而引起骚乱,以至于灭亡的。后之来者,岂可不慎!第八章(维此惠君),从对比的角度来写君王的好坏。前四句是虚写,后四句是实写,是虚实映衬法。后四句表面看似无具体所指,实际谁都知道是在指斥厉王。"维彼不顺,自独俾臧。自有肺肠,俾民卒狂"四句,不正是厉王恶劣行径的写照吗? 诗人所以要这样写,是因不便直呼厉王之名,这大概是恪守为臣之道的缘故吧! 第九章("瞻彼中林"),写人生之难,连朋友都已反目,自己已处于"进退维谷"之境。"瞻彼中林,甡甡其鹿"两句,是用兴句作比衬。鹿儿群居犹知相亲相伴,是人反不如畜了。第十至十三章,通过圣良与愚贪的反复对比,揭示两种人的本质差别,从而指责君王或执政者斥贤用佞的倒行逆施。这四章用交错法写出。即第十("维此圣人")、十二("大风有隧,有空大谷")两章,写两种人对比;第十一("维此良人")、十三("大风有隧,贪人败类")两章,写君王或执政者对两种人的态度。第十四章("嗟尔朋友"),是对朋友同僚的回答。可能因诗人的直言指斥得罪了朋友同僚,就对他反目("反予来赫")。所以诗人指出,朋友已处于危险边缘,己之所为乃是对他们的挽救。这章直承九章写来,因此,中间四章(十至十三章)当是诗人针对时弊,对僚友的进言。既然涉及朝廷用人大事,所以指斥的对象当然包括君王和一些主要执政大臣。总之上边十章都是紧扣"告尔忧恤,诲尔序爵"两句主旨所发的议论。体恤民众和选用贤能两项,确是一切为政与救乱之本。诗人就此立论,可谓击中要害。

第十五("民之罔极")、十六("民之未戾")两章为最后一个层次。诗人指出,民乱的根本原因为上行不善所致。诗以此作结,显示了作者政治观察力的敏锐和胆识的卓越。

这首诗虽有抒情和叙事的成分,但既非抒情诗也不是叙事诗,而是属于哲理诗之类。诗采用了谏诤的写法,就厉王之乱反复委曲陈说,故不乏跌宕之致。说理时,较多地使用了对比的修辞方法,增强了诗歌的说服力和感染力。此外,在关键处还运用了比兴手法,如开头用柔桑被捋采比喻人民遭受涂炭;中间用"执热""溯风""牲牲其鹿""如彼飞虫"……来比喻各种抽象的事理,也给枯燥的说理带来了生动活泼的气息。

云汉

【题解】

这首诗可以说是周宣王祈雨无效后的内心独白,诗句忧急攻心,情辞恳切,表现出用尽各种方法仍无济于事后的沉痛慨叹。全诗以"旱既大甚"的慨叹起兴,突出现实形势的严峻,把君王的无可奈何和艰难处境衬托得淋漓尽致,表达的情绪也因此变得真实、可触。可贵的是,诗的最后并没有绝望,而是在苦苦期盼。本诗可以说是历代帝王所做的最为感人的诗之一。

【原文】

倬彼云汉①,昭回于天②。王曰:於乎③,何辜今之人?天降丧乱,饥馑荐臻④。靡神不举⑤,靡爱斯牲⑥。圭璧既卒⑦,宁莫我听⑧!

旱既大甚⑨,蕴隆虫虫⑩。不殄禋祀⑪,自郊徂宫。上下奠瘗⑫,靡神不宗⑬。后稷不克,上帝下临。耗斁下土⑭,宁丁我躬⑮!

旱既大甚,则不可推。兢兢业业,如霆如雷。周余黎民,靡有孑遗⑯。昊天上帝,则不我遗⑰。胡不相畏?先祖于摧⑱。

旱既大甚,则不可沮⑲。赫赫炎炎,云我无所⑳。大命近止,靡瞻靡顾。群公先正,则不我助。父母先祖,胡宁忍予!

旱既大甚,涤涤山川。旱魃为虐,如惔如焚。我心惮暑,忧心如熏。群公先正,则不我闻。昊天上帝,宁俾我遁。

旱既大甚,黾勉畏去。胡宁瘨我以旱?憯不知其故。祈年孔夙,方社不莫。昊天上帝,则不我虞。敬恭明神,宜无悔怒。

旱既大甚,散无友纪。鞫哉庶正,疚哉冢宰。趣马师氏,膳夫左右,靡人不周,无不能止。瞻卬昊天,云如何里!

瞻卬昊天,有嘒其星。大夫君子,昭假无赢。大命近止,无弃尔成! 何求为我,以戾庶正。瞻卬昊天,曷惠其宁!

【注释】

①倬彼:即倬倬,浩大。云汉:银河。②昭:明。指银河的星光。回:旋转。③王:指周宣王。於乎:即呜呼,叹词。④荐:再、屡次。⑤举:祭祀。⑥斯:这些。牲:祭祀用的牛羊猪等。⑦圭璧:祭神用的玉器。⑧我听:即听我。⑨大:同"太"。⑩蕴:闷热。虫虫:热气熏蒸的样子。⑪殄:断。枉祀:祭祀。⑫上:指天。下:指地。奠:陈列祭品以祭天神。瘗:埋祭品入地以祭地神。⑬宗:尊敬。⑭斁:败坏。⑮丁:遭逢。⑯孑遗:剩余。⑰遗:赠送,指赐给食物。⑱于:而。摧:灭。⑲沮:止。⑳云:遮蔽。

【译文】

浩浩银河天上横,转不停的满天星光。国王仰天长叹息:有什么过错呀,今天的人们! 上天降下死亡祸,饥荒灾难接连生。祭祀过的神灵都数不清,何曾吝惜用牺牲。祭神圭璧已用尽,为啥祷告天不听!

旱情已经很严重,酷暑炎热得像是用蒸气熏一样。不断祭祀求降雨,从那郊外到庙寝。上祭天神下祭地,祭祀了所有的神。后稷不能止灾情,上帝圣威不降临。天下田地遭害尽,灾难恰恰落我身!

已经很严重的旱灾,想要消除不可能。整天提心又吊胆,如防霹雳和雷霆。周地剩余老百姓,眼看着全都死了。皇天上帝心好狠,不肯赐食施善行。祖先怎么不害怕? 子孙死绝祭不成。

旱情严重无活路,没有使它停止的办法。烈日炎炎如火烧,哪里还有遮荫处。生命就要停止了,神灵仍旧不看顾。诸侯公卿众神灵,不肯降临来帮助。父母祖先在天上,你怎么能忍心看我如此痛苦。

旱灾来势很凶暴,山秃河干草木焦。旱魔为害太猖狂,好像遍地大火烧。长期酷热令人畏,忧心如焚受煎熬。诸侯公卿众神灵,好久都不过问我的死活。叫声上帝叫声天,难道要我脱身逃!

旱灾越来越厉害,勉力在位不辞劳。为啥降旱害我们? 不知道这是为什么。祈年祭祀不算晚,祭方祭社也很早。皇天上帝太狠心,不佑助啊不宽饶。一向恭敬诸神明,想来神明不会恼。

旱情严重总不已,人人散漫无法纪。百官都没有了办法,宰相盼雨空焦急。趣马师氏全祈祷，膳夫大臣来助祭；没有一人不出力，没有人肯停下来休息。仰望晴空无片云，我心忧愁何时止！

仰望高空万里晴，微光闪闪满天星。所有的人都很虔诚，毫无私情地祈祷神灵。大限已近将死亡，继续祈祷不要停！祈雨不是为自己，是为天下老百姓。仰望皇天默默祷，何时赐我民安宁！

【鉴赏】

《云汉》是记周宣王时旱情之诗。全诗作宣王自我呼吁口吻，但开头又有"王曰於乎"之句，似为臣下所记。所以《毛诗序》说："《云汉》，仍叔美宣王也。"《郑笺》："仍叔，周大夫也。"毛、郑均以《云汉》为仍叔所作。但这首诗作者是否仍叔，还缺乏可靠的文献资料作证明。据《春秋·桓公五年》："天王使仍叔之子来聘。"鲁桓公五年上距宣王之死已七十五年，仍叔之子此时尚幼出使鲁国，故《春秋》称"仍叔之子"以讥之。假设仍叔此时七十五岁，则宣王死时仍叔刚刚出生，故仍叔不及事宣王之朝，当然也就不可能作《云汉》之诗以美宣王。不过，这首诗肯定不是宣王亲笔所制，也不是什么"美宣王"之作。它只是某一臣下如实、生动地记述了宣王忧旱情景的一首诗。

关于宣王时曾遭遇旱灾之事，历史上是有传说的。汉人董仲舒《春秋繁露·郊祀》说："周宣王时，天下旱，岁恶甚。"王充《论衡·须颂》说："成汤遭旱，周宣亦然。"皇甫谧《帝王世纪》以为从宣王二年至六年，积旱五年。所以，《毛诗》之外，《鲁诗》《韩诗》也都认为《云汉》是宣王之诗。

这首诗共八章，每章十句。第一章，领起全诗。开头两句（"倬彼云汉，昭回于天"），说天河倬然著明，回转于天空之中。此及天晴无雨之征。作者写此，以引出主人公忧旱之念。紧接两句（"王曰於乎，何辜今之人"），点出忧旱者的身份是周王。后六句简括地交代了灾情的严重和祈祷诸神、禳除灾异的情况。"靡神不举"，说明祭祀的普遍；"靡爱斯牲"，说明祭祀的虔诚；"圭璧既卒，宁莫我听"，说明虽然经过竭诚祭祀、祈祷，灾情仍不缓解。这里，"圭璧既卒"一句承接"靡神不举"一句之意而言。古时祭天神焚玉，祭山神埋玉，祭水神沉玉，祭祖宗陈玉。陈玉祭毕收藏，而焚烧及沉埋之玉则不复收藏。今既"靡神不举"，因而使得圭璧一下子用光了。这简单的几句，揭示出灾情的严重和旷日持久，也写出周王想及早解除旱象所做的种种努力和急切心情。古人迷信鬼神，认为天不降雨是因为人们得罪了天地祖宗，而神鬼震怒降灾的结果。周王由于时代和阶级的局限，更无法摆脱这种认识。所以，他在下文把旱灾的形成主要归结于此，而他赖以解除灾情的办法，也主要寄托在上帝祖宗的保佑上面。第二至第五章，反复写周王对旱灾造成的困境的无比忧虑和祈祷神灵解除灾情的迫切愿望。这四章，每章都以"旱既太甚"一语开头，写出旱象的严重，然后道出"我"在灾异面前的处境和态度，最后乃呼吁天地祖宗神灵不要把"我"遗弃，迅速制止旱灾。这里一连四章意思大致相似，反反复复，目的是为了尽兴，和强调以引起神灵瞩目的企图，当然也有尽情倾泻内心忧虑之意。不过仔细搜讨，亦可发现这四章意思并不完全雷同。二章紧申"靡神不举"之意，哀己身遭遇旱灾之不幸；三章指出黎民罹难，死亡迫尽，哀祖宗之祀不能延续；四章叙"我"禄数将终，祖宗神灵忍视不救；五章写灾异之烈，"我"心之忧，设想昊天上帝直欲使己困倒。所以这四章诗的内涵，看来还是存有一定的差异。第六章，诗人在极其困惑之中，欲探究发生灾异之故，乃转而反思人事。谓上帝病我以灾异，我实不知是何缘故。思我祈年甚早，祭四方与社稷之神亦不为晚，难道上帝不知？我如此恭敬事神，神不宜更恨怒于我。这里忧旱者的着眼点还是未离天地祖宗之灵。第七章，言朝廷百官从上到下，无不为救灾而尽力，然旱犹不止，使己忧愁无有穷尽之时。末章，紧承前章致言，勉励群臣竭诚无私以事众神，勿弃前功，总以挽回天心为主。至于我之所求，亦在坚定诸有司之信心而已。

总之，这篇作品是宣王忧旱之作，内容集中在写对旱灾的忧烦之心，同时涉及救灾的各个方面。吴闿生《诗义会通》引折中说："详译诗言，有事天之敬，有事神之诚，有恤民之仁，有恐惧修省之实心，有发粟劝施之实政，盖消弭补救之道皆具，不止缕述其忧悯而已。"其理解是正确的。

这篇诗歌的特点是，"自'王曰於乎'，以下至篇末，皆借王口中出之，以见其忧民之诚，不烦更赘一语，亦一奇格"（《诗义会通》）。诗中所抒忧旱的思想感情直接而强烈。例如，写灾情不该值"我"在位时发生（"耗致下土，宁丁我躬"），写灾情后果将使先祖绝祀（"胡不相畏，先祖于摧"），写祖宗神灵眼看我遭难不管（"父母先祖，胡宁忍予"）……均用质问语气，这就大大加强了情感的激烈程度。又如，诗两言"大命近止"，并不忌讳这些带有强刺激性的语言。如王质《诗总闻》所说："非是哀辞。实有此理，不讳此字，然后可以感人动神也。"这些语言的运用，使诗歌增添了激切质直的气息。另外，诗用"蕴隆虫虫""赫赫炎炎""如惔如焚"，这些形容火气的词语来描写无雨之状，渲染了旱情的严重，十分具体生动，使读者读来感到气闷，真的如同置身于旱之中。又，从二章至七章，每章都用"旱既太甚"一语开头，也有力地增强了旱情的严重气氛。

崧高

国学经典文库

【题解】

    这是一首周宣王的大臣尹吉甫赠给申伯的诗。申伯是宣王的母舅,宣王登基后扩大了他的封地,并为申伯创建了都城谢邑,希望申伯能安定南方各诸侯国。这首诗描述的就是这件事。全诗以细致的笔触,赞美了申伯的贤良品格及君王对他的信任和重视,将君臣之间的融洽关系展露无遗。

【原文】

崧高维岳,骏极于天①。维岳降神,生甫及申。

维申及甫,维周之翰。四国于蕃,四方于宣。

亹亹申伯②,王缵之事③。于邑于谢,南国是式④。

王命召伯,定申伯之宅。登是南邦,世执其功。

王命申伯,式是南邦。因是谢人,以作尔庸。

王命召伯,彻申伯土田。王命傅御,迁其私人。

申伯之功,召伯是营。有俶其城,寝庙既成。

既成藐藐,王锡申伯。四牡跷跷⑤,钩膺濯濯⑥。

王遣申伯,路车乘马。我图尔居,莫如南土。

锡尔介圭,以作尔宝。

往近王舅,南土是保。

申伯信迈⑦,王饯于郿。

申伯还南,谢于诚归。

王命召伯,彻申伯土疆。

以峙其粻⑧,式遄其行⑨。

申伯番番,既入于谢。

徒御啴啴⑩,周邦咸喜,

戎有良翰⑪。不显申伯,

王之元舅,文武是宪⑫。

申伯之德,柔惠且直。

揉此万邦,闻于四国。

吉甫作诵,其诗孔硕⑬,其风肆好⑭,以赠申伯。

诗经

《诗经》释讲

图文珍藏版

【注释】

①骏:通"峻",高。②缵:继承,接手。③亹亹:勤勉。④南国:周王朝南边的国家。式:法,引申为治理。⑤蹻蹻:强壮的样子。⑥濯濯:光明的样子。⑦迈:走。⑧粻:食粮。⑨遄:速。⑩啴啴:和乐的样子。⑪戎:你们。⑫宪:法,法则。⑬孔:很。硕:大。指诗意深切。⑭风:穆如清风。用以称颂有才德的人。肆好:极好。

【译文】

四岳之一是崧山,高峻上至蔚蓝天。崧山之神降人间,
甫侯申伯生相连。说是申伯与甫侯,捍卫周朝是主干。
皆是诸侯好屏障,全是天下好墙垣。申伯做事真勤勉,
宣王命他把事担。封他新地是谢城,南国诸侯好模范。
宣王命令召伯虎,先替申伯把房建。建成南方新邦国,
申伯世世基业传。宣王吩咐那申伯:"要成南国好榜样。
充分利用谢邑民,修筑你的新都墙。"宣王命令召伯虎,
协同申伯定封疆。宣王命令傅和御,助伯家臣搬家忙。
申伯建谢事务繁,召伯经营日夜忙。谢城落成真美好,
内寝宗庙立地上,工程完毕很堂皇。宣王赏赐申伯多,
雄马四匹真强壮,樊缨闪闪亮光光。宣王亲自送申伯,
大车四马作奖赏。"你的居处我思量,何地都无南国强。
赐你美玉之大圭,留作国宝永珍藏。我的娘舅急上路,
保卫南国永不忘。"申伯确实要上路,宣王郿郊饯行忙。
申伯启程到南方,诚心住谢忙前往。宣王下令召伯虎,
帮助申伯划封疆。要为申伯多储粮,助他急行奔南方。
申伯勇武气轩昂,走到谢邑好地方。步兵车骑熙攘攘,
周人高兴喜洋洋。宣王有了好屏障,申伯显赫甚堂皇。
他是宣王大舅父,文才武略是楷模。申伯自有好美德,
做人正直而温和。他使天下得安宁,美名传扬到四国。
吉甫作下这首诗,诗长含义很深刻。曲调优美也甚好,
把它拿来赠申伯。

【鉴赏】

此诗与下篇《烝民》,同为尹吉甫送别之作。这首诗送申伯,《烝民》送仲山甫。申伯是周厉王申后的兄弟,宣王的母舅,封于申,伯爵,故称申伯。宣王时,申伯来

朝,久留不归。宣王又以谢(今河南唐河县北)地益封,并筑城做他的新都(孔颖达《正义》:"申伯先封于申,本国近谢;今命为州牧,故改邑于谢")。临去时,尹吉甫作这首诗来赠送他。尹吉甫是宣王的大臣。《小雅·六月》颂扬他征讨猃狁有功,他又擅长经邦治国,很会作诗,文武全才,所以《六月》说他:"文武吉甫。"

这首诗共八章,可分三个层次。第一章为第一个层次:总写申伯的不凡。前四句("崧高维岳,骏极于天。维岳降神,生甫及申"),写申伯出身的非同小可。说他是四岳神灵所降生。在当时神权凌驾一切的社会,这是最崇高的颂扬。诗这样起头,别具一番气势。方玉润《诗经原始》说:"唯发端严重庄凝,有泰山岩岩气象。中兴贤佐,天子懿亲,非此手笔不足以称题。"笔者这样起头确实起到了这样的作用。这一章有两处词语须稍加辨析:一是"崧高维岳"。今天许多《诗经》译注(如高亨《诗经今注》、程俊英《诗经译注》),都把"崧高"解成中岳嵩山,专名词;把"岳"解成高大的山,普通名词。这是不对的。

嵌松石云纹方豆(战国)

按,西周时尚无中岳嵩山之称。"崧高"称谓中岳,当是后起之事。"崧"与"嵩"音义全同,古与"崇"字通。《尔雅·释山》:"山大而高,崧。"《说文》:"崇,嵬高也。"两者义合,"崧(嵩)高"作"崇高"之义,古书中多有其例。如《易林·大壮之兑》中的"嵩高岱宗,峻直且神",用"嵩高"形容泰山;扬雄《河东赋》中的"瞰帝唐之嵩高兮",用"嵩高"形容唐尧。是"崧(嵩)高"即"崇高"。岳,指四岳。《毛传》:"岳,四岳也。东岳岱,南岳衡,西岳华,北岳恒。""崧高维岳"就是"崇高维岳",主语是"岳","崧高"是修饰语。所以诗下文才有"维岳降神"之句。二是"生甫及申"。其中的"甫",自《毛传》以下许多学者都解为甫侯。但《鲁》《齐》《韩》三家诗均以"甫"为仲山甫。如《礼记·孔子闲居》引《嵩高》此章,郑玄注:"言周道将兴,五岳为之生贤辅佐,仲山甫及申伯为周之干臣。"这里,郑是引述《齐》说。《韩诗外传》称为"樊仲山甫",则山甫为樊国之君。又张衡《应闲》曰:"申伯樊仲,实干周邦。"(《后汉书·张衡传》)蔡邕《荐董卓表》云:"是故申伯、山甫,列于《大雅》。"张、蔡均治《鲁诗》。可见三家之说是相同的。姚际恒《诗经通论》、方玉润《诗经原始》,

于此有较为翔实的辨证。故此"甫"指仲山甫无疑。今考,申伯姜姓,尧时"四岳"(官名)之后裔,而据张衡《司徒吕公诔》,樊仲亦出"四岳"。那么,这前四句诗又有特别的含义。即赞颂申、甫能够继承其先祖余绪,作周家的中坚和栋梁。后四句("维申及甫,维周之翰。四国于蕃,四方于宣"),正面明确点出申、甫是周家桢干之臣,把前四句的颂扬落到了实处。本诗主旨在于颂美申伯,却同时提到仲山甫。说明这首诗与下一首《烝民》(专颂仲山甫的诗),是作者同时、有计划地创作的两首诗歌(宣王可能同时封遣申伯与山甫)。诚如姚际恒所说:"此诗以申、甫并言,乃似统为二诗发端。"(《诗经通论》)同时,诗这样写也有衬托的作用,"当时仲山甫为相,申伯亚于山甫,借山甫以大申伯也"(同前)。这首诗主旨是颂美申伯,而着墨最多的是宣王对他的封赠,第一章起了提携和铺垫的作用。正因为申伯对周家具有这么重要的地位和作用,所以后面宣王赏赉的丰厚、照顾的周详和关怀的备至,才使读者感到十分自然。

　　第二个层次,包括二至七等六章,具体写宣王对申伯的封赠。这是全诗描写的重点部分。这部分主要是围绕封谢来写。第二章,写定封于谢,并命大臣召伯虎"定申伯之宅",为申伯造宫室宅院;第三章,写筑城,治土田、赋税,迁徙家人;第四章,写城郭、宗庙既成,王又赐以车马;第五章,乃写遣行前王对申伯的嘱托,并赐以大圭之宝;第六章,写申伯启行归谢,宣王为之饯行;第七章,写申伯入谢的气氛。这次封赠的礼仪是相当隆重的,规模是相当巨大的,安排是相当周密的。方玉润《诗经原始》说:"自城郭、宗庙、宫室、车马、宝玉,以及土田、赋税之属,无不具备。所尤异者,伯之家人,亦令傅御代为迁徙;赴国行粮,亦命召伯早为储备。王之宠臣,可谓至矣。夫古之封建,锡以车马、畀以宝玉者有之,未有代营其城邑、寝庙者;古之宠赉,予以弓矢、赐以甲第者有之,未有代迁其室家,且并虑及餱粮者。有之,自宣王待申伯始。"诗作这样详细地描写。来说明朝廷对重臣的笼络,同时也有力地显示了宣王是一位有作为、有才干而又精明的君主,历史上出现周室中兴不是偶然的。对宣王为何如此隆重封赠申伯,方玉润说得好:"盖王之为是曲尽恩荣者,非以伯为元舅之尊也,非以伯有拥戴之劳也,诚以其资兼文武、望重屏藩,论德则柔惠堪嘉,论功则蕃宣足式,故用'以式南邦',不得不如是之恩意周浃、礼文备至焉尔。然则诸臣之旁观者,又不知如何感泣,亦将忘身以报之矣。呜呼!令德圣主,忠荩贤臣,其推诚相与,夫固有非形迹所能喻者。此尹吉甫之所为长言而歌咏之也欤?"这几句话,把宣王封赠申伯的意义基本说清楚了。尤值得读者留意的是,这几章诗反复强调此次封赠的目的:"南国是式""式是南邦""南土是保"……这是因为南国在战略上有着重要的地位。宣王三十九年，与姜戎在千亩作战，损失了南国的军队。这次封申伯于此，可能欲对南国重新加以振兴，同时对南国人民也有安抚的意思。

第三个层次，为最后一章。结尾点明作诗之意，特别指出申伯功德之盛，说明其受赐有当，非恃亲贵以邀宠者比。而已作此"孔硕""肆好"之诗以送之，亦非无端的阿谀逢迎。

这首诗写得很是平实，所以有的评论家认为"理明词顺，俊快自得，与《桑柔》《云汉》之古拗稍不类"（《诗经通论》）。

烝民

【题解】

这是周的大臣尹吉甫赠别大臣仲山甫的诗。全诗格调高雅，朴素无华，渗透出一种深层次的互相理解和知己之谊，从诗中可以读出尹吉甫和仲山甫二人都有高尚的怀抱，在详尽描述和赞美仲山甫的能力和气度的同时，也把诗人尹吉甫的人格力量和治国能力凸现了出来。

【原文】

天生烝民①，有物有则②。民之秉彝③，好是懿德④。天监有周⑤，昭假于下⑥。保兹天子⑦，生仲山甫⑧。

仲山甫之德，柔嘉维则⑨。令仪令色⑩，小心翼翼。古训是式⑪，威仪是力⑫。天子是若⑬，明命使赋⑭。

王命仲山甫，式是百辟⑮。缵戎祖考⑯，王躬是保⑰。出纳王命⑱，王之喉舌⑲。赋政于外⑳，四方爰发。

肃肃王命，仲山甫将之。邦国若否，仲山甫明之。既明且哲，以保其身。夙夜匪解，以事一人。

人亦有言：柔则茹之，刚则吐之。维仲山甫，柔亦不茹，刚亦不吐。不侮矜寡，不畏强御。

人亦有言：德輶如毛，民鲜克举之。我仪图之，维仲山甫举之。爰莫助之。衮职有阙，维仲山甫补之。

仲山甫出祖，四牡业业，征夫捷捷，每怀靡及。四牡彭彭，八鸾锵锵。王命仲山甫，城彼东方。

四牡骙骙,八鸾喈喈。仲山甫徂齐,式遄其归。吉甫作诵,穆如清风。仲山甫永怀,以慰其心。

【注释】

①烝民:众民。②则:法则,指事物的内则,如人之喜怒哀乐。③民之秉彝:人们掌握事物的常理。秉,执,掌握;彝,常理。④懿德:美德。⑤监:视,察。有周:即周朝。有,词头,多用在名词、朝代之前。⑥昭假:向神祷告,表明诚敬之心于神灵。⑦兹:此。⑧仲山甫:周宣王时大臣,封樊邑(今河南济源市),名山甫,谥穆,排行第二,故亦称樊仲、樊侯、樊仲山甫或樊穆仲。⑨柔嘉维则:谓仲山甫以温和善良奉为自己的道德标准。维,犹"是"。⑩令仪令色:谓仲山甫的言谈、举止、风度、表情优雅美好,和颜悦色,适度宜人。令,美善;仪,风度,容仪;色,颜色,表情。⑪古训:先王的遗训,遗典。是:语助词。⑫威仪:礼节法度。力:勤,勉力遵行。⑬若:择。谓选择贤人而重用之。⑭明命:政令。赋:通"敷",颁布,宣传。⑮百辟:各国诸侯。⑯缵戎祖考:继承你祖先的遗烈。缵,继。戎,你。祖考,祖先。⑰王躬保:保护周王自身的安全。躬,身。⑱出纳:总揽。⑲喉舌:代言人。担任天子代言人的,在唐虞为纳言,在周朝为内史,至秦汉时则为尚书。仲山甫兼内史之官,故谓。⑳赋政:颁布政令。外:指京畿之外。

【译文】

皇天生下众百姓,宇宙万物都有一定的规律。百姓把握此规律,爱好美德发内心。苍天俯察周王朝,在祷告神灵的时候一定要心中虔诚。辅佐当今周天子,生下山甫保康宁。

山甫内具好品德,温良和善有准则。有优雅的风度和美丽的容颜,办事谨慎真出色。先人典范必仿效,尊礼守法为表率。天子选择且重用,明白王的命令并且做好自己的事。

周王命令仲山甫,诸侯树立榜样。要继承祖先的宏大伟业,天子托福寿无疆。掌管出入司政令,像天子的喉舌一样来代表他宣讲。颁布政令达畿外,四方诸侯齐应响。

传王命时要庄严肃穆,山甫诚心来奉行。国事顺利与艰难,山甫心里最分明。既明事理且智慧,保持节操留芳名。毫不懈怠地认真工作,侍奉君王表忠心。

有句老话常讲起:对于弱者就相欺,对于强者就畏避。唯独山甫与众异,不欺负软弱的人,也不回避强者。不欺鳏夫和寡妻,诛灭强暴志不移。

有人曾经说过这样的话:德如鸿毛赛飞花,能举起它的人很少。揣摩思忖暗比划,山甫高擎自有法。不要责怪爱莫能助的人。天子龙袍有结疤,山甫修补人人夸。

山甫出行祭路神,四匹骏马力强盛,使臣赶路匆匆行,总担心不能很好地完成王命。驷马奔驰蹄不停,八铃锵锵叮当鸣。周王命令仲山甫,前去东方筑新城。

四匹骏马蹄不停,八铃喈喈清亮声。山甫去齐国筑城防了,总是希望他能早去早回。吉甫作歌相赠敬,犹如清风添雅兴。山甫在外多记挂,做此赞歌慰心灵。

【鉴赏】

这是一首赞歌。

周宣王派大臣仲山甫到齐地筑城、平乱,巩固东方边防。临行时,宣王的另一大臣尹吉甫作此诗相赠,盛赞仲山甫的美德和他辅佐宣王中兴的政绩。

诗共八段,可分三个部分:开头一段为第一部分,写仲山甫应运而生,不同凡响。二至六段为第二部分,写仲山甫遵循"古训",忠于"天子"之德,"出纳王命"赋政四方、日夜工作不松懈的才干和劳绩,以及不欺鳏寡、不畏强梁、敢于向周天子劝善规过的高尚品质和刚直无畏的精神。这一部分是重点。七至八段为第三部分,写赴齐启程场面,突出仲山甫的威仪和影响,也表达了诗人对他的敬佩之情和慰勉之意。

这首诗中的仲山甫,被描写成一个出类拔萃的英雄人物。诗人站的角度很高,把歌颂的对象放在周室中兴这个广阔的时代背景上来考察、鉴别。仲山甫的所作所为,都与周王有着密切联系。他之所以能够总领诸侯,一呼百应,在全国树立起崇高威望,正因为他"小心翼翼","天子是若",忠实地"出纳王命",做"王之喉舌"。臣的成功,证明了君的英明。这样写,既突出了仲山甫举止有则,为国忠贞,不愧是一名贤臣,也反映出力图中兴的周宣王,善于任贤使能,制定正确的方针政策,并能虚心听取臣下意见,择善而从,不愧是一位明君。诗中"一箭双雕",通过颂贤臣而颂明君。本诗《毛诗序》云:"尹吉甫美宣王也,任贤使能,周室中兴焉。"正道出了诗人唱这首赞歌的本意。因为诗人从大处落墨,所以这首诗显得气魄恢宏,能让读者透过一人的行迹而窥见整个时代的掠影。

这首诗基本上采取"敷陈其事而直言"的赋的表现方法。诗人抓住人物各方面的突出表现,作综合、概括地介绍,并把叙述和评议有机地结合起来,边述边评,以议带叙。如诗一开头就议论到,爱好美好的品德是人之常情,第二段紧承"民之秉彝,好是懿德"这一命意,介绍"仲山甫之德"的种种表现;前面评赞仲山甫"既明且哲",后面则介绍他怎样不同凡俗,敢于扶弱抗强,甚至天子有过失也敢于直谏。

这样写，"事随意转，理逐言深"（梁元帝《内典碑铭集林序》），头绪分明，重点突出，人物精神昭然可见。为了突出人物，诗中还运用了对比、衬托等手法。诗的五、六段，拿常人与仲山甫做对比。常人是"柔则茹之，刚则吐之"，欺弱怕强，而仲山甫"柔亦不茹，刚亦不吐"，他"不侮矜寡，不畏强御"；常人往往轻视小善小德，即使"德輶如毛"，也"鲜克举之"，而仲山甫则脚踏实地，从一点一滴做起，积小德成大德。这样一对比，就格外显出仲山甫品德高尚。诗中写周天子对仲山甫由衷信任，委以重任，写仲山甫徂齐时，"征夫捷捷，每怀靡及"，都从侧面衬托出仲山甫在人们心目中的崇高地位。

诗的语言质而雅。有不少词语富有创造性和表现力，为后代所沿用。如"衮职""补阙"，后来成为谏官的代名词；"穆如清风"，则常用以赞美良吏；至于"小心翼翼""喉舌""爱莫能助"等词语，至今仍被人们广泛使用。

韩奕

【题解】

这是一首尹吉甫赞美韩侯的诗。全诗先写韩侯受封、领赏、饯别返国；再写韩侯的婚姻，从而转到对韩国的地理环境、物产的描述；最后写韩侯所肩负的镇抚北方诸侯的重任，赞美中寄寓着厚望。本诗与《崧高》为姊妹篇。两首诗都涉及众多的人物和事件，但叙述的脉络分明，主人公的形象突出、性格鲜明。

【原文】

奕奕梁山①，维禹甸之②，

有倬其道。韩侯受命，

王亲命之：缵戎祖考，

无废朕命。夙夜匪解③，

虔共尔位，朕命不易。

干不庭方④，以佐戎辟。

四牡奕奕，孔修且张⑤。

韩侯入觐，以其介圭，

入觐于王。王锡韩侯：

淑旂绥章，簟茀错衡。玄衮赤舄，钩膺镂锡。

鞹鞃浅幭，鞗革金厄。韩侯出祖⑥，出宿于屠。

显父饯之,清酒百壶。其殽维何? 炰鳖鲜鱼。
其蔌维何? 维笋及蒲。其赠维何? 乘马路车。
笾豆有且,侯氏燕胥⑦。韩侯取妻,汾王之甥,
蹶父之子。韩侯迎止,于蹶之里。百两彭彭,
八鸾锵锵,不显其光! 诸娣从之,祁祁如云。
韩侯顾之,烂其盈门⑧。蹶父孔武,靡国不到。
为韩姞相攸⑨,莫如韩乐。孔乐韩土,川泽訏訏⑩,
鲂鱮甫甫⑪,麀鹿噳噳⑫,有熊有罴,有猫有虎。
庆既令居,韩姞燕誉。溥彼韩城,燕师所完。
以先祖受命,因时百蛮⑬。王锡韩侯:其追其貊⑭,
奄受北国,因以其伯。实墉实壑⑮,实亩实藉⑯。
献其貔皮,赤豹黄罴。

【注释】

①奕奕:高大的样子。②甸:治。③解:松懈,放松。④干:修正。庭:来庭朝
贡。方:国家。⑤修:长。张:大。⑥祖:祭路神。⑦侯氏:诸侯。燕:宴。胥:皆。
⑧烂:灿烂,有光彩。盈门:满门。⑨相:看。攸:所,居处。⑩訏訏:广大。⑪甫甫:
大的样子。⑫噳噳:众多的样子。⑬因:统辖,治理。时:这些。蛮:少数民族。⑭
追、貊:两个少数民族部落。⑮实:通"是"表示两个并排的动作。壑:深沟。⑯亩:
整饬田地。藉:征收赋税。

【译文】

梁山巍峨又高大,大禹治水到此间。去周大路真宽广,
韩侯受封把王见。宣王亲自向他说:"继承祖业努力干,
莫把君命弃一边。日夜奋力别懈怠,谨守职事莫等闲。
我颁册命不随便,整顿整治纷乱国,望你辅佐令君安。"
四匹雄马气轩昂,体型高大而强壮。韩侯进京朝宣王,
手持大圭进朝堂。终于得见周君王,宣王赠物来嘉奖。
美丽龙旗花纹好,车帘车衡闪着光。黑色龙袍红色鞋,
樊缨雕锡皆用上。浅色虎皮包车轼,笼头车辄金光闪。
韩侯出京祭路神,中途住宿屠地方。显父设宴来饯行,
清酒百壶呈上宴。席上荤菜是何物? 煮鳖鲜鱼任你尝。
席上蔬菜是什么? 竹笋嫩蒲好多样。所赠礼物是什么?

大车四匹马儿壮。笾豆果菜好又多,韩侯宴饮喜洋洋。
韩侯成婚作新郎,妻子之舅乃厉王,妻是蹶父好姑娘。
韩侯新婚来亲迎,来到蹶邑好地方。车儿百辆行不停,
八个鸾铃锵锵响,大显派头好风光。陪嫁众妾随后方,
随从如去熙攘攘。韩侯曲顾把礼行,满门灿烂真堂皇。
蹶父威武真雄壮,出使足迹遍四方。他为女儿择对象,
没有哪里比韩强。韩国令人很欢乐,河川大泽好宽广。
鲂鱼鲈鱼都很多,雌鹿雄鹿聚山冈。还有熊来还有罴,
有猫有虎吼声亮。庆贺获得好归宿,韩姞安乐心欢畅。
建成韩城真宽广,全由燕民献力量。由于先祖受王命,
依靠蛮族势力强。宣王赏赐新韩侯,追貊两国属韩邦。
控制整个大北方,你是北方大官长。城墙壕沟要增修,
垦田征税切勿忘。命令外族献兽皮,赤豹黄罴亦献上。

【鉴赏】

史载,宣王即位后,"法文、武、成、康之遗风",重振周室,扭转了厉王时"诸侯不朝"分崩离析的局面,使"诸侯复宗周"(见《史记·周本纪》)。《韩奕》正反映了这种"中兴"盛况。

诗中所写的韩侯,为北国诸侯。他地处边陲,尚能远道来京朝觐,接受周王册命,效忠周室,则中原各国,自可概见。诗人选此为题材,赞美宣王"能锡命诸侯"(《毛传》),威加海内,的确具有相当的典型性。

诗共六章,以韩侯的活动为主要线索,安排了朝觐受封、赐礼、饯行、完婚以及捍卫北疆得周王加封等场面和情节,极力突出周王对身负北方屏藩重任的韩侯的器重,也突出了韩侯的忠心和才干。诗以铺张夸饰见长。每一个场面,集中一点,反复铺陈,细致罗列,给人以鲜明强烈的印象。如写朝觐大典上周王给韩侯的赐赠,什么旗,什么车,什么衣,什么靴,都一一言明;写饯行盛筵,荤菜是什么,素菜是什么,赠品又是什么,都细细数到。这些地方越写得细,越显出周王对臣下的厚恩深情,也显出韩侯地位不凡。在介绍韩国风貌时,也同样用铺陈法,极力宣扬韩国的繁荣富庶,连水中有什么名贵的鱼,山上有什么珍奇的兽,都写得具体入微,令人向往,则韩侯治国之功,自在不言之中了。诗的第四章写韩侯娶妻场面,更是极尽铺张扬厉:新娘是何等人物,"诸娣"是何等梳妆,新郎是何等荣耀,以及迎亲的车马如何喧阗、街上如何热闹,都绘声绘色,使人如身临其境。通过这一番铺张渲染,

进一步突出了韩侯皇亲国戚的不寻常身份,则其听命周王、尽力捍卫周室,自然合情合理。

有趣的是,诗人在铺陈一连串场面时,为避免写法老套、单调,尽量做到"到什么山上唱什么歌",按不同内容灵活变换陈述方式,场场有新招。如写赐赠,用直叙式,将所赐之物一一列出,琳琅满目;写饯行盛筵,则改用问答式——"其殽维何""其蔌维何?""其赠维何?"——一问一答,逐层推出,引人入胜。写婚娶,又用描述式,摹声绘影,将喜庆气氛,写得活灵活现。介绍韩地风物,则又用重叠式,"訏訏""甫甫""噳噳"等重叠词的连用,突出了韩地川泽之广,鱼鳖之多,麀鹿之奇;"有熊有罴,有猫有虎",四个"有"字,更给人有"山外有山"、层出不穷之感。为避免平铺直叙,诗中对场次安排,也做了精心调度。如第四章先写韩姞出嫁,第五章借蹶父(韩姞父亲)遍走各国为女择婿,见韩之美,追叙韩姞为何嫁给韩侯,既交代了事情原委,又进一步烘托了韩侯之功,有映带之妙。正如前人所评:"此章并及择婿,文势更觉舒展……其联络脱卸处,几于无迹可寻。"(清方玉润《诗经原始》)从这些地方,都可以看出诗人惨淡经营的艺术匠心。

这首诗以描写梁山、赞美禹功开头,接着写韩侯来朝,也很有讲究。乍看似乎是以梁山之高、禹功之大比赞韩侯,其实不是,因为小小的一国诸侯,尚不足与禹相匹配。《诗经》中赞颂天子之功,常配禹言之。如《大雅·文王有声》以禹治丰水比赞文王开国之功;《小雅·信南山》以禹继父志比赞成王光大祖业;本诗显然也是以禹治梁山,平水灾,比赞宣王平大乱,复周室,命诸侯。接着写韩侯来朝,正显示其拨乱反正、锡命诸侯的实绩。这一比兴开头,定下了基调,有笼罩全篇之势。为了突出赞美宣王这一主旨,诗的前后两章,均安排宣王对韩侯的锡命,那一次次谆谆的谕告,义正词严,显示出天子居高临下的气势和协同万方、奋发图强、重振河山的决心与壮志,有力地突出了"中兴明主"的形象。

江汉

【题解】

这是一首叙述周宣王派召穆公讨伐淮夷并获得胜利的诗,作者是召公本人,也有人认为本诗是大臣尹吉甫所作。全诗前两节描述军队凯旋归来的情景,战士个个精神抖擞,场面激动,气势豪迈;而后面四节描述天予对臣子进行册封,臣子加以答谢的情景,君臣进退有序,场面庄重,气氛热烈。整首诗风格明朗,欢快。

【原文】

江汉浮浮。武夫滔滔。匪安匪游,淮夷来求①。既出我车,既设我旟。匪安匪舒,淮夷来铺②。

江汉汤汤,武夫洸洸③。经营四方,告成于王。四方既平,王国庶定。时靡有争,王心载宁。

江汉之浒④,王命召虎:式辟四方,彻我疆土。匪疚匪棘,王国来极。于疆于理,至于南海。

王命召虎:来旬来宣⑤。文武受命,召公维翰⑥。无曰予小子,召公是似⑦。肇敏戎公⑧,用锡尔祉。

厘尔圭瓒⑨,秬鬯一卣⑩。告于文人,锡山土田,于周受命,自召祖命。虎拜稽首,天子万年。

虎拜稽首,对扬王休⑪。作召公考⑫,天子万寿。明明天子,令闻不已。矢其文德⑬,洽此四国⑭。

【注释】

①来:语气词。来求,是求。求,讨。②铺:止。③洸洸:威武的样子。④浒:水涯。⑤旬:巡。宣:示。⑥翰:辅翼。⑦似:继承。⑧肇:谋。敏:疾。戎:大。⑨厘:赐予。⑩秬:黑黍。鬯,香草。卣:一种盛酒的器具。⑪休:美。⑫考:成,成辞。⑬矢:施。⑭洽:协和。

【译文】

江汉浩浩荡荡,战士们气宇轩昂。不苟安、不闲逛,去征讨淮夷那个地方。我的兵车出动,我的旗帜张扬。不苟安、不迟缓,兵临淮夷地方。

江汉汪汪洋洋,战士们多雄壮。平息了四面八方的战事,捷报告诉周王。四方已经清平,国家才能安定。这就没有战争,周王心里安宁。

从那江汉水旁,周王命令召虎:你去开辟四方,把我们的疆土整理好。不扰他、不迫他,要让他们都能够受周王的感化。整田地、划田疆,一直规划到了南海边上。

周王命令召虎:去巡视、去宣抚。当初文武受天命,召康公是支柱。不要归功于我小子,你要把召公功业承继。很快就会给你记大功,赐你福禄享用。

赐你勺儿玉柄头,一樽芬芳黑黍酒。告祭你文德的祖先,赐给你山地、土地、田地,到那岐周受命,用你祖先封典。召虎叩头行礼,祝福天子万岁健康。

召见虎叩头行大礼,称扬周王美意。写下召公颂辞,天子万年永世。正直而清廉的天子,美好声誉无止。你的文德布下,以此来协调你的国家四方。

【鉴赏】

这首诗写周宣王大臣召虎(即召穆公)奉王命征讨淮夷之乱,取得胜利,立功受赏。诗的重点是歌颂召虎,但却没有一处直接描写其人在这次平淮之战中的具体表现,比如怎样指挥有方、怎样英勇杀敌、怎样做好善后工作等等,诗中以主要篇幅,写战后周王对召虎的策命之词。为何如此处理?与这首诗的写作意图和作者是谁有密切关系。诗中有"作召公考"语,朱熹《诗集传》云:"言穆公既受赐,遂答称天子之美命,作康公之庙器,而勒王策命之词,以考其成。"是说召虎平淮建功,受王策赐,特作器记恩铭勋,祭于家庙,以告慰其先祖开国功臣康公召奭。朱熹还最早发现本诗与"古器物铭""语正相类",怀疑此诗为古器物铭文。近、现代许多学者,根据考古发现及周金文辞研究,进一步证明"召公考"即存世的"召伯虎簋",本诗即其铭文之一;并进一步论证作者即召虎本人,乃"自铭其器"。(参阅清方玉润《诗经原始》,郭沫若《青铜时代——周代彝器进化说》《两周金文辞大系考释·召伯虎簋铭》,陈子展《诗经直解》等书)

了解了以上情况,我们就会感到这首诗的写作,匠心独运,颇具特色。《释名·释典艺》云:"铭,名也,述其功美,使可称名也。"作为铭,其内容必须述功记美;但当事人是自己,是"自铭",又不能"老王卖瓜,自卖自夸"。这是一个很大的矛盾。作者巧妙地运用间接描写、侧面烘托得方法解决了这一矛盾。其平淮之功,辅国之勋,不是自己直接出面评功摆好,而是通过对别人的描述显示、烘托出来的。诗从平淮之战写起。首段写誓师就道的场面,重点描写"武夫"——广大将士,写士气如何高昂、斗志如何坚决、声势如何浩大,并用长江、汉水汹涌澎湃与之相类比、映照,极尽形容铺张,令人感到这是一支训练有素、纪律严明、锐不可当的部队。这里虽然只写广大将士,但主帅治军之功,不是灼然可见吗?用这样一支强大的军队去扫平边乱,战无不胜自在意料之中,所以第二段虽然没有具体写征战情景,只用"经营四方,告成于王"两句点出战果,并不使人感到奇怪。这里略去征战场面,还出于另外一种考虑:平定边乱,不能光靠刀枪,还要靠"文治"。回避杀伐,正与后面突出其文治之功相应合,以显示其为大仁大德之人。

如果说诗的前两段通过部下暗示、烘托主帅,后数段则借天子之口,褒扬其劳绩功勋。一连写了两次"王命",时间、地点和内容都不同,颇有讲究。第一次在"江汉之浒",显然是平淮之战取胜后。这次"王命召虎",委以"式辟四方,徹我疆土"的重任,要他在边境"匪疚匪棘,王国来极",施行仁政,推行王化,做好善后工作,以安抚边民,巩固边疆。周王把这一重要而又艰巨的任务交托予他,足见他才德出众,乃"国之桢干"。召虎是怎样谨遵王命展开工作的？他自己不便直说,所以正面一字未提,但从第二次"王命"却可看出,他干得十分出色。这次是在王都宗庙为召虎举行策命授勋典礼,显然是在他治边大臣告成之后。正因为他出色地完成了治边任务,所以这次"王命"对他极尽褒扬,把他的功勋与其先祖召康公辅佐先王开国之功相匹配,给予极高的赏赐,可谓荣宠极矣。这里通过天子"考成"的形式,让天子给自己做出评价,显得非常客观,毫无自吹自擂之感。同时,这样处理,也显示出天子决策英明、知人善任。诗的最后"虎拜稽首"一段,写召虎对天子的答词,颂王功德,"归美天子",进一步显示出效忠王朝、谦虚谨慎的美德。

　　统观全诗,其内容不外宣扬武功文治、君明臣忠的老套,并不新鲜;但作为一篇自铭功勋的铭文,在写作上,诸如材料的取舍安排、表现手法的灵活运用等等,的确有可取之处。

常武

【题解】

　　这是一首赞美诗,赞美了周宣王御驾亲征徐国,使周王朝的势力直达东部海滨,完成了统一大业。全诗从整装出发写起,随着军队的行进步步深入,生动、细致地刻画了这场战役的全过程。诗篇赞美了周王朝军队的威武、行动的迅速和士兵的勇猛,与徐军溃败的惨状形成鲜明对比,给人深刻印象。同时,赞扬了君主的谋略和英明领导。

【原文】

　　赫赫明明①,王命卿士。

　　南仲大祖,大师皇父。

　　整我六师,以修我戎②。

　　既敬既戒③,惠此南国。

　　王谓尹氏,命程伯休父:

　　左右陈行,戒我师旅。

　　率彼淮浦④,省此徐土⑤。

　　不留不处,三事就绪⑥。

　　赫赫业业,有严天子。

　　王舒保作⑦,匪绍匪游⑧。

徐方绎骚⑨,震惊徐方。

如雷如霆,徐方震惊。王奋厥武⑩,如震如怒。

进厥虎臣,阚如虓虎⑪。铺敦淮濆⑫,仍执丑虏⑬。

截彼淮浦⑭,王师之所。王旅啴啴,如飞如翰。

如江如汉,如山之苞。如川之流,绵绵翼翼。

不测不克⑮,濯征徐国。王犹允塞⑯,徐方既来。

徐方既同⑰,天子之功。四方既平,徐方来庭。

徐方不回⑱,王曰还归。

【注释】

①明明:明察;明智。②修:完善。戎:军队装备。③既:表示并列。敬:警惕。戒:戒备,调集。④率:顺,沿。浦:水滨。⑤省:察看,勘探。⑥三事:农工商。⑦舒:徐。保:安。作:行。⑧绍:缓。游:玩耍。⑨绎:方阵,队列。骚:动乱。⑩奋:发挥,发扬。武:勇猛。⑪阚:虎怒的样子。虓:虎叫。⑫濆:大堤;沿河高地。⑬仍:就。执:俘虏,捕获。⑭截:切断。引申为整治。⑮测:推测。克:战胜。⑯允:果然。塞:可行。⑰同:会同。⑱回:谋反,背叛。

【译文】

威武勤勉周宣王,他令卿士去战场。任命南仲在祖庙,
皇父太师在一旁:"整顿六军精神好,修理武器使其强。
事事警惕要戒备,加惠南国保边疆。"宣王告知尹太师,
传命程伯任司马:"左右兵士列阵行,告知将士欲开拔。
沿着淮水往前行,严把徐国来巡察。不停息来不久住,
准备就绪把徐伐。"威仪赫赫真伟大,庄严神圣周宣王。
周军从容稳前进,不缓慢来不游逛。徐国军阵已骚动,
举国震惊真恐慌。其势就像雷霆响,徐国震惊很紧张。
周王威武尽奋扬,就像雷震怒冲天。如虎大臣冲在前,
吼声似虎震山川。周军布阵淮水岸,频捉俘虏笑开颜。
截断退路淮水边,周军驻扎在此间。周王大军势正盛,
像鸟高飞冲蓝天。好像江汉穿大地,似是环山难摇撼。
好像河水无阻拦,绵绵不断齐向前。难测难识神一般,
大征徐国保江山。周王谋划好实在,徐国终于来投降。
徐国归顺天下同,大功必于周宣王。天下已经皆平定,

徐君来朝拜宣王。徐国不再谋反叛,王命大军急回还。

【鉴赏】

周宣王时,徐国(故城在今安徽泗县北,属于夷淮中的一个大国)叛乱,宣王率兵亲征,平服徐国,取得胜利。这首诗就是叙写这件事。全诗共六章:一章写命南仲为大将,皇父主管军事;二章写命休父为副;三章写宣王亲征并赞扬王师的威力;四章写战伐;五章写军势之盛;六章归美于王并叙胜利班师。

“诗言志”的最早意义实际上是“载道”“记事”。诗本来是一种氏族、部落、国家的历史性、政治性、宗教性的文献,而并非个人的抒情作品。《大雅》和《颂》就带有这种性质和痕迹。(参李泽厚《美的历程》)只是到后来,在这些基本功用是载道或记事的文件中,才逐渐滋生了一种与文件异质的因素,即在记载事件时诗人又表达着自己的情感。这样,文件中就产生了文学,“诗言志”中就掺杂了“诗缘情”。《常武》正是这样一篇由文件到文学,由记事到抒情的过渡中的作品。

此诗的一、二章,写宣王如何命将,如何指定行军路线,如何告诫军队不得扰民,都是据史实直接记录,它写得十分详尽,连在什么地方命南仲,又令什么人传话都一丝不苟地记下来。作为历史文件,这倒是够清楚的;但作为文学,这两章却是分外枯燥乏味的。因为它只是客观史实的再现,而缺乏诗人情感的表现,它是“史”,却非“诗”。

但第三章就不同了,作为历史,这章照例记录了宣王亲征并写了王师的威力。但这王师的威力并不是正面实录王师如何强大、如何严整,而是先从侧面落笔,说这王师走得很从容、很安详(“王舒保作”),但这从容安详又不是怠缓、不是在游逛(“匪绍匪游”),这是一支前往平叛的军队,在这从容安详中显出了这支军队的信心和力量,这是两军交战前的好整以暇,是暴风雨前的宁静……这些尽在不言中。作者接着又从对面落笔,从徐方的反应来写王师。作为历史文件,诗人本应描写徐方在王师前来时如何布置、如何对应,但是,这时诗人已跳出了文件功能的束缚,他把那史家所要求的“直录”弃之不顾了。对于徐方的反应,他只用了两个极概括的词,一个“绎骚”,一个“震惊”。王师始出,走得那样从容安详,而徐方之人皆已骚动不安,如雷霆作于其上矣!因而,为突出王师的威力,诗人兼用了陪衬和反衬。前者是用王师的从容安详从侧面来陪衬出王师的严整,显示出王师蕴而不发的内在的力;后者是用徐方的震惊从对面来反衬出王师的强大,显示出王师的即将展露的由内而外的力。读完全章,作为文件,王师的威力究竟具体怎样,我们或许并没有一个清晰的概念;但作为文学,我们却体会到那种威力强大的震撼力量,诗人表

达了他对王师的赞颂之情，也激起了
我们的共鸣。这就够了！

　　还能看出这种文件与文学的区
别的，或许是第五章。这章写军势之
盛，但究竟怎么盛，作者只用了一些
比喻，说军队如飞、如江、如山……或
者用了一些概括的说明，说它众盛
（"啴啴"），说它不可战胜（"不克"）
等等。作为历史文件，我们至少也说
它是不具体、不清楚的；但作为文学，

绦索纹兽耳铜罍（战国）

这章却是全诗中最光彩的珠玑。诗人在这里不是单纯记录有关军队的史实，而主
要是表现自己对这支军队的情感，诗人不再冷静地叙述，而是满怀激情地歌唱，唱
出王师的声威，唱出王师的神速……朱熹解此章云："如飞如翰，疾也。如江如汉，
众也。如山，不可动也。如川，不可御也。绵绵，不可绝也。翼翼，不可乱也。不
测，不可知也。不克，不可胜也。"（《诗集传》）因而，这章从总体上看，诗人把他的
情感客观化，凝固在那些排比的博喻（"如江""如山"等等）、那些当句对的否定
（"不测不克"）、那些一再出现的叠字（"啴啴""绵绵"等等）上面，用这些带强烈情
感色彩的排比句、否定句、叠字唱叹来构成了一个又一个情感的浪头，构成了全章
激昂高亢的情感基调。分开来看，作者每用一、二字就写出了军队的一个方面，一
字也挪动不得，一字也替换不得，又显出了作者在炼字上的精辟和功力。

　　这三、五章之所以成为全诗中最成功的审美片段，这三、五章之所以不同于一、
二章，关键在于一、二章主要是客观地记录下事件的经过（史），三、五章尽管也记
录着事件，但其中占主导地位的不是对一件事进行纯客观的记录，而是主体的掌握
方式与情感，是响彻在诗句中的欢乐与激昂、歌颂与赞扬（诗）。前面分析的那些
具体的艺术手法，都是为着这个表达情感的目的服务的。四、六两章也是史与诗的
交织，其中既有史实的记录，如"截彼淮浦，王师之所""王犹允塞，徐方既来"。我
们明白了在淮水沿岸截击徐兵，明白了宣王计划好，徐方归降了，如此而已。老实
说，这些文件性质的句子实在还是枯燥无味的。真正称得上有审美价值的还是它
的情感表现部分。"王奋厥武，如震如怒。进厥虎臣，阚如虓虎。"有赋有比，赋中
又有点（王）、有面（虎臣），比中又有天上（震）、有地下（虓虎），几笔就勾勒出一个
群情激奋、威武雄壮的进军场面。"四方既平，徐方来庭。徐方不回，王曰还归。"

先铺垫上"四方",再在其中突出"徐方",同一个徐方,又反复强调它的"来庭""不回",在这天下平定、反侧为顺的大一统局面中,才郑重点出"王曰还归"!一副放眼四顾、踌躇满志、酣畅淋漓的情态跃然纸上!——一部《诗经》,本身就存在从最早意义上的"言志"的文件(《颂》《大雅》),到"缘情"的文学(《小雅》《国风》)的进展,《常武》正是这个进展过程中过渡性的作品,故它身上具备着亦此亦彼、由此及彼的特性。对于这类诗,要把它放到整部《诗经》从押韵的典籍到唱叹的篇什的过渡中才能把握到它的文学史上的地位。

瞻卬

【题解】

这是一首抨击周幽王宠爱褒姒、滥施暴政,致使民不聊生、国运衰微的诗。诗中极尽讽刺、挖苦之能事,把周幽王昏聩、褒姒扰乱朝纲的种种倒行逆施以及善良人的被迫离散层层展现出来,语气激昂,充满极端的愤慨和不平,表达了深刻的无奈与悲哀。"瞻卬昊天,则不我惠"形象地体现了作者这种情怀,全诗氛围灰暗、感情凝重。

【原文】

瞻卬昊天,则不我惠。

孔填不宁①,降此大厉。

邦靡有定,士民其瘵②。

蟊贼蟊疾③,靡有夷届④。

罪罟不收④,靡有夷瘳⑤。

人有土田,女反有之;

人有民人,女覆夺之。

此宜无罪,女反收之⑦;

彼宜有罪,女覆说之⑧。

哲夫成城,哲妇倾城。

懿厥哲妇⑨,为枭为鸱。

妇有长舌,维厉之阶。

乱匪降自天,生自妇人。

匪教匪诲,时维妇寺⑩。鞫人忮忒⑪,谮始竟背⑫。

岂曰不极？伊胡为慝^⑬？如贾三倍，君子是识。

妇无公事，休其蚕织。天何以刺^⑭？何神不富^⑮？

舍尔介狄，维予胥忌。不吊不祥^⑯，威仪不类^⑰。

人之云亡，邦国殄瘁^⑱。天之降罔^⑲，维其优矣。

人之云亡，心之忧矣。天之降罔，维其几矣。

人之云亡，心之悲矣。觱沸槛泉，维其深矣。

心之忧矣，宁自今矣？不自我先，不自我后。

藐藐昊天，无不克巩^⑳。无忝皇祖，式救尔后。

【注释】

①填：久。②瘵：痛苦不堪。③蟊：害虫。贼、疾：损害，破坏。④夷：语气助词。届：止尽。⑤罪罟：罪网。不收：不停。⑥瘳：病愈。⑦收：逮捕。⑧说：通"释"。⑨懿：通"噫"，叹词。⑩时：通"是"，这。寺：宦官。⑪鞫：陷害。忮：妒忌。忒：奸诈。⑫潜：欺骗。始：开始。竟：最后。背：背叛。⑬慝：恶，残忍。⑭刺：责。⑮富：福。⑯吊：善。⑰类：善。⑱类：善，好。⑲罔：同"网"。⑳巩：控制，管理。

【译文】

抬头仰望那苍天，天不爱我不肯管。人间长久不安宁，
上天降下大祸患。全国无处得安定，士卒百姓受苦难。
如同害虫吃庄稼，总是吃来没有完。罪网害人不收敛，
消除病困等何年？人家若是有田产，你却抢掠独侵占。
别人那里人口多，你硬抢来自己管。这人原来没有罪，
你却拘捕投牢监。那人本来有罪恶，你却开脱将罪免。
聪明男人建周国，褒姒灭掉周政权。那位聪明褒姒妃，
是枭是鸱罪滔天。这个妇人有长舌，她是祸乱总根源。
西周混乱非由天，褒姒作孽自推翻。无谁教王施暴虐，
妇人宦者将他管。奸人善于做坏事，谗言前后距离宽。
她做恶事还不多？为何幽王好喜欢？就像商人能赚钱，
令其当官成功难。女人不应参政事，她却参政不养蚕。
上天为何责罚我？缘何神灵不赐福？披甲夷狄你不管，
只是对我很厌恶。天灾人祸不恤问，不拘礼节心术坏。
贤良之人全逃亡，周朝政权将倾覆。上天把那灾殃降，
祸患太多难说详。贤人个个都逃亡，我心终日甚忧伤。

上天将那灾祸降,国运危险不吉祥。贤良人士皆逃亡,
我的心中好悲凉。泉水翻滚向上涌,泉源深深流不尽。
我的心中忧虑多,难道今日开其端?灾难不生在我前,
亦不生我身后边。苍天茫茫甚高远,万物都要由它管。
切莫辱没你祖宗,让你子孙把业传。

【鉴赏】

这是一位诗人指责周幽王宠幸褒姒,斥逐贤良,以致乱政病民,国运濒危的诗。全诗共七章:一章说天降灾祸,国不安宁;二章说下层贵族的土地、奴隶被当权者夺取;三章说国家的祸乱是由于褒姒干预朝政造成的;四章承上申述妇人应从事蚕织,不应当过问国政;五章指责幽王作为不善,贤才受害,国家濒于危亡;六章承上说天降灾祸,贤人逃亡,自己忧愁万分;七章自伤恰逢此乱,并希望幽王改弦更张、挽救国势。

这首诗主要是用赋的手法写成的。关于赋,多年来我们习惯了朱熹的解释:"敷陈其事而直言之",其实李仲蒙有个更确切的解释:"叙物以言情,谓之赋"。这个解释比朱熹的高明,在于它突出了物与情之间的关系,指明了赋之所以成为与比、兴并列的艺术手法的理由。

"天"在这首诗中几次出现,这个"天",不是比,不是兴,而是赋。我们就先来看它。诗人一开头就仰天大呼,指责老天对他没恩情,指责老天降下了大祸,国家很久不安宁("瞻卬昊天,则不我惠。孔填不宁,降此大厉。")。司马迁的一段话可以移来解释这几句!"夫天者,人之始也……人穷则反本,故劳苦倦极,未尝不呼天也。"(《史记·屈原贾生列传》)诗人满腔悲愤,无处发泄,仰天大呼,喷薄一吐,老天爷就不爱我啊!老天爷你降下这大祸啊!……乍一看,似乎没有具体内容,但一上来就给你造成强大的情感震撼。这样一个石破天惊、雄肆万分的开头,就给后要说的具体内容涂上了强烈的情感色彩,奠定了全诗悲愤欲绝的情感基调。第二次说天:"乱匪降自天,生自妇人。"让天脱了干系,却把矛头指向了妇人(褒姒)。既然如果天降了灾祸那天都该怨恨,那生出祸乱的妇人就更该痛责了,这样就由怨天自然过渡到怨妇人。撇开天,正是为了集中火力来鞭挞那妇人,有所不为是因有所为,放松一步正是逼紧一步,这才有第三章中那么激烈的指斥,诗人简直在指着鼻子痛骂褒姒。到第四章,诗人又冷静一些去摆事实、讲道理,说她陷害人("鞫人忮忒"),说话前后矛盾("谮始竟背"),说她不该管国事("妇无公事")。这样情感相对平静一些后,到第五、六章又振起,再次彻天大呼,上天何以罚我苦哇("天何

以刺"),上天把那刑罚降啊("天之降罔……天之降罔"),祸乱的根源虽然明白了,但事理虽达,情气难平,故不妨让那无辜的天再一次来背黑锅,把它拉来做诗人情感的寄寓物。在这接二连三的呼天抢地、发抒愤懑中,把情感推向了高潮,把诗人那"心之忧矣""心之悲矣"的悲愤、伤痛、扼腕长叹息……表达得淋漓尽致。最后一次呼天(第七章的"藐藐昊天,无不克巩"),天又成了赞颂的对象,赞天的约束万物,那是为了激励幽王以天为法,改弦更张。这样,天在全诗中各处出现,每一次起的作用皆不同,它是紧紧地联系着诗人的情感波澜,并将这种情感波澜客观化、对象化的。诗人把情感寄寓在物(天)中,假物而为之鸣,抒情进而造艺。这,也就是"叙物以言情"。

全诗中的其他叙述,也应该从叙物言情的角度来理解。这诗一会写到滥罚酷刑,生灵涂炭(一章);一会写到当权者夺别人的土地、奴隶(二章);一会写到哲妇的长舌,陷害人,凶狠(三、四章);一会写到幽王的"威仪不类"(五章);一会写到良臣贤士的逃亡(六章)。这些东一笔西一笔叙写出来的现象,真有点近乎"断烂朝报"。作者为何要把这些乱七八糟的东西写进诗中? 其实,这仍然是为了表达感情的需要。因为当时最引起作者激动和悲愤的,就是国家那种"孔填不宁""邦国殄瘁"的局面,作者就把形成这种局面的一系列具体现象提了出来,叙述在诗中。这些现象引发了诗人的情感,又寄寓着诗人的情感。那些东一笔、西一笔看似乱糟糟的现象,通过诗人的情感取得了联系,它们是诗人情感的载体和物化,是一个个涂上了"心之忧矣""心之悲矣"的情感色彩的"意象"。这些意象元件串接起来构成了整体的情感氛围,整体的诗的境界,适当地表达了作者的一腔悲愤之情。作者叙物以言情,读者见其物而可以会其情,这倒是颇符合二十世纪在中国诗的影响下兴起的西方意象派所要求的"写诗,就是表达具体事物,使这些事物产生的情绪,能够在读者心中升起"(福特语)。

这首诗还有个特点值得说一下。后儒把温柔敦厚奉为"诗教",其实,这首诗一点也不温柔敦厚。气愤起来,诗人简直在破口大骂,他骂幽王是"威仪不类",骂褒姒是长舌妇、是恶枭、是猫头鹰,说她是"厉之阶",会毁掉社稷("倾城"),还把周王的苛政比成"蟊贼蟊疾",还埋怨天、埋怨神("天何以刺""何神不富")……张谦宜说《诗经》"骂人极狠",曾异撰谓《诗经》"骂人""骂夫""骂父""骂国""骂皇后""骂天""朋友相骂""兄弟九族相骂"……(《徐叔亨山居次韵诗序》),这《瞻卬》一诗即可见出这"骂人极狠"之一端。当然,《诗经》中也确实有一些"温柔敦厚"的作品。明代的陈子龙对这两类作品有一个精当的解释,他说,当社会危机尚在萌芽状态时,诗人深谋远虑,隐忧世变的将临,自可优游不迫,运用委婉托讽的手法来启发、诱导人们有所醒悟,如《彼都人士》《楚茨》这样的作品。但到了急剧动荡的时刻,形危势迫,诗人触目惊心,发为诗歌,自然就大声疾呼,直抒胸臆。急于振聋发聩,救亡拯溺,那里还可能宽行缓步,温柔敦厚?如《召旻》《雨无正》等作品。故他说:"君子之立言,缓急微显,不一其绪,因乎时者也。"(《左伯子古诗序》)他说的当然只限于政治讽喻诗,在这个领域内,他从时代的变化、表达感情的需要来说明表现手法、艺术风格的不同是有眼光的。

颂

《颂》是朝廷和贵族专门用于宗庙祭祀的音乐,分《周颂》《鲁颂》《商颂》三部分。《颂》是产生较早的古乐,在语言和形式上都显得雍容、典雅。

三颂

《诗经》的组成部分。对于《颂》的解释,最早见于《诗·大序》:"颂者,美盛德之形容,以其成功告于神明者也。"近代多以为《颂》是宗庙祭祀之乐,其中有一部分是舞曲。包括《周颂》31 篇,《鲁颂》4 篇,《商颂》5 篇,共 40 篇,合称"三颂"。

清庙

【题解】

这是周朝统治者祭祀周文王的一首乐歌。全诗仅八句,将整个祭祀过程完整地描述出来。诗一开始就展现出一座庄严清静的宗庙,然后说助祭者身份的尊贵显赫和态度的严肃雍容,又说参祭人士的众多。接着说祭祀之人都秉持了文王的德行,文王的神灵已飞升天上,人们向空遥拜,还在建有文王神位的庙里奔走祭拜。最后赞颂文王的美德光耀四方,延续后世,人们对他的仰慕之情永无止境。以此可见人们态度的虔诚,场面的庄严紧张。此诗不押韵,采用平铺直叙的手法。因内容原因,诗句没有"风""雅"诗的婉约多姿,富有情致,但言简意深,典雅庄重,别有风味。

【原文】

於穆清庙①,肃雍显相②。济济多士③,秉文之德④。

对越在天⑤,骏奔走在庙⑥。不显不承⑦,无射于人斯⑧!

【注释】

①於:叹词。穆:壮美。②肃雍:肃敬雍和。显:明,显赫。相:助祭的公侯。③济济:威仪整齐。多士:众多的参祭者,指众公侯。④秉:执持。文:指文王。⑤对越:报答宣扬。一说,越,於。⑥骏:迅疾。⑦不显不承:即"丕显丕承"。不,通"丕",发语词。显,光明。承,通"烝",美。⑧无射(少):不厌弃。射,通"斁",厌恶。斯:语气词。

【译文】

啊,清静的宗庙真美丽呀,诸侯们恭恭敬敬来陪祭。执事的人们整整齐齐,保持着高尚的品德。

对于在天的神灵,大家匆匆奔走在庙里忙祭礼。神灵在天空中,人们都很尊敬他,不知道厌倦的人们呀!

【鉴赏】

周人是一个崇尚礼仪的部族,祭祀祖先是他们生活中的一个重要内容。《周颂》收集的都是周王朝用于宗庙祭祀的乐歌。正如郑樵所说:"宗庙之音曰颂",《清庙》就是周人对祖先周文王的颂歌。那么,周人为什么要祭奠文王,他有什么特别的功绩值得后人纪念呢?周文王在世之时并没有征服商朝,统一中原,但是他开创了周氏族向外扩张的显赫局面,为周武王以后统一中原奠定了坚实基础。因此,在周人的眼中,文王是一个德耀四方、神圣不可超越的开国之君,很值得后人的歌颂。

这首诗歌的特别之处在于,诗人并没有从正面直接歌颂文王的德行,而是用侧面描写来烘托。诗歌首句用感叹之词起兴,"呜呼"为下文的咏颂设下了感情基调。用肃穆清净来形容宗庙,表现出参加祭祀的人对宗庙的敬慕之感、敬畏之心。接着,诗歌描写了祭祀文王典礼庄重、有序、繁忙的场面。恭敬显贵的助祭,以及威仪整齐的执事一起参与了祭祀大典,紧张而有序地奔走于庙庭之上,以答谢先祖文王的在天之灵。整个祭祀场面隆重、气氛浓烈。在此,诗歌并没有直接抒发对文王的敬仰之情,但却浓墨重彩地描写出祭祀场面的隆重<用法不当>肃穆以及参加祭祀大臣、执事的恭敬、忙碌,由此我们可以想象得到,如果没有人们对文王德行的崇敬、敬仰,是不可能有如此隆重的祭祀场面和恭敬之行的。这也正是这篇颂歌的独特之处,为下文点出诗歌的主旨埋下了伏笔。

"不显不承,无射于斯人"一句点出了诗歌主旨:难道文王的德行不显贵吗,不值得后人去好好继承发扬吗?后人是不会厌弃文王之德的啊!阐明了周之子民将秉承先祖文王的德行,将之发扬光大,绝不废弃的决心。

这篇颂歌主要用了赋的手法,将严肃的祭祀颂词书写得情采洋溢,感人肺腑。整篇颂词词清意美,无怪乎被列为《周颂》之首。

维天之命

【题解】

这是一首周天子祭祀文王的诗,格调开阔、庄严,充满崇敬之感。全诗以彰显文王的道德品质为主旨,显示了它泽被后世的光耀和尊严,表达了对文王崇敬和景仰及向先王学习的决心和气魄。由此体现了祭祀的虔诚和主人公心性的坦荡,读来感觉气氛和谐,神圣肃穆。

【原文】

维天之命,於穆不已①!於乎不显!文王之德之纯。

假以溢我②,我其收之。骏惠我文王③,曾孙笃之。

【注释】

①不已:无极;无穷尽。②假以:拿来。溢:授予。③骏:大。惠:顺从,忠。

【译文】

想那上天有旨意,辽远壮美无边极。呜呼显赫又光明,

文王之德真纯正。他用美政戒慎我,我们必定来执行。

坚决顺从周文王,后世子孙定继承。

【鉴赏】

此诗与《清庙》同样是祭祀的乐歌,赞美的中心是文王。文王是周人心目中的神圣,这种思想感情在《雅》《颂》中有多处的表现。但在许多地方,文王还是被当作人间的圣王,即具有神性的人,而受到赞美与崇敬,在本诗与《清庙》里。文王在人们意念中发生了质的变化,他成为自然(天命)的物化,即具有人格的神,而受到膜拜与信仰。

本诗把文王作为神,与周王朝的后继者联系起来,并且与天命联系起来。这样,文王的子孙就成了神的子孙,而且随着完美无缺、运行不停地天命,永远延续下

去。于是在一片乐歌声中，子孙们感到一种内心的喜悦与满足，似乎他们的生命与王朝的生命，真的延续下去了。

由于文王是神，与天命融为一体，所以文王之德就成了神的属性。它是一种抽象化了的绝对的美与完善，不同于人间的任何美德与事业，可以描述，但它却给人以极大的想象空间。这一点恰好决定了颂歌的简练风格。

维清

【题解】

这是一首祭祀文王的乐歌。诗序："《维清》，奏《象舞》也。"《象舞》分文、武两种，文舞执钥，武舞执干，本诗是文舞。全诗读来节奏鲜明，抑扬顿挫，可以想见舞者在节奏陪伴下腾挪有力，大气磅礴，展现了文王典范的浩大、光明，以及祭祀的庄严、盛大，向时显示了人们充满自信、祥和的精神状态。

【原文】

维清缉熙①，文王之典②。

肇禋③，迄用有成④，维周之祯⑤。

【注释】

①清：清明。缉：延续。熙：光明。②典：前代定下的法则。③肇：开始。禋：祭天。④迄：至，到。有成：指拥有天下。⑤祯：祥瑞，吉祥。

【译文】

清明奋发勇向前，文王美德天下传。

始从西土建功业，直到最终大功成，

这是周朝大吉祥。

【鉴赏】

《毛诗序》说："《维清》，奏象舞也。"什么又叫《象舞》呢？据说文王时有击刺征伐之法。后来武王作乐，取象文王的用兵之法而为舞，这个乐舞就称之为《象舞》。后来周公、成王在祭祀文王时，于宗庙里表演《象舞》，演奏的乐歌就是这首《维清》诗。（参《郑笺》、孔颖达《疏》、胡承珙《毛诗后笺》、陈奂《诗毛氏传疏》等。）

因为周文王实际上是周王朝的奠基开国之君，特别是他继承先祖功业，发展壮大了周的势力，为后来灭商打下了坚实的基础，所以后人祭祀文王，要演奏《象舞》，这象征着和炫耀着周的武功。而这首乐歌，一开篇就盛称文王制定了法典，他的功业光照无穷,使天下得以澄清太平。诗又说从文王开始了禋祀昊天的盛礼,所以迄今能使周家平治天下,大功告成,这诚然是大吉大祥,太平安宁。本诗歌功颂德,语言平实无华,但赞美之意却表达得很充分。

清代有的学者(如李光地)将本诗与前二首(即《清庙》和《维天之命》)联系起来读,认为《清庙》是始祭文王时所歌,《维天之命》是祭而受福之诗,而这首《维清》则是祭毕送神的结束之作,认为三首同时而用,相连为义。这种说法对我们理解《维清》诗的意义和用途,又有新的启迪。

烈文

【题解】

这首诗是周天子分封诸侯时的简单演说词,以乐歌的形式演奏。本诗要言不烦,突出强调了知人善任与推行德政。诗中有对诸侯的赞赏和劝谏,感情表达诚挚、动人。诗中语气平静、谦和并不失威严、庄重,既体现了天子对诸侯的尊重和赞赏更体现了对诸侯的关心和爱护。全诗显得语重心长,情深义重。

【原文】

烈文辟公①,锡兹祉福。惠我无疆,子孙保之。

无封靡于尔邦②,维王其崇之③。念兹戎功,

继序其皇之④。无竞维人⑤,四方其训之。

不显维德,百辟其刑之,於乎前王不忘!

【注释】

①辟公:诸侯。②封靡:过分奢侈淫逸。③崇:尊重。④皇:辉煌;光大。⑤无:语气助词。竞:逞强。

【译文】

有功有德诸侯公,赏赐大家大幸福。上帝赐恩无穷尽,

你们子孙记保住。莫犯大罪在本国,王才尊重且保护。

牢记你祖大功劳,继承宏扬要思虑。切勿与人逞豪强,

四方诸侯才顺服。最最显耀是美德,天下诸侯都效法,

呜呼不忘先王德!

【鉴赏】

《毛诗序》曰:"《烈文》,成王即政,诸侯助祭也"。也就是说,此诗系周成王亲

政告祖,以朝享之礼祭于祖考之时,诫勉助祭诸侯的乐歌。武王灭商后,两年就病死了。按照周制,父死嫡长子继之。可是武王长子成王姬诵年幼,只好由叔父周公旦摄政。然而周公的兄弟管叔、蔡叔、霍叔等人不服,挟殷的后代武庚和东方夷族作乱。周公出师东征,平定反叛,大封诸侯;七年,营建洛邑(今河南洛阳)作为东都,然后归政成王。故此诗似作于成王七年(前1109)。一说谓成王或可,但不必即政,可视为成王祭于宗庙时与助祭诸侯相诫勉之辞。一说为周天子封建诸侯(即周初大封建)时所奏之乐歌。今从《序》说,后二说可供参考。

全诗一章十三句。前八句写成王敕戒诸侯,后五句既写敕戒诸侯,又含有成王自戒之意。成王为继承并维护先王统治思想,使周室大业长治久安,于是对来助祭的诸侯加以敕戒,应是常有而自然的事,何况是在亲政告祖的重大礼祭之时。故诗一开头就从"尊祖"写起,既然先王"惠我无疆"而又"锡兹祉福"于诸侯,"烈文辟公"就应该使此大福"子孙保之"。这是成王凭先王之灵以"登车就道"的最好的"施政开场白"。这就既颂扬了先王的功德,又表示了自己的决心。如果说武王能继文王之业,那么我成王也将像武王继文王那样来继武王,决不能半途而废。故告诫诸侯为此决不能"封靡于尔邦"以失去先王对"你们"的尊重。这是从"不应该怎样"一面说的。那么"应该怎样做"呢? 应该"念兹戎功,继序其皇之"。也即是说不能坐享现成,更不能干坏事,而应发扬光大之。须知,"创业难,守成更难"。如果说先王在创业时,各诸侯也立过汗马功劳,那么这里还含有肯定诸侯原有的功劳,而又鼓励他们"再立新功"的意思。这就从"凭先王之灵"而施政写到"继先王之业"的具体问题上来。第二部分承上,怎样"继序其皇之"呢? 下面从两方面加以劝勉:前两句写"用贤",后两句写"明德"。只有用贤,才能"四方训之";只有明德,才能"百辟刑之"。这也就是先王的榜样,先王的遗德。这不仅是诸侯要做到的,也是成王自身要带头做到的。故歌词的口气有变化,既诫人,又自励。大家都应该做到"前王不忘"。末句的感叹,与开头的先王"锡福"相呼应,于颂祷中寓劝勉之意,警人励己,含蓄而真挚,使全诗一气呵成。

武王伐纣,灭殷建周,在历史上结束了殷末的残暴统治,客观上对劳动人民有利,故毛泽东说武王灭殷是"当时的人民解放战争"。成王继武王之位,号召各诸侯向一代创业明君文王、武王学习,虽是为了自身的统治,称功颂德,但"颂得其人","歌得其事"。又,相传周公在辅佐长兄武王(与太公望姜尚同为武王的左膀右臂)时,以及后来代成王摄政时,制礼作乐,建立典章制度,主张"明德慎罚"(见于《尚书》中的《大诰》《立政》等篇)。而今成王亲政,在天下初定而秩序尚不稳定的形势下,借祭祖以告嗣位之时,对诸侯进行劝勉警诫,使其继先王之业、法先王之德、循先王之章,也是明智而适时的。后来成王死了,其子康王继位,周朝政治比较清明,统治比较巩固,历史上叫作"成康之治"。因此,此诗的内容在一定程度上有其积极意义,不一定全是糟粕。

天作

【题解】

本诗是一首祭祀岐山的诗,也是一首象征国运的诗。诗中大山、开垦、劳作、大路等意象分别与国家、最初建立国家、治理国家以及建成为伟大国家的象征——对应。全诗简短含蓄,言近旨远,同时包含了缅怀先祖,继承、发扬先祖意志和精神的意思。整首诗以天作为题,显示了人类征服自然、创造国家的豪迈气势。

【原文】

天作高山①,大王荒之②。

彼作矣③,文王康之④。

彼徂矣岐⑤,有夷之行⑥。

子孙保之!

【注释】

①作:生。高山:指岐山。②大王:指周代开国君主。荒:治理。③彼:指周太王。④康:继承发扬。⑤徂:同"岨",山势险峻。⑥夷:平,平坦。

【译文】

天造高大那岐山,太王开垦费思量。

太王于此创基业,文王继续开周疆。

万民归周皆前往,岐山道路始坦荡,儿孙永保岐山冈。

【鉴赏】

周代的典礼繁多,而祭祀祖先尤为重要。在以农业为主业的周代,先民们十分重视自己辛勤劳动耕耘的结果,不管是在年成好的时候,还是在年成不好的时候,他们都不忘把收成的好坏告诉自己的祖先,以祈求祖先降福,保佑丰收,免遭灾害。而这首《丰年》,就是周人在秋天丰收之后,祭祀祖先时所唱的乐歌。

该诗篇幅很短,虽寥寥数语,却能将丰收的喜悦与祭祀祖先的虔诚之情表达尽致。全诗皆用赋法,前三句简要介绍了秋收的情况。这是一个丰收的秋天,劳动者们收割了成万上亿的粮食,并用又高又大的米仓把它们装好。既然年成这么好,那是不是也应该让自己的祖先一起分享呢?于是,后四句写道:先民们忙着把粮食酿制成美酒、甜浆,并备齐百礼,一起来进献自己的祖先;心中还不忘祈求祖先普降福祉,免除灾难,以盼来年也有好的收成!

这首诗歌,语言朴实无华,没有很浓的文学色彩,但却把周代先民在农事中,一幅很清晰、感人的祭祖画面描绘出来了。可以说,是颂中的佳作。

昊天有成命

【题解】

本诗是一首祭祀成王的乐歌。全诗以深情的笔调描绘了文王、武王继承天命,不辞辛苦奋力开创伟大事业的事件,歌颂了他们为国日夜操劳,殚精竭虑的精神。整首诗的句式灵活,表达意思清楚准确,风格凝练隽永,体现了对先祖的敬重和缅怀。

【原文】

昊天有成命,二后受之。成王不敢康,夙夜基命宥密①。於缉熙②,单厥心③,肆其靖之④!

【注释】

①夙夜基命宥密:即夙夜其命有勉。"基""其"古通,"宥""又""有"古通。"密"读为"勉",努力。②於:叹美辞。③单:通"殚",尽。④肆:于是。

【译文】

老天定下了成命,文王和武王来继承发扬它。成王不敢贪恋安逸的生活,每天早晚都受命多勉励自己。要继承并发扬它,用尽心力呀,因而天下太平啦!

【鉴赏】

《颂》是赞美诗,是把成功告诉神明的宗庙乐歌。这首颂诗说谁取得了成功?赞美的谁?对主题的解说就有分歧了。《毛诗序》认为是"郊祀天地",赞美的是文武二王。朱熹不赞成,认为"多道成王之德",是"祀成王之涛"。清代学者姚际恒、方玉润均赞同朱说。的确,"岂有祭天地不告天地而专颂王成功之理"(方玉润《诗经原始》)?当以朱说为是。

全诗七句,除首二句外,后五句全是赞成王的。诗的开端先指出上帝有明命,文武二王接受了它,灭了殷商,开创了周朝基业。在上帝、祖先混合宗教作为精神支柱的上古社会中,上帝是最尊严、最伟大的,忠实执行上帝命令的文武二王也是尊严伟大的。这里,把上帝、祖宗打扮得满身灵光,也是为了把成王的功德罩上神异的光圈,同时还有饮水思源、敬天尊祖之意。后五句赞美成王如何守业及取得成功。"不敢康",是居安思危。贪图安逸,将要丢失江山,商纣王贪图享乐,招致灭亡便是前车之鉴。"夙夜基命宥密",是赞美成王深谋远虑,不懈怠、夙兴夜寐,保国安民。所谓"基命"之"命",指天命,也包含有先王的遗命。因为文武二王承受天命,有开国之功,配享天地,"在帝左右"。祭祀神灵的目的一是表功,一是为了把臣民团结起来,争取更大的胜利。"於缉熙"的"缉熙",高亨先生讲成"奋发前进",是深得其旨的。一方面赞美成王,另一方面对臣民确有号召、鼓舞的用意在。最后两句从取得的成功赞美成王:尽心尽力,于是平定了天下,安定了四方。

颂诗的功用是告神。其要求是"义必纯美",不像"宴飨时之常咏"(刘勰《文心雕龙·颂赞》)可以大加修饰。语言朴质、高度概括则是这首颂诗的特色。

我将

【题解】

这是一首祭祀上帝、配祭文王的乐歌。全诗十分朴素,诗中关于祭祀的描绘与中华民族后世的民间祭祀没有什么本质上的不同。读来感觉十分亲切。从全诗所表达的淳朴、深厚的情感当中,我们可以想象当时人们生活的安定、祥和以及当时民风的纯净。

【原文】

我将我享,维羊维牛。维天其右之[①]。

仪式刑文王之典[②],日靖四方[③]。伊嘏文王[④],

既右飨之[⑤]。我其夙夜,畏天之威,于时保之[⑥]。

【注释】

①右:祐助。②式:用。刑:法。③靖:谋求。④嘏:伟大。⑤飨:享用。⑥时:是。

【译文】

我捧祭品贡上苍,有那牛来还有羊。请求上帝把我助。

文王美德是榜样,日思安定全四方。伟大国君周文王,

邀他来把祭品享。我要日夜为国忙,心怕上天真威严,

于是永保我周邦。

【鉴赏】

这首颂诗据高亨先生考订,是写武王出兵伐殷,祭祀上帝和文王,乞求他们保佑。从诗的内容看,祭祀上帝和文王,望神灵赐福、保护,这倒不用怀疑。

全诗十句,分为三层。前三句为第一层,是祭祀上帝。"我将我享,维羊维牛",写出祭祀时的热烈而又严肃的场面:杀牛宰羊,又是烹、又是煮,热气腾腾,为了祭享。祭品中突出肥牛肥羊,告诉我们,人民安居乐业,五谷丰登,六畜兴旺。追本溯源,是上帝赐福。上帝该首先享用祭品。然而天道遥远,天命神秘莫测,生怕得罪他而招来灾祸,所以不敢多言,只说了一句,"望天保佑"。这里,把对上帝的虔诚、敬畏的心理,惟妙惟肖地刻画出来了。诗的中四句为第二层,叙述祭祀文王。"文王之典""日靖四方",是文王顺从天命、取得成功的法宝,也是效法、学习、继承的主要内容:以文王为榜样,以他的法则为准绳,裕民保国,安定四方。文王是人间君主、周朝的开国之君,自然比上帝亲近,祭祀的用语也亲切、具体些了。最后三句是诗的第三层,写出祭祀的目的、用意:望神灵赐福、保佑。"我其夙夜,畏天之威",日夜小心行事,那是由于怕得罪天,与诗的第一层意思遥相呼应。这里,只说天,不说文王,是天和文王统于一尊,畏天就是畏文王。"于时保之",口气坚信不疑——因为对上帝、祖先是那样的敬畏!

全诗秩序井然,语言朴质。

时迈

【题解】

这是一首周武王巡视天下、祭祀山川的乐歌。全诗以第三者的视角来描绘巡视以及祭祀的盛况,客观地显现了周武王的仁厚的品德。诗中简单回顾武王伐纣的事迹,把事情的起因、经过、结果完整地表现出来,表达了对武王的赞美,及对国家昌运的期待。

【原文】

时迈其邦①,昊天其子之?实右序有周。薄言震之②,
莫不震叠③。怀柔百神④,及河乔岳。允王维后④,
明昭有周⑥,式序在位。载戢干戈,载櫜弓矢。
我求懿德,肆于时夏⑦。允王保之!

【注释】

①时:语气助词。迈:行。邦:指诸侯的国家。②震:威慑。③震叠:震惊。④怀:来。柔:安。⑤允:确实。后:君王。⑥明昭:明见。⑦肆:遂,故。夏:华夏,指中国。

【译文】

如今天下有万国,天视如子显慈祥,实是保佑我周邦。

武王发兵灭纣王,天下各国全惊慌。安抚众神来祭祀,

黄河四岳把祭享。武王确是好君王!上帝昭示周王朝,

周家代代传为王。从此收起干和戈,弓矢装袋都收藏。

美德俊才我寻访,普施美政国势强。周王定保国运昌!

【鉴赏】

这是周武王克商之后,巡守四方、告祭上天及山川百神的乐歌。周人认为王者是"代天理民",天子巡守诸侯是"为天远行",所以,有定期巡行天下各诸侯国并举行祭祀的制度,其实质则是统治者借天命以行人事。

旧说以为本诗是周公所作。从诗的口吻与内容来看,全诗都是以王者身份祭祀昊天山川,却又掺杂着赞颂王者的话语,可知诗的作者既不会是武王本人,却又必须能够代表武王,系之于周公,也不无道理。

开头两句点明巡守之事,揭示告祭之旨,是一篇的总纲。这两句诗极平常,但用字颇有讲究:一个"时"字表现出"代天理民"者不辞辛苦、不敢稍有懈怠地"为天远行"的尽职态度,暗示着告祭者对上天的无限忠诚;一个"其"字显示了告祭者的祈祷语气,表现出"天之子"对上天的无比信赖。有此二字,这两句就不仅是单纯的叙说,而有以忠诚求天佑的含义在内,就定下了整篇的基调,使全诗笼罩了一层肃穆、庄严的气氛。

凤鸟纹镜(战国)

以下十三句是告祭的正文,可分两个层次。从"实右序有周"到"允王维后"是第一层,写人、神对周武王巡守的感应,从而证明周武王君临天下的无可争议。"薄言震之,莫不震叠"两句写周武王的威力足以震慑各方诸侯;"怀柔百神,及河乔

岳"两句写武王的德行足以感动山川百神。这四句,语分两面,意归于一,都是为了逼出"允王维后"一句,而"允王维后"的结论又遥遥反扣着"实右序有周"。这样,上天的意志,武王的威德,诸侯的畏服和山川百神的怀柔,就形成了环环相连的因果关系。武王以天子的身份代天理民,也就在这巧妙的因果论证中得到了不容置疑的阐述。

从"明昭有周"到"允王保之"是第二层,写周武王偃武修文、重用贤才的英明决策,表达了永保天下的愿望。如果说第一层重在陈述已经完成的武功,那么这一层就重在描绘未来的美景。"式序在位"一句写天下已经安定,诸侯在位,正是反证天下已属大周。"载戢干戈,载橐弓矢"两句写已经结束武功,"我求懿德,肆于时夏"两句写今后将注重文治。这种写法,表现出周统治者对二者固有辩证关系的深刻认识。而周统治者在治国方针中独独突出用人与教化,把国运长久的希望放在这两块基石上,这种智力、魄力、眼力、不能不使我们为之惊服。这一层的结构方式与第一层基本相同,也是以"天佑"始,以"人谋"终。

武王克商,是武装革命,所以诗中有"震之""震叠"这样的词语。但武王克商又是生产力的大解放,是顺应民心的,封建诸侯,建立了新的秩序,所以又一再说"右序有周""式序在位",特别强调安定团结,强调秩序。全诗表现了一种强大的自信心和清醒的政治头脑,使我们看到了西周统治者处于上升时期的雄心壮志。全诗从头到尾不用韵,句式不追求整齐,也很少对偶重叠,精练严谨,庄重肃穆,正与其内容相得益彰。

执竞

【题解】

这是一首颂扬周武王功业、赞美成康之治的乐歌。全诗以武王起兴,武王之后成王及其子康王继承武王的功业,务从节俭,克制多欲,缓和阶级矛盾。又令周公制礼作乐,创立和推行王朝的各种典章制度,使成康时期成为周朝最为强盛的时期,史称"天下安争,刑具四十余年不曾动用",故有"成康之治"的赞誉。整首诗主要反映的是这一时期的盛况。

【原文】

执竞武王①,无竞维烈②。不显成康③,上帝是皇。自彼成康,奄有四方,斤斤其明④。

钟鼓喤喤⑤，磬筦将将⑥，降福穰穰⑦。降福简简⑧，威仪反反⑨。既醉既饱，福禄来反⑩。

【注释】

①执竞：执是拿着，竞是自强，指周武王凭不息的精神和自强而战胜强大的敌人。②无竞：无比。烈：功业，指伐纣克商的功业。③成康：成功地建立康定的局面。④斤斤：是非常明显的意思。⑤喤喤：描写钟鼓的声音。⑥将将：同"锵锵"，象声词。⑦穰穰：有众多之意。⑧简简：盛大的样子。⑨反反：同"祥祥"，谨慎的样子。⑩反：同"返"，还报。

【译文】

制服强梁称武王，攻克商的功业举世无双。伟业一成，国民安康，上帝对他也赞赏。由于功成国安康，一统天下达到四方，英明的武王坐在朝堂上。

敲钟擂鼓咚咚响，击磬吹箫声锵锵，上天赐福降吉祥。无边洪福从天降，祭礼活动隆重又端庄。武王神灵醉又饱，将无数的福禄给你。

【鉴赏】

这是周人祭祀开国之祖的乐歌。周朝初定于武王克商，统一于周公辅成王讨平三监，而巩固于康王之治。从周朝的历史来看，由武王经成王到康王，乃是一个完整的段落，所以周人将三王共同作为大周的开国之祖放在一起来祭祀。旧说或以为单祀武王，或以为祀武王而兼及成、康，或以为祀成、康而追念武王，都不尽与诗意相等。

全诗十四句，明显地分为两个部分。前七句通过缅怀开国之祖，概括周朝创业阶段的历史；后七句描绘祭祀的盛况，表达天佑大周、福赐后人的祈愿。

前一部分的回顾创业，在写法、用语上有两点值得注意。首先，它是按照历史的顺序来写的。"执竞武王，无竞维烈"两句写武王灭商，伟业初创；"不显成康，上帝是皇"两句写成王、康王相继为君，继续武王未竟的事业；"自彼成康，奄有四方"两句写一统天下的伟业终于完成，几代人的夙愿得以实现。这样，开创周朝的历史轮廓就十分清晰地呈现在读者眼前，三王在创业中的各自建树以及彼此之间的联系也不言自明。其次，它是用评赞性的语言来显示创业的历程的。从表面看，前四句全是赞语，并非叙事，而实际上，由于作者用词巧妙，所以在评赞的同时又能展现出历史的进程。具体来说，首两句极力强调的是武王的自强不息，这固然是对武王的颂扬，但自强不息这个词语，乃是指一种长期积蓄、百折不挠的发奋精神，一种面对强敌毫无畏惧、不达目的誓不罢休的坚韧精神，所有这些，不就是对武王克商的最好解说吗？三、四句,作者以"光荣的国君"颂赞成王和康王,好像非常空泛,但能为国君而无愧光荣,同样能使我们把诸如平息三监之乱、分封诸侯、成康之治这些重大的历史事件和二王联系起来。这寥寥六句能容纳如此多的内容,实在是和作者的艺术概括能力分不开的。

后一部分借"斤斤其明"的过渡,由对历史的回顾转入眼前祭祀盛况的描述。它用一连串的排比句和重叠的语词,造成一种铿锵悦耳的音乐美,传神地渲染出一种热烈欢快的气氛。这种气氛的创造,既是祭祀主题的需要,也与歌颂开国之祖的祭旨协调。先祖开创之功的光荣,后人继往开来的信心,上天保佑大周的祈愿,都借着这种气氛传达了出来。

需要指出的是,诗中对三王的评赞都极简括,并且是紧扣创业这条线索而不涉及其他方面。可见,本诗的用意乃在于通过歌颂开创之祖的开创之功,重视创业的历史,以图用开创者的气魄与功业昭示和激励后人,而不在于专祀某王或合祀几王。

思文

【题解】

这是一首祭祀周的远祖后稷以配天的乐歌,也是一首短小精悍的抒情诗。传说后稷是邰氏之女姜嫄踏巨人脚迹,怀孕而生,因一度被弃,故又名弃。后稷善于种植各种粮食作物,曾在尧舜时代当农官,教民耕种,被认为是开始种稷和麦的人。这首诗通过追述后稷的功绩,表达人们对他深切的怀念。

【原文】

思文后稷,克配彼天①。

立我烝民②,莫匪尔极③。

贻我来牟④,帝命率育⑤。

无此疆尔界,陈常于时夏。

【注释】

①配:匹配。②立:假借为"粒",谷粒。指种粮食养人。③极:准则。④来牟:麦种。⑤率育:普遍种植。

【译文】

文德伟大是后稷,能配上帝享郊祀。养育民众布恩德,耕种准则皆依你。遗留麦种传后人,上帝命你遍供食。

地界不分彼与此,耕种常法遍宣示。

【鉴赏】

这是周初郊祀后稷以配天的乐歌。出于祖先崇拜与天神崇拜的信仰,周人是既祭祖又祭天的。祭祖的方式是庙祀,祭天的方式是郊祀(祭上帝于南郊叫作"郊")。后稷作为周人的始祖,当然要享受庙祭;但除此之外,他又被用来配祀上帝。在周人的所有先祖中,享此殊荣的,大概只有后稷一人。之所以如此,是因为周人认为万物本乎天,人本乎祖,人之祖出自天,所以把他们的始祖配祀于相应的天神。后稷在传说中被神化为感天而生的异人,道理也在于此。最早以后稷配天进行郊祀的是周公,后来就以"礼"的形式把它固定下来了。

全诗以满怀崇敬的语气歌颂了后稷发展种植、造福后人的功德。由于这是祭祀的乐歌,重在表达对祖先的敬仰之情,所以对于后稷的事迹并不进行详细具体的铺叙,正如张所望在《传说汇纂》中指出的那样:"后稷配天,一事也。《生民》述事,故词详而文直;《思文》颂德,故语简而旨深。雅、颂之体,其不同如此。""语简而旨深",确是本诗最显著的特点。全诗八句,两句一意,层层推进,既没有过渡性质的语句,也不用比兴的手法。开头两句大处落笔,直揭诗旨,以斩钉截铁般不容置疑的口吻对后稷下了一个总的评语,并以一个"文(即功德)"字领起全篇。下面六句分为三层,一层接一层、一层深一层地反复加厚这个"文"字:三、四句写后稷在帝尧之时播植百谷,帮助人民渡过了洪水泛滥的难关,由渔猎过渡到种植,功在往昔;五、六句写后稷留下麦种养育了一代又一代的周人,不仅功在往昔,而且功施于今;最后两句更扩而大之,写后稷不仅功在周族,而且功在人类。这六句文字虽少,但追往述今,由此及彼,既有时间的跨度,又有空间的广度,纵横交织,对后稷的功绩进行了全方位的展示,可谓含量甚大,说它"语简",毫不过分。全诗仿佛只是客观评述,很少感情的直接流露;然而周人对这位始祖赞美、崇仰、自豪、感激的多样心情无不从字里行间流出,说它"旨深",绝非溢美。

这首诗内容单纯,诗旨显豁。它透过祖先崇拜与天神崇拜相结合的原始信仰,反映了农业在人类早期社会生活中的重要地位和周人对农业的重视。从毛亨到朱熹,都把最后一句的"陈常于时夏"解释为"得以陈其君臣父子之常道于中国"(朱熹《诗集传》),乃是经学家的穿凿附会,不足为训的。

臣工

【题解】

这是一首周天子籍田的诗。籍田,是每年春耕前于田头所举行的一种仪式,表示破土始耕,由天子和农官主持,类似于现在的剪彩。这首诗细致地描绘了仪式的整个过程,说明中国古代对农业生产的高度重视,同时也表达了人们期盼丰收、吉利的美好愿望。

【原文】

嗟嗟臣工,敬尔在公。王厘尔成①,来咨来茹②。

嗟嗟保介,维莫之春③,亦又何求④? 如何新畲⑤?

於皇来牟⑥,将受厥明。明昭上帝,迄用康年。

命我众人,庤乃钱镈⑦,奄观铚艾⑧。

【注释】

①厘:赐予,奖赏。②咨:询问。茹:商讨。③莫:通"暮",晚。④又:有。⑤新:新田。畲:旧田。⑥皇:美。⑦庤:储备。钱:一种类似铁铲的农具。镈:锄田去草的农具。⑧铚:农具名。一种短小的镰刀。

【译文】

啊呀群臣和百官,公事必须认真办。你有成绩王奖赏,

有事询问多商谈。啊呀田官尽职守,暮春要到快耕田。

农夫还有何请求? 新田耕种要妥善。啊呀麦种实在好,

交给农夫播田间。光明上帝心良善,赏与我们丰收年。

快去命令农夫们:储备你的锹与锄,快去检验剪与镰。

【鉴赏】

本篇是西周王者省耕时告诫群臣及农官的诗。对诗的中心,各家有不同解说。《毛诗序》云:"《臣工》,诸侯助祭,遣于庙也。"但诗中没有涉及祭祀祈年的词句,祭祀可能是巡狩之前举行。《诗集传》云:"此戒农官之诗"。可是诗中不仅戒农官,也戒群臣。其目的似乎在使全国都要重视粮食生产,所以告诫面广,这是周代重农的特色。

其次,周王在什么场合下告诫他们? 学者们多认为是在天子"耕藉田"(又简称"耕藉")时告诫。但如在"省耕"时告诫,就更符合诗义。"耕藉"和"省耕"究竟

有什么不同?《吕氏春秋·孟春纪》云:"是月也? 天子乃以元日祈谷于上帝……率三公、九卿、诸侯大夫躬耕帝藉田,天子三推;三公五推;卿、诸侯、大夫九推。""推"就是在藉田里耕几下,表示"躬耕"。藉田就是天子亲耕田。什么叫省耕?《孟子·梁惠王下》称"春省耕而补不足",即是"天子巡狩之际省问耕者,补其耒耜之不足"。省耕当然有群臣随行,所以两者不是一回事。从时间看:"耕藉"在孟春;"省耕"在暮春。诗有"维莫之春"一句,时间就已明确。从内容说,诗是省问告诫,有"亦又何求,如何新畲"等句,省的意思十分明白。而且诗不像《载芟》《良耜》等篇体现春耕的情境。"於皇来牟",是赞美新麦的茂盛。郭沫若《由周代农事诗论到周代社会》云:"诗中的王亲自来催耕,和《卜辞》中的王亲自去'观黍''受禾'的情形相同。"陈子展《直解》云:"《臣工》,盖王者暮春省耕之诗。"从这些看来,诗是周王"省耕"告诫诸臣。"耕藉"可备一说,而"省耕"尤为切合诗义。

本篇是《周颂》中写农事的首篇:由于周室始祖以力农开国,所以历代重视农事。又由于诗列《颂》中,所以《毛诗序》重在祭祀。也可能因用它作王者祈谷祭祀演奏乐歌的缘故。

噫嘻

【题解】

这是一首赞美成王亲临田头、督促农官负责耕种的诗。本诗是《臣工》的姊妹篇。从诗中可以看出当时的农耕制度和耕作的实际状况。全诗在成王亲临现场的带动下,使所描绘的农耕过程带有活泼、激昂的情绪,显得很有干劲,读来耳目一新,不禁为之所感染,也仿佛投身于他们轰轰烈烈的劳动当中。

【原文】

噫嘻成王①!既昭假尔②。率时农夫③,播厥百谷④。骏发尔私⑤,终三十里⑥,亦服尔耕⑦,十千维耦⑧。

【注释】

①噫嘻:赞叹之词。成王:指周成王。这里是生时的称呼,而不是死后的谥号。②既:已经。昭:明。假:通"嘏",告。尔:指农官田畯,后两"尔"字则指农奴。③率:带领。时:是,此。④厥:其。⑤骏:迅速。发:起。私:为"耜"字之误。耜,古代耕地农具。⑥终:尽。三十里:指方圆三十里,九百平方里。指公田。⑦服:从事。耕:耕作。⑧十千:一万。维:其。耦:二人各持一耜并肩而耕。

【译文】

啊，多好呀，成王！曾召集你们来把话讲。率领这些农夫们，播种百谷去吧！快点儿带着你的农具，面对这三十里广阔的地方，大伙儿都来耕地呀，万人出动，成双成对。

【鉴赏】

本篇是康王祈谷祭成王并诫农官的诗。虽是短章，但问题不少。如是否是周公成王时诗？成王是否指周成王？如果是，是生号还是死谥？又"尔私"的"私"，是否是农民私田？"终三十里""十千维耦"，地何以说三十里？人何以言十千？这些问题，历代学者，解说纷纭，争论繁多，莫衷一是。要理解诗意，最好就诗辨析，但限于篇幅，不加备述，仅将第一问题，略为说明。

是否周公成王时诗？解说者虽多，但以姚际恒《诗经通论》所说较为符合诗义。他说："何玄子曰，康王春祈谷也。既得卜于祢庙（父庙），因戒农官之诗。《家语》，孔子对定公曰：臣闻天子卜郊，则受命于祖庙而作龟于祢宫，尊祖亲考之义也……愚以此诗章首有'成王''昭假'之语，是此诗作于康王之世，乃主作龟祢宫而言。不然，周自后稷以农事开国，即欲敕农官，何不于始祖之庙举始祖为辞，而顾于成王何取乎？其说亦巧合，存之。"这段话说明诗的时代和祭成王的原因。又陆奎勋《陆堂诗学》云："据《竹书》，康王三年，定乐歌，吉褅于先王，申戒农官，告于庙。"这又说明康王告庙诫农官的史实。我们不反对王者有生号。但如果说成王用"美其德"（《通释》）的生号祭祖，子孙怎好在先祖神前自称美号？《颂》中也从没主祭者自称生号之例。又如说是史官所写（郭沫若主此说，见《青铜时代·由周代农事诗论到周代社会》），也是用主祭者的身份写的。所以说是成王祈谷，有欠顺适，还是康王祈谷祭祢庙诫农官一说为长。

诗八句，可分为两小节。首二句，祭时呼神祈祷。次六句，向神报告诫农官内容。以"噫嘻"开始。二字是象声词，含有赞叹神明的意思，也是向成王神灵呼告。后面报告诫农官的几件事：要农官率领农夫播种百谷，祈神保佑我们能得丰收。还说春天已经到来，正是耕种季节。又命他们迅速开发各自应耕的田土，开到三十里。尔私的"私"。有各种解说，是民田？是农官的私田？还是指"禾田主人"即天子（说详牟庭《诗切》）？抑或"私"为"耜"字的误写（说见陈子展《直解》）？等等，都没有定论。各家之说，既有一定的理由，也有不足之处。但由此可见学者解《诗经》的谨严态度。愚意解作应耕之田。一则普天之下莫非王土；二则神前祈谷，难道单为农民或农官私田？应耕田就是各家负责耕种的田，但此说也缺少例证，对此,只好存疑以待知者更正。至于"十千维耦",是由当时大规模群耕的现实所决定的。这六句虽短少,却反映出集体耕种的场面,读了使人好像看到在那春风拂动的广阔平原上,人声、耕土声沸腾地交响着,锄铲晃动,语声盈野,确像一幅绝妙的耕耘图。耦耕也是当时风气,《载芟》也有"千耦其耘"的句子。《论语》:"长沮、桀溺,耦而耕。"可见直到春秋时代,这种现象还存在。

它和前篇相似,诗人提出天时、地利之外,还提出劳动力问题。写谷类多曰百谷;土地广曰三十里;劳动力多曰十千。都用数字来作夸张。三十里一说,争论很多。但就《郑笺》所说"竟三十里者,一部一吏主之",可见不止一个三十里。又如各家负责三十里,都可说是夸张。这些反映了他们注意掌握农时,使地尽其利和集中大量劳动力,将来庄稼定能如愿丰收。

在八句短章中,抓住了农业生产要素。要点既明确,次要因素自然也包括在内,这样提纲挈领,以主带次,以重概轻的写法,正适合简短而便于入乐演奏的《颂》的特点。

振鹭

【题解】

这首诗是周天子赞美来朝参与祭祀的杞、宋两位诸侯的诗。杞、宋二位诸侯分别是夏与商的后代,周天子毫无征服者的姿态,对他们亲切致意,优礼有加。本诗是一首相当优美的兴体诗。诗以白鹭象征来朝的两位诸侯,表达对他们德行的赞赏和敬重,同时也对他们寄予深深的厚望。

【原文】

振鹭于飞①,于彼西雝②。我客戾止③,亦有斯容④。在彼无恶⑤,在此无斁⑥。庶几夙夜,以永终誉⑦。

【注释】

①振:群飞的样子。②雝:水泽。西雝,《韩诗》以为是周文王在西郊所建的学校辟雍。辟雍四周绕以水泽。诗以鹭之在泽兴客之朝周。③客:指宋国诸侯微子。戾:至。止:语助词。④斯容:言来客有白鹭般高洁的姿容。斯,指鹭鸟。⑤彼:来客所在之国。恶:厌恶。⑥此:周王朝。斁:厌弃。⑦终:韩、鲁诗作"众",盛多。

【译文】

白鹭成群展翅飞翔,在西边那片大泽上。我有贵客喜光临,穿着高洁的白色衣裳。在他的国家没人说他的坏话，来我国也很受欢迎。望您日夜多勤勉，众口交誉美名扬。

【鉴赏】

本篇是殷后宋微子朝周助祭的乐歌。《毛诗序》说是"二王之后来助祭。"《郑笺》解作夏、殷二王之后，宋儒多从此说。自从明季明德、邹肇敏、何楷诸家一反"二王之后"一说，清姚际恒《诗经通论》加以分析说："总之，《序》说原有可疑者三。周有三恪助祭（按，武王封黄帝、尧、舜之后为三恪；一说封虞、夏、商之后即陈、杞、宋，也叫三恪。），何以独二王后，一也；诗但言'我客'，不言二客，二也；此篇言有振鹭之容白也，《有客》篇明言亦白其马，似指殷后而不指夏后，三也（按，殷人尚白）。有此三者，故或以为武庚（周肇敏主此说），或以为微子，所自来矣，以今揆之，微子之说较优于武庚，且有《左传》以证。《左传》皇武子曰：宋，先代之后，于周为客，天子有事，膰焉；有丧，拜焉。按周之隆，宋自愈于杞。盖一近一远，近亲而远疏，亦理势所自然也。"他还同意何楷说微子是成王所封，诗是成王时诗。就诗论诗，姚氏的分析，理由充足，足以服人，故从其说。

诗首二句"振鹭于飞，于彼西雝"，是即景起兴。鹭毛色洁白，飞则成行。西面水泽，是它们安居之所，既象征客人形象，也比喻客人品德。来朝，使他们有"宾至如归"的感受。下面写客人这一队人马，车旗、衣冠都是颜色如鹭白，行列进行如鹭飞！乘兴前来，秩序井然。

为什么说白色比喻客人品德？下文可以说明。他在彼方没人怨恨，来此处又备受欢迎。如果单是衣冠洁白，仪表动人，就难使国人不怨而受欢迎了，因为凡服人是以德不以貌。对此，《礼记·中庸》云："故君子动而世为天下道，行而世为天下法，言而世为天下则。远之则有望，近之则不厌。《诗》曰：'在彼无恶，在此无致。庶几夙夜，以永终誉。'君子未有不如此而早有誉于天下者也。"史载微子启为纣王卿士，纣王淫乱，微子屡谏，不听，就写了《诰·父师·少师》后，离纣而去。孔子称微子为殷三仁之一（《论语》）。何楷《世本古义》曾说："微子之封宋也，统承先王，修其礼物，作宾于王家。"由这些可知微子的事迹。诗用极其概括的两句赞他；用白鹭飞来象征他本质，不是没有原因的。末了希望他日夜勤勉，善始善终，才能永保美誉。诗人一番爱惜贤人的深情，从这两句中表现出来。

诗首四句用起兴赞美客人的到来；次二句进一步称誉客人，末了勉之以令终。程序清晰，比拟生动，既赞又诫，情意殷切。

丰年

【题解】

本诗是一首农事完毕后祭祀祖先的乐歌。丰收年份，粮食满仓，人们的喜悦之情可想而知，同时内心充满对祖先的感激，大家把谷物、粮食酿成清酒、甜醋，一方面是为了庆贺的需要；另一方面则是为了敬奉祖先的需要。诗中强调礼节的周全，表明当时礼教制度的深入人心，已成为社会的道德规范。

【原文】

丰年多黍多稌①，亦有高廪②，万亿及秭③。

为酒为醴，烝畀祖妣④，以洽百礼⑤，降福孔皆⑥。

【注释】

①稌：稻子。②廪：收藏粮食的仓库。③亿：数万。秭：数亿。亿、秭都指数量极多。④烝：进献。畀：送上。⑤洽：齐备。⑥孔：很。皆：普遍。

【译文】

丰年收获黍稻丰，装满高高那粮仓，成万上亿数难尽。

新米酿成酒与醴，进献祖先来品尝，祭祀礼节都相合，

神灵普降大福祥。

【鉴赏】

春夏祈谷，秋冬报祭，这是周人重要的祭典活动。本诗就是一首周代秋冬祭祀的乐歌。

秋冬之际，周人古老神圣的神庙中又响起了庄严肃穆的钟鼓声，一年一度最隆重的秋冬报祭仪式开始了。穿戴得非神非人、似神似人的巫祝口中念念有词，在他的引导下，周天子率领诸侯百官相继进入神庙，行过大礼之后，天子在诸神牌位前荐上一束刚收割的稻黍，献上新谷酿成的美酒，以报答祖宗的恩德。之后，祭神的队列又来到郊外报祭天地百神，报答神明殖百谷、兴丰年之功，并祈求诸神再佑来年风调雨顺、五谷丰登。庙堂上的钟鼓声方歇，郊外笙瑟琴簧之音又起，随着音乐节奏，一群群手持稻黍、身穿丽服的少男少女们跳起了祭神舞蹈，他们边跳边唱："丰年多收黍与稻，粮仓储粮高又高，万斛亿斛来计算，酿为美酒与香醪……"

翻开我们民族古老而神圣的经典，在《周礼·月令》上有这样的记载：孟秋之月，"农乃登谷，天子尝新，先荐寝庙"；仲秋之月，"天子乃难，以达秋气，以犬尝麻，

先荐寝庙”；季秋之月，“天子乃以犬尝稻，先荐寝庙”；孟冬之月，“大饮烝。天子乃祈来年于天宗，大割祠于公社及门闾，腊先祖五祀，劳农以休息之”。大抵从周代灭殷以后，农业生产逐渐成为华夏民族赖以生存的主要生产方式。这一时期，原始初民那种对自然神的崇拜已进入人化神的崇拜，农业生产一旦成为社会经济的主体，宗教活动必然要为农业举行祭礼。这大概具有一种世界性的普遍意义，在人类发展的相同过程中，世界各地的原始宗教围绕农业生产，都有十分隆重盛大的祭典活动，古希腊的迎神引起了悲剧的出现，而喜剧在古希腊的起源也来自当时的社祭活动，它们都与农业生产密切相关。周人的农业祭典十分频繁，一年中竟有十个月要祭祀，这种祭祀大致可分为两类，一是从耕种到收成前的祈年，祈求神明保佑当年得到好收成；二是丰收后对神的报答，这些神包括天宗、祖先以及人化了的植物神（如后稷就被视为谷类神）等。这首诗反映的祭祀活动，正是秋冬之际周人对诸神的报答。请听，那些青年人正唱着：“酿为美酒与香醪，献给先妣和先考，配合百礼祭诸神，普降恩泽甚嘉好。”

这歌声久久回荡在我们的耳边，庄严隆重，欢乐欣喜，这就是先人为我们留下的歌曲——人和自然抗争时得到的欢乐的心声，虽然这歌声是古朴的，但它却反映了我们民族发展的历程。

有瞽

【题解】

这是一首周天子在宗庙合乐祭祖的诗。全诗详细地描绘了宗庙上各种乐器的摆放位置，和演奏秩序，表现了周天子蔡祖时一丝不苟的作风和谨慎的态度，表明人们对祭祀的重视程度。同时诗中还表现了乐声的悠扬动听，以致神人共享，无形中拉近了彼此的距离，从而达到祈祷和祝愿的目的。

【原文】

有瞽有瞽①，在周之庭。设业设虡②。崇牙树羽③。应田县鼓④，鞉磬柷圉⑤。既备乃奏，箫管备举。喤喤厥声⑥，肃雝和鸣⑦，先祖是听。我客戾止⑧，永观厥成⑨。

【注释】

①瞽。此指乐官，周代常以盲人充作乐师。②业：悬鼓的木架。虡：悬编钟编磬的木架。③崇牙：古时乐器架子横木上刻如锯齿状，用以悬挂一排大小不等的钟

磬,此锯齿即崇牙。④应:小鼓,有四足,也叫足鼓。田:大鼓。一说应、田均为小鼓。县鼓,悬挂的鼓。⑤鞉:摇鼓。磬:玉石制板状打击乐器。柷:乐器名,状如漆桶,中有椎柄连底,以木具击之作声,为开始演奏的信号。圉:乐器名,形似伏虎,木制,背上刻作锯齿形。以木具划之作声,作为演奏结束的信号。⑥喤喤:形容乐声洪亮和谐。⑦肃雝:形容乐声徐缓和谐。⑧戾:至。止:语助词。⑨成:指一曲奏毕。

【译文】

盲乐师啊盲乐师,在大庭上排列宗庙。摆好各种钟架鼓架,架上钩子彩羽装。悬挂起各种小鼓大鼓,鞉磬柷圉列成行。乐器齐备就演奏,箫管并吹音绕梁。众乐一起响起声音洪亮,肃穆和谐调悠扬,祖宗神灵来欣赏。我也有要光临的贵宾,一曲终了却并不觉得时间长。

【鉴赏】

这是周初始作乐以祭祖的诗。周武王灭殷后两年病死,成王年幼,周公旦摄行王政。为了维护周的统治,周公旦制定了一整套法定的礼乐制度,希望通过礼仪乐舞显示征服者的威严,体现奴隶社会的等级名分制度,维护以血缘宗法关系为基础的周王朝内部团结。这套礼乐制度规定的各种关系极为严格,不许违反和僭越,这就是史书盛传的周公制礼作乐。本诗就是描写周初礼乐始成时,乐师开始在宗庙合奏音乐的情景。

诗的前六句以赋法铺写盲乐师们演奏前的准备,他们在周太祖庙庭上以紧张而娴熟的动作放置支架、横板。这些用来悬挂编钟、磬和各种乐鼓的板架上雕着精美的花纹,插着五色羽毛,然后乐师又依次将各种乐器安放停当。诗人之所以要详细地描述演奏前的准备和各种器乐设施,是想将"始作乐"的盛况表现出来,突出周天子受天命、君临天下的正统地位和征服者的煊赫威严。

"既备乃奏"四句描写"合诸乐器于祖庙奏之"的情形。先秦时代的"乐",是歌舞器乐合为一体的,仅以周初制度的表现黄帝、尧、舜、禹、汤、武王功绩的六代舞来看,就是明例。《周礼·春官》载:祀天神时,奏黄钟、歌大吕,舞《云门》;祭地示时,奏太簇、歌应钟,舞《咸池》;祀四望时,奏姑洗、歌南钟,舞《大韶》;祭山川时,奏蕤宾、歌函钟,舞《大夏》;享先妣时,奏夷则、歌小吕,舞《大濩》;享先祖时,奏无射、歌应钟,舞《大武》。不同的场合,表演不同的歌舞,有明确规定。本诗所描述的是祭先祖的仪式,显然是舞《大武》一类祭祀舞蹈的。据后代《乐记》记载,舞《大武》的场面是颇为壮观的。不过,诗人在这里没有去描述舞蹈场面,而是集中描写乐队的演奏。肃静的庙堂中,一声柷响,顷刻之间钟鼓和鸣、箫管齐奏、笙簧相间,庙堂气氛更加凝重、肃穆。

诗的最后三句以点染法描绘降临神庙的周先祖神灵和周王朝客人欣赏音乐的情形。虚写神灵、实写活人,一实一虚,将美妙悠扬的乐声,舒缓雍和的节奏以空外传音的方式渲染出来,正当庙堂上下的神灵和活人陶醉在音乐中时,一声清脆悦耳的圉声止住众乐,听者方才如梦初醒。

作为一首表现"始作乐"的诗,《有瞽》不仅详细地记载了当时的器乐设备和演奏情况,在我国古典音乐史上具有宝贵的价值;也不仅因为本诗反映了周初制礼作乐的史实,在中国思想史和美学史上有重要的史料价值;更重要的是本诗流传至今而不减艺术魅力,是因为它以古拙而又巧妙的艺术手法描写了先秦时代的宗庙音乐,以及音乐欣赏者的心理。"永观厥成",虽然只有四个字,但将欣赏者凝神聆听的神态,曲终兴犹未尽,不觉时间流逝的心理描写得淋漓尽致。诗的前两部分写各种乐器设施和演奏情况,采用赋法铺写,而描摹心理则用虚笔传神,在详略、虚实、藏露等表现手法上,都可见出作者的匠心独运,这样就使枯燥乏味的宗庙诗歌闪现出灵动之气,这些因素使本诗在诗歌史上占有了自己应有的地位。

潜

【题解】

本诗是在宗庙献鱼祭祖时所唱的乐歌。诗中对鱼的在水里游的情态的描绘简洁而有生气,非常活泼动人,同时对各种鱼类名称的列举,说明人们对鱼的熟悉,也暗示当时人们生活的富裕、安康,从而体现了祭祀的庄重和美好,表现了人们对生活所抱有的欢快、积极乐观的情绪。

【原文】

猗与漆沮①!潜有多鱼②,

有鳣有鲔,鲦鲿鰋鲤。

以享以祀,以介景福。

【注释】

①猗与:叹词。②潜:水中。

【译文】

漆水沮水多美丽!很多鱼藏柴堆旁,有那鳣鱼和鲔鱼,鲦鲿鰋鲤好多样。把鱼献给祖宗尝，乞求大福尽情享。

【鉴赏】

这是一首以鱼献祭于宗庙的乐歌。《毛诗序》所谓"季冬荐鱼，春献鲔"，据《郑笺》解释，冬季鱼性定而肥，故皆可荐；春季鲔鱼新来（当是溯河以产卵），故单荐鲔。以鱼类祭献，使人联想到西安半坡出土陶器上的人面鱼纹，画中人面嘴角各含一鱼，似有闭目满足之表情。它生动表明，具有强大繁殖力的鱼类，系先民赖以生存的重要食物，先民对鱼由依赖转而崇拜，进而以鱼祭献祈福。这时"鱼"出现在原始文艺中便被赋予一定观念意义，对生命之两大本能——生存（丰衣足食）和生殖（多子多福），成为一种象征。在《潜》诗中作为诗歌意象的鱼，便有这样的意味。

孔子教育弟子学诗，目的之一是多识于虫鱼鸟兽之名。这首诗也可作为显著例证：短短六句中，就记有六种鱼名，足为漆、沮水产史料，可见先民生产斗争中丰富的知识积累。"潜"之释名，据清人王先谦说，"胡承珙曰：椮，谓之涔……若如《韩诗》谓涔

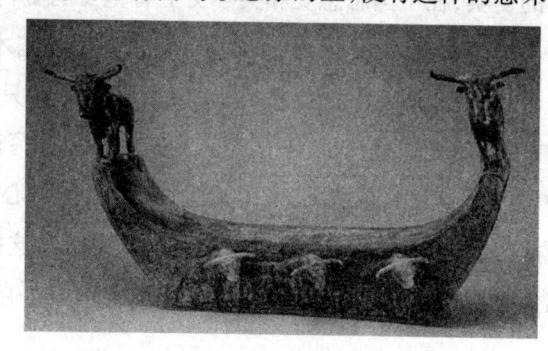

五牛枕（战国）

为鱼池，则当入《释地》。《尔雅》既与罬罜罙罳并列，则椮自是围鱼待捕之具。水中列木所以聚鱼……列木水中，鱼得隐藏，有若池然，故曰鱼池。《邢疏》引《小尔雅》，鱼之所息谓之橬。橬，椮也。积柴水中，鱼舍也。是可称鱼舍，亦可称鱼池。若在漆沮水中，而曰别有鱼池谓之涔，韩固不为此训也。潜涔古今字。"（转引自《诗经直解》）今太湖渔民尚用此法，于湖中围木栅以养鱼，称为鱼窝。而《潜》诗已曰："猗与漆沮，潜有多鱼。有鳣有鲔，鲦鲿鰋鲤"，可见当时人民已有丰富的人工养鱼经验，此诗便是一条可珍视的记载。"猗与"的赞叹，洋溢着先民对于自身劳动的赞美和惊叹，洋溢着自豪感与幸福感。

这诗几乎谈不上什么艺术手法，它的质朴一如出土陶器上的含鱼人面，虽然简单，却具有一种古拙的美的韵味。"以享以祀，以介景福！"诗句很直截地表达了先民对于生活的憧憬和祝愿。这种淳朴的美好愿望，一直延续到后来年画所表现的"连年有鱼"的主题。这首诗在句法上有一偶得的造奇，"鲦鲿鰋鲤"句并列四个鱼名，这种堆砌铺陈的句式直接开启了汉赋句法之先河，也对后代某些好奇的诗人产生过影响。如扬雄《长杨赋》"虎豹狖玃，狐兔麋鹿"一类赋句，及韩愈"鸦鸱雕鹰雉

鹡鸰"的诗句,实已推波助澜;至于罗隐的"一二三四五六七"和毛泽东的"赤橙黄绿青蓝紫",也应算是沿波而讨奇的名句。

雝

【题解】

本诗是一首周武王祭祀文王的诗。诗的开头描绘了祭祀的场景,天子、诸侯、祭品烘托了气氛的庄重肃穆,接下来就是对上天的祈祷和对文王的祭奠。祭词语气蓬勃、声势浩大,表达了对上天恩德的感怀和对文王功绩的称颂,同时也表明人们对于世代福禄寿泽的寄望和期待。整首诗强调了孝子、孝道,表达了"百善孝为先"的道理,对我们不无震动。

【原文】

有来雝雝①,至止肃肃②。相维辟公③,天子穆穆。於荐广牡④,相予肆祀⑤。假哉皇考⑥!绥予孝子。

宣哲维人⑦,文武维后⑧。燕及皇天⑨,克昌厥后⑩。绥我眉寿⑪,介以繁祉⑫。既右烈考⑬,亦右文母⑭。

【注释】

①雝雝:和睦的样子。②肃肃:肃敬的样子。③相:助祭的人。辟公:指诸侯。④广牡:大牲。⑤相:助。予:我,武王自称。肆祀:陈列祭品。⑥假:嘉。皇考:对已故父亲的美称,这里指文王。⑦人:臣。⑧后:君。⑨燕:安。⑩昌:昌大。厥后:其后世子孙。⑪绥:赐给。眉寿:长寿。⑫介:佐助。繁祉:多福。⑬右:通"侑",劝侑。烈考:光明显赫的先父。⑭文母:有文德之母,指太姒。

【译文】

来这儿,安安静静,到这儿,恭恭敬敬。诸侯们在庙堂助祭,天子的仪态美好、端庄。献上肥大的牛羊,助我把祭馔来陈上。我伟大的父皇啊!安抚我,叫我远离彷徨。

聪明智慧的伟人,能文能武的君王。安定了皇家的天下,使子孙都能够兴旺。保佑我长寿,赐给我多种多样的福禄。既拜劝我父周文王,也拜劝我的太姒娘。

【鉴赏】

《诗经》中有不少关于祭祀的乐歌,它们从不同的角度和侧面,反映了古人祭祀天地祖宗的情景。其中既能完整体现贵族祭祀过程,又有一定艺术特色的篇章,便要数这篇《雝》了。

这是一首祭祖诗。《毛诗序》说:"《雝》,禘大祖也。"大祖是谁? 有人说是后稷,有人说是文王,还有人说是帝喾。从诗篇的内容看来,应以朱熹关于"武王祭文王"之说为当。

这首诗共十六句,按其内容可分为四章。第一章叙参加祭祀的人物和神态。"有来雝雝,至止肃肃",是总叙参祭者到来时的景象。人们来在路上,都还神色和悦;一到庙堂,全都肃然收容。一下显出了庙堂的庄严肃穆。后两句分写不同的参祭者:助祭的是诸侯公卿,主祭者就是天子了。诸侯公卿是怎样神情,诗中虽未描摹;但连天子都也"穆穆",满脸庄重之色,则"辟公"之无不肃静,也都可以想见了。这是一种静态的展示,整个庙堂似乎都沉入了无声的庄重之中。诗中连用三个叠词,描摹人们来到宗庙前后的不同神态,既渲染了庙堂的气氛,又显示了人们来此庄严场所所经历的情感升华,极富表现力。第二章便由静态、无声的景象再现,转入祭祀中的献祭和祝祷,人称也由第三者变为主祭者(天子)的第一人称。"於荐广牡"二句以咏叹的口吻,叙述献牲和陈馈,与上文庄严的气氛紧相呼应,进一步表现出参祭者的虔敬。"假哉皇考"二句,是对"皇考"(先王)情不自禁地呼唤和祝祷,感情热烈而深长。从中简直可以感受到主祭者语调的延长和颤动。第三章是对"皇考"功德的庄重颂赞,颂赞他英明睿智,文武双兼,德配皇天,泽被后世,能够使子孙兴旺发达。从咏诵的口气看,人称又变为第三者,似乎是助祭者所唱之词。第四章又是主祭者的祈祷。他祈求"皇考"保佑他长寿,赐给他许多福祚。末二句说明他既敬祀自己的父亲文王,也连带敬祀自己的母亲太姒。古代帝王的先姒不另立庙,往往附于先王庙一起受祭。所以,诗中也表达了对先姒的怀思和祝祷。

这首诗描述了祭祖的情景和气氛,叙写了祭祀的过程和祷词,还特意交代了父母合祭这一形式。虽属短章,但描述祭祀始末完整。其他宗庙祭祀诗(如《清庙》《有瞽》《丝衣》等),虽在某些方面的描述颇为丰富,但都不及此诗所叙过程之完备。

一般说来,《颂》诗在艺术表现上远较《风》诗逊色。它们节奏比较呆板,很少运用比兴,也不讲究韵调。但这首诗倒是颇有变化。它在结构上采用助祭者与主祭者交替演唱的方式,随着人称的变化,描述转为祝祷,祝祷变为颂赞,以此再现祭祀的过程,显得较为灵活。作为庙堂乐歌,当时想必还伴以舞蹈,这便带有了"歌舞剧"的特点。所以,读这首诗,恰似观赏三千年前周人祭祖的二重唱歌舞:耳边振响着那此起彼落的音声,眼前浮动着那徐纡翩跹的舞容,虽然未免庄重了些,却也不乏动人之处。尤其值得注意的,是这首诗的用韵。每章第一句与第三句用一韵,第二句与第四句用另一韵,前章偶句与次章奇句又蝉联一韵,错落回环,形成了极好的韵律。如第一章一、三句"雝""公"属东韵,二、四句"肃""穆"属幽韵;第二章一、三句"牡""考"蝉联幽韵二、四句"祀""子"另押之韵,全都交错、连环,十分严整,造成了一种宛转回环又起伏变换的旋律,使全诗带有音声情韵之美。正如姚际恒所说:"此诗每句有韵,甚奇。又凡四章,二、三、四章皆'有(幽)'韵,而二、四两章皆先'有'韵,后'纸(之)'韵,前后相关,音调缠绵缭绕,尤为奇变。"(《诗经通论》)又如方玉润所说:"此真所谓辘轳韵也。而用韵之奇,亦无过乎是者。"(《诗经原始》)这在韵律不齐甚至无韵的《周颂》中,可谓绝无仅有。

载见

【题解】

这是一首诸侯来朝求取标志身份的车马服饰及典章制度,并协助祭祀武王之灵的乐歌。诗中描绘了诸侯车马配饰的耀眼华美,表明当时礼仪制度的完备。全诗没有直接描写祭祀的场景,但从对诸侯车马的表现和对祭词的陈述中我们不难想象当时气氛的隆重、盛大,以及君臣关系的和谐、有序。

【原文】

载见辟王,曰求厥章。

龙旂阳阳①,和铃央央②。

鞗革有鸧③,休有烈光④。

率见昭考,以孝以享。

以介眉寿,永言保之,

思皇多祜⑤。烈文辟公⑥,

绥以多福,俾缉熙于纯嘏⑦。

【注释】

①阳阳:鲜艳夺目。②央央:铃声。③鞗革:马龙头上的装饰。鸧:饰物的撞击声。④休:华美。⑤祜:福。⑥辟公:指诸侯。⑦俾:使。缉熙:光明。纯嘏:大福。

【译文】

诸侯初次拜成王,求取王朝众典章。交龙旗子多鲜亮,

车行和铃叮当响。缰绳饰玉声悦耳,既华美来且光亮。

率领诸侯祭武王,献上祭品武王品。祈求长寿心乐畅,

永久保佑参祭者。成王伟大福祥多,有功有德诸侯王。

先王赐福靠你帮,让我光明福禄长。

【鉴赏】

周王朝建立不久,武王便过早地去世了。继位的周成王年纪尚小,政事暂由周公代理,因此遭到了统治阶级内部的猜忌,接着便爆发了"管蔡之乱"。周公东征三年,终于平定叛乱。周王朝的统治从此得到巩固和加强,出现了"普天之下,莫非王土;率土之滨,莫非王臣"的昌盛景象。当成王亲临朝政之时,为了"显眷定之大烈弥光,彰万国之欢心如一"(《诗经传说汇纂》),举行了一次大规模的朝见诸侯的活动。这篇《载见》就是歌咏这件大事的乐歌。

这首诗大体可分两层。开头至"休有烈光",叙诸侯群至,朝见成王的景象。"载见辟王,曰求厥章"二句,点明此次诸侯之来,乃是初次朝见成王;他们来朝的目的,更是主动求取礼仪典章。成王初次临朝,诸侯即群至朝见,恭敬地求取典章规范来约束自己,这说明内乱过去之后,周成王终于莅临天下,成为诸侯众星拱月的中心人物了。出现这样的局面,诗人能不感到兴奋?"龙旂阳阳"四句,以兴高采烈之辞,描述了成王朝见诸侯时的堂皇景象:一面面交龙大旂,拥簇着成王向庙堂会聚;和悦动听的车鸾、旂铃响成一片;驾车的当然是一色的高头大马;马辔上的铜饰正辉映着丽日闪闪发光。根据《左传》的说法,人君昭示"令德",就是旗仗、车饰也都有讲究,"火龙黼黻,昭其文也。五色比象,昭其物也。钖、鸾、和、铃,昭其声也。三辰旂旗,昭其明也"(《左传·桓公二年》)。这样看来,诗中着意渲染天子诸侯的旗仗、马饰,就不仅仅是一种热烈场景的展现,更是对周家"令德"的由衷歌颂了。本诗开头所说的"曰求厥章",也由此得到了体现:即使在旗仗、车饰上,不也让诸侯大开眼界、见识了王朝礼仪的威风?适应著昭"令德"的需要,诗人对旗旌、鸾铃、车马之饰的描摹,连用"阳阳""央央""有鸧"(即"鸧鸧"的变体)等叠词,更加强了夸赞的色彩和音响效果。所以,写到这里,诗人自己也情不自禁地把笔赞叹"休有烈光"了。

自"率见昭考"以下为诗之第二层,接叙成王祭祀武王的情景。周代的政治以宗法制为中心,政权与族权是紧密联系在一起的,祭祀祖宗是政治生活中的大事。武王是周朝的开国君主,又是成王的父亲。周成王作为一代嗣王,莅政并朝见诸侯,其主要仪式之一,就是庙祭武王。"率见昭考,以孝以享"。一个"率"字说明,此次赶来朝见的诸侯,全部参加了祭祀活动。不过主祭者是成王,诸侯作为助祭,

由周、召二公率领着，庄严地步入庙堂，开始了虔诚庄重的献祭仪式。当祭品供上之时，庙堂便响起一片祈祝之声："以介眉寿，永言保之，思皇多祜"。活得长久些，大概是世人共有的愿望。但周天子之祈求长寿，着眼点更在于长享天下。古人以为这天下本来是上天赐予的，所以想要"永保"，也必须祈求上天"思皇多祜"——多多保佑了。值得注意的是，此诗开头句句用韵，写到庙堂祈祝之辞，便无韵脚可求。这大概正如王国维所说，庙堂颂辞缓慢而凝重，且有钟声配合，故"其声缓而失韵之用"了。因此读这几句诗，人们须得想象，此刻已置身于庄严的庙堂，耳边振响着舒缓的钟声。然后才能体会到，这周成王是怀着怎样的虔诚，向祖宗神明，喃喃诉说着心中长享天下的贪婪愿望。最后三句是对王公诸侯的祝祈——他们既然来参加助祭，而且是王朝的"爪牙"和藩卫，当然也得让上天保佑他们安康"多福"，这样才能辅助天子坐稳江山。诗之结句"俾缉熙于纯嘏"，一变四言之体，化为六言长句。其效果在于使庄严的祷祝，于曲终延续为悠悠长声，在庙堂中继续萦绕。

作为一首颂诗，《载见》的后半部分，无非是祝祷之套语，说不上有什么动人之处。此诗的好处，只在前半部分，堂堂皇皇，颇有情景如画之感，倒还值得一读。

有客

【题解】

这是一首商的后代宋微子朝周，周天子设宴饯行时演奏的乐歌。全诗以欢呼的语气开始，全诗气氛亲切、欢快，把主人的好客和客人的尊贵都烘托出来，给人生动、鲜明的印象。诗中的描述更进一步地印证了宾主之间热情、友善的情谊，表现了当时礼仪根基的深厚。

【原文】

有客有客，亦白其马。有萋有且①，敦琢其旅②。

有客宿宿③，有客信信④。言授之絷⑤，以絷其马。

薄言追之⑥，左右绥之⑦。既有淫威⑧，降福孔夷⑨。

【注释】

①有萋有且：萋，借为淒，绸缎上的花纹；有且，即且且，随从众多的样子。②敦琢：即雕琢。旅：众。指随从。③宿：住一夜。宿宿，住两夜。④信：住两夜。信信，住四夜。⑤絷：绳索。⑥追：送，饯送。⑦绥：赐。即赐礼物。⑧淫威：淫，大。威，德，即大德。⑨孔夷：孔，甚。夷，平安。即很平安。

【译文】

客人来了，客人来了，那匹雪白的马。人多呀，人众呀，大家都打扮好了。

客人住下两天了，客人住下四天了。拿根绳儿来给他，绳儿拴着他的马。

他要走了，饯送他，大家都送他礼物，有这样的好品德，大大的福气降给他。

【鉴赏】

也许有人以为，古代的上层贵族，既然地位煊赫，崇于势利，其待客接友，未必能有多少真情。其实也不尽然。《周颂·有客》就是古代王公贵族接待宾客之诗。这首诗语言活泼，节奏轻快跳跃，展示了主人对客人的真诚情谊和美好祝愿。即便在今天读来，也还颇感亲切动人。

全诗可分三章：首章言迎客之喜悦；二章言留客之殷切；三章言送客之情深——包括了接待宾客的完整过程。

"有客有客，亦白其马。"此篇开头，便是对贵客驾临的喜悦呼告。车声辚辚，从远处传来，客人虽因距离较远还看不真切，那驾车的白马却早已见得分明。主人的精神不禁为之一振，仆役们自然也喜色浮动。"有客有客"，两语连写，欢快、跳跃，表现了主仆遥见贵客到来时互相传告的惊喜之情，极为传神。后句落墨于驾车之马，纯白一色，潇洒大方。贵客尚未露面，其车骑雍容的气派与华贵不俗的风度，已随着白马扑面而来。再看贵客的随员，更加令人赞叹：衣着是花团锦簇，气宇亦轩昂不凡，那都是百里挑一的人才啊！"有萋有且"两句，妙在依然不写贵客，而贵客的器宇、风采，已在烘云托月中显现。这就是首章所述的"迎客"。诗面上写的是客，字里行间跳动着的，则是迎客主人的惊喜、赞叹与自豪之情。

久盼的贵客既已到来，刚才还沉浸在迎客喜悦中的主人，唯恐客人很快离去，此刻又急忙考虑"留客"之事了。故人相逢当然其乐无穷；主人的盛情，更使客人有宾至如归之感。客人由此住了一天又一天，"宿宿""信信"两组叠字，表现了客人停留时间之长，可不必拘泥"两夜""四夜"之数。但主人犹嫌太短，为留客人，他颇费苦心，这才引出了微妙的"言授之絷，以絷其马"两句——"快去拿绳子来，给我把马拴住，没了马，看他还怎么走？"主人舍客而就马，颇见其狡黠之态，然于此狡黠之中，却表现了一种古朴纯真的待客深情。

最后一章，写客人离去时主人送行，情感较为深沉。主人再热情好客，客人终究不能久留，当客人揖别之际，主人的心情又将是怎样依恋呢？"薄言追之"，前人训"追"为"送"，自然不错，但总觉得少了些意蕴。"送"之外，当亦有"追"之意，以见其送之远，别之难，显示出"送"中之"情"。"左右绥之"，抒写主人自己虽在为别离伤感,但作为送行者,又不忘抚慰客人安心登程。此中情景,愈加显得委婉动人。诗之结尾二句,本是古人祝福的套语,但放在这特定的环境之中,却表达了对远去客人的真诚美好的祝愿。这祝愿正如温馨的春风,伴随着客人远去;亦如一声悠长的钟鸣,给全诗留下了缕缕余韵。那是挥手之间的惆怅,和惆怅中的绵绵情思呵……

《毛诗序》说此诗写"微子来见祖庙"之事。或言诗中客人即箕子。不知何据,录以供读者参考。

武

【题解】

本诗是武王克商后所做的乐歌,创作年代距今三千多年。全诗采用追述的方式,体现了武王继承文王基业开创盛事的辉煌和光荣。诗的开头即发出对武王深深的赞叹,表明其功绩的伟大,从而为全诗打下很好的感情基调,表达了诗人对武王的崇敬之情。

【原文】

於皇武王①!无竞维烈②。允文文王,克开厥后③。嗣武受之④。胜殷遏刘⑤,耆定尔功⑥。

【注释】

①於:是赞叹的口气。皇:大,美,光耀。②竞:争,强盛。无竞,是说没有人再比他强盛的了。维:其。烈:业。引申为功绩。③克:能。④嗣:继。武:训迹,迹,道。言武王继文王之道而卒其伐功。武,一说为武王。⑤遏刘:遏,禁止。刘,杀戮。⑥耆:致,做到。定:成功,言武王伐纣,致定其功。尔:武王。

【译文】

啊!堂皇呀,周武王,他的功业无人能够比得上。文王真有文德呀,能把后人事业来开创。继承他的有武王,战胜殷商、灭亡殷商,大功告成,意气风发。

【鉴赏】

这是歌咏武王克商的《大武》乐歌之一。《左传·宣公十二年》记,"武王克商,作《武》,其卒章曰'耆定尔功'。"按《吕氏春秋》载,《武》为周公所作。有人根据诗有"於皇武王"之句,以为"武王"乃是死后的谥号,诗当作于成王之际。但据王国维和郭沫若先生考证,周初尚无谥法,文、武、成、康皆生时称号,后世始有谥法。因而此诗可定为武王在世时的作品。

殷商时期,王公贵族花天酒地,高屋广厦。纣王终日欣赏淫秽不堪的"北里之舞",沉醉于"酒池肉林"之中。而平民奴隶却是饥呼寒号,土坑窨穴。此时,崛起于西方的周部族,经过几代人的经营,逐渐壮大。当商王朝陷入"如蜩如螗,如沸如羹"的困境之时,周武王姬发便率"八百诸侯",进军朝歌(今河南淇县),击溃商师,枭纣王之首,创建了周王朝。周武王伐纣成功,使深受纣王暴虐之苦的民众欢腾雀跃。《武》就是在这样的背景下创制的一首颂歌。

诗的开头两句"於皇武王,无竞维烈",是对武王的赞词。句中用感叹词"於"和否定词"无",把武王举世无双的功绩突现出来,表现了诗人对一代圣王的敬仰和赞美。诗的三、四句,没有接着铺写武王的功烈,而是笔锋一转,把颂赞之情引向了文王,"允文文王,克开厥后"。传说文王姬昌是位仁厚贤德之人。《史记·周本纪》说他"遵后稷、公刘之业,则古公、公季之法,笃仁,敬老,慈少,礼下贤者";"日中不暇食,以待士,士以此多归之"。文王这种兢兢业业的创立精神和礼贤下士的胸怀,不仅使天下贤能闻风而至,就是各地诸侯也莫不附从,甚至有"纣囚文王七年,诸侯皆从之囚"的美谈,可见文王之深得人心。他虽然未能在有生之年,实现剪伐殷商的大愿,但毕竟为武王灭殷奠定了坚实的基础。诗人面对武王伐纣的伟大胜利,怎能不想到为胜利铺平道路的先圣文王? 诗之三、四句所表现的,正是对于文王的深切缅怀之情。第五句"嗣武受之",又回笔接叙武王伐纣事,与诗之开篇紧相照应,形成回环。"胜殷遏刘,耆定尔功"二句,描述武王吊民伐罪、推翻殷商的巨大功业,仅用八个字概括。用词高度简括,而且显得举重若轻、庄严沉着。以此作结,表现出一种吞吐恢宏的气象。

作为一首庙堂颂歌,《武》的风格主要表现为庄重。全诗以颂赞之语发端。句首感叹词的运用,使四言节奏趋于徐缓,带有一唱三叹之致。

闵予小子

【题解】

本诗是周成王登基之日朝于宗庙时所作。年少的成王面对一个庞大的王朝,孤苦无依的他深感困惑和忧虑。全诗以第一人称的视角切入,具有个人化性质,抒发的是真感情、真忧虑,表现了诗人鲜明独特的心理感受,读起来感人至深,使读者对其处境和情感有深刻的理解和认同。

【原文】

闵予小子①,遭家不造②,嬛嬛在疚③。

於乎皇考！永世克孝。念兹皇祖,陟降庭止。

维予小子,夙夜敬止④。於乎皇王！继序思不忘⑤。

【注释】

①闵:可怜。②遭:遇上。不造:不幸。③嬛嬛:孤独的样子。疚:生病。④敬止:戒慎。⑤继:继承。思:想法。

【译文】

可怜我这小孩子,遭逢家庭大不幸,孤苦无依心忧伤。

唉呀伟大我父王,毕生能孝爹和娘。想起祖父周文王,

上下推行直道忙。现在我这小孩子,终日勤劳理朝纲。

唉呀文王和武王,我承祖业永不忘。

【鉴赏】

这首诗具有颂诗的显著特征。内容是写年幼的周成王丧中即位,祭祀宗庙,歌颂周文王、周武王功德,表白自己,形式上不分章,无韵。因为配合皇家乐舞,声音缓慢,语言上更显得艰深生涩一些。

如果说《风》诗往往由起兴发端,给人以形象遐思之感,富于诗味,那么《闵予小子》则开门见山,过直过露,无诗味可言。它以王者的身份,王者的语言,王者的模样向神明、向死者、向臣民表白、赞美自己。接着,成王诉说着遭父丧后的悲伤、孤独和忧虑。"疚"即忧虑意。成王小小年纪即位,在悲伤、孤独中激荡着兴奋和憧憬,而更多的是忧虑今后怎么办的问题。这是真情的流露。

中间四句歌颂死者的功德。他赞美父亲武王克己行孝,一统天下;他追念祖父文王举贤授能,使周兴旺强大。"庭",直,《毛诗传笺通释》释为按直道升降群臣,可从。这就是按法度举贤授能的意思。最后四句是成王在神明、祖先、群臣面前表明自己继志守成的忠孝之心和态度。

朱熹一针见血地批评过《雅》《颂》的用语:"其语和而庄,其义宽而密,其作者往往圣人之徒,固所以为万世法程而不可易者也。"《闵予小子》亦莫能外。

访落

【题解】

这是一首周成王朝武王庙,与群臣商议国事的诗。全诗是在开始商讨国事时主人公的一份内心独白,表达他希望能够继承先祖遗志,励精图治的美好愿望,但同时也清醒地认识到所要担当的责任的艰巨和自己能力的不足,诗的口吻朴素、诚实。

【原文】

访予落止①,率时昭考②。於乎悠哉③!朕未有艾④。将予就之⑤,继犹判涣⑥。维予小子,未堪家多难⑦。绍庭上下⑧,陟降厥家⑨。休矣皇考⑩,以保明其身⑪。

【注释】

①访:咨询,商议。予:成王自称。落:开始。一说借为略,谋略,策略。止:语助词。②率:遵循。时:是。昭考:指武王。③於乎:同"呜呼",叹词。悠:远大。一说忧。④朕:我,成王自称。艾:阅历。此句谓年幼尚无知。⑤将:扶,助。就:因,遵从。之:指先王的法典。⑥犹:通"猷",图谋,谋略。判涣:大。⑦多难:指遭武王之丧,遇管叔、蔡叔、霍叔"三监之乱"和武庚叛乱等事件。⑧绍:继承。庭:直、公正。上下:指官吏的升降,与下句"陟降"同意。⑨厥:其。⑩休:美。⑪以:语助词,无义,或作"而"解。明:勉,尽力,勉励。保:佑助。

【译文】

当初我即位就设想,追随我英明的父王。啊!聪明才智的父亲呀,我缺乏经验哪能跟上他。努力呀,靠拢他,继承国家大事,努力奋斗。我这幼稚的小子,家里发生许多祸事快要承担不了了。继承直道施行于上下,一举一动不曾离开家。美好啊,我的父王,他能平安又清明。

【鉴赏】

大约在公元前11世纪后期,周武王驾崩,年幼的成王登上王位。即位之初,他率领群臣朝告武王庙,并和大臣们商议国政。本诗就是咏叹的这一件事。

全诗十二句,每两句自成一段。

首两句涵盖全篇,点出"访落"的主题。"访落"是"访于落"的缩略语,在即位之初谋划国政,是新君首要关心的议题。"率时昭考"中的"时"通"是",《毛传》即如此解,从语法上讲,是"以昭考之是为是"的意思;换言之,即遵循武王之道,这是成王既定的施政纲领和治国方针。

次二句"於乎悠哉,朕未有艾",是成王对自己施政实力的估价。武王之道高远广大,而自己年幼无知,缺乏施政经验和阅历。"於乎悠哉"以咏叹的语调出之,恰切地表现了成王感到任重道远、前程渺茫的心境。

"将予就之,继犹判涣"二句,是成王对大臣辅弼的企盼。帮助我靠拢武王之道,既体现了成王的决心,又表现了对大臣的信赖。"国须大臣立丕构"(司马光语),大臣是国家的基础、栋梁,成王深深地明白这个道理。下句"继犹判涣",就是今天所说"抓纲治国"。即位之初,百事待兴,什么是最主要的、最能带动全局的事呢?纲举才能目张,否则难免治丝愈纷,理不出头绪。考虑到这一点,说明成王虽然年轻,但自幼生长在宫掖,耳濡目染,已具有一定的政治素养。

"维予小子,未堪家多难"两句上承三、四句,成王进一步向大臣摊明国家当前面临的政治情势,并表明自己年幼无知,难以承担起国家重任。史载成王即位之初,武庚、管叔、蔡叔与东方夷族反周。叔周公旦摄政,率兵东征,杀武庚、管叔,放逐蔡叔,二年(一作三年)平定。孔颖达等人据此认定,诗中所写情事,当在周公摄政之前后,是很有道理的。

"绍庭上下,陟降其家"两句上承五、六句,是大臣们提出的治国之纲。大臣们认为应该像武王继承文王之道一样,将祖宗之法施行于朝廷上下;而当前首要的大事是选贤任能,罢免庸俗无能之辈,推举英杰之士来整理朝纲,保卫家园。这是简洁明了、无比正确的主张。当今一位伟人说过:"政治路线确定之后,干部就是决定的因素。"如果把继承武王之道作为成王的政治路线,那么,选贤任能便是他应该奉行的干部政策。或许,其叔周公旦便是在这样的君臣集会之后,成为摄政王的吧?

末尾"休矣皇考,以保明其身"两句与首二句呼应,点出告庙之意,以成王向武王祷告,祈求保佑自己作为结束。"休"字在《诗经》里有"美好"意,也有"休息"意(如"汉有乔木,不可休思"之"休"便当作"休息"解)。此诗立意不在颂扬武王,而在祈灵护佑,表明遵循武王之道、抓纲治国的决心,所以我把"休"译作"安息"。"其"字在上古既可作第三人称代词,也可作第一人称代词,我以为在这里应指代成王自身。明白了这两个字的含意,全句意思豁然贯通,怡然理顺,成王祈求父王保佑的情态也就可以想象了。

从上述的分析中可以看出,此诗在艺术上最大的特点是章法错落,结构谨严。三、四句下接七、八句,五、六句下接九、十句,首尾四句遥相呼应,把全诗六段结合成一个浑圆的整体。体现出当时叙事诗写作的艺术已经发展到相当高的水平。诗的作者,有人说是成王自作,有人说是太平之时,诗人追述其事,代成王立言。我以为诗是谁作的无关紧要,只要诗篇真实而恰切地传达出年幼的成王即位之初的心境,便成为上乘之作。从这个意义上说,《访落》一诗无论是作为艺术,还是作为史料、作为政治教科书,它都具有一定价值。

敬之

【题解】

这是一首周成王自警并告群臣的诗。全诗以上天的监督表示自警,同时以任重道远及自己的能力不足希望群臣能够不遗余力地帮助自己,提醒自己,共同把国家治理好。从中我们可以看出,成王的严于律己、虚怀若谷。一位少年天子考虑问题如此之周详,其气度和风范不禁让人为之折服。

【原文】

敬之敬之①,天维显思,命不易哉②！无曰高高在上,

陟降厥士,日监在兹。维予小子,不聪敬止③。

日就月将④,学有缉熙于光明⑤。佛时仔肩⑥,示我显德行。

镶嵌几何纹方壶（战国）

【注释】

①敬:戒慎。②不易:言其难也。③敬:小心谨慎。④日就:天天积累。月将:月月进步。⑤缉熙:继承发扬。⑥佛:辅佐。仔肩:责任,重担。

【译文】

行事处处要警惕,上天省察眼睛亮,天命不易保持长!

别说天帝高在上,他派众臣时升降,日日监视大地上。

我当君王年纪轻,听从教诲常自省。日积月累无懈怠,

学问广大心明亮。群臣辅我肩重担,指示明德为榜样。

【鉴赏】

这是成王敬天自戒并告群臣的诗,与前篇《访落》是一时之作。孔颖达认为:

"《访落》,与群臣共谋;《敬之》,则群臣进戒。文相应和,事在一时。"(《毛诗正义》)林义光则认为:"诗言'维予小子',又言'示我显德行',则是嗣王告群臣,非群臣戒嗣王也。"(《诗经通解》)林义光的分析是对的,诗中的抒情主人公正是成王。

全诗十二句,可分为两段,上下各六句。

前六句写成王敬天。周人为了巩固君权,他们给君权统治蒙上了一层神秘的宗教色彩,创造了一个在冥冥之中主宰世界的自然神"天"(或称"上帝"),以代替殷人对鬼神的崇拜。《尚书·周书·多士》上说:"昊天大降丧于殷。"认为殷商的灭亡和周朝的代兴都是出于天意。周朝的各位君王也都自称是受命于天的"天子"。正如《昊天有成命》诗云:"昊天有成命,二后受之,成王不敢康。"(天命昭昭自上苍,受命为君文武王,成王不敢图安康。)成王即位之初,自然首当敬天。此诗前六句讲了敬天的两层道理:一是天命从来不变易,天命即天道。言下之意是周王朝受命于天,只要奉行天道,必将得到天的庇护;而且人对天只能被动地顺适,而不能改变天意。第二,天是世间万事万物的唯一主宰。陈启源解释"陟降厥士"一句说,"天之事也,二气之运行,万物之化育,皆天升降其事也"(《毛诗稽古编》)。而且天明察秋毫、洞悉幽微,世上人人的所作所为都受到天的监视,正如后世俗语所说"善有善报,恶有恶报"。鉴于上述两个原因,所以不能不敬天。"敬天"思想是西周王朝的正统思想,但以"无曰高高在上"一语,可以看出它也有其对立面。后来子产便说:"天道远,人道迩,非所及也。"(《左传·昭公十八年》)而《小雅·十月之交》的"下民之孽,匪降自天",《小雅·雨无正》的"浩浩昊天,不骏其德",竟公然对至高无上的"昊天"提出了怀疑和指责。当然,"敬天"的思想由于得到孔丘和董仲舒的继承而更加发扬宏大,成王的"敬天"便是孔丘要恢复的"周礼"之一。

下六句写成王自箴。"维予小子"确切的翻译应该作"我是一位小天子"。他的父亲武王巡视时唱道:"时迈其邦,昊天其子之"(出发巡视大小邦,上天视我如儿郎。《周颂·时迈》);祭祀时唱道:"相维辟公,天子穆穆"(周围诸侯助祭,中央天子端庄。《周颂·雝》)。武王是大天子,成王自然是小天子了。"不聪敬止"是成王的自谦之词,意思是因为年幼无知,还不完全懂得敬天、遵循天道行事的道理。"日就月将,学有缉熙于光明"两句,表明自己愿意学习,通过日积月累而走上替天行道的光明之路。末两句"佛时仔肩,示我显德行",是成王对大臣的期冀。所谓"德行",是文王、武王秉于天而施于人的品行、德政。而成王的大臣中不少是前王的辅弼,受到前王德行的灌溉。于是成王要求他们,把前王的德行细细讲给自己听,帮助自己承担起上天赋予的家国重任。相传也是作于成王之时的《维天之命》

诗句"文王之德之纯,假以溢我,我其收之"(文王纯正的德行,嘉惠于我,我们一定要继承。),正可作为"示我显德行"一语的注脚。

本诗作为中国思想史上"敬天"观念的源头之一,而显示出它的深厚意蕴和历史价值。

小毖

【题解】

这是一首成王针对管蔡之乱自警的诗。诗的题旨是凡事应察其先机,防患于未然。全诗语气沉重、严肃,具有深刻的反省和自戒意识,由小鸟变大鹰的比喻形象地说明了做事情不谨慎所带来的严重后果,同时表明自己如今的困境,已无力承担更多的祸乱,从而具有很强的约束和警惕效果。

【原文】

予其惩^①!而毖后患^②。莫予荓蜂^③,自求辛螫^④。肇允彼桃虫^⑤,拚飞维鸟^⑥。未堪家多难,予又集于蓼^⑦。

【注释】

①惩:有所伤而知戒。②毖:谨慎。③荓蜂:掣曳。谓牵引而使之。④螫:事。辛螫,即辛苦之事。⑤肇:始。允:信,的确。桃虫:一名桃雀,即鹪鹩,为最小的鸟。⑥拚:同"翻"。⑦集:逢,遇上。蓼:一种有苦辣味的草。

【译文】

我真的要警戒啊!谨慎地防后患。没人一定要我到那儿去,那是我自找的辛苦。开始哪,那个小鹪鹩,努力翻动身体想像鸟一样飞。我不堪国家多患难,又把那辛苦都集于自己一身。

【鉴赏】

周武王死后,年幼的成王即位之初,由叔父周公旦摄政。成王的另外两个叔父管叔鲜和蔡叔度因怀有野心,便在朝廷内外散布谣言,说周公旦自己想做天子,将来要谋害成王。成王轻信了谗言,就让周公旦离开长安住到东京洛阳去了。后来管叔和蔡叔联合殷纣王的儿子武庚阴谋造反,成王赶紧接回周公,周公率兵讨平叛乱,挽救了国家。过了七年,成王长大了,周公就把政权归还了他。成王亲政之日,对大臣们痛心疾首地检讨以往的过错,并表示从此要谨慎行事,防备再发生祸患。

诗篇开首两句"予其惩而,毖后患",可作一句连读。意思是我痛戒以前轻信

国学经典文库

诗经

《诗经》释讲·

图文珍藏版

管、蔡的谗言，今后自当慎重，以防再发生祸患。后来人们把成王的话概括为"惩前毖后"的成语，用以表示受惩于前，谨慎于后，不再重犯以前的错误。下面的六句便围绕"惩前毖后"的主旨而展开。

前四句写成王惩前。胡承珙《毛诗后笺》解释"莫予荓蜂，自求辛螫"两句说："'莫予'与'自求'，文意呼应。莫者，无也。言往日之事，无有瘅曳使我为之者，乃我自求辛螫之害耳。"这一理解，较好地把握了成王痛心恶己的态度和心情。作为最高领导者的成王，遇事敢于承担责任，而不迁过于他人，体现了作为一个贤明君主的博大气度和坦荡胸怀。

林伯桐《毛诗识小》解释"肇允彼桃虫，拼飞维鸟"两句说："盖谓恶之始萌甚小，似桃虫耳；不能慎之于小，则积恶至大，如桃虫之终为大鸟耳。"桃虫变大鸟的比喻，说明武庚之祸，起初甚小，后来至大，险些不可收拾，这是不能慎于初始，不能防微杜渐，不能防患于未然而带来的严重恶果。桃虫变大鸟的意象既具有深刻的哲理，又富有委婉含蓄之美。后来《庄子》中鹪鹩和大鹏的意象便可能是由此演化而来。

惩前是为了毖后，结尾两句"未堪家多难，予又集于蓼"，写成王不堪国家多患难，决心谨慎从事，避免自己再度陷于困境之中。"集于蓼"又是一个绝妙的比喻，郑玄笺"集"作"会"，孔颖达疏"会，谓逢遇之也"。用逢遇蓼这种其味辛苦的水草来比喻碰到麻烦、陷入困境，手法的确是很高明的。"未堪"一词总领两句，既未堪家国多难，也未堪予又集蓼。在君主政体的国家里，君王和国家二位一体，不可分离。

诗篇塑造的成王痛心罪己的形象，成为后世贤明君主竞相效法的榜样；而惩前毖后的成语早已超出了它本来的历史意义，被广泛地运用于社会生活之中。

载芟

【题解】

这是一首周天子春耕祭神时的乐歌。全诗以"载芟载柞"为契机，围绕其展开，人物三三两两相聚而来，田地禾苗那么漂亮，美酒祭祀礼仪那么欢畅。整首诗意境淳朴、温馨，表现了人民生活的和平、幸福。诗中"思媚其妇，有依其士"二句看似闲笔，却使整首诗的画面变得脉脉含情。

【原文】

载芟载柞①,其耕泽泽②。千耦其耘,徂隰徂畛。

侯主侯伯,侯亚侯旅,侯强侯以。有嗿其馌③。

思媚其妇,有依其士。有略其耜,俶载南亩。

播厥百谷,实函斯活④。驿驿其达⑤,有厌其杰⑥。

厌厌其苗,绵绵其麃⑦。载获济济,有实其积⑧,

万亿及秭。为酒为醴,烝畀祖妣,以洽百礼。

有飶其香⑨,邦家之光。有椒其馨⑩,胡考之宁⑪。

匪且有且,匪今斯今,振古如兹。

【注释】

①芟:除草。柞:砍伐树木。②泽泽:细碎的样子。③嗿:吃饭时发出的声响。馌:饭食。④实:果实。函:蕴含。活:生机,活力。⑤驿驿:接连不断。⑥厌:佳,好。杰:生长旺盛的。⑦麃:耕耘。⑧实:指粮食。⑨飶:食物芳香。⑩馨:芳香。⑪胡:寿。

【译文】

除去杂草砍树木,用力翻地土松散。千对农夫除田草,
前往湿地与路间。主人率领大儿子,小儿晚辈走向前,
还有雇工和壮汉。大家吃饭有声响,送饭妇女真美丽,
种田男子真壮健。翻地犁头很锋利,起土耕种南亩间。
农夫皆来播百谷,种粒勃勃欲发芽。禾苗陆续钻出土,
初生苗儿真好看。禾苗长得很整齐,谷穗连绵一大片。
开始收获人众多,场上谷堆一片片,上亿上秭数难算。
新粮酿酒好香甜,进献男女老祖先,祭祀合礼很周全。
祭物香味都飘散,国家光荣心欢喜。酒味醇香很浓厚,
进献老人得平安。耕种非从今日起,丰收祭祀非自今,
自古至今就如此。

【鉴赏】

这是一首祭祀用的乐歌。所祭者何?有两种说法:一般认为,这是周王祭祀社稷的乐歌。社是土神,稷是谷神。周代的社稷之祀,一年主要有两次:春天耕作之前,祭社稷以祈谷;秋天收获之后,祭社稷以报恩。这首是春祭之歌。另外,也有人认为是秋天收获之后,用新谷祭祀宗庙的乐歌(见高亨《诗经今注》)。持此说者虽

少，但从诗的内容看，也不失为有理有据的观点。

全诗按内容可分为层次清晰的三个部分，先叙耕种收获，次写酿酒设祭，三谢神灵保佑。主要篇幅和内容集中在第一部分。而整篇上下，劳动伴随着欢乐，祝福寄寓着追求，在乐观、愉快的氛围中，表达出对祖宗神明的赞颂和敬仰，也生动地展现了周民族早期的生产、生活风貌，史料价值和认识价值都很高。

从开端到"万亿及秭"是第一部分。按顺序分别由三幅各自独立而又紧密承接的三幅画图组成。第一幅，千夫并耕图，共七句。"载芟载柞，其耕泽泽"，开篇直写劳动情景，运用重句叠字，音节短促，渲染出劳动节奏的明快，也顺次展现出劳动的背景：在杂草丛木中开拓，在新垦土地上耕耘。接下去，写劳动者，写劳动场面，"千耦其耘"，既写了劳者之众，也启发了读者丰富的想象力，把人带入一个十分壮观的劳动场面：在那平原旷野之上，在沃土新田之中，一对一对的农夫，并拉犁具，辛勤耕耘。着笔不多，却造境壮阔，生意盎然，给人以动的画面感。"侯主侯伯"以下三句，则紧接上句，补说劳动者身份，也解释出田野劳动者为何如此之多：家主、长男、次男及其他子弟都出动了，岂不多哉？这就丰富充实了第一幅图。

第二幅，野田就餐图，共三句。虽然用笔简洁，三涂两抹，但却给人以想象回环的余地。农妇送饭来到田间，人们纷纷涌向地头吃饭。"有嗿其馌"，反映了人多声嘈；"思媚其妇"，抽笔闲写送饭少妇的娇艳美好。"有依其士"则描写了身强力壮的男子饱餐饭菜之后更加气盛劲足的情态。画面清晰，有声有色，有浓厚的生活情趣和乡土气息。

第三幅，苗旺丰收图，这是一幅流动的画面，共十一句。"实函斯活，驿驿其达"，写种子萌发，很有活力，具有动感。"厌厌其苗，绵绵其麃"，既写出青苗的齐整、绿油油一片，也写出农夫除草的细密，写禾苗，也写劳动，还为下面写丰收做好了铺垫。直写丰收情景，用笔简单，也只三句，但极尽渲染夸张之能事。说"载获济济"，说粮食堆积多到"万亿及秭"。在这种较为抽象的渲染中，透发出人们对丰收的向往和对富裕的追求，喜悦之情溢于字里行间。

第二、三部分共十句。前七句，写酿酒设祭，祈求神灵赐福；后三句，感谢神的福佑。特别应注重的是，"为酒为醴，烝畀祖妣"，和"有椒其馨，胡考之宁"，所发扬和颂赞的正是我们中华民族尊老敬祖的传统。"匪且有且"二句，表达出对神灵降福的欢欣和喜出望外，形象生动。

总观全诗，反映了周代早期大集体劳动和生活的场景，铺叙了一年之中，除草、斫木、翻土、耕耘、播种、收获的全过程。劳动，在这里不是作为被迫参加和惩罚的

国学经典文库

诗经

《诗经》释讲

图文珍藏版

对象来描写,而是处处洋溢着对劳动的热爱和赞颂不情,写劳动的欢乐和无限情趣,写劳动者之间的友善、和谐和美好。充分体现了《颂》诗以歌功颂德为主旨的庙堂文学的特点。这里需要说明的是,本诗描述的劳动情形如何理解?历来意见不一。比较有代表性的意见有两种:一是范文澜说的,"每家出一人到公田上耕作,其中有户主、户主的长子、户主的次子、年幼的子弟……以及受诀来代耕的人"(《中国通史简编》第一编),指阶级社会中,被压迫者的劳动。二是杨公骥说的,诗中描写不是阶级形成后的生产关系,而是"周族在原始时代的祭歌,它可能是在西周被用文字记录下来,到《诗经》辑录成书时,便被载于《周颂》中"(《中国文学》第一分册)。笔者抄录于此,供读者辨析参考。

在艺术手法上,本诗主要采用白描手法,刻画场景,辅叙情节,借以表达愿望,抒发感悟。语言亦较通畅、和谐,这在呆板、典重的《周颂》中,是别具一格的。

良耜

【题解】

本诗是一首秋收后祭祀土神、谷神的乐歌。全诗细致地描写了人们田间劳作的动人场景。语气生动、活泼,具有浓浓的农村生活气息。诗中情感醇厚、质朴,感觉清新、欢快,展现了人们良好的精神状态和道德风貌。这首显示三千多年前农业劳动的诗,对今天来说有极大的价值。

【原文】

畟畟良耜①,俶载南亩②。播厥百谷,实函斯活③。或来瞻女,载筐及筥,其饟伊黍④。其笠伊纠,其镈斯赵⑤,以薅荼蓼⑥。荼蓼朽止⑦,黍稷茂止。

获之挃挃⑧,积之栗栗⑨。其崇如墉⑩,其比如栉⑪,以开百室。百室盈止,妇子宁止。杀时犉牡⑫,有捄其角⑬。以似以续,续古之人。

【注释】

①畟畟:锋利的样子。②俶:开始。载:从事。③实、斯:均为语助词。函:包孕。活:生长。④饟:送食物。⑤镈:锄头。⑥薅:除草。⑦荼、蓼:两种杂草之名。⑧挃挃:积实之声。⑨栗栗:众多的样子。⑩墉:城墙。⑪栉:梳篦之齿。⑫犉:牛长七尺为犉。⑬捄:弯又长的样子。

【译文】

犁头雪亮又锋利,先耕南亩那块地。各种各样的种子撒下去,颗颗粒粒含生气。那边有人来看你，背着方筐挎着筥。送来米饭还冒着热气。头戴草编圆斗笠，人们齐心协力挥锄翻土，除去杂草清田畦。杂草腐烂在田里，庄稼长得更茂密。

手中挥舞的镰刀刷刷作响，场上粮食如山积。粮垛高高像城墙，栉比鳞次又多又密，大小仓库都开启。仓库全部都装满，老婆孩子都放心了。杀了那头大公牛，双角弯弯美无比。用来祭祀社稷神，前人传统后人继。

【鉴赏】

这是周王在秋收之后，为答谢社稷神佑举行祭祀的乐歌。与《载芟》可称"姊妹篇"。

内容分三层：前十二句，写耕种耘作，春播夏锄，为第一层。"畟畟良耜"，起句给人以音乐的美感，也使人联想到犁头入土的状貌，很有春耕繁忙气氛。"播厥百谷"，更上应首句，将耕种农事，顺次展开。"或来瞻女"以下四句，则用生动的笔触，描绘出一幅美丽的农妇野田送饭图：春耕时节，于平原旷野之上，农妇们手提饭篮，头戴斗笠，来到田间地头，看到农夫们还在紧张地劳作，篮内饭食飘散出喷喷的香气，活现出劳动妇女的情态，增强了诗中浓厚的田园生活气息。接下说草朽苗旺，既歌咏出劳动的成果，又预示了未来的丰收，为后边叙写丰收，打下了基础。

第二层，由"获之挃挃"，到"妇子宁止"七句，主要铺叙丰收景象。与《载芟》不同的是，《载芟》是"春藉田而祈社稷也"，对丰收之景，只是希望，是憧憬，因而写得较抽象，只说"万亿及秭"，虚张其多而已。而《良耜》则是秋收后的报祭，不但经历了一年的辛劳，也见着了丰收的硕果，所以，写丰收具体可感：一方面极力摹写粮垛之高，排列之密，"如墉""如栉"；另一方面，又进一步刻画出"百室盈止"的收粮入仓的情景，渲染了丰收，也叙写了收获的过程：收割、累垛、入仓。"妇子宁止"一句，显示出经过一年的辛苦，劳动到此暂告消歇，暗含对劳动者含辛茹苦的同情。全诗到此，是顿挫，是总结，是叙事，又寄寓感情。

最后四句诗，是第三层意思，主要写祭祀。虽然仅十六个字，却把祭祀的过程简要完备地叙述得清清楚楚：杀上一条大公牛，摆上祭坛，并按自古流传的礼节，做完一道道仪式。概括性极强。

本诗作为秋冬报赛祭祀的乐歌，自始至终洋溢着对劳动的歌颂和丰收的欢欣。虽然歌唱时一年农事已毕，但在欢快的气氛中，重温劳动的过程，回忆田园的乐趣，再现丰收的欢欣，充分传出当时劳动者勤劳、乐观、友善的美好品格。

在艺术上，本诗最突出的特点是白描手法的运用和叙事的层次清晰。从全诗看，除末尾有几句祭祀的祈祷语外，其余部分都是用白描手法直叙劳动生活，而且极有层次。春耕、夏耘、秋获、冬祭,层层铺写,繁而有序,有条不紊。不但开首四句,先耕后播,极合事理;而且农妇送饭田间,也是先看到人,再写提筐挽笛,进而写筐笛里的饭食,看到头戴的草编斗笠,由远及近,既合视觉规律,又合事理特点。总之,全诗注重按生活的本来面貌和事理的本来逻辑,叙写事物,给人以清晰、鲜明之感,收到了良好的艺术效果。

丝衣

【题解】

这是一首祭神的乐歌。至于所祭何神,尚无定论,从诗的内容看,可能是岁终祭祀。全诗以喜悦的笔触描写了人们进行祭祀的情景。从人们的穿着和祭祀活动中,我们可以感受到一种淳朴、欢快的民风和礼仪教化的清明。全诗读来意象生动、鲜明,很有亲和力。

【原文】

丝衣其紑①,载弁俅俅②。自堂徂基③,

自羊徂牛,鼐鼎及鼒④,兕觥其觩,

旨酒思柔。不吴不敖⑤,胡考之休。

【注释】

①丝衣:祭服。紑:衣服鲜洁。②俅俅:恭顺的样子。③基:门槛。④鼐:大鼎。鼒:小鼎。⑤敖:傲慢。

【译文】

丝绸衣服光又亮,漂亮礼帽戴头上。察看庙堂到墙根,

看完牛来又看羊。摸摸大鼎和小鼎,犀牛角杯弯弯样,

味道柔和甜酒浆。大家不嚷不骄傲,愿都美好又寿长。

【鉴赏】

天、地、祖宗是第一等祭祀对象,处于正祭的地位,祭祀地点在庙,由天子主祭,助祭人为小宗伯。其他神灵是次一等的祭祀对象,叫绎祭。《丝衣》所祭的对象,按《毛诗序》所引高子之说是灵星,自然是次于天、地、祖宗的神灵,祭祀的地点是在庙侧的堂,助祭的人是士(即公孙赤所说的"小相"),祭祀的时间在正祭的次日。但查汉代有关礼制的规定,灵星以后稷配合,并以灵星作为后稷的代名,长安和郡国都立灵星祠,岁祀以牛。以此推论,在周代对灵星的祭祀也许与后稷有关。再从

《丝衣》一诗紧列在《载芟》《良耜》之后来看，也许这才是真正的祭祀后稷的乐歌。而后稷是农神的始祖，是人们赖以生存的象征，所以尽管列于绎祭地位，但在众神灵的祭祀中对灵星祭祀的礼仪十分隆重。周王亲自参加了祭祀典礼，祭品有羊有牛。还要说明的是，古代祭祀，祭必有尸。尸，就是由人扮的代表神灵受享的神像，祭祀时按照规定的礼仪敬事尸叫"宾尸"。"丝衣"，是助祭人所穿的祭服，作者故以"丝衣"名篇。

《丝衣》不分章，共九句。开篇写助祭人穿着洁白的丝制祭服，头戴礼帽——爵弁，显得十分恭敬、和顺、虔诚。他先上堂察视洗手器具和盛放五谷果品的笾豆等祭器，然后下堂到门基向主祭人报告濯具齐备，叫"告濯具"。接着按以上程序从羊到牛察视陈列的牺牲并报告牺牲齐备，叫"告充"。再一一揭去大大小小陈列食品的鼎上的防尘幂布并报告祭肉清洁，叫"告洁"。然后把祭台上陈列着的酒杯斟上香甜的美酒。整个祭祀前的准备工作已就绪。最后写参加祭祀的人不喧哗、不傲慢、恭肃虔诚，神灵自然会降福于人，长寿洪福，吉祥如意。后来解诗的人，根据《周礼》所规定的礼制，对照《丝衣》所写的助祭人所穿戴的服饰、祭祀地点、祭祀程序和祭品规格，一致认为是周王亲自参加的一次隆重的绎祭仪式，齐、鲁、韩诗对此均无异议，为大家所接受。

周人特别重视祭祀，祭祀的主要对象是周代的祖先。在三十一篇《周颂》中，有二十六篇是周王歌颂祖考的宗庙乐歌，其余五篇是春夏祈谷、秋冬报赛的乐歌，内容不外乎"美盛德""告成功"，结尾处用简短的几句祈请神灵受享并降福后人。而《丝衣》一诗却显得很特别。首先，它是一首纯粹描写周代绎祭祀仪的乐歌，它把《周礼》所规定的祭祀程序和仪式形象生动地加以再现，如助祭人穿戴的礼帽及祭服，祭祀的地址，以及所谓的"告濯具""告充""告洁"等程序，它使我们看到了周代祭祀活动的部分面貌，这是在其他《颂》诗中所没有的，所以它不仅具有较高的认识意义，还具有珍贵的宗教文献价值。其次，由于《丝衣》是一首纯粹描写祭祀的乐歌，所以诗里没有歌功颂德的谀词、没有娱神的场面、没有欢乐的情绪，全诗呈现出一种庄严、肃穆、虔诚的气氛，宗教色调远比其他《颂》诗浓厚。再次。我们从《丝衣》所描写的对神灵的祭祀中，可以看出周代的祭祀已不同于原始宗教的图腾巫术的愚昧活动，人和神和谐相处而不是居于对立的地位，神灵已不再是一种使人只感到恐怖的力量和暴力的化身，而是能降福于人类的善的偶像，它反映了周代统治者敬天保民的理性光辉，也反映了人的地位的提高。

《颂》诗多是"无韵之章"，而《丝衣》一诗，以"纤、俅、觩、柔、休"与"基、牛、鼒"

交错为韵,韵律自然,节奏明快。全诗语言典雅而不堆砌,灵动而不板滞,自然流畅。对助祭人的形象、神态、动作的描写极其细腻、生动,读起来给人以真实而亲切、身临其境之感。

酌

【题解】

这是一首武王伐纣成功,登上王位后赞美王师将士的诗。全诗气象宏阔,诗中军队整齐井然,充满必胜的信心和勇气,天时、地利、人和有机地配合在一起,显示了周王室强烈的号召力和凝聚力,表达了对王师的崇敬和赞叹,同时也表达了为国效力、尽忠的愿望和决心。

【原文】

於铄王师①,遵养时晦②。

时纯熙矣③,是用大介④。

我龙受之⑤,蹻蹻王之造。

载用有嗣,实维尔公允师⑥。

【注释】

①铄:辉煌。②遵:率。养:取。晦:昧。③时:时机。纯:大,极。熙:光明。④大介:大军。⑤龙:光宠。⑥师:效法。

【译文】

啊呀周军真辉煌,养精蓄锐待时机。

天下形势大光明,大举进兵得胜利。

承受天宠作君王,勇武有功周武王,

可用贤才数不尽。伐纣是继文王业,

效法先王有榜样。

【鉴赏】

《酌》,是周朝宗庙祭祀的著名乐章。《汉书·董仲舒传》称:"虞氏之乐莫盛于《韶》,于周莫盛于《勺》。"《勺》即《酌》。《礼记·内则》云:"(童子)十有三年(岁),学乐、诵诗、舞勺;成童舞象。""舞勺",说明《酌》还是周代的著名舞乐,而且被规定为奴隶社会贵族少年的必修课之一。这首诗就是配乐节舞的歌辞。诗的作者,汉代的研究者论定是周公姬旦。武王灭商后不久去世,成王年幼,由周公摄政,诗作于摄政期间。《郑笺》说："周公居摄六年,制礼作乐,归政成王,乃后祭于庙而奏之。其始成,告之而已。"《白虎通·礼乐篇》《风俗通义》《汉书·礼乐志》《繁露·质文篇》都持这种看法。清人陈奂考证说:周公所作"《维天之命》,礼成,告文王;此乐成,告武王"。这首诗就是周公祭告于武王而作。据记载,周代最大的乐章是《大武》之乐,《大武》共六章,都是歌颂武王克商之功的。但是,这六章的名称却没有能够确凿地记载下来。后来的解诗者推论,因为《酌》也是歌颂武王灭商立国武功的,因此认为《酌》就是《大武》乐的六章之一,所以《毛诗序》说"《酌》,告成《大武》也"。这句话的意思是说:《酌》就是向武王祭告成功的《大武》乐章之一。近代的王国维还进一步论定《周颂》中的《昊天有成命》《武》《酌》《赉》《桓》《般》等六篇即分别为《大武》乐的六章。这一说法虽然缺乏确凿的依据,还有一些疑窦没有解决,但《酌》是歌颂武王灭商武功的著名舞乐,诗是乐曲的歌辞,却是可以肯定的。

《酌》一章八句,前六句歌颂武王克商立国之功,后二句祭告周朝祚胤永锡,以慰先王。诗的大意是说:呵,光荣的王师,武王率领你们攻克殷商,消灭了那无道的昏君,使得天下重见光明。从此以后,周朝国运隆昌。我大周承受上天的宠信继承帝业,造就了这显赫功勋的是武王。周朝的帝业后继有人,武王永远是师法的榜样。

由于《酌》所歌颂的对象是克商立国的武王,他已不是其他《颂》诗里所歌颂的周朝的远祖那种神话传说式的荒诞离奇形象,而是天下共戴的君主,所以诗纯粹从政治、道德观念出发,对武王克商立国的功绩作虚美的赞颂,而不再把他作为荒诞无稽的神来塑造。同时,颂祀的另一目的还在于奏告武王,由他所奠定的帝业后继有人,以及自己辅佐大任的完成,已没有再对武王灭商的历史事实和功绩作具体追叙的必要。所以全诗祷告成功代替了咏史,歌颂赞美代替了叙事,在充满着谀词颂声中渗透着浓厚的天命观念和说教意味。

在艺术形式方面,由于它是朝廷宗庙祭祀的舞曲歌辞,要配合打击乐器和繁琐的礼仪程序,并保留着原始宗教和巫祝载歌载舞的形式,而歌辞篇章短小,又没有分章,乐曲的节奏一定缓慢,所以歌辞的语言典重板滞,词语庄重严正。再由于它产生在两周前期,年代久远,加之这类祭祀已重在奏告先王,而不再具有早期祭祀的娱神性质,歌辞内容具有那种奏请的文告色彩,所以诗具有结构松散,不分章,不叶韵等散文化的特点。

桓

【题解】

这是一首描述灭商后的太平景象的诗,社会安定,五谷丰登,人民安居乐业,社稷兴旺昌隆,显示出勃勃的生机与活力,言语中满怀激动和自豪,表达了作者对周武王的崇敬和赞美,以及对美好未来的信心和希望。诗的格调高雅、明朗。感情表达浓烈、赤诚,十分坦荡。

【原文】

绥万邦,娄丰年①。天命匪解②。桓桓武王③,保有厥士,于以四方,克定厥家。於昭于天,皇以间之④。

【注释】

①娄:同"屡"。②匪:非。解:同"懈",松懈。③桓桓:威武的样子。④间:代替。

【译文】

平定了天下,年年大丰收。这是老天降福给周国。威风凛凛的武王,拥有英勇的士兵和勇敢的将领,用他们去平定四面八方,家家安定、人人喜洋洋。啊!光辉天空照,是老天让他代替殷来行天道。

【鉴赏】

周代歌舞,已形成一种功利性很强,而以表演为主的综合性文艺样式,而舞曲歌辞只是其中有机的组成部分,本非独立的诗歌。一离开音乐舞蹈,其文辞"早失了春光一半",剩下一个空空洞洞的外壳,所以大多数《颂》诗,孤立看都不那么烂漫,不客气地说便是"味同嚼蜡"。然而在它们产生的当时,却曾配合乐舞,打动过听众,有着活泼的生命,全不似今日之"涸辙枯鲋"。欣赏这类作品,必须有历史感和想象力。除非你还原它舞曲歌辞的面貌,是不能唤回其青春,从而嗅到它原有的馥郁的。

正因为歌辞是乐舞的配角,所以它就不能喧宾夺主。一般说,舞曲歌辞内容都不复杂、不具体。具有较强的概括性和涵盖力。它本身的形象性被减弱的同时,却对形象感与表现功能很强的舞蹈动作有辅助渲染和画龙点睛的作用。《大武》据说是要以干戚为舞具的。试想一下,当皇家舞队手持干戚,在舞场上摆开气势磅礴的队形后,一声"安万邦,娄丰年",将使观众感到何等的庄严伟大。对于"桓桓武王”的崇拜与感激，将从心底油然而生。汉高祖威加海内归故乡的当儿，不是组织过百人歌舞队唱他亲自写作的《大风歌》吗？那歌辞多么简短，但唱起来该是多么雄壮、多么令人感奋！歌辞不是说“安得猛士兮守四方”吗？这简直就是《桓》中“保有厥士，于以四方，克定厥家”的转语。然从马瑞辰以来注家都疑“厥士”是“厥土”之误。可“保有厥士”有什么不通呢？还是朱熹不改本字的解释为好，“保有其士而用之于四方，以定其家”，就这意思。配合这几句，场上执干戚的舞蹈者当有相应的形体动作，使人感到威风凛凛，所向披靡；似乎在那些明快刚健的动作下，一切的顽敌都灰飞烟灭了。于是乐曲推向高潮，“啊，光芒万丈，顺天以代商”，观众情绪为之一振，为黑暗时代的结束、光明时代的展开而欢欣鼓舞了。当然，这些“观众”的阶级归属也是很清楚的。

　　要之，《桓》和《周颂》中不少作品一样简短，却已经成为了很标准的舞曲歌辞。它的某些特征，如主题鲜明、语言浅近、节奏明快、依附于乐舞等，在后来乃至今日之历史歌舞剧中仍然保留了下来。

赉

【题解】

　　这是一首周武王灭商后与群臣共勉的诗。诗的语气恳切、恭谨，有对先祖深深的尊敬和感激，更有对天下归心、务必确保国泰民安的责任感和使命感。诗中情感真挚，其中对民心的重视和维护，表现了一代英主的胸怀和气节，让人由衷叹服。

【原文】

　　文王既勤止，我应受之①。敷时绎思②，

　　我徂维求定③。时周之命，於绎思④！

【注释】

　　①受：继承，接受。②敷：推广，普及。③徂：往。求定：寻求安定。④绎：发扬光大。思：句末语气词。

【译文】

　　文王一生很勤苦，他的基业我继承。普天归向周王朝，

　　我征南国使安定。各国承奉周王令，心悦诚服乃真情。

【鉴赏】

　　这是周武王克商凯旋后，祭祀文王庙的乐歌。诗中抒发了周武王对文王功德

的赞颂和缅怀之情，也表达了武王承受文王基业，传扬文王业绩的愿望和决心。

文王，姓姬名昌，商纣时为西伯。文王"遵后稷、公刘之业，则古公、公季之法（按，后稷、公刘、古公、公季均为周人祖先），笃仁、敬老、慈少。礼下贤者，日中不暇食以待士，士以此多归之"（《史记·周本纪》）。他积善累德，被诸侯誉为"受命之君"。文王在位五十年，其间曾伐犬戎、伐密须、败耆国、伐邘、伐崇侯虎，并建立丰邑以作国都，功业赫赫。孔子曾称赞他说："三分天下有其二，以服事殷。周之德，其可谓至德也已矣。"（《论语·泰伯》）武王，文王的太子姬发，文王崩后即位为武王。当时商纣王昏乱暴虐，天下苦于暴政。武王继承文王绪业，大会诸侯，帅师伐纣，纣兵崩畔，纣王自焚而死，武王班师回朝。《赍》就是武王克商还都、祭祀文王的乐歌。

周文王

《赍》属《周颂》，是《大武》舞曲的第三章。这种庙堂乐章，是古代帝王赞扬先王功业之作。"朝廷郊庙乐歌之词，其语和而庄，其义宽而密。"（朱熹《诗集传·序》)《赍》雍容典雅，质朴无华，但行文艰深，给阅读带来了一定困难。

《赍》用之部韵，开头两句，句句用韵，后四句则间断用韵，且有句中韵（敷时绎思，时周之命，於绎思），反复颂美，音调纡徐舒缓。

般

【题解】

这是一首周武王灭商后巡狩天下、祭祀四岳河海，回返周的故地后所做的乐歌。本诗视野开阔、气魄宏大，登高望远，上下千年、纵横万里，尽抒胸怀，表达的是对祖国大好山河的热爱和对周主室的无比拥戴，是一首典型的祖国颂，为《周颂》的压卷之作，也是同类诗歌中的绝唱，读来潇洒大方。

【原文】

於皇时周^①！陟其高山。嶞山乔岳^②，允犹翕河^③。敷天之下^④，裒时之对^⑤，时周之命^⑥。

【注释】

①皇：君。②嶞：狭而长的山。乔：高。岳：高而大的山。③犹：若，顺。允犹：谓河沿着顺轨而合流。翕河：合流下淌。④敷天：普天。⑤裒：聚集。⑥时：承，接受。

【译文】

啊！伟大的周王，登上那高高的山。山岳都又高又大，河水合流之后沿山势向下淌。普天之下的人们呀，你们全都聚这儿来回答我，接受我周家命令呀！

【鉴赏】

《般》为《大武》舞曲的第四章，它是周武王巡狩祭祀山川的乐歌，诗篇充溢着对周王朝"普天之下，莫非王土；率土之滨，莫非王臣"的强盛国力和广阔疆域的颂美。

全诗以叹美词"於"发端，接以形容词"皇"，而将该句的主语"时周"置于其后。"啊！多么壮阔啊，我们大周王朝！"先声夺人，语气极为强烈，有摄人心魄的千钧之力。如将词序改变，主语提前，将诗句改作"时周皇矣"，便气势大减，面目全非，由此可见《般》语言艺术的高妙。

既为祭祀山川的乐歌，诗人在对周王朝发出由衷的赞美后，便接写祭祀时登山所见。这里，嶞山乔岳尽收眼底，浼沈入河，气势苍茫。在饱览王朝山河的壮丽景色之后，诗人不由得再一次被西周王朝疆界的广袤无垠所震慑，又一次发出衷心的赞叹之声："敷天之下，裒时之对，时周之命"，既赞美了周王朝疆域的广阔，又描绘出天下诸侯无不承受周命的大一统景象。至此，诗篇在一片叹美声中收束。

这首诗七句，均为四字句。首句叹美，中间三句实写登山所见，最后三句直抒其怀，再次颂美。全诗不用韵，形式既整饬又富于变化。

駉

【题解】

这是《鲁颂》的第一篇，是一首咏马诗。诗中对马的描写生动而细微，写出了各种各样的马，写它们的毛色多种多样，身体矫健勇猛，气势雄壮奋发，可以胜任各种任务。马匹繁多是国力强盛的一个重要标志,通过写马的蕃盛,也歌颂了鲁国的富强。

【原文】

駉駉牡马,在坰之野①。

薄言駉者! 有骄有皇②,

有骊有黄,以车彭彭。

思无疆,思马斯臧!

駉駉牡马,在坰之野。

薄言駉者! 有骓有駓③,

有骍有骐④,以车伾伾⑤。

思无期,思马斯才!

駉駉牡马,在坰之野。

薄言駉者! 有驒有骆⑥,

有骝有雒⑦,以车绎绎⑧。

思无致⑨,思马斯作⑩!

駉駉牡马,在坰之野。

薄言駉者! 有骃有騢⑪,

有驔有鱼⑫,以车祛祛。思无邪⑬,思马斯徂!

【注释】

①坰:离城很远的郊外。②骄:白股的黑马。③骓:苍白杂毛的马。駓:黄白杂毛的马。④骍:赤黄色的马。骐:青黑色的马。⑤伾伾:有力的样子。⑥驒:青骊马。⑦骝:赤身黑鬣的马。雒:黑身白鬣的马。⑧绎绎:善走。⑨无致:无厌,满意。⑩作:善,好。⑪骃:浅黑带白色的杂毛马,騢:赤白杂毛的马。⑫驔:脚胫有长毛的马。鱼:二目毛色白的马。⑪无邪:不坏,不错。

【译文】

群马高大又肥壮,远郊原野把牧放。众马之中品种全!

有双程马来还有皇,又有骊马又有黄,用来驾车真雄壮。

养马事业无止地,马儿如此美无双。群马高大又肥壮,

远郊原野来牧放。众马之中品种多! 有骓有駓很多种,

又有骍马又有骐,用来驾车力量大。养马事业无止地,

马儿成材事业旺。群马高大且肥壮,远郊田野把牧放,

众马之中品种多！有骍有骆好多样，又有驔马又有雒，

用来驾车腿力强。养马事业无止境，马儿振作精神爽。

群马高大且肥壮，远郊田野来牧放，众马之中品种多！

有驖有騢好多样，又有驔马和鱼马，用来驾车腿力强。

养马事业无止境，马儿如此真雄壮。

【鉴赏】

这是一首歌颂鲁僖公加强武备、注意养马的诗。

全诗共四章，每章八句，在章法上属于完全叠咏体。每章前三句采用同语重复，其他五句只是变换几个词语，意义上各章互补。全诗用较大的篇幅来描写马的骏美。每章八句诗，竟用了七句来描写马，简直成了马的颂歌。诗的开头用"駉駉牡马"一句概括描写马的雄健高大，给人一个完整的初步印象。并且把骏马放在"在坰之野"这样一个广阔的大背景下加以描写，从而更加衬托出马的雄健和活力。然后再细写各种各样的马。"薄言駉者"一句，作者既好像是在自我欣赏，流露出对马的自豪感，又好像是在招呼人们快去欣赏骏马。接着便如数家珍似的点出各种骏马的名称。每章两句，一句点出两种，全诗四章竟点出十六种之多：有骄有皇、有骊有黄、有骓有驱、有驿有騏、有骍有骆、有驔有雒、有驖有騢、有驔有鱼。令人目不暇接，赞叹不已。读者试平心静气、涵咏其诗，仿佛看到在茫茫的原野上，放牧着成群的骏马，那一抹黑的是骊马，青黑相间的是騏马，青黑而又略带白鳞花纹的是骓马；仿佛听到马儿吃草时不时发出的喷鼻声，以及昂首面对蓝天白云发出的嘶鸣。然后落到了驾车（"以车"）上，点出了马的功用和养马的目的。全诗用彭彭、伾伾、绎绎、祛祛四组重言来形容马驾车时的雄姿。这不是普通的马，而是驰骋疆场的战马。最后用臧、才、作、徂四个字，给马下了总括性的定论。至此，"牡马"的形象具体生动、有血有肉地展现在读者面前。

但是，当我们沉浸在对骏马的欣赏之中时，不要忽略了诗的主旨。大家知道，西周春秋时期战争的主要形式是车战。马的功用主要用于战争而不是运输。一辆兵车要驾四匹良马，另外还有三甲士和七十二步卒。衡量一个国家的大小强弱，主要是用兵车。当时的大国叫万乘之国（具有万辆兵车武装力量的国家），中等国家叫千乘之国，小国叫百乘之国。所以，全诗表面上是在着力写马，实际上是在夸耀一个国家的武装力量和国力的强盛。每章仅用一句就画龙点睛地点出鲁国国君鲁僖公的深谋远虑和治国之道。通过对骏马的赞美，和"思无疆""思无期""思无斁""思无邪"四句的交代，一个兵强马壮的鲁国，一个深谋远虑的鲁君不就活生生地

展现在我们面前了吗？鲁君才是作者所要歌颂的真正对象。《鲁颂》共有四首诗，都是从不同侧面歌颂鲁僖公的。如果在《駉》这首诗里，我们还看不太清楚是在歌颂鲁君，但从整个《鲁颂》一组诗里看，这意图便昭然若揭了。关于诗的作者，前人争论不止。有人以为是稍后于鲁僖公的史克所作，不无道理。至于对鲁僖公的评价，前人则多有争议。清代学者黄中松在其所著《诗疑辨证》中说鲁僖公"既无文德，亦无武功"，不过是个中才之人，没有什么好歌颂的。有人则认为鲁国自"庆父之难"后，经鲁僖公的努力才恢复了国力，可以算得上是个"中兴之主"。这些问题，还是留给历史学家去论定吧，一般读者则应该就诗中所提供的文字来加以赏析。

有駜

【题解】

这是一首宴会时以舞助兴、表达喜庆气氛所做的乐歌。紧张繁忙的工作之余，举杯同乐，欢聚一堂。诗中对于人们畅饮及醉后情景的刻画细致、生动，读来饶有趣味，感情状态奔放、率真。全诗句法自由灵活，节奏短促，富于变化，出色地表达了潇洒优游的心态。

【原文】

有駜有駜①，駜彼乘黄。夙夜在公，在公明明②。
振振鹭③，鹭于下④。鼓咽咽⑤，醉言舞。
于胥乐兮⑥！有駜有駜，駜彼乘牡。夙夜在公，
在公饮酒。振振鹭，鹭于飞。鼓咽咽，醉言归。
于胥乐兮！有駜有駜，駜彼乘駽⑦。夙夜在公，
在公载燕。自今以始，岁其有。君子有穀，
诒孙子。于胥乐兮！

【注释】

①駜：马肥壮、力强的样子。②明明：勤勉。③鹭：指持鹭羽的舞蹈。④鹭于下：舞者仿鹭蹲下。⑤咽咽：鼓声。⑥胥：皆，都。⑦駽：青黑色的马。

【译文】

马肥壮啊马肥壮，四匹黄马肥且壮。日夜为公事务多，
勤勉努力忙又忙。手拿鹭羽舞翩翩，好像白鹭从天降。

鼓声咚咚声深长,酒醉起舞意飞扬。君臣全都乐陶陶。

马肥壮啊马肥壮,四匹公马肥且壮。日夜为公不得歇,

今日休闲把酒尝。手执鹭羽翩翩舞,好像白鹭在飞翔。

鼓声咚咚声深长,醉酒而舞心意畅。君臣全都喜滋滋。

马肥壮啊马肥壮,四匹青马肥且壮。日夜为公事务忙,

公事完了来宴上。打从今年为开始,年年丰收多打粮。

鲁君始终得福祥,传给子孙大发扬。君臣全部喜洋洋。

【鉴赏】

这是一首颂扬鲁僖公和群臣宴饮的诗。鲁国自庆父之难以后,外有强齐睥睨其旁,大有袭取鲸吞之势,内多饥荒,国势岌岌可危。至僖公继位,采取了一系列措施,内修武备,抚和臣民;外结邻国,易乱为治,才使鲁国转危为安。由于克服了天灾人祸,使鲁国获得了丰收。这首诗正是在这一历史背景下写成的。

诗的开头渲染了鲁国强盛的国力和奋发的精神。首句写马的强健肥壮("有駜有駜"),四匹良马拉起兵车气势轩昂("駜彼乘黄""駜彼乘牡""駜彼乘駒"),以此来体现鲁国国力的强盛,真可谓兵强马壮。鲁国的强大,不止体现在武功上,也体现在文治上。鲁国的官吏,忠于职守,"夙夜在公",为国事而鞠躬尽瘁("在公明明")。官吏的奋发向上精神,折光地体现了鲁国的清明政治。反之,一个国家的灭亡,也直接体现在吏治的腐败上。

接着,全诗用较大篇幅描写了君臣宴饮丰收酒的场面。大臣们在公事之余与国君一同宴饮("在公饮酒""在公载燕")。宴饮中,歌舞自然是少不了的。鼓敲得咚咚作响("鼓咽咽"),在一片鼓乐声中,美人们手拿鹭羽翩翩起舞("振振鹭"),舞姿轻捷,宛如成群的白鹭飞过("鹭于下")。难怪舞者陶醉,酒者狂醉("醉言舞"),直到酩酊大醉才归家("醉言归")。如此盛宴,君臣同乐,上下欢笑("于胥乐兮"),构成一幅太平盛世的君臣宴饮图。全诗通过对宴饮场面绘声绘色地描写,体现了鲁国的和睦、强盛。

诗的第二章和第三章的前半部分,是对第一章内容的重复,只是变易个别词语。只有第三章的后一部分变动较大,在内容上是对全诗的补充和深化。在庆丰收的酒宴上,人们高兴之余,自然要想到年年有余、岁岁丰收的问题。于是君臣们祝愿、祈祷"自今以始,岁其有"。"君子有穀,诒孙子"两句诗,则是全诗的主旨。同《鲁颂》其他几首诗一样,《有駜》一诗也是在颂扬鲁僖公这位中兴之主("君子有穀")。鲁君为鲁国的中兴尽了力,人们是不会忘记他的,而且会传于后世("诒孙

子")。

全诗是从臣子的视角来写的。他们因遇上明君而心情舒畅地致力于国事,与君宴饮中的快乐,来自身处太平盛世而感受到的喜悦。在他们的眼里,"君子有穀"。对鲁君的歌颂,除了"君子有穀,诒孙子"两句直接用于对鲁君的歌颂外,主要是通过宴饮场面对太平盛世、对强大的鲁国的歌颂来体现的。当然,对鲁君的歌颂不乏溢美之词,但作者是站在臣子的角度,通过亲身感受来歌颂鲁君的,因而感情显得真挚、自然。在历史上,只要最高统治者做了一些好事,哪怕是一点点,人们便不会忘记他,甚至会把他理想化。

泮水

【题解】

本诗是一首赞美鲁僖公平定淮夷后宴请宾客的诗。这首诗的构思特点是以大众的眼光看鲁侯。全诗从鲁侯的仪仗及其外貌写起,进而联系到他的美好德行和光辉业绩。全诗叙述侃侃而来,表现了人民对自己君主的事迹的久远传唱及准确把握,有种民间说道的津津有味,显示了浓厚的民歌之风。

【原文】

思乐泮水①,薄采其芹②。鲁侯戾止③,言观其旂④。其旂茷茷⑤,鸾声哕哕⑥。无小无大⑦,从公于迈⑧。

思乐泮水,薄采其藻。鲁侯戾止,其马蹻蹻⑨。其马蹻蹻,其音昭昭⑩。载色载笑⑪,匪怒伊教⑫。

思乐泮水,薄采其茆⑬。鲁侯戾止,在泮饮酒。既饮旨酒⑭,永锡难老⑮。顺彼长道⑯,屈此群丑⑰。

穆穆鲁侯⑱,敬明其德。敬慎威仪,维民之则⑲。允文允武⑳,昭假烈祖㉑。靡有不孝㉒,自求伊祜㉓。

明明鲁侯㉔,克明其德㉕。既作泮宫,淮夷攸服㉖。矫矫虎臣㉗,在泮献馘㉘。淑问如皋陶㉙,在泮献囚。

济济多士,克广德心㉚。桓桓于征㉛,狄彼东南。烝烝皇皇㉝,不吴不扬㉞。不告于讻㉟,在泮献功。

角弓其觩㊱,束矢其搜㊲。戎车孔博㊳,徒御无斁㊴。既克淮夷,孔淑不逆㊵。式固尔犹㊶,淮夷卒获。

翙彼飞鸮㊷,集于泮林。食我桑黮㊸,怀我好音㊹。憬彼淮夷㊺,来献其琛㊻。元龟象齿㊼,大赂南金㊽。

【注释】

①思:发语词。泮水:泮宫前的半月形水池。泮的意思就是"半水",即两半合成一池。泮宫是诸侯国家的学宫,后世郡县的学宫(孔庙)也有泮池,世称泮宫。明清两朝考取秀才叫"入泮",或称"采芹",都用此诗典故。②薄:发语词。③戻止:来到。④言:语助词,无义。旆:饰有龙纹的旗,贵族的仪仗。⑤茷茷:同"旆旆",旗帜飘展的样子。⑥鸾:车铃。哕哕:和悦的车铃声。⑦无小无大:不论官位高低。⑧于:语助词,无义。迈:行进。⑨骄骄:马匹雄壮威武的样子。⑩昭昭:声音嘹亮。⑪载:又。色:喜色,面色和悦。⑫匪:不,无。伊:是,稍有"维"字义。下"自求伊祜"的"伊",有"其"字义。⑬茆:莼菜。⑭旨:甘美。⑮锡:赐。难老:长寿。⑯长道:远途。⑰屈:击败,使之降服。群丑:对敌人的蔑称。⑱穆穆:庄重和美的样子。⑲维:是。则:模范。⑳允:诚然。㉑昭假烈祖:英明追得上光荣的祖先。昭,明。假,格,至。烈祖,指鲁国祖先周公旦、伯禽等功勋之臣。㉒靡:无。孝:通"效",师法。㉓祜:吉祥,福。㉔明明:勉勉。㉕克:能。明其德:将德性见之于行为。㉖淮夷:对淮河流域东部沿海一带土著部族的蔑称。这些部族在周王朝各诸侯国的封域之外,所以被称为"不服王化"的"夷"(东方的人)。攸:语助词,带有"都"的意思。㉗矫矫:勇武的样子。虎臣:武将。㉘馘:打死敌人后,割下左耳,代替首级以计功。㉙淑问:善于审断。皋陶:帝舜时有名的司法大臣。㉚广:推行,发扬。德心:善心,指鲁侯好品性。㉛桓桓:威武的样子。㉜狄:扫荡,清除。东南:指淮夷。鲁国在今山东南部,淮夷在国境东南。㉝烝烝皇皇:形容军队盛大。烝烝,生气蓬勃。皇皇,光明正大。㉞吴:喧闹放肆。扬:张扬,行为过分。㉟告:"酷"的假借字。讻:凶恶的敌人。㊱角弓:用牛角装饰的弓。觩:弓弯曲强劲的样子。㊲束矢:五十(或说一百)支箭扎在一起称束矢。这里指许多箭连续发射。搜:即飕飕,形容一支支箭迅疾发射的声音。㊳戎车:战车。孔博:很多。㊴徒御:兵马。步行的叫徒,驾车的叫御。无斁:不倦。㊵孔淑不逆:很善良而不再反抗。㊶式:用,由于。固:坚持,固守。犹:通"猷",计谋。㊷鸮:猫头鹰。㊸黮:同"葚",桑果。㊹怀:送,给。㊺憬:悔悟。㊻琛:珍宝。㊼元龟:大龟。㊽大赂:赂为璐的假借字(据俞樾《群经平议》说)。大璐是一种美玉。南金:南方出产的黄金。

【译文】

乐呀乐那泮池水,采呀采那水芹儿。鲁侯光临这儿了,我看见了他那飘舞的旌旗。他的旌旗在飘扬,车上的铃儿叮叮唥当响个不停。分不出大小来,一起都来跟从他。

乐呀乐那泮池水,采呀采那水藻儿。鲁侯光临这儿了,他的马呀高又壮。他的马呀高又壮,他的声音是那么的爽朗。这样和颜,这样欢笑,只是教导并不生气。

乐呀乐那泮池水,采呀采那莼菜儿。鲁侯光临这儿了,在泮宫里饮美酒。饮着一杯杯美酒,保他到老不白头。在泮宫里讲了很多大道理,大伙儿全来了聚在一起。

好鲁侯,鲁侯好,他的品德多光耀。气度非凡的仪表,人民把他来仿效。真能文,真能武,赶上那功烈的先祖。事事学习他先祖,求得那福呀无其数。

勤勤恳恳的鲁侯,他的教化能修明。建筑好了那泮宫,淮夷这就来归附你了。雄赳赳的战士如猛虎,泮宫里献上敌人的左耳成串数。审问俘虏,精细得像皋陶,泮宫里献上俘虏,谁也没法逃。

贤士们呀济济一堂,大家心胸多么宽广。威风凛凛去出征,扫荡了那东南方的敌人。人滔滔,貌堂堂,不要喧哗,不要飞扬。不要呼喊,不要叫嚷,泮宫里献功一桩桩。

弯弯的弓儿多紧张,一束一束的箭儿嗖嗖响。兵车呀排成行,步行的、驾车的竞赛忙。征服淮夷,淮夷降,敌人不反抗真是大好事呀!设定的计谋是多么的周详,淮夷终于来归降。

猫头鹰儿翩翩地飞行,聚在泮宫的树林。吃着我的桑果儿,用美好的声音来报答我。觉悟了的那淮夷,把他的国宝当礼品,大龟板、长象牙,整块玉儿和黄金。

【鉴赏】

《鲁颂·泮水》也是一首颂美鲁僖公的诗。诗中记叙鲁僖公派兵征伐淮夷,取得胜利,朝臣在泮宫献捷报功,淮夷也更使者来朝、进贡珍宝的史事。其重心是反复歌颂鲁僖公的智慧才略和道德威望。历史上,鲁国在鲁僖公时代虽征伐过淮夷,然而并无多大的辉煌成就,"而此诗偏颂鲁僖平淮之功,言过其实者,当为颂祷之溢词。至言既作泮宫,则或纪实也。"(陈子展《诗经直解》)

作为一篇歌功颂德的颂诗,《泮水》在艺术表现上是比较有特色的。诗以"赋"为基本写法,构成全诗的骨骼。简而言之,诗从鲁僖公率随从来到泮宫,阵容威武雄壮,他面带微笑,和颜悦色,举行颂祷之事写起,渐次叙述他明德孝祖,以德服人,在泮宫接受献俘。接着,再转笔叙写他的部下贤才济济,能征善战;装备精良,器械充足。所以,他最终能制服淮夷,赢得成功,并使淮夷来献方物。由此看来,本诗的叙述,显然采用了倒叙的方法,因而读来觉得紧凑有力,简洁明快。

同时,本诗很注意参用"比兴"手法,以加强诗的抒情性和感染力。如诗的前三章,分别以"思乐泮水,薄采其芹""思乐泮水,薄采其藻""思乐泮水,薄采其茆"开头,用的即是"比兴"手法,先言他物,以引起所赋咏之事。更为显著的是诗的末章,前四句云:"翩彼飞鸮,集于泮林。食我桑黮,怀我好音。"以猫头鹰食用了桑果,以美妙的歌唱作报答,来"兴"起后四句,淮夷臣服后,有感于鲁国的恩惠,"来献其琛",进贡属于南方特产的山海奇珍。"兴"中有"比",自然贴切,韵致深长。

此诗还灵活巧妙地运用了章法重叠复沓的表现形式。如前三章的开头丽句,既是"赋其事以起兴也"(朱熹《诗集传》)的比兴句,同时也形成了复沓的形式。而这三章的第三句都是"鲁侯戾止",更明显地起到了复沓的作用。还有像第三章的"在泮饮酒",与第五、六章的末句"在泮献囚""在泮献功",虽然中间隔了一章,并且彼此在诗行里的位置也参差错综,但同样具有复沓的艺术效果。本诗的某些章节,还兼有排比和复沓的意味。如第四、五、六章,顺次叙写鲁僖公勉修品德,效法先祖;以德服人,受降泮宫;贤才众多,为其效劳等内容。但诗人一改平实呆滞的铺叙,而分别以"穆穆鲁侯,敬明其德""明明鲁侯,克明其德""济济多士,克广德心"开头,虽然不够显豁,但仔细体会,还是可以算作复沓的形式。同时,它们又是以这种差不多相同的句式领起,平列地叙写三个内容,当然也可以看作是排比的方式。最后,还应指出的是,这首诗运用复词较多,如"茷茷""哕哕""蹻蹻""昭昭""穆穆""明明""济济""矫矫""桓桓""烝烝皇皇"等。使用这些词语作为修饰,对于描写对象的形容刻画,显得格外鲜明,有着突出和强调的作用。

总而言之,《泮水》以"赋"为基本写法,灵活地参用"比兴"、复沓、排比等多种艺术手法和表现形式,使诗具有较强的抒情性和艺术感染力。在讲究格力宏壮、气魄沉毅的颂诗中,别有婉曲流转、生动活泼的韵致。

閟宫

【题解】

这是一首歌颂鲁僖公的史诗,诗中叙述了周的兴起,鲁的建国和僖公的功业。这首诗长达一百二十行,是《诗经》中最长的一首。整首诗涉及内容庞杂、吟咏繁复、滔滔不绝,充斥着媚上之词,为后世文人给统治者歌功颂德开了先河。但从叙述情节和对场景的把握和描写的方面来看,本诗不失为一篇优秀的诗作。

【原文】

閟宫有侐①，实实枚枚②。赫赫姜嫄，其德不回。
上帝是依，无灾无害，弥月不迟③。是生后稷，
降之百福。黍稷重穋，植稚菽麦④。奄有下国⑤，
俾民稼穑。有稷有黍，有稻有秬。奄有下土，
缵禹之绪。后稷之孙，实维大王。居岐之阳，
实始翦商。至于文武，缵大王之绪。致天之届，
于牧之野。"无贰无虞，
上帝临女。"敦商之旅，
克咸厥功⑥。王曰："叔父，
建尔元子，俾侯于鲁。
大启尔宇，为周室辅。"
乃命鲁公，俾侯于东。
锡之山川，土田附庸。
周公之孙，庄公之子。
龙旂承祀，六辔耳耳。
春秋匪解，享祀不忒：
皇皇后帝，皇祖后稷。
享以骍牺，是飨是宜⑦，降福既多。周公皇祖，
亦其福女。秋而载尝，夏而福衡。白牡骍刚，
牺尊将将。毛炰胾羹，笾豆大房⑧。万舞洋洋，
孝孙有庆。俾尔炽而昌，俾尔寿而臧。保彼东方，
鲁邦是常。不亏不崩，不震不腾。三寿作朋，
如冈如陵。公车千乘，朱英绿縢。二矛重弓，
公徒三万，贝胄朱綅⑨，烝徒增增。戎狄是膺⑩，
荆舒是惩。则莫我敢承⑪。俾尔昌而炽！俾尔寿而富！
黄发台背，寿胥与试。俾尔昌而大！俾尔耆而艾！
万有千岁，眉寿无有害。泰山岩岩，鲁邦所詹。
奄有龟蒙，遂荒大东⑫。至于海邦，淮夷来同。
莫不率从，鲁侯之功。保有凫绎⑬，遂荒徐宅。
至于海邦，淮夷蛮貊。及彼南夷，莫不率从。

莫敢不诺,鲁侯是若⑭。天锡公纯嘏,眉寿保鲁。

居常与许,复周公之宇。鲁侯燕喜,令妻寿母。

宜大夫庶士,邦国是有。既多受祉,黄发儿齿。

徂徕之松,新甫之柏。是断是度⑮,是寻是尺。

松桷有舄,路寝孔硕,新庙奕奕。奚斯所作,

孔曼且硕⑮,万民是若。

【注释】

①閟:关闭。仙:安静。②枚枚:细密的样子。③弥:满。迟:推迟,拖延。④稙:先种的庄稼。稺:后种的庄稼。⑤奄:覆盖,拥有。下国:天下。⑥咸:成就,达成。⑦飨、宜:鬼神享用祭品。⑧大房:玉饰的俎。⑨贝冑:用贝装饰的甲。缦:线。⑩膺:击。⑪承:制止,抵御。⑫大东:极东。⑬保:抚,安定。⑭若:归顺。⑮度:剖。⑯曼:长。

【译文】

姜嫄神庙很清静,广大严密不一般。光辉显耀那姜嫄,
道德纯正不违天。依赖天帝来行事,无灾无害保平安,
怀胎满月未拖延。生下后稷周祖先,上天赐予许多福。
黍稷重穋品种繁,豆麦播种分后先。普天之下稷所有,
他教百姓会种田。会种稷来会植黍,稻秬丰收人开颜。
天下土地全归稷,禹王事业由他传。后稷子孙代代传,
古公亶父是太王。居于岐山面向南,奠定基业为灭商。
待到文王与武王,太王事业得发扬。执行天命来惩罚,
牧野大战歼纣王。勿有二心莫惊慌,上帝监视在上方。
集合殷商众俘虏,能成大业灭殷商。成王开口喊叔父:
"立你长子为侯王,让他去鲁建新邦。开拓疆域多占有,
辅佐周朝守东方。"以前成王命伯禽,封他为侯在东方。
赏赐大山与河川,还有土地和城墙。周公子孙鲁僖公,
庄公儿子做侯王。竖起龙旗承祭祀,华美四马有六缰。
四季祭祀不懈怠,供奉祭品没差爽。光明伟大是天帝,
先祖后稷多辉煌。进献一头赤公牛,飨祭宜祭真风光,
天赐幸福多无量。光明先祖乃周公,赐福给你尽情享。
秋天开始搞尝祭,夏天便把牛饲养。白赤公牛好多样,

牺尊相碰锵锵响。烤成乳猪大肉汤,捧上笾豆与大房。
跳起万舞场面宏,僖公祭祀得福祥。使你昌盛而兴旺,
让你长寿又安康。你要保卫那东方,永远守住那鲁邦。
永不亏损不崩溃,久不震动不摇晃。大寿为伴生命长,
坚固似山不动荡。鲁侯兵车几千辆,矛弓系缨丝绒长。
备用矛弓都成双,鲁公步卒三万整。贝饰头盔垂红缨,
步卒层层向前方。打击北狄和西戎,惩罚荆舒护边疆。
没人敢把鲁兵挡。让你兴旺国势壮,使你幸福寿命长。
白发变黄肤黑纹,长寿无人能匹敌。使你兴旺国运强,
使你寿命长又长。万年千年永无疆,长寿没灾无损伤。
泰山高高耸天上,鲁国人人全仰望。龟山蒙山在鲁邦,
地面扩展至东方。直到沿海水边上,淮夷朝见鲁君王。
他们没人不顺从,鲁侯之功不可忘。凫山绎山皆占有,
徐国旧地归鲁邦。势力发展到海边,淮夷蛮族全投降。
军威达到荆楚乡,无人胆敢来对抗。人人都得很听话,
顺从鲁侯不逞强。天赐鲁公大幸福,长寿永远安鲁邦。
收复失地常与许,恢复周公旧封疆。鲁侯安乐又喜庆,
贤妻寿母喜洋洋。大夫众臣都和谐,鲁国方能长兴旺。
屡得上天把福降,白发变黄新齿长。徂徕山上生苍松,
新甫山中柏树长。砍伐松柏劈成材,大小长短细细量。
松木方椽真粗大,庙后正室很宽敞。新庙落成很漂亮,
奚斯写诗来颂扬。诗篇很长意义深,顺应万民把诗唱。

【鉴赏】

《閟宫》是《诗经》三百零五篇里的第一长诗。在鲁国列代君主中,鲁僖公算是
比较有作为的一个。他曾派兵攻伐淮夷,取得胜利,并收回一些曾被齐、郑等国侵
占的国土,使鲁国恢复了周公时代的版图。因此,他是鲁国能复兴祖先功业、弘扬
国家声威的一位君主。这首诗就是鲁僖公赢得成功,建造新庙,依礼以其战绩告祭
祖先时,鲁臣奚斯所做的一首乐歌(诗末章云:"奚斯所作。")。正如刘勰《文心雕
龙·颂赞》云:"鲁国以公旦次编,商人以前王追录,斯乃宗庙之正歌,非宴飨之常
咏也。"虽未明言《閟宫》,但作为《鲁颂》乃至整个《诗经》里的鸿篇巨制,它无疑是
首膺其选的。因此,《閟宫》是我国古代诗歌史上最早的有代表性的一首为君主歌

功颂德的庙堂乐章。

诗对僖公的颂美,中心点是赞扬他能兴祖业,复疆土。《毛诗序》云:"《閟宫》,颂僖公能复周公之宇也。"这句话可说是抓住了诗的核心内容。然而,在艺术表现上,诗人为了将对僖公的赞美写得极其堂皇正大,采用赋法,从其远祖姜嫄、后稷、太王、文王、武王、周公的业绩和鲁国建立的过程叙起,慢慢转到歌颂僖公功业上来,极尽铺张扬厉之能事。段玉裁说:"《閟宫》一篇,其辞甚长且甚大。"(《经韵楼集·奚斯所作解》)这话指出了本诗层层铺叙、夸张雕饰的基本艺术特色。我们对诗中追述祖德和颂美僖公这两个基本情节做一些具体分析,就可以更好地看到作者在运用铺叙手法时所表现出来的高妙的匠心。

诗的第一、二两节主要是追述祖德,为诗的第一大部分。"閟宫有恤,实实枚枚。"开篇写姜嫄庙高大寂静、庄严肃穆的景象,以唤起对漫长的历史陈迹的回忆,由兴入赋,按照年代的先后,顺次陈述祖先的功德。先妣姜嫄品行纯正,"上帝是依",生育后稷,成为周室的始祖。后稷托福上天,聪明勤劳,善于稼穑,教会人民从事农业生产,因此博得了人民的拥护。接着,从"后稷之孙"的太王,"至于文武",抓住他们几代人都从事灭殷的事业一路写来。最后,再写到成王非常感谢周公辅佐的功劳,立其长子为侯王,鲁国就这样诞生了。这两节叙写简明扼要,犹如一部周民族发展史的提纲,可与《大雅》中的一些周族史诗相参证。所写的每一位先祖,都能扣住其在历史上的特殊贡献来着笔,剪裁得当,详略有致,曲折生动,娓娓而谈,很自然流畅。

从第三到最后一节,是诗的第二大部分,即颂美僖公。这一层以告祭祝祷为关锁,历叙僖公继承祖业,复土强国的成就,翕张自如,起伏灵动。第三节开头四句承上启下,说伯禽受封,鲁国始立。接着,以"周公之孙,庄公之子"作一转折,略去其他叙述,直点僖公。下面,首先写他"春秋匪解,享祀不忒",按时举行祭祀。他祭上帝("皇皇后帝"),祭周室先祖("皇祖后稷"),虔诚恭敬,以祈洪福。第四节承此而下,描绘祭祀的盛大场面和热烈气氛,祈求神灵的目的,在于保佑人的长命百岁和国家的江山永固。巩固鲁国江山,要遏制强敌,收复失地,树立国

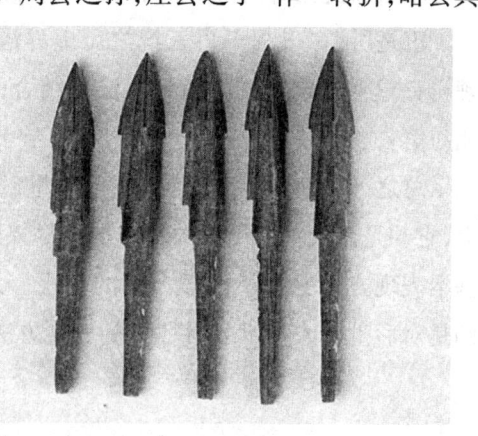

镞(战国)

威,使四夷宾服。这一节的后面,即叙述僖公发兵攻伐淮夷之功,并以大段篇幅祝福他健康长寿(古代每逢喜庆之事,往往要为君王"上寿")。第五、六两节则叙僖公不仅保有鲁国本土,而且开疆拓土("遂荒大东,至于海邦""及彼南夷"),使得东方和南方诸国都臣服于他。第七节又叙及僖公收复失地("居常与许"),恢复了周公原有的疆域。神灵赐福,大功告成。所以,"鲁侯燕喜",举行盛宴,庆祝胜利;全家和睦,举国欢庆。至此,赞美僖公可谓铺写详尽,淋漓酣畅。最后一节写功成后僖公大兴土木,建造新庙。宫殿高大宽敞,庙堂蜿蜒相连。呼应开篇,并略点作诗目的,使诗在结构上更为完整缜密,毫发无憾。

通过以上缕述,我们可以看出,《閟宫》一诗,极铺叙夸张的能事。先述祖德,是为颂扬僖公作铺垫,目的是要在最广阔的历史背景上展示僖公所取得的成就的重大意义。歌颂僖公是本诗的正面文章,它采取分项铺写的方法,尽量包罗僖公的所有事功,闳衍巨侈,无以复加。而全诗又都笼罩在告祭祖庙、欢庆胜利的氛围中,显得极为宏伟壮阔。孙鑛说:"《诗》长篇,鲜有逾此者。其格宏壮,其词瑰玮,其色苍古,其思沉密。首尾作室,中间祖德、侯封、祭祀、武功,次第铺叙。而赞颂福祉,作三项分插,整然有法。细玩,宛似后世一篇纪功碑,与四诗格调又稍别。"(转引自《诗经直解》)这段话精要地指出了《閟宫》的艺术特色。

除了"赋"法以外,灵活运用重叠手法,也是造成此诗篇幅宏大,壮美瑰丽("孔曼且硕")的重要艺术因素。如第五、六两节的诗意大体相同,虽然描写对象稍有变换。两节中分别用了"遂荒大东""遂荒徐宅"等基本相同的句子,"至于海邦""莫不率从"两句则完全相同,即构成了排比重复的章节,反复夸美僖公保有鲁国土地,并能开拓疆域的功绩,显示出张皇浮夸的特色。再如第四节,叙述中间隔重复使用略加变化的"俾尔炽而昌,俾尔寿而臧"等句,构成本节行文重叠复沓的特点。正是所谓"以福寿再三祝之。虚辞溢美,已开汉世辞赋夸诞之渐"(《诗经直解》)。这些夸饰之词与铺叙手法相结合,使诗更好地取得了纵横错综、淋漓尽致地为僖公歌功颂德的艺术效果。

总之,《閟宫》是一首为君主唱赞歌的辞章,内容上不足多取。但在艺术表现上,它却是诗人精心结撰的力作。它尽兴尽致的铺叙,是《诗经》"赋、比、兴"三种基本表现方法中"赋"的最典型的体现。无疑,它对我国古代诗歌艺术的发展,特别是对后世诗人学习运用"赋"的表现方法,产生过深远而积极的影响。

那

【题解】

这是殷商后代宋国祭祀其先祖的乐歌。此首描绘了祭祀时盛大而热烈的乐舞场景,通过对鼓乐和舞蹈绘声绘色的描写,反映出了商代文化艺术的状况,很具史料价值。

【原文】

猗与,那与①！置我鞉鼓②。奏鼓简简③,衎我烈祖④。汤孙奏假⑤,绥我思成⑥。鞉鼓渊渊⑦,嘒嘒管声⑧。既和且平,依我磬声⑨。於赫汤孙⑩,穆穆厥声⑪。庸鼓有斁⑫,万舞有奕⑬。我有嘉客,亦不夷怿⑭！自古在昔,先民有作⑮。温恭朝夕⑯,执事有恪⑰。顾予烝尝⑱,汤孙之将⑲。

【注释】

①猗、那:形容乐队美盛的样子。与:通"欤",叹美词。②鞉鼓:一种有柄的摇鼓。③简简:谐和、洪大的鼓声。④衎:欢乐。烈祖:功业显赫的祖先,此指成汤。⑤汤孙:成汤的子孙。奏假:进言祷告。假,读作"嘏",告。⑥绥:遗、赠予。成:指生长、成功的地方。⑦渊渊:鼓声。⑧嘒嘒:清亮的管乐声。⑨依我磬声:指鼓声、管声随着击磬声而高下疾徐。磬,玉制打击乐器。古乐队以磬声止众乐。⑩於赫:显赫。於,叹美词。⑪穆穆:和美的样子。⑫庸:通"镛",大钟。斁:盛大。⑬万舞:舞名,即大舞,以干羽舞。奕:舞态从容的样子。⑭夷怿:喜悦。夷,通"怡",悦。⑮有作:有所作为。⑯温恭:温文恭敬。⑰恪:恭敬。⑱顾:光顾。烝尝:祭名。冬祭曰烝,秋祭曰尝。⑲将:奉献。

【译文】

多盛大啊多繁富！堂上竖起拨浪鼓。击鼓的声音咚咚响不停,用这样的方法来娱乐我先祖。襄公祭祀祈神明,帮我顺利地拓宽疆土。拨浪鼓儿声声响,竹管呜呜吹新声。曲调谐协音和平,玉磬一声响众乐都停止了。啊！显赫的宋襄公,他的乐队真动听。铿锵洪亮钟鼓鸣,万人舞蹈的场面多么壮观。助祭嘉宾都光临,没有一个不是开心快乐的！遥远古代先民们,早把祭祀安排定。态度温文又恭敬,管理祭祀需虔诚。秋冬致祭请光临,襄公奉献表衷情。

【鉴赏】

《商颂》是《诗经》三颂之一,是商族祭祀其祖先的庙堂乐歌。相传西周后期宋国大夫正考甫从周大师处得到"以《那》为首"的"《商颂》十二篇"(《毛诗序》)。其后,孔子录《诗》之时,已亡其七,今存五篇。一说为正考甫所作。《那》诗中称被祭者为"烈祖",即商之先祖成汤;称祭者为"汤孙",即成汤之子孙。成汤之长孙太甲以下皆可谓之"汤孙"(包括商之后裔宋君)。从其内容看,全诗写"汤孙"祭祀礼乐之盛,以追念其先祖成汤,并向先祖祈求福佑。由此可知,《那》诗是殷商后裔宋国统治阶级所保存下来祭祀先祖的乐歌,纯属统治阶级颂扬奴隶主功业的宗庙乐章。

夏朝至桀,政治腐败,国势日衰。当时,黄河下游的商国(夏之属国),日益强大。成汤见夏桀暴虐无道,举兵征伐,遂有天下,成为商朝的开国之君。然后传十七代三十一王,约当公元前16世纪至前11世纪,至纣为周所灭。此后,周公将商的旧都周围地区分封给纣王的庶兄微子启,建立宋国,即商之后裔。汤放桀,继夏之后建立了我国历史上第二个奴隶制国家。他虽在做天子十三年之后死去,但作为商王朝的创建者,以武功定天下,并制定各种典章制度,开创商殷五百多年基业,"汤孙"感念其恩德,故按时以盛礼祭之。

全诗一章二十二句,可分三层意思理解,一层六句,二层十句,三层四句。末二句为歌咏结束时的祝词。第一层言奏鼓乐祖,祈求赐福。总提全诗,下文即本此而言。首句以赞美惊叹的笔触写乐舞的盛况和规模的宏大,引人入胜。二、三句选取最有代表性的敬神的鞉鼓以及它和谐洪大的"简简"之声,渲染出场面的热烈和庄严。而"汤孙"迎请并祷告"烈祖"的目的是为了"衍我烈祖""绥我思成"。这就起到了点明题旨,并开启下文的作用。

第二层承上用十句的篇幅,极陈乐舞之盛美。先承上写"鞉鼓"之声,由"简简"而"渊渊"。行文有变化,使人仿佛看到手摇鞉鼓的不同姿势和舞步,并随之而听到鞉鼓发出的既有节奏而又富于变化的阵阵鼓声。次写"管乐"齐奏的"嘒嘒"之声,细小而宛转,与和谐而洪大的鞉鼓声互相配合,"既和且平"。再次则写清越的"磬声",作者用"依我"二字出之,可见这是起指挥作用的乐器,使上述鞉鼓、管乐等都配合着我、伴奏着我而进行,组成一曲抑扬顿挫、快慢强弱、有起有落的交响曲!通过这各种乐器按一定音律演奏发出的和谐的乐声,作品生动而形象地表现了当时祭神者虔敬的心情和庄严的场面。作品至此,略做一顿,转写祀者的自赞:汤孙的事业显赫,祭祀的音乐和美。实则融自赞于"穆穆"的乐声之中,仍是紧扣题意,寄寓着对"烈祖"的美赞和祈福。接下去写大钟("庸")、大鼓("鼓")、大舞("万舞"),将乐舞之盛推向高潮。一个"致"字写乐,概括了它的盛况;一个"奕"字写舞,道尽了它的娴熟。合而观之,有钟有鼓,相互和鸣,有乐有舞,万舞洋洋,其礼乐大盛之状,溢于言表。尤其是在音乐上,"洋洋乎盈耳哉"(《论语·泰伯》),具有强烈的艺术效果。故紧接两句说贵宾看了没有不兴高采烈的。

"自古在昔"以下四句,一方面颂扬先祖的懿行懿事,有所作为;一方面用以自勉自强,要以先祖为效法的榜样。这又进一步表现了"汤孙"对先祖的敬仰之情。末二句是祭祀的最后祝词(后面《烈祖》篇同此),它除了起总括全诗、结束祭词的作用外,还可以加强祭祀的神秘气氛和宗教效果。

此诗在写法上的特点是虚写先祖的功业,实写祭祀乐舞之盛。乐舞之中,写舞只一句,而着重写乐,举凡鞉鼓、管、磬、庸、鼓等乐器,应有尽有,各具情趣。尤其是"简简""渊渊""嘒嘒""穆穆"等拟声叠字的大量运用,绘声绘色地写出了各类乐器所发出的不同乐音。不仅如此,而且还通过"既和且平""依我磬声""庸鼓有斁"等写出它们的和声。这些都能使语言生动形象,读起来声调铿锵,和谐响亮,优美动人。

烈祖

【题解】

这首诗是宋君祭祀祖先的乐歌。至于祭的是汤还是中宗,无法确知。诗的语气虔诚、恭敬,表达了深切的祈求和希望。诗中详细叙述了献祭的过程,给人以意象分明,历历在目的感觉,显示了人们对祭祀所持有的庄严、神圣态度,读来流畅、顺口,心里也为之感动。

【原文】

嗟嗟烈祖,有秩斯祜①。申锡无疆,及尔斯所。
既载清酤②,赍我思成③。亦有和羹④,既戒既平⑤。
鬷假无言⑥,时靡有争。绥我眉寿,黄耇无疆。
约軧错衡,八鸾鸧鸧⑦。以假以飨⑧,我受命溥将⑨。
自天降康,丰年穰穰。来假来飨,降福无疆。
顾予烝尝,汤孙之将。

【注释】

①秩:大。②载:陈列。酤:酒。③赍:赐予。思:助词,无义。成:和平。④和羹:五味调和的浓汤。⑤戒:到,及。平:平静。⑥鬷假无言:默默祈祷。⑦鸧:同"锵"。⑧假:到。⑨溥:广大。

【译文】

啊呀先祖功业大，绵绵大福任他享。再三赏赐福无疆，
大福延至宋君王。祭祖清酒已摆上，赏赐成功兴宋邦。
五味醇羹献神灵，神灵肃穆至祭场。祭者默默来祷告，
这时没有乐声响。神灵赐我寿命长，黄耇之年福无量。
皮绳缠轭衡绘彩，八个车铃叮当响。宋君告神来受祭，
我受天命大而长。安定康乐由天降，五谷丰收乐洋洋。
先祖神灵尝祭品，奖赏五福永无疆。秋冬祭祀企神降，
宋君献祭神来享。

【鉴赏】

此诗与《那》诗相次，两相比较，多有共同之处。如《那》云："奏鼓简简，衍我烈祖。汤孙奏假，绥我思成。"此篇云："嗟嗟烈祖，有秩斯祜""鬷假无言"，"赉我思成"。两诗末皆云："顾予烝尝，汤孙之将！"据此可以推知，两诗同是"汤孙"祭祀"烈祖"成汤之乐歌。所不同的是《那》诗重在写乐舞之盛，此篇则重在写举行典礼的情况，故多言及酒馔。然则一祭两诗，何也？方玉润《诗经原始》云：周制，大享先王，凡九献。商制虽无考，要亦大略相同。每献有乐则有歌，一献降神，四、五献则酌醴、荐熟，以及九献祭毕。《诗》难悉载，且多残阙。《那》诗专言声，当一献降神之曲；此诗兼言酒馔，当是四、五献无疑。由此可知，同为一祭之乐而各有专用。此说可供参考。再从两诗主旨看，均在颂祖祈福一事，而此篇言奉祭祈寿获福的愿望，比《那》诗多，又同时提到助祭之事。在章句上，均为一章二十二句，每句四言（《烈祖》仅有一句多一字）；《烈祖》的排列又正在《那》篇之后，似可助成此说。

全诗可分成三个结构段：首段四句，次段八句了，三段八句。末二句为祝词，与《那》诗同。首段写托先祖洪福，以见奉祭之由。诗从叠字叹词入手，一叹再叹，乃溢美之言。继之以直呼式的呼告修辞法单刀直入，唱出被祭的对象——"烈祖"，感情热烈饱满。形式活泼生动，呈现出生活实感，并能吸引听者、读者的注意力，增强艺术效果。成汤赏赐给"汤孙"的幸福，"申锡"极言其次数之多，"无疆"极言其时间之长，"斯所"极言其范围之广，可谓大福。

颂扬先祖赐给大福的恩德，同时又祈求先祖永远赐福，于是便出现了下面结构并列而内容交错的两段乐辞。前者言及酒馔，写奉祭获寿；后者言及车马，写奉祭获福。紧扣祭旨，又各有侧重。写祭之以酒馔，紧扣祭礼，行礼如仪。你看，备好了"清酤"，又献上"和羹"；"和羹"讲究味道，因而定要做到五味齐备，调和适口，才能

算是"既戒既平",可见供品的丰盛、讲究。再看祷告情景:各就各位,默默肃敬,没有喧哗,心气和平,真是繁文缛节,百礼具备,从礼合节,渲染出热烈严肃的气氛。也只有在这种盛大而肃穆庄敬的礼仪之中,才能精诚所至,神明感动,使先祖歆享而赐下福祜,让"汤孙"获得长眉大寿,万寿无疆! 接着写贵宾前来助祭的情景,既显出商朝的强盛,又借以烘托出场面的热烈。那助祭人乘坐的马车,红亮亮的车毂,金黄黄的车衡,多么华丽高贵;四马八铃,小跑而来,发出有节奏的锵锵的响声,多么动听。写车马的整饬在于写助祭的贵宾,写助祭的贵宾在于烘托主祭人的身份和迎神祭奠的场面。于是隆重的礼仪开始了:献享啊,祝祷啊,上承天命得以安康,丰年穰穰,并进而祈求先祖降下的福泽无疆! 这样,两段文字同是陈述奉祭祈福,却写得有主有次,前后交错,各有侧重,井然有序。读后,两千多年前,殷商后裔祭祀成汤的情景历历在目。作品形象地反映出了"汤孙"对奴隶主统治阶级"烈祖"的歌功颂德,以及秉承天意的"天命"观点。这样的诗篇,虽系统治阶级宣扬德威、粉饰太平的庙堂乐章,但无论在文学、史学,还是民俗学上,仍具有一定价值。

祭祀乐章的形式受祭祀内容的制约,加之产生的年代较早,因此此诗的语言虽个别处也还生动形象,但总的看是质朴,甚至古拙的。其中还使用了不少祭祀中的习惯用语,如"申锡""赉""骏假""绥""无疆""享""飨""烝尝""将"等等。这就远不如《国风》《小雅》的语言生动活泼,更富抒情韵味。但它却使整个作品具有另一种艺术风格,那就是古朴、庄重、典雅。其次,《商颂》讲究用韵,语句音调铿锵,读来朗朗上口,历来也为文人所推崇。以此诗为例,下半篇就句句用韵,又均属阳部韵,使音调更趋响亮。据《新序·节士篇》载,孔子弟子原宪"曳杖拖履,行歌《商颂》而反,声满天地,如出金石"。后来评论的人,也多称赞《商颂》为"黄钟大吕之音"。这些,也不无借鉴之处。

玄鸟

【题解】

这是一首祭祀商的中兴之主高宗武丁的乐歌。诗中把部族原始神话与后人的历史事实结合在一起。全诗从商的起源说起,概述了周的诸位祖先的功绩,并以此突出武丁的地位和作用,从而表达了对他的称颂。本诗可能不是周人所作,而是商代时就有,代代相传。

【原文】

天命玄鸟,降而生商,

宅殷土芒芒①。古帝命武汤,

正域彼四方②。方命厥后,

奄有九有③。商之先后,

受命不殆,在武丁孙子。

武丁孙子,武王靡不胜。

龙旂十乘,大糦是承④。

邦畿千里,维民所止,

肇域彼四海⑤。四海来假,

来假祁祁。景员维河,殷受命成宜⑥,百禄是何⑦。

【注释】

①宅:动词,住在。②正域:正其封疆。③九有:九州。④糦:同"饎",酒食。⑤肇:助词,无义。域:统治。四海:天下。⑥咸:都。宜:适宜,相称。⑦何:承受。

【译文】

天帝命令燕飞翔,下临人间生商王,居于殷土地茫茫。

帝命勇武那成汤,征伐占领有四方。普遍命令部落长,

尽取九州做君王。商朝前代诸先君,承受天命无懈怠,

武王子孙乃贤王。武王子孙有好多,武丁常胜继成汤。

兵车十辆插龙旗,各种酒食都奉上。国境千里很漫长,

百姓所住好地方,才有四海地面广。四海共来朝商王,

来朝官员熙攘攘。幅员广阔绕黄河,殷商受命很适宜,

承受大福万代享。

【鉴赏】

这是一首祭祀商王武丁,歌颂他中兴殷商的乐歌。诗歌的描写兼具史诗的厚重感和神话的浪漫色彩,具有很高的史料和文学价值。诗歌开篇追述了开国之祖契的诞生,他是上天命令神燕降临人间所生。这即是《史记·殷本纪》中所记载的娀氏简狄吞玄鸟卵而生商契的传说。又据今天研究表明,玄鸟为商民族信仰的图腾,而生育便是图腾进入妇女体内。也有研究者称,玄鸟就是凤凰,是代表东南部族的图腾。这些说法都有助于我们对诗歌的理解。契在殷地建商之后,成汤继承祖业,征伐四海、统有天下,使九州之内诸侯国的土地尽归商朝。成汤之后,商朝渐

渐衰弱，直至高宗武丁开始中兴。所以，此诗前部的追述先王实乃为后部歌颂武丁中兴作铺垫。诗中没有武丁振兴殷商的具体事例描写，而是从中兴后的繁荣场面来侧面烘托武丁的伟大。诗中赞美了武丁骁勇、勤劳，继承和发扬了成汤的功业。因此，使天下的诸侯都臣服于商，拥有四海的广阔土地。四海之内的诸侯们坐着龙旗大车，满载着各种进献的礼物，纷纷来朝拜。殷商的疆土在武丁时，已经扩大到了整个黄河流域，人民过着安乐的幸福生活。诗歌最后赞颂，殷商是受天命，才享尽各种福禄的。这反映了商人牢固的天命观念，因为是上天的子民所以才得到上天的庇护和福禄。而到周代时，这种天命观念就比较淡了。

本诗语言简练，叙述自然，层次清晰。叙述了商民族的发展历程，重点赞扬了武丁中兴的伟大功绩。诗歌在历史上享有盛誉，清人方玉润在《诗经原始》中赞道："诗骨奇秀，神气浑穆而意亦隽永，实为三《颂》压卷，周诗所不能及，况在《鲁颂》？"

长发

【题解】

本诗是一首赞美商久远文明传统的诗。先写商的发祥，再写起契、相土、成汤的功业，以开国之君成汤为歌颂的重点，最后引出大贤伊尹。全诗气象宏阔，内容涵盖历史上下，贯穿九州四方，脉络分明，井然有序。整首诗表现的是商朝的泱泱大度和自古传承的神勇和智慧，表达了对商朝文明的崇敬。

【原文】

浚哲维商①！长发其祥②。洪水芒芒！禹敷下土方③。
外大国是疆，幅陨既长④。有娀方将⑤，帝立子生商。
玄王桓拨！受小国是达⑥；受大国是达。率履不越，
遂视既发⑦。相土烈烈⑧，海外有截⑨。帝命不违，
至于汤齐。汤降不迟，圣敬日跻⑩。昭假迟迟，
上帝是祗⑪，帝命式于九围⑫。受小球大球，为下国缀旒⑬。
何天之休。不竞不絿⑭，不刚不柔。敷政优优⑮，
百禄是遒。受小共大共，为下国骏庞⑯，何天之龙。
敷奏其勇。不震不动，不戁不竦⑰，百禄是总。
武王载旆，有虔秉钺⑱。如火烈烈，则莫我敢曷。

苞有三蘖,莫遂莫达。九有有截。韦顾既伐,
昆吾夏桀。昔在中叶,有震且业^⑲。允也天子!
降予卿士,实维阿衡,实左右商王^⑳。

【注释】

①浚哲:英明睿智。②长:久远,发:出现。祥:好的征兆。③敷:治理。④幅
陨:幅员。⑤将:大。指长大。⑥达:顺畅。⑦遂:遍。视:巡视。发:行。⑧烈烈:
威武的样子。⑨截:整齐。⑩跻:升。⑪祗:敬。⑫九围:九州。⑬缀旒:表率。⑭
绿:心急,烦躁。⑮优优:平和的样子。⑯骏庞:国宝。⑰恐、竦:恐惧。⑱虔:牢固。
⑲震:动荡。业:危机。⑳左右:辅佐。

【译文】

深邃智慧属契王,久远时代呈吉祥。大水荡荡白茫茫,
夏禹治水安四方。安邑以外定封疆,幅员已经好宽广。
有娀之国正兴旺,天助简狄生商王。玄王威武且刚强,
尧授小国治得好;舜授大国政令畅。遵循礼法不越轨,
巡视天下业辉煌。契孙相土真威武,海外齐心都归降。
不敢违背上帝令,传至成汤王业成。生逢其时成汤王,
勤于治事威望高。天帝降临久不去,汤心牢记天旨意,
定作九州好楷模。接受上帝大小法,作为诸侯好典范。
汤承上帝庇护多,不争不躁性平缓。不刚烈来不柔软,
推行政令好宽和,各种福气皆聚全。接受上天小大法,
诸侯依他得庇护。承受上天之荣宠,向天广进那武功。
成汤不惊又不动,不胆怯来不恐慌,各种福气皆聚拢。
汤王开始发雄师,勇猛持钺向前闯。汤军势盛若烈火,
没人胆敢来阻挡。一棵树干生三杈,没有谁能把叶长。
九州大地大一统,韦顾先后全荡平,昆吾夏桀全扫光。
商王终生拼搏忙,功业威武好雄壮。确是上天一骄子,
天降卿士来相帮。卿士就是那阿衡,是他辅佐商汤王。

【鉴赏】

此诗历来众说纷纭。《毛诗序》云:"《长发》,大禘也。"《礼记·大传》说:"礼,
不王不禘。王者禘其祖之所自出,以其祖配之。"可见禘祭范围较大,故设祭者的
"远祖""先君"等均及于祭。一说大禘和祫祭并无区别,合祭群庙谓之祫,此诗所

述者众,可以证明"大禘"就是"袷祭"。现代研究者或以为叙述殷商的起源,并无祭祀意味,疑为祝颂之诗。

从内容上看,诗中歌颂商统治者的祖先契、契孙相土、建立商朝的成汤及其伊尹。虽涉及商之始祖契,进而推寻契所自出者有娀氏之女,而言娀女即言帝喾也,但并非重点所在。重点在于祭先祖成汤。因此,当是殷商后人(一说实指宋君)大享成汤,以其相伊尹从祀之乐歌。为何以功臣伊尹从祀?《毛诗序》言大禘,即郊祭之禘。郊禘皆得以功臣从祀。因此说大禘,无妨于说诗禘成汤,诗末祭及伊尹。

全诗七章,写三个方面的内容:一、二章为一段,叙述汤的祖先契、相土的奠定国基;三至六章为一段,重点写成汤受命有天下和伐桀的功绩;卒章为一段,叙及伊尹相汤。由此结构可见,诗为大享成汤之乐歌明矣。

先看第一段,推本汤之有天下,在于祖先契、相土的奠基。第一章重在写契,第二章由契过渡到写相土。写始祖契的诞生,言"帝立子生商",仍是用了"有娀方将"之时,"天命玄鸟,降而生商"的神话传说(详见《玄鸟》),即天帝的旨意使其降临人间;在殷商,上帝是绝对权威,事事取决于鬼神,处处得到上帝的佑护,故开宗明义第一章言"濬哲维商,长发其祥"。那么,契出生后是如何得到上帝的佑护而建商的呢?于是写了夏禹治水的传说。契正是在助禹治水中因有功而被舜任为司徒,掌管教化,后封于商,从此立国的。接着第二章写契的治国。先总说"玄王桓拨",然后分两层加以说明:一层"受小国是达,受大国是达",言其能接受小国大国的归附,并施教于民;二层"率履不越,遂视既发",言其能遵循礼法,并使教令尽行。这样,就从契的"立国"写到"治国",既歌颂了开国先王的勤政,又寄寓着对后王、后人的劝勉之意。于是很自然地引出后人相土来。相土是契之孙,汤之十一世祖,他能法先王之德,绳其祖武,而益惩其雄心,故"海外有截"。传说他是马车的发明者,征伐海外,当时商族势力已扩展到渤海一带。诗至此,从尊祖和敬天两方面写来,说明了商之立国在于先祖之功,而先祖立国之功又在于秉承天意而来。

第二段转入主题,以四章的篇幅着重写成汤的业绩的四个方面。(一)第三章承上言契与相土之后以至于成汤,乃得受天命而抚有九州。其中"汤降不迟,圣敬日跻"具体写其德行以表现他的勤政。"汤降不迟"称道成汤的重视"用贤"(与末章的以伊尹为相相呼应)。"圣敬日跻"赞扬成汤的注重"明德"。而这些又都与他依靠天命来进行统治分不开,故言"昭假迟迟,上帝是祗"。也正因此,把自己抚有九州的业绩归功于上帝的命令,是他"帝命不违",才得"至于汤齐"的。(二)第四章直承第二章治国施教而来,言成汤继先王之业,必循先王之法,接纳归服的下国

国学经典文库

诗经

·《诗经》释讲·

图文珍藏版

而"敷政优优",此对弱小者之道也。其中"不竞不絿,不刚不柔"极言其"仁德"之心、"优优"之状。《新序·杂事》载成汤"网开三面"的佳话后说,"汉南之国闻之,曰:'汤之德及禽兽矣!'四十国归之",可为旁证。因此,"百禄是遒"是其必然结果。赞扬成汤"为下国缀旒",自然又是"何天之休"。(三)第五章结构与前章大同,承"敷政优优"而转写成汤循先王之法的另一面,即用武力征服下国而"敷奏其勇",此对强暴者之道也。其中"不震不动,不戁不竦"极言英勇之态,所向无敌。因此,"百禄是总"是其必然结果。颂扬成汤"为下国骏厖",自然又是"何天之龙"。(四)第六章写成汤灭夏桀,完成九州一统的伟业,总言其武功之盛。传说出征时,由从夏桀处归顺成汤的费昌为其驾车,宰相伊尹从其后,汤王亲自执钺,威武勇猛地前去征伐夏桀。夏桀忙调韦、顾、昆吾三个与国来保卫夏朝。伊尹便和汤王定计。先依次将这三个小国消灭,然后直指夏桀。夏桀带着妻子妺喜和一班宠妃先逃至鸣条(今山西安邑县北),被汤王追兵击败;后逃至南巢(今安徽巢县西南),死于山中。先是,成汤准备攻夏,被桀抓去关在夏台(今河南禹县南)的监狱里,后经贿赂得以释放。桀临死前说:"我真后悔当初未把成汤杀死在夏台,以至于才有今天啊!"事见《史记》中的《秦本纪》《殷本纪》《夏本纪》以及《列女传·夏桀妺喜》。此章即概括地写了这次大战及其主要用兵次第。其中,写成汤的威武,用"如火烈烈"加以形容;写三个与国的不堪一击,用"苞有三蘖,莫遂莫达"加以比喻,都较生动形象。

末段第七章,言在汤之中叶,汤王以武力起为天子,而得力于辅之者是为伊尹。传说伊尹助汤灭桀后,汤王去世,长子太丁早夭,只好让次子外丙继位;外丙三年而亡,就由幼子仲壬继位:其间,伊尹历佐外丙、仲壬二王。仲壬四年而亡,其侄太甲(太丁之子)立。太甲不理国政,伊尹放之商汤坟墓所在地桐宫(今河南偃师县),令其思过,而篡位自立;三年后太甲悔过,才又接回复位。伊尹死于太甲之子沃丁为王之时。总之,无论成汤在世之时或去世之后,伊尹为辅佐商王、主持国政,都做过重大贡献。这里当指辅佐成汤而言。成汤的功业与其相伊尹的贡献分不开,故作为功臣从祀。

全诗在写法上以祭成汤为主,而又兼及追远尊先和表彰功臣之意,有主有次,主次分明。写成汤功业,略于受天命而承继祖业,详于伐桀以武功得天下,重点突出,详略得当。宗庙乐章常因追求端庄而失之板滞,此诗却不然。其适列为第四、五两章,写一个问题的两个方面,结构一样,其中上章的"敷政优优"对下章的"敷奏其勇",本应位置相同而实异。或曰此二句必有一句为错简;改正的办法,或者将

"敷政优优"按下章结构上移至"不竞不絿"句前,或者将"敷奏其勇"按上章结构下移至"不戁不竦"句后。殊不知此二句内容相关而位置本应相对而异者。足见其上古诗人构句与修辞之妙,行文之善变,不可移易。

殷武

【题解】

本诗是一首赞美武丁的乐歌,突出赞美了成汤之孙商高宗武丁征讨荆楚的武功以及商的治国之道、都城建设等等。全诗霸气十足,显示了殷武的神勇和气概,军队势如破竹,政令严肃清明,国家安康繁荣,具有强大感召力和威慑力,具有宣喻四方的作用,表达了强烈的自信和无比的镇定。

【原文】

挞彼殷武①,奋伐荆楚②。罙入其阻③,裒荆之旅④。有截其所⑤,汤孙之绪⑥。

维女荆楚⑦,居国南乡⑧。昔有成汤⑨,自彼氐羌⑩,莫敢不来享⑪,莫敢不来王⑫,曰商是常⑬。

天命多辟⑭,设都于禹之绩⑮:岁事来辟⑯,勿予祸适⑰,稼穑匪解⑱。

天命降监⑲,下民有严⑳。不僭不滥,不敢怠遑。命于下国,封建厥福。

商邑翼翼,四方之极。赫赫厥声,濯濯厥灵。寿考且宁,以保我后生。

陟彼景山,松柏丸丸。是断是迁,方斲是虔,松桷有梴,旅楹有闲,寝成孔安。

【注释】

①挞:行动迅疾的样子。殷武:殷商的武力。②荆楚:楚国。《说文》:"荆,楚木也。"《左传·孔疏》:"荆楚一木二名故以为国号亦得二名。"犹"殷商"可分言,可亦合言(《释殷商》)。③罙:"深"的本字。段玉裁认为应作"粲",意谓"大道"(《诗经小学》),那么此句应解释为"由大道进入险阻",亦可通。阻:险要之道,关隘。④裒:俘获。旅:众,军队。⑤有截:整齐划一,一齐平服的意思。其所:指楚地。⑥绪:王业的统绪。⑦女:汝。⑧国:中国。古代称中原曰中国,是华夏民族的中心地带。⑨成汤:商汤王,殷商开国君主。⑩氐羌:氐族和羌族;古代边疆部族,分布在今甘肃、青海等地。⑪享:奉献。⑫来王:前来朝见。⑬常:通"尚",服从。⑭天命:天子旨意。多辟:诸侯。⑮禹之绩:绩是"迹"的假借字。禹之迹意为大禹治水所经过的九州。亦即"禹域",泛指中国大地。⑯事:从事,谨守。来辟:来朝。⑰祸适:惩罚。⑱稼穑:农业生产。解:通"懈"。⑲监:考察;监督。⑳严:畏敬。

【译文】

神速殷军奋威武,大军奋勇攻打荆楚。深入敌境克险阻,荆楚全军都被我们俘虏。神威所到之处全都平服,汤王武功子孙续。

你们荆楚一小邦,偏居于中国的南方。昔我远祖商汤王,即使边远的氐羌,无人敢不献宝藏,无人敢不朝殿堂,都说是心甘情愿服从商国。

天子封赏了各诸侯国,各建国都在禹域。年年来朝不会缺下礼物,不予罪责君臣悦,农田一定要勤劳耕作。

天子派员察民情,民奉王威须恭敬。不敢妄为守法令,不敢怠惰荒废了大好光阴。王命下降万国遵,各守封疆受福荫。

商都整齐又繁盛,它是万国的榜样。声名赫赫天下人都知道,光华灿灿有威灵。享年长久又康宁,后代子孙获庇荫。

登上高高景山巅,山上的松柏又直又圆。锯断树木又搬迁,砍削成材宜营建,根根修长松木椽,无数大柱粗又坚,寝殿筑成享万年。

【鉴赏】

《殷武》,祀高宗也。高宗武丁是殷商大奴隶主王朝一中兴之名主(可参《玄鸟》)。高宗前世,殷道中衰,叛楚背叛。高宗修政行德,勤劳无逸,征伐荆楚,国家大治,殷始复兴。既崩之后,子孙美之,追述其功,立其庙为高宗。可见此诗系殷商后人颂高宗平荆楚,获得一统,故为其立庙,庙成而祀之乐歌。或以为系歌颂宋国伐楚之事,并非用于祭祀之乐章。

全诗六章,首章言伐楚之功;次章述诫楚之词;三至五章写中兴之盛;卒章记今日作庙以祭。井井有条,顺理成章。

诗发端云:"挞彼殷武,奋伐荆楚。"把挞伐者殷武,被挞伐者荆楚,以及挞伐者的勇猛神速,都交代清楚了。紧接两句,"罙入其阻"写经历险阻;"裒荆之旅"写战果辉煌。末二句颂扬殷武的扩大土地,是汤孙的伟大功绩。联系《商颂》的前几篇,《玄鸟》云:"古帝命成汤,正域彼四方。"《长发》云:"相土烈烈,海外有截。""武王载旆……韦顾既伐,昆吾夏桀。"可见殷商大奴隶主对于邻近诸部落小国付诸武力以扩展疆域的社会现实。再从解释这些武功的文字看,都是什么"殷受命咸宜""帝命不违""帝命式于九围""何天之休""何天之龙"之类。此诗亦然,下文所谓"天命多辟""天命降监"即是,都说是奉天命而行,"人间暴力采用超人间力量之形式而出现"(陈子展《诗经直解》),又反映了当时大奴隶主之思想意识。故汤孙在颂扬其功德时,总是歌颂英雄,歌颂先祖,歌颂天神,三位一体,希望能长治久安。

正是基于这种思想意识,于是第二章便写在征服荆楚之后,引用先祖成汤以武力定天下,氐、羌等边远民族"莫敢不来享,莫敢不来王,日商是常"的先例对荆楚加以诫责,使其一一效法,唯商命是从。

接下来写殷武的中兴。第三章说"天命多辟",联系前两篇,说商祖契,《玄鸟》云"天命玄鸟,降而生商",《长发》则说"帝立子生商";其说成汤,《玄鸟》云"古帝命成汤",《长发》则说"帝命不违,至于汤齐"。可见殷商大奴隶主都自以为是天帝之子孙,是天子。因此他们的命令,都是上天的命令,不可违抗。因此,诸侯的建都、朝觐、稼穑、纳贡等,都得一一遵照商规执行,否则将"予祸通"。表面上看写的是告诫诸侯之事,其实反映的是诸侯归服殷商。此写殷武中兴,一也。第四章说"天命降监",承上仍假上天之命以行。"下民有严"说明了被视察的诸侯臣服的情况,并用"不僭不滥,不敢怠遑"加以具体化。于是布施教令"于下国",名为"封建厥福",实为巩固其统治。此本中兴之故,写殷武中兴,二也。第五章承上二章由点及面,写"商邑翼翼,四方之极",由下国奉为准则可见商都之繁盛。而这一切都归功于殷武贤王这一守成之君,其名声也赫赫,其神灵也昭昭。《尚书·无逸》云:"高宗之享国五十有九年。"其享国如此,享高寿可知。比起他伯父小辛在位三年而亡,他父亲小乙在位十年而逝,已是大有过之而无不及的了,故诗说他"寿考且宁,以保我后生"。这既是颂词,又是向先祖祈祷福佑之话,愿子孙能在他的护佑下像他一样长寿安宁。此章极言中兴之盛,是写殷武中兴,三也。有此三章言殷武中兴伟业,既突出了祀高宗之题旨,又为末章立庙以祀打下了坚实的基础。

卒章写为武丁营建寝庙的情景。写了四层:首二句写登山选料。"景山"言山之大,"丸丸"状苍松翠柏之高大挺直,正是建庙的好材料。次二句写伐木建庙的过程:先言山上锯倒运回,后言工地砍削整治以至修造,前后秩序井然。再二句写新庙建成以后的壮观。都着墨不多,却显示了古代人的劳动生活及其对新庙的赞美之情。末句归总,与篇首"汤孙之绪"相呼应,而以庙成作颂结束。可见今日作庙以祭,皆是高宗一生德行所致,故后人建庙而祀,以总括赞美高宗之意。此诗前五章,枯燥说教者多,唯于此章写实自然,较生动形象。此章文字与《鲁颂·閟宫》末章写鲁国建造新庙的文字相近。

合《商颂》五篇而言,可作为殷商史诗读,自有一定历史地位。虽均系奴隶主统治阶级歌功颂德之作,夸诐之词,不足为训;但艺术创作的领域是宽广的,技巧也是多种多样的,仅就艺术价值而言,似也有可借鉴之处。

第三章 《诗经》名句赏析

一、窈窕淑女,君子好逑

【名句出处】

关关雎鸠,在河之洲。窈窕淑女,君子好逑。

参差荇菜,左右流之。窈窕淑女,寤寐求之。

求之不得,寤寐思服。悠哉悠哉,辗转反侧。

参差荇菜,左右采之。窈窕淑女,琴瑟友之。

参差荇菜,左右芼之。窈窕淑女,钟鼓乐之。

——《周南·关雎》

【名句赏析】

《诗经》共三百零五篇,分风、雅、颂三大部分,雅又有小雅和大雅。《关雎》为《风》诗的第一篇,与其他三部分的第一篇《鹿鸣》《文王》《清庙》并称为四始,古人认为这四首诗体现了王道的开始。

关于这首诗,说法很多,我们来看看孔子是怎么说的,因为孔子离《诗经》的时代最近。《论语·八佾》说:"《关雎》,乐而不淫,哀而不伤。"《八佾》篇主要是谈礼乐的,孔子说《关雎》的乐曲快乐而不放荡,哀伤而不痛苦。它快乐什么呢?当然是因为"艳遇"了"窈窕淑女"。那它又哀伤什么呢?当然是哀"求之不得"。《关雎》的乐曲表

兽耳罍(战国)

达了爱情的欢乐与痛苦。小提琴曲《梁祝》也是通过音乐来表达爱情的,既表达了爱情的欢乐,也表达了爱情的痛苦,应该也符合孔子"乐而不淫,哀而不伤"的标准。

在《论语·泰伯》篇，孔子又说到了这首诗，他说："师挚之始，《关雎》之乱，洋洋乎盈耳哉！"从太师挚的演奏开始，直到以演奏《关雎》结束，那充满在我耳朵中的乐曲是多么美盛啊！孔子在《论语》中两次讲《关雎》，都是从音乐角度讲的，是说《关雎》的音乐好。由此我们知道，《诗经》里的诗都是与乐配合的，用今天的话说即都是有谱的，可以演奏的。师即太师，挚为其名。师挚是鲁国的太师，鲁国的乐官之长。孔子听他演奏古乐可能不止一次，而且还在一起探讨古乐。在《论语·八佾》中，孔子还对这位名挚的太师说："乐，其可知也：始作，翕如也；从之，纯如也，皦如也，绎如也，以成。"音乐的规律，那是可以了解的。开始演奏，翕翕地热烈；继续下去，纯纯地和谐，皦皦地清晰，绎绎地不绝，这样，然后再完成。

孔子在《泰伯》中说《关雎》那次，不是只听了《关雎》这一首诗乐，是由"始"到"乱"听了一次完整的首乐会。古乐，凡四节，"升歌三终"是第一节，"笙入三终"是第二节，"间歌三终"是第三节，"合乐三终"是第四节。这里的"始"是第一节，即乐曲的开始。"乱"是第四节，乱即乐曲的结束。最后一节，是唱《周南》的《关雎》《葛覃》《卷耳》，《召南》的《鹊巢》《采蘩》《采蘋》。孔子这段话里的《关雎》是以上六诗的省称。古代，诗和乐是合二为一，不可分开的。如今我们谈论《诗》，只剩下了文字，执着于文字的一端，要完全理解《诗》，当然是不大可能的。我们离《诗经》的时代毕竟太遥远了。

孔子欣赏的是《关雎》的音乐，《诗经》的古乐已经消失了，我们只能欣赏《关雎》的文字。对于《诗序》作者和朱熹所说的历史背景我们也不清楚了，我们也只能把《关雎》看成一首爱情诗。

二、黄鸟于飞，集于灌木，其鸣喈喈

【名句出处】

葛之覃兮，施于中谷，维叶萋萋。黄鸟于飞，集于灌木，其鸣喈喈。

葛之覃兮，施于中谷，维叶莫莫。是刈是濩，为絺为绤，服之无斁。

言告师氏，言告言归。薄汙我私，薄澣我衣。害澣害否？归宁父母。

——《周南·葛覃》

【名句赏析】

上面我们引用了《诗序》对诗题旨的解释。《诗序》是汉代的诗学著作，其作者一般认为是汉代的毛亨,也有说出自多人之手。但由于出现早,其中保留了一些先秦的古说。其价值不容否认。又流传了两千多年,影响很大,我们不能不提到它。

《诗序》的作者认为《葛覃》是写后妃的。清代的方玉润不认同这种说法,他在《诗经原始》中说:"《小序》以为'后妃所本',《集传》遂以为'后妃所自作',不知何所证据。以致驳之者云:'后处深宫,安得见葛延于谷中,以及此原野之间鸟鸣丛谷景象乎?'愚谓后(妃)纵勤劳,岂必亲手'是刈是濩',后(妃)即节俭,亦不至归宁尚服浣衣。"

方玉润的说法看似有理,但有胶柱鼓瑟之嫌。仅从文本上看,这种说法也碰到一个不好解决的问题,即她如果是个普通的民女,为什么要"言告师氏"?师氏即女师,是古代贵族教以妇德、妇言、妇容、妇功的专职人员,普通的家庭是不会有女师的。中国古代的妇教是讲究德容工貌的,所谓女师,所从事的就是这方面的教育工作。所谓古代的富贵人家就一定过着骄奢淫逸的生活,只是影视和某些宣传品想当然的杜撰,或者是为了商业利益而添加的噱头。

著名作家程乃珊2008年发表了一篇题为《第一夫人与曲奇饼干》的文章,她说:

中国俗语有"出得厅堂,入得厨房"以及"母仪天下"的说法,要求传统女性有贤淑懿慧的形象,岂料西方文化也有异曲同工之妙。在美国,所谓"第一夫人",虽然不是正式官位,却是家庭价值的核心象征。而在近年,回归家庭已成为一股潮流。每到总统大选,都成为"准第一夫人"展示自己妇德、妇容、妇工、妇貌的绝佳时机。

她说,六月中旬,麦凯迪夫人辛迪和奥巴马夫人米歇尔齐齐参与由《家庭杂志》举办的"准第一夫人曲奇饼干比赛"。据说,在过去四届美国总统大选中,但凡在"曲奇赛"中得胜的一方,最后都能够当上第一夫人。尽管这可能是巧合,但也反映了民众心目中对第一夫人的期望。母性强,有亲和力的一方更易获得好感。而整天出入社交场,一身华丽服饰,喜好享乐的第一夫人则不得人心。

2004年的美国大选在克里与布什之间较劲。结果,布什夫人劳拉的燕麦巧克力厚片曲奇轻松赢了克里夫人特蕾沙的辣南瓜曲奇。特蕾沙的辣南瓜曲奇固然新奇,但不适合美国人的传统口味。2000年的美国大选,劳拉同样以巧克力脆片及可可配制的德州牛仔曲奇,击败戈尔夫人的姜汁脆曲奇。而1992年大选获胜的克林顿夫人希拉里,以巧克力曲奇击败了老布什夫人芭芭拉;四年后,她又以同样的巧克力曲奇击败共和党对手多尔夫人。

再回到《葛覃》这首诗上来,我们也不能忘了,《诗经》的编定,其目的正是为了"经夫妇,成孝敬,厚人伦,美教化,移风俗",怎么就一定不是写后妃的呢?

三、采采卷耳,不盈顷筐

【名句出处】

采采卷耳,不盈顷筐。嗟我怀人,寘彼周行。

陟彼崔嵬,我马虺隤。我姑酌彼金罍,维以不永怀。

陟彼高冈,我马玄黄。我姑酌彼兕觥,维以不永伤。

陟彼砠矣,我马瘏矣,我仆痡矣,云何吁矣!

——《周南·卷耳》

【名句赏析】

我们读《诗经》,会遇到诗的作者问题。305 篇诗,它的作者是谁呢?古往今来,众说纷纭。特别是风诗,它们又来源于哪里?十五国风的作者,究竟是什么身份?

对于风诗,历来多认为它来自于民间,在《左传》中就有类似的说法。《左传》襄公十四年:"道人以木铎徇于路。"据说道人的职责之一就是去民间采诗,把它记在木板上,天子以之观风俗,察得失。关于风诗出自民间和采诗说,清代的崔述首先提出质疑,他说:"旧说周太史掌采列国之风,今自《邶》《鄘》以下十二国风,皆周太史巡行之所采也。余按:克商以后,下逮陈灵,近五百年,何以前三百年所采殊少。后二百年所采甚多?周之诸侯,千八百国,何以独此九国有风可采,而其余皆无之?"崔述认为,采诗之说,"则此言出于后人臆度无疑也"(《读风偶识》)。

自从崔氏对采诗之说提出质疑以来,产生了较大影响。现当代学者多有从之。冯沅君、陆侃如的《中国诗史》在引述崔说后,认为采诗说是"从汉武帝'立乐府,采诗夜诵'上推想出来的"。抗战前夕,朱东润先生专门写了《国风出于民间论质疑》一文,从根本上否认民间采诗和诗出民间说,他提出了三大疑问:

诗三百篇以前及其同时之著作,凡见于钟鼎简册者,皆王侯士大夫之作品,何以民间之作,止见于此而不见于彼?此其可疑者一也。即以《关雎》《葛覃》论之,谓《关雎》为言男女之事者是矣,然君子、淑女,何尝为民间之通称?琴瑟钟鼓,何尝为民间之乐器?在今日文化日进,器用日备之时代,此种情态,且不可期于胼手胝足之民间,何况在三千年以前生事方绌之时代。谓《葛覃》为归宁之作者,此则出自本文,尤无可疑。然《葛覃》云:"言告师氏,言告言归。"民间何从得此师氏,随在夫家,出嫁之女,犹必事事秉命而行? 此其可疑者二也。文化之绌绎,苟以某一时代之偶然现象论之,纵不免有后不如前之叹,然果自大体立论,则以人类智识之朣启,日甚一日,后代之文化较高于前代,殆无疑议,何以三千年前之民间,能为此百六十篇之国风,使后世之人,惊为文学上伟大之创作,而三千年后之民间,犹辗转于《五更调》《四季相思》之窠臼,肯首吟叹而不能自拔? 此其可疑者三也。即以此三端论之,非确能认定三千前之民间,其文化、其生活,皆远胜于今日,而其作品,自《诗》篇以外,不为其他任何之表现者,则此《诗》出于民间之说,殆未能成立。

朱东润先生的说法,是从《诗》的文本出发的,在其可疑者二中,举了《关雎》和《葛覃》为例,也是有一定说服力的。

四、南有樛木,葛藟累之

【名句出处】

南有樛木,葛藟累之。乐只君子,福履绥之。
南有樛木,葛藟荒之。乐只君子,福履将之。
南有樛木,葛藟萦之。乐只君子,福履成之。

——《周南·樛木》

【名句赏析】

对于《诗经》中的作品,要理解它的题旨,除了要看一些重要的说解外,看看历代人们是怎样使用它也很重要。因为《诗经》中的许多诗篇和语句,都被作为典故、成语、熟语,活跃在后人的作品中。在昭明太子萧统所编的《文选》中,就有两篇赋以《樛木》为典故,可以帮助我们的理解。

我们先来看看潘岳的《寡妇赋》。在这篇赋前,作者有一个序言,说明了作赋的缘起:"乐安任子成,有韬世之量,与余少而欢焉,虽兄弟之爱,无以加也。不幸弱冠而终,良友既没,痛何如之! 其妻又吾姨也,少丧父母,适人而所天又殒,孤女藐焉始孩,斯亦生民之至艰,而荼毒之极哀也。昔阮瑀既殁,魏文悼之,并命知旧作寡妇之赋。余遂拟之以叙其孤寡之心焉。"意思是说作者的好朋友乐安县的任护,字子成者,从小就与自己是好朋友,不幸弱冠之年早逝。丢下的妻子与自己的妻子又是姐妹。任护的妻子从小父母双亡，嫁人之后丈夫又去世，如今成了寡妇，还有一个女儿尚在幼年，生计艰难，命运悲惨。以前阮瑀去世，其情景与任护相似，魏文帝曹丕命阮瑀的旧交作赋哀悼。今天我也写一篇赋，以表达寡妇的哀痛之心。其赋云："伊女子之有行兮，爰奉嫔于高族。承庆云之光覆兮，荷君子之惠渥。顾葛藟之蔓延兮，托微茎于樛木。"这里"庆云"喻父母；君子指丈夫。对于最后两句，李善在注文中说："葛藟，二草名。言二草之托樛木，喻妇人之托夫家也。《毛诗》曰：'南有樛木，葛藟累之。'"潘岳的赋和李善的注文都以葛藟附樛木比喻女子嫁"夫君"，这是他们对《樛木》一诗喻义的阐发，也是后人把这首诗作为述说夫妇关系的根据。

潘岳是西晋文学家，生于公元 247 年。善诗文，与陆机合称"潘陆"。《晋书》本传说其"辞藻艳丽，尤善为哀诔之文"。《文心雕龙》屡称其哀词云："虑赡辞变，情调悲苦，叙事如传。结言摹诗，促节四言，鲜有缓句。故能义直而文婉，体旧而趣新。"

《文选》中还有一篇东汉班固的《幽通赋》，其赋文有句云："魂茕茕与神交兮，精诚发于宵寐。梦登山而迥眺兮，觌幽人之仿佛。揽葛藟而授余兮，眷峻谷曰勿坠。""揽葛藟"二句，李善注引曹大家（班昭）注曰："言梦临深谷欲坠，见神持葛藟来授我也。"其下"葛绵绵于樛木兮，咏《南风》以为绥。盖惴惴之临深兮，乃《二雅》之所祗"句，李善注引曹大家注曰："曹大家曰，《诗·周南》：'南有樛木，葛藟累之。乐只君子，福履绥之。'此是安乐之象也。"在班固所使用"樛木"一典中，显然没有陈子展先生所说"樛木"为恶木之意，也没有高亨先生所说"葛藟"为小人攀附权贵之意。陈子展和高亨先生所说，只是今人的意思，是以今方古。

五、宜尔子孙，绳绳兮

【名句出处】

螽斯羽，诜诜兮。宜尔子孙，振振兮。

螽斯羽，薨薨兮。宜尔子孙，绳绳兮。

螽斯羽，揖揖兮。宜尔子孙，蛰蛰兮。

——《周南·螽斯》

【名句赏析】

这是一首祝贺人多子多福的诗，前面的《樛木》是祝贺新郎新婚的诗。这两首诗都是贺诗,它们在艺术结构上也很相似,都采用重章叠咏的形式,语句反复、排比。这两首诗均三章,只换了六个字,但在用字的变换中,还是显示出前后之序,深浅之别,读来不觉其烦,有一唱三叹之妙。而这些贺诗,本来也就是用来唱叹的,我们今天的歌词不也是这样吗?了解这一点,对于《诗经》中的许多诗采用叠咏体也就不会感到不可理解了。另外,这首诗中使用重言叠字比较多。全篇仅三十九字,就有六对重言叠字:诜诜、振振、薨薨、绳绳、揖揖、蛰蛰。方玉润在《诗经原始》中说"六字炼得甚新"。作为单字,这六个字自然没有过多的意思,也没有多少表现力,而一旦重叠,字义就发生了变化,变成了一组形容螽斯多子,人多子孙的既形象又生动的形容词。

实际上,后人也是在形容人多子多福的意义上使用这首诗的,《幼学琼林》云:"可爱者子孙之多,如螽斯之蛰蛰。"三国时魏国陈留有个叫高柔的人,曾经当过颍川太守。魏明帝曹叡时,大兴宫室,广采民女,搞得民怨沸腾。而后宫皇子又连连夭折,眼看皇帝的种就要留不下去。高柔上疏阻止,他先讲了国际国内形势,最后,才绕到了广采民女之事,并以周朝为标准说:"《周礼》,天子后妃以下百二十人,嫔嫱之仪,既以盛矣。窃闻后庭之数,或复过之,圣嗣不昌,殆能由此。臣愚以为可妙简淑媛,以备内宫之数,其余尽遣还家。且以育精养神,专静为宝。如此,则螽斯之徵,可庶而致矣。"批评帝王后妃过多,本来是一件很困难的事。可是高柔却从数量和质量的关系上进行劝谏,大意是说后宫嫔妃数量太多,以至于浪费了陛下你的精神,所以生出来的小孩质量不高,存活率降低。还不如按照周朝的标准,精选一百二十个高质量的美女,其余的尽可打发她们回家去。就这一百二十个,也可以达到《螽斯》一诗中说的子孙振振绳绳的效果,生他一大堆龙子龙孙。魏明帝曹叡对"螽斯之徵"的理解与高柔大概完全一致。所以他看了高柔的上疏,连连夸奖他忠诚王室,希望他今后有了其他意见,可以多多提出。高柔巧妙引用《诗经》,既提了意见,又没有得罪魏明帝,可谓善于提意见的大家。

《韩诗外传》讲孟子和齐国田稷子的故事时,也引用《螽斯》篇,说人只有注重道德品质,才能得到好的报应。这个好的报应,就是子孙繁衍无穷,家族人丁兴旺,"宜尔子孙绳绳兮"。

六、桃之夭夭，灼灼其华。之子于归，宜其室家

【名句出处】

桃之夭夭，灼灼其华。之子于归，宜其室家。

桃之夭夭，有蕡其实。之子于归，宜其家室。

桃之夭夭，其叶蓁蓁。之子于归，宜其家人。

——《周南·桃夭》

【名句赏析】

“桃之夭夭，灼灼其华”，以花比女子，以桃花比女子美丽的容颜，方玉润《诗经原始》说此诗首句“开千古辞赋香奁之祖”。

人多解“夭夭”为好貌，壮貌，美丽貌，而钱钟书先生在《毛诗正义》中运用训诂学知识，却别有说解。他先引《说文》：“夭”本有女子笑貌之意，“㜭：巧也，一曰女子笑貌；《诗》曰：‘桃之㜭㜭’。”

接着，他又引王闿运《湘绮楼日记》云：“《说文》‘㜭’字引《诗》‘桃之夭夭’，以证‘㜭’为女笑之貌，明‘芺’即‘笑’字。隶书‘竹’‘艹’并用，今遂不知‘芺’即‘笑’字，而妄附‘笑’于‘竹’部。”钱先生说：盖“夭夭”乃比喻之词，亦形容花之娇好，非指桃树之“少壮”。李商隐《即目》诗：“夭桃唯是笑，舞蝶不空飞。”“夭”即是“笑”，正如“舞”即是“飞”。又《嘲桃》：“无赖夭桃面，平明落井东。春风为开了，却拟笑春风。”俱得圣解。清儒好夸“以经解经”，实无妨以《诗》解《诗》耳。既曰花“夭夭”如笑，复曰花“灼灼”欲燃，切理契心，不可点烦。

因钱先生讲得实在精彩，如由我转述，反失其美，请读者允许我做一回文抄公。他继续解释说：

观物之时，瞥眼乍见，得其大体之风致，所谓“感觉情调”或“第三种性质”；注目熟视，遂得其细节之实象，如形模色泽，所谓“第一、二种性质”。见面即觉人之美丑或傲巽，端详乃辨识其官体容状；登堂即觉家之雅俗或侈俭，审谛乃察别其器物陈设。“夭夭”总言一树桃花之风调，“灼灼”专咏枝上繁花之光色；犹夫《小雅·节南山》：“节彼南山，维石岩岩。”先道全山气象之尊严，然后及乎山石之荦确。修辞由总而分，有合于观物由浑而画矣。第二章、三章自“其华”进而咏“其叶、其实”，则预祝其绿荫成而子满枝也。

《桃夭》这首诗对后世影响极大,钱钟书先生说:

隋唐而还,"花笑"久成词头,如萧大圜《竹花赋》:"花绕树而竞笑,鸟遍野而俱鸣。"骆宾王《荡子从军赋》:"花有情而独笑,鸟无事而恒啼。"李白《古风》:"桃花开东园,含笑夸白日。"而李商隐尤反复于此,如《判春》:"一桃复一李,井上占年芳。笑处如临镜,窥时不隐墙。"《早起》:"莺花啼又笑,毕竟是谁春。"《李花》:"自明无月夜,强笑欲风天。"《槿花》:"殷鲜一相杂,啼笑两难分。"数见不鲜,桃花源再过,便成聚落。小有思致如豆庐岑《寻人不遇》:"隔门借问人谁在,一树桃花笑不应:"正复罕觏:

钱钟书先生讲这一段特有兴致,还有不少精彩议论,有兴趣者不妨找原书一读。

七、采采芣苢,薄言采之

【名句出处】

采采芣苢,薄言采之。采采芣苢,薄言有之。
采采芣苢,薄言掇之。采采芣苢,薄言捋之。
采采芣苢,薄言袺之。采采芣苢,薄言襭之。

——《周南·芣苢》

【名句赏析】

芣苢即车前草,种子和全草均可入药。古人认为车前草可以治疗妇女不孕和难产,又说它可以治恶疾。《诗序》说"和平则妇人有子矣",也是从这一点解释诗的。那么这首诗的采摘,就不再是一般的采摘,而是一群妇女怀着强烈的母性渴望,怀着功利的目的,默默地祈祷神灵降福,让自己受孕生子。这样,《芣苢》就不是一般的民歌了,不是一般的劳者歌其事了,而是变成了有特定目的的祈祷诗,求子歌。

闻一多先生对《诗经》研究很有贡献,他对《芣苢》这首诗的解说值得注意。他先从植物学上对芣苢的形状进行了描述。他说孔子说学《诗》可以"多识草木鸟兽之名",孔子说的名是"名实"之名。而要读懂《诗》,仅仅识名又是不够的。《诗经》里的"名"不仅是"实"的标签,而且是"义"的符号。他说:"芣苢是一种植物,也是一种品性,一个 allegory。"一个寓言,一个象征,一个意义的暗号,一个故事的引线。

古代传说禹的母亲吞薏苡而生禹,这薏苡就是茉苢。这是一个民族诞生的传说,这个传说影响极大,以至变成了一种观念。古籍中凡提到茉苢,都说它有宜子的功能。古音"茉"读"胚","苢"读"胎",按照"古音声同义亦同"的原则,"茉苢"读作"胚胎",植物名的"茉苢"用在人身上就变成了"胚胎",反之亦如是,这乃是文字孳乳分化的结果。"茉苢"到了《诗》中又成了双关的隐语,犹如后世以莲为怜,以藕为偶,以丝为思一类的字法,乃是中国古代诗歌源远流长的一个传统。

闻一多先生曾经把他读《诗经》的方法称之为社会学的方法。而叶舒宪教授则用文化人类学的方法研究《诗经》,他对《茉苢》的解说又进了一步,说《茉苢》不是诗,而是咒语,就像《阿达婆吠陀》中的保胎咒。初民以采摘茉苢作为咒术行为,旨在通过语音上的类似达到怀孕生子的目的,为法术思维的类比联想产物。《茉苢》一诗之所以反复吟诵"采采茉苢"而不嫌啰嗦,正是适应咒词的需要,也是咒语的特点。

叶舒宪教授说,《召南》中的《采蘩》《采蘋》;《草虫》中的"采蕨""采薇"等,都可以看作这种巫术性采摘活动的直接和间接的反映。不过,这种巫术性采摘母题后来逐渐演变成了宗教仪式活动的组成部分。但是,这一采摘母题本身显然是循着古老的巫术、咒术性采摘活动而来的,而今人则依照今天的观念,把它纳入了"劳者歌其事"的范畴。

古人认为茉苢不仅能够治不孕不育,而且能够治疗恶疾。《文选》刘孝标《辩命论》:"颜回败其丛兰,冉耕歌其茉苢。"李善注引《孔子家语》曰:冉耕,鲁人,字伯牛,以德行著名,有恶疾。《论语·雍也》有冉有疾,孔子问疾的内容。据《淮南子》说冉有得的是癞病,又称恶疾。恶疾,癞病,即今天所说的麻风病,传染性很强,所以孔子只能从窗户外去看冉有。据说,这是世界上最早关于麻风病的记载。

八、南有乔木,不可休思。汉有游女,不可求思

【名句出处】

南有乔木,不可休思。汉有游女,不可求思。汉之广矣,不可泳思。江之永矣,不可方思。

翘翘错薪,言刈其楚。之子于归,言秣其马。汉之广矣,不可泳思。江之永矣,不可方思。

翘翘错薪，言刈其蒌。之子于归，言秣其驹。汉之广矣，不可泳思。江之永矣，不可方思。

——《周南·汉广》

【名句赏析】

《诗序》说："《汉广》，德广所及也。文王之道被于南国，美化行乎江汉之域，无思犯礼，求而不可得也。"《韩诗外传》也以"文王之道被于南国"来解诗，讲了一个有趣的故事，故事里的女子是个民女。

《诗三家义集疏》引鲁诗说，也讲了一个故事，故事里的女子是神女。故事说郑交甫在江汉之湄遇到两位美女，非常仰慕。他对仆人说："我想求取她们的玉佩，你看可以做到吗？"仆人说："恐怕不行吧？我听说江汉之间的女子明于礼仪，娴于言辞，讨巧不成会大跌眼镜的。"郑交甫不信，走上前去与二女搭话说："二位女子，辛苦了。"二女回答说："客人辛苦，小女有什么辛苦可言？"郑交甫说："橘就是柚，我把它盛在竹篓里，让它顺着汉水而下。我沿着汉水追赶它，沿途采摘香草充饥，以此惩罚我的失礼。你们能够把玉佩送给我吗？"一番言语之后，二女竟然解下玉佩，送给了郑交甫。郑交甫高高兴兴地把玉佩藏在了怀中。可是刚刚走出十步远，怀中的玉佩忽然不见了。回视二女，也早已没有了踪影。郑交甫感叹道：《诗》曰'汉有游女，不可求思'，说的就是这个意思吧！"这里的"游女"是神女、仙女。

韩、鲁、齐三家说《诗》，汉以后多失传，清王先谦花了很大工夫辑录遗说，著《诗三家义集疏》。三家多用动人的故事说《诗》，有人物，有情节，较易为人接受。鲁诗所讲的故事为《汉广》这首诗增添了浪漫主义的神话色彩，这个故事也被收入《列仙传》。有人说二女即神女娥皇与女英。

不管《诗经》的时代有没有今天的文学观念，但文学的因素已经滥觞其中，浪漫主义的文学因素已经孕乳其中。《汉广》无疑已经是符合今天浪漫主义文学标准的作品，在文学史上产生了极为深远的影响。文学史多说《诗经》和《楚辞》分别是现实主义和浪漫主义文学的两大源头，而《诗经》中并不乏浪漫主义文学的因子，后来的许多文学作品受《汉广》影响，甚至直接脱胎于此。如曹植的《洛神赋》，陈琳的《神女赋》，郭璞、江淹的《江赋》等，就是一篇篇赋体的《汉广》。

《汉广》表达的那种"欲渡无舟楫"式的爱慕与追求，唐宋诗词表达的"直道相思了无益，未免惆怅是轻狂"，"衣带渐宽终不悔，为伊消得人憔悴"的意境也与此相类：钱钟书先生在《毛诗正义》里称此为"企慕情境"。

文学评论在谈到意境时，认为其渊源于《诗经》。所谓意境，即文学作品所描绘的生活图景和所表现的思想感情完美地融合为一体所构成的艺术境界,它使读者引发联想,如置身其中,深受感染。《汉广》即是这样一首有意境的诗。清代潘德舆《养一斋诗话》云:"《三瓦篇》之体制、音节,不必学。《三百篇》之神理、意境,不可不学也。"

九、鲂鱼赪尾,王室如燬

【名句出处】

遵彼汝坟,伐其条枚。未见君子,惄如调饥。
遵彼汝坟,伐其条肄。既见君子,不我遐弃。
鲂鱼赪尾,王室如燬。虽则如燬,父母孔迩。

——《周南·汝坟》

【名句赏析】

汝,汝水,古水名。源出河南嵩县西南天息山,东南流入淮河。《诗序》说:"《汝坟》,道化之行也。文王之化行乎汝坟之国,妇人能闵其君子,犹勉之正也。"意思是说,由于受先进文化的影响,汝水流域的女子也能够通晓大义,以国事为重,让她的丈夫好好工作。而从诗句看,汝坟贫女劝说她的丈夫并没有讲大道理,而是说王室的事虽然不好干,但家里的生计很艰难,还有老父母要养活,还离不了你的俸禄,你就委屈一下,再坚持坚持吧!所谓"鲂鱼赪尾,王室如燬。虽则如燬,父母孔迩"。

读者也许以为我在杜撰,那么请看看《列女传》是怎么说的:"周南之妻者,周南大夫之妻也。"先明确了人物身份。"大夫受命,平治水土,过时不来",丈夫上河工去了,到该回来的时候还没有回来。"妻恐其懈于王事,盖与其邻人陈素所与大夫言。"连与其丈夫谈话的人物地点都有了,妻子说:"国家多难,惟勉强之,无有谴怒,遗父母忧。"国家有难,你多担待着点,更不要让父母为你担忧。接着,又以圣人舜为例子,"昔舜耕于历山,渔于雷泽,陶于河滨。非舜之事而舜为之者,为养父母也。家贫亲老,不择官而仕。"以圣人为例,当然不好反驳,何况舜为父母也要受委屈呢?为父母是大事。"故父母在,当与时小同,无亏大义,不罹患害而已。夫凤鸟不离于罻罗,麒麟不入于陷阱,蛟龙不及于枯泽。鸟兽之智,犹知避害,而况于人乎?生于乱世,不得道理,而迫于暴虐,不得行义。然而仕者,为父母在故也。"在乱世出去当干部,既要善于保护自己,又要坚持基本原则,这一点鸟兽都能够做到,我相信你也能够做到。"乃作诗曰:'鲂鱼赪尾,王室如燬。虽则如燬,父母孔迩。'盖不得已也。君子是以知周南之妻能匡夫也。"周振甫先生说:"这诗的意思,各家相近。"这就是汉代人眼里的《汝坟》。

另外一个汉人也是这样读《汝坟》的:《后汉书》周磐传云:周磐,字伯坚,汝南安成人(汝水流域人)。周磐少游京师,学《古文尚书》《洪范五行》《左氏传》。好礼有行,非典谟不言,诸儒宗之。"居贫养母,俭薄不充。尝诵诗至《汝坟》之卒章,慨然而叹,乃解韦带,就孝廉之举。"周磐道德品质和学问都很好,威信也很高。可是家庭经济困难,连母亲也养活不了。一次读到《诗经》中《汝坟》的最后一章时,才突然产生做个小官养活母亲这样一个思路。"乃解韦带",韦带,没有装饰的皮带,为贫寒之士所系。"就孝廉之举",汉代通过举孝廉可以做官。《后汉书》说,周磐总共在三个地方当过官,老百姓反映很好。后来因为思念母亲弃官回乡。母亲去世后,在母亲的庐墓旁盖了一间小房子,为母亲守墓,他所教授的门徒经常有千人之多。

十、维鹊有巢,维鸠居之

【名句出处】

维鹊有巢,维鸠居之。之子于归,百两御之。

维鹊有巢,维鸠方之。之子于归,百两将之。

维鹊有巢,维鸠盈之。之子于归,百两成之。

——《召南·鹊巢》

【名句赏析】

鸠,斑鸠,又名布谷鸟。古人和大自然关系密切,花鸟草虫都是古人的朋友,是古人生活的一部分,就好像今天电视、手机、电脑是我们生活的一部分。古人对鸠的生活规律和习性非常熟悉,斑鸠不能做巢,《本草纲目》说:"不能为巢,多居树穴及空鹊巢中哺子。""居它巢生子。""生子百鸟巢,百鸟不敢嗔,仍为喂其子。"

《诗经》中的许多诗篇和诗句后来都演变成熟语或成语,有的一直活跃在我们今天的语言里。"鸠占鹊巢",这个今天人们仍然熟知的成语,就产生于《鹊巢》一诗。其实,这个成语所表达的含义,就是《鹊巢》这首诗的题旨。

西周和春秋时期,《诗》作为人们思想、智慧和语言的结晶,不仅活跃在人们的生活中,也影响着人们的生活和行为。特别是在外交场合,能够赋诗诵诗,在言谈中自如地引诗,更是必须具备的基本条件。在《论语·子路》篇,孔子说:"诵《诗》三百,授之以政,不达;使于四方,不能专对,虽多,亦奚以为?"熟读《诗经》三百篇,派他从政做官,却不会处理政务;派他当外交使节,却不能独立办理外交事务,读得再多,又有什么用处?

叔孙豹是春秋中期鲁国的大夫,是鲁国的行人,主要负责朝觐礼聘之事,经常出使各国,办理外交事务,相当于今天的外交部长。鲁昭公元年,公元前五四一年,赵孟、叔孙豹和曹国大夫到郑国去,郑国的国君准备用享、宴之礼接待他们。郑国的大夫子皮就此禀告了晋国的执政赵孟,赵孟吟诵了《瓠叶》一诗,赵孟吟诵这首诗的意思是享礼规格不要太高,要郑国使用享礼中的一献之礼即可。子皮把赵孟要求行一献之礼及赋诗《瓠叶》的情况告诉了叔孙豹,意思是咨询叔孙豹,行一献之礼是不是太低了一点。叔孙豹说:"那是他自己的意思,又有什么不可以呢?"因为在礼的问题上,过和不及都是失礼,子皮还是不放心,说:"敢吗?"叔孙豹说:"那是他自己要这样,又有什么不敢?"到将要行享礼的时候,郑国还是准备了五献之礼的用具。

享礼结束,宴礼开始。叔孙豹赋了一首《鹊巢》诗。赵孟连忙说:"这我实在不敢当啊!"这时,叔孙豹赋《鹊巢》诗,实在含义无穷,非常恰当而巧妙。这里是把赵孟比做鸠,郑国比做鹊。另外,这时的赵孟已经为晋国的执政七年,一手把持了晋国的朝政。这些复杂而委婉的意思,如果不用赋诗的形式,是很难表达的。

嵌松石缶(战国)

这里的赵孟,时任赵国正卿,亦名赵武,称赵文子。他是晋大夫赵朔的遗腹子,在他的身上,演出过一段惊天动地的故事,元杂剧《赵氏孤儿》说的就是这段故事。《孟子》说"赵孟之所贵,赵孟能贱之",就是这个赵孟。

十一、于以采蘩,于沼于沚

【名句出处】

于以采蘩?于沼于沚。于以用之?公侯之事。

于以采蘩?于涧之中。于以用之?公侯之宫。

被之僮僮,夙夜在公。被之祁祁,薄言还归。

——《召南·采蘩》

【名句赏析】

《左传》隐公三年记载了周王室与郑国交恶之事。郑国的国君郑武公与郑庄公先后担任周平王的卿士,相当于总理大臣之类。可是,周平王又私下重用西虢公。郑庄公对此很有意见,平王却否认有这种事。为此,周王室与郑国互相交换人质以示信任。周朝的王子狐到郑国去做人质,郑国的公子忽到周王室去做人质。这年三月,周平王死了,周桓王即位,周人果然准备把大权交给虢公,郑国极为不满。这年四月,郑国的大夫祭仲带人割取了周王的麦子。秋天,又割了周王的谷子。周朝和郑国从此结下了梁子。

《左传》引君子对周郑交恶这件事评论说:"言语不发自内心,即使交换人质也没有用处。双方设身处地互相谅解,又用礼节进行约束,又有谁能够离间他们呢?如果真正有诚信,即使是山涧、池塘、沼泽、小洲里生长的植物,蘋、蘩、蕰、藻之类的野菜,竹制的筐、筥或金属的锜、釜之类的普通器物,潢、污、行潦里的积水,都可以用来祭祀鬼神,进献给王公,何况君子建立两国的信任,按照礼仪行事,哪里用得着交换人质呢?《风》诗里有《采蘩》《采蘋》,《大雅》里有《行苇》《泂酌》,这些诗篇就是用来表明诚信的。"

这段话也说明了《采蘩》这首诗的寓意和使用,可以帮助我们理解这首诗。用诗,当然是用这首诗的主题和寓意。《采蘩》这首诗是祭祀诗,祭祀是表示诚信的。《左传》昭公元年叔孙豹赋《采蘩》,正是表达希望赵孟讲诚信的寓意。

至于祭祀。今天我们已经看不到了。古人的许多生活和理念今人都比较生疏,所以我们读古书时常常会产生误解。《论语·乡党》里孔子的一段话,就被许多人误解。"食不厌精,脍不厌细。食饐而餲,鱼馁而肉败,不食。色恶,不食。臭恶,不食。失饪,不食。不时,不食。割不正,不食。不得其酱,不食。肉虽多,不使胜食气。唯酒无量,不及乱。沽酒市脯,不食。不撤姜食,不食。"这里的"不食",是不能用于祭祀,不可给祖先神灵食用,讲的是对祭品的要求。过去许多人把这段话当作孔子生活奢侈的证明,试想孔子一生到处颠簸,在饮食上哪里可能有这么多讲究。特别是"沽酒市脯,不食",从市场上买来的酒肉也不吃,这哪里做得到呢?孔子是认为用来祭祀的食品之类,要尽量精致,要用心制作,而且一定要亲手制作,才能表示对神灵的虔诚。

讲到祭祀,我们今天可能会嘲笑古人愚昧迷信,这其实是一种误解。不懂得畏天敬祖,对祖先的集体无意识,正是今人自大狂的表现,也是不道德的。古人对天和祖先的敬畏是发自内心的,祭祀活动是愉快的。我们今天读《采蘩》这首诗,仍能够感受到它欢快的节奏和韵律。

十二、未见君子,忧心忡忡

【名句出处】

喓喓草虫,趯趯阜螽;未见君子,忧心忡忡。亦既见止,亦既觏止,我心则降。

陟彼南山,言采其蕨;未见君子,忧心惙惙。亦既见止,亦既觏止,我心则说。

陟彼南山,言采其薇;未见君子,我心伤悲。亦既见止,亦既觏止,我心则夷。

——《召南·草虫》

【名句赏析】

上世纪 20 至 40 年代,《诗经》的研究取得了较大进展,其中以闻一多先生的研究较为突出。他说:"汉人功利观念太深,把《三百篇》做了政治的课本;宋人稍好一点,又拉着道学不放手,——一股头巾气;清人较为客观,但训诂学不是诗。"他主张把《诗经》当成文艺作品来读。把《诗经》当成文艺作品来读是可以的,但它毕竟不是文艺作品,更不是我们今天所说的文艺作品。

具体到他对《诗经》的研究成果,就是他把性学研究引入到了《诗经》研究中来,这显然是《诗经》研究的一大突破,至今仍有不少人在他开辟的路上继续前行。闻一多早期的《诗经的性欲观》的论文,是他受弗洛伊德学说影响,用泛性论和潜意识理论解读《诗经》的代表性作品。他认为《诗经》的时代,没有脱尽原始人的躯壳。他在解读《草虫》这首诗时,引"亦既见止,亦既觏止"句的"觏"字,解释为"交媾"的"媾",即《易经》"男女媾精,万物化生"之义。闻一多说古代婚礼,新郎和新娘先要用"同牢之馔",然后有人"御衽席于奥",然后"主人入,亲脱妇缨,烛出。……"。他说有人把"觏"解释为"见",前面一句"亦既见止"已经见过了,再讲见不是重复了吗?她必待"亦即觏止",她那阜螽般跳着的心,才"则降","则说","则夷"了,这有点像试婚。他进一步论述说,《仪礼》乡饮酒礼、射燕诸礼都要奏二南的六诗,召南的三篇是《鹊巢》《采蘩》《采蘋》,偏偏把中间的《草虫》抽掉了。惠栋解释这理由是:"始见君子之事,婚礼所谓主人揖妇以入,御衽席于奥之时也。始曰我心则降,再曰我心说,又曰我心夷,其言近乎亵矣。"算是不经意说了实话。惠栋是清代人,用考证的方法研究《诗经》的文字,著有《毛诗古义》。闻一多说:"《诗序》偏说是'能以礼自防'。不知道那不能以礼自防的,还要亵到什么程度!"

闻一多先生文章里引用的"同牢之馔""御衽席于奥""亲脱妇缨"等婚礼程序,见于《周礼》和《仪礼》中的《婚礼》《士婚礼》篇,《周礼》《仪礼》和《诗经》,都是十三经之一。

十三、蔽芾甘棠,勿翦勿伐

【名句出处】

蔽芾甘棠,勿翦勿伐,召伯所茇。
蔽芾甘棠,勿翦勿败,召伯所憩。
蔽芾甘棠,勿翦勿拜,召伯所说。

——《召南·甘棠》

【名句赏析】

召公姓姬名奭,又称邵公、召康公、召伯。公元前1046年,佐武王伐纣灭商,武王封其于召,后徙于北燕(今北京附近),他是燕国的始祖。但他并没有到燕地去。武王去世时,年幼的成王即位,召公为三公之一,和周公一起辅助成王治理天下,与周公分陕而治,自陕以西,召公主之。《史记·燕召公世家》说:"召公之治西方,甚得兆民和。召公巡行乡邑,有棠树,决狱政事其下,至侯伯至庶人各得其所,无失职者。召公卒,而民人思召公之政,怀棠树不敢伐,歌咏之,作《甘棠》之诗。"

《甘棠》应该是一首来自民间的颂诗,诗人没有颂扬召伯的伟大,没有把他比做太阳,也没有把他比做月亮。没有历数召伯的丰功伟绩,没有说"那是一个春天",甚至连召伯所做的一件英雄事迹也没有提。三千年以降,却仍然使我们感到一种刻骨铭心的思念，一种由衷的崇敬，一种神圣不可亵渎的情感。旧评此诗为"千古去思之祖"，去后乃见思，才是对领导人政绩最高的褒奖，是建立在人民心中真正的丰碑。

孔子非常重视《甘棠》诗。在他的诗教生涯中，他评点最多的就是这首诗，上海博物馆竹简《孔子诗论》就有四处是关于这首诗的。他说："吾以《甘棠》得宗庙之敬，民性固然，甚贵其人，必敬其位，悦其人，必好其所为，恶其人亦然。""《甘棠》及其人，敬爱其树，其报厚矣。""《甘棠》之报。"他用一个"报"字，说明了《甘棠》的诗旨。谁为人民做了好事，人们就不会忘记他，这就是"报"。权威不是大树特树树立起来的，个人搞起来的崇拜不如人民发自内心的崇拜。这个道理很简单，可是偏偏又常常被忘记，被亵渎。

《左传》里有赋《甘棠》诗的故事：鲁昭公即位后第二年的春天，晋侯派韩宣子到鲁国行聘问之礼，鲁昭公用享礼接待他。礼仪结束，季武子请韩宣子到自己家里饮宴，韩宣子看到季武子院子里有一棵树枝叶茂密，就赞美它。季武子说："我一定要好好培植这棵树，以不忘《角弓》。"于是就赋了《甘棠》诗。表示要像保护甘棠树一样保护韩宣子赞美过的这棵树。韩宣子急忙说："我实在不敢当，我哪里有可以与召公相比的地方呢？"

孔子的评论，《左传》记述的赋诗《甘棠》的故事，说明召公甘棠听讼的故事很早就产生了。那么，召公听讼的甘棠树又在哪里呢？今天还能够找得到吗？傅增湘《秦游日录》说："陕州城距车站里许，南为囊水，北为黄河。城中见高台，云是召公分陕治所。甘棠尚存，但已朽枯。"傅增湘是近代人，三千年后，他还能找到召公听讼的甘棠树，可见这个故事的生命力之强。这也说明了老百姓对为民办事的官员的渴望，说明了召公的甘棠树仍然是珍稀的树种，这真不知是可喜还是可哀。

十四、谁谓雀无角，何以穿我屋？
谁谓鼠无牙，何以穿我墉？

【名句出处】

厌浥行露，岂不夙夜？谓行多露。

谁谓雀无角，何以穿我屋？谁谓女无家，何以速我狱？虽速我狱，室家不足！

谁谓鼠无牙,何以穿我墉? 谁谓女无家,何以速我讼? 虽速我讼,亦不女从!

——《召南·行露》

【名句赏析】

有人说,这首诗写了两千多年前的一场婚姻官司,这大概是我们知道的最古老的婚姻官司。为这首诗,也打了两千多年的笔墨官司,至今也没有打清楚。这首诗中的疑问确实很多,如开首一句"厌浥行露","行露"是什么意思? 说是路上的露水。打官司,反对强迫婚姻,与"行露"有什么关系? 如果说是比、兴,又比什么,兴什么? 再看第二节的第一句:"谁谓雀无角?"雀当然没有角,为什么还要问? 第三节第一句:"谁谓鼠无牙?"鼠明明有牙,为什么也要问? 有人解释说,雀其实有角,它的喙就是角。有人说,鼠就是没有牙,它的牙其实应该叫齿。这些解释让我们晕菜。这是《召南》里的一首诗,如果起召公于地下,不知他老人家可能断得清楚。有人说,这些理解未必惬当,但对疑问多的作品做些研讨,却别有一种情趣,此正邵邵所谓"日读误书,亦是一适"。这个圆场打得好,这是不解决的解决,事实上《诗经》里的有些诗,也许是永远无法说清楚的,但这并不影响我们使用这些诗,欣赏这些诗。

《列女传》里有个鲁秋胡妻的故事,说鲁国有个叫秋胡的男人,刚结婚五天就到陈国做官去了。五年以后回来,在快要到家的路上,看到一位路旁采桑的妇人,不由心旌动摇,走下车来用言语挑逗。这个妇人不为所动,继续采桑不止。秋胡又拿出黄金来,对妇人说:"力田不如逢丰年,力桑不如见国卿。吾有金,愿以与夫人。"妇人说:"采桑养蚕,纺纱织布,供应衣食,奉养二老,这是我的本分。我不会有违背妇道的行为,也不会接受你的黄金,希望你也不要有非分之想。"

秋胡回到家里,见过二老之后,让人去找自己的妻子。等到妻子回来,发现自己在路边挑逗的采桑女,竟然就是自己的妻子,不禁羞愧不止。妇人斥责道:"你束发辞别亲人外出做官,我在家里吃了多少苦哇。五年以后你才回来,理应尽快返家。没有想到你看到路边采桑的女子,就用言语挑逗,还夸耀自己有钱,要拿黄金送给她,这是连自己的父母都忘记了。忘记父母,这是不孝。调戏妇女,这是不义。孝义并忘的人,还有什么可取之处呢? 我与你又怎能相处下去呢?"说完,她冲出门去,投河而死。刘向把这个故事归在《节义传》里,题目是《鲁秋洁妇》,评论说:"见善如不及,见不善如探汤,秋胡子妇之谓也。"是连秋胡妻的投水也一块赞扬的。读了这个故事,我真不知是什么滋味。看了刘向的评论,我的感觉满拧。如果一定要投水,我想,也该是秋胡,而不该是秋胡妻。

南朝诗人颜延之根据这个故事,写了一首长诗,名《秋胡诗》,结尾说:"愧彼《行露》诗,甘之长川泛。"这里当然是以《行露》诗为典,有人解释这两句诗的意思说:"意为不正当的行为虽然如露水,也令人羞愧;正当的行为即使如洪水也使人心甘。"

十五、摽有梅,其子七兮。求我庶士,迨其吉兮

【名句出处】

摽有梅,其实七兮!求我庶士,迨其吉兮!

摽有梅,其实三兮!求我庶士,迨其今兮!

摽有梅,顷筐墍之!求我庶士,迨其谓之!

——《召南·摽有梅》

【名句赏析】

《左传》襄公八年,公元前 565 年,晋国的大夫范宣子出使鲁国,一是答谢鲁襄公春季对晋国的访问,二是对晋国将对郑国动武的事进行通报,希望得到鲁国的支持和帮助,鲁襄公用宴礼接待了他。范宣子在宴礼上赋了《摽有梅》诗。这首诗本意是婚姻及时,用在这里是希望鲁国及时出兵。此时鲁襄公只有十一岁,范宣子赋诗由鲁国的国相季武子回答:"谁敢不及时啊?今以草木为喻,你们的国君之于我们的国君,就好比草木与臭味的关系。我们会愉快地等待命令,哪里会延误时间呢?"因为范宣子赋《摽有梅》,所以季武子也以草木为喻进行回答。接着,季武子赋了《角弓》诗,用其"兄弟婚姻,无胥远矣"之意,进一步表达了两国关系。一场涉及战争的外交大事,就在双方赋诗中优雅地完成了。西周和春秋时代的人,对《诗》的熟悉,达到脱口而出的程度,后代人用诗仍然较为普遍,"摽梅"以后成了咏女子及时婚配的典故。

唐代诗人孟浩然《送桓子之郢成礼》诗:"摽梅诗有赠,羔雁礼将行。"这是送女子成婚的诗,前一句用摽梅典,祝贺婚姻及时,亦说将赠诗祝福新婚。后一句用"羔雁"典,是说我还将有礼品表达心意。"羔雁"典出自《礼记》,羊羔和大雁是古代卿大夫相见时的礼品,也作为订婚的礼品。我的家乡今天仍盛行出嫁的女儿蒸大雁馍送给母亲的礼俗,用的是大雁年年回家乡,女儿要经常回去看望母亲的寓意。权德舆《妾薄命篇》:"韶光日日看渐迟,摽梅既落行有时。"是说时光流逝,到了出嫁

的年龄了。这首诗用摽梅典故,有催促女子应及时婚嫁之意。

钱钟书先生在谈这首诗时,说到了它的"重章渐进法":如首章结云"求我庶士,迨其吉兮",尚是从容相待之词。次章结云"求我庶士,迨其今兮",则敦促其言下承当,故《传》云:"今,急辞也。"末章结云"求我庶士,迨其谓之",乃迫不及待,支词尽芟,真情毕露矣。此重章之循序渐进者,《桃夭》之由"华"而"叶"而"实",亦然。《草虫》首章:"亦即见止,亦即觏止,我心则降。"次章:"亦即见止,亦即觏止,我心则说。"末章:"亦即见止,亦即觏止,我心则夷。"语虽异而情相类,此重章之易词申意者。先秦说理散文中好重章叠节,或易词中意,或循序渐进者,《墨子》是也。

钱钟书先生所说甚是。读《诗经》,要了解它的创作规律和手法。重章叠进,是民歌最常用的手法,古今中外皆如此。

十六、嘒彼小星,三五在东

【名句出处】

嘒彼小星,三五在东。肃肃宵征,夙夜在公。寔命不同!
嘒彼小星,唯参与昴。肃肃宵征,抱衾与裯。寔命不犹!

——《召南·小星》

【名句赏析】

我们前面引用朱东润先生的话,说《诗经》不是民歌,我们承认他的观点有一定道理。但不等于说《诗经》里就没有民歌。所谓民歌,也不一定就是指最下层的不识字老百姓的创作。比如这首诗,它很可能是一个下层小官吏的作品,这也应该算是民歌,《诗经》中这类作品还不少。在这首诗里,出差的小官吏抱怨为了一点菲薄的工资,不得不早起晚睡。这样的诗还不少,《邶风·北门》更显然是一个小官的抱怨。

《左传》昭公七年说:"人有十等,下所以事上,上所以共神也。故王臣公,公臣大夫,大夫臣士,士臣皂,皂臣舆,舆臣隶,隶臣僚,僚臣仆,仆臣台。马有圉,牛有牧。"一层统治一层,一层管理一层,一层臣服一层,等级森严,一个金字塔式的社会结构。这些位卑职微的小官吏,就在金字塔的下层。在下层的最辛苦,而享受待遇又最差。以《诗》证《诗》,我们可以从《诗经》里找出很多例子来。如《小雅·雨无正》:"三事大夫,莫肯夙夜;邦国诸侯,莫肯朝夕。"三公大夫,哪个肯起早贪黑地劳作？邦国的诸侯，哪个肯从早到晚地忙碌？这些处在金字塔上层的统治者，压迫者，有几个愿意辛辛苦苦干点正事呢？

就是同在金字塔里面的人，也还是有好有坏，有闲有忙，有贪有廉，有老实头，有耍滑蛋。《小雅·北山》诗云："或燕燕居息，或尽瘁事国，或息偃在床，或不已于行。或不知叫号，或惨惨劬劳；或栖迟偃仰，或王事鞅掌。或湛乐饮酒，或惨惨畏咎；或出入风议，或靡事不为。"有的人坐家中安乐享受，有的人忙国事皮包骨头。有的人吃饱饭高枕无忧，有的人在路上日夜奔走。有的人从不知民间疾苦，有的人为国事累断骨头。有的人专享福悠然自得，有的人为工作忙碌不休。有的人寻欢作乐饮美酒，有的人担心灾祸要临头。有的人夸夸其谈发议论，有的人样样事情要动手。看，说得多么真实生动！

据说做官也是有窍门的，汉代汲黯姑姊的儿子司马安非常善于钻营，四至九卿之位，以河南太守卒。其昆弟因为他位至二千石高官的有十人。《史记》称他"文深巧善宦"。晋潘岳《闲居赋序》云："（潘）岳尝读《汲黯传》，至司马安四至九卿，而良史书之，题以巧宦之目，未尝不慨然废书而叹！"潘岳说："嗟乎！巧则有之，拙亦宜然。顾常以为士之生也，非至圣无轨微妙玄通者，则必立功立事，效当年之用。是以资忠履信以进德，修辞立诚以居业。"这是儒家的思想。

十七、有女怀春，吉士诱之

【名句出处】

野有死麕，白茅包之。有女怀春，吉士诱之。
林有朴樕，野有死鹿。白茅纯束，有女如玉。
舒而脱脱兮，无感我帨兮，无使尨也吠。

——《召南·野有死麕》

【名句赏析】

今天，只要我们脑子没有进水，不戴有色眼镜，不当道学先生，我们对《野有死麕》是爱情诗，写男女一见钟情，进而幽会偷情的看法是不会有异议的，说这首诗是民歌也是有道理的。

要确定《诗经》里的诗是不是民歌，首先要确定民歌的概念。先从作者来说，不能认为只要是底层民众的创作就一定是民歌，而中下层小官吏的创作就不是民歌。是不是民歌,要看内容,看它有没有反映民众的心声,有没有真实反映社会的面貌和人民的情感。当然,也要看它的语言和艺术表现手法。这个问题看似简单,有时也比较复杂。

如果单从作者看,只要是基层民众的创作就是民歌,"大跃进"民歌和红旗歌谣,确实出自基层民众之手,但它却是按照上面的政治意图,由官方组织安排进行的,是按照官方标准进行审核通过的,反映的是官方意识形态,在某种程度上违背了社会现实,它是不是民歌呢?或者说它是坏民歌、假民歌,被强奸了的民歌,已经失去了贞节的民歌?

如果一定要是基层民众的创作才是民歌,对《召南·小星》《邶风·北门》《王风·君子于役》《小雅·雨无正》《小雅·北山》这些诗怎么看呢?从内容来看,它们有的是下层官吏所作,有的是被边缘化了的中、高层官吏所作,有的是他们的妻子所作。虽然他们不是处在社会最底层,但这些诗真实反映了当时的社会面貌,反映了作者的心声,应不应该算是民歌呢?

朱东润先生在《国风出于民间论质疑》一文中所说的第三条理由是:"文化之绵绎,苟以某一时代偶然现象论之,纵不免有后不如前之叹,然果自大体立论,则以人类智识之牖启,日甚一日,后代之文化较高于前代,殆无疑议,何以三千年前之民间,能为此百六十篇之国风。使后世之人,惊为文学上伟大之创作,而三千年后之民间,犹辗转于《五更调》《四季相思》之窠臼,肯首吟叹而不能自拔?此其可疑者三也。"朱先生这是从写作水平、艺术成就上来判断民歌,认为如果是民歌,也应该随着社会的发展越写越好,不应该后不如前,这种说法有没有道理呢?

另一位朱先生名光潜者在《诗论》中说:"个人意识愈发达,社会愈分化,民众艺术也就愈衰落。民歌在野蛮社会中最发达,中国边疆诸民族以及澳、非二洲土著都是明证。在开化社会中,歌谣的传播推展者大半是无知识的儿童、村妇、农夫、樵子之流。人到成年后便逐渐忘去儿时的歌,种族到开化后也逐渐忘去原始时代的歌。所以有人说,文化是民歌的仇敌。"这与上一位朱先生的看法不同,但更符合实际。

十八、何彼襛矣,唐棣之华

【名句出处】

何彼襛矣?唐棣之华。曷不肃雝?王姬之车。

何彼襛矣？华如桃李。平王之孙，齐侯之子。

其钓维何？维丝伊缗。齐侯之子，平王之孙。

——《召南·何彼襛矣》

【名句赏析】

这场婚姻的主角是谁呢？虽然它说了一遍又一遍"平王之孙，齐侯之子""齐侯之子，平王之孙"，还是使研究者摸不着头脑。

先从《左传》看，《左传》记载了鲁庄公时周王室与齐国的两次婚姻。一次是公元前693年，鲁庄公元年的一次婚姻。经文记载"夏，单伯送王姬。"单伯为周天子的大臣，由他送王姬出嫁。周人姬姓，故称其女王姬。传文说："秋，筑王姬之馆于外。为外，礼也。"另一次是公元前683年，鲁庄公十一年，"冬，齐侯来逆共姬。"共姬亦王姬。由于这两次记载都极为简略，我们还不能够断定这是不是诗里写的那次出嫁。

既是王室，女儿很多，嫁女之事也不会少。周王室嫁女，为何会记到鲁国的国史上呢？又为何筑馆于外呢？齐侯又为何要到鲁国来迎娶王姬呢？因为周代是礼法社会，周室与诸侯国地位有尊卑之不同，诸侯国不能直接到周王室来娶周王的女儿。天子嫁女于诸侯，必使同姓诸侯为之主，己不主婚。而鲁国与周王室是同姓懿亲，所以要先在鲁国过渡一下，并由鲁国来主婚。而之所以记录在鲁国的国史里，因为这是由鲁国国君主持的婚姻。至于筑馆于外，那是当时的礼仪。即使是鲁国国君的女儿出嫁，也要先筑馆于外，男方不可直接到宫室迎娶。今天民间还有类似风俗，即女方不直接由父母家出嫁。

顾炎武《日知录》说《何彼襛矣》诗里写的就是公元前683年的那次婚姻，王姬所嫁之人，即是齐桓公。不过，也有人认为应该从《左传》以外去找，《左传》只是鲁国国史，所记有限。这首诗还有一些疑问，比如此诗写周王室嫁女，为何不入《诗经》中的王风而归入召南？也是一个疑问。

对于这些疑问，探讨很多，解释很多，说法很多。魏源《诗古微》认为《春秋》一书所记，是从公元前722年，周平王四十九年，鲁隐公元年开始的，在此之前也有周室嫁女至齐之事，《何彼襛矣》这首诗写的有可能是在此之前的某一次婚礼。

汪凤梧在《诗学女为》也是这个看法，他说诗中这次王姬下嫁齐侯之事《春秋》未载，比庄公时的两次要早，它是周室东迁之后王姬第一次下嫁齐侯。

由于对《何彼襛矣》诗的婚姻背景不很清楚，要具体分析就比较困难了。《诗经》还有不少谜，这也是它的魅力。孔子在《论语》里引古佚诗说："唐棣之华，偏其反而。岂不尔思，室是远而。"《诗经》，毕竟太遥远了。

十九、我心匪石，不可转也；我心匪席，不可卷也

【名句出处】

泛彼柏舟，亦泛其流。耿耿不寐，如有隐忧。微我无酒，以敖以游。

我心匪鉴，不可以茹。亦有兄弟，不可以据。薄言往愬，逢彼之怒。

我心匪石，不可转也；我心匪席，不可卷也。威仪棣棣，不可选也。

忧心悄悄，愠于群小；觏闵既多，受侮不少。静言思之，寤辟有摽。

日居月诸，胡迭而微？心之忧矣，如匪澣衣。静言思之，不能奋飞。

——《邶风·柏舟》

【名句赏析】

这是一首名诗，诗中的名句也很多，如"耿耿不寐，如有隐忧"，"薄言往愬，逢彼之怒"，"忧心悄悄，愠于群小"等。

这是一位天才的女诗人的作品，她的身份很可能是贵族，有一定文化。与这首诗的作者同时代，公元前七世纪古希腊也有位天才女诗人名萨福，她也出身贵族。她在自己的家乡勒斯波斯岛教授妇女诗歌和音乐。作品有抒情诗、讽刺诗、挽歌、颂歌等。她有诗集九卷，后被基督教皇帝列为禁书而焚毁，今只留下残章断句。比较起来，我们古中国的这位女诗人还要幸运一些，可惜我们已经不知道她的姓名。

在阶级压迫，男尊女卑的时代，做一个女人是不幸的，做一个清醒有个性的女人更不幸，而做一个有文学才华的女子在那个时代更是最大的不幸。因为她不能像今天的才女们一样，可以在网上与自以为有才华的臭男人们一博。按照恩格斯从经济学角度提出的看法，由于财产是按照父系来继承的，在她那个时代，虽然已经实行了一夫一妻制，但男子有纳妾的权利，而对女子却随之产生了忠贞的要求：恩格斯在《家庭、私有制和国家的起源》一书中说："在历史上出现的最初的阶级对立，是同个体婚制下的夫妻的对抗的发展同时发生的，而最初的阶级压迫是同男性对女性奴役同时发生的。"

妇女之不幸，可看《大戴礼记·本命》，"妇有七去；不顺父母，去；无子，去；淫，去；妒，去；有恶疾，去；多言，去；盗窃，去。不顺父母，为其逆德也；无子，为其绝世也；淫，为其乱族也；妒，为其乱家也；有恶疾，为其不可与共粢盛（祭祀之事）也；口

多言,为其离亲也;盗窃,为其反义也。"

妇女的七出,是为妇女定了七条大罪,加了七个紧箍咒,七条绞索。只要犯了其中的一条,就可以逐出家门。女子被逐出家门,在社会上就再也没有了容身之地。特别是其中以妒作为一条大罪,是公然为男子纳妾提供合法保护伞。清代的俞正燮对此十分反对,曾作《妒非女人恶德论》,为女子鸣不平。他还作《节妇说》《贞女说》,对旧道德进行批判,对婚礼未成,男子已死,女子终身不嫁或自尽被称为贞女、烈女十分反感,他说:"此贤者未之思也。"他引用了一首民间的诗:"闽风生女半不举,长大期之作烈女。婿死无端女亦亡,鸩酒在尊绳在梁。女儿贪生奈逼迫,断肠幽怨填胸臆。族人欢笑女儿死,请旌借以传姓氏。三丈华表朝树门,夜闻新鬼求返魂。"封建毒素侵袭社会之深,令人不寒而果。俞正燮感叹道:"呜呼！男儿以忠义自责则可耳,妇女贞烈,岂是男子荣耀也?"

二十、我思古人,实获我心

【名句出处】

绿兮衣兮,绿衣黄里。心之忧矣,曷维其已。

绿兮衣兮,绿衣黄裳。心之忧矣,曷维其亡。

绿兮丝兮,女所治兮。我思古人,俾无訧兮。

絺兮绤兮,凄其以风。我思古人,实获我心。

——《邶风·绿衣》

【名句赏析】

孔子说:"《绿衣》之忧,思古人也。"古、故通,思古人,即思故人。故人,故世之人。孔子说得很明白,这首诗对于我们只要解决了个别字的问题也不难理解。《诗序》说:"《绿衣》,卫庄姜伤己也。妾上僭,夫人失位而作是诗也。"郑玄进一步加以解释,意思是卫庄公的妻子庄姜因为婚后无子被弃,小妾州吁之母越分上升

编钟(战国)

为夫人。庄姜为自己的不幸遭遇悲伤,因而写下了这首诗。连朱熹、方玉润也是这种说法。曲为之说是汉儒惯用的手法,而朱熹和方玉润则不愿说是男子悼念女子,好像这样说就丢了男人的颜面。而"绿兮丝兮,女所治兮","絺兮绤兮,凄其以风",明明是一个男子在悼念一个女子,追怀一个女子,是在悼亡,而不是一般的思念。

我们今天读《诗经》,本不必与汉儒计较,与道学家斗气。但他们说诗说了两千年,要廓清其影响也非朝夕之功。顾颉刚先生在《(诗经)的厄运与幸运》里说:《诗经》是一部文学书,这句话对现在人说,自然是没有一个不承认的。我们既知道它是一部文学书,就应该用文学的观点去批评它,用文学的惯例去注释它,才是正辨。不过我们要说"《诗经》是一部文学书"一句话很容易,而要实做批评和注释的事却难之又难。这为什么?因为二千年来的《诗》学专家闹得太不成样子了,蔓草和葛藤盘满了。在蔓草和葛藤的感觉里,只知道它是一件可以附着蔓延的东西,决不知道是一座碑。我们从远处看见,就知道它是一座碑;走到近处,看着它的形式和周围的遗迹,猜测它的年代,又知道它是一座有价值的古碑。我们既知道它是一座有价值的古碑,自然就要走得更近,去看碑上的文字,不幸蔓草和葛藤满满的攀着,挡住了我们的视线,只在空隙里看见几个字,知道上面刻的是什么字罢了。我们若是讲金石学的,一定求知的欲望更迫切了,想立刻把这些纠缠不清的藤萝斩除了去。但这些藤萝已经过了很久的岁月,要斩除它,真的是很费事。等到斩除的工作做完了,这座碑的真面目就显露出来了。

我们今天了解古人对《诗经》的研究和解说,不只是斩除藤蔓的工作,而且要了解《诗经》研究的历史。而盘在《绿衣》这首诗上的蔓草和葛藤就是男尊女卑、道学思想。试问男子悼念女子,有何不可?清初颍州诗人刘体仁,还为他的侍女写过传记呢!

《诗经》里的许多作品,最初确实是来自民间的东西,但自它离开民间之后,就已经在被修改歪曲之中,这种情景不仅中国为然。周作人先生说过,《旧约》是犹太教与基督教的经典,但也是古代希伯来的民间文学,这一点与中国古代的经书一样。《诗经》里有许多情诗,《旧约》的《雅歌》更是热情奔放。今天的研究者说,《雅歌》中反复申说的是一个主题,那就是男女之间的热烈的官能的恋爱。但在一世纪的时候,在严正的宗教派看来,它还不是圣经。等到他们为它加上了譬喻的意义,说是借了夫妇的爱情在那里咏赞神,然后才把它放到经文里去。《雅歌》的价值本是文学上的,它本是恋爱的歌集。那些宗教的解释,都是一世纪时加上去的。《旧约》的《雅歌》的命运真是与中国的《诗经》相同,连时间也相同,实在令人惊奇。阉割《诗经》的灵魂,把它弄得了无生气,然后把它捧到天上去,这就是汉儒的工作。今天,我们该还《诗经》以本来面目了。

二十一、燕燕于飞,差池其羽

【名句出处】

燕燕于飞,差池其羽。之子于归,远望于野。瞻望弗及,泣涕如雨。

燕燕于飞,颉之颃之。之子于归,远于将之。瞻望弗及,伫立以泣。

燕燕于飞,下上其音。之子于归,远望于南。瞻望弗及,实劳我心。

仲氏任只,其心塞渊。终温且惠,淑慎其身。先君之思,以勖寡人。

——《邶风·燕燕》

【名句赏析】

邶、鄘、卫皆为殷商时国名,其地为商之国都。武王灭商后,封其弟康叔于卫,都朝歌,即今河南淇县境。朝歌以北谓之邶,今河南汤阴县东南。朝歌以南谓之鄘,今河南汲县东北。《诗经》有邶风、鄘风、卫风。邶和鄘入周之后皆属于卫地,"但邶鄘地既入卫,其诗皆为卫事,而犹系其国之名,则不可晓。"这是朱熹在《诗集传》中的话,以朱熹的学问尚且不知,我们也不可臆测。朱熹说:"旧说以此下十三国皆为变风焉。"变风即风诗的变调。有人认为因为邶、鄘之诗所用皆故国乐调,所以编录者仍用原国名名之,这有一定道理。也有人认为卫风太多,故编者一分为三。这似乎是推测之词,理由也不充分。

邶鄘地既入卫,其诗皆为卫国的事。这首诗的本事可参《左传》隐公三年、四年。卫庄公娶了齐国的太子得臣的妹妹庄姜为夫人。庄姜长得很漂亮,但却没有生儿子。庄公又娶了陈国的厉妫为妻,生了孝伯,但孝伯很小就死了。厉妫的妹妹戴妫生了个儿子名完,庄姜视完犹如己子。

卫庄公死,公子完即位,是为卫桓公。桓公十六年,公元前719年春,卫公子州吁杀死了卫桓公,自立为国君。公子州吁是卫庄公宠姬的儿子。秋,卫国大夫碏与陈侯杀死了州吁。第二年,卫人到邢国迎回了公子晋,立晋为国君,是为卫宣公。

戴妫是陈国人,她的儿子卫桓公被公子州吁杀死,她被迫离开卫国回到陈国,应该就在卫桓公被杀的这年春天。《左传》称戴妫回陈国是大归,即回去后不再回来。庄姜去送戴妫,作了这首诗。

对于《诗序》的说法,也有人表示怀疑,提出其他说法,但都没有《诗序》的说法更与诗相符,为我们所不取。其之所以怀疑,并提出异议,就在曲解了"仲氏任只"一句上。仲氏,即厉妫的妹妹戴妫,所以称仲。郑玄说,"任者,以恩相亲信也"。陈子展先生说这是定解。只,为语气词。诗最后两句"先君之思,以勖寡人"。先君,指卫庄公。寡人,指庄姜。寡人,妇女丧夫者。那时寡人这个词尚未作为皇帝的专用语。

对于这首诗,我以为朱熹的《朱子语类》解说得最好:

《燕燕》诗前三章,但见庄姜拳拳于戴妫,有不能已者。及第四章,乃见庄姜于戴妫非是情爱之私,其有塞渊温惠之德,能自淑慎其身,又能以先君之思而勉己以不忘,则见戴妫平日于庄姜相劝勉以善者多矣。故于其归而爱之若此,无非情性之正也。

也有研究者认为,根据《左传》和《史记》的有关文字,以卫国大夫碏与陈侯诛杀州吁于濮(陈地)为证,以为庄姜送戴妫归陈,其中有用陈以讨伐州吁的计划在,这种说法值得注意。有人说:"庄姜远送而惓惓于戴妫,为之泣涕不置者,当非仅寻常妇人女子离别之情,其亦有他望也欤?"诗史互证,我们不能说没有道理。这也许是"任"的深层含义。

朱熹说:"古人文字之美,词气温和,义理精密如此!秦汉以后无此等语。某读诗,于此数句,深诵叹之。"

对于诗中"瞻望弗及,泣涕如雨","瞻望弗及,伫立以涕"句,钱钟书先生以"眼力不及人远"之旨论之,他举了许多古诗词名句,似均脱胎于《燕燕》。他还举莎士比亚戏剧名句云:"西洋诗人之笔透纸背与吾国诗人之含毫渺然,异曲而同工焉。"但两相比较,中国诗人之作更简洁凝练,引人遐思。

二十二、日居月诸,照临下土

【名句出处】

日居月诸,照临下土。乃如之人兮,逝不古处。胡能有定,宁不我顾。

日居月诸,下土是冒。乃如之人兮,逝不相好。胡能有定,宁不我报。

日居月诸,出自东方。乃如之人兮,德音无良。胡能有定,俾也可忘。

日居月诸,东方自出。父兮母兮,畜我不卒。胡能有定,报我不述。

——《邶风·日月》

【名句赏析】

上面我们先对《日月》的作者作了简单介绍,作者庄姜是春秋时期一位才貌双全的有名的大美人,可惜红颜薄命。有人说《日月》是《长恨歌》的前身,有相似之处,也有大不同。《长恨歌》里的杨贵妃只是人长得漂亮,没有听说她写过什么作品。《长恨歌》是白居易感叹杨贵妃之作,而《日月》的作者就是庄姜自己,所谓自伤怀抱,自叹命运不公,遇人不淑,没有劳别人代笔。她写诗,没有请枪手。可是那又如何呢?人有才又有貌,而且"其心塞渊,终温且惠,淑慎其身",而且能够不忘"先君之思",能够秉承祖宗之志,"以勖寡人",按照"既定方针办",可能还真有本事,甚至有政治才能。可惜她是个女人,可惜她的肚皮不争气,没有为她生个儿子,庄公没有按照七出的七项基本原则把她逐回齐国,已经是她的幸运了。也许是上帝不愿意把一切好处都给她。

朱熹对《燕燕》和《日月》是庄姜所作深信不疑,而且认为《终风》的作者也是庄姜。他认为这几首诗的排列次序有问题。《终风》当在先,《日月》当次之,《燕燕》是庄公死后的诗,按时间顺序应该在前两诗之后。因为从《终风》这首诗看,乃庄公于庄姜犹有往来之时,然不暴则狎,使庄姜不堪。至《日月》,从诗意看,则当在庄公已与庄姜没有往来之时,庄姜所以才作了这首怨诗。而《燕燕》,则在桓公被杀,其送戴妫回陈国时。这时,离庄公之死也已经十五年了,而犹做此怨诗,则与情理不合。

《日月》这首诗共有四节,用了四次"胡能有定"。诗首先以"日居月诸"兴感,陈启源说诗之本意在"胡能有定",不为无见。与"日居月诸"对照起来看,可得妙解。日月之运行尚有一定,而已经结为夫妇之人,竟心志恍惑,能不令人伤感?可知作者反复吟咏日月,正为了陪衬"胡能有定",而末章于无可奈何之时,"忽追痛父母,笔势一转,而神态并出"。方玉润说:仰日月而诉幽怀,"一诉不已,乃再诉之;再诉不已,更三诉之。三诉不听,则唯有自呼父母而叹安生我之不辰。盖情极则呼天,疾痛则呼父母,如舜之号泣于旻天、于父母耳。此怨极也。而篇终乃云'报我不述',则用情又何厚哉?"他分析得很明晰,也入情入理。

二十三、寤言不寐，愿言则嚏

【名句出处】

终风且暴，顾我则笑。谑浪笑敖，中心是悼。

终风且霾，惠然肯来。莫往莫来，悠悠我思。

终风且曀，不日有曀。寤言不寐，愿言则嚏。

曀曀其阴，虺虺其雷。寤言不寐，愿言则怀。

——《邶风·终风》

【名句赏析】

朱熹在《诗集传》里说："庄公之为人狂荡暴疾，庄姜盖不忍斥言之，故但以终风且暴为比。"其"不肯斥言之"之说，反映了朱子所主张的温柔敦厚的诗歌理论。我们之所以同意这首诗是庄姜的怨诗，所怨者是卫庄公，是因为这首诗的语气和声口与之完全相符。至于《诗序》以为"庄姜遭州吁之暴"之说所以为许多人否定，因为庄姜与州吁是母子关系，则"顾我则笑""惠然肯来"等语，绝不是儿子所宜加于母亲的，亦不是可以出于母亲之口的。

就诗而论，这是一首怨妇诗是肯定的，写夫妇不睦是肯定的，我们把它当作怨妇诗读也是可以的，当作庄姜的怨诗读也是可以的。而从诗里，却找不到与庄姜和庄公有关的内证。当我们把它当作庄姜的怨诗来读时，就是为这首诗设定了一个规定的场景。如果这首诗与历史的场景，与当时的文献相符，它又反过来为这首诗增加了新的信息，丰富了这首诗的内容。任何文学作品，如果它不经过阅读者的再创造，就无法完成艺术的欣赏过程。这里有理性、理念的介入，也有思想和情感的介入，也有个人生活经历经验的介入。当然，也应当允许历史知识、历史文献的介入，古人阅读这首诗的成果和体验的介入，以及需要训诂学成果的帮助。

古人多将这首诗当作庄姜的怨诗来读，戴震说："篇中取譬非一，曰终风，曰暴，曰霾、曰曀、曰阴、曰雷。其昏惑乱常，狂易失心之态，难与一朝居。"我们读这首诗，就会感到卫庄公是一个荒淫狂暴的人，是一个色情狂，虐待狂。

但当我们把这首诗当作庄姜怨庄公的诗来读时，又产生了新的疑问，既然庄公对庄姜如此无情无义，甚至只是把庄姜当作发泄性欲的工具，又为什么"顾我则笑"，为什么"悠悠我思"，为什么"愿言则嚏"，为什么"愿言则怀"？是庄姜被他玩弄得情绪混乱,神经错乱了,还是庄姜本身也是性变态,有受虐癖呢?对卫庄公这样的坏男人,有什么"笑""思""嘒""怀"可言呢?说到这里,这首诗已经超出了我们传统所说的怨妇诗的范围了。那就只有请社会学家、心理学家、历史学家来共同探讨研究了。我们以为要真正读懂这首诗,还要结合当时妇女的社会地位和处境,以及庄姜本人的处境,才能有比较切合实际的理解。

二十四、死生契阔,与子成说。执子之手,与子偕老

【名句出处】

击鼓其镗,踊跃用兵。土国城漕,我独南行。

从孙子仲,平陈与宋。不我以归,忧心有忡。

爰居爰处?爰丧其马?于以求之?于林之下。

死生契阔,与子成说。执子之手,与子偕老。

于嗟阔兮,不我活兮!于嗟洵兮,不我信兮!

——《邶风·击鼓》

【名句赏析】

《诗序》说这首诗的背景是卫国的州吁兴兵暴乱,夺取君位,兴兵讨伐郑国的事,绝大多数研究者都同意。但诗中有个"孙子仲"不太清楚,《诗序》说是"公孙文仲",却没有细说理由。直到清代,王先谦根据《(唐书)宰相世系表》,才考证出"孙子仲"和"公孙文仲"就是一个人,把这首诗的最后一个疑点消除了。

州吁兴兵暴乱之事发生在鲁隐公四年,即公元前 719 年。这首诗与《燕燕》《日月》《终风》几首诗是有联系的,与庄姜、戴妫等人是有联系的。卫庄公娶了齐庄公的女儿庄姜为妻,庄姜贤而无子。后来又娶了陈国的厉妫、戴妫为夫人。戴妫生了个儿子名完,庄姜抚之若己子。卫庄公去世以后,完即位,是为卫桓公。

卫庄公还有个儿子名叫州吁,是卫庄公与他宠幸的妃子所生。州吁性格暴烈,好用武力,卫庄公也不加管教,庄姜很讨厌州吁。卫国有个叫石碏的大夫就此劝谏过卫庄公,他说:"为臣听说爱自己儿子的人,要引导他走正路,不要让他走邪路。如果骄、奢、淫、逸,就会走到邪路上去。这四种恶之所以会产生,是由于你对州吁的宠爱太过分了。如果你真正要立州吁为太子,那就及早定下来;如果不定下来,就会酿成祸乱。那种受宠爱而不骄傲,骄傲而能够安于地位下降,地位下降而能够

不怨恨,怨恨而能够自我克制的人是很少的。而且低贱妨害尊贵,年少凌驾年长,疏远离间亲近,新人离间旧人,弱小欺侮强大,淫欲破坏道义,这就是六逆。国君行事得宜,臣子受命奉行,父亲慈爱,儿子孝顺,兄长宽和,兄弟恭敬,这就是六顺。去掉顺而效法逆,这就会让祸害尽快到来,这样做恐怕不是好兆头吧!"庄公不听石碏的劝告。等到卫庄公去世,戴妫的儿子卫桓公完即位,大夫石碏就退休了。可是,石碏的儿子石厚却喜欢与公子州吁交往,石碏反复劝告他也不听。

卫桓公十六年(公元前719年)四月,州吁果然杀掉了卫桓公,自立为国君。州吁自立为国君以后,国内一片混乱。为了转移国内矛盾,州吁联合宋国、陈国、蔡国,发动了对郑国的战争。

讨伐郑国的战争打了两次,并没有使卫国国内得到安定。石厚向他的父亲请教如何才能使国内得到安定,如何使州吁坐稳国君之位的办法。石碏说:"如果去朝觐周天子,得到周天子的承认就可以取得合法地位。"石厚说:"这件事应该怎样办呢?"石碏说:"陈国的国君陈桓公现在正受到周天子的信任,你们去请陈桓公帮忙,就一定可以办好这件事。"于是,石厚就与州吁一起前往陈国。石碏大义灭亲,私下派人先到了陈国,说这两个人都是谋逆弑君的叛贼,请你们借此机会把他们抓起来。州吁和石厚一到陈国,陈国就把他们两个捆了起来。卫人派右宰魄在陈国的濮地杀死了州吁,石碏派他的管家孺羊肩到陈国杀死了石厚。

卫国派人到邢国迎回了公子晋,这年冬天,公子晋即位,是为卫宣公。

二十五、棘心夭夭,母氏劬劳

【名句出处】

凯风自南,吹彼棘心。棘心夭夭,母氏劬劳。
凯风自南,吹彼棘薪。母氏圣善,我无令人。
爰有寒泉,在浚之下。有子七人,母氏劳苦。
睍睆黄鸟,载好其音。有子七人,莫慰母心。

——《邶风·凯风》

【名句赏析】

孟子是战国时期人,《诗经》在战国时期广泛流传,也为人们广泛学习探讨。在《孟子·告子下》,孟子与他的弟子公孙丑讨论过《凯风》这首诗。

公孙丑问道："高子说，《小弁》这首诗是小人作的，是吗？"

孟子说："他为什么这样说呢？"

公孙丑回答道："因为诗章里有怨恨之情。"

孟子说："高子这个老头讲诗真是太机械了。这里有一个人，若是越国人用弓箭去射他，他可以有说有笑地讲述这件事；这没有别的原因，因为越国人和他关系疏远。若是他哥哥张开弓箭去射他，那他会哭哭啼啼地讲述这件事。这没有别的原因，因为哥哥是他的亲人。《小弁》诗里的怨恨，正是热爱亲人的缘故。热爱亲人，是合乎仁的。高子这老头讲诗真是太机械了。"

公孙丑又问："《凯风》这首诗又为什么没有怨恨之情呢？"

孟子回答："《凯风》这首诗是由于母亲的过错小；《小弁》这首诗却是由于父亲的过错大。父母的过错大，却不抱怨，是更疏远了父母。父母的过错小，却去抱怨，是反映过激。疏远父母是不孝，反映过激也是不孝。所以孔子说：'舜是最孝顺的人，五十岁还依恋父母。'"

不知道是不是受孟子的影响，汉儒解《凯风》，纷纷曲为之说，《诗序》说："卫之淫风流行，虽有七子之母，犹不能安其室。"有了《诗序》垫底，郑玄说得更大胆："'不安其室'，欲去嫁也'"。真是匪夷所思，从诗里却找不到一字一句地根据。解诗，竟然随意杜撰。

朱熹解这首诗时也引用了《诗序》，也没有表示不同意见。我们承认朱熹解诗比汉儒有进步，他自己说："某向作《诗》解，文字初用《小序》，至解不行处，亦曲为之说。后来觉得不安，第二次解者，虽存《小序》，间为辨破，然终是不见诗人本意。后来方知，只尽去《小序》，便自可通。于是尽涤旧说，《诗》意方活。"只是这一次，不知为什么当涤旧说，却没有涤除，以至于诗意解得不活。

知道《凯风》是孝子自责之诗就可以了，不必曲为之说，一定要说母亲有什么过错。古人也是在孝子自责这个意义上引用、使用这首诗的，它与《蓼莪》都是《诗经》中写孝道的名篇。

《后汉书·章帝八王传》：皇帝诏曰："诸王幼稚，早离顾复，弱冠相育，常有《蓼莪》《凯风》之哀。"顾复，出《诗经·蓼莪》："父兮生我，母兮鞠我，顾我复我，出入腹我。"潘岳《寡妇赋》云："览寒泉之遗叹兮，咏《蓼莪》之馀音。"寒泉即出自《凯风》诗"爰有寒泉，在浚之下。有子七人，母氏劳苦"句。陶渊明《孟嘉传》："渊明先亲，君之第四女也。《凯风》寒泉之思，实钟厥心。"陶渊明的母亲是孟嘉的第四个女儿，渊明八岁丧父，他的德操与才学显然自幼就受到母亲的教育和熏陶。"《凯风》

寒泉之思"，即孝子对母亲的孝思，这篇写外祖父的传记，也表达了对母亲的情感。

晚清魏源、皮锡瑞、王先谦整理今文三家遗说，认为《凯风》是咏继母之诗。虽然诗里没有直接证据，这样说也未尝不可，继母的养育同样恩重如山。

二十六、不忮不求，何用不臧

【名句出处】

雄雉于飞，泄泄其羽。我之怀矣，自诒伊阻。

雄雉于飞，下上其音。展矣君子，实劳我心。

瞻彼日月，悠悠我思。道之云远，曷云能来。

百尔君子，不知德行。不忮不求，何用不臧。

——《邶风·雄雉》

【名句赏析】

说《雄雉》是思妇诗，姚际恒表示怀疑："上三章可通，末章难通，不敢强说。"是的，"百尔君子，不知德行。不忮不求，何用不臧"几句，好像与前面三章不太一致。

方玉润在《诗经原始》中提出了另外一种解释："盖以为友朋相勖之辞。"他解"雄雉"说："雄雉者，雄飞之象也，而雉又有文采，可以章身，故取以喻丈夫之有志高骞而欲显名当世者，非男女雌雄之谓也。《老子》曰：'知其雄，守其雌，为天下谿。'是雄以喻高，雌以喻卑之意。且诗首章'泄泄其羽'者，喻文采之光辉也。'上下其音'者，喻令闻之广誉也。而下云'自诒伊阻'，又曰'展矣君子'者，诚哉其为君子也。但欲高骞，以致远隔，谁实使之？乃自诒耳。何则？吾人之所以自立者，名固当争，实尤宜务。今以务名之故，蹉跎岁月，更阻隔关山，是徒驰驱于外而不反求诸内者之过也，是不知修德立行以为实至名归者之过也。诚能反求诸身，毋忿人而生嫉妒之心，毋枉己而启贪求之念。则何入而不自得哉？即使雌伏，亦胜雄飞，又何必远适他邦，广求人誉，不知自返，使我劳心？此友朋相望而相勉之词，不知诸儒何以认为妇人作，且以为刺宣公'淫乱不恤国事'作。淫乱词固未尝见，即男女情亦何可信哉？读古人诗，当眼光四射，不可死于句下者，此类是也。"

方玉润说得很自信，也很有道理，是从老子"知雄守雌"说上讲的，用"友朋相勖"来解这诗也解得通。

《论语·子罕》云："衣敝缊袍，与衣狐貉者立，而不耻者，其由也与？'不忮不求,何用不臧?'子路终身诵之。子曰:"是道也,何足以臧?"孔子说:"穿着破旧的棉袍,与穿着狐貉皮衣的人站在一起而不自卑,这只有子路能够做得到吧!"《诗经》上说:"不嫉妒人不贪求,走到哪儿都能成。"听了老师的表扬,子路很得意,一直挂在嘴上。孔子说:"就这么一点德行,值得老炫耀吗?"

孔子批评子路是希望他不要自满,而要做到"不忮不求"绝非易事。清末民初大收藏家裴景福在谪戍伊犁途中,写成《河海昆仑录》一书。书中说:"柳子厚、苏东坡诗文瑰丽雄伟,颉颃千载,而胸襟广狭,迥不相侔。同谪荒陬,子厚洗沐盥漱,动逾岁时。一搔皮肤,尘垢满爪。东坡则以晨起理发、午窗坐睡、夜卧濯足为谪居三适。"东坡还写有《谪居三适》诗,寄杭州僧友参寥,与他分享。"何用不臧"用在坡仙身上,真是恰切得很。

"不忮不求,何用不臧"是《雄雉》诗的名句,也是诗的主题。汉代韩婴的解释也可以帮助我们理解它:"喜名者必多怨,好与者必多辱。唯灭迹于人,能随天地自然,为能胜理而无爱名。名兴则道不用。道行则人无位矣。夫利为害本,而福为祸先。唯不求利者为无害,不求福者为无祸。《诗》曰:'不忮不求,何用不臧。'"

二十七、深则厉,浅则揭

【名句出处】

匏有苦叶,济有深涉。深则厉,浅则揭。

有弥济盈,有鷕雉鸣。济盈不濡轨,雉鸣求其牡。

雝雝鸣雁,旭日始旦。士如归妻,迨冰未泮。

招招舟子,人涉卬否。人涉卬否,卬须我友。

——《邶风·匏有苦叶》

【名句赏析】

《论语·宪问》里有个小片段,孔子在卫国的时候,有一天正在敲磬,一个挑着草筐子的汉子从门前走过,自言自语地说:"这个敲磬的,是个有心思的人哦。"过了一会儿,他又说:"磬声硁硁的,可鄙呀!它好像在说,没有人知道我呀!没有人知道我,那就算了吧!深则厉,浅则揭。水深,索性连衣裳趟过去;水浅,撩起衣裳走过去。"孔子说:"这个人好坚决,没有办法说服他了。"

这段话里引用的"深则厉,浅则揭",就是《匏有苦叶》里的诗句:这是孔子在卫国的故事,可见《匏有苦叶》这首诗在孔子的时候已经广泛流传了。这个从孔子门前过的人很可能是个长沮、桀溺一样的隐士。据杨伯峻先生解释,这里引用"深厉浅揭"是比喻。水深比喻社会非常黑暗,只得听之任之;水浅比喻黑暗的程度还不太深,还可以使自己不受污染,无妨撩起衣裳走过去。

《左传》和《国语》都讲了这么一个故事:襄公十四年夏,诸侯派大夫跟随晋侯攻打秦国,晋侯在国境等待,让六卿率领诸侯的军队前进。到达泾水,诸侯的军队迟疑着不肯渡河。叔向去见鲁国的大夫叔孙豹,叔孙豹就赋了《匏有苦叶》这首诗,叔向退出以后,对管理军需的说:"匏这种东西,是不能吃的,只能渡河用。鲁国大夫叔孙豹赋了《匏有苦叶》这首诗,肯定是要渡河了。"于是就开始准备船只。

这两则都是用诗的故事,用诗可以断章取义,用诗里某一方面的意思。前一则是引诗,可以只引用诗里的个别诗句,表达自己的意思。后一则是赋诗,也是用诗的某一方面的含义。用诗的人根据当时的情景用诗,熟悉诗的人根据当时的情景进行理解。这就是"诗言志"。春秋时人对《诗》非常熟悉,往往脱口而出,这在先秦典籍中时常可以看到。

后来,"深厉浅揭"成了一个成语,比喻行动要因时因地制宜。张衡《应间》:"故尝见谤于鄙儒。深厉浅揭,随时为义,曾何贪于支离,而习其孤技邪?"又作浅深揭厉。杜牧《除官归京睦州雨霁》诗:"顾我能贫贱,无由得自强……浅深须揭厉,休更学张纲。"张纲,东汉人,时汉顺帝刘保怂恿宦官,张纲慨然叹曰:"秽恶满朝,不能奋身出命,扫除国家之难,虽生,吾不愿也。"与当朝持不合作态度,终生亦不见用,事见《后汉书·张皓传附张纲》。

"深厉浅揭"又省作"揭厉""厉揭"。陈昌言《赋得玉水记方流》诗:"滔滔在何许,揭厉愿从游。"赵翼《题王摩诘渡水罗汉图》诗:"丹青真膺那得知,厉揭神情独可接。"

二十八、黾勉同心
谁谓荼苦,其甘如荠

【名句出处】

习习谷风,以阴以雨。黾勉同心,不宜有怒。采葑采菲,无以下体。德音莫违,及尔同死。

行行迟迟，中心有违。不远伊迩，薄送我畿。谁谓荼苦？其甘如荠。宴尔新婚，如兄如弟。

泾以渭浊，湜湜其沚。宴尔新婚，不我屑以。毋逝我梁，毋发我笱。我躬不阅，遑恤我后。

就其深矣，方之舟之。就其浅矣，泳之游之。何有何亡，黾勉求之。凡民有丧，匍匐救之。

不我能慉，反以我为雠。既阻我德，贾用不售。昔育恐育鞫，及尔颠覆。既生既育，比予于毒。

我有旨蓄，亦以御冬。宴尔新婚，以我御穷。有洸有溃，既诒我肆。不念昔者，伊余来塈。

——《邶风·谷风》

【名句赏析】

陈子展先生《诗经直解》云："《谷风》实为民间故事诗，可作为一篇韵文小说读。篇中可说有故事，有结构，有主题，有琐细而完整、突出而概括之艺术手法，如出短篇小说能手。前人论此诗之艺术特点，有可取者。"他引郝懿行妻王照圆《诗说》云："《诗》有二《谷风》，一为夫妇，一为朋友，皆处变风、变雅之世，夫妇、朋友之道绝矣。夫妇、朋友事相类，故二诗大意略同。然朋友以义合，可直写其事，其词简；夫妇则以情联，虽怨而犹有缠绵之思，其词繁；所以不同。"这首《谷风》，叙述了夫妇间许多生活小事，生活细节，似乎想通过这些小事和细节的叙述，勾起往事的回忆，打动负心的丈夫，那种依依不舍，既恨犹恋的情感表现得很充分。

王照圆又引他的老师陈嘉琰的说法："见庵先生说，《谷风》句句怨，句句缠绵，与薄倖人作情厚语，使人伉俪之情油然而生。诗之温柔敦厚，善于感人如此！《谷风》诗之妇人本以色衰而弃，然其德音则可取，通篇反复俱不出此二意。妇已弃矣，恩已绝矣，而怨之之中犹有望之之意。或喻以理，或感以情，其忠厚为何如！凡人新旧之际，尤难为情。诗中'宴尔新婚'凡三见，乃止曰'如兄如弟'，'不我屑以'，'以我御穷'，绝不毒骂。较之后人诗，'长跪问故夫，新人复何如？将缣来比素，新人不如故！'何等蕴藉。通篇看来，至末二章方露悲酸，而气愈和平，词愈舒缓。若作戟手怒骂读，则失之矣。"

对于《谷风》诗中弃妇这种"与薄倖人作情厚语"的态度，王照圆和她的老师无疑是赞成的，甚至是欣赏的，因为这正符合温柔敦厚的诗教。王照圆的老师说"若作载手怒骂读,则失之矣",他这是站在男子的立场说话。试问对于负心的男子,作道义上的谴责,有什么不可以呢?

即使是宣扬视妇女所谓礼仪的《大戴礼》,讲了"妇有七出"后,也讲了"三不去"。"有所娶,无所归,不去;与更三年丧,不去;前贫贱,后富贵,不去。"即女子的父母不在了,无家可归者,不去。为男子的父母守过三年丧的,不去。与男子共同度过贫苦岁月的,不去。"三不去"并不能保证妇女的权益,《谷风》里的女子又何尝不是与男子共同度过贫苦岁月的呢?

"昔育恐育鞠,及尔颠覆。既生既育,比予于毒",朱熹引张载解释"育恐育鞠",就是生活在恐慌和困难之中;"及尔颠覆"就是共同经历生活的波折。"既生既育"就是已经度过了恐惧和困难,"比予于毒"就是现在把我看成了仇人。《谷风》里的女子尽管属于三不去之列,但她还是被忘恩负义的男子逐出了家门,男子一点也不念旧情,忘记了这个弃妇对家庭做出的贡献。

"不远伊迩,薄送我畿",不希望你能把我送出多远,但你竟然连走到门槛也不愿意。《礼记·杂礼》说:"出妻之礼,是接以宾客之礼也。"出妻也要用接待宾客的礼节;《白虎通·嫁娶》说:"出妇之礼必送之。"而这个共同度过贫贱岁月的男子连这一点也做不到,真使这位弃妇哀痛至极了。"薄送我畿"四个字看似平淡,这实际已经是在责之以礼,责之以义了。

二十九、胡为乎中露

【名句出处】

式微式微,胡不归? 微君之故,胡为乎中露?
式微式微,胡不归? 微君之躬,胡为乎泥中?

——《邶风·式微》

【名句赏析】

《世说新语·文学》篇有个小故事:汉代经学大师郑玄家的奴婢由于耳濡目染,对经书中的语句也很熟悉,有的还有了读《诗》背《诗》的爱好,《诗经》中的诗句可以脱口而出。有一次,郑玄让他的一个奴婢去办事,事情办得不理想,气得郑玄要用鞭打来惩罚她。奴婢不服气,为自己辩护找理由。这样一来郑玄更生气了,让人把那个犟嘴的奴婢拽到了泥巴地里。过了一会儿,另外一个奴婢过来时看见了,感到很奇怪问："胡为乎泥中?"你为什么站在泥巴地里？这个奴婢回答道："薄言往想,逢彼之怒。"本来想向他解释,没想到碰上他发脾气。这两个奴婢问答中使用的都是《诗经》中的诗句。"胡为乎泥中"就在《式微》诗中,"薄言往想,逢彼之怒"在《邶风·柏舟》诗,使用得非常恰当巧妙。

郑玄是东汉古文经学大师,字康成,今山东高密人。郑玄对《诗经》研究的贡献是为《毛诗故训传》作了笺注。《毛诗故训传》简称《毛诗传》或《毛传》,是汉初毛亨所传授的《诗经》注本。当时传《诗》的有四家,鲁、齐、韩为今文家,毛为古文家。东汉后期毛诗立为官学而独显,今文三家诗后衰亡并散佚,毛诗独传至今,所以《诗经》又被称为《毛诗》。《毛诗》与三家诗相比,很少荒诞迷信的内容,而着重发挥儒家"圣道王化"的政治理想,这是我们今天读诗应该仔细辨析的。但《毛传》毕竟是现存最早的研究《诗经》的著作,今天仍然有很高的学术价值。

郑玄为《毛诗故训传》所做的笺注被称为《毛诗传笺》,简称《郑笺》。郑玄对《毛传》的注释又进行了详细解释,集中了汉代《诗经》研究的成果并加以充实提高,因此,《郑笺》是

饕餮纹戈 (商)

集两汉《诗经》研究之大成的著作。尽管《郑笺》与《毛传》都有它的历史局限性,但由于汉代离《诗经》的时代比较近,对当时的历史比较了解,与《诗经》时代的语言文字也比较接近。在《诗经》研究界,历来就有"不看《郑笺》与《毛传》,枉读《诗经》三百篇"的说法。

《诗序》说："《式微》,黎侯寓于卫,其臣劝以归也。"《郑笺》说："黎侯为狄人所逐,弃其国而寄于卫,卫处之以二邑,因安之。可以归而不归,故其臣劝之。"郑玄说《式微》一诗是说黎侯被狄人驱逐,逃到了卫国,卫国让黎侯在两个小邑安顿了下来。黎侯竟乐不思黎,到了可以返回黎国的时候也不想回去了。黎国的大臣哀其不幸,怒其不争,作了这首《式微》诗讽谏劝说他。《毛传》和《郑笺》的这种说法也不可轻易否定,毕竟他们离《诗经》的时代近。

黎国本是周朝所封的殷遗民国家，在今山西上党东北，与卫国是邻近的兄弟之邦。狄为游牧的少数民族，其进犯黎国之后，而黎侯竟然没有复国的打算，所谓朽木不可雕也，粪土之墙不可圬也。

三十、驾言出游，以写我忧

【名句出处】

毖彼泉水，亦流于淇。有怀于卫，靡日不思。娈彼诸姬，聊与之谋。

出宿于泲，饮饯于祢。女子有行，远父母兄弟。问我诸姑，遂及伯姊。

出宿于干，饮饯于言。载脂载辖，还车言迈。遄臻于卫，不瑕有害。

我思肥泉，兹之永叹。思须与漕，我心悠悠。驾言出游，以写我忧。

——《邶风·泉水》

【名句赏析】

这是一首颇堪玩味品读的诗，虽然我们不能认定这首诗的作者，但这首诗已经给了我们一些既定的框架。这是一首思归诗，这是卫国女子的思归诗，这位思归的卫国女子的父母已经不在了，而这些根据诗句和历史知识是可以确定的。在此框架内，结合诗句，尽可驰骋我们的思维和想象。另外，可以把这首诗与同是思归诗的《载驰》《竹竿》对照起来阅读，比较它们的同和异。

古人对这首诗进行了许多研究，值得我们借鉴。钱澄之《田间诗学》从"思须与漕"句，认为这首诗作于卫国避狄迁漕，东渡黄河以后，"盖须是旧都，漕乃新徙。故国之变，闻之心伤，思之悠悠然长，欲归不得，故结之曰'驾言出游，以写我忧'，罔极之哀，多难之急，皆在其内。"因此，他认为《泉水》不但是思父母的诗，也是忧家国的作品。父母之情，家国之忧，尽在其中。钱澄之的说法，得到许多研究者的赞成。而说诗作于卫迁都之后，国势日非，则又为诗增加了一人时代背景，家是双重的家，国是双重的国，其家国之思，身世之感，与普通的思归诗大不相同。

诗共分四章，首章提起主题，末两句"娈彼诸姬，聊与之谋"，卫国，姬姓，卫国国君之女嫁于诸侯，以同姓之女陪嫁，即媵妾陪嫁制。陪嫁之女古称姪娣，就是这里的"诸姬"。诗句意谓与一同出嫁的姪娣们商议，如何回归卫国之事。实际这也是悬想之词，未必实有其事。因为作者很清楚，回归卫国，那已经是不可能的了。

第二章乃回忆出嫁之词，"出宿于泲，饮饯于祢"当初嫁娶时，出宿在泲这个地方，饮饯在祢这个地方，至今记忆犹新。"女子有行，远父母兄弟"，在《诗经》中凡三见，都与婚姻有关，应为当时嫁娶时所用套语，或者类似今天婚礼上司仪常用的话，从情感上体味亦有自伤不幸之意："问我诸姑，遂及伯姊"句，《列女传·齐孝孟姬传》在引用了父母送女出嫁的戒词后说："姑姊妹戒之门内曰：'夙夜无愆，视之衿鞶，无忘父母之言。'是古代确实有姑姊妹戒送之礼。《列女传》有云："既嫁，归问女昆弟，不问男昆弟。"这应是从"礼"上讲的。诗里的问，以上两层意思都有，"问"亦通闻。

第三章设想自己回家的愉快情景，皆用虚笔，戴君恩《读风臆评》说："尤以第三章遣词轻快，读之有'千里江陵一日还'之感。虽凭空结撰，并非实境，然情文斐然，其迫切心情，跃然纸上。""蜃楼海市，出有入无，见诗人用虚之妙。"然而，"载脂载舝，还车言迈"，安好车舝涂好油，调转车头快快走，毕竟只是作者自己的梦想，是一厢情愿，她的命运并不操在自己的手里，所谓"独自莫凭栏"，"梦里不知身是客，一晌贪欢"，理想与现实之间有着不可逾越的鸿沟。

末章，又无可奈何地跌落到现实中，孔广森《经学卮言》说："前章'泉水'，末章'肥泉'，是一泉也。传曰'所出同而所归异为肥泉'，诸姑伯姊各嫁一方，所归异之象也，感其所出同而托兴焉。""思须与漕，我心悠悠"，卫国的须邑与漕邑，那生我养我的父母之邦，桑梓之地，只能是我此生永远不尽的思念。最后，作者以"驾言出游，以写我忧"作结，含不尽之意于言外，余韵袅袅。

虚虚实实，实实虚虚，以回忆和虚拟之事，写眼下实有之感，是这首诗的一大特点。

三十一、出自北门，忧心殷殷

【名句出处】

出自北门，忧心殷殷。终窭且贫，莫知我艰。已焉哉，天实为之，谓之何哉！

王事适我，政事一埤益我。我入自外，室人交徧谪我。已焉哉，天实为之，谓之何哉！

王事敦我，政事一埤遗我。我入自外，室人交徧摧我。已焉哉，天实为之，谓之何哉！

——《邶风·北门》

【名句赏析】

郭沫若先生在《中国古代社会研究》里谈过这首诗,他说:"这位尊驾我想来怕也不必一定是怎样的贫窭,只是社会的生活程度一天一天的高涨了起来,人民也一天一天的奢华了起来,他的收入不很够他老婆的挥霍,所以才那样很夸张的长吁短叹。总而言之,他总算是一个破产的贵族。"郭老的这段话很生动,也很有想象力,他认为老婆好挥霍是"尊驾"发牢骚的主因。不过,这总使我们想起他那想象力同样丰富的名著《李白与杜甫》。只是其中"破产贵族"的说法,还值得注意。

许多解释《北门》的人都说其中诉苦的是个小官吏,那么这个小官吏是从哪里来的呢? 郭老的话为我们提供了一个答案,一个线索。那就是他是从一个破落的贵族而来。周代的官制基本上是一个以血缘家族关系维系的官制。血缘家族关系是相对稳定不变的,它可以在一定程度上维系政治社会地位的稳定,从而也可以在一定时期保持社会的稳定。但是社会政治则不可能像血缘家族那样稳定不变。社会政治的变化必然使血缘家族的地位发生改变。从大的方面说,殷王朝的被推翻,就改变了整个殷王朝血缘家族的社会政治地位。

春秋时期,王室衰微,列国争霸,各国逐渐摆脱周王室束缚,纷纷变革官制,以适应对外争霸,对内发展的需要。分封制正向中央集权制过渡,经过战国到秦统一终于完成。这就是《北门》里的小官吏所处的次背景。"尊驾"也许真是个贵族,血缘也许高贵得很,但那是以前的事,现在也只能当个受气的小官吏了。

程俊英先生说《北门》"是一个官吏诉苦的诗"。这个老贵族,小官吏诉的是工作的辛苦,同事排挤的痛苦,家人不理解的心苦,是有不得志之意,但并没有《诗序》说的"忠臣不得其志"。后来用诗的人也多用其不得志之意。《世说新语·言语》:"李弘度常叹不被遇,殷扬州知其家贫,问:'君能屈志百里乎?'李答:'《北门》之叹,久已上闻;穷猿奔林,岂暇择木?'遂授剡县。"李弘度即李充,晋人,他常常感叹自己地位卑微不见用。殷扬州即殷浩,因曾经任扬州刺史,故称。他知道李充家里很贫穷,问:"能委屈先生你一下吗? 去做个县令怎么样?"李充回答:"我常作《北门》之叹,想你已经听说了。我就像那处境艰窘的猴子想寻找树林,哪里还容许我有什么选择呢?"于是,李充就到剡县当了一个县令。

《北门》一诗成为一个典故,又作"北门忧""北门叹"。北门《拟古》诗:"无作北门客,咄咄怀百忧。"是以放达之语,委婉表达困窘的悲愤。卢纶《送鲍中丞赴太原》诗:"暂移西掖望,全解北门忧。"是说鲍中丞出仕太原,改变了困窘的处境。

三十二、惠而好我,携手同行
莫赤匪狐,莫黑匪乌

【名句出处】

北风其凉,雨雪其雱。惠尔好我,携手同行。其虚其邪,既亟只且。

北风其喈,雨雪其霏。惠尔好我,携手同归。其虚其邪,既亟只且。

莫赤匪狐,莫黑匪乌。惠尔好我,携手同车。其虚其邪,既亟只且。

——《邶风·北风》

【名句赏析】

周室衰微,平王东迁,史称东周。《春秋》纪事,从鲁隐公元年开始。郑国是春秋初年的强国。在刚刚进入春秋时期,郑国首先发生了共叔段之乱,这是《春秋》记述的第一次内乱。接着,就是卫国的祸乱,这就是州吁之乱。这两次内乱都是王子之间争夺权力引起的,两个国家的内乱也有着一定的联系。

州吁是卫庄公的庶子,卫庄公在位共二十三年。卫庄公夫人庄姜美而无子,她将戴妫所生的儿子公子完作为己子。公元前734年,卫庄公去世,公子完即位,是为卫桓公。

卫桓公即位的第二年,州吁骄奢,桓公贬斥他,州吁出奔。州吁是卫庄公与他宠幸的妃子所生。他性格暴烈,好用武力,贪恋权势。此时,郑国的共叔段发动政变失败外逃。两位外逃者遂结交为友,打起了回国夺权的算盘。卫桓公十六年(公元前719年)四月,州吁积聚外逃者回国,袭杀了卫桓公,自立为国君。这就是卫国的州吁之乱。

州吁自立为国君以后,国内一片混乱,为了转移国内矛盾,也为了帮助他外逃时的朋友共叔段复国,州吁联合宋国、陈国、蔡国,发动了对郑国的战争,将郑国的东门围了五天。这就开创了诸侯联合伐某国的先例。从此,东方诸侯分裂,以郑国和齐国为一派,以宋国、陈国、蔡国、卫国为另一派,互相对立。同年秋,宋、陈、蔡、卫等国再次伐郑,鲁国也派公子翚率军参加。诸侯联军击败了郑国的步兵,割了郑国的庄稼。

鲁国的国君鲁隐公向他的大夫众仲询问道:"卫国的州吁会成功吗?"众仲回

答说:"我听说用德行安定百姓,没有听说用战争和祸乱来安定百姓的。用战争和祸乱,就如同要理出乱丝的头绪,反而会把丝弄得更为纷乱。州吁这个人,崇拜武力,安于残忍。崇拜武力就失去民心,安于残忍就没有亲信。民心失去,亲信离开,他还能够成功吗?武力,就像火一样,一旦燃烧起来,不加以制止,最终就会焚烧自己。州吁杀了他的国君,又暴虐地使用百姓,让百姓整日为他打仗,不致力于建立美德,反而想通过战争和祸乱来取得成功,他总有一天会大祸临头的"

讨伐郑国的战争打了两次,并没有使卫国国内得到安定。公元前718年,卫人派右宰醜在陈国的濮地杀死了州吁。

卫国派人到邢国迎回了公子晋,这年冬天,公子晋即位,是为卫宣公。宣公在位十九年,但是他也不是个好玩意,卫国人还是要受难。接着发生的事情就与《邶风》中的《新台》和《二子乘舟》有联系了。

三十三、爱而不见,搔首踟蹰

【名句出处】

静女其姝,俟我于城隅。爱而不见,搔首踟蹰。

静女其娈,贻我彤管。彤管有炜,说怿女美。

自牧归荑,洵美且异。匪女之为美,美人之贻。

——《邶风·静女》

【名句赏析】

如果我们平心静气地读这首诗,我们就会发现这是以一个男子的口吻,写幽会密约的诗。第一章,他与一个女子在城隅约会,"爱而不见",暗写女子的娴静调皮之态,"搔首踟蹰",明塑男子心急如火之状。第二节写与女子相见,写女子赠送彤管,"说怿女美",语带双关,极富感情色彩。第三章,再言相赠,男子拿着静女赠送的荑,心中充满甜蜜,"匪女之为关,关人之贻",不是因为荑漂亮,而是因为它是美人的赠物。《诗经注析》说:"此诗以人人所能之言,道人人难表之情,自然生动,一片天籁。""后世唯民歌俗谣,遣词道情,尚能得其仿佛,求诸文人集中,传神之作,不可多得。"

上世纪二十年代,顾颉刚先生说这诗,作为"瞎子断匾之一例",引起学者们对于《静女》一诗的热烈讨论,持续了四五年之久,发表文章达十余万字。瞎子断匾的故事出自崔述《考信录》，两个瞎子争论匾上的字，一个说是"关帝庙"，一个说是"阆帝庙"，其实匾还没有挂呢。而《静女》一"诗匾"已经挂了两千多年，可是还没有断清楚。

扬之水先生说："《静女》是一首很美的诗，意思并不深，却最有风人之致。但因为诗里有了城隅，有了彤管，解诗者便附会出后官，牵缠出女史。引申出许多与诗毫不相干的故事。如果把历来解释《静女》的意见裒为一编，题作'《静女》外传'，或者竟是一件很有意义的事。"她解这首诗的意见在《诗经别裁》，值得参阅。她说："借用清人蒋绍宗的所谓'读诗知柄'，则可以认为《静女》之'诗柄'不在'贻我彤管'，却在'爱而不见，搔首踟蹰'。诗写男女之情，自无疑义，却不必牵扯'女史'，也不必指为'民间'。后世所谓的'民间'与先秦之'民间'并非一个概念，或者干脆说，先秦尚不存在后世所说的那样一个'民间'。"她引用刘始兴的话说："日'静女'者，亦其人私相爱慕之辞耳。"适如《召南·野有死麕》之称"吉士"。这是很有见地的。须知《诗经》产生在我国语言文字河流的上游，不能用其在中下游夹杂携带的两岸汇入的河水泥沙之类去考察它，不能以今范古，把我们今天对这些词语的理解强加给它。她还说，"爱而不见"之"爱"，或以为是"薆""僾"的假借字，即训为"隐蔽"，但诗中似乎没有这样的曲折。是的，诗要用比、兴，以及隐喻、象征之类，但诗不是谜语，更不可能设置语言的迷宫，诗还是要以情感人。像猜谜一样读诗，诗意就读没有了。

钱钟书先生《毛诗正义》以"尔汝群物"解《静女》诗句。他引诗末章"自牧归荑，洵美且异。匪女之为美，美人之贻"，驳斥注疏，说注疏谬甚。"诗明言物以人重，注疏却解为物重于人，茅草重于姝女，可谓颠倒好恶者。"他说，"女"即"汝"字，在古诗中指人可，指物亦可。他引孙奕《履斋示儿编》论杜甫诗句"浊醪谁造汝"等句，是所谓"少陵尔汝群物"是也。他说"卉木无知，禽犊有知而非类，却胞与而尔汝之，若可酬答，此诗人之至情洋溢，推己及他。我而多情，则视物可以如人，体贴心印；我而薄情，则视人亦袛如物，侵耗使役而已。"如《魏风·硕鼠》："三岁贯汝"，"逝将去汝"，此之称"汝"，皆为怨词一"盖尔汝群物，非仅出于爱昵，亦或出于憎恨。要之吾衷情沛然流出，于物沉浸沐浴之，仿佛变化其气质，而使为我等匹，爱则吾友也，憎则吾仇尔，于我有冤亲之别，而与我非族类之殊，若可晓以语言而动以情感焉。"

三十四、之死矢靡它

【名句出处】

泛彼柏舟,在彼中河。髧彼两髦,实维我仪。之死矢靡它!母也天只,不谅人只!

泛彼柏舟,在彼河侧。髧彼两髦,实维我特。之死矢靡慝!母也天只,不谅人只!

——《鄘风·柏舟》

【名句赏析】

《中国韵文里头所表现的情感》是梁启超大师1922年在清华学校文学社所作讲演的讲稿,他在《奔迸的表情法》一节说:"向来写情感的,多半以含蓄蕴藉为原则,像那弹琴的弦外之音,像吃橄榄的那点回甘味儿,是我们中国文学家所最乐道的。但是有一类的情感,是要忽然奔迸一泻无余:我们可以给这类文学起一个名,叫作'奔迸的表情法'。例如碰着意外的过度的刺激,大叫一声或大哭一阵,在这种时候,含蓄蕴藉,是一点用不着。"这里说"碰着意外的过度的刺激"时,常常要用到"奔迸的表情法"。其实,表达感情的方式,除了所处情景场景的不同之外,也与人物的性格有关系。同样的情景场景,性格不同的人也有不同的反应和不同的情感表达方式。《诗经》的情感表达方式总体上是以含蓄蕴藉为特点的,但也有激烈决绝的,如这一篇就是,也许这是由于诗三百篇出自众手,作者性格各异。

傅山,今山西人,生活在明末清初。他疾恶如仇,敢爱敢恨,热情如火,是一位血性之士。早在年轻时期,傅山就干下了一件震动朝野的大事。崇祯九年(1636),他联络具揭帖者103人,带领太原三立书院学生徒步千里,远赴京城,为被阉党诬告入狱的恩师袁继咸申冤。他们在北京大造舆论,甚至拦截首辅温体仁等要员的车驾告状。此事震动了京城,震动了朝廷。他还在公堂上毅然为老师出庭作证,慷慨陈词,终于使袁案得以昭雪。他的义举感动了京城的百姓,纷纷为之声援捐款。而老师袁继成复任后,他却婉言拒绝了老师任何形式的答谢。

傅山初名鼎昌,后改名山。字青竹,后改名青主。他的字号很多,如公他、公之它、公之佗、公它及侨黄老人、侨黄真山、松侨老人、朱衣道人、朱衣道士、丹崖翁、丹崖子等。所谓"侨"者,无非是说他是明朝人,不愿意承认清朝政权,他是侨居在清朝的人。所谓"朱""丹",是说他对朱明王朝的怀念,都比较容易理解,傅山也不隐瞒他甘愿做明朝遗民,不愿与清政府合作的立场。他以公他、公之它、公之佗、公它为名号,他、它、佗通,则应出自《柏舟》的"之死矢靡它"句,这一句可以翻译为"至死我也不变心","爱他到死心不变"。陈子展先生译为"发誓到死不会三心二意""发誓到死不会出乖弄丑"。总之,都是以死为誓,不愿做明王朝的二臣,不愿做清王朝的臣民。

我们今天也许会认为傅山迂腐,这是不理解傅山和顾炎武等抗清义士,因为他们担忧的不是一个王朝的灭亡,而是在痛惜天下的灭亡,担忧中华民族文化的危亡。

三十五、中冓之言,不可道也

【名句出处】

墙有茨,不可扫也。中冓之言,不可道也。所可道也,言之丑也。
墙有茨,不可襄也。中冓之言,不可详也。所可详也,言之长也。
墙有茨,不可束也。中冓之言,不可读也。所可读也,言之辱也。

——《鄘风·墙有茨》

【名句赏析】

《诗序》评诗,多言美刺,有刺人,有刺时。黑格尔在《美学》里说:"一种高尚的精神和道德的情操无法在一个罪恶的世界里实现它的自觉的理想,于是带着一腔火热的愤怒或是微妙的巧智和冷酷辛辣的语调去反对当前的事物,对和他的关于道德与真理的抽象概念起直接冲突的那个世界不是痛恨,就是鄙视。""以描绘这种有限的主体与腐化堕落的外在世界之间矛盾为任务的艺术形式就是讽刺。"我国最早的讽刺诗就在《诗经》里,形式多样。

《诗序》说《墙有茨》所刺之事为"公子顽通乎君母",郑《笺》说:"宣公卒,惠公幼,其庶兄顽烝于惠公之母,生子五人:齐子、戴公、文公、宋桓夫人、许穆夫人。"公子顽与他的庶母私通,这当然是令人不可启齿的事。烝,以下淫上曰烝,此指和母辈通奸,是乱伦的事,所以说"中冓之言,不可详也;所可详也,言之丑也"。

我们在解读邶风《北风》一诗时讲到,公元前734年,卫庄公去世。公子完即位,是为卫桓公。卫桓公十六年(公元前719年)四月,州吁积聚外逃者回国,袭杀了卫桓公,自立为国君,卫国发生了州吁之乱。公元前718年,卫人派右宰魄在陈国的濮地杀死了州吁,州吁之乱得到了平定。这年冬天,卫国派人到邢国迎回了恒公弟公子晋,晋即位,是为卫宣公。

这个卫宣公晋也不是好东西,他好色入骨,《左传》说:"初,卫宣公烝于夷姜,生伋子。""为之(假子)娶于齐,而美,公娶之。生寿及朔。"这说了他奸母霸媳上下乱伦两件色事、丑事。一是卫宣公和他父亲的妾、他的庶母夷姜通奸,而且生下了一个叫伋子的小孩。二是伋子长大以后,卫宣公为他从齐国娶妻,发现这个儿媳妇很美丽,就占为己有,称为宣姜。邶风的《新台》就是刺宣公霸占儿媳这件事的。

卫宣公和宣姜生了儿子寿和朔。宣姜怕公子伋即位当国君,就与朔向卫宣公告状,宣公密谋杀害公子伋。公子寿仁慈,急忙给公子伋报信,结果两人一同遇害,这是《二子乘舟》一诗的故事背景。

公子伋死后,他的母亲夷姜也自杀了。卫宣公作孽太深,不久也一命呜呼=公元前699年,公子朔即位,是为卫惠公。卫惠公的庶兄顽,也就是公子伋的弟弟又与惠公之母宣姜通奸,生子五人:齐子、戴公、文公、宋桓夫人、许穆夫人。卫国从此陷入乱局,闹了五世也没有平静。

卫宣公奸母霸媳,而这个宣姜,本来是公子伋的老婆,却被公子伋的父亲霸占,如今又落入公子顽之手,乱、乱、乱! 乱到这个地步,这真是"墙有茨,不可扫也。中冓之言,不可道也;所可道也,言之丑也",不说也罢。

三十六、子之不淑,云如之何

【名句出处】

君子偕老,副笄六珈。委委佗佗,如山如河。象服是宜,子之不淑,云如之何?

玼兮玼兮,其之翟也。鬒发如云,不屑髢也。玉之瑱也,象之揥也,扬且之皙也。胡然而天也,胡然而帝也。

瑳兮瑳兮,其之展也。蒙彼绉絺,是绁袢也。子之清扬,扬且之颜也。展如之人兮,邦之媛也。

——《鄘风·君子偕老》

【名句赏析】

这首诗是写卫宣姜的,诗用主要篇幅写了她的美丽。齐国出美女,这大概是当时人们的一致看法。陈风《衡门》说："岂必娶妻,必齐之姜?"难道娶妻,一定要娶齐国姜姓的女子吗? 这话听着就有点酸葡萄心理,这也说明那个时代的人公认齐国出美女。特别是卫国的国君,更是非齐女不娶。

前面我们已经知道,卫宣公和他的庶母夷姜(齐国公主,姜姓)私通,生了公子伋。伋子到了成婚之年,宣公"为之娶于齐"。这对如花美眷,如果成就金玉良缘,自然是一桩关事。伋子既然是太子,她过来之后就是太子的正妻。待伋子即位当了国君,她就是当然的第一夫人,倘若她能够与伋子"君子偕老",卫国的历史也许就是另一番模样。

对于宣公霸占儿媳,有人说是宣公受为太子伋迎亲的小人撺掇,其实这是为宣公开脱。当初烝庶母夷姜的就是这个混蛋,早就长了个乱伦的色胆。《左传》说:"为之娶于齐,而美,公娶之。"《史记》说:"为太子娶于齐,而宣公见所欲为太子妇者好,说(悦)而自娶之,更为太子娶他女。"这都没有说到有别人指使。宣姜本为太子妻,却被公公扒了灰。《新台》诗说:"新台有泚,河水弥弥。燕婉之求,籧篨不鲜。"新台流水照眼明,河水弥弥与岸平。本想嫁个关少年,嫁个蛤蟆不像人。命运发生了改变,也就是"子之不淑,云如之何"。宣姜哦,尽管你生就了倾国倾城的貌,可惜你命比黄连苦,又怎么办呢。

在那个时代,宣姜的命运并不操在她自己的手里。当初卫宣公烝了他的庶母夷姜,并没有影响他即国君的大位,而且还把夷姜纳入了宫中,而且把他与夷姜生的儿子公子伋立为了太子。说明宣公的烂事也许百姓看得重,统治者可能无所谓,刑不上大夫,礼是给人家看的。"燕婉之求,籧篨不珍",珍,善;不珍,不善,不吉祥。本来应该是幸福美满的婚姻,本来是一个如花似玉的窈窕淑女,却嫁给了一只癞蛤蟆,这是不祥之兆啊!《新台》的刺,应该是刺在卫宣公身上。《君子偕老》如果说有刺,刺的也应该是卫宣公。女人是祸水的说法,至少在《诗经》里尚未看到,在《国语》里,倒是有"乱必自女戎"的说法。

扬之水先生在《诗经名物新证》中说:"诗自然可以有言外之意,但言外之意必要由'言内之意'生发出来。细审诗的唇吻辞气与意象,则无疑是为一位锦衣罗绮而遇人不淑的女性扼腕。'子之不淑,云如之何!'一切无奈与叹惋,尽在于此。此意已醋畅于言内,而更散发于言外。诗因此对夫人的服饰、姿容、体态、气度,由上而下,备极形容。彼一时代女子的淑仪与内美,几乎集于伊人一身。'委委佗佗,如山如河','胡然而天也,胡然而帝也',诗更用了特别的惊叹,把美推向极致。""《君子偕老》中所特有的一种广大的原始之悲怆,一种朴茂而深厚的同情与关怀,即所谓温柔在诵、最附深衷之'惊心动魄'者，却是很难再见到，此又可谓'后无来者'矣。"

三十七、人而无仪，不死何为

【名句出处】

相鼠有皮，人而无仪。人而无仪，不死何为？

相鼠有齿，人而无止。人而无止，不死何俟？

相鼠有体，人而无礼。人而无礼，胡不遄死？

——《鄘风·相鼠》

【名句赏析】

对于社会的治理，人类进行了种种的探索。对于社会的制度，人类进行过种种的设计。周代的宗法制度解体了，周代的分封制度解体了，周代的礼乐制度也解体了，但我们并不能因此否定礼乐文化在社会进程中的作用。我们应该抛弃周代礼乐制度中的等级意识，阶级压迫意识，不能因此否定礼乐文明内在的社会价值和道德意义，不能抛弃其中的合理因素。研究周代的礼乐文化，在二十一世纪仍然有着现实意义。《周礼》《仪礼》《礼记》仍是值得我们研究的礼学经典。

德国社会学家埃利亚斯写了《文明的进程》一书，专门讨论文明的社会起源和心理起源，他研究的对象是中世纪产生的礼貌概念，中世纪的社交礼仪，以及文艺复兴时期人们的行为，如就餐、吐痰、擤鼻涕等，注重研究日常文明习惯的养成。其实，这些东西与西周春秋时期社会的礼仪文明、礼乐文明、诗礼文明相比，不可同日而语。

周代的礼乐文化博大精深。但是，社会是变化发展的，礼仪制度不可能保证周王室中心权力永远稳定。各诸侯国政权的交替，社会利益的分配，以及随着生产力发展所带来的财富增长和分配，生产关系调整等一系列重大问题，也不可能靠礼仪来解决。如果说礼仪作为一种制度文化，与相对稳定的西周社会是适应的，但在社会剧烈变动的春秋时期，必然发生巨大的错位，从而显得礼不从心和左右支绌。

鲁国，当时被认为是礼乐、礼仪文化的保存者。公元前537年，鲁昭公到晋国去，他在访问晋国的各种仪式、礼典上，进退应对都合于礼数，没有一点失礼之处。晋平公向晋臣女叔齐郊夸奖鲁侯知礼，女叔齐说："鲁侯哪里算懂得礼？"晋侯说：

"你怎么这样说呢？他从郊劳慰问一直到赠送财物,没有违背一点礼节,你怎能说他不懂礼呢？"女叔齐说:"这只是仪式,而不是礼。礼,是用来保有国家,推行政令,安定百姓的。如今,鲁国的政令出于大夫之家却收不回来,公室一分为四,鲁国的民心已经不在国君身上了,他连礼的本末轻重都不知道,却只注重那些琐琐碎碎的礼仪,说他懂得礼,那不是距离太远了吗?"

所谓"天下有道,礼乐征伐自天子出;天下无道,礼乐征伐自诸侯出",到了春秋时期,礼乐征伐已经自大夫出了。春秋,是大夫当家的时代。《春秋》昭公五年一开头说的就是鲁国"公室一分为四"这件事,其后,鲁国的政治、经济和军事权力,完全落到了大夫手里,连国君吃饭,也要靠大夫的进贡来维持了,原有的社会制度已经破坏殆尽。晋国大夫女叔齐说鲁昭公不知礼,是说他作为国君却不能尽到国君的责任,是说礼的内涵。《相鼠》一诗里说的"无礼""无止""无仪",也应该是这个意思。

三十八、百尔所思,不如我所之

【名句出处】

载驰载驱,归唁卫侯。驱马悠悠,言至于漕。大夫跋涉,我心则忧。

既不我嘉,不能旋反。视尔不臧,我思不远。

既不我嘉,不能旋济。视尔不臧,我思不閟。

陟彼阿丘,言采其蝱。女子善怀,亦各有行。许人尤之,众穉且狂。

我行其野,芃芃其麦。控于大邦,谁因谁极。大夫君子,无我有尤。百尔所思,不如我所之。

——《鄘风·载驰》

【名句赏析】

关于许穆夫人的身世,《左传》闵公二年说,许穆夫人是卫宣公的儿子公子顽与庶母宣姜所生的女儿。她有两个哥哥,戴公和文公。有两个姐姐,齐子和宋桓夫人。据考证,她大约生在公元前 690 年。关于她的婚姻,《列女传》有记述,《韩诗外传》有评论。

许穆夫人待字闺中时,就以漂亮聪慧闻名诸侯,许国和齐国都派人来求亲,卫懿公想把她许配给许国,她请傅母转告懿公说:"许国是个小国,位置僻远,齐国是个大国,距离较近。当今之世,强者为雄。假如卫国的边境有了戎寇之患,就要靠诸侯国帮忙。向齐国这样的大国求救,有我在,不是要好一些吗?"卫懿公不同意,于是,她只得嫁给了许国的国君,成了许穆夫人。可惜一个有远见有政治头脑的女子,对自己的终身大事却不能做主。齐桓公没有娶到许穆夫人,齐国也因此疏远了和卫国的关系。

公元前660年,卫懿公九年,"冬十二月,狄人伐卫。卫懿公好鹤,鹤有乘轩者。将战,国人受甲者皆曰:'使鹤!鹤实有禄位,余焉能战?'"(《左传》)赤狄进攻卫国。卫懿公好养鹤,鹤平时坐漂亮的车子,待遇很高,卫国人对此很反感,兵士们纷纷说:"让鹤去打仗去吧,鹤还有禄位,我们怎会打仗?"卫懿公狠心掐死了一只鹤,亲自上阵与狄人打了两仗,都失败了。懿公战死,卫国灭亡了。眼看一个好端端的国家,顷刻之间就没有了。

许穆夫人的姐夫宋桓公在黄河岸边的漕邑,收拢卫国的难民,立戴公。戴公立一月而死,文公即位。许穆夫人听到卫国灭亡,懿公战死的消息时,"载驰载驱,归唁卫侯。驱马悠悠,言至于漕。"她急忙奔赴漕邑吊唁,提出由她亲自到齐国求援,因不合于礼仪,受到众大夫反对。"大夫跋涉,我心则忧",卫国大夫四处奔走没有效果,又不让自己去齐国,许穆夫人很焦急。"既不我嘉,不能旋返",尽管你们不赞成我,我现在也不能回许国。"女子善怀,亦各有行",女子虽然好感伤,心中也自有主张。"百尔所思,不如我所之",你们想法再多,不如我亲自走一趟。许穆夫人不顾众人反对抵达了齐国,"我行其野,芃芃其麦。控于大邦,谁因谁极。""许穆夫人赋《载驰》。"

齐桓公没有及时救援,卫国灭亡,他也很后悔。见到前来求援的许穆夫人后,不仅尽弃前嫌,更为她的义举所感动。他派"公子无亏帅车三百乘、甲士三千人以戍漕",又赠送了一批急需的物质和复国所需的重器之类,帮助卫国在楚丘(今滑县一带)重新建立了国家。后来,卫国人在卫文公的带领下,励精图治,卫国竟然又延续国祚四百年,直至秦统一才最后覆亡。

帮助自己的祖国复国,是许穆夫人一生最为光彩的一笔。公元前656年,她的丈夫许穆公随齐桓公伐楚,病死军中,她的儿子业即位。

三十九、如切如磋,如琢如磨

【名句出处】

瞻彼淇奥,绿竹猗猗。有匪君子,如切如磋,如琢如磨。瑟兮僩兮,赫兮咺兮。

有匪君子,终不可谖兮。

瞻彼淇奥,绿竹青青。有匪君子,充耳琇莹,会弁如星。瑟兮僩兮,赫兮咺兮。有匪君子,终不可谖兮。

瞻彼淇奥,绿竹如箦。有匪君子,如金如锡,如圭如璧。宽兮绰兮,猗重较兮。善戏谑兮,不为虐兮。

——《卫风·淇奥》

【名句赏析】

《淇奥》与《甘棠》《君子偕老》都是描写人物的佳篇,所不同的是,《甘棠》为虚写,《君子偕老》是实写,《淇奥》则虚实相兼。《甘棠》是歌颂召公之政的,对后世影响很大。《君子偕老》是颂美卫宣姜的,其中"子之不淑,云如之何"有惋惜之意,也有人说其中有委婉的讽喻。《淇奥》按照《诗序》的说法,是美武公的德,美武公有文章,能听规谏,能以礼自防,所以能入相于周。

《淇奥》诗分三章,每章开头皆以竹起兴,"瞻彼淇奥,绿竹猗猗。有匪君子,如切如磋,如琢如磨","瞻彼淇奥,绿竹青青。有匪君子,充耳磅莹","瞻彼淇奥,绿竹如箦。有匪君子,如金如锡,如圭如璧",以赞美竹,喻卫武公。以竹为喻体,以竹起兴,以竹比德君子,这首诗也应该是最早的描写赞美竹的诗篇。梅兰竹菊四君子,在中国文化中作为品德高尚的象征,应该滥觞于《诗经》。

说诗是美化卫武公的,那么卫武公是谁呢?这要从卫国始封说起。卫国的始封君为卫康叔,名封,他是周武王的同母弟。武王克商以后,以殷之遗民封纣的儿子武庚禄父。武王去世,成王即位后,武庚禄父勾结管叔、蔡叔作乱。周公平定了叛乱,杀了武庚禄父和管叔,流放了蔡叔。《史记·卫康叔世家》说:"以武庚殷遗民封康叔为卫君,居河、淇间故商墟。"把原来封给武庚的殷遗民封给康叔,称为卫君,居住在原来殷商旧地黄河和淇水一带地方。

从康叔八传至于厘侯羡。公元前813年,厘侯立四十二年卒,太子共伯余立为君,"共伯弟和有宠于厘侯,多予之赂;和以赂赂士,以袭攻共伯于墓上,共伯入厘侯羡(墓道)自杀。卫人因葬之厘侯旁,谥曰共伯,而立和为卫侯,是为武公。"这里说卫武公是共伯余的弟弟和,他杀死了自己的哥哥余自立为君,卫武公的国君地位是通过杀兄抢来的,有血腥气,来路不正。也有人说《史记》的这段记述采自传闻,不可信,为《史记》作索隐的唐代司马贞就持这种看法。但《史记》并不否认武公的功绩,说:"武公即位,修康叔之政,百姓和集。(武公)四十二年,犬戎杀周幽王,武公将兵佐周平戎,甚有功,周平王命武公为公。"

《左传》襄公二十九年，公元前544年，吴公子季札来聘，"请观于周乐"。吴国的公子季札到鲁国聘问，因为鲁国保存周朝的礼乐文化最丰富，请求聆听和观看周朝的音乐和舞蹈。"为之歌《邶》《鄘》《卫》，曰：'美哉，渊乎！忧而不困者也。吾闻卫康叔、武公之德如是，是其《卫风》乎！'"鲁国为他演奏《邶》《鄘》《卫》的

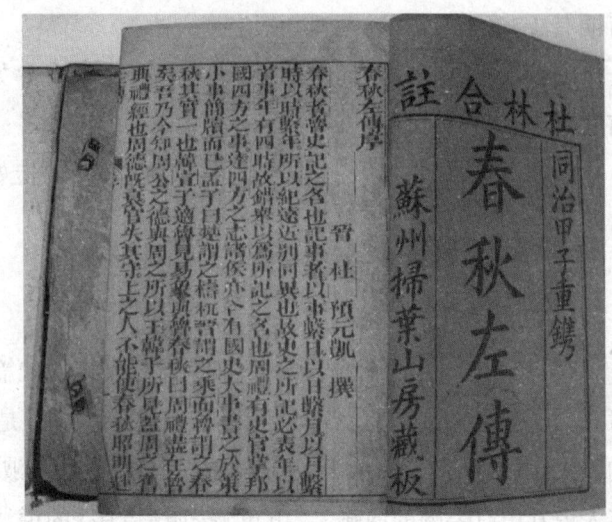

《左传》书影

诗歌，邶、鄘都是卫地。李札说："美好啊，深厚啊！忧伤而不窘迫。我听说卫康叔、卫武公的德行就像这样，这应该就是卫风吧？"季札又称吴季札，是吴王寿梦的第四个儿子，辞国不受，是春秋时有名的翩翩贤君子，他对卫武公的赞美应该是可信的。

《国语·楚语》也引卫武公之语："昔卫武公年数九十五矣，犹箴儆于国，曰：'自卿以下至于师长士，苟在朝者，无谓我老耄而舍我，必恭恪于朝，朝夕以交戒我；闻一二之言，必诵志而纳之，以训导我。'"卫武公九十五岁时，还提醒国人，一定要经常规谏他，训导他。卫武公在位五十五年，公元前758年卒，其子庄公即位。

四十、手如柔荑，肤如凝脂，领如蝤蛴，齿如瓠犀，螓首蛾眉。巧笑倩兮，美目盼兮

【名句出处】

硕人其颀，衣锦褧衣。齐侯之子，卫侯之妻，东宫之妹，邢侯之姨，谭公维私。

手如柔荑，肤如凝脂，领如蝤蛴，齿如瓠犀，螓首蛾眉。巧笑倩兮，美目盼兮。

硕人敖敖，说于农郊。四牡有骄，朱幩镳镳，翟茀以朝。大夫夙退，无使君劳。

河水洋洋，北流活活，施罛濊濊，鳣鲔发发，葭菼揭揭。庶姜孽孽，庶士有朅。

——《卫风·硕人》

《硕人》是写庄姜的,按照《诗序》的说法,《邶风》中的《绿衣》《燕燕》《日月》《终风》都是写庄姜的,有的可以从诗里找到内证,有的则找不到内证,是不是在汉代时还有其他依据,我们今天看不到了也未可知,也许那时的人都喜欢以庄姜为题材进行创作也未可知。《硕人》是写庄姜的,这从诗中可以找到证据,所以古今无异议,也可以与《绿衣》等诗互相参看。

《诗经》写美女的诗不少,直接写美女之美的诗还有《君子偕老》,是写卫宣姜的。齐国姜姓,先周时期即与姬姓联姻。齐国出美女,古人用文字传达了她们的美,而且流传至今。从中,可以看出春秋时期人们的审美观,美女观,可以看春秋时期的文学是怎样写美女的,可以看春秋时期写关达到了什么样的水平。《硕人》开头就是庄姜的小像:"硕人其颀,衣锦褧衣。"硕人,高大而壮健的人。《唐风·椒聊》:"彼其之子,硕大无朋。"《陈风·泽陂》:"有关一人,硕大且卷。"都是以高大壮健为美。闻一多先生说:"古代女子亦以丰硕为美。"《诗经》写男子同样以健硕为关。硕人,高大健壮。这是一种健康的美,也是一种健康的审美观。

诗中最有名的是第二节:"手如柔荑,肤如凝脂,领如蝤蛴,齿如瓠犀,螓首蛾眉。巧笑倩兮,美目盼兮。""硕人其颀,衣锦褧衣"的小像之后推出了六个特写镜头,写手,写肤,写颈,写齿,写额,写眉,分别用了六个比喻,写人体美。之后,又来了个传神的白描。宗白华先生在《中国美学史中重要问题的初步探索》中对这一节做了很精彩的分析,他说:"前五句堆满了形象,非常'实',是'错彩镂金,雕缋满眼'的工笔画。后二句是白描,是不可捉摸的笑,是空灵,是'虚'。这二句不用比喻的白描,使前面五句形象活动起来了。没有这二句,前面五句可以使人感到是庙里的观音菩萨。有了这二句,就完成了一个如'初发芙蓉,自然可爱'的美人形象。"这里,是论述前五句和后二句的关系,是说创作中虚实相生的道理。

对于这首诗第二节虚实相生的关系,形神兼备的道理,古人也多有论述,孙联奎在《诗品臆说》中说:"形容处断不可使类土木形骸。《卫风》之咏硕人也,曰'手如柔荑'云云,犹是以物比物,未见其神。至曰'巧笑倩兮,美目盼兮',则形神写照,正在阿堵,直把个绝色美人,活活的请出来在书本上混漾,千载而下,犹如亲其笑貌,此其离形得似者矣。似,神似,非形似也。"这一节七句把美人写美,写活,写媚,前五句和后二句是密不可分的,前五句画出了女美,后二句写活了美女,达到了"化美为媚"的效果。前五句是悦目的美,美是悦目的,一个花瓶可以是美的,它仅仅悦目就够了。但它不可能是媚的,媚是迷人的,是有生命的美,使人心旌摇荡。

而媚的产生,离不开动作的描写。莱辛在《拉奥孔》中说"媚就是在动态中的美","它是一种一纵即逝而令人百看不厌的美。它是飘来忽去的。因为我们回忆一种动态,比起回忆一种单纯的形状或颜色,一般要容易得多,也生动得多,所以在这一点上,媚比起美来,所产生的效果更强烈。"《硕人》对这种一纵即逝,飘来忽去的美的捕捉,深深影响了后人。白居易《长恨歌》"回眸一笑百媚生,六宫粉黛无颜色",王实甫《西厢记》"怎当她临去秋波那一转",显然都是从"巧笑倩兮,美目盼兮"演化而来。由此也可看出《诗经》对我国文学创作影响之大。

四十一、氓之蚩蚩,抱布贸丝
信誓旦旦,不思其反

【名句出处】

氓之蚩蚩,抱布贸丝。匪来贸丝,来就我谋。送子涉淇,至于顿丘。匪我愆期,子无良媒。将子无怒,秋以为期。

乘彼垝垣,以望复关。不见复关,泣涕涟涟。既见复关,载笑载言。尔卜尔筮,体无咎言。以尔车来,以我贿迁。

桑之未落,其叶沃若。于嗟鸠兮,无食桑葚。于嗟女兮,无与士耽。士之耽兮,犹可说也。女之耽兮,不可说也。

桑之落矣,其黄而陨。自我徂尔,三岁食贫。淇水汤汤,渐车帷裳。女也不爽,士贰其行。士也罔极,二三其德。

三岁为妇,靡室劳矣。夙兴夜寐,靡有朝矣。言既遂矣,至于暴矣。兄弟不知,咥其笑矣。静言思之,躬自悼矣。

及尔偕老,老使我怨。淇则有岸,隰则有泮。总角之宴,言笑晏晏。信誓旦旦,不思其反。反是不思,亦已焉哉。

——《卫风·氓》

【名句赏析】

《邶风》中的《谷风》是弃妇诗,《卫风》中的《氓》也是弃妇诗。《谷风》的弃妇以第一人称在诗中出现,其中的男子喜新厌旧。《氓》诗中的女子也以第一人称出现,其中的男子始乱终弃。

诗第一节，爱情上演，主角是"我"与"氓"，爱情上演的地方是"顿丘"。顿丘，不是一个藉藉无名的小地方，是当时一个繁华的商业城市，不但与"我"和"氓"的爱情故事有关，也与历史上的重要人物和事件有关。

河南省有两个顿丘，一个是汉代所置顿丘县，曹操曾任顿丘令，在今河南清丰县，属濮阳。一是古顿丘，《诗经·氓》中春秋卫邑的顿丘，在今河南浚县，属鹤壁市。《氓》中的我"送子涉淇，至于顿丘"，则此顿丘应当就在淇水河畔。古顿丘一带，有五帝之一颛顼的遗迹，《山海经》说颛顼死后的埋葬之地在鲋鱼山。杜佑《通典》释"顿丘"："鲋鱼山，颛顼葬其阳，九嫔葬其阴，今名广阳山。"广阳山，在今河南内黄县南。

五帝之一的舜也与顿丘有关，《史记·五帝本纪》云："（舜）就时于负夏"，负夏，地名。"就时"，根据时令，是讲舜从事的商业活动。司马贞引《尚书大传》注云"贩于顿丘，就时负夏"。根据时令的不同，价格的差异，在顿丘和负夏两地往来奔走，以获得经济利益。《孟子·离娄下》说："舜生于诸冯，迁于负夏，卒于鸣条。"舜出生在诸冯，迁居到负夏，死在鸣条。负夏，据说在山东省兖州区东北，是舜的迁居地。舜为渔利，经常在顿丘和负夏两地之间跑来跑去。《帝王世纪》云："帝有虞氏……始迁于负夏，贩于顿丘，债于传虚。"《尸子》说得更为具体："顿丘买贵，于是贩于顿丘；传虚卖贱，于是债于传虚。"顿丘一带物价较贵，所以舜从物价较为便宜的传虚买到货物，然后到顿丘贩卖。总之，从以上引文我们可以知道，在舜的时代，顿丘就是重要的商贸中心，以至于赫赫有名的大舜也来到这里。

而从《氓》诗中可知，在春秋时期，顿丘的商业贸易仍然比较繁荣，比较活跃，商贾云集，百货汇流，是重要的商品集散地。而氓就是一个头脑活络的小伙子，他"抱布贸丝"时，不但赚取了经济利益，而且赢得了朝歌姑娘的芳心，赚取了爱情。爱情成熟了，氓"匪来贸丝，来就我谋"。《氓》诗中的"我"，女主人公住在卫国的都城朝歌。朝歌在今河南淇县，离顿丘不远。她为爱情吸引，"送子涉淇，至于顿丘"，两地虽然相距不远，也有十几公里的路程，何况还要涉过淇水呢？可见姑娘对氓爱情的坚贞。

淇水发源于太行山西的壶关县境，历史上虽然曾经改道，今天仍然奔流不息。古顿丘在今河南浚县古淇水南岸，曾名扬中华上千年，是春秋时期齐、晋、赵、卫交通的要道，其遗址位于善化山下，如今是沃野一片。淇水和顿丘上演过重要的历史故事，它见证了两千多年前姑娘纯洁的爱情。

四十二、自伯之东，首如飞蓬。
岂无膏沐，谁适为容

【名句出处】

伯兮朅兮，邦之桀兮。伯也执殳，为王前躯。

自伯之东，首如飞蓬。岂无膏沐？谁适为容！

其雨其雨，杲杲出日。愿言思伯，甘心首疾。

焉得谖草，言树之背。愿言思伯，使我心痗。

——《卫风·伯兮》

【名句赏析】

这首诗四章，除第一章对诗的背景作了交代外，其余三章集中写了一个"思"字。出征在外的征人思念家乡和亲人，他们的妻子则思念她们出征在外的丈夫，这一类主题的诗作在《诗经》里约有二十篇，大多在国风中。

自从人类产生以来，战争就与人类相伴至今。历史学家说：春秋时期的战争是争霸，战国时期的战争是争王，是灭国。任何时候战争的受害者都是老百姓。在战争中，征夫思乡，思妇念远是人类普遍的感情，也是中国古典诗歌传统的主题，产生了不少传诵千古的名篇。朱熹有时迂腐，有时不迂腐。他解这首诗就不迂腐，他引范处义《诗补传》说："范氏曰：'居而相离则思，期而不至则忧，此人之情也。文王之遣戍役，周公之劳归士，皆叙其室家之情，男女之思以悯之，故其民悦而忘死。圣人能通天下之志，是以能成天下之务。兵者，毒民于死者也。孤人之予，寡人之妻，伤天地之和，召水旱之灾，故圣王重之。如不得已而行，必告以归期，念其勤劳，哀伤惨怛，不啻在己。是以治世之诗则言其君上悯恤之情，乱世之诗则录其室家怨思之苦。以为人情不出乎此也。'"范氏这段话里有三层意思，一是"兵者，凶器也，圣人不得已而用之"。二是"圣人通乎民意，达乎人情"。什么是儒家的学说，儒家的学说最大的特点就是主张合乎民情人意。三是写治世的诗则言其君上悯恤之情，写乱世的诗则录其室家怨思之苦。朱熹之所以引用范处义的话，当然是因为代表了他的思想。

朱熹是理学家，又是道学家，理学与道学是同义语，他继承了孔孟的道统，宣扬

"性命义理"之学,那么什么是"性命"呢?性命即天性和天命,天即大自然,天命即人从大自然所得来的禀赋。那么什么是"义理"呢?孟子说:"口之于味,有同嗜也;耳之与声也,有同听焉;目之与色,有同美焉。至于心,独无所同然乎?心之所同然者何也?谓理也,义也。圣人先得我心所同然耳。故理义之悦我心,犹刍豢之悦我口。"(《孟子·告子上》)实际是说义理也来自人自身。什么是义理,义理就是人类共同共通的思想情感。《诗经》为什么传诵数千年而不衰,就是因为它表达了人类共同共通的思想情感,这种思想情感,三千年前的人们与我们今天的人们仍然没有大的不同,仍然没有隔阂。

四十三、投我以木桃,报之以琼瑶

【名句出处】

投我以木瓜,报之以琼琚。匪报也,永以为好也。
投我以木桃,报之以琼瑶。匪报也,永以为好也。
投我以木李,报之以琼玖。匪报也,永以为好也。

——《卫风·木瓜》

【名句赏析】

《诗序》云:"《木瓜》,美齐桓公也。卫国有狄人之败,出处于漕,齐桓公救而封之,遗之车马器服焉。卫人思之,欲厚报之而作是诗也。"

《诗经·大雅·抑》:"投我以桃,报之以李。"此报与施相等,而《木瓜》则施薄而报厚。木瓜与琼琚、木桃与琼瑶,木李与琼玖,前轻而后重,前薄而后厚。

钱钟书先生说:"群学家考先民礼俗,谓赠者必望受者答酬,与物乃所以取物,尚往来而较锱铢,且小往而责大来,号曰投贻。"群学家当指社会学家,古人也许有此礼俗,但钱先生接着说此乃"交易贸迁之一道,事同货殖",则令人不敢苟同。因为礼俗和交易贸迁毕竟不是一回事。交易贸迁必须是平等的,否则就无法进行下去。礼俗即礼尚往来则是另一回事,如今民间礼俗往来仍然如此。譬如婚姻喜事,人家今天给你送了贺礼,明天人家结婚时你要加倍赠送。为什么呢?用《木瓜》里的话,"匪报也,永以为好也",这不是为了求报答,不是搞交易,这是为了永远友好。

民间也有类似《木瓜》诗意的话,如"人敬我一尺,我敬人一丈","滴水之恩,当涌泉相报"等。施薄报厚,应该是《木瓜》的诗旨。《左传》昭公二年:"(韩宣子)自齐聘于卫,卫侯享之。北宫文子赋《淇奥》,宣子赋《木瓜》。"韩宣子从齐国到卫国聘问,卫侯设享礼招待他:北宫文子赋《淇奥》这首诗,韩宣子赋《木瓜》诗。《淇奥》是美卫武公的,这里用来赞美韩宣子。韩宣子赋《木瓜》,即取欲厚报永以为好之意。

至于说《木瓜》是写爱情的,是男女赠答之词,倒使我不由想起鲁迅先生《我的失恋》诗:"我的所爱在山腰;想去寻她山太高,低头无法泪沾袍。爱人赠我百蝶巾;回她什么:猫头鹰。从此翻脸不理我,不知何故兮使我心惊。/我的所爱在闹市,想去寻她人拥挤,低头无法泪沾耳。爱人赠我双燕图;回她什么:冰糖葫芦。从此翻脸不理我,不知何故兮使我糊涂。/我的所爱在河滨;想去寻她河水深,歪头无法泪沾襟。爱人赠我金表索;回她什么:发汗药。从此翻脸不理我,不知何故兮使我神经衰弱。/我的所爱在豪家;想去寻她没有汽车,摇头无法泪如麻。爱人赠我玫瑰花;回她什么:赤练蛇。从此翻脸不理我,不知何故兮——由她去罢。"爱人所赠予"我"的回赠风马牛不相及,诗显得荒诞。有评论说这是先生对小资情调爱情诗的调侃和解构,是反讽,是双重戏仿,戏仿张衡《四愁诗》,又戏仿流行的失恋诗。研究者为此苦思冥想写了很多文章皆不得要领,也许先生就是戏作,并无深意。

四十四、知我者,谓我心忧;不知我者,谓我何求

【名句出处】

彼黍离离,彼稷之苗。行迈靡靡,中心摇摇。知我者,谓我心忧;不知我者,谓我何求。悠悠苍天,此何人哉?

彼黍离离,彼稷之穗。行迈靡靡,中心如醉。知我者,谓我心忧;不知我者,谓我何求。悠悠苍天,此何人哉?

彼黍离离,彼稷之实。行迈靡靡,中心如噎。知我者,谓我心忧;不知我者,谓我何求。悠悠苍天,此何人哉?

——《王风·黍离》

【名句赏析】

在古人诗文中,常以"麦秀""黍离"表示亡国之痛,前者出于箕子的《麦秀》歌,后者出于《王风·黍离》。

《麦秀》一诗是箕子所作，箕子是商纣王的叔父。纣王淫佚，箕子谏而不听，乃被发佯狂而为奴，隐而鼓琴以自悲，传之曰《箕子操》。殷亡，"其后箕子过故殷墟，感宫室之坏，生禾黍，箕子伤之，欲哭则不可，欲泣为其近妇人，乃作《麦秀》之诗以歌咏之。其诗曰：'麦秀渐渐兮，禾黍油油。彼狡童兮，不与我好兮！'所谓狡童者，纣也。殷民闻之，皆为流涕。"（《史记·宋微子世家》）

武王伐纣，建立了周王朝。公元前 771 年，历史重演，极其相似。申侯与鄫、西夷、犬戎联兵攻周，周幽王举烽火召诸侯，救兵不至，联兵破镐京，杀幽王骊山下，虏褒姒，尽取周室财宝而去。周虽然没有亡，但元气大伤。到了东周，已靠仰诸侯国鼻息勉强度日。在《诗经》里，连它的诗也与诸侯国的诗排在了一起，降格了。《黍离》与《麦秀》的写作背景、写作手法都极为相似，不同的只是作者由箕子换成了周大夫。

陆机，字士衡，晋诗人，辞赋家，散文家。他的祖父曾为三国时吴国的丞相，父亲陆抗为大司马。太康元年，吴国灭亡。陆机扶枢归里，因其祖、其父世为吴国将相，吴国灭亡，有家国之痛。胸中郁结，无处抒发。他仿贾谊《过秦论》而作《辩亡论》上下两篇。上篇，陈述了孙吴政权由兴到亡的过程。下篇，分析孙吴政权失败的原因，所犯的错误后说，如果吴国能不犯这些错误，就能够"保其社稷而固其土宇，《麦秀》无悲殷之思，《黍离》无愍周之感矣。"怎样才能不犯这些错误呢？陆机没有说，而《麦秀》的悲殷之思，《黍离》的愍周之感仍然反复地打动着后人。诗，是常读常新了，历史、社会却在反复循环。

对于《黍离》一诗的所做的文学评论，我以为梁启超说得好："这首诗依旧是说宗周亡了过后，那些遗民，经过故都凭吊感触做出来的，大约是对的。他那一种缠绵悱恻回肠荡气的情感，不用我指点，诸君只要多读几遍，自然被他魔住了。他的表情法，是胸中有种种甜酸苦辣写不出来的情绪，索性都不写了，只是咬着牙龈长言咏叹一番，便觉得一往情深，活现在字句上。"

四十五、一日不见，如三秋兮

【名句出处】

彼采葛兮，一日不见，如三月兮。

彼采萧兮，一日不见，如三秋兮。

彼采艾兮，一日不见，如三岁兮。

——《王风·采葛》

【名句赏析】

宋儒研究《诗经》突破了汉儒重教化的框子，"美刺"说的束缚，开始从文本的角度看待《诗经》，取得了许多成果。朱熹是宋代的大儒，《诗集传》是他研究《诗经》的代表作，也是宋儒《诗经》研究集大成的著作。它集宋人训诂、考证的成果，注意吸取宋人有价值的观点，特别是强调从诗的文本出发，以文学的观点论述诗的性质，对后世影响很大。他的注释简明易解，成为以后通行八百年的权威读本。《诗集传》的成就是不可否认的。

宋儒对《诗经》的研究，是从对《诗序》的怀疑开始的。而宋儒怀疑《诗序》，是从欧阳修的《诗本义》开始的。朱熹著《诗集传》，对欧阳修对诗本义的说解，全部采纳者有二十多条。

朱熹怀疑《诗序》是有一个认识过程的，他说："某自二十岁时读《诗》，便觉《小序》无意义。及去了小序，只玩味《诗》词，却又觉得道理贯彻。当时便尝质诸乡先生，皆云《序》不可废，而某之疑终不能释。后到三十岁，断然知《小序》之出于汉儒所作，其为谬戾，有不可胜言。"对于汉儒提出的"美刺"说，他批评说："大率古人作诗，与今人作诗一般，其间亦自有感物道情，吟咏情性，几时尽是讥刺他人？"（《朱子语类》）他认为"诗本性情"，其特征在于"虚"，而不是像"史"一样，在于"实"。他说："或有问于余曰：'诗何为而作也？'余应之曰：'人生而静，天之性也。感于物而动，性之欲也。夫既有欲矣，则不能无思；既有思矣，则不能无言；既有言矣，则言之所不能尽，而发于咨嗟咏叹之余者，必有自然之音响节奏而不能已焉。此诗之所以作也。'"（《诗集传序》）

朱熹在《诗经》研究上贡献很大，这是后代的研究者都承认的，但后人对他提出的"淫诗说"，则多进行了批评，或者表示了极大的反感。

在《诗经》等先秦典籍中，对男女幽会、私奔、寡妇改嫁等的描写，都没有任何贬损之意，是宽容甚至乐观其成的。而到了《诗集传》里，几乎所有写到爱情或男女之情的诗，都被朱熹斥之为"淫诗"，仅被朱熹定为"淫奔之诗"的就有二十八篇之多，真是不可理喻。他说圣人删诗，之所以还把这些"淫诗"保留下来，是为了"垂戒后世"，这就更荒谬了。

朱熹本是聪明人，在解《诗经》的爱情诗时怎么变糊涂了呢？他把那么多诗定为"淫诗"，实际上是为了卫所谓的"道"。其实连他自己也不相信自己的观点，实在憋不住时又在解诗时用"或曰"的形式,把自己真正的观点表述了出来。顾颉刚说:朱子于《诗经》不愧为廓清扫除之功臣(这是指廓清扫除了汉儒的"美刺"说)。然其工作又是失败的,因其见得到做不到耳(这是指对爱情诗泼了一瓢脏水)。吾辈宁以"或曰"之说为朱子之本意,而朱子自说实为古人傀儡耳(这是指朱子戴看卫道士的面具出现在解诗中)。俞平伯也看出了这一点,他说:"以今观之,'或曰'实即朱子之意,惟不敢明言耳。"(《论诗词曲杂著》)

四十六、穀则异室,死则同穴。
谓予不信,有如皦日

【名句出处】

大车槛槛,毳衣如菼。岂不尔思? 畏子不敢。

大车啍啍,毳衣如璊。岂不尔思? 畏子不奔。

穀则异室,死则同穴。谓予不信,有如皦日。

——《王风·大车》

【名句赏析】

《左传》讲到息国有好几处,在庄公十年(前 684)讲到息夫人和息国的灭亡说,蔡侯娶了陈侯的长女,息侯娶了次女(即息夫人)。息夫人出嫁的时候经过蔡国,蔡侯对息夫人非礼。息侯用计,让楚国捉住了蔡侯。蔡侯对楚文王说,息夫人才是天下第一美女,你宫里的哪一个女子都没有她漂亮。楚王心动,出兵灭了息国,抢走了息夫人。

息夫人到了楚国后,为楚文王生了堵敖和成王两个儿子。但息夫人在楚,终日不与人交一言。楚文王问她为什么,她回答说:"以一夫人而事二夫,纵弗能死,其又奚言?"我是一个女人,已经嫁了两个丈夫,我蒙受了耻辱而竟然没有去死,还有脸面说什么话吗?

《列女传》说:楚王灭息国后,将息国国君罚作守门人,将息夫人收入宫中。息夫人从宫中逃出,对息君说:"人生一死而已,何至自苦? 妾无须臾而忘君也,终不以身更贰醮。生离于地上,岂如死归于地下哉?"乃作诗曰:"穀则异室,死则同穴。谓予不信,有如嫩日。"息君止之,夫人不听,遂自杀。息君亦自杀。

二说情节虽有不同,但都说息夫人不忘家国之恨,情感矢志不移。传说她面若桃花,因此又称桃花夫人。历代用《大车》诗典故,咏息夫人的诗词很多。南朝江淹《杂诗》"愿垂湛露思,信我嫩日期",以曒日为典。湖北黄陂大别山桃花洞有桃花夫人庙,初唐宋之问作《题桃花洞息夫人庙》云:"可怜楚破息,肠断息夫人。仍为泉下骨,不作楚王嫔。楚王宠莫盛,息君情更亲。情亲怨生别,一朝俱杀身。"对息夫人是同情的。王维《息夫人》诗:"莫以今时宠,能忘旧日恩。看花泪满眼,不共楚王言。"对息夫人是肯定的。杜牧《题桃花夫人庙》:"细腰宫里露桃新,脉脉无言几度春。至竟息亡缘底事,可怜金谷坠楼人。"杜牧咏史,好作翻案文章,此诗赞美绿珠为豪富石崇殉情,跳楼而死,责备息夫人软弱,观点虽与人不同,却未必惬当,未免苛刻。

清初诗人邓汉仪有《题息夫人庙》诗,非常有名:"楚宫慵扫黛眉新,只自无言对暮春。千古艰难唯一死,伤心岂独息夫人。"这首诗是鼎革之际一代汉族知识分子心灵的写照,在清初传播广泛,直至民国,几乎无人不知。明亡之后,曾经仕明的臣子,是否仕清做贰臣,活着还是死去,几乎成为稍有气节者的艰难抉择。徐承烈《燕居琐语》曰:"清初巨公曾仕明者,读之遽患心痛死。"《红楼梦》最后一回,让丫头花袭人走出了贾府,也用了"千古艰难唯一死,伤心岂独息夫人"的诗句。

四十七、人之多言,亦可畏也

【名句出处】

将仲子兮,无踰我里,无折我树杞。岂敢爱之,畏我父母。仲可怀也,父母之言,亦可畏也。

将仲子兮,无踰我墙,无折我树桑。岂敢爱之,畏我诸兄。仲可怀也,诸兄之言,亦可畏也。

将仲子兮,无踰我园,无折我树檀?岂敢爱之,畏人之多言。仲可怀也,人之多言,亦可畏也。

——《郑风·将仲子》

【名句赏析】

《诗经》郑风二十一篇,在十五国风中,论数量仅次于卫风(包括邶风和鄘风共三十九篇)。《将仲子》是郑风的第二篇,郑风,是春秋时期郑国地方的歌诗。郑国是一个分封较晚的国家，周宣王二十二年，宣王封其弟友于郑（今陕西华县东），是为郑桓公。西周亡时，桓公被杀，其子郑武公掘突辅佐平王东迁，为司徒，得虢、郐十邑之地，徙其封而施旧号于新邑，曰新郑，国都在今河南新郑市。

郑地正当原殷商统治的中心区域，殷俗好鬼，信巫术，喜歌舞，人们性爱要求的表达比较自由。《论语·卫灵公篇》："颜渊论为邦，子曰：'行夏之时，乘殷之辂，服周之冕，乐则韶舞。放郑声，远佞人。郑声淫，佞人殆。'"《阳货篇》："子曰：'恶紫之夺朱也，恶郑声之乱雅乐也，恶利口之覆邦家者。'"什么是郑声？孔子为什么这么讨厌郑声呢？郑声是指郑国的音乐还是也包括郑国的诗歌呢？从古至今，争论不休，莫衷一是。朱熹说："郑卫之乐，皆为淫声。然以诗考之，卫诗三十有九，而淫奔之诗才四之一，郑诗二十有一，而淫奔之诗已不啻七之五。卫犹为男悦女之词，而郑皆为女惑男之语。卫人犹多刺讥惩创之意，而郑人几于荡然无复羞愧悔悟之萌。是则郑声之淫，有甚于卫矣。故夫子论为邦，独以郑声为戒而不及卫，盖举重而言，固自有次第也。诗可以观，岂不信哉？"（《诗集传》）

朱熹这段话大意是说，在《诗经》中，郑风中的爱情诗比卫风为多。在郑风中，除《缁衣》《大叔于田》《清人》《羔裘》四篇，其余十七篇都与爱情有关，所占比例明显高于卫风。而且在郑风中，女子表达情感更为热烈主动。至于圣人编诗，为什么还要保留这些"淫诗"呢？朱子的解释是"诗可以观"，即是为了让人们认识当时社会状况，引为鉴戒。

可是，用今天的文学眼光看，郑风中的那些"淫诗"，正是国风中的白眉。《将仲子》就是一首既泼辣又细腻的好诗，对后代影响也很大。

在《孟子·告子下》，任国有个人问屋庐子，娶妻和守礼哪个更重要。如果按照亲迎礼就得不到妻子，如果不按照亲迎礼，便可以得到妻子，那一定要行亲迎礼吗？屋庐子不能回答，忙去请教孟子，孟子反问屋庐子："扭断哥哥的胳膊，抢夺他的食物，就可以得到吃的；不扭，便得不到吃的，你会去扭吗？爬过东邻家的墙头去搂抱女子，便可以得到妻室；不去搂抱，便得不到妻室，你会去搂抱吗？"屋庐子不知怎样回答。

孟子这里先把娶妻和守礼置于矛盾的两端，非此即彼，屋庐子当然不好回答。其实，娶妻和守礼二者并不矛盾。而发乎情，止乎礼义，正是儒家的思想。人欲，是不可泛滥的。

四十八、知子之好之，杂佩以报之

【名句出处】

女曰"鸡鸣"，士曰"昧旦"。"子兴视夜，明星有烂。""将翱将翔，弋凫与雁。"

"弋言加之，与子宜之。宜言饮酒，与子偕老。"琴瑟在御，莫不静好。

"知子之来之，杂佩以赠之。知子之顺之，杂佩以问之。知子之好之，杂佩以报之。"

——《郑风·女曰鸡鸣》

【名句赏析】

《诗序》好以"美刺"说《诗》，用在爱情诗上时显荒谬。不是汉儒读不懂《诗》，他们离《诗》的时代比我们近，语言和阅读的障碍比我们小得多。他们之所以会这样解《诗》，一是受春秋时期赋诗、解诗、引诗断章取义的影响；二是他们心中有魔障，教化意识太强，以至于强为之说，曲为之解。比如《女曰鸡鸣》，本不是一首难理解的诗，它就像生活中的一个小片段，像一个幽默的生活小品，写的是夫妇的床头话。男人贪恋新婚之乐，还在赖床，妻子说："你听，鸡都叫了，快起来吧！"丈夫说："还早呢，再睡一会，天还没有亮呢。"妻子说："自己起来看一看，启明星儿光闪闪。盘旋展翅要飞翔，射野鸭子射大雁。"接着又鼓励丈夫："野鸭大雁都射着，我要为你做佳肴。佳肴正好可下酒，我俩相好到白头。"……

这首诗本来没有什么深意，写生活中的场景生动又活泼，这也是郑风中诗歌的显著特点。而《诗序》却说是什么"刺不说(悦)德也。陈古意刺今不说(悦)德而好色也。"怎么不悦德呢？怎么好色了呢？不就是不愿早起而赖床吗？赖床就是好色吗？这只能说《诗序》的作者读懂了这首诗，心理不正常，又读邪了这首诗，故意一本正经地曲解。郑玄《笺》曰："德，谓士大夫宾客有德者。"这是有意弥缝《诗序》，可是更令人不知所云了。

朱熹《诗集传》云："此诗人述贤夫妇相警戒之词。言'女曰鸡鸣'，以警其夫。"说声天亮了就是警戒之词吗？未免太煞有介事了。"夫人又语其夫曰，若是则子可以起而视夜之如何。意者明星已出而斓然，则当翱翔而往，弋取凫雁而归矣。其相与警戒之言如此，则不留于宴昵之私可知矣。"这首诗本来就是"宴昵之私"，怎么又不留于"宴昵之私"？此真"不可知矣"！"又欲其君子亲贤友善，结其欢心。"扯到"亲贤友善",未免太高大太辽远了。经朱夫子正襟危坐这么一解释,头巾气出来了,迂腐气出来了,诗意荡然无存矣。可是,要了解朱熹对《诗经》的真正理解,看《诗集传》还不如看《朱子语类》,《语类》是其弟子记述夫子私下的谈话,他说"此诗意思甚好。读之,真个有不知手之舞足之蹈者!"朱子为什么手舞足蹈,这么兴奋? 恐怕不是因为他看出诗中的"亲贤友善"之大义。

诗首句"女曰'鸡鸣',士曰'昧旦'",《笺》云:"此夫妇相警觉以夙兴,吾不留色也。"女子提醒丈夫早起,就是"言不留色也",此五字真是奥妙无穷。钱钟书先生抉发此五字说:"按笺语甚简古,然似非《诗》意。"先生的话也大有璇玑。为了帮助我们理解这首诗,钱先生就"憎鸡叫旦"掉了一通书袋,就是怕我们不理解诗的真义,有兴趣者不妨再去翻翻《管锥编》。

四十九、子惠思我,褰裳涉溱。
子不我思,岂无他人

【名句出处】

子惠思我,褰裳涉溱。子不我思,岂无他人? 狂童之狂也且。
子惠思我,褰裳涉洧。子不我思,岂无他士? 狂童之狂也且。

——《郑风·褰裳》

【名句赏析】

朱熹虽然仍使用"淫女"的贬词,但能把《褰裳》看成女子戏谑她的情人,即打情骂俏的诗,而且写在《诗集传》里,实在难得。尽管《诗集传》后来被奉为科举考试的权威读本,标准答案,不许跨越一步,其中,多少也还留有一点新鲜气息在。

诗中的溱、洧二水,是当时郑国境内的主要河流。溱水,发源于河南密县东北圣水峪,东南会洧水为双泊河,东流入贾鲁河。洧水,源出河南登封市东阳城山,东流经密县与溱水会合。郑风最后一首诗是《溱洧》,"溱与洧,方涣涣兮","溱与洧,浏其清兮",诗为写郑国士女郊游之作。《太平御览》引《韩诗内传》说:"郑国之俗,三月上巳日,于两水之上招魂续魄,祓除不祥。"这也是暮春时节男女的一次欢会。上巳,是一个很古老的节日,《褰裳》诗中的情景,可能就在这个时节发生。

《孟子·离娄下》也说到溱洧二水:"子产听郑国之政,以其乘舆济人于溱洧。"

子产在郑国主政期间,用公家配给它的车子帮助别人渡过溱水和洧水。孟子并不赞成这种做法,他认为这只是小恩小惠,是不懂为政之道。他说如果在十一月就修好走人的桥,十二月修成走车的桥,百姓就不用为渡河发愁了。孟子批评的有理,但未免理想主义,修桥在当时颇为不易。

《诗经》中出现汉字2826个,但就是没有桥字。因此,关于桥的文学意象也没有在《诗经》中形成。《诗经》写到爱情时常与水有关,与河流有关,但多是"泳之""航之""泛之",或"深厉浅揭"之,从而与水共同构成表达爱情的文学意象。女云"褰裳涉溱""褰裳涉洧",考验狂童的感情,乃挑逗之语。毛奇龄云:"女子曰:子思我,子当褰裳而来。嗜山不顾高,嗜桃不顾毛也。"(《毛诗写官记》)说的颇有情趣一褰裳,不仅作为一个动作,也作为一个有动感的文学意象,在以后的古诗文中,使用的频率也很高。

郑振铎先生说:"'子不我思,岂无他人?狂童之狂也且!'似是郑风中所特有的一种风调。这种心理,没有一个诗人敢于将它写出来。"(《插图本中国文学史》)"狂童之狂也且"的"且",按照李敖的解释,本义是男子的性器官,那么这句诗翻译过来就是一句粗话,即"狂小子你狂你个鸟!"

五十、风雨如晦,鸡鸣不已

【名句出处】

风雨凄凄,鸡鸣喈喈。既见君子,云胡不夷?

风雨潇潇,鸡鸣胶胶。既见君子,云胡不瘳?

风雨如晦,鸡鸣不已。既见君子,云胡不喜?

——《郑风·风雨》

【名句赏析】

诗的本义有时就是用诗之意,是二而一的关系;诗的本义有时并不就是用诗之意,是一而二的关系。这时,我们就要把诗的本义和用诗之意区别开来。用诗之意有时扩大或者延伸了诗的本义,而又为人们所广泛认可,《风雨》这首诗是这样,下面的《子衿》一诗也是这样。

《风雨》本为赋体,即直接铺陈描写,诗中的鸡也是实写,与《女曰鸡鸣》、齐风《鸡鸣》中的鸡一样,都是一只报晓的雄鸡。《韩诗外传》说,鸡有五德,守夜不失时为其一德。毛《传》和郑《笺》说"兴也"，这就把诗意提升了。汉儒为什么把"乱世则思君子"作为《风雨》的诗意，当是本于郑国六卿饯韩宣子，郑国大夫子游赋《风雨》诗，有一定历史根据。

郑庄公在位的四十三年，是郑国最强盛的时期。公元前 701 年，郑庄公去世，祭仲专权，郑公子忽、公子突及公子子亹之间相互倾轧，兵连祸接，乱及五代，国势大衰。六卿赋诗，饯别韩宣子是在郑定公四年三月，公元前 526 年，事载《左传·昭公十六年》。这次赋诗，郑国以子产为首的六卿表达了结好于晋国之意，而晋国执政韩宣子亦希望郑国乱后，重新振兴。经历了乱世是六卿赋诗的历史背景，其间所赋《风雨》诗也同样有了乱世的背景。对于这次六卿赋诗，劳崇舆评论说："郑以屠弱之国处必争之地，诸君子以风雅之气扶持勿衰。孰谓诗人无益于家国哉?"(《春秋诗话》)

郑庄公

《传说汇纂》本是羽翼朱子的官书，但在《风雨》一诗上也不同意朱熹，云：《序》所谓乱世者，以郑公子之乱，时事反复，士之怵于利害，失其常度，故诗人有思夫君子，是在突与忽更入更出之间也。其诗见采于国史，后之贤士大夫皆诵习之，于宴享之会至赋以言志焉。所以自两汉六朝及唐宋诸儒皆传其说，守而不易。独至朱子直断其为淫诗，风雨晦冥为淫奔之时。而后南宋元明诸儒率不宗其说，且辩之曰，淫诗未见称其人为君子者。盖风雨杂至而如晦，喻世之昏乱；鸡鸣在暗而思曙，喻君子居乱而思治；君子不改其度，则世道可挽，故见之而心悦，如疾之去其体焉。

《诗序》对《风雨》的解说，已然成为一笔文化财富，具有积极的教育意义。陆机《演连珠》末云："臣闻足于性者，天损不能入；贞于期者，时累不能淫。是以迅风陵雨，不谬晨禽(雄鸡)之察；劲阴杀节，不凋寒木之心。"用风雨典，《诗序》意。刘峻《辩命论》云："《诗》云：'风雨如晦，鸡鸣不已。'故善人为善，焉有息哉?"《南史·袁粲传》：粲初名愍孙，峻于仪范，废帝裸之迫使走，愍孙雅步如常，顾而言曰："风雨如晦，鸡鸣不已。"陈子展先生颇动情感地说："《风雨》一诗曾经激励了历史上多少人物临难不动摇,对敌不屈膝;又教育了多少人为善不息,不改常度。如果一定要说它是淫诗或恋爱的作品,究竟有何根据,有何意义,是何居心呢?"(《诗三百解题》)

五十一、青青子衿,悠悠我心

【名句出处】

青青子衿,悠悠我心。纵我不往,子宁不嗣音?
青青子佩,悠悠我思。纵我不往,子宁不来?
挑兮达兮,在城阙兮。一日不见,如三月兮。

——《郑风·子衿》

【名句赏析】

方玉润同意《诗序》,在《诗经原始》中,他用四百来字,把《子衿》的诗意说了一遍。他还反驳了朱熹和姚际恒的说法,特别是对"挑兮达兮,在城阙兮。一日不见,如三月兮",这几句最易把人导入恋人说的诗句,也恰到好处地解释了一遍,有力维护了《诗序》。方玉润作《诗经原始》,顾名思义,就是"欲原诗人之始意也"。他批《诗序》,并不全盘否定,也不盲目信从。

"《子衿》,刺学校废也。"方玉润说,唐、宋、元、明诸儒,皆主此说。而朱子独以为淫诗。迨其作《白鹿洞赋》,又云"广《青衿》之疑问",又用《序》说,是是非之心终难昧矣。《白鹿洞赋》云:"广《青衿》之疑问,宏《菁莪》之乐育。"青衿谓学子。菁莪,即《菁菁者莪》诗,谓育才。白鹿洞,书院名,自由讲学的地方。他说姚际恒谓诗言学校无据,疑为思友之诗。然细玩"纵我不往"之言,当是师之于弟子也。他说《序》言学校原未尝错,唯"刺学校"多一刺字,则失诗人语气,因方玉润主张温柔敦厚的诗教。此诗盖言学校久废不修,学者散处四方,或去或留,不能复聚如平日之盛,故其师伤之而作是诗。诗曰学问之道未可孤陋自安也,今学校废久矣,予不能再赴讲席而广教,思彼青青子衿者,与吾相从有素,能无系予心哉?然予纵不能与诸及门弟子互相助益,诸及门尊闻行知,各有渊源,宁不思日来吾前,以嗣吾德音耶?其所以不来者,吾知之矣:年少佻达,日事登临,或城或阙,游纵自恣,则其志荒矣。此吾所以忧思,刻不能忘,则虽一日之暂违,不啻三月之久别。予之心念及门也为何如哉?

在今人中,陈子展先生是主张《诗序》说的,他说:"《子衿》,刺学校废,也是严师益友相责相勉之诗。"他也用了"刺"字,废学校,恶政也,暴政也,乱世之象也,为何不可以刺? 他说:"《序》谓刺学校废,推本而言,无害诗意。且可证之于史。"

陈子展先生说诗有"刺"无害诗意,显然是不同意方玉润的说法。他说的史,是指《左传》襄公三十一年《子产不毁乡校》一段:"郑人游于乡校,以论执政。然明谓子产曰:'毁乡校何如?'子产曰:'何为? 夫人朝夕退而游焉,以议执政之善否。其所善者,吾则行之;其所恶者,吾则改之,是吾师也。若之何毁之? 我闻忠善以损怨,不闻作威以防怨。'""仲尼闻是语也,曰:'以是观之,人谓子产不仁,吾不信也。'"这就为《子衿》提供了更丰厚的意指,为《诗序》所说的"乱世"增加了史的注脚。

五十二、有美一人,清扬婉兮

【名句出处】

野有蔓草,零露漙兮。有美一人,清扬婉兮。邂逅相遇,适我愿兮。
野有蔓草,零露瀼瀼。有美一人,婉如清扬。邂逅相遇,与子偕臧。

——《郑风·野有蔓草》

【名句赏析】

方玉润在批评朱熹把《风雨》一诗说成淫诗时说:此诗为郑国士大夫互相传习,宴享之会时赋以言志,如果真是淫诗,"似不必待晦翁(朱熹号)而始知其为淫矣"。这话很对,他说的那次宴享赋诗,郑国的大夫子齹就赋了《野有蔓草》一诗。

春秋赋诗,乃一大风雅事,其犹如后世之兰亭修禊,滕王阁作赋。公元前546年,郑简公享赵孟于垂陇(今河南荥阳市东北)的垂陇七子赋诗;公元前526年,郑定公四年,六卿饯韩宣子于新郑之郊的六卿赋诗,都是郑国的大风雅事,也是春秋时期的大风雅事。

六卿赋诗事见《左传》昭公十六年。郑定公四年三月,晋国的韩宣子(名起)到郑国聘问,郑庄公用享礼招待他。"夏四月,郑六卿饯宣子于郊。宣子曰:'二三君子请皆赋,起亦以知郑志。'"夏四月韩宣子离开郑国,临别之前,郑国的六位大臣聚集在都城郊外为韩宣子饯行,韩宣子说:"诸位大臣请赋诗一首,韩起我也可以借此了解郑国的意图。"子齹赋《野有蔓草》,用诗中的"邂逅相遇,适我愿矣"之句,表示能够与韩宣子见面,非常高兴。韩宣子说:"孺子善哉!吾有望矣。"感谢你的好意,我们有希望了。子产赋郑风中的《羔裘》一诗,用诗中"彼其之子,邦之司直","彼其之子,邦之彦兮",赞美韩宣子,宣子曰:"起不堪也。"我实在不敢当啊!子大叔赋《褰裳》,用"子惠思我,褰裳涉溱。子不思我,岂无他人?"言宣子如果与郑国友好,将有褰裳之志;如果不愿意帮助郑国,也会有其他国家提供帮助。宣子曰:"起在此,敢勤子至于他人乎?"韩宣子说,有我韩起在晋国执政,不至于使你们再劳动其他国家。子大叔听了韩起的这句话,表示拜谢。接着,郑国大夫子游赋《风雨》,取愿与晋国风雨同舟,共赴时艰之意。因为郑国经历了公子忽和公子突的反复变乱之后,国势衰微。子旗赋《有女同车》,更表示了和好及对宣子的赞美。子柳赋《萚兮》,用"倡予和女"句,表示要跟从晋国之后。宣子喜,曰:"郑其庶乎!二三君子以君命贶起,赋不出郑志,皆昵燕好也。二三君子,数世之主也,可以无惧矣。"郑国恐怕要强盛起来了吧!诸位大臣用国君的名义赏赐韩起,所赋的都是郑国的诗,都是向我表示友好的。几位大臣部是传了几世的大夫,可以不再有什么畏惧的了。韩宣子向六位大臣奉献了马匹,而且赋了《我将》,取其畏天威,靖变乱之意。子产拜,使五卿皆拜,曰:"吾子靖乱,敢不拜德!"您安定变乱,我们岂敢不拜谢恩德。

劳崇舆《春秋诗话》引以上六卿赋诗一段后说得好:"按六诗(指以上六卿所赋的六首诗)美大夫外,余如《同车》《扶苏》《萚兮》,《序》以为刺忽者,固为不根。若朱《传》以为皆淫诗,而莫淫于《褰裳》。诚如其言,诸卿不且自扬国丑乎?大抵诗人取兴,多托之男女绸缪之辞以言其情。"他又引用王平仲的话说:"古人于君臣朋友之间,每托言配偶,至流连想慕之际,多言美人。其非淫奔之诗也明矣。此佳人芳草,《骚》之所以托始也欤?"

五十三、东方未明,颠倒衣裳。
颠之倒之,自公召之

【名句出处】

东方未明,颠倒衣裳。颠之倒之,自公召之。

东方未晞,颠倒裳衣。倒之颠之,自公令之。

折柳樊圃，狂夫瞿瞿。不能辰夜，不夙则莫。

——《齐风·东方未明》

【名句赏析】

关于《东方未明》，有一个有名的故事，讲的是魏文侯废立太子的事。

魏文侯是战国时魏国的国君，公元前445年即位，在位五十年，是个有作为的贤君。魏文侯尊孔子的弟子子夏为师，魏国上下都熟读《诗经》。魏文侯的长子名挚，次子名挚。挚年纪小，魏文侯喜欢挚，就把他立为太子。而把中山之地封给挚，让挚去做中山小国的国君。魏文侯和挚之间三年没有来往。挚的属下赵仓唐进言说："父子之间三年没有来往，在儿子来说是不孝，在父亲来说是不慈。你为什么不主动派人去朝见你的父亲呢？"挚说没有合适的人选，赵仓唐自告奋勇，表示愿意前往，并按照挚的安排，带上魏文侯喜欢的北犬和一种叫晨凫的野鸭作为礼物，去见魏文侯。

赵仓唐把礼物转呈上去后，魏文侯很快就召见了他。赵仓唐向魏文侯禀报了中山君的情况，魏文侯问："中山君平时最喜欢读什么书？"赵仓唐说："喜欢《诗经》。"魏文侯问："喜欢《诗经》中的哪几篇？"赵仓唐说："喜欢《黍离》和《晨风》。"魏文侯问："你知道《黍离》篇说些什么吗？"赵仓唐背诵道："彼黍离离，彼稷之苗。行迈靡靡，中心摇摇。知我者谓我心忧，不知我者谓我何求。悠悠苍天，此何人哉？"魏文侯若有所思，停了一会，问："中山君这是在怨恨我吗？"赵仓唐说："不敢，只是时常在想念君侯而已。"魏文侯又问："《晨风》说些什么？"赵仓唐高声诵读："鴥彼晨风，郁彼北林。未见君子，忧心钦钦。如何如何，忘我实多。"魏文侯听了，显得有些不安，问："中山君以为我忘记了他吗？"赵仓唐回答："不敢，不敢，只是时常在想念君侯而已。"

赵仓唐回去时，魏文侯赏赐给中山君一套衣服，用盒子封装好，命赵仓唐带回，并叮嘱他一定要在东方未明时交到中山君手上。赵仓唐不敢怠慢，按照叮嘱，赶在东方未明雄鸡未啼之前将礼品及时送到。中山君跪拜受赐，打开一看，上衣和下裳都颠倒地放着，急忙说："赶快准备车马，君王在召我回去呢！"赵仓唐不明白，问："臣回来时，君侯并没有说过呀？"中山君说："你看，父亲赏赐给我的衣裳颠倒地放着，而且你说他叮嘱你，一定要在东方未明时交给我。《诗经》里说：'东方未明，颠倒衣裳。颠之倒之，自公召之。'这不是父王在召我回去又是什么？"

中山君回去晋谒了父亲，魏文侯大喜，马上举行了盛大的欢迎仪式，并当众宣布说："远离贤能而亲近宠爱的人，不是国家的长治久安之策。"于是，魏文侯废掉

五十四、取妻如之何,匪媒不得

【名句出处】

南山崔崔,雄狐绥绥。鲁道有荡,齐子由归。既日归止,曷又怀止?

葛屦五两,冠緌双止。鲁道有荡,齐子庸止。既曰庸止,曷又从止?

艺麻如之何?衡从其亩。取妻如之何?必告父母。既曰告止,曷又鞠止?

析薪如之何?匪斧不克。取妻如之何?匪媒不得。既日得止,曷又极止?

——《齐风·南山》

【名句赏析】

海子有首题为《但是水,水》的诗,"翻动《诗经》/我手指如刀/一下一下/砍伤我自己"。我不知道海子是怎样翻动《诗经》的,手指是如何砍伤自己的。而我翻动那些横排或直排的《诗经》,都躲不开古代君王的那些烂事,想不砍伤自己都难。

《南山》一诗说的就是齐襄公的烂事,齐襄公是春秋前期齐国的国君,公元前697年即位,公元前686年被其堂弟无知等击杀,其后就是春秋五霸之一的齐桓公。诗开始以南山起兴,南山,齐国山名,亦名牛山。解诗者说以南山起兴是以其高大象征齐襄公地位的尊严,也许吧:如果说是让南山为齐襄公的丑恶作证呢?象征尊严或作证丑恶,南山都是无辜的,以《南山》为题的诗,竟然与乱伦有关,其间无论如何没有必然联系,不必求之过深。

文姜是齐僖公的女儿,她有个同父异母的哥哥叫诸儿,她还没有出嫁时就与诸儿私通。后来,诸儿做了国君,即齐襄公,文姜嫁给了鲁国的国君鲁桓公为夫人。出嫁时,襄公违背礼仪,亲自把文姜送到鲁国国境。"南山崔崔,雄狐绥绥。鲁道有荡,齐子由归。既曰归止,曷又怀止?"南山高大又崔巍,雄狐摇头又摆尾。鲁国的大道平坦坦,齐子由此嫁鲁桓。既然她已出了嫁,为何还要恋着她?

十五年后,公元前694年,《左传》鲁桓公十八年:春,"公(鲁桓公)会齐侯(襄公)于泺(今山东济南西北),遂及文姜如齐。齐侯通焉。"鲁桓公与齐襄公在泺相会,把文姜也由鲁国带到了齐国。行前,鲁大夫申繻劝鲁桓公不要带文姜到齐国,桓公不听。齐侯果然再次与文姜私通,桓公很恼怒,就责备了文姜。文姜把桓公责备她的事告诉了襄公。夏四月,齐襄公请鲁桓公饮酒并把他灌醉,让彭生把鲁桓送上车。彭生是个大力士，他在把桓公抱上车时使用了暴力，桓公死在了车上。

"葛屦五两，冠緌双止。鲁道有荡，齐子庸止。既曰庸止，曷又从止？"打的葛鞋排成双，冠緌垂在帽两旁。鲁国大道坦荡荡，文姜由此把路上。既然由此把路上，为啥让他勾搭上？方玉润云："次章言文姜即淫，亦不当顺从其兄。既归鲁而成耦矣，则亦可以已矣，而又曷返齐而从其兄乎？"（《诗经原始》）

文姜本来生活作风就有问题，既然已经出嫁，就应该痛改前非，遵守妇道；即使不守妇道，也不应该乱伦；即使乱伦，也不改杀夫。鲁桓公既已娶妻，就应该加强管理；即使不能管理，也不该送文姜回齐，为齐襄提供机会，这不是自取其侮吗？而且陪上了小命。所以诗末两章末两句云："既曰告止，曷又鞠止？""既曰得止，曷又极止？"

五十五、敝笱在梁，其鱼鲂鳏

【名句出处】

敝笱在梁，其鱼鲂鳏。齐子归止，其从如云。

敝笱在梁，其鱼鲂鲼。齐子归止，其从如雨。

敝笱在梁，其鱼唯唯。齐子归止，其从如水。

——《齐风·敝笱》

【名句赏析】

齐风十一首，我们选了三首，其中两首与齐襄公有关。研究者说，齐诗始于哀公之时，首篇《鸡鸣》便是。齐国从姜太公开国，历丁公、乙公、癸公凡四世至于哀公不辰。《史记》云："哀公时，纪侯谮（诬陷）之周，周（桓王）烹哀公而立其弟静，是为胡公。""哀公之同母少弟怨胡公，乃与其党率营丘人袭攻杀胡公而自立，是为献公。"自胡公，历献公、武公、厉公、文公、成公、庄公、釐公八世皆无诗。齐风十一篇，前五篇为哀公时诗，后六篇为襄公时诗。

阅读此诗，可以与《南山》对照起来看。鲁桓公被杀在齐襄公五年，桓公被杀后，为了平息鲁国的愤怒和谴责，襄公又杀了彭生。文姜留于齐鲁之郊不敢归鲁，继续与齐襄公鬼混，直到她的儿子鲁庄公即位她才回鲁国。成了太后，她与其兄的通奸不但没有收敛，反而更加肆无忌惮。据《春秋》经文记载：鲁庄公元年三月，"夫人孙（同逊，讳"奔"）于齐"；二年，"冬十有二月，夫人姜氏会齐侯于禚"；"四年春,王二月,夫人姜氏享齐侯于祝丘";五年"夏,夫人姜氏如齐师";"七年春,夫人姜氏会齐侯于防,齐志也(齐侯的主意)";"又会齐侯于穀"。这些会淫,多是文姜的主意。有的在齐国,有的在鲁国,有的甚至就在军中。真是明目张胆,肆无忌惮,令人发指。鲁国史官秉笔直书,把这些丑事一一记了下来。齐国人讽刺文姜与襄公的秽行,作《载驱》一诗。

此诗题《敝笱》,敝笱,破鱼篓子。这是一个粗口,犹如今天所说的"破鞋"。齐国人把它用在文姜身上,表示了对她极大的鄙夷和愤怒。笱,捕鱼用的鱼篓子。鱼篓破了,自然装不了鱼。闻一多先生解诗,用弗洛里德理论,石破天惊,不乏卓见。如他说虹是性交的象征,云雨与性交有关等。《诗经》里多次用到笱字,如《谷风》"毋逝我梁,毋发我笱"等。他说"诗人屡次讲到捕鱼的笱,实在不是指笱的本身,是隐喻女阴的。"他说"敝笱是用坏了的笱。笱坏了,所以鲂鳏那样的大鱼可以出入自如,和现在骂淫荡的妇人为烂东西一样。"(《诗经的性欲观》)他写过一篇《说鱼》,他说"鱼"是一个典型的隐语,是用来代表配偶或情侣的:这在《诗经》和其他先秦的典籍里,确实可以找到不少证据。他说古人之所以用鱼来象征配偶,是因为鱼有很强的繁殖功能。

五十六、纠纠葛屦,可以履霜;掺掺女手,可以缝裳

【名句出处】

纠纠葛屦,可以履霜。掺掺女手,可以缝裳。要之襋之,好人服之。

好人提提,宛然左辟,佩其象揥。维是褊心,是以为刺。

——《魏风·葛屦》

【名句赏析】

魏风共七首,这是第一首。魏风是春秋时期魏国的歌诗,魏风里的诗产生在公元前661年之前的春秋前期。春秋时期的魏国与战国时的魏国不是一回事。春秋时魏故城在今山西芮城县北五里,在商时为芮国地,芮国与虞国争田,曾找文王主持过公道。

魏国地处于黄河折流之处,西面南面临黄河,北面是绵延的山脉和汾水,其地域南北长三十里,东西长五六十里,国土狭窄,地瘠民贫。《诗序》云:"《葛屦》,刺褊也。魏地狭隘,其民机巧趋利,其君俭啬褊急,而无德以将之。"这里说的是魏国

的世风民风,可以作为理解《葛屦》一诗的参考。

《史记》说:"魏之先,毕公高之后也。毕公高与周同姓。武王之伐纣,而高封于毕。"(《左传》说毕公为文王之子。)于是为毕姓,国号为魏。毕姓后人毕万事晋献公。公元前 661 年,晋献公灭魏,魏国寿终正寝。《左传》闵公元年:"晋侯作二军,公将上军,太子申生将下军。赵夙御戎,毕万为右,以灭耿、灭霍、灭魏。还,为太子城曲沃,赐赵夙耿,赐毕万魏。以为大夫"晋献公建立两个军,自己率领上军,太子申生率领下军。赵夙为晋侯驾驶战车,毕万作为车右,出兵灭掉了耿国、霍国、魏国。回国之后,晋献公为太子在曲沃建造城墙,把耿地赐给了赵夙,把魏地赐给了毕万,让他们做大夫。《史记》说:"毕万封十一年,晋献公卒,四子争更立,晋乱。而毕万之世弥大,从其国名为魏氏。"

《左传》襄公二十九年:"吴公子季札来聘","请观于周乐"。"为之歌魏,曰:'美哉,沨沨乎! 大而婉,险而易行,以德辅此,则明主也。'"公元前 544 年,在魏国灭亡一百多年以后,吴国的公子季札到鲁国来聘问,季札请求观看周朝的音乐,因为鲁国是周公的封国,保存的古乐最多。鲁襄公让乐工为他演奏歌唱了周南、召南、邶风、鄘风、卫风、郑风、齐风等,季札一一做了评论。在歌魏风后,他评论说:"美好啊,抑扬浮动呵! 粗犷而又婉转,艰难而易于推行,再用德行加以辅助,就是贤明的君主了。"

像魏国这样西周时期分封的诸侯国,在数量上是不少的,它们也都创造了灿烂的文明。

对于春秋早期的魏国,除了《左传》《史记》里的少量记载,以及《诗经》里的七首诗,我们知之不多。至于公元前 453 年韩、赵、魏三家分晋,历史已经进入战国时代。战国时代的魏国国土面积广大,曾经称雄一时,但这不是《诗经》里的魏国。

五十七、陟彼岵兮,瞻望父兮
陟彼屺兮,瞻望母兮

【名句出处】

陟彼岵兮,瞻望父兮。父曰"嗟,予子行役,夙夜无已。上慎旃哉,犹来无止。"
陟彼屺兮,瞻望母兮。母曰:"嗟,予季行役,夙夜无寐。上慎旃哉,犹来无弃。"

陟彼岗兮,瞻望兄兮。兄曰:"嗟,予弟行役,夙夜必偕。上慎旃哉,犹来无死。"

——《魏风·陟岵》

【名句赏析】

《陟岵》,被认为是表孝道的诗。《孝经》说:"夫孝,天之经也,地之义也。"古人认为孝为善之端,善之本。民间说:"万恶淫为首,百善孝为先。"《幼学琼林》云:"慈母望子,倚门倚闾;游子思亲,陟岵陟屺。"《陟岵》这首诗,被用为咏孝道的典故。

孝,本是人类甚至动物最基本最朴素的情感。乌鸦知反哺,羊羔知跪乳,孝的实质是报恩。古人对孝行的歌颂,可以上溯到舜,把舜作为孝的典范,认为尧之所以禅让于舜的重要原因之一,是舜具备孝德。在商代的甲骨文里,已经出现了孝字,而在周代的青铜器铭文里,孝字屡见不鲜。《尚书·尧典》云:

尧帝说:"啊,四方的诸侯之长们,我已经在位七十年了,你们之中有谁能够继承我的使命,升任我的帝位吗?"

四方的诸侯之长们说:"我们的德行鄙陋,不配升任帝位。"

尧帝说:"你们可以举荐贵戚,也可以推选地位低下的人。"

众人提议说:"有一个穷困而地位低下的人,他的名字叫虞舜。"

尧说:"是的,我也听说过,这个人怎么样呢?"

四方诸侯之长回答说:"他是乐官瞽叟的儿子。他的父亲心术不正,后母说话不诚实,弟弟象傲慢不友好,而舜都能够与他们和谐相处。这是因为他的仁心醇厚,让这样的人治理国务,总不至于坏吧!"

尧帝说:"那就试试吧!把我的两个女儿嫁给舜,从她们那里观察舜的德行。"于是,就让两个女儿嫁到妫水湾,嫁给虞舜为妻。

尧帝考核之后对舜说:"四方的诸侯之长都推举你,你就敬慎地处理政务吧!"

舜慎重地赞美父义、母慈、兄友、弟恭、子孝五种常法,人们都能够顺从。舜总理百官,百官都能够承顺。舜在明堂四门迎接四方宾客,四方宾客都肃然起敬。舜担任守护山林的官,在暴风雷雨的天气也不迷误。

尧帝说:"来吧!舜啊,我同你一起谋划政事,又考察了你的言行,已经三年了,你登上帝位吧!"舜不同意,他还要让给更有德行的人。

舜,是中国文化里的第一个大孝子,是三皇之一。在《孟子》和《史记》里,对舜的孝行有更具体的记载。在中国文化里,孝就这样和中国的政治文化联系在了一起。既是衡量人的道德标准,也是衡量人的政治标准。

从左的年代里走过来的人都知道,在当时的宣传中,孝是一个贬义词,孝子贤孙是骂人的词语。在那个年代,是非黑白都被颠倒了。连社会最基本的单元,家庭里的最基本的情感都被破坏了。专制集权利用政治强力,极不道德地干预侵犯了社会的道德底线。这是对中国传统文化的最大背叛,也是对人类最基本情感的最大亵渎,是中国历史的一次大倒退。

五十八、不稼不穑,胡取禾三百廛兮？
不狩不猎,胡瞻尔庭有县貆兮？

【名句出处】

坎坎伐檀兮,寘之河之干兮,河水清且涟猗。不稼不穑,胡取禾三百廛兮？不狩不猎,胡瞻尔庭有县貆兮？彼君子兮,不素餐兮！

坎坎伐辐兮,寘之河之侧兮,河水清且直猗。不稼不穑,胡取禾三百亿兮？不狩不猎,胡瞻尔庭有县特兮？彼君子兮,不素食兮！

坎坎伐轮兮,寘之河之漘兮,河水清且沦猗。不稼不穑,胡取禾三百囷兮？不狩不猎,胡瞻尔庭有县鹑兮？彼君子兮,不素飧兮！

——《魏风·伐檀》

【名句赏析】

《诗经》中的作品基本产生在西周和春秋时期,不管任何时期,最苦的还是底层老百姓。阳光并不都是灿烂辉煌,也不是到处流水潺潺。《礼记·檀弓下》有一个很有名的故事:"孔子过泰山侧,有妇人哭于墓者而哀。夫子式而听之,使子贡问之曰:'子之哭也,壹似重有忧者。'而曰:'然。昔者吾舅死于虎,吾夫又死焉,今吾子又死焉。'夫子曰:'何为不去也？'曰:'无苛政。'夫子曰:'小子识之,苛政猛于虎也。'"一位居住在泰山之侧的妇女,他的公公、丈夫和儿子都被老虎吃了,而她仍然不愿意离开,为什么呢？因为那里没有苛捐杂税。孔子感叹道:"弟子们,要记住啊,苛虐的政治比老虎还要厉害哩！"

孔子是春秋后期人,这里说的应该是春秋时期的事,被写在儒家的经典里,该不是诬蔑大好形势吧？

时光又流逝了一千二百多年,唐代有个柳宗元,他抱定了"以中正信义为志,以兴尧舜孔子之道,利安元元为务"的可贵的政治理想,参加了执政王叔文的政治改革。但是,不到八个月,在宦官和藩镇势力这些既得利益集团的逼迫下,支持改革的顺宗退位,王叔文等人相继被贬。柳宗元被贬为邵州刺史,未及到任,又被贬为永州司马。同时被贬的还有刘禹锡、韦执谊、韩泰等八人,史称"八司马"。永州在今湖南零陵,柳宗元在那里度过了十年艰苦岁月,写下不少重要诗文。其中有一篇《捕蛇者说》:

"永州之野产异蛇,黑质而白章,触草木尽死,以啮人,无御之者。"因为用这种蛇风干以后做药饵,可以治病,太医悬赏,捕到这种蛇可以用来抵赋税。有个姓蒋的人家,已经三代从事捕捉毒蛇这种职业了。柳宗元向捕蛇者询问这件事时,他告诉柳宗元说:"我的祖父死在捕蛇上,我的父亲也因捕蛇而死。现在我继续干这件事,好几次都差点死掉。"柳宗元听了很为他悲伤,说:"毒蛇这么可怕,不如不干这个营生了,让你种地,然后恢复你的赋税,你认为怎么样呢?"

没有想到,蒋氏听了更加悲伤,眼泪都流了出来说,我干捕蛇这件事虽然很不幸,但是交纳赋税更不幸。乡邻们"殚其地之出,竭其庐之入,号呼而转徙,饥渴而困踣,触风雨,犯寒暑,呼嘘毒疠,往往而死者相藉也。曩与吾祖居者,今其室无一焉;与吾父居者,今其室无二三焉;与吾居十二年者,今其室无四五焉,非死而徙尔。而吾以捕蛇独存。""今虽死乎此,比吾乡邻之死则已后矣。"

文章结尾,柳宗元说:"余闻而愈悲。孔子曰:'苛政猛于虎也。'吾尝疑乎是,今以蒋氏观之,犹信。呜呼!孰知赋敛之毒,有甚是蛇者乎!故为之说,以俟乎观人风者得焉。"

五十九、硕鼠硕鼠,无食我黍

【名句出处】

硕鼠硕鼠,无食我黍。三岁贯女,莫我肯顾。逝将去女,适彼乐土。乐土乐土,爰得我所。

硕鼠硕鼠,无食我麦。三岁贯女,莫我肯德。逝将去女,适彼乐国。乐国乐国,爰得我直。

硕鼠硕鼠,无食我苗。三岁贯女,莫我肯劳。逝将去女,适彼乐郊。乐郊乐郊,谁之永号?

——《魏风·硕鼠》

【名句赏析】

春秋时期,农民的负担较为繁重,这一点在先秦典籍《左传》《国语》及《论语》中都有反映。

《论语·颜渊》:哀公问于有若曰:"年饥,用不足,如之何?"有若对曰:"盍彻乎?"曰:"二,吾犹不足,如之何其彻也?"对曰:"百姓足,君孰与不足?百姓不足,君孰与足?"哀公即鲁哀公,孔子同时人,姓姬,名蒋,在位二十七年。有若,即孔子的学生冉有。鲁哀公问冉有:"年成不好,国家开支不够用,应该怎么办呢?"冉有回答说:"为什么不实行十分抽一的税率呢?"哀公道:"十分抽二,我尚且不够用,怎么能十分抽一呢?"冉有说:"如果百姓的用度够,您怎么会不够?如果百姓的用度不够,您又怎么会够?"

《左传》昭公三年,公元前539年,齐国的晏子奉命出使到晋国,公事完毕,晋国待以宾享之礼。在宴会上,晋国的大夫叔向问晏婴,"齐国的情况现在怎么样?"晏子回答说:"现在已经到末世了,我不得不说,齐国今后可能要属于陈氏了。现在的国君也不知道爱护他的百姓,这等于是让他们去归顺陈氏。百姓的粮食如果分为三份,两份要归国君,只有一份用来维持自己的衣食。国库的积蓄腐朽生虫,而人们却挨饿受冻。国都的市场上,鞋子不值钱而假腿昂贵。"叔向说:"是这样的。即使在我们国家,现在也是末世了。战马不驾驶战车,卿不率领军队,公室的战车没有御者和戎右,步兵的行列没有官长。百姓困疲,而宫室更加奢侈。道路上随处可以看见饿死的人,而宠爱的宫姬家里的财富多得装不下。百姓听到国君的命令,就像躲避瘟疫和仇敌。过去的栾、郤、胥、原、狐、续、庆、伯这八家贵族,如今已经沦为地位低贱的吏役。政事决定权如今都在个别新兴贵族手里,百姓无所依靠。国君一点也没有改悔的意思,只是用欢乐来度过忧患。王室的衰微,还能够再等几天?《谗鼎之铭》说'黎明即起,致力于声名显赫,子孙后代还会懈怠',何况没有一天想到要改悔,他能够长久吗?"晏子说:"那您自己打算怎么办呢?"叔向说:"晋国的公族完结了。我听说公室将要衰微,它的宗族就像树枝上的树叶一样先要落下,接着,公室就跟着衰败了。我们这一宗原来有十一族,如今只有羊舌氏还在。我又没有好儿子,公室又没有法度,我指望谁呢?国家乱成这样,我能够得到善终就是侥幸,难道还希望将来有人祭祀我吗?"

叔向这段话确买很凄凉,使人想起《硕鼠》里的"逝将去汝,适彼乐土。乐土乐土,爰得我所"。不过叔向已经不想再找乐土了,贵族尚且如此,一般百姓呢?

六十、无已大康，职思其居

【名句出处】

蟋蟀在堂，岁聿其莫。今我不乐，日月其除。无已大康，职思其居。好乐无荒，良士瞿瞿。

蟋蟀在堂，岁聿其逝。今我不乐，日月其迈。无已大康，职思其外。好乐无荒，良士蹶蹶。

蟋蟀在堂，役车其休。今我不乐，日月其慆。无已大康，职思其忧。好乐无荒，良士休休。

——《唐风·蟋蟀》

【名句赏析】

欧阳修《答吕公著见赠》诗云：“晋人歌《蟋蟀》，孔子录于《诗》。因知圣贤心，岂不惜良时。”《蟋蟀》是晋诗，为什么列入唐风呢？

实际上，唐国即晋国，唐风即晋风。其地域最初在今山西南部的翼城、曲沃一带。上世纪90年代，在翼城与曲沃两县交界处的天马—曲村遗址，发现了前八位晋侯的墓葬，证实了唐国的所在。

关于晋国，有一个传奇故事，《史记·晋世家》把它记了下来：

欧阳修

晋国的始封国君是唐叔虞，他是周武王的儿子，周成王的亲弟弟。当初，武王与叔虞的母亲邑姜一番云雨之后，梦见上天对他交代说：“这次，我会让你再生一个儿子，要为他起名叫虞，你要把唐地封给他。”等到邑姜生下孩子的时候，手上的纹路就像虞字，于是就取名为虞。

在周之前，即有唐国，传说他们是唐尧的后代。周武王去世以后，他的儿子成王即位。这时，唐地发生了叛乱。成王派周公诛灭了他们。

一天，虞到王宫去朝见成王。虞是邑姜所生的最小的儿子，也是成王最小的弟弟，成王对这个弟弟十分喜爱。朝见完毕，成王带弟弟到宫院里游玩。这时正是天高气爽的时节,忽然一阵微风吹来,簌簌地掉下一些梧桐树的叶子,成王随手拣起一片,说:"弟弟,你看,这就是诸侯朝见用的玉圭。它绿油油的,还没有变黄,最温润的碧玉也就是这样。现在我把它赏赐给你,你把它拿在手上,这就是我给你的封地。"说着,成王微笑着把梧桐叶交到了弟弟虞的手上。虞接过桐叶,学着秉圭的样子,小心翼翼地把梧桐叶子当胸拿着。

这件事正好被周朝的史官史佚看见了,史佚趋前拜贺道:"臣的职务是记事,吾王今天封王弟虞为诸侯,是一件大喜事。请吾王宣示封在何地,所封国名为何,臣好记录简策。"成王听了,不以为然地说:"这是我和弟弟开玩笑,并没有真的封他,你何必认真呢!"史佚坚持说:"我王身为天子,出言就是圣旨。我已经把君主的话记录在简策上,怎么能够不算数了呢?"成王面红耳赤,无言应答。史佚又说:"天子无戏言。言则史官书之,礼成之,乐歌之。请吾王选择吉日吧!"

《史记》说:"于是遂封叔虞于唐。唐在河、汾之东,方百里,故曰唐叔虞。"到了叔虞的儿子燮时,以其地有晋水,改名为晋,称晋侯。这就是成王桐叶封弟的著名故事。

六十一、扬之水,白石凿凿

【名句出处】

扬之水,白石凿凿。素衣朱襮,从子于沃。既见君子,云何不乐?

扬之水,白石皓皓。素衣朱绣,从子于鹄。既见君子,云何其忧?

扬之水,白石粼粼。我闻有命,不敢以告人。

——《唐风·扬之水》

【名句赏析】

中国的最高权力转移或交接,按照古史的说法,大约在禹之子启继位后,就逐渐形成了传子传嫡制。尽管这样做是为了避免最高权力的争夺而引起动乱,但觊觎和争夺最高权力而引起的社会动荡并没有平息过,即使是在货真价实的嫡长子继承制形成之后也是如此。其中窝里斗,自相残杀是最主要的形式,叔父夺取侄子的权力是窝里斗的模式之一,而且屡次上演。

晋自唐叔虞立国,五传至于靖侯。再传僖侯、献侯、穆侯至于文侯,文侯卒,子昭侯立。《史记·晋世家》说:"昭侯元年(公元前745年),封文侯弟成师于曲沃。曲沃邑大于翼。翼,晋君都邑也。"这就形成了尾大不掉之势。晋昭侯把他的叔叔成师封在曲沃，号为桓叔。桓叔时年五十八岁，正是政治经验最为成熟的时期。他野心勃勃，"素衣朱襮"，而政治投机，看好桓叔，"从子于沃"的人也不少。

"扬之水，白石粼粼。我闻有命，不敢以告人。"晋昭公七年，拥护桓叔的晋大臣潘父密谋杀死了昭侯，准备迎立桓叔，入主翼城，遭到了晋人的强烈反抗。晋人杀死了潘父，立了昭侯的儿子为君，是为孝侯。

孝侯九年，桓叔卒，其子鱓代，是为曲沃庄伯。庄伯按照既定方针办，继承父亲遗志，不屈不挠，终于于公元前724年(孝侯十五年)攻入翼，杀死了孝侯。这时，已经有两个晋侯在权力之争中死于非命。晋人再次反击，把庄伯打回了曲沃，立孝侯子为君，是为鄂侯。鄂侯卒，庄伯攻晋。周平王让虢公将兵伐庄伯，庄伯再次败退曲沃。晋人立鄂侯子，是为哀侯。

直到周僖王四年(公元前678年)，桓叔之孙武公才完全击败晋昭侯的后代，正式掌握晋国的政权。他"尽以其宝器赂献于周僖王"，僖王受了贿赂，将他列为诸侯，算是承认了他的合法地位。这时，"曲沃武公已即位三十七年，更号曰晋武公"。从昭侯封其叔父成师于曲沃，到武公代晋，前后历时六十七年，腥风血雨，血亲之间的残杀超过一个甲子，不知带来多少灾难。这就是《扬之水》一诗背后的故事。

除唐风以外，《诗经》里还有两首《扬之水》，分别在王风和郑风里，一说是刺周平王的，一说是闵郑昭公的。

六十二、今夕何夕，见此良人

【名句出处】

绸缪束薪，三星在天。今夕何夕，见此良人。子兮子兮，如此良人何？
绸缪束刍，三星在隅。今夕何夕，见此邂逅。子兮子兮，如此邂逅何？
绸缪束楚，三星在户。今夕何夕，见此粲者。子兮子兮，如此粲者何？

——《唐风·绸缪》

【名句赏析】

这是一首简单的诗，又似乎很不简单；这是一首不简单的诗，又似乎很简单。说这首诗与婚姻有关，是写新婚的诗，这一点比较一致。

陈子展先生说这新婚是抢来的，与古老的抢婚习俗有关，他举出《易·贲六四》为证："贲如，皤如，白马翰如。匪寇？婚媾？"为这首诗的婚姻举出了背景资料。他举出晋葛洪《抱朴子》："俗有戏妇之法,于稠众之中,亲属之前,问以丑言,责其慢对,其为鄙黩,不可忍论。"认为《绸缪》是戏弄新婚夫妇的通用之歌,是后世闹洞房歌曲之祖,给人们理解这首诗提供了新的思路。

诗三章,章六句。朱熹说,第一章是妇语夫之词,喜之甚而自庆之词;第二章是夫妇相语之词;第三章为夫语妇之词。姚际恒说,一章"子兮"指女,二章"子兮"合指,三章"子兮"指男。钱钟书先生《毛诗正义》云:"窃谓此诗首章托为女之词,称男'良人';次章托为男女和声合赋之词,故曰'邂逅',义兼彼此;末章托为男之词,称女'粲者'。单而双,双而单,乐府古题之'两头纤纤',可借以品目。譬之歌曲之'三章法':女先独唱,继以男女合唱,终以男独唱,似不必认定全诗出一人之口而斡旋'良人'之称也。"古今人见解相同,可为定论。

在对"三星"的解释上有不同意见。一说三星即参星,一说三星即心星。朱熹认为三星是心星,第一章"三星在天"是星始见于东方,指黄昏时分;第二章"三星在隅"是星在东南方,指夜深时分;第三章"三星在户"谓星在天的南方,"户必南出,昏现之星至此,则夜分矣。"

而诗中"束薪""束刍""束楚"是什么意思?与婚姻又有什么关系呢?朱熹对此未做解释。《诗经》中言婚姻情爱,用束薪、束楚、伐薪、伐楚,以及析薪、错薪等甚多,闻一多先生举了很多例证,对此有令人信服的论述,他说:"薪于《诗》例为妇人之象征。""析薪束薪盖上世婚礼中实有之仪式,非泛泛举譬也。"(《诗经通议》)如《南山》:"析薪如之何?匪斧不克。娶妻如之何?匪媒不得。"此以析薪喻娶妻。魏源《诗古微》云:"三百篇言娶妻者,皆以'析薪'起兴,盖古者嫁娶必以燎炬为烛。"这"燎炬为烛"的"古者"究竟在什么时候,不易推断。在《诗经》的时代此俗似已衰微,变成化石残存在语言里。到汉代,毛亨、郑玄也语焉不详了。苏轼在颍州时,为其子苏迨婚事作诗寄欧阳叔弼兄弟,末云"共寻两欧阳,伐薪照黄昏",用的就是《诗经》中析薪、伐薪的典故,清查慎行云"结句不解",他对此已很茫然了。

六十三、今者不乐,逝者其亡

【名句出处】

有车邻邻,有马白颠。未见君子,寺人之令。

阪有漆,隰有栗。既见君子,并坐鼓瑟。"今者不乐,逝者其耋。"

阪有桑,隰有杨。既见君子,并坐鼓簧。"今者不乐,逝者其亡。"

——《秦风·车邻》

【名句赏析】

秦风共十首。《诗经》的齐风和魏风之后就是秦风,魏风即晋风。齐与晋都是周朝开国时分封的老资格,秦国直到春秋时期才初露头角。

秦本是一个游牧民族,僻处西北,近鸟鼠同穴山(今甘肃渭源西)。舜时赐姓嬴,桀时弃夏归殷。西周孝王时,封他的臣子非子于秦(今甘肃天水县故秦城),让他继续奉嬴氏祀,号曰秦嬴。这是秦受土有号之始。同时,让他为周养马于洴渭之间,实际上仍然过着游牧生活。到了周宣王时,命非子的曾孙秦仲为大夫,秦仲在讨伐西戎的战役中被杀。后"西戎犬戎与申侯伐周,杀幽王骊山下"。秦仲的孙子秦襄公将兵救周,战甚力,有功。周平王为避犬戎,迁都洛邑,史称平王东迁,襄公带兵护送平王。"平王封襄公为诸侯,赐以岐以西之地:曰:'戎无道,侵我岐、丰之地,秦能攻逐戎,即有其地。'与誓,封爵之。襄公于是始国,与诸侯通使聘享之礼。"(《史记·秦本纪》)非子"受土"和襄公"受国",是秦开创时期的两件大事。

襄公将犬戎击走后,遂据有周西部的八百里之地,位列诸侯,迁都于洴(今陕西陇县的洴城)。从这时起,便与中原的诸侯国并列。在春秋初露头角,岁月峥嵘,后来居上,继齐晋而霸。在战国时期成为七雄之一,直至扫平六国,统一天下。

扬之水先生《诗经别裁》评此诗首引《左传》,云吴季札往鲁国观乐,"为之歌《秦》,曰:'此之谓夏声。夫能夏则大,大之至也,其周之旧乎?'"秦音而曰夏声,而存周之旧,即因秦人所处正好是周人创业的岐周之地。而秦的由西向东,或所谓"由夷入夏",竟也好像是周人取代殷商这一段历史故事的复制。虽然不必夹缠了《秦风》来说,但这倒的确是一个可以观兴亡的好例。不过后来不少人的解诗于此似乎有着太深的"史鉴"情结。

扬之水先生这段话是说,秦国发展的历史,与周的发达有相似之处。而且秦又恰巧是从周的发迹之地,由西向东发展起来的,而且也是一个"由夷入夏"的历史。太深的"史鉴"情结倒也不必,而对于统治者,真正能够以史为鉴的几乎没有,有的也只是从史中学习怎样加强统治,治理百姓的经验。但"由夷入夏"在中国历史上倒并非一例,而且屡见不鲜。"由夷入夏",简单地说,就是经济文化落后的民族入主中原,征服统治经济文化较为先进的地区和民族。周代殷商,秦入主中原是,其后的辽、金、西夏,以及元和清又何尝不是?《孟子》说"吾闻用夏变夷者,未闻变于夷者也",但他自己也不能够自圆其说,他说:"舜生于诸冯,迁于负夏,卒于鸣条,东夷之人也。文王生于岐周,平于毕郢,西夷之人也。"虽然还不能说完全是"用夷变夏",至少也是"由夷入夏"。

六十四、蒹葭苍苍,白露为霜。所谓伊人,在水一方

【名句出处】

蒹葭苍苍,白露为霜。所谓伊人,在水一方。溯洄从之,道阻且长;溯游从之,宛在水中央。

蒹葭凄凄,白露未晞。所谓伊人,在水之湄。溯洄从之,道阻且跻;溯游从之,宛在水中坻。

蒹葭采采,白露未已。所谓伊人,在水之涘。溯洄从之,道阻且右;溯游从之,宛在水中沚。

——《秦风·蒹葭》

【名句赏析】

秦风多豪迈爽直之语,多金戈铁马之声,一派勇武气象,从《车邻》《驷驖》到《小戎》,车辚辚,马萧萧,从题目就可见车骑之盛,箭锐盾坚,马嘶犬吠,鸾镳叮咚。到了第四首,突然出来一首《蒹葭》,景色陡然一变,凄清飘渺,婉转低回,烟波浩荡,风情万种。不但在秦风中少见,在整个国风,整个《诗经》中都是白眉,堪称翘楚。方玉润说这首诗在秦风中"气味绝不相类。以好战乐斗之邦,忽遇高超远举之作,可谓鹤立鸡群,翛然自异者矣"(《诗经原始》)。对于这首诗的好处、妙处,古往今来的诗评家从不吝惜赞美的词语。

钱钟书《毛诗正义》论《蒹葭》谓"'在水一方'为企慕之象征"。与《汉广》二诗所赋,皆系西洋浪漫主义所谓企慕之情景也。他举了古今中外一大堆例证以助其说。他说德国古民歌咏好事多板障,每托兴于深水中阻。但丁《神曲》亦寓微旨于美人隔河而笑。他还举了《易林》中的例子,《古诗十九首》的例子等。

《蒹葭》中的"在水一方"固然为企慕之象征,古今中外企慕之对象固然多为水所阻,但这企慕之对象究竟为何亦不明确。是君子还是美女? 是高人还是贤士? 是明君还是圣主? 也许是这不明确,更增加了《蒹葭》一诗的魅力,陆侃如先生说:"它的意义究竟是招隐或是怀春,我们不能断定,我们只觉得读了百遍还不厌。"

（《中国诗史》）

　　扬之水先生也说得好："《蒹葭》不是写'遇'，如《邶风·谷风》，如《魏风·氓》，如《齐风·东方之日》，而只是写一个'境'。遇，一定有故事，境则不必。遇多半以情节见意见情，境则以兴象见情见意。就实景说，《蒹葭》中的水未必大，至少远逊于《汉广》。就境象说，却是天长水阔，秋境无限，竟是同《汉广》一样的烟波浩淼。'伊人'究竟是贤臣还是美女，都无关紧要，无论思贤臣还是思美女，这'思'都没有高尚或卑下的区别。或者，这竟是一个寓言呢，正所谓'连水也是借话'。"借水给了我们无限可能的想象空间，给我们营造了一个意境，这就够了，何必要说什么刺襄公之类呢？

　　琼瑶为电视剧《在水一方》作主题歌，就从男女之思的角度演绎此诗的诗意，《蒹葭》本为三章，她演作两节，不失原诗神韵：

　　绿草苍苍，白雾茫茫，有位佳人，在水一方。我愿溯流而上，依偎在她身旁，无奈前有险滩，道路又远又长。我愿顺流而下，找寻她的方向，却见依稀仿佛，她在水的中央。

　　绿草萋萋，白雾迷离，有位佳人，靠水而居。我愿逆流而上，与她轻言细语，无奈前有险滩，道路曲折无已。我愿顺流而下，找寻她的踪迹，却见依稀仿佛，她在水中伫立。

六十五、如可赎兮，人百其身

【名句出处】

　　交交黄鸟，止于棘。谁从穆公？子车奄息。维此奄息，百夫之特。临其穴，惴惴其慄。彼苍者天，歼我良人！如可赎兮，人百其身。

　　交交黄鸟，止于桑。谁从穆公？子车仲行。维此仲行，百夫之防。临其穴，惴惴其慄。彼苍者天，歼我良人！如可赎兮，人百其身。

　　交交黄鸟，止于楚。谁从穆公？子车鍼虎。维此鍼虎，百夫之御。临其穴，惴惴其慄。彼苍者天，歼我良人！如可赎兮，人百其身。

　　　　　　　　　　　　　　　　　　　　　　　　　——《秦风·黄鸟》

【名句赏析】

　　《左传》文公六年："秦伯任好卒，以子车氏之三子奄息、仲行、鍼虎为殉，皆秦之良也。国人哀之，为之赋《黄鸟》。"公元前621年，秦国的国君任好死了，用子车氏的三个儿子奄息、仲行、鍼虎殉葬，秦国人同情他们，作了《黄鸟》这首诗。《诗序》的解说当取自《左传》，二者基本一致，"以之为殉"，用三子殉葬，显然是被迫的。到了郑玄，竟然说成了自杀，这是为秦穆公狡辩。应劭注释《汉书·匡衡传》说"秦穆公与群臣饮酒酣，公曰：'生共此乐，死共此哀。'于是奄息、仲行、鍼虎许诺。及公薨，皆从死，《黄鸟》诗所为作也。"说自杀是自愿的，三子自己答应秦穆公的。既不合乎情理，不符合诗意，也违背《左传》。诗三次云"临其穴，惴惴其慄"，如果是自杀然后入葬，三良和其他旁观者，又何能"惴惴其慄"？朱熹解此诗不糊涂，他说：言交交黄鸟，则止于棘矣，"盖以所见起兴也。临穴而惴慄，盖生纳之圹中也"（《诗集传》）。生纳之圹中，即被活埋。即使是主张自杀说的郑玄和应劭，也肯定不愿意，喜生恶死，本是人之常情。

　　历来以三良之事，以《黄鸟》诗为题，吟咏甚多。宋代的大文学家苏轼也写过两首与此有关的诗，反映了他早年与晚年的思想变化，颇堪品味。他早年在凤翔时作《秦穆公墓》一诗，对三良自杀殉葬说深信不疑并予以肯定云："古人感一饭，尚能杀其身。今人不复见此等，乃以所见疑古人。"可是到他历尽劫波，一再被贬，直到被贬到海南，作《和陶咏三良》时，思想发生了巨大的变化，诗云："此生泰山重，忽作鸿毛遗。三子死一言，所死良已微。贤则晏平仲，事君不以私。我岂犬马哉？从君求盖帷。杀身固有道，大节要不亏。君为社稷死，我则同其归。顾命有治乱，臣子得从违。魏颗真孝爱，三良安足希。仕宦岂不荣，有时缠忧悲。所以靖节翁，服此黔娄衣。"

　　在这首诗里，苏轼虽然仍然认为三良是主动殉葬的，但他对这种死的看法却与早年不同，他认为"所死良已微"，"三良安足希"，认为这种死是没有意义的。他用了两个典故，说明他的看法，一是晏子的典故。晏婴字平仲，春秋时齐国大夫。齐庄公与大夫崔杼的妻子私通，被崔杼所杀。晏婴知道了，来到崔杼家门外，有人问他，是打算逃走呢，还是打算殉葬？晏婴说："君为社稷死则死之；为社稷亡（逃亡）则亡之。若为己死而为己亡，非其私昵，谁敢任之？"意思是国君如果为了国家而死，我愿意与他一同赴死。如果国君为了他一己的私利而死，我为什么要陪他去送命呢？这就是"贤哉晏平仲，事君不以私。"另一个是魏颗的典故。魏颗是春秋时魏国国君魏武子的儿子。魏武子有一个宠妾，无子。魏武子对魏颗说："等我死了，你一定要让她改嫁。"后来魏武子生了重病，又改变了主意，要让宠妾殉葬。魏武子死后，魏颗让魏武子的宠妾改嫁了，他说："疾病则乱，吾从其治也。"人病重的时候，头脑就不清醒，所做出的决定也是混乱的，我还是遵从他那个合理的决定吧！

这就是"魏颗真孝爱"。苏轼的诗从这两个故事引发他的议论,他说:"我岂犬马哉?从君求盖帷。杀身固有道,大节要不亏。"他说自己不是君王的犬马,他还说:"顾命有治乱,臣子得从违。"顾命,即皇帝的临终遗命。苏轼认为顾命有正确的也有不正确的,做臣子的应该服从正确的,而对于不正确的就不必服从,不当"凡是派"。这在那个时代,是何等大胆、清醒而难得的认识啊!

六十六、岂曰无衣,与子同袍

【名句出处】

岂曰无衣,与子同袍。王于兴师,修我戈矛,与子同仇。

岂曰无衣,与子同泽。王于兴师,修我戈戟,与子偕作。

岂曰无衣,与子同裳。王于兴师,修我甲兵,与子偕行。

——《秦风·无衣》

【名句赏析】

说《无衣》是秦哀公应楚臣申包胥之请,出兵拒吴救楚而作,确实有不少史籍为证,《左传》《战国策》《史记》《吴越春秋》《新序》均有类似记载,其中以《左传》定公四年的记载最为详细。

申包胥请求秦国出兵救楚,即申包胥哭秦廷的历史故事非常有名,冯梦龙、蔡元放的《东周列国志》第七十七回《泣秦庭申包胥借兵,退吴师楚昭王返国》说的就是这件事。这个故事还被演为戏剧,搬上舞台。

申包胥和伍子胥都是楚人,两个人是好朋友,同事楚平王。公元前523年,楚平王听信奸佞之臣费无忌的谗言,杀害了伍子胥的父亲伍奢和哥哥伍员,伍子胥不甘束手待毙,突围逃亡。他对好友申包胥说:"我一定要灭亡楚国,报杀父杀兄的大仇。"申包胥曰:"勉之!子能覆之,我必能兴之。"那您就尽力按照自己的想法去做吧,如果您能灭了楚国,我必定能够复兴它。

伍子胥备尝艰辛,躲避楚国的追杀,终于在公元前522年逃亡到了吴国。他与吴国的公子光密谋,利用专诸刺杀了吴王僚,夺取了王位。公子光即位,号吴王阖闾。这是公元前515年。伍子胥又向吴王阖闾推荐了隐居穹窿山的孙武为将,于公元前512年,吴国发动了对楚国的战争。公元前506年,吴国水师练成,吴王阖闾以孙武为大将,伍子胥为副将,出兵六万攻打楚国,吴军五战五捷,一直攻入楚国的首都郢城,楚昭王仓皇逃跑。伍子胥为报杀父杀兄之仇,将楚平王的坟墓扒开,鞭尸三百以泄恨。

楚国被灭亡后，申包胥跋山涉水，前往秦国求援。救还是不救，秦国大臣意见不一，秦哀公一时也拿不定主意，让人先安排申包胥到馆舍住下。申包胥对曰："寡君越在草莽，未获所伏，下臣何敢即安？"我们楚国的国君现在还在草莽中逃命，连个藏身之处也找不到，我哪里能安心住下呢？"立，依于庭墙而哭，日夜不绝声，勺饮不入口七日。"申包胥靠在秦庭的宫墙上失声痛哭，日夜不停，一连七天没有喝一勺水。秦哀公闻讯大惊，说：臣子急君王之所急，竟然到这样的地步，真是忠义之士。楚国有这样的忠臣尚且被吴国灭掉，寡人的朝廷上还找不到这样的忠臣，吴国怎能放过我们呢？"秦哀公为之赋《无衣》。九顿首而坐，秦师乃出。"秦哀公为之赋《无衣》诗。申包胥向哀公九叩了九次头才坐了下来。公元前506年，秦国发兵帮助楚国，吴国兵退。

六十七、我送舅氏，曰至渭阳。
何以赠之？路车乘黄

【名句出处】

我送舅氏，曰至渭阳。何以赠之？路车乘黄。

我送舅氏，悠悠我思。何以赠之？琼瑰玉佩。

——《秦风·渭阳》

【名句赏析】

《渭阳》是一首送舅念母的诗，这首诗被用为表达甥舅之情的典故。杜甫《奉送卿二翁统节度镇军还江陵》诗："寒空巫峡曙，落日渭阳情。"卿二翁姓崔，是杜甫的舅舅。这里用"渭阳"典故，表达的就是杜甫送别舅舅的惜别之情

有成语"秦晋之好"，也与此诗有关，指两姓相匹配的婚姻。春秋时期，秦晋两国君主世代通婚，故有此称。

《渭阳》一诗的作者为秦太子䓨，后即位为秦康公，《序》说诗为即位后作，后人多不认同此说，认为是秦康公为太子时的送别之作。䓨所送之人为其舅晋公子重耳，䓨的母亲是秦穆夫人，是重耳的姐姐。送舅思母，因为这时䓨的母亲已死。重耳政治流亡至秦，在秦穆公的帮助下归国，即位为晋文公。这里有一段较为曲折的历史故事。

晋文公是春秋五霸之一，但他的身世却非常坎坷，他曾经政治流亡十九年。公元前655年，晋献公宠爱骊姬，听信其谗言，杀死了太子申生，立骊姬之子奚齐为太子，导致了晋国的内乱。晋献公次子重耳为躲避骊姬毒手，逃亡奔狄，在狄十二年。

公元前644年，为躲避追杀，又开始了长达七年的流亡，先后到过卫、齐、曹、宋、郑、楚、秦等国。公元前636年，晋国发生内乱，秦穆公派兵护送重耳回国，则《渭阳》一诗即当作于此时。次年，重耳即位，是为文公，时年62岁。

秦康公罃的母亲是重耳的姐姐，也是晋惠公夷吾的姐姐。她嫁给了秦穆公，是为秦穆夫人，史书对她也有记述。《列女传》把她列入《贤明传》。《左传》僖公十五年："穆姬闻晋侯将至，以太子罃、弘与女简璧登台而履薪焉。使以免服衰绖逆，且告曰：'上天降灾，使我两君匪以玉帛相见，而以兴戎。若晋君朝以入，则婢子夕以死；夕以入，则朝以死。唯君裁之！'乃舍诸灵台。"公元前645年，秦国讨伐晋国，晋军大败，晋惠公当了俘虏。秦穆夫人听说秦军押着晋惠公夷吾回国，并将要杀了他。就带着太子罃、儿子弘与女儿简璧登上高台，踩着柴草。她派遣使者脱掉帽子，束着头发，穿着丧服前去迎接秦穆公，说："上天降下了灾祸，让我们秦晋两国的国君不能以玉帛相见而大动干戈。如果早晨把晋国的国君带入国都，那我就晚上自焚；如果晚上把晋国的国君带进国都，那我就早晨自焚。请君王定夺吧！"

秦穆公无奈，只好把晋惠公暂时拘囚在灵台，后来又释放了他。《列女传》颂曰："秦穆夫人，晋惠之姊。秦执晋君，夫人流涕。痛不能救，乃将赴死。穆公义之，遂释其弟。"

六十八、子之汤兮，宛丘之上兮。
洵有情兮，而无望兮

【名句出处】

子之汤兮，宛丘之上兮。洵有情兮，而无望兮。
坎其击鼓，宛丘之下。无冬无夏，值其鹭羽。
坎其击缶，宛丘之道。无冬无夏，值其鹭翿。

——《陈风·宛丘》

【名句赏析】

陈风是陈国之地的歌谣。陈国地处今河南东部，安徽西北部，都城在宛丘（今河南淮阳)。陈国有着非常悠久的历史。

《左传》昭公十七年:"陈,太昊之墟。"相传在公元前 40 到 30 世纪,东夷部落的首领太昊氏率族聚居于陈地。《竹书纪年》载:"太昊伏羲氏元年即位,都宛丘。"相传公元前 30 世纪,炎帝神农氏初都于陈,尝百草,艺五谷,教民农耕。

《史记·陈杞世家》说,陈国的始封君是胡公满,他是舜帝的后代。在舜还是平民的时候,尧就把他的两个女儿嫁给了舜,居住在妫汭这个地方,其后人以地名为姓氏,姓妫氏。舜死了以后,把天下传给了禹。在夏代,分封了舜的后代商均。商时,舜的封祀或失或续。

周朝建立时,虞舜的后代遏父(或作阏父)投靠周,任陶正之官(负责制造陶器),为周立国建立了功勋,武王将长女大姬嫁给了遏父之子妫满。因为陈地旧为虞舜后裔聚居之地,故封妫满于陈,以奉虞舜之祀。《左传》襄公二十五年:"昔虞阏父为周陶正,以服事我先王。我先王赖其利器用也,与其神明之后也,庸以元女大姬配胡公,而封诸陈,以备三恪。"《礼记·乐记》云:"武王克殷,反商,未及下车,而封黄帝之后于蓟,封帝尧之后于祝,封帝舜之后于陈。"是谓三恪。

西周时,陈辖十四邑:防、柽、相、鸣鹿、株林、辰陵、项、顿、壶丘、株野、沈、焦、夷、留。其中沈、相、顿三个子国,为受陈国保护的附属国。

春秋末,楚国势力日益强大,陈国则连年内乱,积弱不振,公元前 478 年,楚灭陈,置陈为县。陈成为楚国北方的军事重镇。公元前 278 年,楚顷襄王迁都于陈,公元前 253 年,楚昭王迁都巨阳(今安徽太和境内),至楚考烈王六年(公元前 241年),楚都东迁于寿春(今安徽寿县)。楚辖陈、部陈前后达二百多年。

在陈国历史上,还有一件事值得一提。据《左传》庄公二十二年和《史记·陈杞世家》记载,公元前 705 年,陈厉公即位的第二年,生了个儿子名完(后谥敬仲)。正好周朝太史从陈国经过,陈厉公就请太史用周易为儿子占筮,得到了观卦,变成了否卦。太史说:"这个孩子恐怕要代替陈而享有国家了吧!但不是在陈国而在别的国家,不在他的身上而在他的后代身上。到陈国衰亡的时候,这个孩子的后代就会在别国兴起。如果在别国,必定是在姜姓之国。"姜姓之国即齐国。公元前 672年,陈宣公杀太子御寇,御寇素爱陈完,陈完惧祸,亡命奔齐。齐桓公让他当工正,陈完改姓田氏。到了公元前 386 年,陈完的后人田和终于代姜齐而立,列为诸侯。但这已经是战国时期的事了。

六十九、衡门之下，可以栖迟。泌之洋洋，可以乐饥

【名句出处】

衡门之下，可以栖迟。泌之洋洋，可以乐饥。

岂其食鱼，必河之鲂？岂其取妻，必齐之姜？

岂其食鱼，必河之鲤？岂其取妻，必宋之子？

——《陈风·衡门》

【名句赏析】

　　李山先生在其《诗经的文化精神》一书中认为，"三百篇"的时代是中国文化传统趋于定型的时代。一个民族对人与自然、人与人、人群与异族诸多关系所获得的稳定认证，大体就是"文化传统"最基本的精神内涵。在中国传统文化中，有一个特殊的文化类型，就是隐逸文化。这种文化也获得了传统文化的稳定认证：《衡门》就是《诗经》中与隐士文化有关的一首诗。

　　王先谦《诗三家义集疏》引《列女传》中的《楚老莱妻》传，其故事是这样的：楚国有个老莱子，是个隐士、贤人。他为了逃避乱世，躲到蒙山之阳，过着自耕自食，自得其乐的简朴生活。楚王听说老莱子的大名，亲自驾车到山中拜访。他对老莱子说："我这个人智商不高，而且没有文化，却拥有宗庙和社稷，我好辛苦也。希望先生帮帮我。"老莱子说："我是山野之人，不想过问政治。"楚王说："我会真心实意地把国家交给你去打理，让你当 CEO，也希望先生能够改变自己的志向。"老莱子被楚王说动了，答应帮帮楚王。老莱子的妻子采摘野菜回来后，知道了这件事说："我听说给别人酒肉吃的人也会用鞭子抽打人，能够授予别人官职的人也会用斧铖砍人。今天你接受了楚王的酒肉和官职，已经为人所制，又怎么可能避免灾祸呢？如果你一定要去，那就让我先离开你吧！"说罢，就往门外走去。老莱子急忙追了上去，说："我一念之差，险些酿成大错。楚王马上就要派人接我了，让我和你一块逃吧！"于是，他们一路不停，一直逃到江南的一座山中才歇息下来。接着，引诗曰："衡门之下，可以栖迟。泌之洋洋，可以乐饥。"

　　但是，如果把中国传统文化中的隐逸文化的价值与内涵，仅仅理解为仕与隐的行为的区别，用世与避世选择的区别，还是只看到了事情的表面。王先谦引《韩诗

外传》云:孔子的弟子子夏读《书》毕,孔子问他的体会,子夏回答说:"《书》之于事也,昭昭乎若日月之光明,燎燎乎若星辰之错行。""虽居蓬户之中,弹琴以咏先生之风,有人亦乐之,无人亦乐之,亦可发愤忘食矣。《诗》曰:'衡门之下,可以栖迟。泌之洋洋,可以乐饥。'"孔子造然变容说:"嘻!也许可以与你谈谈《书》了。但是你还是只见其表,未见其里。"

那么,什么是"里"呢?陈鼓应先生在谈到《庄子》时,认为他开创了中国文人的传统,"先秦时代,士人群起而出,然而大多依违在仕与隐之间。庄子则超越了仕与隐之间的冲突与两难,既'独与天地精神往来',又'不遣是非以与世俗处',在板荡的时代做一位清醒者、殊异者。然而又不同于屈原。庄子的清醒与殊异,并非基于愤世之孤傲与洁身之坚持,而是以广袤无垠的宇宙意识与天地精神,对世间多怀一份醒觉的洞悉与深情的理解。这样一种对世间的醒觉与深情,后代之嵇康未尝不是,陶潜何尝不然,东坡恐亦如此。"这是很有见地的,这是说隐的精神已进入了哲学层面,在这方面,儒家与老庄是相通的,他们共同奠基了中华文化的哲学基础。

七十、月出皎兮,佼人僚兮。舒窈纠兮,劳心悄兮

【名句出处】

月出皎兮,佼人僚兮。舒窈纠兮,劳心悄兮。

月出皓兮,佼人懰兮。舒懮受兮,劳心慅兮。

月出照兮,佼人燎兮。舒夭绍兮,劳心惨兮。

——《陈风·月出》

【名句赏析】

陈风《月出》是中国咏月诗之祖,咏月诗,是中国古诗词的又一大宝库。南朝宋文学家谢庄《月赋》云:"沉吟齐章,殷勤陈篇。"齐章,即《诗经》齐风《东方之日》,诗第二章:"东方之月兮,彼姝者子,在我闼兮。在我闼兮,履我发兮。"陈篇,即指《月出》诗。

此诗又开见月怀人之诗歌范式。观月,常与怀人联系在一起。如李白《送祝八》:"若见天涯思故人,浣溪石上窥明月。"常建《宿王昌龄隐处》:"松际露微月,清光犹为君。"王昌龄《送冯六元二》:"山月出华阴,开此河渚雾。清光比故人,豁然

展心悟。"杜甫见月怀人思乡之作颇多，如《送孔巢父谢病归游江东兼呈李白》："罢琴惆怅月照席，几岁寄我空中书。"《梦李白》："落月满屋梁，犹疑照颜色。"《月夜》："今夜鄜州月，闺中只独看。遥怜小儿女，未解忆长安。"苏轼元祐六年在颍州作《九月十五日夜观月听琴示座客》诗云："白露下秋草，碧空卷微云。孤光为谁来，似为我与君。"孤光，即月光，此用常建诗意。

　　苏轼爱写月，在苏轼笔下，月往往有更深广的寄托和内涵。苏轼的名篇《前赤壁赋》，将月，将月光应用无穷："壬戌之秋，七月既望，苏子与客泛舟游于赤壁之下，清风徐来，水波不兴。举酒属客，诵明月之诗，歌窈窕之章。少焉，月出于东山之上，徘徊于斗牛之间。白露横江，水光接天。纵一苇之所如，凌万顷之茫然。浩浩乎如冯虚御风，而不知其所止；飘飘乎如遗世独立，羽化而登仙。"这里的"明月之诗，窈窕之章"，即陈风《月出》。"七月既望"，即七月十六日，这一天月正圆，月光正好。

　　苏轼的前后两篇《赤壁赋》，分别写于宋神宗元丰五年（1082）的七月和十月。熙宁九年（1076），王安石罢相以后，新法逐渐失去其积极意义，越来越多的投机者打着变法的旗号，混入变法的队伍谋求高官厚禄。他们争权夺利，互相倾轧，排斥异己。元丰二年（1079），苏轼因谏官何正臣、舒童、李定等摘出他的一些诗句，以讽刺新法，诽谤朝廷的罪名将他逮捕入狱，这就是有名的"乌台诗案"。经过残酷的牢狱折磨，作者被贬为黄州团练副使，不得签署公事。前后《赤壁赋》就作于被贬黄州（今湖北黄冈）的第三年。这两篇赋，是他在厄运和困苦中，努力坚持自己的人生理想和生活信念的精神写照，是他艰苦思想斗争的缩影。他在艰难困苦之中超越了自我，提升了自己的精神境界。在赋中，是月光，把他的思想引领提升到茫茫的宇宙，消融了时间与空间。当然，也超越了世俗的荣辱与得失。他写道："惟江上之清风，与山间之明月，耳得之而为声，目遇之而成色；取之不尽，用之不竭：是造物者之无尽藏也，而吾与子之所共适。"他有了更高的享受和寄托，在月光下，他达到了他那个时代的知识分子所能够达到的思想高度。

七十一、有美一人，伤如之何？
寤寐无为，涕泗滂沱

【名句出处】
彼泽之陂，有蒲与荷。有美一人，伤如之何。寤寐无为，涕泗滂沱。

彼泽之陂，有蒲与蕑。有美一人，硕大且卷。寤寐无为，中心悁悁。

彼泽之陂，有蒲菡萏。有美一人，硕大且俨。寤寐无为，辗转伏枕。

——《陈风·泽陂》

【名句赏析】

《泽陂》是一首怀人的诗，怀念的是谁，为什么怀念，诗无明文，亦无线索，无从追寻。强为之说，是《诗序》爱犯的老毛病。

此诗值得注意的有两点，一是古人的审美观，一是写蒲、写莲、荷、菡萏。

钱钟书先生《毛诗正义》特拈出"古人审美"以说此诗。他说"有关一人，硕大且卷。……硕大且俨"，俨，双下巴。《大招》之状美人曰："丰肉微骨，调以娱只"，再曰："丰肉微骨，体便娟只"，复曰："曾颊倚耳，曲眉规只"，曾，重也。唐仕女图及唐墓中女俑皆曾颊重颐，丰硕如《诗》《骚》所云。刘过《浣溪沙》云："骨细肌丰周防画，肉多韵胜子瞻书，琵琶弦索尚能无？"徐渭《眼儿媚》云："粉肥雪重，燕赵秦娥。"他说：古人审美嗜尚，此数语可以包举。其实，钱先生只说了丰硕，《诗经》中更重人的高大强壮之关，男女皆如此，例子很多。

钱钟书

《诗经》里写到荷花，除了《泽陂》，还有郑风《山有扶苏》："山有扶苏，隰有荷花。不见子都，乃见狂且。"贾祖璋先生《花与文学》说："《尔雅》一书在两千年前，已对荷花的各个部分都赋予一个名称，显然当时对它的观察已经相当细致。""比《尔雅》时代更早的《诗经》，已经说到'隰有荷花'，'彼泽之陂，有蒲与荷'，好像还是野生的状态。屈原《离骚》说：'制芰荷以为衣兮，集芙蓉以为裳。'想必当时楚国已经盛产荷花，而且已有栽培。"

荷花在中国文化里是高洁的象征，如宋代周敦颐著名的《爱莲说》中的名句"出淤泥而不染，濯清涟而不妖"，对莲的植物特点做了高度提升，成为了人类精神品格的象征。荷花与佛教也有着密切的关系，如佛座以莲花为饰，叫作莲座。但是，荷、莲、菡萏出现在《诗经》里时，作为托物寄兴的比体，有没有象征意义呢？有没有文化和道德含义呢？汉代的郑玄和唐代的孔颖达都认为有。郑玄说："蕑，当作'莲'，芙蕖实也。莲以喻女之言信。"孔颖达说："莲是荷实，故言女言信实。"《论语·八佾》："哀公问社于宰我。宰我对曰:'夏后氏以松,殷人以柏,周人以栗。曰,使民战慄。'"鲁哀公问宰我,作社主应该用什么样的树木。社主,即祭祀土神所立的牌位。宰我说,夏代用松木,商代用柏木,周代用栗木。意思是使民战战栗栗。后人解释这段话,又加以引申说,松,犹容也,想见其容貌而事之;柏,犹迫也,亲而不远;栗,犹战栗,谨敬貌。

七十二、鸤鸠在桑,其子七兮。
淑人君子,其仪一兮

【名句出处】

鸤鸠在桑,其子七兮。淑人君子,其仪一兮。其仪一兮,心如结兮。
鸤鸠在桑,其子在梅。淑人君子,其带伊丝。其带伊丝,其弁伊骐。
鸤鸠在桑,其子在棘。淑人君子,其仪不忒。其仪不忒,正是四国。
鸤鸠在桑,其子在榛。淑人君子,正是国人。正是国人,胡不万年。

——《曾风·鸤鸠》

【名句赏析】

《鸤鸠》是曹风的第三首,曹风共有诗四首。曹风是曹国或曰曹地的诗歌。曹国是武王之弟姬振铎的封国,建都陶丘(今山东定陶西北),地域在卫、鲁、宋三国之间,约在今山东省菏泽地区一带。

曹国的始封君姬振铎是周武王的胞弟。作为西周的首封之国,曹也是东方比较大的国家,在武王灭商立国之初,具有重要的地位。按照周初分封的原则,作为同宗之国,他们的任务是监管殷民,同时"以屏藩周"。而且曹就在原来殷商势力很强的地方,与东方诸夷小国为邻,自然兼有以上两重任务。曹国先亡于晋,复国后又于公元前 487 年亡于宋,在历史上留下的记载不多。这几首诗也可以说是研究曹国的重要资料,近人多认为曹风四首为西周时期到东周初年的作品。

诗说"鸤鸠在桑,其子七兮。淑人君子,其仪一兮",鸤鸠,在这里有什么样的文化含义呢?鸤鸠,即布谷鸟。在《诗经》里,它还在召南的《鹊巢》里出现过,"惟鹊有巢,惟鸠居之。之子于归,百两御之"。《诗序》说:"《鹊巢》,夫人之德也。国君积行累功,以致爵位。夫人起家而居有之,德如鸤鸠,乃可以配焉。"按照《诗序》的解释,鸠占鹊巢,这是对鸤鸠褒扬的意思。德如鸤鸠,即鸤鸠是一种有德的鸟。

而《鹊巢》并没有说清楚鸤鸠有什么样的德。《鸤鸠》说:"鸤鸠在桑,其子七兮。淑人君子,其仪一兮。"是说鸤鸠之德,即如淑人君子,仪容如一。其下说"鸤鸠在桑,其子在梅","鸤鸠在桑,其子在棘","鸤鸠在桑,其子在榛"。则说了鸤鸠产卵不在一棵树上、一个巢内,而仁爱如一。这是说到鸤鸠的育雏习性,古人把这说成德性。曹植《上责躬应诏诗表》:"七子均养者,鸤鸠之仁也。"

贾祖璋先生的《鸟与文学》一书,讲到鸤鸠,有"奇异的育雏"一节,他引《本草纲目》说:鸤鸠"不能为巢,多居树穴及空鹊巢中哺子。"他还说到鸤鸠居别巢产卵的状态,"鸤鸠,其体色及飞翔的状态,实为鸟类拟态现象的一个适例。它完全模拟着猛鸷的鹰类。《列子》云:'鹞之为鹯,鹯之为布谷,布谷久复变为鹞。'及《禽经》注云:'仲春鹰化为鸠,仲秋鸠复化为鹰。'即系不知其移徙现象及真实形态而引起的误解。然而于此,正可见其拟态程度的高妙。正在孵卵的莺等小鸟,见其飞来,误认为是袭击的鹰鹯,于是仓皇飞去,鸤鸠乃得从容置卵于其巢中。但逸去的鸟,终惦念着自己的卵,不久回巢探视,见敌害已去,而巢与卵均完好无恙,惊喜之余,也不遑辨别卵数,就重复安然孵伏。"

七十三、七月流火,九月授衣

【名句出处】

七月流火,九月授衣。一之日觱发,二之日栗烈。无衣无褐,何以卒岁?三之日于耜,四之日举趾。同我妇子,馌彼南亩,田畯至喜。

——《豳风·七月》

【名句赏析】

豳风七篇,产生在用人兴国的故地。周的始祖弃居住在邰(今陕西武功),到了四世祖公刘的时候,离开邰,迁居到了豳地立国,豳又称邠,其地域在今陕西省彬县、栒邑一带,《公刘》诗所谓"于豳斯馆",周之道自此而兴。至古公亶父迁移到了岐,文王时建立丰邑(又称丰京,在今西安市长安区西沣河西岸),丰京与镐京仅一水之隔。周人的发展路线是由西向东,中间有八世在豳地,豳是他们长期经营的地区,也是为他们开国征战提供兵员和给养的重要根据地。班固《汉书·地理志》谈到豳地的风俗说:"其民有先王遗风,好稼穑,务本业,故豳诗言农桑衣食之本甚备。"公元前 770 年,西周灭亡,包括豳地的整个关中都归秦国所有,所以豳风全部是西周的作品,有的是西周早期的作品。研究西周的历史,豳风的诗作非常重要。

《七月》八章，叙述了一年之中的各项农事，是一篇田园记事长诗，是国风中最长的诗篇。这首诗基本以时间为经，以农事为纬，其间包括每月虫鸟的情况<用法不当>草木的荣实、作物的生长过程以及人们的生活状况。"天时、人事、政令、教养之道，无所不赅"（《诗意会通》）。扬之水先生《诗经别裁》说："然而《七月》之好，犹在于叙事。""叙事之好，更在于事中有情。"所以，钱钟书先生引诗"春日迟迟，采蘩祁祁，女心伤悲，殆与君子同归"，特地拈出"伤春"加以论说。而方玉润《诗经原始》说："夫《诗》分风雅颂，三体本不相混，而《七月》一诗，实兼风雅颂三体而无或遗，但非截然判而为三之谓，乃浑然合而为一之谓也。"

这首诗所用历法值得注意，它兼用夏历和周历，诗中凡提到月，皆属夏历；提到几之日，则属周历，一之日即周历的一月，相当于夏历的十一月，二之日相当于十二月，三之日相当于一月，四之日相当于二月。其中一处提到蚕月，即夏历三月。两种历法兼用并不难理解，乃当时实际状况，就像我们今天既用公历，又用农历。诗以七月流火发端，是由于上古时代划分季节是由火星昏见来决定的。我国古代天文学当时在世界上处于领先地位，发达较早。竺可桢先生说："从殷墟时代起，我们已是农耕社会。一年四季寒来暑往的规律，对于农产品的培养、生长和收获是有决定性的。必得把握这寒来暑往的规律才能把农业搞好。""我们从甲骨文上可以看出，三千年前殷代已有十三月的名称。《书经·尧典》说：'期三百有六旬有六日，以闰月定四时成岁。（一年三百六十六天，要用加闰月的办法来确定春夏秋冬四季成为一岁。）'"

七十四、我徂东山，慆慆不归。
我来自东，零雨其濛

【名句出处】

我徂东山，慆慆不归。我来自东，零雨其濛。我东曰归，我心西悲。制彼裳衣，勿士行枚。蜎蜎者蠋，烝在桑野。敦彼独宿，亦在车下。

——《豳风·东山》

【名句赏析】

《东山》是西周初期的作品。其历史背景是武王伐纣灭殷之后，封纣子武庚禄父于殷，武王令其弟管叔、蔡叔、霍叔监视武庚。武王死后，其子成王立，武庚、管、蔡及徐国、奄国作乱,背叛周朝。周公带兵东征三年,平定了管叔、蔡叔之乱,稳定了政治局势,统一了广大的黄河流域,奠定了西周的基业。《东山》是政治诗,是凯旋曲,是大主题,属于重大题材,宏大叙事,主旋律。如果让我们今天的作者去写,不知要写得多么气势磅礴,不知要使用多少高山、河流、湖泊、日月星辰及军旗号角之类大字眼,不知又要怎样去歌怎么去颂,怎样去煽情。可是,《东山》却写得那么家常,那么有人情味。这不知是作者的眼光使然,还是当时的文化社会气氛使然呢?扬之水先生说:"诗三百,最好是《东山》。诗不算长,也不算短,而句句都好。它如此真切细微地属于一个人,又如此博大宽厚地属于每一个人。""不知道它是不是可以融化人生中的一切冷漠,但总之,多少板着面孔的经学家读到《东山》,好像一时间都变得'融融'也,'泄泄'也,于物理人情很是通达。"(《诗经别裁》)

《东山》诗之好,在于它选择了一个最佳的角度,即"在路上",即回乡的一条路。这条路如此之远,如此之长,长得足以满满装载三年的思念,"我徂东山,慆慆不归"。《东山》诗之好,还在于它选择了一个打湿思绪的场景,"我来自东,零雨其濛",点点诗思尽被雨打湿。《东山》四章,每章均以这四句开头,反复咏叹,为感情的起伏,思绪的飘荡设置了特定的氛围。

《东山》诗之好,更在于它写得那么家常,那么有人情味。首章写归途况味,王闿运评曰:"'蜎蜎者蠋,烝在桑野',感物摅情,悲凉凄恻。'敦彼独宿,亦在车下','落日照大旗,中天悬日月',百万军中,以此孤寂之情,圣人、文人乃能超万物而别以怀抱。"(《湘绮楼说诗》)《序》说"二章言其思也",思什么呢?"果臝之实,亦施于宇。伊威在室,蟏蛸在户。町畽鹿场,熠燿宵行。不可畏也,伊可怀也。"翻译成白话就足:"瓜蒌藤上结了瓜,藤蔓牵到屋檐下。屋内潮湿地生虱,蜘蛛结网当门挂。房外空地跑野鹿,萤火虫儿亮花花。家园荒凉也不怕,只是使我更想它。"这么琐碎,这么细小,又这么真切。其末章云:"仓庚于飞,熠燿其羽,之子于归,皇驳其马。亲结其缡,九十其仪。其新孔佳,其旧如之何?"当年黄莺上下飞,黄莺羽毛有光辉。那人过门做新娘,马儿有红又有黄。娘为女儿结佩巾,各种礼仪都排场。新婚幸福又甜美,久别重逢又怎样?王闿运说:"'仓庚于飞,熠燿其羽,之子于归,皇驳其马',凯歌别调,所谓'兵器销为日月光'。"姚际恒《诗经通论》云:"凯旋诗乃作此香艳幽情之语,妙绝。"贺贻孙《诗经触义》说此诗末两句:"常人之情旧不如新,然别离重逢新不如故。""此句不言乐,乐处在'如之何'三字想出,妙甚。"

七十五、伐柯如何，匪斧不克。
取妻如何，匪媒不得

【名句出处】

伐柯如何，匪斧不克。取妻如何，匪媒不得。

伐柯伐柯，其则不远。我觏之子，笾豆有践。

——《豳风·伐柯》

【名句赏析】

《伐柯》一诗，如只从它的文字看，好像是娶妻之家用于婚姻宴席，答谢媒人的诗。所以高亨先生说这首诗是男人请媒人吃饭，委托他帮助介绍对象的诗。这是尽量往通俗上说。齐风《南山》："析薪如之何？匪斧不克。取妻如之何？匪媒不得。"这与《伐柯》诗的首章几乎全同。陈子展先生因此认为这几乎相同的四句，大概是当时通行的谣谚。因为这首诗次章有"我觏之子，笾豆有践"句，与"我觏之子，衮衣绣裳"相同，就被《诗序》作者认为同是有关周公的诗。这虽然是推测之词，也确有见地，被不少说《诗》者所认同。

说起《伐柯》的背景故事，熟悉历史或受过旧式教育的可以说尽人皆知。白居易《放言五首》之三："周公恐惧流言日，王莽谦恭未篡时。向使当年身便死，一生真伪复谁知。"这首诗在林彪事件之后曾经广泛流传。那么，"周公恐惧流言"是怎么回事呢？

周公姬旦是周武王的弟弟，武王伐纣灭商，周公是第一功臣。武王灭商的第二年重病死去，他的儿子即位，是为成王。由于成王尚年幼，还没有能力治理天下。而且此时天下未稳，周公便代行国政，摄行天子职务。管叔和蔡叔疑心周公要篡位，到处散布"周公将不利于成王"的流言。成王和召公奭也对周公产生了疑忌。召公奭为此想离开朝廷到封地去，他在向周公辞行时说出了自己的疑问和传言。周公听了后，与召公进行了一番推心置腹的谈话，他说："如果按照商朝的习惯，兄终弟及的实在不是少数。即使是我们周朝，也有太伯和王季的故事可以做先例，何况武王也是以弟弟的身份代替哥哥接受君位的，我要做天子也不是不可以的。而且武王在世和重病期间，几次都要把天下交给我。只因自己和武王兄弟情深，不愿为了王位引起纷争，所以情愿从我做起，为周朝立下一个嫡长子继位的规矩，这是千秋万代的大事。只因现在侄儿诵的年龄还小，不足以担当重任，我才帮助他管理朝政。如今连你都不理解我，实在使我伤心。希望你现在不要到封地去，否则朝廷真要空虚了。"周公说得声泪俱下，召公奭大为感动，两双大手紧紧握在了一起。

可是，外面的谣言一直不断，周公觉得自己不宜再在镐京住下去了，他对太公望和召公奭说："现在流言太多，我考虑自己还是离开镐京为好。但现在天下尚未平定，商的势力依然强大，我也不能撒手不管。武王在世的时候，就和我商议要在洛邑建立一个新的都城，因为那里是天下之中，便于控制四面八方。我走之后，一切政事就要靠你们二位料理了。"周公不顾二公的执意挽留，又替成王提前行了冠礼，离开了镐京。

周公离开镐京之后，管叔、蔡叔和殷商的残余势力没有了顾忌，便日益猖獗起来。朝廷上下这才认识到周公辅政对于周朝的重要，他们纷纷制作歌谣，希望周公早日回朝，希望成王早日醒悟，以礼召回周公，而《伐柯》一诗，就传达了这样的信息。

七十六、呦呦鹿鸣，食野之苹。
我有嘉宾，鼓瑟吹笙

【名句出处】

呦呦鹿鸣，食野之苹。我有嘉宾，鼓瑟吹笙。吹笙鼓簧，承筐是将。人之好我，示我周行。

呦呦鹿鸣，食野之蒿。我有嘉宾，德音孔昭。视民不恌，君子是则是傚。我有旨酒，嘉宾式燕以敖。

呦呦鹿鸣，食野之芩。我有嘉宾，鼓瑟鼓琴，鼓瑟鼓琴，和乐且湛。我有旨酒，以燕乐嘉宾之心。

——《小雅·鹿鸣》

【名句赏析】

《诗经》305篇都是可以在各种礼仪和社会活动场所应用的乐歌。周代礼仪繁多，在礼仪活动中少不了宴饮，凡宴饮都有乐。诗乐合一，贵族社会频繁的宴饮场合，都要用三百篇中的歌诗，所用风、雅、颂诗都有。

诗本合乐,都是可以配乐演奏的,秦始皇焚书之后,礼崩乐坏,古乐失传,惟《鹿鸣》古乐经两汉直至魏晋犹存。据《三国志·魏书》及《晋书·乐志》记载,东汉末天下大乱,乐章亡缺不可复知。魏武帝曹操平荆州,获汉雅乐郎河南杜夔,能识旧法,使创定雅乐。杜夔聪思过人,丝竹八音,靡所不能,惟歌舞非所长。时散骑侍郎邓静、尹商善咏雅乐,歌师尹胡能歌宗庙郊祀之曲,舞师冯肃、服养晓知周代诸舞。杜夔总领之,远搜典籍,近采故事,教习讲肄,制备乐器,悬挂钟磬。《三国志》说,"绍复先代古乐,皆自夔始也。"又说杜夔传雅乐四曲,一《鹿鸣》,一《驺虞》,一《伐木》,一《文王》。及太和中,左延年改杜夔所传《驺虞》《伐木》《文王》三曲,杂以新乐,自作声节,惟《鹿鸣》未改。

因 305 篇诗均可用于礼仪,而礼仪也常伴以宴饮,所以我们今天所说《诗经》中的宴饮诗,不是指可以用于宴饮场合的诗,而是指以宴饮为题材的诗,除《鹿鸣》外,还有《伐木》《常棣》《行苇》《頍弁》《彤弓》《瓠叶》《宾之初筵》《鱼丽》《南有佳鱼》《凫鹥》《既醉》等等。有这样一批以宴饮为题材的歌诗,是中国文学的独特现象,是世界文学中的独特景观。以前,对诗经中的宴饮诗多认为是反映贵族阶级的享乐生活,是为其歌功颂德而予以全盘否定。当然,它们是有这样的因素,但它们同时还反映了中国礼乐文化的内涵及其本质特征,反映了那个时代的思想观念。也许正因为它独特,才更具有重要的文化价值。

李山先生在《诗经的文化精神》中说:如果说宴饮诗作映现了"周人由部族走向宗法社会的主宰人群历史进程的脚步的话,《鹿鸣》这首被编排在小雅之首的宴饮诗,则反映了这场历史进步所产生的一种全新的文化状态。"文化状态当然也包括人际关系及其定位,这也就是孔子所经常讲的"正名",即厘定名分。在《鹿鸣》中,周王与群臣嘉宾是一种什么样的名分呢? 朱熹《诗集传》说《鹿鸣》是周王宴享宾客之诗,"盖君臣之分以严为主,朝廷之礼以敬为主。然一于严敬,则情或不通,而无以尽其忠告之益。故先王因其饮食聚会,而制为宴飨之礼,以通上下之情。而其乐歌又以鹿鸣起兴,而言其礼仪之厚如此,庶乎人之好我,而示我以大道也。"方玉润《诗经原始》说:"夫佳宾即群臣,以名分言曰臣,以礼仪言曰宾。文(王)、武(王)待群臣如待大宾,情谊既洽而节文又敬,故能成一时盛治也。"这都是主张国君要以宾客之礼对待群臣,这正是儒家的观念,而法家主张君主把臣子当犬马。

七十七、常棣之华,鄂不韡韡
兄弟阋于墙,外御其务

【名句出处】

常棣之华,鄂不韡韡。凡今之人,莫如兄弟。

死丧之威,兄弟孔怀。原隰裒矣,兄弟求矣。

脊令在原,兄弟急难。每有良朋,况也永叹。

兄弟阋于墙,外御其务。每有良朋,烝也无戎。

丧乱既平,既安且宁。虽有兄弟,不如友生?

傧尔笾豆,饮酒之饫。兄弟既具,和乐且孺。

妻子好合,如鼓瑟琴。兄弟既翕,和乐且湛。

宜尔室家,乐尔妻帑。是究是图,亶其然乎!

——《小雅·常棣》

【名句赏析】

古人与大自然的关系远较今人密切,体物细致,观察入微,《诗经》中的作品,常常用植物比兴。不但国风中的作品如此,雅、颂中的作品亦如此。常棣即棠棣,《常棣》一诗,用棠棣比兴。但由于古今植物名称区别较大,对于《诗经》中的有些植物名称,是指今天的什么植物,还有一些争议。那么,《常棣》中的棠棣是什么植物呢?依照比较一致的说法,棠棣,即郁李。《辞海》解释郁李说,蔷薇科,落叶小灌木,叶卵形至披针状卵形,有尖锐细重锯齿,背面仅中脉上有短绒毛。春季开花,花两或三朵簇生,粉红色或近白色,稍先于叶或与叶同时开放。产于中国,可供观赏。果实可食,种子名"郁李仁",可以入药。自从《常棣》一诗用棠棣比兴后,棠棣、棣华、棣萼,就成了咏兄弟和睦,手足情深的典故。古人之所以用棠棣比兄弟情谊,是因为棠棣花萼相承,紧紧相依。也有人说用棠棣之花常两三朵簇生,以喻团结。

《常棣》的作者一说是召穆公虎,他是周宣王静的辅政大臣。周宣王是西周的第十一个王,公元前827年即位,公元前782年去世,在位四十六年。召穆公虎何时作此诗,已经难以考证。《左传》出现此诗,是在鲁僖公二十四年,公元前636年。《左传》云:王(周天子,襄王)怒,将以狄伐郑(周宣王弟友的封国),富辰谏曰:"不可。臣闻之:太上以德抚民,其次亲亲,以相及也。昔周公吊二叔之不成,故封建亲戚以藩屏周。管、蔡、郕、霍、鲁、卫、毛、聃、郜、雍、曹、滕、毕、原、酆、郇,文之昭也。邘、晋、应、韩,武之穆也。凡、蒋、邢、茅、胙、祭,周公之胤也。召穆公思周德之不类,故纠合宗族于成周而作诗,曰:'常棣之华,鄂不韡韡。凡今之人,莫如兄弟。''兄弟阋于墙,外御其侮。'如是,则兄弟虽有小忿,不废懿亲。"周天子发了怒,打算领着狄人攻打郑国。大夫富辰劝阻说:"不行。我听说最高明的人用他的德行来安抚百姓,其次的亲近亲属,由近到远。从前周公感伤管叔、蔡叔不得善终,所以分封亲戚,用来作为周室的屏障。管、蔡、郕、霍等国,分封的是文王的儿子。邘、晋、应、韩等国,分封的是武王的儿子。凡、蒋、邢、茅等国,分封的是周公的后代。召穆公忧虑周德的衰微,所以集合了宗族在成周作诗,说:'棠棣开花白如银,蒂托韡韡光华新。凡是今天世上人,谁也没有兄弟亲。'又说:'在家兄弟也相争,抵御外侮意志同。'兄弟之间虽然也有纷争,但也不能够为此废弃了亲戚。"

　　周襄王不顾富辰的劝阻,召狄人攻郑,结果引起了王子带之乱,襄王无处藏身,最后还是郑国收留了他。上面这段话就是富辰为了劝阻周襄王用狄人伐郑而说的,其中引用了《常棣》中的诗句,说了这首诗的作者是召穆公,也讲了周初分封亲戚的情况。

七十八、伐木丁丁,鸟鸣嘤嘤。出自幽谷,迁于乔木。嘤其鸣矣,求其友声

【名句出处】

　　伐木丁丁,鸟鸣嘤嘤。出自幽谷,迁于乔木。嘤其鸣矣,求其友声。相彼鸟矣,犹求友声。矧伊人矣,不求友生?神之听之,终和且平。

　　伐木许许,酾酒有藇。既有肥羜,以速诸父。宁适不来,微我弗顾?於粲洒扫,陈馈八簋。既有肥牡,以速诸舅。宁适不来,微我有咎?

　　伐木於阪,酾酒有衍。笾豆有践,兄弟无远。民之失德,乾餱以愆。有酒湑我,无酒酤我。坎坎鼓我,蹲蹲舞我。迨我暇矣,饮此湑矣。

　　　　　　　　　　　　　　　　　　　　　　　——《小雅·伐木》

【名句赏析】

　　《伐木》是宴享诗,这一点古今没有疑问。对诗的作者,则有周公说和召公虎

说两种。召公虎是西周晚期的大臣，又称召公、召穆公、召伯、召伯虎，他是周初召康公奭之后，周厉王时为卿士。厉王暴虐，他曾经屡次劝谏，不听。公元前841年，国人暴动，驱逐厉王，他将太子静(宣王)匿于家中，以其子替死。厉王逃至彘，他与周公(周公旦后)共同行政，号为"共和"。是年为中国历史有确切纪年的开始。公元前828年(共和十四年)，周厉王死于彘。召公、周公共立太子静，是为宣王，共和行政结束。周宣王即位后，周公、召公共同辅政，诸侯复宗周。召公团结亲族，和谐诸侯，征发淮夷等，对宣王中兴贡献很大。《诗经》的研究者认为召伯虎不仅是个政治家，也是个诗人。大雅中的《荡》，传为其哀悼厉王而作，《常武》传为其赞美宣王而作。另如《常棣》，《左传》也说是召穆公所作。赵逵夫先生在《论西周末年杰出诗人召伯虎》一文中说，周厉王不听"防民之口，甚于防川"的劝告，终于导致了国人暴动，西周开始分崩离析。同时，王室内部人心涣散，亲友不睦，政治和社会状况极度混乱和动荡。周宣王即位初，立志实现复兴大业。而欲图大事，必先收复人心，故召公作《伐木》诗，追述文王之事，以安定人心，消除隔阂，增进亲友情谊。

说《伐木》一诗所咏宴享的主持者是周王是可信的，诗有"陈馈八簋"可证。说是"燕朋友故旧"则值得推敲，因为诗中除有"相彼鸟矣，犹求友声。矧伊人矣，不求友生"之句可证外，其中"既有肥羜，以速诸父"，"既有肥牡，以速诸舅"句说的好像并不是朋友之事，而是亲戚之事。其末章"伐木於阪，酾酒有衍。笾豆有践，兄弟无远"明显说的是兄弟之事，仍然属于亲戚的范围。

后人引这首诗作为典故并没有局限于《诗序》的解说，如用为"迁乔木""迁谷""迁乔"，则多指仕途升迁，或进士及第。柳宗元《同刘二十八院长述旧言怀感时》："未竟迁乔乐，俄成失路嗟。"这里"迁乔"指诗人自己从集贤殿正字升迁为监察御史，而升迁未久，即遭贬谪。而用为"莺出谷""莺鸣""出谷莺"，也表示升迁之意，而以"莺谷"喻沉滞下僚。而"乔迁"一词也显然出典于《伐木》，则是表示移居的祝词。这就是比则一意，喻则多元，何况是一首诗呢？

诗说诸父、诸舅、兄弟，这些都是中国文化所重视的人伦，是人们以血缘维系的伦常关系。值得注意的是，在《伐木》诗中，朋友也被作为一种伦常关系来歌颂。《诗经》认为这些关系的表现形式应该是嘤嘤相鸣，应该是友好相处，其气氛应该是"终和且平"。柳诒徵先生说："西方立国在宗教，东方立国在人伦"，即西方以宗教精神立国，东方特别是中国以伦常关系立国，而伦常关系之强调，实乃当时推动中国社会之走向团结进步者，即使今天也不可否定之。

七十九、昔我往矣，杨柳依依。
今我来思，雨雪霏霏

【名句出处】

采薇采薇，薇亦作止。曰归曰归，岁亦莫止。靡室靡家，狁之故。不遑启居，狁之故。

采薇采薇，薇亦柔止。曰归曰归，心亦忧止。忧心烈烈，载饥载渴。我戍未定，靡使归聘。

采薇采薇，薇亦刚止。曰归曰归，岁亦阳止。王事靡盬，不遑启处。忧心孔疚，我行不来。

彼尔维何？维常之华。彼路斯何？君子之车。戎车既驾，四牡业业。岂敢定居，一月三捷。

驾彼四牡，四牡骙骙。君子所依，小人所腓。四牡翼翼，象弭鱼服。岂不日戒，狁孔棘。

昔我往矣，杨柳依依。今我来思，雨雪霏霏。行道迟迟，载渴载饥。我心伤悲，莫知我哀。

——《小雅·采薇》

【名句赏析】

《采薇》一诗六章，章八句。朱熹《朱子语类》说："《采薇》首章，略言征夫之出，盖以狁不可不征，故舍其室家而不遑宁处；二章则既出而不能不念其家；三章则竭力致死而无还心，不复念其家矣；四章五章则惟勉于王事，而欲成其战伐之功也；卒章则言其事成之后，极陈其劳苦忧伤之情而念之也。"

后人的议论、评论多集中在《采薇》第六章的前四句，"昔我往矣，杨柳依依。今我来思，雨雪霏霏"，被认为是《诗经》中最好的诗句，这个评价出自东晋名将谢玄之口。谢玄字幼安，是谢安的侄子。《世说新语·文学》："谢公（谢安）因子弟集聚，问《毛诗》何句最佳？遏（谢玄小字）称曰：'昔我往矣，杨柳依依。今我来思，雨雪霏霏。'公曰：'訏谟定命，远犹辰告。'谓此句偏有雅人深致。"谢安与子侄们在一起时，问《诗经》里的哪一句最好，谢玄说了《采薇》末章的前四句，这个答案显然不投谢安所好,他说出了自己的看法,他赞赏的是《诗经》大雅《抑》中的诗句"訏谟定命,远犹辰告",意思是以宏伟的谋略决定国家的政令,把远大的计划按时布告天下。谢安是一代名相,不同的气质风范有不同的爱好旨趣。谢安讲这句话,当然也有引导谢玄向政治、向事功方面发展的意图,也是谢安在进行潜移默化的启发式教育。

据《晋书·谢玄传》,谢玄从小就非常聪明,悟性很高,深为叔父谢安器重,并有意教育栽培他。一次,谢安问他的子侄辈们:"子弟亦何豫人事,而正欲使其佳?"意思是孩子们的事与大人有什么相干,为什么做父母的都希望自己的子女有出息呢?子弟们都闷声不响,不知该如何回答。只有谢玄回答说:"譬如芝兰玉树,欲使其生于庭阶耳。"这就好比是芝兰玉树,每个人都希望它能够生长在自己的庭前阶下。谢玄以芝兰玉树做比,巧妙回答了叔父的问题,谢安听了非常欣慰。《晋书》又说谢玄小时候好佩带香囊,似乎气质偏于文弱,有向文艺化方向发展的可能,谢安有点担心,但又不愿直接指出,怕伤了谢玄的自尊。一次在游戏时打赌,谢安趁机赢取了香囊,然后悄悄把它烧了。谢玄很聪明,也明白了叔叔的用意,以后再也不佩带这类物件。

谢安潜移默化的教育是成功的,谢玄后来果然成了杰出的军事家。谢安为宰相时,任命谢玄为建武将军,兖州刺史、领广陵相,组织北府兵,抵御前秦。在公元383年的淝水之战中,他与谢安配合,大败苻坚,并率兵收复徐、兖、青、豫等州,立下赫赫战功,写下一段辉煌历史。

八十、菁菁者莪,在彼中阿

【名句出处】

菁菁者莪,在彼中阿。既见君子,乐且有仪。

菁菁者莪,在彼中沚。既见君子,我心则喜。

菁菁者莪,在彼中陵。既见君子,锡我百朋。

泛泛杨舟,载沉载浮。既见君子,我心则休。

——《小雅·菁菁者莪》

【名句赏析】

上世纪八十年代始得大名,被称为出土文物的诗词专家张中行先生,在《诗词读写丛话》中谈到读古体诗时说：由时间早的说起，那自然是诗三百，统称《诗经》。文言，以战国，两汉的书面语言为标准，《诗经》仍属于古文言系统，难读。《诗经》虽然难读，但是量不大。诗分风、雅、颂，风可以读大部分或全读，雅可以读小部分或半数，颂可以不读。他说，虽然我们不会用那种形式写诗了，但还是要读的，因为读后一定会有所得，那是率直朴厚的风格，其后除了《古诗十九首》和陶渊明的诗以外，想找就很难了。他还说，读《诗经》时，对于诗的旨意，虽然不能不看旧解，但有些地方，也要多靠自己的领会，少戴别人的有色眼镜。举例来说，有两种眼镜：一种是汉朝的公司配制的，戴上它，就于"求之不得"，"辗转反侧"中看到文王的"后妃之德"；一种是现代的公司配制的，戴上它，就于"彼君子兮，不素餐兮"中看到平民的跺脚痛骂。

张中行老先生这里说的不仅是读《诗经》的问题，也是读一切书的大问题，记得鲁迅先生也说过这个问题。读书，不戴自己的眼镜是不可能的，不戴古人、前人的眼镜也是不可能的，不戴时代的眼镜更是不可能的。朱熹解说《诗经》，想尽量撇开《诗序》，可他也没有撇开，因为《诗序》毕竟有很多合理的解释，不是可以轻易否定的。朱熹解《子衿》和《菁菁者莪》都反《序》，但他在用典时却又用《序》意。新说虽新，新说虽有创意，但不见得都有价值，都立得住。张中行先生说"于'彼君子兮，不素餐兮'中看到平民的跺脚痛骂"，是指用阶级斗争观点说诗，是指现代对《伐檀》诗的解说，看来他不认为《伐檀》是"平民的跺脚痛骂"。其实，张老先生的这个观点有点矫枉过正。我们反对"泛阶级斗争论"，也吃过"阶级斗争"的苦头，但也必须承认阶级或阶层的存在（当然也可换一种表述）是一个事实。

陈子展先生在现代《诗经》研究上功勋卓著，他是十分尊重、充分注意利用历代《诗经》研究成果的，对《诗经》研究上的"泛阶级斗争论"他是有所警惕的。可是他在解说《菁菁者莪》时，竟然戴上了比"泛阶级斗争论"质量更差的眼镜。他在《诗经直解》中说："读此诗，则知利欲熏心，患得患失，此知识分子之传统陋习，盖自三千年前已萌其端矣。岂如列宁所谓'和狼在一起，就要作狼叫'。士风使然邪？"呜呼，短短三十年，对知识分子的思想改造和政治批判真是已经沦肌浃髓，其成就真是不可低估。自作诛心之论，骂自己，已经这样自觉了，竟连三千年前的同类也要挖出来骂。古代文化中的"菁莪棫朴之化"，只用三十年，竟然被打扫得这样干净了！真是匪夷所思。

八十一、萧萧马鸣，悠悠旆旌
允矣君子，展也大成

【名句出处】

萧萧马鸣，悠悠旆旌。徒御不警，大庖不盈。

之子于征，有闻无声。允矣君子，展也大成。

——《小雅·车攻》

【名句赏析】

周宣王是西周倒数第二个王。西周自厉王被国人驱逐之后，经历了十四年的共和时期，直至厉王死后，宣王才即位。经过厉王之乱的大折腾，周王在诸侯心目中的地位已经大大下降了。宣王还算是有点作为的，略略收复了人心，史称宣王中兴。《车攻》就是这个背景下的一首诗，所以方玉润说《序》云"宣王复古也"，语虽浑，颇得其要。

《车攻》八章，章四句，这里选的是最后两章。第一章以第一人称手法，开门见山，直赋其事。第二、三章写宣王的部队，先猎于甫山，后猎于敖山。第五、六章描写射猎的盛大场面，以及射手、驭夫们的高超技艺。第七章写猎后的军营景象，战马嘶鸣，军旗飘扬，一派肃穆壮观的场面。第八章以赞扬宣王田猎大功告成作结，暗示王者之师将所向无敌，王业一定大成。

《车攻》写宣王田猎，《序》云"宣王复古也"，宣王复古，复的是什么古呢？田猎与复古是什么关系呢？

西周和春秋时期是礼制社会，也就是以礼作为社会的制度规范，行为方式。这个礼，不是我们今天所说的文明礼貌，更不是五讲四美三热爱之类。而是周代的许多政治、军事、经济的重要措施和制度，都要贯穿在各种"礼"中，也要通过各种"礼"的形式去决定和推行。周代有一项重要的礼即"大蒐礼"，就是借用田猎来进行军事检阅和军事演习，同时在此期间决定重大事项，特别是重大军事事项。这一点与后代借田猎以炫耀武力，检阅部队为主略有区别。正常时期大蒐礼一年四季都要举行，又可分别称为春蒐、夏苗、秋狝、冬猎。

杨宽先生说我国古代的大蒐礼是由军事民主时期的武装"人民大会"演变而

来,具有"国人"(公民)大会的性质。他说在原始社会末期,国家未形成之前,有一个社会发展阶段是军事民主制时期。《左传》记载了春秋时期,晋国举行的四次大蒐礼。由这四次大蒐礼可知,晋国建置和变更军制,选举和任命将帅和执政,制定和颁布法律,以及对违法者进行处罚,都是在大蒐礼上民主进行的。大蒐礼上,也决定人才的选拔,以及处理赈灾、扶助贫困等重大社会问题。

国家的重大事项在大蒐礼上通过民主讨论决定,体现了军事民主制时期的遗风。《左传》昭公二十九年,公元前513年冬,晋国铸刑鼎,范宣子为刑书。孔子知道后叹息道:"晋其亡乎!失其度矣。"他说晋国恐怕要灭亡了吧,它把古代的规矩破坏了。孔子说的"失其度矣",一方面是指范宣子没有权利铸刑鼎,作刑书,另外一方面就是指破坏了大蒐礼等民主议事的规矩。蔡史墨对这事也极力反对,他认为范宣子只是一个下卿,竟然"擅作刑器,以为国法,是奸法也"。

八十二、鸿雁于飞,哀鸣嗷嗷

【名句出处】

鸿雁于飞,肃肃其羽。之子于征,劬劳于野。爰及矜人,哀此鳏寡。

鸿雁于飞,集于中泽。之子于垣,百堵皆作。虽则劬劳,其究安宅?

鸿雁于飞,哀鸣嗷嗷。维此哲人,谓我劬劳。维彼愚人,谓我宣骄。

——《小雅·鸿雁》

【名句赏析】

比兴是《诗经》常用的手法,说《鸿雁》是写流民的,用的也是比兴。郑《笺》说:"第一章以鸿雁知避寒暑,以谓民知离开无道以就有道。"雁是候鸟,夏季在北方繁殖,冬季避寒于南方。旅途遥远者,可远及非洲北部—郑《笺》又说第二章云,"鸿雁之性安居泽中,犹民去其居而离散,今见还定、安集。"两章说了雁的两个习性。《诗经》里写到雁不止一处,如《匏有苦叶》中"雝雝鸣雁,旭日始旦。士如归妻,迨冰未泮",用的是雁知守时之意。

《鸿雁》一诗是成语"哀鸿遍野"的出处,用来比喻无家可归的饥民、流民。哀鸿遍野是中国历朝历代都存在的现象,三千年的中国社会,老百姓受尽了说不完的苦难。诗三百大多产生在西周和春秋时期,那个时代人是分等级的。《左传》昭公七年说:"天有十日,人有十等。下所以事上,上所以供神也。故王臣公(王以公卿为臣下)、公臣大夫，大夫臣士，士臣皂，皂臣舆，舆臣隶，隶臣僚，僚臣仆，仆臣台。"皂、舆为下级兵士，隶就是罪人，其下都是奴隶之属了，没有任何人身自由，所以逃亡的事也是时常发生的。对于如何处理逃亡，《周礼·秋官·朝士》说："凡得获货贿(财物)、人民、六畜者，委于朝，告于士，旬而举之。大者公之，小者庶民私之。"这里把奴隶、罪犯和逃亡的人称为人民。凡是得到财物、六畜和人民的，要及时向上报告，如果官府不要，就可以自己留下。这里把人民视同财物，等同六畜。

流亡的人民被称为流民，流民在西周和春秋时期就是一个很严重的社会问题，《诗经》对此也有反映。由于当时实行的是分封制度，在这一个诸侯国不堪其苦的人民，也可能逃亡到其他诸侯国去。小雅中也有一首《黄鸟》，是写人民逃亡到其他国家的："黄鸟黄鸟，无集于穀，无啄我粟。此邦之人，不我肯穀。言旋言归，复我邦族。/黄鸟黄鸟，无集于桑，无啄我梁。此邦之人，不可与明。言归言归，复我诸兄。/黄鸟黄鸟，无集于栩，无啄我黍。此邦之人，不可与处。言旋言归，复我诸父。"逃来逃去，还是没有安身之处。

流离失所的人民另一个去处就是深山和大泽。《鸿雁》说"鸿雁于飞，集于中泽"，郑《笺》说"鸿雁之性安居泽中，犹民去其居而离散"，其说并非杜撰。《左传》昭公二十年："郑国多盗，聚人于萑苻之泽。"萑苻一说指原圃，一说泛指葭苇丛密之泽。旧时多以萑苻指起事农民及盗贼出没之地。逃亡流民无处安身，只好聚集在芦苇密布的沼泽之地，暂时栖身。但他们逃避到萑苻之泽，并非就得到了安定的藏身之所，《左传》在上面那句话后接着说"兴徒兵以攻萑苻之盗，尽杀之"。当权者对于逃亡的流民是决不手软的。清查慎行《雪后平溪道中》诗云："斑白逢人愁铤兽，萑苻何地集哀鸿。书生亦有伤时泪，袖湿征鞭裹朔风。"查慎行是清初诗人，今浙江海宁人。诗题所说平溪在今福建福安县西北，这首诗写其途中所见，当为实情。诗的第二句，用了"萑苻"和"哀鸿"两个典故，诗中所写与《诗经》《左传》的时代没有多少区别。

八十三、鹤鸣于九皋，声闻于天
它山之石，可以攻玉

【名句出处】

鹤鸣于九皋，声闻于野。鱼潜在渊，或在于渚。乐彼之园，爰有树檀，其下维筆。它山之石，可以为错。

鹤鸣于九皋，声闻于天？鱼在于渚，或潜在渊。乐彼之园，爰有树檀，其下维榖。它山之石，可以攻玉。

——《小雅·鹤鸣》

【名句赏析】

《鹤鸣》诗以鹤、鱼、檀、石喻贤人、隐士，但在后来只有鹤真正成为了贤人隐士的象征。《后汉书·杨震传》："野无鹤鸣之士。"《杨赐传》："速征鹤鸣之士。"皆指贤人、隐士而言。《易林·师之艮》："鹤鸣九皋，避世隐居。抱道守贞，竞不随时。"《论衡·艺增篇》："《诗》云：'鹤鸣九皋，声闻于天。'以喻君子修德穷僻，名犹达于朝廷也。"

鹤在我国历史文化上，被视为仙禽，有高人隐士之风。浮邱伯《相鹤经》云："鹤，阳鸟也而游于阴。因金气，乘火精以自养。金数九，火数七，故鹤七年一小变，十六年一大变，百六十年变止，千六百年形定。体尚洁，故其色白；声闻天，故其头赤；食于水，故其喙长；栖于陆，故其足高；翔于云，故其肉疏。大喉以吐，故修颈以纳新，寿不可量。行必依洲渚，止不集林木，盖羽族之宗长，仙家之骐骥也。鹤之上相，隆鼻短口则少眠，高脚疏节则多力，露眼赤睛则视远，凤翼雀毛则喜飞，龟背鳖腹则能产，洪髀纤趾则能行。"去除其中的神秘因素，其描写是够到位的。

鹤在古代，确实被蒙上了神秘色彩。鹤被捕获后，除极个别情况外，均不杀戮。如有捕得，多饲养以供玩赏。陆玑《毛诗草木鸟兽虫鱼疏》云："今吴人园囿中及士大夫家多养之。"《世说新语·言语》："支公好鹤，住剡东岇山。有人遗其双鹤，少时翅长欲飞，支意惜之，乃铩其翮。鹤轩翥不复能飞，乃反顾翅垂头，视之如有懊丧意。林曰：'既有凌霄之姿，何肯为人作耳目近玩！'养令翮成，置使飞去。"支道林很喜欢鹤，有人送给他一对受伤的鹤。过了一阵，鹤伤好了时有飞走之意。支道林舍不得它们，就剪短了鹤的翅膀。鹤举翅欲飞却再也飞不起来了，扭过脖子垂下头去看自己的翅膀，一副很哀伤的样子。支道林说："既然有飞入云霄的本领，怎么肯给人当观赏的玩物呢？"等鹤的翅膀长好以后，就放飞了它们。

贾祖璋先生说在古诗文里，写到鹤常有三种情况，一是别鹤之类，叙离别的悲哀，二是通常的咏物写情，三是叙述神仙的渺茫。离别的悲哀，最揪心的当然是死别，最有名的应是华亭鹤唳的故事，《世说新语·尤悔》："陆平原河桥败，为卢志所谗，被诛。临刑叹曰：'欲闻华亭鹤唳，可复得乎？'"陆机于吴亡入洛之前，与弟弟陆云曾在华亭（今上海松江西）读书十年，时闻鹤鸣。后投身宦海，于晋惠帝太安元年(302)任河北大都督,随成都王司马颖讨伐长沙王司马乂,进军洛阳,遭河桥大败及卢志诬陷被杀,遂有"华亭鹤的鸣声,还能再听到吗"之叹。

八十四、乃生男子,载寝之床,载衣之裳,载弄之璋
乃生女子,载寝之地,载衣之裼,载弄之瓦

【名句出处】

乃生男子,载寝之床,载衣之裳,载弄之璋。其泣喤喤,朱芾斯皇,室家君王。

乃生女子,载寝之地,载衣之裼,载弄之瓦。无非无仪,唯酒食是议,无父母诒罹。

——《小雅·斯干》

【名句赏析】

如果把《斯干》做一个比方,它就是农村的"上梁歌"。农民在新屋即将落成,大梁即将架上屋脊的时候,通常要鸣放鞭炮,散发喜糖喜烟,用红纸写上喜庆祝福的贺词,贴在崭新的大梁上,然后在工头的带领下,大家一起唱起喜庆祝福的"上梁歌",祝贺新屋落成,祝福新屋的主人富庶安康。农村所唱的"上梁歌"不知有没有人记录下来,而周宣王时的"上梁歌"却被完整地记录在《诗经》里,使我们今天仍然能够欣赏到它的全貌。

《斯干》共九章,其中四章七句,五章五句。第二、三、四、五、七章五句,第一、六、八、九章七句。这里选的是第八九章。周宣王公元前827年即位,距今近三千年了,三千年前的"上梁歌"是怎

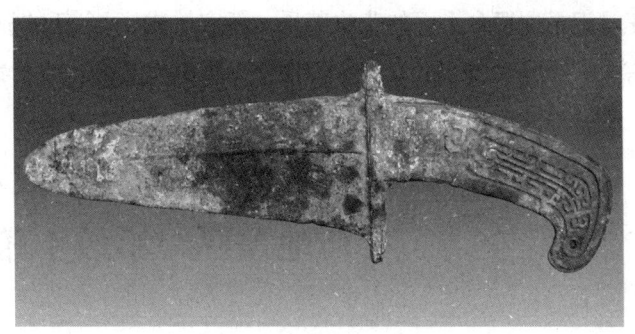

夔纹曲内戈(商)

样唱的呢?请让我把余冠英先生的译文转述如下,余先生的译文是颇得好评的,记得香港的百剑楼主就曾经称赞余先生的译文在《诗经》翻译中最有气氛:

流水潺潺水溪涧,林木幽幽终南山。绿竹苍翠好形胜,青松茂密满山峦。兄弟

同住多和睦,相亲相爱心相关,胸怀显露不欺瞒。

继承先祖的遗愿,盖起宫室千百间,东西南北开门户。这里居来这里住,说说笑笑乐相处。

绳绑木板紧密密,用力夯土通通响。从此不怕风和雨,麻雀老鼠都赶光,君子居住多欢畅。

像人立那么端正,像箭竿那样笔直,宏壮像大鸟举翅,彩檐像雉鸡飞升。君子登堂心欢喜。

庭院宽阔平而正,屋柱笔直高又挺。亮处光线多明亮,屋角深处也宽明。君子居室心安定。

下铺莞席上竹簟,高枕无忧没烦恼。睡得早来起得早,占卜梦境好不好。好梦梦见啥东西?是熊是罴显吉兆,有虺有蛇好运道。

太卜占梦细细讲:"梦见熊罴有名堂,预兆生男有吉祥;梦见长蛇梦见虺,那是象征生姑娘。"

下面两节分述生男和生女,已经翻译如上,可供参阅。过去,生男遂谓之弄璋之喜,生女谓之弄瓦之喜,男尊女卑的观念自男性氏族社会即已产生。

扬之水先生在《诗经名物新证》中结合文献和考古资料,对《斯干》诗中涉及的周代宫殿建筑的形制和名物,以及有关礼俗都做了详细而富有诗意的解说,她说,周代是礼仪社会,法,亦礼也。"礼之生活化,艺术化,于诗中处处可见——由日常用具而礼器,而服饰,而生活起居之空间。生活的舞台有喜剧更有悲剧,而诗所一以贯之的,正是记录这舞台上面的悲欢苦乐。新宫始成,一个新的故事即将开始,铺叙眼前,预言未来,生活之艺术,璨璨然,煌煌然,井井然,《斯干》之'善颂善祷',此之谓欤。"

八十五、谓天盖高? 不敢不局。
谓地盖厚? 不敢不蹐

【名句出处】

谓山盖卑? 为冈为陵。民之讹言,宁莫之惩。召彼故老,讯之占梦。具曰予圣,谁知乌之雌雄?

谓天盖高? 不敢不局。谓地盖厚? 不敢不蹐。维号斯言,有伦有脊。哀今之人,胡为虺蜴?

——《小雅·正月》

【名句赏析】

前人以夏亡于妹喜,商亡于妲己,西周亡于褒姒作为女人是祸水的证据,这种说法先秦就有了。《国语·晋语》中有《史苏论骊姬》篇,执掌占卜的史官史苏说,以前夏桀伐有施,有施进献了妹喜,妹喜受到夏桀的宠爱,于是和伊尹协同,灭亡了夏。殷辛伐有苏,有苏进献妲己,妲己受到宠爱,于是和胶鬲协同,灭亡了殷。周幽王罪褒,褒人进献了褒姒,褒姒受到宠爱,为了废立太子的事,与虢石父勾结,闹得天下大乱,灭亡了西周。他把妹喜、妲己与褒姒并列,称"乱必自女戎,三代皆然"。戎,古称西部少数民族。

《国语·郑语》有《史伯论兴衰篇》,史伯说,在夏衰败的时候,褒人的神灵化作两条龙,跑到了夏朝的宫殿里,夏王很恐惧。占卜说只有把龙蒙(龙的涎沫)留下来才能求得吉利。于是龙漦就被装在玉匣里,供奉了起来;到了周厉王末年,匣子被人打开了,龙漦一直流淌到宫廷里;周厉王让宫女脱掉衣裙大声喊叫,龙蒙闻声变成了一只玄鼋,爬到了后宫里就再也不见了。一位接触过它的宫女后来生了一个女婴。来历不明的女婴被扔到了野外,一对老年夫妇捡到后收养了她,后来他们三人逃到了褒国,女婴长大后取名褒姒。

周幽王的时候,褒姒这个来历不明的女孩已经长大。幽王三年,褒国的国君褒姁得罪了周朝,便把褒姒献给了幽王。幽王一见之下非常宠爱,以至于达到神经错乱的地步。为了褒姒他不仅上演了烽火戏诸侯的荒唐剧,而且要废掉太子宜臼,立他与褒姒所生的儿子伯服为太子;又废申后立褒姒为后,结果引起大乱。申后的父亲申侯联合犬戎攻打幽王,一直攻到镐京。幽王和伯服被杀,褒姒被犬戎掳去,镐京被一把大火焚毁。从周武王翦商到犬戎焚毁镐京,前后约三百年,西周灭亡了。

说女人是祸水,这对于整个女人当然不公平。但历史上确实有一些朝代的灭亡又不能说与女人没有关系,夏商周三朝的灭亡就确实与三个女人有关。连《辞海》这样的现代工具书在解释"祸水"一条时,就在引《飞燕外传》后说:"旧时因以称惑人败事的女子。"鲁迅先生《且介亭杂文》里有篇题为《阿金》的文章,有段关于红颜祸水的名言:"我一向不相信昭君出塞会安汉,木兰从军就可以保隋;也不信妲己亡殷,西施沼吴,杨妃乱唐那些古老的话。我以为在男权社会里,女人是绝不会有这种大力量的,兴亡的责任,都应该男的负。但向来的男性的作者,大抵将败亡的大罪,推在女性身上,这真是一钱不值的没有出息的男人。"但他接着说:"殊不料现在阿金却以一个貌不出众,才不惊人的娘姨,不用一个月,就在我眼前搅乱了四分之一里,假使她是一个女王,或者是皇后,皇太后,那么,其影响就可以显而易见了:足够闹出大大的乱子来。"在文末,先生说:"愿阿金也不能算是中国女性的标本。"

八十六、百川沸腾,山冢崒崩;高岸为谷,深谷为陵

【名句出处】

十月之交,朔日辛卯,日有食之,亦孔之丑。彼月而微,此日而微。今此下民,亦孔之哀。

烨烨震电,不宁不令。百川沸腾,山冢崒崩;高岸为谷,深谷为陵。哀今之人,胡憯莫惩。

——《小雅·十月之交》

【名句赏析】

历朝历代即将灭亡的时候,无不宠幸女色,宠信小人,奸臣当道,排斥迫害忠良,这几乎是一个规律,西周的败亡也是如此。就连近现代又何尝不是如此?上世纪的十年浩劫又何尝不是如此?《十月之交》对奸臣当道,小人横行深恶痛绝,怒斥毫不留情,指名道姓,诗第四章中说:"皇父卿士,番维司徒,家伯维宰,仲允膳夫,聚子内史,蹶维趣马,楀维师氏,艳妻煽方处。"诗人说,皇父为首是卿士,番氏担任司徒职,家伯宰夫是总管,仲允膳夫管饮食,聚子当了内史官,蹶氏当了御马头,楀氏官职为师氏,与那美艳的皇后煽惑在一起。皇父,据考证即周幽王时的大臣虢石父,卿士为其官名,是六卿之首,总管政事,类似后代的宰相。以皇父为首组成了一个八人帮,垄断了党政财文大权,当然其中也有一个女流之辈,"艳妻煽方处",有个艳丽的皇后在里面煽阴风点邪火。这真是历史有惊人的相似。有的说这个"艳妻"就是褒姒;也有人说"艳妻"是另外一个女人,但后一说证据似乎不足。

接下来的五六两章继续把矛头直指皇父,第五章说,哎呀!就是这个皇父,他为了自己建采邑,随便使用民力而不考虑农时;他干什么事也不与人商量,"彻我墙屋,田卒污莱",他扒了我的房又毁了我的屋,搞得我田园都荒芜。他还说:"曰'予不戕,礼则然矣'。"他说,我没有伤害你,我这样做是合乎礼的。诗第六章继续指斥皇父,批评皇父迁都于向。"皇父孔圣,作都于向",这个皇父呀,他真的是很圣

明,他竟然还要在向为自己建立都城。他重用的三个卿都是有钱有势的亲信,就是没有一个正派廉明的人。

这首诗为人注意的还有关于日食和地震的记录,诗第一章说的"十月之交,朔日辛卯"所发生的日食,据天文学家推算,应该在公元前776年9月6日,这是中国也是世界上最早的有历史记录,而且可以准确推算的一次日食。诗说"彼月而微,此日而微",在这次日食之前,应该还发生过一次月食。诗说"今此下民,亦孔之哀",周人把天象与人事联系起来,日月分别代表君臣,日食和月食的发生,是由于日月的运行脱离了轨道,象征君臣失道,出现乱政。诗第三章说"烨烨震电,不宁不令,百川沸腾,山冢崒崩;高岸为谷,深谷为陵。哀今之人,胡憯莫惩",这里写的是一次毁灭性极大的地震,诗人认为这也是上天在向人们示警,可惜统治者不能够引为鉴戒。

今天我们知道,天象和自然灾害与人事并没有必然联系,日食和月食的发生也不是因为日月脱离了运行轨道。但是诗人以天象和灾异劝谏统治者,而且为百姓的苦难忧思不安,则是有积极意义的。诗最后一章说:忧思在我的心里不能排遣,以至于淤积成病。四方之人都是得过且过,只有我独自愁苦。老百姓不得安逸,我怎样也高兴不起来。天命已经表示得这样明白,我怎么能像我的僚友那样安逸自在?

八十七、凡百君子,各敬尔身;
胡不相畏? 不畏于天

【名句出处】

如何昊天,辟言不信? 如彼行迈,则靡所臻。凡百君子,各敬尔身。胡不相畏? 不畏于天!

——《小雅·雨无正》

【名句赏析】

记得安徽颍上籍著名女作家戴厚英说,她看到一些危害社会的犯罪分子在法庭上,甚至在被宣布死刑,被执行死刑时,一副满不在乎,无所畏惧的样子,感到非常震动,感到很可怕。他们危害了社会而没有丝毫忏悔之心,他们连死亡也不畏惧,绝对不是什么勇敢,那是因为他们心中没有爱,不知道爱别人,也不知道爱惜自己;不知道尊重别人,也不知道尊重自己;甚至也不知道珍惜生命,尊重生命。她认为这些人之所以会走上犯罪的道路,就是因为不知道畏惧,他们的心灵已经成为一片沙漠。她认为人应该怀着敬畏之心,应该有所畏惧。

人应该有敬畏之心,敬父母,敬兄弟,敬老师,敬朋友,敬真理,敬自然规律,敬社会规律。哪怕对一棵小草,我们也应该有温暖的爱心,因为那是生命。即使对一块石头,我们也应该有敬意,因为那是大自然的创造,是宇宙的一个奇迹。宋代理学家周敦颐喜欢"绿满窗前草不除",别人问他为什么不除,他说:"与自己意思一般。"又说,可以"观天地生物气象"。使我们痛心而且可怕的是,我们曾经经历了一个无所畏惧的年代,我们曾经鼓吹过无所畏惧的所谓革命哲学,传统文化中温暖的善良的东西被我们当作落后过时的垃圾无情抛弃了,在我们心中充满了仇恨。"与天奋斗,其乐无穷;与地奋斗,其乐无穷;与人奋斗,其乐无穷",曾经是我们的最高精神信条。认为人的主观意志的力量是无边无际的,可以改变一切,在疯狂地斗争理论指导下,我们认为任何人间奇迹都可以创造出来。因而不顾自然规律,不顾社会规律,主观唯心主义盛行,结果使我们受到了自然规律和社会规律的严厉惩罚。结果使社会倒退,道德沦丧,良知丧失,民族退化,造成了一片精神荒漠。

钱穆先生在《中国文化史导论》中谈中国古代文化精神时说:"他们敬畏上帝,敬畏祖先,敬畏民众,敬畏民众的公共意志,他们常不敢放肆,不敢荒淫惰逸,相互常以严肃的情态警戒着。"《十月之交》用日食、月食,用地震等自然灾害提醒人们要知所畏惧,知所警惕,要反省自己。在《诗经》里,特别在雅诗和颂诗里,时时灌注着这种敬畏之情,从而为这种庙堂乐诗增加了动人之处和凝重之感,不再显得空洞和呆板。上天当然是没有意志的,是不会说话的,但宇宙万物是有其运动变化规律的,这个规律是不可抗拒的。对于统治者来说,什么是上天呢?《尚书》说:"天视自我民视,天听自我民听。"老百姓的意志就是天的意志,老百姓的愿望就是天的愿望,老百姓的喜怒哀乐就是天的喜怒哀乐。"凡百君子,各敬尔身。胡不相畏?不畏于天!"这是古人留给我们的宝贵箴言。

八十八、战战兢兢,如临深渊,如履薄冰

【名句出处】

旻天疾威,敷于下土。谋犹回遹,何日斯沮?谋臧不从,不臧复用。我视谋犹,

亦孔之邛。

　　不敢暴虎,不敢冯河。人知其一,莫知其他。战战兢兢,如临深渊,如履薄冰。

——《小雅·小旻》

【名句赏析】

　　"战战兢兢,如临深渊,如履薄冰",应该是西周时的一句成语,这个成语今天又被简化为临深履薄。在下面一篇《小宛》诗的结尾,有"惴惴小心,如临于谷。战战兢兢,如履薄冰",也是提醒人们要保持诚惶诚恐的态度,不可掉以轻心,要小心谨慎,就像走近深谷和深渊的边缘,就像踩在薄薄的冰上一样。同时,这个成语也在提醒那些已经处在危险边缘的人,要认清自己的处境。

　　曾子是孔子的好学生,曾子对继承和传播孔子的学说,贡献很大。《论语·秦伯》有一段关于曾子即将去世时的描写:"曾子有疾,召门弟子曰:'启予足!启予手!《诗》云:'战战兢兢,如临深渊,如履薄冰。'从今而后,吾知免夫!小子!'"曾子大病之后,知道自己来日无多,他把门下弟子都召集在身边,让他们解开他的衣服,"抬抬我的手,再抬抬我的脚",看看他全身是否有所毁伤,然后引用《小旻》中的诗句"战战兢兢,如临深渊,如履薄冰",道出自己的一生,时刻保持小心谨慎,诚惶诚恐的心理,不敢违背圣人的教诲,生怕损毁自己的身体,以至有违孝道。这也是曾子在他的人生大剧即将落幕之际,用自己的身体给弟子们上课,藉以说明他在身体力行实践孔子的学说。"从今而后,吾知免夫!"有人认为这是曾子在说我的生命已经到了尽头,而我的身体没有毁伤,直到这个时候,我才可以说我没有违背孔子"身体发肤,受之父母,不敢毁伤,孝之始也"的教导。而实际上,曾子是在借此说他一生时刻都保持敬畏之心,不敢有违天道。

　　李零先生在他的《丧家狗》一书中,说这一段是写曾子大病之后,死里逃生的感觉和心情。让人看看他的手脚还在不在,"从今而后,吾知免夫!''从今天起,我知道自己终于免于一死了。解释有新意,也解释得通,但未必如此简单,未必合于古义。

　　在《礼记·祭义篇》里有个与曾子类似的故事,乐正子春下堂的时候不小心伤了足,有好几个月都没有出门。在他的足伤痊愈可以出门的时候,他的脸上仍然布满愁云。他的弟子感到不可理解,问道:"老师,您受了脚伤好几个月不能够出门,现在您的脚伤终于好了,可以到外面走动了,您应该高兴才是,怎么还是那么忧愁呢?"乐正子春说:"这个问题提得好啊!我过去听曾子说,曾子听他的老师孔子说:'天之所生,地之所养,最大的就是人了。父母完整地把你生下来,你再完整地回归自然,这就是孝道。不损伤自己的身体,不玷污自己的名声,这才可以说是全孝。'所以君子在走路的时候也不敢忘记孝道。我之所以会掉伤自己的脚,就是因为我没有时时刻刻把孝道记挂在心上啊,我是为此在谴责自己,感到苦恼啊!"

乐正子春的这个故事可以与曾子的故事对照起来读。杨树达先生说:"可见孔门弟子之于学,至死不息,大都皆尔,不唯曾子一人也。"

八十九、维桑与梓,必恭敬止

【名句出处】

弁彼鸒斯,归飞提提。民莫不穀,我独于罹。何辜于天?我罪伊何?心之忧矣,云如之何?

踧踧周道,鞠为茂草。我心忧伤,惄焉如捣。假寐永叹,维忧用老。心之忧矣,疢如疾首。

维桑与梓,必恭敬止。靡瞻匪父,靡依匪母。不属于毛,不罹于里。天之生我,我辰安在?

菀彼柳斯,鸣蜩嘒嘒。有漼者渊,萑苇淠淠。譬彼舟流,不知所届。心之忧矣,不遑假寐。

——《小雅·小弁》

【名句赏析】

尹吉甫是周宣王时北伐猃狁,立下大功的中兴名臣,《诗经》小雅《六月》就是颂美他的,"薄伐猃狁,至于太原。文武吉甫,万邦为宪",说他赶跑了猃狁,保卫了西周镐京的安全;说他文武双全,功德可以为万邦的表率。尹是官名,青铜器有《兮甲盘》,器主名甲,字吉甫,专家说此吉甫即尹吉甫,铭文记载了他征伐猃狁的大功,还说他受宣王之命管理四方,直至于南淮夷。

就是这个威名赫赫的尹吉甫,也免不了耳朵根子软的毛病。他的前妻为他生了个儿子名伯奇,后妻生了个儿子名伯邦。这个后妻是个心术不正,喜欢玩弄小心眼的坏女人。他老是在尹吉甫耳朵边说伯奇的坏话,还说伯奇对她有不恭敬的行为。尹吉甫知道伯奇是个忠厚的好孩子,开始也不相信后妻的话。

一次,后妻把几只摘去了毒刺的黄蜂藏在衣袖里,然后谎称黄蜂蜇了她,让伯奇快帮她捉衣袖里的黄蜂,而且有意让在楼上的尹吉甫看见。她向尹吉甫大哭说伯奇调戏了她。尹吉甫不知其中有诈,拔剑要杀伯奇。伯奇无法辩解,慌忙逃到了郊外。他思来想去,觉得自己背了个调戏后母,欺骗父亲的不孝之罪,不如一死了之。他跑到一条河边,眼一闭就纵身跳了下去。没有想到河边苔藻茂密,他没能沉入深水,而被打鱼的人救了上来。待到伯奇醒来,他看到天上一轮初升的明月,映照着一群群飞回归巢的寒鸦;水里粼粼的波光,和身边勤劳善良的渔民,觉得自己有家不能回,有冤无处申,不禁悲从中来,出声唱道:"弁彼䳨斯,归飞提提。民莫不穀,我独于罹。何辜于天? 我罪伊何? 心之忧矣,云如之何?""维桑与梓,必恭敬止。靡瞻匪父,靡依匪母。不属于毛,不罹于里。天之生我,我辰安在?"真个唱得幽幽咽咽,如怨如慕,如泣如诉,凄楚动人。渔民们了解了伯奇的身世和他轻生的缘由,加之他又是大名鼎鼎的尹吉甫的儿子,更为之同情感动,也三三五五地跟着唱了起来。歌声越传越远,传唱的人也越来越多,最后传到了周宣王和尹吉甫那里。尹吉甫听了歌声,如大梦方醒,悔恨交加,亲自到渔民那里接回了儿子,并惩罚了狠心的后妻。

用伯奇被逐的故事解释《小弁》一诗由来已久,孟子就和他的学生公孙丑讨论过这首诗。公孙丑说,我听高子说《小弁》是小人作的诗。孟子问高子为什么要这样说呢? 公孙丑说,高子说这首诗里有怨恨之情。孟子说,高子这个老头解释诗也太僵硬机械了。比如有一个人,如果越国人张弓要射他,他可以有说有笑地讲述这件事,因为他和越国人的关系本来就很疏远。若是他的哥哥张弓要射他,他就会哭哭啼啼地讲述这件事。这没有别的原因,只因为哥哥是他的亲人。《小弁》的怨恨,正是热爱亲人的缘故啊! 热爱亲人是合乎仁义的。

看来孟子解释诗一点也不呆板,而是很能顺乎人情,揣摩人意的。

九十、蛇蛇硕言,出自口矣;巧言如簧,颜之厚矣

【名句出处】

乱之初生,僭始既涵。乱之又生,君子信谗。君子如怒,乱庶遄沮;君子如祉,乱庶遄已。

君子屡盟,乱是用长;君子信盗,乱是用暴。盗言孔甘,乱是用餤。匪其止共,维王之邛。

荏染柔木,君子树之。往来行言,心焉数之。蛇蛇硕言,出自口矣。巧言如簧,颜之厚矣。

——《小雅·巧言》

【名句赏析】

《诗序》解诗好用美刺说，特别为今人诟病。但在古人那里，诗确实具有美和刺两种功能，美刺说的产生不是空穴来风。有人说美刺说来源于古老的巫祝文化，巫祝文化有祈福和诅咒两种功能。就《诗经》里的作品来说，有相当一部分美与刺是非常明显的，它们甚至就是为了发挥美或刺的功用而产生的。

《尚书大传》："古者天子必有四邻：前曰疑，后曰丞，左曰辅，右曰弼。"古人解释说："匡过而谏邪者谓之弼。弼者，弼天子之过也。"这里说纠正国君的过错是古代的一种制度设置，是弼的本职工作。弼的工作就是谏诤，当然不可能没有刺。

周厉王时国势日蹙，而他又残暴好利，激起国人强烈不满。为了"弭谤"，平息国人的议论，他聘请了卫国的巫师为耳目，侦伺国人的言论。在他的压力下，"国人莫敢言，道路以目"。针对周厉王不让人讲话的恶政，大臣召穆公虎进行了谏诤，《国语·周语》记载了他的一段话："是障之也。防民之口，甚于防川。川壅而溃，伤人必多，民亦如之。是故为川者决之使导，为民者宣之使言。故天子听政，使公卿至于列士献诗，瞽献曲，史献书，师箴，瞍赋，矇诵、百工谏，庶人传语，近臣尽规，亲戚补察。瞽、史教诲，耆、艾修之，而后王斟酌焉，是以事行而不悖。民之有口，犹土之有山川也，财用于是乎出；犹其原隰之有衍沃也，衣食于是乎生。口之宣言也，善败于是乎兴；行善而备败，其所以阜财用衣食者也。夫民虑之于心而宣之于口，成而行之，胡可壅也？若壅其口，其与能几何？"这里说天子听政，从公卿直至于列士都有谏诤的权利和义务，君权是应该受到约束的。让人讲话，就像疏浚河道。不让人说话，就像筑堤坝防水。堤坝筑得越高，积蓄的水越多，堤坝承受的压力越大。而堤坝承受的压力总是有限度的，一旦溃决，将造成更大的危害。

召穆公以筑堤防水为喻，说明要允许人讲话的道理，他的谏诤是属于博雅型的，比较委婉。而有的则金刚怒目，不留情面，属于强谏型。《史记·汲郑列传》说汲黯直言进谏，数犯人主之颜。一次，汉武帝说他要师法虞舜，行仁政于天下，汲黯对曰："陛下内多欲而外施仁义，奈何欲效唐虞之治乎？"这话等于是当面撕武帝的脸皮，揭武帝的疮疤，话够恶毒的。汉武帝刘彻听了是什么反应呢？《史记》说："上默然，怒，变色而罢朝。公卿皆为黯惧。上退，谓左右曰：'甚矣，汲黯之戆也。'"武帝说汲黯的话太过分了，但汲黯是个愚憨而刚直的人。群臣也批评汲黯说话太直了，汲黯说："天子置公卿辅弼之臣，宁令从谀承意，陷主于不义乎？"他说的还挺有理，是周理。

九十一、蓼蓼者莪,匪莪伊蒿。
哀哀父母,生我劬劳

【名句出处】

蓼蓼者莪,匪莪伊蒿。哀哀父母,生我劬劳。

蓼蓼者莪,匪莪伊蔚。哀哀父母,生我劳瘁。

瓶之罄矣,维罍之耻。鲜民之生,不如死之久矣!无父何怙?无母何恃?出则衔恤,入则靡至。

父兮生我,母兮鞠我。拊我畜我,长我育我,顾我复我,出入腹我。欲报之德,昊天罔极!

南山烈烈,飘风发发。民莫不穀,我独何害!

南山律律,飘风弗弗。民莫不穀,我独不卒!

——《小雅·蓼莪》

【名句赏析】

读《诗经》,求索诗意,第一还是要根据文本。《蓼莪》诗用比兴,而诗人所用比兴之物绝非泛泛。马瑞辰《毛诗传笺通释》云:"莪蒿即茵陈蒿之类,常抱宿根而生,有子依母之象,故诗人借以起兴。李时珍云'莪,抱根丛生,俗谓之抱娘蒿'是也。"陈奂《诗毛氏传疏》:"莪蒿本一物,而以时之先后异其名。言莪长大蓼蓼然,以喻子得长大者,皆父母生我之德也。匪莪伊蒿,于匪莪作一转语,言非莪乃是蒿,蒿不可食,喻子不得终养父母也。"《诗经》辞不妄作,文不妄下,是古代稍有文化的人都熟悉的经典。即使是不识字的人,也受过它的影响。过去父母去世,丧家常用白布写上"昊天罔极"四个大字作为横额,这一语词的出处就在《蓼莪》诗中。

潘安《寡妇赋》:"览寒泉之遗叹兮,咏《蓼莪》之余音。"杨雄《长杨赋》:"出恺悌,行简易;矜劬劳,休力役。"都用了《蓼莪》诗的典故。劬劳,后又用为专指父母养育子女辛劳的典故。杜甫《八哀诗》"庶以勤苦志,报兹劬劳显",说的就是报答父母的养育之恩。

朱熹《诗集传》:"晋王裒以父死非罪,每读诗至'哀哀父母,生我劬劳',未尝不三复流涕,受业者为废此篇。诗之感人如此。"王裒生活在西晋时期,今山东昌乐人。他的父亲王仪被司马昭冤杀,他痛父死于非命,终身不西向而坐,以示不臣于朝廷。他隐居以教授学生为业,三征七辟皆不就。他在父母的坟墓旁边筑了间小茅草房,一早一晚到墓所跪拜。每读诗至《蓼莪》篇"哀哀父母,生我劬劳",就流泪不止,以至于"门人受业者并废《蓼莪》之篇"。永嘉之乱时,亲族为避乱,纷纷迁往江南,他依恋父母的庐墓不忍离去而被杀。

鲁迅先生在五四时期是以反对批判传统文化著名的,但他对孝道并不反对。先生对母亲鲁太夫人孝顺备至。母亲老年喜欢看一些闲书,先生怕书里有悲惨的情节和描写引起母亲伤心,总是事先把书浏览一遍,才敢给母亲看一遍,才敢给母亲看。在《鲁迅全集》里,有他写给母亲的信,对母亲的依恋之情非常感人。但鲁迅先生对《二十四孝图》是激烈批判的,他说,这本书中"自然也有可以勉力仿效的,如'子路负米','黄香扇枕'之类。'陆绩怀橘'也并不难,只要有阔人请我吃饭。""'哭竹生笋'就可疑,怕我的精诚未必会这样感动天地。但是哭不出笋来,还不过抛脸而已,一到'卧冰求鲤',可就有性命之虞了。""其中最使我不解,甚至于发生反感的,是'老莱娱亲'和'郭巨埋儿'两件事。"

所谓老莱娱亲,即老莱子行年七十,著五色斑斓衣,为婴儿状戏于亲侧。又常取水上堂,诈跌仆地,作婴儿啼,以娱亲意。鲁迅先生说"招我反感的便是'诈跌'",小孩子多不愿意被诈,更不应该教以诈。至于郭巨为了家中食物贫乏而埋儿供母,鲁迅先生说他幼小时读书至此,"委实有点害怕",怕自己也会被父母埋掉。鲁迅先生反对的不是孝,而是欺诈和虚伪。

九十二、维南有箕,不可以簸扬;
维北有斗,不可以挹酒浆

【名句出处】

小东大东,杼柚其空。纠纠葛屦,可以履霜。佻佻公子,行彼周行。既往既来,使我心疚。

维南有箕,不可以簸扬;维北有斗,不可以挹酒浆。维南有箕,载翕其舌。维北有斗,西柄之揭。

——《小雅·大东》

【名句赏析】

有人说"小东大东",不知何所云。小东大东是周代的地理概念。历史学家傅斯年先生有两篇著名的文章有助于理解这两个地理概念,也有助于理解周代的政治经济地理。他在《夷夏东西说》里说:"自东汉末以来的中国史,常常分南北,或者是政治上的分裂,或者北方为外族所统制。但这个现象不能倒安在古代史上。到东汉,长江流域才大发达。到东吴时,长江流域才有独立的大政治组织。在三代时及三代以前,政治的演进,由部落到帝国,是以(黄)河、济(河)、淮(河)流域为地盘的。在这片大地中,地理的形势只有东西之分,并无南北之限。历史凭借地理而生,这两千年的对峙,是东西而不是南北。现在以考察古地理为研究古史的一个道路,似足以证明三代及近于三代之前期,大体上有东西不同的两个系统。这两个系统,因对峙而生争斗,因争斗而起混合,因混合而文化进展。夷与商属于东系,夏与周属于西系。"

傅斯年先生《夷夏东西说》里的这段话,勾画出中国上古史的轮廓。他在另一篇重要文章《大东小东说》里,引用了"小东大东,杼柚其空"的诗句和《诗序》及郑玄的笺注,他说,大东小东在何处?"此真求其说不得而敷衍其词者。"他引《鲁颂·閟宫》"奄有龟蒙,遂荒大东",说"大东在何处,诗固有明文。""即泰山山脉迤南各地,今山东境,济南泰安迤南,或兼及泰山东部,是也。""谭之地望在今济南。谭大夫奔驰大东小东间,大东既知,小东亦当可推知其地望。吾比较周初史迹,而知小东当今山东濮县、河北大名一带。"傅斯年先生的论断得到学术界认可,他关于谭国地望的论断,后在城子崖考古发掘中被证实。

这首诗里的"维南有箕,不可以簸扬。维北有斗,不可以挹酒浆"句,后演化为成语挹斗扬箕和南箕北斗,都是说一个人徒有虚名。钱谦益《剡城》诗有"挹斗扬箕误有名,扪参历井信浮生",说自己为浮名坎坷一生。诗句里的斗、箕、参、井都是二十八宿之一。李崇《请减佛寺功材以修学校表》云:"今国子虽有学官之名,而无教授之实,何异兔丝燕麦,南箕北斗哉?"清萍乡人刘凤诰才学出众,文思敏捷,但有眼疾,在殿试时,乾隆皇帝戏谑地出了个上联:"独眼不登龙虎榜",刘凤诰很快答道:"半月依旧照乾坤。"乾隆一惊,又出了个上联:"东启明,西长庚,南箕北斗,朕乃摘星汉。"刘凤诰脱口对答:"春牡丹,夏芍药,秋菊冬梅,臣是探花郎。"敏捷的才思让乾隆不由不服气,欣然钦点刘凤诰为探花。

九十三、溥天之下，莫非王土。率土之滨，莫非王臣

【名句出处】

陟彼北山，言采其杞。偕偕士子，朝夕从事。王事靡盬，忧我父母。

溥天之下，莫非王土。率土之滨，莫非王臣。大夫不均，我从事独贤。

——《小雅·北山》

【名句赏析】

《诗经》里的诗句，并不都是诗人的创作，有的取自当时的谚语、熟语、隐语或成语。"溥天之下，莫非王土。率土之滨，莫非王臣"很可能就是成语。这句话今天看来是有问题的，这是封建专制时代的观念，而不是现代社会的观念。因为在今天看来，天下、国家，都不是属于哪一个人的，不管这个人地位再高，功劳再大。天下之人更不是属于哪一个人的，不是哪个人的私有财产。在现代国家里，只有公民而没有臣民，人民群众才是国家真正的主人。"普天之下，莫非民土。率土之滨，莫非公民。"人民群众有知情权、决策权，选举权和被选举权，这是现代观念。

"溥天之下，莫非王土。率土之滨，莫非王臣"这句话自从产生以来，其使用频率是很高的，其中的皇权观念当然早已经过时落后，但它蕴涵的大一统观念，则值得深思研究。葛剑雄先生在《统一分裂与中国历史》一文中说："'溥天之下，莫非王土'的观念至迟在西

透雕鸟纹内戈（商）

周晚期已经形成了，但当时的'天下'和'中国'一样，只是指黄河中下游为主的中原地区，并不包括今天中国的大部分，更不是指真正的世界。"他在《统一与分裂》

一书中又说:"虽然把'中国'确定为我们整个国家的名称是到19世纪后期才出现的事情,但中国统一的概念却已经存在了三千多年,甚至在中原的统一国家形成之前,政治家和学者已经纷纷推出了各自的统一蓝图。虽然当时还没有一个君主真正能够统治这片广袤的土地,但'溥天之下,莫非王土'的颂歌却在西周时就已经普遍流传,并且被视为真理而接受。"他说,"不过,这首颂歌的作者(或许不止一个)大概不会想到,这种统一观居然统治了中国二千多年,并且到今天还没有消除它的潜在影响。"

但是流传很广的这句话,当时也受到过质疑,而且一直到战国的孟子时还被讨论。孟子有个弟子名叫咸丘蒙,他有一天问道:"老师,《诗经》里说'溥天之下,莫非王土。率土之滨,莫非王臣',而舜当了天子,那他的父亲瞽瞍难道也成了舜的臣民了吗?"意思是说舜与他的父亲谁最大呢? 君臣和父子关系哪个更重要? 这个问题挺难回答。而孟子说:《诗经》里的这首诗,说的不是这个意思,它是说劳于王事而不得奉养父母。他说'这些事没有一件不是天子的事,为什么唯独让我一个人劳苦呢?'所以解说诗的人不要拘泥于文字而误解词意,也不要拘泥于词句而误解诗意。"孟子接着又用孝道来进行解释,他说:"孝子的极点,没有超过尊敬他的双亲的了;尊敬双亲的极点,没有超过拿天下来奉养父母的了。瞽瞍做了天子的父亲,可以说是尊贵到了极点;舜以天下来奉养父亲,可说是奉养的极点。《诗经》说'永言孝思,孝思维则'(永远要讲求孝道,这是天下的法则),就是这个意思。《书经》上说'祗载见瞽瞍,夔夔齐栗,瞽瞍亦允若'(舜恭敬小心地去见瞽瞍,态度谨慎恐惧,瞽瞍也心情愉悦)。这难道是'父亲不能以他为子'吗?"

孟子很雄辩,也善辩,但瞽瞍到底是不是舜的臣子,这个问题好像也没有说明白。

九十四、高山仰止,景行行止

【名句出处】

间关车之舝兮,思娈季女逝兮。匪饥匪渴,德音来括。虽无好友,式燕且喜。高山仰止,景行行止。四牡骓骓,六辔如琴。觏尔新婚,以慰我心。

——《小雅·车舝》

【名句赏析】

刘向《说苑》里有个小故事:一次,南瑕子看到程本子正在煮娃娃鱼,就说:"我听人说君子是不吃娃娃鱼的。"程本子很不高兴,说:"你以为你是谁呀,你以为你就是君子吗?"南瑕子说:"我听说君子往上比,以增广他的德行。《诗经》里说'高山仰止,景行行止',就是这个意思。我哪里敢自以为是君子呢? 那是我的志向啊!"

宗白华先生说,中国文化很早就知道推重人格美,"中国美学竟是出发于'人物品藻'之美学。"司马迁在《史记》里,把孔子列入君王行列,而在司马迁的心目中,孔子的地位又远非君主可比。他感慨道:"《诗》有之:'高山仰止,景行行止。'虽不能至,心向往之。余读孔子书,想见其为人。"表示了对孔子的仰慕之忱。他说他到鲁国,看到孔子庙堂里的车马礼器,很久都不愿意离去。他说:"天下君王至于贤人众矣,当时则荣,没则已矣。孔子布衣,传十余世,学者宗之。"他赞叹道,孔子"可谓至圣矣"!

说孔子是圣人也罢,伟人也罢,凡人也罢,倒霉鬼、丧家犬也罢,这都是后人加给他的。但两千五百多年来,孔子好像总是打不倒,即使一时被"打倒"了,又总能站立起来则是事实。这是为什么呢? 这不是因为孔子自身神通广大,而是孔子已经成为中国传统文化的化身,成为道德的化身,儒家学说成了民族精神的化身,那个看不见摸不着,似乎并不存在的道统的化身。

道统,说通俗了就是世道人心。《尚书》说"人心惟危,道心惟微;唯精唯一,允执厥中",允执厥中是很难做到的。道统和政统在中国的历史上有时似乎是合二为一的,历代统治者也常常借尊孔把自己说成道统的代表。但权势者一旦坐上没有"车鞶",不受拘束的权力马车,并不总是"四牡骓骓,六辔如琴",就难免要驰离人心或道统的康庄大道。

中唐时期,天下大乱,宦官擅权,柳伉在《请诛程元振疏》中说到当时的社会状况:"犬戎数万之师,犯关度陇,历秦渭,牧邠泾,曾不血刃,直至城阙,馆谷向有三载,绵地数逾千里,谋臣不为陛下陈一言,武士不为陛下效一战,各携卒伍,剽劫闾阎,污辱宫闱,烧毁陵寝者,何故? 此将帅之心叛陛下也;自朝义东灭,回纥北归,陛下以为智力所能,神明所赞,委权近贵,失意元勋,日引月长,浸成大祸,陛下侍臣载路,多士盈廷,竟无一人折槛牵裾,犯颜回虑,致使北捐汾浦,西失秦川者,何故? 此公卿之心叛陛下也;陛下出城之日,銮驾未动,京师百姓劫夺府库,城外百姓更相杀戮者,何故? 此三辅之心叛陛下也;自九月二十八日闻有警急,十月一日下诏征兵,

至今已四十日，天下兵一人不至，何故？此四海之心叛陛下也。"这里一连四个
"心"字，"将帅之心""公卿之心""三辅之心""四海之心"，唐王朝已经彻底丧失了
人心，有政统而无道统。而每到这个时候，也都是民族文化遭到最大破坏的时候，
儒家学说被疯狂践踏的时候。

九十五、周虽旧邦，其命维新

【名句出处】

文王在上，於沼于天。周虽旧邦，其命维新。有周不显，帝命不时。文王陟降，
在帝左右。

亹亹文王，令闻不已。陈锡哉周，侯文王孙子。文王孙子，本支百世。凡周之
士，不显亦世。

——《大雅·文王》

【名句赏析】

《诗经》有风雅颂，雅有小雅、大雅。何谓雅，何谓小雅、大雅，解说纷纭。陈子
展先生《诗三百解题》说："雅，大都是政治诗。不过政治事件及其意义颇有不同，
所以分为大小雅。大雅多作在西周盛时，以文武成康之世为多，衰周有作则作在宣
王中兴之世，厉幽之世也有。"这是说大雅诗的写作时间。从内容来说，小雅讽谏诗
较多，大雅颂美诗较多。

周文王姬昌，在位时间长达五十年，是奠定周朝八百年基业的最重要的人物。
《史记》说，周之始祖是后稷，名弃。十三传而至太王古公亶父。太王的长子曰太
伯，次子曰虞仲，少子曰季历。季历生子昌，昌出生的时候有祥瑞。太王说："我世
当有兴者，其在昌乎？"我们姬姓会兴旺起来，可能就在昌的身上吧？太伯、虞仲知
道太王欲立季历，传位于昌，就跑到吴地，断发文身，以绝归意，让位于季历。后季
历被商王文丁囚死，世子昌即位，"是为西伯。西伯曰文王，遵后稷、公刘之业，则古
公、公季之法，笃仁，敬老，慈少。礼下贤者，日中不暇食以待士，士以此多归之。"崇
侯虎向商纣王进谗言说："西伯积善累德，诸侯皆向之，将不利于帝。"商纣王就把
姬昌囚禁在羑里。据说姬昌被囚禁在羑里后并不气馁，他把伏羲八卦拿来研究，在
《连山》《归藏》的基础上，演《周易》，成为中国的第一部经书。他又把伏羲所弹的
五弦琴加了两根弦成为七弦，做了一个琴曲名《拘幽操》。

文王被囚禁后,他手下的闳夭、散宜生、鬻子、辛甲大夫之徒纷纷设法营救,"乃求有莘氏美女,骊戎之文马,有熊九驷,他奇怪物",通过殷王宠幸的嬖臣费仲献给纣王。纣王大喜,释放了西伯,并赏赐给他弓矢斧钺,使西伯有了征伐之权。

西伯即西方诸侯之长。据考古发掘证实,西伯确是出于商王的册封,周原出土的两片甲骨中讲到册封周方伯的事。纣册命文王为方伯,本意是要利用周来征服西部那些反抗殷王朝的方国,而周文王就是利用这个时机不断扩充了自己的势力,开拓了自己的疆土。《史记》说:"明年,伐犬戎。明年,伐密须。明年,败耆国。""明年,伐邘。明年,伐崇侯虎。而作丰邑,自岐下而徙都丰。"把势力扩展到黄河以北。"明年,西伯崩,太子发立,是为武王。"

周虽旧邦,其命维新。《逸周书》说:"皇天改大殷之命,维文王受之,维武王大克之,咸茂厥功。"文王奠定了灭商的基础,在殷商气数已尽的时候,武王秉承新命,终于完成了灭商的大业。至于周朝的文化,周朝的礼仪制度,据说主要是周公创造制定的。

九十六、绵绵瓜瓞,民之初生

【名句出处】

绵绵瓜瓞,民之初生,自土沮漆。古公亶父,陶复陶穴,未有家室。

古公亶父,来朝走马。率西水浒,至于岐下。爰及姜女,聿来胥宇。

周原膴膴,堇荼如饴。爰始爰谋,爰契我龟。曰止曰时,筑室于兹。

——《大雅·绵》

【名句赏析】

曾经做过鲁迅先生上司的史学家夏曾佑说:"中国之有周人,犹泰西之有希腊。"关于周人祖先的传说在《生民》中,周人把后稷作为他们的祖先。《生民》讲后稷的神话,描写姜嫄如何得到上帝神灵的保佑而生下后稷,后稷如何又得到上帝神灵的保佑而成长,又如何播种百谷得到丰收,因而在有邰(今陕西武功县西南)成家立业。《史记》中有关周初历史中后稷出生的情节,就是依据《诗经》中的诗篇叙述的。周的始祖有两个,就是姜嫄和后稷。周人对这两人都有特别隆重的祭典。姬姓的周族和姜姓之族世代联姻。从后稷传说可以看出,周族很早就是一个重视农业的部族。所以他虽然比夏族和商族后起而能后来居上,就是由于重视发展农业的结果。

从后稷神话传说来看，后稷应处在父系氏族社会的开始时期。从公刘的事迹来看，公刘的时代是创建国家的时期。至于究竟怎样从后稷时期过渡到公刘时期，不仅世系难考，文献也极少。古籍说公刘是后稷的曾孙不太可靠。公刘时代的唯一的大事就是迁都到豳。迁徙，在一个民族早期发展的历史上往往有着重要的意义，是一件大事。《公刘》就是描写先周第一次迁徙这件大事的诗篇。古籍说公刘是由邰迁移到豳的，如果此说成立，则从后稷到公刘之间就没有迁徙过。公刘之所以迁徙到豳，也就是今天的陕西旬邑县以西，彬县西北、泾水以东的地方，主要是为了更好地发展农业生产。同时，也为周建立了历史上第一个都城。

古公亶父是周文王的祖父，后被赠号太王，他是武王和周公的曾祖父。古公亶父这次迁徙的原因，据孟子说是由于狄人的侵扰，周人向狄奉献皮币、犬马、珠玉都不得免。《孟子·梁惠王下》："昔者太王居豳，狄人侵之。事之以皮币，不得免焉；事之以犬马，不得免焉；事之以珠玉，不得免焉。乃属其耆老而告之曰：'狄人之所欲者，吾土地也。吾闻之也：君子不以其所以养人者害人。二三子何患乎无君？我将去之。'去豳，逾梁山，邑于岐山之下居焉。豳人曰：'仁人也，不可失也。'从之者如归市。"在狄人的一再逼迫下，古公亶父决定迁居。临行之前，他召集长老向他们宣布迁居的决定，他说，狄人要的是我们的土地，而土地是用来养人的。我听说有道德的人不能为了养人之物反而使人受到伤害。你们何必害怕没有君主呢？狄人来了不也可以做你们的君主吗？豳地的老百姓都说太王是有仁德的人，跟着他一同迁徙的人像赶集市一样踊跃。

周族所迁徙的岐山之阳，周原一带地方，据考古调查，在今陕西凤翔、岐山、扶风、武功四县大部和宝鸡、眉县、乾县、永寿四县小部地区。周人在关中三代奋斗，终于完成了灭商的大业。《绵》诗的叙述亲切而具体，诗作者对这段历史应当有所闻，有所见。

九十七、鸢飞戾天，鱼跃于渊

【名句出处】

鸢飞戾天，鱼跃于渊。岂弟君子，遐不作人？

——《大雅·旱麓》

【名句赏析】

对于祭祀我们今天已经不太感兴趣了,祭祀这种活动也早已经远离我们的生活。不过,我们从留在《诗经》里的祭祀诗中,可以看到当时人们的思想观念。大雅中的祭祀诗,反映的是周人的思想意识,或曰官方意识形态。而《旱麓》这首祭祀诗中"鸢飞戾天,鱼跃于渊。岂弟君子,遐不作人?清酒既载,骍牡既备,以享以祀,以介景福"的诗句,就反映了周朝统治者对人才的渴望。在中国历史上,凡是所谓盛世、治世,往往人才济济,鸢飞戾天,鱼跃于渊;凡是所谓衰世、乱世,往往小人当道,群魔乱舞,黄钟毁弃,瓦釜雷鸣。

"鸢飞戾天,鱼跃于渊",说鹰在天空自由自在地翱翔,鱼在水中欢快活泼地跳跃,形容天地万物各得其所,自得其乐,一派"万类霜天竞自由"的景象,这应该是一种很美好的自然和社会形态。这两句诗后来演化为成语,又简化为"鸢飞鱼跃",用在社会生活中,多用来表示各种人才各得其所,有了自己的用武之地一后来的成语"天高任鸟飞,海阔凭鱼跃",就由这两句诗演化而来。

孔子的孙子孔伋,字子思,战国初期人,相传四书之一的《中庸》就是孔伋所作。《中庸》是《礼记》中的一篇,据说是汉儒戴圣把《中庸》收在《礼记》中的。到了宋代,儒学得到了新的发展,宋儒非常重视《中庸》,就把它与相传是孔子的弟子曾子所做的《大学》一起从《礼记》里抽出来,与《论语》《孟子》放在一起,合而为"四书"。到了南宋淳熙年间,朱熹写了《四书章句集注》,四书之名开始确立。与其他儒家经书相比,这四种书比较通俗,内容又少,篇幅相对短小,比较容易理解记诵,就得到了广泛的普及,对中国人的影响非常大。

《中庸》一书系统阐述了孔子的中庸思想,以中庸作为最高的道德和自然法则,讲述天道和人道的关系,论述了"遵德性"与"道问学"两种修养形态,其中就引用了"鸢飞戾天,鱼跃于渊"的诗句,说"君子之道费而隐,夫妇之愚可以与知焉;及其至也,虽圣人亦有所不知焉。夫妇之不肖,可以能行焉,及其至也,虽圣人亦有所不能焉。天地之大也,人犹有所憾。故君子语大,天下莫能载焉;语小,天下莫能破焉。《诗》云:'鸢飞戾天,鱼跃于渊。'言其上下察也。君子之道,造端乎夫妇,及其至也,察乎天地。"意思是说所谓的君子的中庸之道功用广大而本体精微,是与日常生活的细小之处相关联的,即使是愚昧的匹夫匹妇都可知可行,每一个人经过努力都可以做到。一个人只要注意修养自己的德性,并坚持不懈,就可以像"鸢飞戾天,鱼跃于渊"那样体察天地万物,进入自由的境界。这是鼓励每一个人都要注意修养自己的德性,不要自暴自弃。

九十八、凤凰鸣矣，于彼高岗；梧桐生矣，于彼朝阳

【名句出处】

凤凰于飞，翙翙其羽，亦集爰止。蔼蔼王多吉士，维君子使，媚于天子。

凤凰于飞，翙翙其羽，亦傅于天。蔼蔼王多吉人，维君子命，媚于庶人。

凤凰鸣矣，于彼高岗；梧桐生矣，于彼朝阳。菶菶萋萋，雝雝喈喈。

——《大雅·卷阿》

【名句赏析】

杨之水先生在《诗经别裁》里说："读《诗》若先从《雅》《颂》读起，大约会特别体会到诗的丰厚。它可以说是旋律负载着思想和历史。"过去，我们特别重视风诗，认为它是劳动人民的创作，因而是最有价值的。而雅颂是贵族的创作，没有什么价值。这种看法并不全面。

雅颂中的诗歌总体来说没有风诗那样好读，那样容易理解，这当然是一个事实。但也不能够一概而论，风诗也有很难读的，雅颂中的诗也有好读的，特别是小雅中的作品。另外，作品的价值也不是单纯由它的难易程度决定的。雅颂中的作品，更多地"负载着思想和历史"。

而《卷阿》这首诗，"负载着"什么样的"思想和历史"呢？应该说《雅》《颂》所负载的主要是上层建筑的"思想和历史"，是政治的"思想和历史"。而在《卷阿》里，就是诗中反复歌唱的"岂弟君子"；岂弟，和乐平易貌。就是诗中反复歌咏的"蔼蔼王多吉士"；"蔼蔼王多吉人"，求贤用吉士，求贤用吉人。求贤，一直是我国古代政治文化的主题之一；尚贤，一直是一个古老的政治话题。在《卷阿》里，岂弟君子与蔼蔼吉士之间和乐融融，而这只能说是一种理想的政治图景，或者是诗作者理想和希望的表达。

在中国历史上，在创业之初，开国之始的君臣关系中，这种景象是可能在一定程度上出现的。而一旦政权到手之后，特别是在大一统的时代，"岂弟"之类道德对君的约束就变得软弱和无力，贤士就成了统治者手中的玩物，可以任意玩弄和丢弃。东方朔在《答客难》中说："尊之则为将，卑之则为虏；抗之则在青云之上，抑之则在深渊之下；用之则为虎，不用则为鼠！"凤凰鸣矣，于彼高岗；梧桐生矣，于彼朝阳的时候其实并不多。在政治领域，道德在与皇权的较量中往往是失败者。如何

实现中国政治文化的现代化,因而也就成为弘扬传统文化,再造中国现代政治文化的题中应有之义。这也许就是殷周之际大变革之后,中国文化三千年来必须完成的又一次大变革,这次变革当然也可以从传统文化中汲取资源,吸取教训。

九十九、靡不有初,鲜克有终

【名句出处】

荡荡上帝,下民之辟。疾威上帝,其命多辟。天生烝民,其命匪谌。靡不有初,鲜克有终。

文王曰:咨!咨女殷商。人亦有言:"颠沛之揭,枝叶未有害,本实先拨。"殷鉴不远,在夏后之世。

——《大雅·荡》

【名句赏析】

陆德明《经典释文》说,大雅诗从《民劳》至《桑柔》五篇是厉王变大雅。《民劳》之后是《板》《荡》《抑》。变雅是相对于正雅来说的,所谓正雅,雍容华贵,端庄和睦,一派欣欣向荣的气象。而变雅则凄苦忧愁,破败零落,一片衰世的暮气。社会的变化当然不可能不在文学作品里反映出来。由于厉王的倒行逆施,使诗风也发生了变化。五篇中的《板》《荡》两诗都是讽刺厉王无道,天下衰败的,是很典型的。后世就用"板荡"作为咏社会动荡,政局变乱的典故。

《荡》诗的艺术手法颇为后人注意,即借古讽今、指桑骂槐。《荡》诗首章以下七章皆骂殷商,感叹殷商,其实句句骂的都是周厉王,感叹的是周朝。这种写作手法多为后人采用。如高适《题尉迟将军新庙》:"周室即板荡,贼臣立婴儿。"就是以用室板荡借指隋末动乱,也是借古讽今。

借古讽今、指桑骂槐、旁敲侧击的手法使用非常普遍,其发明权似乎可以归于召穆公虎。清季流传的《同光名伶十三绝》的画像中,有两位丑行演员,一位是苏丑杨鸣玉,一位是京丑刘赶三。刘赶三虽说是个伶人,但他疾恶如仇,一身正气;而且口齿伶俐,雄辩多才,演出时喜欢临时插科打诨。一次,慈禧观看刘赶三演的《十八扯》。刘赶三在戏中扮演皇帝,他在入座时,突然加入几句话白:"您别瞧我是个假皇帝，我还有个座儿能坐着呢；那真皇帝，天天在那儿站着，又何曾得坐呢?"这几句说的是自己，指的是光绪，刺的是慈禧。因为慈禧平时对光绪皇帝十分苛刻，连看戏时也要他在身边侍立。听罢刘赶三这几句临场科诨，在场的人都吓出一身冷汗。慈禧一时也不好发怒，只好赐给光绪一个座位。

刘赶三在心狠手辣的慈禧面前尚敢如此，对一般权贵更是不留情面。一次，一个有权有势的宦官在家唱堂会，刘赶三在戏里饰演医生刘高手。戏中请医生的老黄说："先生，这就到了，进门时请留神，别让狗咬了。"刘赶三跨前一步，手指台下看客，说："这门里的事我知道，是没有什么狗的，有的只是走狗。"此语一出，窘得阖座变色，却又徒唤奈何。

任二北先生曾经这样评价刘赶三，说他"一身是胆，铁骨钢肠，从不知权势为何物。方其于技艺中大张挞伐时，短兵一接，广座皆死! 其技敏绝，其勇空前，为优谏者拓出'大无畏胆'与'大无人境'。"可谓剀切之语。而刘赶三大张挞伐时所用的，就是借古讽今、指桑骂槐、旁敲侧击的手法。伶人这个职业就是今天所说的演员。而戏剧中的丑角，据说就是由宫中的滑稽者演化而来。而滑稽者在宫，就负有用幽默风趣甚至辛辣的语言进行劝谏的任务。有人说，在刘赶三身上，最可贵的是保留了优孟遗风。这应该是对于刘赶三的最好评价。

一〇〇、日就月将，学有缉熙于光明

【名句出处】

敬之敬之，天维显思，命不易哉! 无曰高高在上! 陟降厥士，日监在兹。维予小子，不聪敬止。日就月将，学有缉熙于光明。佛时仔肩，示我显德行。

——《周颂·敬之》

【名句赏析】

史学大师王国维先生在其著名的《殷周制度论》中说："中国政治与文化之变革，莫剧于殷周之际。""殷周间之大变革，自其表而言之，不过一姓一家之兴亡与都邑之转移；自其里而言之，则旧制废而新制度兴。又自其表而言之，则古圣人所以取天下及所以守之者，若无以异于后世之帝王；自其里而言之，则其制度文物与其立制之本意，乃出于万世治安之大计，其心术与规模，迥非后世帝王所能梦见也。"这段话说殷周之际的变革不仅是政权的改变，更是文化的更新，一种新的精神传统的诞生。那么,这种新的文化,新的精神传统是什么呢?王国维先生说:"周所以纲纪天下者,其旨则在纳上下于道德,而合天子、诸侯、卿、大夫、庶民以成一道德团体,周公制作之本意,实在于此。"

道德,是王国维先生抉发出来的周人的文化精神,中国古代的文化精神。"纳上下于道德","以成一道德之团体",道出了周文化乃至中国古代文化的本质特征。渐次生成的诗三百篇,就是这一道德文化的产品,也是这一精神传统的载体。中国古代文化奠基于周,其后虽然累有变革,但其精神实质和基本内涵没有变化。

王国维

北方少数民族的入侵和农民起义虽然使一个又一个王朝瓦解,但都又建立了新的专制王朝,而新王朝和旧王朝在文化上依然有一脉可以相寻,也可以说周文化传承了三千年。

只是到了鸦片战争时期,西方的坚船利炮才打破了天朝大国的迷梦。五四新文化运动向传统文化发起了猛烈攻击,传统文化似乎成了阻止中国前进的罪魁祸首。史无前例的"文化大革命"把传统文化归入打倒之列,传统文化似乎成了历史的垃圾。改革开放以后,人们对传统文化进行了新的反思,又在逐渐认识传统文化。而这次认识,应站在全球化的背景下历史地去认识,应摒弃主观情绪和非理性因素去认识。"日就月将,学有缉熙于光明",虽然说的是为学,也说的是为人,说的是人类对社会的认识和探讨,对真理不懈怠的追求和向往。中国传统文化既非十恶不赦,也非十全十美。我们不能要求三千年前的周人,要求古人为我们提供今天所需要的全部精神和文化资源。在全球化的今天,中国文化必须进行一次更大的变革。时间虽然演进了近百年,五四所呼唤的德先生和赛先生,依然是今天的中国文化的巨大缺失。所谓现代化,不但是科技和物质的现代化,更需要精神和文化的现代化。这个学的对象,应该包括外来文化。"日就月将",中国文化一定能够浴火重生。